Llafranc, 1484: Bei einem Piratenangriff verliert der zwölfjährige Joan fast die ganze Familie. Dem Jungen gelingt die Flucht nach Barcelona. Im Schatten der prächtigen Kirchen und Paläste findet er Anstellung als Schreiber in einer Buchhandlung. Hier trifft er seine große Liebe Anna, Tochter eines jüdischen Goldschmieds. Als die Inquisition in der Stadt wütet, muss Anna nach Italien fliehen. Die Inhaber der Buchhandlung werden gefangen genommen und als Ketzer verbrannt. Joan entgeht zwar dem Tod, doch gerät er in Ketten an Bord einer Galeere. Zwischen Sizilien, Neapel, Rom und Genua kämpft er um seine Freiheit – und darum, seine Familie und seine große Liebe wiederzufinden.

»Fesselnd bis zur letzten Seite!« *El Mundo*

Jorge Molist wurde 1951 in Barcelona geboren. Er ist ein brillanter Kenner der Geschichte, was ihn zum Schreiben historischer Romane brachte. Unter anderem wurde er 2004 für den renommierten Premio de Novela Histórica Alfonso el Sabio nominiert. Nach Stationen in den USA und in verschiedenen europäischen Ländern lebt Jorge Molist heute in Madrid.

Weitere Informationen, auch zu E-Book-Ausgaben, finden Sie bei www.fischerverlage.de

Jorge Molist

AM HORIZONT DIE FREIHEIT

Historischer Roman

Aus dem Spanischen
von Ulrich Kunzmann

FISCHER Taschenbuch

MIX
Papier aus verantwortungsvollen Quellen
FSC® C006701
FSC
www.fsc.org

Erschienen bei FISCHER Taschenbuch
Frankfurt am Main, Mai 2015

Die spanische Originalausgabe erschien
unter dem Titel »Prométeme que serás libre«
bei Temas de Hoy, Ediciones Planeta Madrid, S.A., 2011

Druck und Bindung: CPI books GmbH, Leck
Printed in Germany
ISBN 978-3-596-19470-4

Für Paloma

Viele Personen und Vorgänge dieses Romans sind streng historisch, und die Darstellung hält sich genau an die zeitgenössischen Chroniken.
Der interessierte Leser wird entsprechende Informationen am Ende des Buches finden.

Llafranc
Barcelona
Sitges
OCEANUS AQUITANICUS
OCEANUS CANTABRICUS
BRITANNIA CISMARINA
Balearides Insulæ
Minorica
Sinus Gallicus
Reg Valentiæ
Reg Carthaginis
Fretum Herculeum
MARIS
AFRICÆ

Genua
La Spezia
Rom
Neapel
Ischia
Otranto
Alghero
Cagliar
Palermo
Isla de Toro
MARE ADRIATICVM.
MARE HETRUSCUM
MARE IONIVM.
PARS.

ERSTER TEIL

1

Llafranc, Sommerende 1484

Joan lag im Gras des Berghangs und genoss den strahlenden Morgen. Noch ahnte er nicht, dass dies der letzte Tag seiner Kindheit sein würde.

»Schau mal dort«, sagte sein Vater und zeigte aufs Meer hinaus.

Der Junge richtete sich auf und blickte den weißen Vögeln nach, die sich kreischend über den Felsen erhoben. Sie hatten die Flügel weit ausgebreitet und standen beinahe still in der Luft.

»Die Möwen?«

»Nein. Sieh genau hin.«

Joan wusste nicht, was sein Vater meinte. Er betrachtete Ramóns Gesichtsausdruck, seine gerade und kräftige Nase, die buschigen Brauen, den Bart und die braunen Haare. Die katzenhaften Augen hatten die Farbe von hellem Honig und schweiften in der Ferne umher. Er erinnerte Joan an einen Löwen. Ramón war der klügste und stärkste Mann im Dorf. Joan wollte unbedingt erraten, was sein Vater meinte, und konzentrierte sich mit aller Kraft auf die Landschaft.

Die Wellen schlugen an den Fuß der Felsküste, und die Pinien, die den beiden Schatten boten, verströmten einen eindringlichen Duft nach Harz. Joan betrachtete den Horizont, die Wölkchen über dem Meer und den Wellenschaum, den die Brise hochspritzen ließ. Er entdeckte nichts Ungewöhnliches und wandte sich schließlich mit fragendem Blick seinem Vater zu.

»Sieh dir die Wolken an«, sagte dieser.

Der Junge betrachtete die Massen, die wie ungesponnene Wolle aussahen und deren Weiß die Augen blendete, obwohl sie ein paar graue Töne verbargen.

»Gib genau acht, Joan«, drängte Ramón.

Er starrte die rundlichen Körper an, die sich langsam und träge am Himmel veränderten, ohne dass er wusste, was sein Vater meinte.

»Siehst du sie nicht?«

»Wen?«

»Die Himmelswesen.«

Joan wollte nicht weiterfragen und schwieg.

»Siehst du nicht das Pferd dort, das die Beine hebt und zum Sprung ansetzt?« Der Vater zeigte mit dem Finger darauf.

Der Junge betrachtete die Lichtgestalten und suchte nach dem Tier. Auf einmal entdeckte er die Mähne, die Ohren, das Gesicht und das halbgeöffnete Maul eines phantastischen Wolkenwesens, das die Beine hob. Es bewegte sich langsam, mit angespannten Muskeln.

»Ich sehe es!«, rief Joan aufgeregt, während er darauf zeigte. »Das stimmt, es ist ein Pferd!«

»Und daneben den großen Fisch? Siehst du den auch?«, erkundigte sich Ramón.

»Tatsächlich, den sehe ich!«, bestätigte er. Der Junge schwieg ein paar Augenblicke lang und bewunderte diese unglaubliche Szenerie. Dann rief er: »Und weiter weg einen Riesen – und dort einen Hund!«

Die Wolken wanderten gemächlich, aber unermüdlich, während sich ihre Umrisse wandelten und neue Formen annahmen.

Ramón Serra sah seinen Sohn lächelnd an. Er war ein lebhafter, zwölfjähriger Junge, der die gerade Nase, das kräftige Kinn und das braune Haar von ihm geerbt hatte. Von seiner Mutter hatte er die großen dunklen Augen mit dem forschenden Blick. Mit Begeisterung war sein Sohn dabei, die Welt zu entdecken, und er genoss es, sie ihm zu zeigen. Der Mann streichelte ihm liebevoll und zufrieden über den Kopf.

Während Joan weiter mit dem Finger auf die Wolken deutete und immer neue Formen und Figuren entdeckte, durchsuchten seine Augen die Umgebung. Unten, am Fuß des Berges, winzig in der Entfernung, lag sein Dorf mit kaum mehr als einem Dutzend weißer Häuser, die noch schliefen und sich zusammendrängten, als wollten sie sich gegenseitig schützen. Es war Sonntag. Vor ihnen breitete sich der Strand aus. Danach kam die weite Bucht von Llafranc, wo sich das Blau des durchsichtigen Wassers mit dem Goldgelb des Sandes, dem Weiß des Schaums, dem Grau der Felsen und dem Grün der Pinien verband. Die vier Boote des Dörfchens waren auf den Strand gezogen worden. Sie alle hatten zwei Ruder, außer seinem eigenen, der *Möwe*, die acht hatte. Auf einem Bugbrett des Bootes war ein Bild eingeschnitzt, das darstellte, wie ein Mann seine Harpune hob, um einen Wal zu erlegen. Es war ein Werk des kleinen Joan, der alle damit überrascht hatte, wie geschickt er schnitzen konnte. Ramón war voller Stolz auf seinen Sohn und auf das Boot.

Plötzlich entdeckte er in der unermesslichen Weite des Meeres ein Schiff, das sich von Süden her näherte. Stirnrunzelnd stand er auf und beschattete seine Augen mit der linken Hand, um deutlicher erkennen zu können, worum es sich handelte.

»Eine Galeere!«, rief er, und der Ton in seiner Stimme alarmierte das Kind. »Laufen wir schnell ins Dorf, Joan. Wir müssen sie warnen.«

»Sind das böse Leute?«

Ramón blickte ihn zärtlich an, legte ihm eine Hand auf die Schulter und sagte: »Wenn du ein wildes Tier im Wald auf dich zukommen siehst, darfst du nicht warten, bis du weißt, ob es ein Hund oder ein Wolf ist. Mach dich bereit, davonzulaufen oder zu kämpfen. Los!«

Er rannte auf dem steilen Pfad nach unten, und Joan lief ihm hinterher, so schnell er konnte. Doch bevor sie zum Dorf kamen, hörten sie stürmisches Glockengeläut.

»Der Eremit hat sie auch gesehen!«, rief der Vater.

Auf dem Berggipfel, wo man eine überwältigende Aussicht auf das Meer hatte, erhob sich ein Wachturm, der gleichzeitig der Verteidigung diente und an dessen Fuß eine dem Schutzpatron des Dorfes, Sankt Sebastian, geweihte Kapelle stand. Dort lebte ein

Eremit, der nicht nur Gottesdienste zelebrierte, sondern auch den Horizont überwachte, um die Dorfbewohner vor drohenden Piratenüberfällen zu warnen.

Nie zuvor hatte der Junge das Sturmläuten gehört. An diesem Tag bekam er zum ersten Mal in seinem Leben Angst.

Die Dorfbewohner waren auf die Straße gerannt. Es herrschte Durcheinander – Kinder weinten, Erwachsene schrien und versuchten, sich ihre liebsten Habseligkeiten aufzuladen. Ramón hob die Arme, um sich Gehör zu verschaffen: »Es ist eine Galeere!« Alle verstummten und blickten ihn an. »Sie kommt aus dem Süden. Sie fährt mit dem Wind, aber sie verwendet nicht nur ihre Segel, sondern lässt auch die Galeerensklaven mit voller Kraft rudern.«

»Sie will Beute machen!«, rief Tomás, der zweite Mann der Besatzung der *Möwe*.

»Ja, und es ist kein anderes Schiff in Sicht«, sprach Joans Vater weiter.

»Sie haben es auf uns abgesehen!«, rief Daniel, ein anderer Fischer.

»Das ist gut möglich«, bestätigte Ramón. »Hört zu. Wir machen es, wie wir es besprochen haben. Wir müssen die Frauen und Kinder oben im Sebastiansturm in Sicherheit bringen. Denkt nicht daran, euch mit irgendwelchen Lasten abzuschleppen! Nehmt die Waffen!«

Bewundernd blickte Joan seinen Vater an. Ihm gehorchten nicht nur die Männer aus seinem Boot, sondern auch alle Übrigen im Dorf. Er war groß, nicht ganz so wie sein Freund Tomás, dafür aber kräftiger, und er wusste, was in jeder Lage zu tun war. Der Junge sah, dass seine Mutter Eulalia mit ängstlicher Miene an ihrer Haustür stand und die wenige Monate alte, untröstlich weinende Isabel an ihre Brust drückte. Diese hatte durch das Stillen einen üppigen Umfang angenommen. Daneben stand María, seine Schwester, die zwei Jahre älter war als er, und Gabriel, sein zehnjähriger Bruder.

Beide hatten die hellen, honigfarbenen Augen des Vaters geerbt, die sie nun erschrocken aufrissen. Ramón ging zu ihnen, streichelte dem Jüngsten über den Kopf und küsste dann seine Frau auf die Wange. »Mach dir keine Sorgen. Alles wird gut«, sagte er, wobei er ihr aufmunternd in die Augen blickte. Eulalia seufzte erleichtert und bemühte sich um ein Lächeln, während er sie zusammen mit dem Säugling umarmte.

»Aber wir müssen uns beeilen«, erklärte Ramón nachdrücklich, bevor er ins Haus ging.

»Los, schnell!«, rief die Mutter. »Joan, kümmer du dich um Gabriel!«

María war hinter ihm, als er zusammen mit den anderen Frauen, den Kindern und zwei mit Pfeil und Bogen bewaffneten Großvätern zum Wehrturm loslief, dessen Glocke weiter drängend und beharrlich läutete. Joan begriff, dass es die Galeere tatsächlich auf sie abgesehen hatte. Er nahm Gabriel an der Hand, doch nach wenigen Schritten sagte er zu ihm: »Geh zusammen mit Mama und María. Ich komme gleich nach.«

Als er zu ihrem Haus kam, sah er seinen Vater, der sich Panzerhemd und Eisenhelm übergezogen hatte. Armbrust und Pfeile trug er auf dem Rücken, und an seinem Gürtel hing ein Schwert. Joan bewunderte sein Auftreten und den kräftigen Arm, mit dem er die Azcona, seinen kurzen Wurfspieß, hielt. Sie würden die Piraten bestrafen, wie sie es verdient hatten. Er beschloss, dass er nicht mit den Frauen gehen, sondern seinem Vater im Kampf zur Seite stehen wollte, selbst wenn er ihm nur von weitem zusehen könnte.

»Joan, geh zu deiner Mutter und zu Gabriel!«, rief dieser ihm zu.

»Ich gehe gleich, Papa!« Er rannte ins Haus, um seinen Spieß zu holen, eine verkleinerte Nachbildung der schweren Azcona.

Als er hinaustrat, sah er, dass die Männer bereits in Richtung Berg liefen. Sein Vater hatte die Führung übernommen. Sie beschützten die Nachhut der Gruppe der Flüchtenden.

»Aus dem Meer kommt unser Leben, aus dem Meer kommt unser Tod«, hatte er oft von Ramón gehört. An diesem Tag zeigte sich das Meer glatt und sanft. Die eigenartigen Wolken zogen noch über den Himmel, während die Sonne über dem Berg emporstieg und die Felsen am südwestlichen Teil der Bucht von Zeit zu Zeit zum Leuchten brachte. Doch Joan achtete nicht auf den schönen Anblick, sondern auf das große, bedrohliche, von Rudern starrende Schiff, das gerade in diesem Moment hinter den Felsen hervorkam. Und auf einmal, trotz der Entfernung, trug die Brise einen widerwärtigen Geruch herbei, ein Gemisch aus Schweiß, Urin und Exkrementen. Er rannte los, um die Männer einzuholen, und verspürte Ekel und Furcht.

»Das ist eine von den großen Galeeren, mit drei Kanonen!«, rief Tomás. »Und sie hat grüne Wimpel geflaggt. Das sind sarazenische Piraten!«

»Wir verschanzen uns in den Felsen rechts vom Weg, hinter dem großen Pinienwald«, brachte ihnen Ramón in Erinnerung. »Wenn wir eine gute Deckung finden, können wir sie mit den Pfeilen und Spießen aufhalten. Wir müssen den Frauen genug Zeit lassen, den Gipfel zu erreichen.«

»Hoffentlich geben sie sich damit zufrieden, das Dorf zu plündern, und lassen uns in Ruhe«, sagte einer.

»Sie werden nicht aufgeben, wenn wir sie nicht aufhalten«, widersprach Ramón. »Unsere Vorräte für den Winter und die paar Hausgeräte genügen ihnen bestimmt nicht. Sie wollen Sklavinnen haben, die sie verkaufen können, und Galeerensklaven, die rudern sollen. Das ist die Beute, nach der sie suchen.«

Joan hatte die Männer beinahe erreicht, als er sah, wie die Galeere wendete, um in die kleine Bucht einzulaufen. Ihre Ruder klatschten kraftvoll ins Wasser, die Kanonen starrten drohend in Richtung Strand, und die Piraten drängten sich am Bug zusammen. Sie schrien und schwenkten ihre Waffen in der Luft. In dem Moment war es vorbei mit dem Gefühl von Mut und Sicherheit, das ihm sein kleiner Spieß gegeben hatte. Joan rannte, um seinen Bruder Gabriel einzuholen. Er war für ihn verantwortlich.

Er überholte die Letzten der Gruppe: diejenigen, die versuchten, ihre Siebensachen in improvisierten Ballen fortzutragen, oder Tiere – ein Schwein, ein Zicklein, einen Esel – mitschleppten, womit sie alle behinderten. Sie waren der Ansicht, ein Hungerwinter sei schlimmer als die Piraten.

Als er seine Mutter erreichte, die mit seiner kleinen Schwester auf dem Arm und den beiden größeren Geschwistern keuchend den Berg hinaufstieg, ergriff er Gabriels Hand. Nun hörte er das Geschrei der an Land springenden Piraten.

Sie hatten den ersten großen Pinienwald hinter sich gelassen und kamen zu den Felsen, wo sie sich verschanzen sollten, wie Ramón gesagt hatte. Da tauchte plötzlich eine Gruppe von Männern auf und schnitt ihnen den Weg ab. Sie bedrohten sie mit Armbrüsten und Spießen.

»Die Sarazenen!«, kreischte eine Frau. Die Dörfler blieben stehen. Manche wichen zurück und drängten die Übrigen mit sich.

»Macht Platz!« Ramón ging nach vorn und schob die Leute beiseite. Ihm folgten die bewaffneten Männer. »Das ist ein Hinterhalt! Sie haben uns erwartet!«

Die Lage war verzweifelt, wie Joan erkannte. Diese Piraten hier hinderten sie daran, zum Sebastiansturm hochzusteigen, und die anderen, die am Strand entlangliefen, würden sie bald erreicht haben und von hinten über sie herfallen. Er sah seine Mutter an. Verängstigt und außer Atem drückte diese die untröstlich weinende Isabel an die Brust, während seine Schwester María schluchzte und sich am Rock der Mutter festhielt. Gabriel klammerte sich fester an seine Hand. Joan blickte zu seinem Vater hinüber, weil er hoffte, dieser werde eine Möglichkeit finden, sie zu beschützen. Er sah, dass dieser zögerte und zu Frau und Töchtern hinüberblickte. Danach heftete sich sein Blick an die großen Augen Gabriels, der ihn erschrocken anstarrte. Er hatte gerade noch Zeit, ihnen zuzulächeln und dem neben ihm stehenden Joan über den Kopf zu streicheln. Das dauerte nur einen Augenblick, in dem der Junge verstand, dass sein Vater eine Entscheidung getroffen hatte.

»Wir müssen sie ablenken«, sagte Ramón zu den Männern. Dann blickte er seine Frau an und rief: »Lauf weiter zum Sebastiansturm. Rettet euch!«

Ramón schwang seine Azcona und stürmte auf die Sarazenen zu. Die Dörfler folgten ihm. Die Frauen und die Alten schleppten die Kinder den Berg hinauf, dem Wehrturm entgegen.

2

Joan hielt seinen kleinen Spieß in der Hand und blieb wie gelähmt hinter den Männern stehen, die den Sarazenen entgegenrannten. Zum ersten Mal sah er Mauren. Sie waren keine Mohren, wie er sich vorgestellt hatte, sondern hatten fast dieselbe Hautfarbe wie er. Ein paar trugen einen Turban, und sie waren so nahe, dass er ihre Gesichter deutlich erkennen konnte.

»Joan, Gabriel!«, hörte er seine Mutter rufen.

»Geh zu ihr!«, sagte er zu seinem Bruder und stieß ihn in die Richtung, in der die anderen flohen.

Ramón wusste, dass die Lage hoffnungslos war. Der Feind hatte sich vorbereitet, während seinen Männern keine Zeit blieb, um ihre Armbrüste und Bogen zu spannen. Er hatte keine andere Wahl, als auf die Feinde loszustürzen, um sie zu überwältigen – und genau das tat er, während er mit aller Kraft schrie.

Er blieb stehen, als er den richtigen Abstand erreicht hatte, und mit seinem kräftigen Arm schleuderte er die Azcona. Einer der Sarazenen schrie, und die Federn der Armbrüste schnalzten, als sie ihre Pfeile abschossen. Die Azcona bohrte sich in die Schulter eines Mauren, der mit einem Klagelaut zu Boden fiel. Ramón lief weiter, zog sein Schwert und stürzte sich auf einen anderen Piraten. Ein Geschoss streifte ihn. Zwei der Männer, die ihm folgten, wurden von Pfeilen getroffen und stürzten. Nachdem die Sarazenen den Azconas der Dörfler ausgewichen waren, stürmten sie mit dem Schwert in der Hand auf sie los.

Ramóns kühne und unerschrockene Haltung beeindruckte Joan. Er war sicher, die tapferen Fischer würden die Sarazenen in die Flucht schlagen. Doch dann beobachtete er, wie einer der Piraten nicht das Schwert zog, sondern ein sonderbares Gerät gepackt hielt und ein Knie auf den Boden stemmte. Nie würde er das Gesicht dieses Kerls vergessen, das spitz war und eine Narbe in der Höhlung hatte, in der sich sein linkes Auge hätte befinden müssen. Ein Blitz sprang zwischen seinen Händen hervor, und ein entsetzlicher Donnerschlag ließ Joan erschaudern. Die sonderbare Waffe des Sarazenen rauchte.

Ramón stöhnte auf. Er stand still, das Schwert rutschte ihm aus der Hand, und gleich danach brach er zusammen. Joan beobachtete ungläubig, wie sein Vater zu Boden stürzte. Halb staunend und halb schreckensstarr blickte er den Mauren an. Als er erkannte, dass der andere das Gesicht zu einem Grinsen verzog, wurde ihm klar, dass sein Vater nicht wieder aufstehen würde.

Die Fischer hatten nie zuvor ein derartiges Getöse gehört. Sie blieben reglos stehen, und als die Piraten über sie herfielen und aus Leibeskräften schrien, flohen sie entsetzt. Panische Angst ergriff Joan. Obwohl er sich danach sehnte, seinem Vater beizustehen, überwältigte ihn eine furchtbare Panik. Seine Nachbarn rannten davon, um ihr Leben zu retten. Keiner blieb, um Widerstand zu leisten, und so ließ schließlich auch er seinen Spieß fallen und rannte ihnen in einem verzweifelten Lauf zum Berggipfel hinterher.

Bald geriet er in das wilde Durcheinander von Verfolgern und Verfolgten. Beinahe gleichzeitig mit den Sarazenen erreichte er seine Mutter und seine Geschwister. Die Angreifer überholten sie, um ihnen weiter oben den Weg zu versperren. Einige Dörfler konnten den Weg hinauf entkommen, die Übrigen mussten jedoch umkehren, weil die Männer sie von oben her bedrohten. Nun kamen unter großem Geschrei auch die vor kurzem gelandeten Piraten heran.

»Joan!«, schrie die Mutter. Sie hielt Isabel fest, die an ihrer Brust weinte. »Komm mit Gabriel. Lauf, schnell!«

Joan betrachtete das schreckensverzerrte Gesicht dieser Frau, die er so innig liebte, und ihre angstvolle Miene sollte sich ihm tief ins Gedächtnis einprägen. Er lief hinter ihr her. Zusammen rannten sie bergab, außerhalb des Weges, über den steilen Abhang, der mit großen Steinen und Dornbüschen bedeckt war. Als ihnen die Mauren nachsetzten, verlor seine Mutter das Gleichgewicht. Mit einem Klagelaut stürzte sie zu Boden.

Joan brüllte seinen Geschwistern zu, nicht stehen zu bleiben. Er rannte weiter zwischen den Steinen hinunter, in die Richtung, in die auch die anderen flohen. Er hörte, wie María neben ihm schrie, und als sich ihre Blicke trafen, sah er ihre angstverzerrte Miene: In einer stummen Bitte streckte sie ihm die Hand hin, während sie versuchte, sich dem Griff eines Sarazenen zu entwinden, der sie am anderen Arm festhielt.

»María!«, rief er und wollte ihr zu Hilfe eilen. Doch er merkte, wie ihn Gabriel an der anderen Hand zog. Joan wusste ebenso gut wie sie, dass er nichts für seine Schwester tun konnte. Nachdem er einen Augenblick gezögert hatte, rannte er zusammen mit seinem Bruder weiter bergab.

Als Joan zurückblickte, sah er den einäugigen Mauren, der seine Mutter am Haar zog. Er wollte sie hochreißen, doch sie sträubte sich, ohne dabei die kleine Isabel loszulassen. Ihre Schreie und das Gebrüll der Kleinen zerrissen ihm das Herz. Es drängte ihn, ihr zur Hilfe zu eilen, doch die Furcht lähmte ihn: Ein ganzer Piratenhaufen kam auf ihn zu, und er wusste, dass seine kümmerlichen Kräfte nichts würden ausrichten können. Er musste Gabriel retten, das war im Augenblick alles, was zählte.

Joan entdeckte als Erster den Abgrund zu seinen Füßen. Obwohl sie den Berg gut kannten, wären sie beinahe über den Rand der Steilwand gestürzt, die senkrecht zu einer Klippe hinabreichte, an deren Felsen sich die Meereswellen brachen. Erst im letzten Augenblick konnte er Gabriel festhalten. Keuchend sahen sie, wie Steine nach unten rollten und an den Küstenfelsen zerschellten. Es war ein gefährliches Gelände, doch Joan erkannte, dass sie gerade deshalb in Sicherheit waren: Der Feind hatte damit zu tun, so viele Dorfbewohner wie möglich einzufangen, und sie befanden sich an einer schwer zu erreichenden und weit entfernten Stelle.

»Was ist mit Mama geschehen?«, wollte Gabriel wissen, als er wieder zu Atem gekommen war. »Wo ist Papa?«

»Das weiß ich nicht.«

Gabriel begann zu weinen. Während Joan schwieg, rannen auch ihm die Tränen über die Wangen. Er umarmte seinen Bruder und sagte: »Gehen wir hier weg. Wir müssen uns verstecken.«

»Ich will zu Papa und Mama!«, schluchzte der Kleine. »Und zu María und Isabel.«

»Ich auch, Gabriel, ich auch. Aber jetzt müssen wir erst einmal von diesen bösen Leuten wegkommen. Wenn sie fort sind, suchen wir nach unserer Familie. Komm, wir laufen zu einem sicheren Ort.«

Gabriel starrte ihn durch die Tränen hinweg an und nickte schließlich. Sie kletterten zum Wehrturm hinauf, klammerten sich an Sträucher und Pinienwurzeln, hielten sich im Dickicht verborgen, das Meer und den Steilhang im Rücken.

Die Glocke ertönte nun mit Unterbrechungen. Sie bekundete, dass sich die Dörfler wehrten und weiter nach oben vordrangen.

»Das sind Joan und Gabriel, die Söhne Ramóns!«, hörten sie jemanden rufen, als sie den Gipfel beinahe erreicht hatten. Sie erkannten zwei Nachbarn, die mit ihren gespannten Armbrüsten die Seeseite überwachten.

»Kommt hier hoch«, rief man ihnen zu. »Beeilt euch.«

Die beiden Jungen unternahmen eine letzte Anstrengung, um ihr Ziel zu erreichen. Die Männer hatten Deckung hinter den Felsen gesucht, in einem Kreis rund um den Turm; allerdings waren sie vorbereitet, sich notfalls ins Turminnere zurückzuziehen. Der Eremit und die Dorffrauen nahmen sich sofort der beiden Brüder an und kümmerten sich um sie. Joan hatte gar nicht gemerkt, wie durstig er war, bis er einen Schluck Wasser trank. Dann brach er in Tränen aus.

3

Joan sah, dass viele Leute – mehr Frauen als Männer – aus dem Dorf fehlten. Die Frauen kümmerten sich um die Verwundeten und die Kinder. Die kleinsten weinten, manche fragten nach ihren Eltern, und Gabriel schloss sich dem trostlosen Jammern an. Auch die Älteren hatten Tränen in den Augen.

Vom Gipfel erblickte man einen Teil der Küste von Llafranc und die Galeere. Mit ihren vielen Rudern wirkte sie wie ein ungeheurer Tausendfüßler. Er schien die Häuser zu verschlingen, die nur wenig von der Stelle entfernt waren, wo das Schiff seinen Kiel in den Sand bohrte.

Joan konnte nicht ruhig bleiben. Seine Ängste überwältigten ihn: Er musste wissen, was vor sich ging. Als Tomás und Daniel sagten, sie würden zum Dorf hinunterlaufen, um nachzusehen, ob sie jemandem helfen könnten, wollte er sie begleiten.

»Aber wohin gehst du?«, protestierte Clara, die Frau Daniels, und fasste ihn am Arm. »Du treibst es noch so weit, dass sie dich umbringen!«

Joan sträubte sich heftig und stieß hervor, sie solle ihn loslassen, er wolle seine Familie wiederfinden.

»Wenn sie zurückkommen sollten, tun sie es aus eigener Kraft«, entgegnete sie. »Du kannst nichts tun.«

»Lass ihn, Frau«, griff Tomás ein. »Er soll mit uns kommen. Es ist Schluss mit seiner Unschuld. Heute muss er ein Mann sein.«

Joan sagte sich, dass ihm noch einiges fehlte, bis er ein Mann sein würde. Doch er lief den beiden anderen hinterher, die sich mit ihren Armbrüsten bewaffnet hatten und sich vorsichtig voranbewegten.

Sie drangen zu der Stelle vor, wo der Weg zum Dorf hinabführte. Von dort aus versuchten sie, durch die Bäume zu beobachten, was unten geschah.

»Sie werden nicht lange bleiben«, sagte Tomás.

»Vom Ausguck unten können wir sie sehen!«, rief Joan.

»Nicht so laut«, brummte Daniel. »Gehen wir also nach unten, aber langsam.«

Die Männer bewegten sich am Wegesrand entlang, weil sie nicht in einen Hinterhalt geraten wollten. Sie kamen zum Ausguck. Von dort aus war das Dorf zu sehen. Es waren viele. Tomás erklärte, es seien über hundert Piraten. Sie sahen wie Ameisen aus: Sie gingen in die Häuser, kamen heraus, trugen Sachen zusammen und eilten am Strand entlang, um die Galeere mit dem zu beladen, was sie geraubt hatten. Das Meer war ruhig, tiefblau, und Joan entdeckte eine reglose Menschengruppe auf dem Sand.

»Seht«, schrie er. »Sie halten sie dort fest, am Strand!«

»Schrei nicht so!«, warnte ihn Daniel erneut.

»Ich kann sie nicht genau erkennen«, sagte Tomás.

»Ich schon! Das sind sie, das sind sie!«, wiederholte Joan hartnäckig.

»Laufen wir weiter nach unten, aber vorsichtig«, schlug Tomás vor.

Es war derselbe Weg, auf dem sie in den Hinterhalt geraten waren. Sie brauchten ihn nur weiterzugehen, und sie würden zu der Stelle kommen, wo sein Vater zu Boden gestürzt war. Joan rannte los.

Er begann zu beten, während er keuchend und so schnell, wie er konnte, nach unten rannte. »Mein Gott, gib, dass er nicht tot ist! Bitte, Herr, gib, dass er gesund wird!«

Als Joan den auf der Erde liegenden Körper entdeckte, konnte er kaum atmen. Er sah, dass sein Vater an derselben Stelle lag, wo ihn jener schreckliche Donnerschlag niedergeworfen hatte. Er ruhte auf dem Rücken, auf einer blutbefleckten Schicht aus Piniennadeln. Er hielt die Augen geschlossen und deckte mit den Händen eine große Wunde zwischen der unteren Rippengegend und dem Bauch zu. Das Panzerhemd, dem Joan Zauberkräfte zugeschrieben und das Ramón sorgfältig behütet hatte, hatte ihm nichts genützt. »Papa!«, murmelte er.

Der Junge bekam keine Antwort. Er näherte sich, um seinem Vater die Wange zu streicheln. Seine Augen öffneten sich mühsam, und er blickte ihn an.

»Joan«, hauchte er. »Joan.«

»Du lebst!«, schrie Joan und rief danach den anderen zu, die schon herankamen. »Mein Vater lebt!«

Er ergriff seine Hand. Sie war eiskalt. Tomás lief zu ihnen. Er hatte gerötete Augen, und als er seinen Freund ansah, füllten sie sich mit Tränen. Die Erleichterung, die Joan verspürt hatte, als er entdeckte, dass sein Vater lebte, verschwand ganz schnell. Es ging ihm gewiss sehr schlecht.

»Wir müssen uns um ihn kümmern!«, sagte er. Keiner antwortete.

»Wasser«, verlangte Ramón. »Gebt mir Wasser.«

»Wasser!«, schrie der Kleine.

Und mit einem Sprung riss er den Wasserschlauch an sich, den Daniel mitgebracht hatte. Er ließ etwas Wasser in den Mund seines Vaters tropfen, aber das brachte ihn zum Husten. Danach seufzte Ramón und schloss die Augen.

»Papa! Papa! Du wirst wieder gesund.«

»Wo sind deine Mutter und die Kinder?«

»Oben, sie haben sich in den Turm gerettet«, log Tomás, ohne dass er den Jungen antworten ließ.

Die Sarazenen hatten die Armbrüste mitgenommen, aber den Spieß seines Vaters liegen lassen, gerade die Waffe, die der Junge für so mächtig hielt.

»Joan«, murmelte der Vater und wandte den Kopf, weil er seinem Sohn in die Augen sehen wollte.

»Ja, Papa.«

»Du bist ein tapferer Junge. Ich bin stolz auf dich.« Er atmete tief durch. »Sag deiner Mutter und deinen Geschwistern, dass ich euch sehr liebe.«

Er hustete, und aus seinem Mund rann Blut.

»Stirb nicht! Wir bringen dich zum Turm.«

Ramón keuchte und blickte zum Himmel.

»Die Möwen«, stieß er hervor und suchte mit den Augen den Himmel ab. »Sie sind frei von ihrer Geburt an, wir aber müssen für unsere Freiheit kämpfen.«

Ramón atmete mühsam, und Joan schluchzte.

»Versprich mir, dass du frei sein wirst.«

»Ich verspreche es. Aber stirb nicht, Papa. Bitte stirb nicht.«

»Kümmere dich um sie«, flüsterte der Mann.

»Ja, Papa.«

Der Vater schloss die Augen und lächelte leicht. Dann schwieg er, während Joan ängstlich seine kalte Hand streichelte.

Schließlich nahm Ramón alle Kraft zusammen, um doch noch etwas zu sagen.

»Ich verlasse mich auf dich.«

Er holte noch einmal tief Luft und atmete dann kräftig aus. Es klang, als fiele eine Tür zu, als ließe er eine Last fallen, die er nicht halten konnte. Er blickte seinen Sohn nicht mehr an.

Joan brauchte lange, um zu verstehen, dass er tot war. Ein entsetzlicher Kummer zerriss ihm das Herz.

4

Er konnte nicht glauben, dass sein Vater nicht mehr lebte. Er wollte beten, doch ihm fiel das Gespräch ein, das sie gerade eine Woche zuvor an derselben Stelle geführt hatten, wo er ihm an diesem Morgen die Wolken gezeigt hatte.

»Gib acht auf die Pinien und die Felsen«, hatte ihm Ramón damals gesagt.

Das Meer wogte unruhig, und das blaue Wasser löste sich in weiße Schaumdecken auf, wenn es an die Steine brandete. Die Pinien wuchsen an allen möglichen Stellen zwischen den Felsen, manche kamen aus Spalten, was geradezu unglaublich wirkte, und drängten sich mit überraschender Kraft durch, bewahrten zuweilen ein sonderbares Gleichgewicht über dem Meer.

»Ich sehe sie, Papa.«

»Pass auf, Sohn. Eine Pinie ist stark, aber sie kann sich nicht bewegen. Sie ist nicht frei. Die Felsen sind noch stärker, aber sie sind tot, und leblose Dinge sind nicht frei.«

Joan hörte ihm aufmerksam zu. Am Ton seines Vaters merkte er, dass es um etwas Wichtiges ging.

»Gib jetzt acht auf die Möwen.«

Er sah, dass sie hochflogen, bewegungslos in der Luft schwebten und plötzlich hinabstürzten, um sofort wieder aufzusteigen. Sie flogen hin und her, hoch und hinunter, womit sie einen fröhlichen und geheimnisvollen Tanz vollführten.

»Ja, ich sehe sie.«

»Sie sind frei. Sie fliegen, wohin sie wollen. Sie sind nicht hart wie der Felsen und auch nicht stark wie eine Pinie, aber sie fliegen, und niemand kann sie aufhalten oder zähmen.«

Ramón schwieg nachdenklich, während ihn Joan ansah und gespannt auf seine nächsten Erklärungen wartete. Nach einer Weile zeigte er auf den Horizont im Westen, der von vielen Hügeln gesäumt war, und sprach weiter: »Dort leben Menschen, die vielleicht so stark wie diese Pinien sind, aber wie sie haben sie Wurzeln, die sie daran hindern, sich zu bewegen.«

Der Junge versuchte, sich einen solch erstaunlichen Menschenschlag vorzustellen. Er betrachtete die großen Bäume ringsum, und da er sich an die Märchen erinnerte, die er am Herdfeuer gehört hatte, fragte er nach: »Sind das Riesen, denen man die Füße gefesselt hat?«

Ramón lachte.

»Nein, Joan, es sind keine Riesen. Sie sind wie wir.«

»Wie wir?«

»Scheinbar wie wir, und doch ganz anders.«

»Worin sind sie anders?«

»Sie sind Leibeigene. Man nennt sie *remensas*.«

»Was sind *remensas*?«

»Bauern, die einem Herrn unterworfen sind, für den sie arbeiten.

Die Felder gehören dem Herrn und sie selbst auch. Sie dürfen nicht fortgehen, sie sind an das Land gebunden, als hätten sie dort Wurzeln geschlagen.«

»Fliehen sie nicht?«

»Das versuchen nur wenige, weil die Strafe sehr streng ist.«

»Sie haben Angst«, überlegte der Junge.

»Ja, Joan. Du hast es verstanden. Die Angst bewirkt, dass ihnen Wurzeln wachsen, die wie Ketten sind. Lass niemals zu, dass dich die Angst zum Sklaven macht.«

Joan nickte zustimmend. Er kannte die Geschichte seines Vorfahren genau, der sich dem Joch der Leibeigenschaft entzogen hatte, indem er sich zum Dienst bei den Almogávares meldete – jenen Söldnertruppen, die mehr als ein Jahrhundert zuvor Ruhm und Reichtum in Griechenland errungen hatten. Der Ururgroßvater kehrte mit genug Beute zurück, um ein Boot zu kaufen und in Llafranc als freier Mann zu leben. Die Lieblingswaffe der Almogávares war die Azcona, ein kurzer und schwerer Wurfspieß, dessen Schaft dem einer Harpune glich. Die Azcona war für die Familie Serra das Sinnbild der Freiheit.

Der Junge grübelte, während er sah, wie die Möwen über dem Meer flogen. Man hörte ihr Kreischen, das Wellenrauschen und die murmelnde Brise, die die Bäume sanft streichelte.

»Hör gut zu, Joan«, sagte Ramón nach einer Weile. »Wir sind wie die Möwen: Wir brauchen nur ein paar Felsen und ein Stück Land für unser Nest. Wir sind Wesen des weiten Meeres, der wechselnden Winde. Wir sind frei wie sie.«

Der Junge achtete auf die lauten weißen Vögel und bewunderte abermals ihren Flug.

»Sobald sie fliegen gelernt haben, sind sie frei«, sprach sein Vater weiter. »Aber der Mensch nicht. Niemand schenkt dir deine Freiheit, ganz gleich, ob du frei oder als Sklave geboren wirst: Mit deinem Mut und der Kraft deines Arms musst du sie jeden Tag aufs Neue erringen. Ein Mann ist für seine Freiheit und die seiner Familie verantwortlich. Merke es dir gut, Sohn.«

Joan atmete tief ein, als wollte er die Worte seines Vaters aufsaugen. Er glaubte, dass er ihn verstanden hatte, und er bat ihn nachdrücklich: »Ich möchte lernen, die Azcona wie du zu werfen.«

»Das wirst du sicher schaffen«, antwortete Ramón lächelnd. »Sogar besser als ich.«

Er erinnerte sich, dass er damals daran gezweifelt hatte, ob es ihm eines Tages gelingen würde. Und nun hielt er die Azcona seines Vaters in der Hand. Und sein Vater war tot.

»Versprich mir, dass du frei sein wirst.« Und: »Kümmere dich um sie.« Darum hatte er ihn vor seinem Tod gebeten. Der Schmerz, den Joan im Herzen verspürte, breitete sich über den ganzen Körper aus.

Er fühlte sich unfähig, sein Versprechen zu erfüllen.

»Er braucht uns nicht mehr«, sagte Tomás zu ihm. Er zog ihn hoch und umarmte ihn. »Wir müssen uns um die Lebenden kümmern. Es tut mir sehr leid, Joan, aber wir dürfen keine Zeit verlieren.«

Die Sarazenen trieben die Gefangenen am Strand zusammen. Es waren zwölf Frauen unterschiedlichen Alters und zwei Jungen, die etwas älter als Joan waren. Sie hatten sie gefesselt, und mehrere Piraten bewachten sie, während andere Ballen und Tiere auf die Boote brachten – alles, was sie in den Häusern zusammengestohlen hatten.

»Wen siehst du?«, fragte Tomás.

Den Männern fiel es schwer, etwas genau zu erkennen, doch Joan hatte gute Augen. Er erblickte seine Mutter, die im Sand saß und versuchte, die weinende Isabel zu stillen. Der Junge erbebte, als er den Strick sah, den man an ihrem Hals festgebunden hatte. Neben ihr stand tränenüberströmt seine Schwester María, und bei den beiden waren Elisenda und Marta, Tomás' Tochter und Frau. Sie starrten ihre Peiniger verängstigt an. Joan zählte nacheinander die Namen aller Gefangenen auf. Auch Daniels Schwester war dabei.

»Mein Gott!«, rief Tomás, den es bestürzte, als er hörte, dass seine Frau und seine Tochter gefangen waren. »Ich hatte gehofft, dass sie sich irgendwo versteckt hätten.«

»Wir müssen etwas tun!«, sagte Joan. »Wir müssen sie befreien!«

»Sie warten auf die Flut, um auszulaufen«, gab Daniel zu bedenken. »Sie wollen Kräfte sparen. Daher werden sie den Turm nicht angreifen. Sie haben schon genügend Beute gemacht, und sie werden sich zusammenscharen, um ihr Diebesgut vor jedem Angriff zu schützen.«

»Aber wir müssen sie retten!«, drängte Joan.

»Gegen so viele können wir nichts ausrichten, wir nicht und auch die Leute oben nicht«, sagte Daniel. »Sie würden uns alle auf der Stelle umbringen.«

»Unsere einzige Möglichkeit ist, dass Hilfe aus Palafrugell eintrifft«, erklärte Tomás.

Daniel zuckte die Achseln. Offenbar zweifelte er daran.

»Sie sind weniger als drei Meilen entfernt«, betonte er. »Wenn sie gewollt hätten, wären sie schon längst hier. Seit einer ganzen Weile läutet die Glocke in unserem Turm Sturm – sie müssen sie gehört haben. Vielleicht wollen sie sich nicht in Gefahr bringen. Sie fürchten gewiss, in einen Hinterhalt zu geraten. Sie werden uns nicht helfen.«

»Das müssen sie aber!«, rief Tomás wütend. »Der Abt des Santa-Anna-Klosters behauptet, unser Herr zu sein, und er verlangt Steuern von uns. Es ist seine Pflicht, uns zu verteidigen.«

»Gehen wir, und holen wir sie!«, drängte Joan ungeduldig.

»Geht ihr. Ich bleibe und halte Wache«, erklärte Daniel.

5

Während sie bergab in Richtung Palafrugell liefen, betete Joan, dass die Leute aus dem großen Ort seine Familie retten würden. Kurz danach begegneten sie zwei Reitern: die Vorhut der Bürgerwehr, der Freiwilligen, die dem Ruf zu den Waffen gefolgt waren. Der Junge verspürte unsagbare Erleichterung. Sie unterrichteten die Reiter, was vorgefallen war, woher die Piraten kamen und dass man schnell handeln müsse.

»Wir werden den Administrator benachrichtigen. Er soll entscheiden«, sagte der Mann, der offenbar das Kommando führte. Er hob Joan auf die Kruppe seines Pferdes. Tomás lief ihnen hinterher.

Kurz darauf trafen sie auf die Truppe, die weniger als eine Meile entfernt wartete. Der Administrator von Palafrugell war ein dickbäuchiger Geistlicher. Er hieß Bruder Dionís, und er verwaltete das Gut im Namen des Santa-Anna-Klosters in Barcelona. Joan sah, dass er sich für den Kampf gerüstet hatte. Er trug einen Helm, dazu hatte er den oberen Teil einer Rüstung angelegt, die seinen dicken Bauch nicht verbarg, und er trug ein Schwert im Gürtel. Ihn begleitete eine Handvoll Soldaten, doch die meisten waren Angehörige der Bürgerwehr, Freiwillige aus dem Ort, die sich mit Spießen, Armbrüsten, Bogen und Schwertern bewaffnet hatten.

»Sie haben viele unserer Frauen und Kinder gefangen!«, rief ihnen Joan aufgeregt zu. »Wir müssen sie sofort befreien. Sie werden sie sonst fortbringen!«

Der Administrator bat Joan, sich zu beruhigen und alles der Reihe nach zu erzählen. Das tat Joan in aller Eile, wobei er sich mehrmals verhaspelte.

»Eine Arkebuse«, meinte der Geistliche, als der Junge geendet hatte. »Auf deinen Vater haben sie mit einer Arkebuse geschossen. Das ist wie eine Kanone, aber im Kleinen.«

»So etwas haben wir noch nie gesehen«, kommentierte Tomás.

Der Administrator erkundigte sich nach dem Aussehen der Galeere und wie die Sarazenen gekleidet und bewaffnet waren.

»Sie schleppen sie fort, bitte!«, flehte Joan erschöpft. »Wir müssen sie retten!«

»Ich bin für diese Männer verantwortlich. Wir werden uns vorsichtig bewegen. Ich will nicht in einen Hinterhalt geraten und noch mehr Tote haben.«

Schließlich gab Bruder Dionís Anweisungen, und die Truppe rückte vor, ohne sich zu beeilen. Er ritt der Gruppe voran, zusammen mit einem Dutzend Reitern, die zum Kleinadel und zum reichen Bürgertum gehörten, während die Übrigen, das einfache Volk und die Bauern, hinterherliefen. Joan kam vor Ungeduld fast um und betete weiter. Kurz danach befahl der Mönch anzuhalten, um auf Nachrichten von den Kundschaftern zu warten.

»Sie verschwinden mit unseren Familien!«, fuhr ihn Tomás an.

»Du verstehst nichts vom Krieg«, entgegnete der Geistliche. »Halt den Mund!«

Tomás lief drohend auf ihn zu, und Joan dachte schon, dass er ihn schlagen würde, doch zwei Soldaten gingen dazwischen und stießen ihn zurück.

»Feigling!«, schrie ihn Tomás an. »Ihr macht keine Pause, wenn Ihr in unser Dorf kommt, um Steuern einzutreiben, nicht wahr?«

Die Soldaten stießen ihn abermals fort. Ohnmächtig vor Verzweiflung blickte er Joan an und brachte wütend hervor: »Lass uns gehen. Nur du und ich.«

Er lief los, und Joan folgte ihm. Die Glocke im Sebastiansturm erklang wieder, bat gebieterisch und drängend um Hilfe. Der Junge empfand es wie eine unheilvolle Vorhersage. Als sie keuchend zu der Stelle kamen, wo Daniel auf sie wartete, sah er, dass die Piraten ihre Gefangenen bereits ins Meer stießen und auf Strickleitern zur Galeere hinaufsteigen ließen.

Eulalia, die sich weigerte, ihr Baby loszulassen, stieß in diesem Augenblick einen der Mauren fort, und das nutzten María, Elisenda und zwei weitere Mädchen, um sich von den Stricken zu befreien, mit denen sie am Hals festgebunden waren, und davonzurennen.

»Los, Daniel, lass uns eingreifen!«, rief Tomás.

»Wir können nichts für sie tun.«

»Sie schleppen meine Frau und meine Tochter fort!«

»Meine Schwester auch. Aber ich werde nicht zulassen, dass sie mich umbringen. Meine übrige Familie braucht mich.«

Tomás antwortete nicht. Er verließ die Deckung zwischen den Bäumen, nahm seine Armbrust und wandte sich zum Strand.

»Geh nicht, Tomás!«

Als Daniel ihn zurückhalten wollte, riss sich Tomás mit einer heftigen Handbewegung los. Joan wollte ihm folgen, aber Daniel hielt ihn fest.

Der Junge sah, wie zwei Piraten seine Mutter wütend schlugen, während ein anderer sie fortschleppte und ihr mit dem Strick die Luft abschnürte. Sie musste Isabel loslassen. Am eigenen Leib spürte er die Schläge, die man seiner Mutter versetzte, und in seinem Innern drückte ihm eine unsichtbare Faust das Herz ab.

Die Sarazenen fingen inzwischen die Mädchen wieder ein, was sie zu einem lauten Vergnügen machten und mit Gelächter feierten. Abermals legten sie ihnen die Stricke um den Hals und schleppten sie zum Schiff. Die Brise trug wieder den heftigen Gestank nach Fäulnis, Exkrementen und menschlichem Elend her, den die Galeere ausströmte, und Joan drehte sich der Magen um. Er sagte sich, das müsse der Geruch der Hölle sein.

»Sieh mal, dort ist die Bürgerwehr.« Daniel deutete mit den Fingern darauf. »Sie haben gesehen, dass die Mädchen fliehen wollten, aber sie haben nichts getan.«

Die Truppe befand sich an der anderen Seite des Dorfes und beobachtete das Geschehen.

»Worauf warten sie? Mein Gott, sie sollen sie retten!«, murmelte Joan.

Da erhob sich am Bug der Galeere eine Wolke, der ein Donnerschlag folgte. Eine Säule aus Staub und Splittern stieg weit links von der Miliz auf, die der Mönch befehligte. Die Bürgerwehr stob erschrocken auseinander und zog sich zurück. Aus der Ferne sahen sie zu, wie die Piraten die Angehörigen der Dorfleute verschleppten. Ohne etwas zu tun.

Als Tomás keuchend den Sand der Küste erreichte, brachten die Sarazenen gerade die letzten Gefangenen an Bord, und Joan kam es so vor, als hörte er einen Schrei, der vom Schiff herüberhallte. Vielleicht war es Marta, Tomás' Frau.

»Geh fort, Tomás!«

Aber er gab nicht auf und lief am Strand entlang auf das Schiff zu. Er hatte seine Waffe gespannt, ohne dass er sie jedoch auf ein Ziel anlegte. Er war weniger als eine Armbrustschussweite von der Galeere entfernt, als ein weiterer dieser Donnerschläge ertönte und der Sand vor seinen Füßen hochspritzte. Tomás blieb stehen, und Joan glaubte schon, dass sie ihn wie seinen Vater verwundet hätten. Er verharrte reglos, als wäre er eine Steinsäule, und die Mauren stellten das Feuer ein. Alle Gefangenen waren nun an Bord, und die letzten Sarazenen am Strand stießen die *Möwe* ins Meer. Sie banden sie mit einem Tau an der Galeere fest und nahmen sie mit.

Tomás schüttelte allmählich seine Reglosigkeit ab. Langsam, mit schwankenden Schritten wie ein Nachtwandler, ließ er seine Armbrust auf die Erde fallen und lief auf das Schiff zu, während die Sarazenen die Anker lichteten.

»Marta! Elisenda!«, schrie er.

Jemand antwortete, doch der Ruf ging unter im Lärm der Kommandorufe, der Schläge und der knarrenden Planken. Die Flut hob das Schiff hoch. Ein Hornsignal erklang, und auf einmal schnellten einhundertfünfzig Ruder empor und tauchten dann alle gleichzeitig mit einem unheilvollen Klatschen ins Wasser. Das große Kriegsschiff bewegte sich eindrucksvoll ins Meer zurück.

»Marta! Elisenda!«, brüllte Tomás noch einmal wie ein Verrückter.

Joan sah, wie er auf die Galeere zulief und zwischen den hochspritzenden Wellen hindurchrannte. Als ihn das tiefe Wasser zum Schwimmen zwang, stürzte er sich verzweifelt hinein.

Die Galeere wendete und richtete den Bug aufs offene Meer. Die See war allzu blau und schön für eine so große Tragödie. Joan fühlte, dass die Sarazenen das Leben des Dorfes mit sich nahmen. Nie wieder würde es sich davon erholen. Niemals würde es das Gleiche sein.

Nun gab ihn Daniel frei. Ohnmächtig und bezwungen sah Joan, während ihm die Tränen über die Wangen liefen, wie sich das Schiff aufs Meer hinausbewegte, bis es verschwand. Auf dem Sand hatten sie Isabels kleinen, blutigen Körper zurückgelassen. Das Mädchen versuchte zu kriechen. Es jammerte, und seine Klagelaute durchbrachen die Stille des Dorfes.

Joan lief schwankend zu der Kleinen und nahm sie auf den Arm. Zusammen mit ihr ließ er sich erschöpft in den Sand fallen. Er wiegte Isabel und blickte zum Himmel, über den keine Wolken mehr zogen – er leuchtete nur noch unbarmherzig blau auf sie herab. Joan weinte bittere Tränen.

Er war erschöpft und spürte, dass ihm der Kummer das Herz zerriss. Nie hätte er sich so viel Leid vorstellen können. Sein Vater, seine Mutter und seine Schwester. Vor ihm tauchten ihre Gesichter auf, und die Angst verwirrte seine Gedanken. Doch ein Gefühl übertraf alle übrigen: Er dachte daran, was er Gabriel sagen sollte, wenn dieser ihn nach ihren Eltern fragte.

6

Die Überlebenden begingen zusammen mit Freunden und Familienangehörigen aus Palafrugell die Totenwache, die sie für die Verstorbenen in deren Häusern hielten. Joan fühlte entsetzlichen Kummer, als er sich dem Leichnam seines Vaters gegenübersah. Doch bald begriff er, dass die Sorge um die Gefangenen größer war als die um die Verstorbenen.

»Der hier hat aufgehört zu leiden«, murmelte eine Nachbarin, die wegen ihres Alters davongekommen war.

Joan hatte ein scharfes Gehör und registrierte selbst die geflüsterten Kommentare, die in den fernsten Winkeln seines Hauses abgegeben wurden. Dieses bestand nur aus einem einzigen großen Raum. In der Mitte hatte man das Bett mit der Leiche seines Vaters aufgestellt.

»Diese armen Frauen, die sie mitgeschleppt haben, die werden wirklich leiden«, sprach die Alte weiter.

»Sie haben die schönsten Frauen des Dorfes mitgenommen«, raunte ein Mann mit sonnenverbranntem und runzligem Gesicht einem anderen zu, der wortlos nickte.

Joan wollte die ganze Nacht bei dem reglosen Körper seines Vaters wachen, um sich von ihm zu verabschieden, doch die Strapazen des vergangenen Tages und die eintönigen Gebete bezwangen seine Kräfte. Auf Knien, an die Wand gelehnt, schlief er irgendwann ein. Schließlich nahm ihn Tomás in die Arme und legte ihn auf das Bett, in dem bereits sein Bruder schlief.

Joan wurde vom Trauergeläut der kleinen Glocke in der Sankt-Sebastians-Einsiedelei und dem Gemurmel der Leute, die sich bereitmachten, seinen Vater fortzutragen, geweckt. Er hielt die Augen geschlossen, denn er wollte den Traum festhalten, in dem seine Mutter ihm gerade das Frühstück bereitete. Die Erinnerungen an den Piratenüberfall glichen einem Albtraum, und gleich würde er in der Wirklichkeit erwachen, in der die ganze Familie vereint wäre. Wie immer, wie an jedem Tag, den er bisher erlebt hatte. Aber so war es nicht.

»Joan! Gabriel!« Tomás schüttelte sie sanft. »Wacht auf, Kinder.«

Die Fenster standen offen, und schon drang helles Tageslicht herein. Zwei Frauen saßen auf der Kaminbank und murmelten immer noch Gebete. Die Kerze auf dem Tisch war heruntergebrannt.

»Nehmt Abschied von eurem Vater. Sie werden ihn jetzt ins Leichentuch hüllen.«

Joan spürte, dass diese Worte wie ein Schlag gegen seine Brust waren. Er sah, wie man ein paar Betttücher bereitmachte, und begriff, dass er ihn nie mehr wiedersehen würde. Er stand auf und betrachtete ihn. Seine Gesichtszüge waren noch dieselben, und er hatte einen entspannten Ausdruck. Ein Laken bedeckte seinen Körper von der Brust bis zu den Füßen, und hätte er nicht mitten im Raum gelegen, so hätte Joan denken können, dass er einfach nur schlief. Er küsste ihn auf die Wange, und seine kalte Haut ließ ihn erschaudern. Er betastete den starken Arm, mit dem sein Vater die Harpune und die Azcona geschleudert hatte, und die Kälte und Starre ließen ihn endlich das Unbegreifliche verstehen. Dieser Mensch, den er in seinen kindlichen Wunschträumen für unverwundbar gehalten hatte, dieser Mann, der ihn liebte und beschützte, würde in wenigen Augenblicken für immer verschwinden.

Gabriel wollte ihn nicht berühren.

»Papa«, schluchzte er.

Joan wusste, dass er seinen Bruder trösten musste, doch er merkte, dass er dazu nicht imstande wäre, dass er nicht so stark war wie sein Vater. Er umarmte Gabriel, damit er an seiner Brust weinen konnte, und während die Frauen die Tücher zusammennähten, überkamen Joan die Erinnerungen.

Es war Frühling, und die Wale zogen parallel zur Küste durchs Meer nach Norden. Doch die Leute in Llafranc jagten sie nicht, denn die Tiere waren zu groß und kräftig. Ramón schlug seinen Männern vor, es dennoch zu versuchen, mit dem neuen Boot könnten sie es schaffen. Die meisten stimmten dafür, und Joan fuhr mit ihnen hinaus.

Sie waren einen ganzen Tag und eine Nacht auf hoher See unterwegs, bevor sie sie entdeckten. Als sie sie endlich sahen, krampfte sich dem Jungen das Herz zusammen: Die Tiere stießen gewaltige Wasserstrahlen aus, und sie waren riesig, mindestens doppelt so groß wie ihr Boot. Vorsichtig ruderten die Männer heran, und als sie sich einem dieser Riesen ausreichend genähert und den geeigneten Abstand erreicht hatten, stand Ramón auf. Der Junge sah, wie sich die Muskeln im rechten Arm seines Vaters spannten, als er die Harpune hob, um sie mit aller Kraft in die dunkle und glänzende Haut des Wals zu schleudern. Das blaue und durchsichtige Wasser füllte sich mit Blut, und die Seeleute jubelten vor Freude. Nun zerrte das Ungeheuer mit gewaltiger Kraft am Boot, während Ramón den Wal noch einmal harpunierte, um ihn zuverlässig festzuhalten. Das Tier schleppte sie lange Zeit sehr schnell hinter sich her. Sie ruderten nicht, beteten nur, dass das Ungeheuer sie nicht in den Abgrund ziehen würde. Als es schließlich langsamer wurde, spannten sie das Segel auf, um das Tier zu zügeln, damit es müde wurde. Schließlich war es erschöpft, und von Rudern und Segel unterstützt, schleppten sie es nach Llafranc.

Joan konnte erst richtig verstehen, wie groß das Tier war, als sich das ganze Dorf mit vereinten Kräften bemühte, den Körper an Land zu ziehen. Es wurde ein großes Fest.

Joan war stolz auf seinen Vater. Er wollte an die Ruhmestat erinnern, indem er am Bug der *Möwe* ein Bild schnitzte, das Ramón zeigte, wie er den Wal harpunierte. Dafür brauchte er lange Zeit, doch es lohnte die Mühe.

Als er aus seinen Erinnerungen auftauchte und den schon eingehüllten Körper seines Vaters sah, schüttelte er bitter und bestürzt den Kopf. »Das kann nicht sein«, sagte er sich immer wieder.

»Ich bedauere das sehr«, erklärte der Eremit von Sankt Sebastian den Leuten, die sich auf dem kleinen Friedhof versammelt hatten. »Ich konnte euch nicht eher warnen. Ich habe diese Galeere gesehen, die sich auf die Bucht zubewegte, nachdem ich die Morgengebete gesprochen hatte. Ich kann mir nicht denken, wann und wo die gelandet sind, die sich am Berghang versteckt und euch aufgelauert haben. Ich bedauere das sehr, verzeiht mir bitte.«

Die Versammelten ließen ein entschuldigendes Flüstern vernehmen. Der Hinterhalt hatte sie alle überrascht. Der Administrator von Palafrugell nahm nicht an der Beerdigung teil, daher leitete der

Eremit die Beisetzung. Den gemurmelten Gebeten gesellte sich das tieftraurige, in langen Abständen erklingende Totengeläut der Glocke in der Einsiedelei hinzu, und ihm schloss sich wie ein fernes und gewichtigeres Echo das Geläut der Kirche von Palafrugell an. Es war ein unfreundlicher, windiger Tag mit hohen Wolken, und die Möwen flogen kreischend über den Friedhof hinweg. Joan sah zu, wie Erde auf das weiße Leichentuch seines Vaters fiel, der dort unten in diesem Loch lag. Er dachte, ihm wäre es sicher lieber gewesen, bei einem Sturm im Meer zu ertrinken, damit sein Körper ans Ufer gelangte, von den Wellen gewiegt, zwischen unzugänglichen Felsen, wie die Leiber der toten Möwen. Er wollte frei sein wie sie, und er starb als freier Mann. Solange er am Leben war, war auch seine Familie frei gewesen. Nun musste Joan seinen Platz einnehmen. Aber wie sollte er das tun, wenn er kaum in der Lage war, die Azcona ein paar Schritte weit zu werfen?

Als die Zeremonie zu Ende war, ging Tomás zu den Kindern.

»Euer Vater war wie ein Bruder für mich.« Seine Augen hatten sich mit Tränen gefüllt. »Und ich weiß, dass du, Joan, meine Tochter geliebt hast. Ich habe keine Tochter und keine Frau mehr. Ihr habt keinen Vater und keine Mutter mehr. Lasst mich euer Onkel sein, denn niemals könnte ich Ramón ersetzen. Kommt mit mir, ich kümmere mich um euch.«

»Danke, Tomás«, antwortete Joan, sobald er begriffen hatte, was der Mann zu ihnen sagte.

Tomás umarmte die beiden. Er glich nicht seinem Vater, dachte Joan. Er war größer und sehniger. Dort, wo bei Ramón die geschmeidige Festigkeit der Muskeln gewesen war, waren Knochen und Sehnen bei Tomás. Sein Angebot erleichterte Joan, doch seine hoffnungslosen Worte gefielen ihm nicht.

»Die Frauen kommen zurück. Wir haben noch Mutter und Schwester, und du hast Elisenda und Marta«, sagte er zu ihm, als sie sich trennten. »Wir holen sie zurück, nicht wahr, Tomás?«

Der andere schüttelte den Kopf.

»Sie kommen zurück!«, stieß Joan fast schreiend hervor.

Der Mann musterte ihn mit seinen blauen Augen, schluckte und sagte nichts.

Dann gingen sie zurück zum Dorf, wo Bruder Dionís eine Totenmesse zelebrieren sollte, bei der man auch für die Gefangenen und Verwundeten beten würde.

»Es war Gottes Wille«, verkündete dieser in seiner Predigt von der Kanzel der überfüllten Kirche herab. »Befolgen wir getreulich die Gebote der heiligen Mutter Kirche, damit sich solch ein Übel nicht wiederholt.«

Er redete voller Leidenschaft und gestikulierte energisch. Joan, der neben Tomás saß, stellte fest, wie sich dieser verkrampfte, als er das hörte.

»Diese Heimsuchungen sind die Frucht unserer Sünden. Und Sklaverei, Hunger und Tod sind die Strafen, die uns der Herr auferlegt. Befolgen wir Sein Gesetz, und Er wird uns retten.«

»Retten?«, schrie Tomás.

Der Administrator verstummte vor Überraschung. Niemand unterbrach eine Predigt. Es herrschte absolute Stille. Joan wagte nicht einmal zu atmen.

»Der Überfall der Piraten soll eine Strafe Gottes für unsere Sünden sein? Ihr hier seid davongekommen, weil Euch die Mauern und die Soldaten geschützt haben! Nicht wegen Eurer Tugend.«

Joan dachte, dass er recht hatte.

»Was für eine Sünde hat meine Tochter begangen, dass sie die Sklaverei verdient hat? Was für eine meine Frau?« Er stand auf und trat nach vorne, um den Geistlichen vom Fuß der Kanzel aus zu schmähen. »Wenn sie jetzt Sklavinnen sind, so wegen Eurer Feigheit, nicht wegen ihrer Sünden. Warum habt Ihr nicht erlaubt, dass die Bürgerwehr die Piraten angriff? Feigling!« Und er stürmte die Treppe hinauf.

»Rühr mich nicht an!«, brüllte der Geistliche. »Du wirst für immer in der Hölle schmoren!«

Die Frauen kreischten, und Joan glaubte schon, dass Tomás den anderen über das Geländer werfen würde. Das hätte er gewiss auch getan, wenn die Soldaten nicht eingegriffen hätten, die den Administrator stets begleiteten und nun vom Eingang des Gotteshauses herbeiliefen. Als sie ihn erreichten, hatte er den Geistlichen bereits am Hals gepackt, dem das Gesicht purpurrot angelaufen war.

»Werft ihn aus der Kirche!«, rief der Administrator mit erstickter Stimme, als sie Tomás wegbrachten. »Und wag dich nicht wieder an diesen Ort! Du bist exkommuniziert!«

7

Erst am nächsten Tag begriff Joan allmählich das ganze Ausmaß des Unglücks. Tomás zog zu den Jungen und brachte ein paar seiner Sachen mit. Er sagte, sein Haus enthalte zu viele Erinnerungen, und andererseits gebe es dort eine unerträgliche Leere. Auch Joans Haus bewahrte Erinnerungen. Jeder Gegenstand rief Bilder einer glücklichen Vergangenheit hervor, und er konnte seine Gedanken nicht von seinen Eltern, seiner Schwester und Elisenda abwenden. Isabel hatte man nach Palafrugell geschafft: Im Dorf selbst gab es keine Frau, die ihr die Brust geben konnte. Sie lebte bei einer Amme, die sie stillte, wofür ihr der Administrator etwas Geld bezahlte. Doch Isabel nahm kaum etwas zu sich.

Und sie hatten die *Möwe* nicht mehr. Die Sarazenen hatten zwar die drei kleinen Boote zurückgelassen, doch sie alle zusammen brachten nicht einmal ein Viertel des Fangs ein, den Ramóns Boot gemacht hatte. Joan sagte sich, wenn sie ihnen wenigstens die *Möwe* gelassen hätten, würde die Mannschaft wieder arbeiten, und die neun Familien, die davon lebten, könnten eine Zukunft haben. Wehmütig dachte der Junge an den stolzen Kahn zurück.

Man hatte die *Möwe* zwei Jahre zuvor an diesem Strand in Llafranc gebaut. Hinter ihnen lag eine gute Fangzeit, und Joans Vater beschloss, mit den Ersparnissen und dem Verkaufserlös der roten Korallen, die er mehrere Jahre lang aufbewahrt hatte, ein größeres Boot mit acht Rudern und einem guten Lateinsegel zu bauen. Ramón war Schiffsführer und Eigentümer, und wenn es einen guten Fang gab und etwas übrig blieb, wurde er in elf Teile aufgeteilt. Ihm kamen drei Teile und den anderen Fischern je einer zu. Aber wenn der Fang gering ausfiel, wurde er nur in neun Teile aufgeteilt, und Ramón bekam einen Teil wie die Übrigen.

Er beauftragte einen angesehenen Schiffszimmermann aus Palamós, und als der Meister eines Morgens am Ende des Winters eintraf, war dies ein Ereignis. Das ganze Dorf half mit, die Arbeitsgeräte und ein paar »Schablonen« genannte Holzstücke auszuladen, die, wie sie später erfuhren, die Modelle des zukünftigen Kiels und der Spanten waren.

Das neue Boot bestand zunächst nur aus ein paar Zeichen auf dem Boden. Der Zimmermannmeister brachte sie an einer Stelle an, die nicht weit vom Meeresufer entfernt war, aber doch weit genug, dass die Wellen sie selbst an den schlimmsten Sturmtagen nicht erreichen konnten. Alle arbeiteten mit, und die Zimmerleute aus Palafrugell beteiligten sich, indem sie selbst mit Hand anlegten und das Eichenholz für Spanten und Kiel wie auch das Pinienholz für die Verkleidung lieferten. Damals begann Joan, mit den übrig gebliebenen Holzstücken zuerst kleine Schiffe, die er auf dem Meer schwimmen ließ, und dann Tiere zu schnitzen. Der Junge bestaunte, wie das Boot größer wurde und Gestalt annahm. Zunächst erinnerte es ihn an das Skelett eines gestrandeten Wals, mit den Spanten als Rippen und dem Kiel als Rückgrat. Nach und nach nahm das Schiff dann seine endgültige Form an.

Schließlich fand der feierliche Stapellauf statt, und Joan durfte mit dem Boot zum Fischfang hinausfahren. Als sein erster Tag endete und der Moment der Aufteilung der Beute kam, nahm Tomás eine Zeremonie mit vielen Verbeugungen und Beifall vor, und er überreichte dem Kind eine winzige silberne Sardine. Er sagte, das sei der Lohn für den ersten Tag eines Fischers. Alle lachten, aber Joan lief stolz nach Hause, damit seine Mutter den Fisch briet. Das war sein erster Lohn. Der Junge war zehn Jahre alt.

Seit jenem Tag waren erst zwei Sommer vergangen, aber alles hatte sich verändert.

Die Untätigkeit war das Schlimmste. Die Leute kamen in Gruppen zusammen, um mit den anderen über ihre Sorgen zu sprechen – das Schicksal der Verwundeten und Gefangenen, ihre Angst vor einer finsteren Zukunft und ihre Sehnsucht nach einer Vergangenheit, die ihnen früher zuweilen hart erschien, an die sie aber nun wie an das Paradies zurückdachten.

»Wovon sollen wir leben, wenn der Winter kommt?«, fragte eine Frau. »Diese Boote bringen sehr wenig ein, und wenn sie kein Glück haben, haben nicht einmal ihre Besitzer etwas zu essen.«

»Und die Mauren haben alles weggeschleppt, was wir hatten!«, beklagte sich eine andere.

»Bruder Dionís muss uns helfen«, griff einer aus der Mannschaft von Joans Vater ein. »Er hat uns ja auch Steuern auf den Fischfang abgenommen.«

»In Palafrugell haben sie auch nicht viel«, sagte Daniel. »Die Ernten waren nicht gut, und seit dem Bürgerkrieg leiden sie immer noch Hunger.«

»Der Administrator?«, fragte Tomás geringschätzig und spuckte dann auf die Erde. »Was für eine Hilfe können wir von diesem Feigling erwarten, der es zugelassen hat, dass sie unsere Leute mitnahmen?«

»Dir wird er tatsächlich nicht helfen«, sagte eine Frau zu ihm. »Nach dem, was du in der Kirche getan hast, wird er dir nichts geben.«

»Ich würde es wieder tun«, entgegnete er wütend. »Und wenn ich könnte, würde ich ihm den Hals durchschneiden. Eher verhungere ich, als dass ich etwas von diesem elenden Kerl annehme. Damit er seine Feigheit verbergen kann, stellt er es so hin, als wären wir die Bösen, und spielt sich als Richter auf, der den Willen Gottes deutet.«

»Du hast nicht unrecht«, gab Daniel zu, und die meisten Männer nickten zustimmend. »Aber denk doch an die Kleinen, um die du dich jetzt kümmern musst. Du wurdest exkommuniziert, und du weißt, dass sie uns verbieten, mit dir zu sprechen. Niemand darf dir helfen.«

»Bitte ihn um Verzeihung«, griff ein anderer ein. »Selbst wenn es nur wegen der Kinder ist. Solange sie bei dir bleiben, bekommen sie vom Administrator nichts.«

»Nein, das tue ich nicht!«, schrie Tomás wütend. »Ganz gleich, was mit mir geschieht. Bruder Dionís ist ein niederträchtiger Lump. Teilen wir dem Abt des Santa-Anna-Klosters mit, wie sich dieser Feigling aufgeführt hat! Er soll ihn ablösen!«

Die Übrigen schwiegen und sahen einander verstohlen an, bis sie schließlich zum Meer hinüberblickten.

»Was meint ihr? Helft ihr mir?«

»Es tut mir leid. Das ist nicht der richtige Moment, sich mit dem Administrator anzulegen«, sagte endlich einer von ihnen. »Wir brauchen ihn, damit wir in diesem Winter überleben können.«

Das wirkte wie ein Signal, damit sich die Gruppe auflöste. Tomás blieb allein zurück und blickte zu der Stelle, an der die Galeere mit seiner Frau und seiner Tochter an Bord verschwunden war.

In den folgenden Tagen gaben sich Tomás und die Jungen alle Mühe, Essen zu beschaffen. Das Essen war wichtig, doch sich abzulenken und nicht mehr zu grübeln war sogar noch wichtiger. Sie streiften durch den Bergwald in der Nähe des Dorfes, um Pilze und Pinienzapfen zu suchen. Sie zogen auch weiter ins Landesinnere, wo es Kastanienbäume und Steineichen gab, allerdings waren die Eicheln noch grün. Trotzdem sammelten sie einige, um sie zu mahlen und Fladen aus ihrem Mehl zu backen. Sie schmeckten bitter. Sie warfen ihre Angeln von den Küstenfelsen aus ins Meer, und die Stunden vergingen, während sie darauf warteten, dass ein Fisch anbiss. Danach untersuchten sie die Klippen: Miesmuscheln, hin und wieder ein Krebs, Seeigel … Nichts Essbares entging ihnen. Aber die meisten Dorfbewohner taten das Gleiche, und was sie fanden, machte niemanden satt.

Alle hofften auf die drei kleinen Boote und dass etwas von dem Fang übrig blieb. Aus dem großen Ort kam Brot, immer zu wenig, auf dem Rücken eines Maultiers, das von vier Soldaten des Administrators bewacht wurde.

»Wir dürfen Tomás nichts geben, und solange die Kleinen bei ihm sind, auch ihnen nicht«, sagten sie am ersten Tag.

Seitdem näherten sich Tomás und die Jungen dem Maultier nicht mehr. Von weitem beobachteten sie, wie sich die Nachbarn die Brotlaibe untereinander teilten, und erst, wenn sich die Soldaten entfernt hatten, steckten die Nachbarinnen den Kleinen heimlich Brot zu.

Es schien, als nähme der Schmerz zu, je mehr Tage vergingen. Die Nachricht, dass die kleine Isabel gestorben war, machte es noch schlimmer.

Joan dachte an ihren warmen kleinen und geschundenen Körper, wie er ihn aus dem Sand gehoben und gewiegt hatte. Er dachte an sie zurück, wie sie in den Armen ihrer Mutter gelegen und mit ihrem zahnlosen Mund gelacht hatte. Und wie ihre Mutter sie angeblickt und dann ihm zugelächelt hatte.

Die Nachricht kam mit den Soldaten, die das Brot brachten, und sie verbreitete sich durch das Geflüster der Nachbarn. Am Ende fand Clara den Mut, es ihm zu sagen. Gabriel weinte unaufhörlich, und Joan bemühte sich, stark zu sein und seinen Bruder aufzumuntern, doch es gelang ihm nicht. Jetzt blieben von ihrer Familie nur noch sie beide übrig.

Tomás war nicht in der Lage, die Kleinen zu trösten. Oft überraschten sie ihn, wie auch er weinte.

»Sie kommen zurück«, wiederholte Joan, um ihn zu ermutigen. »Eines Tages holen wir sie und bringen sie heim.«

»Nein. Sie kommen nicht zurück«, widersprach Tomás hartnäckig. »Wir werden sie nicht wiedersehen.«

»Aber ja. Wenn ich groß bin, werde ich Soldat. Dann bin ich

sehr stark, und ich ziehe los, um sie zu suchen. Das verspreche ich dir.«

Der Mann sah ihn mit einem leisen Lächeln an. Ein paar Augenblicke schien er ihm zu glauben, doch dann schüttelte er schweigend den Kopf.

Der Hass des Fischers steigerte sich jeden Tag: gegen die verdammten Sarazenen und den niederträchtigen Geistlichen, der nichts unternommen hatte, um den Gefangenen zu helfen. Seine Wut wirkte ansteckend, und Joan stellte fest, dass der Hass das Leid und den Schmerz linderte. Er lernte, wie Tomás die Kinnladen zusammenzupressen, zu hassen und zu verfluchen.

8

»Die roten Korallen sind unser Gold«, sagte Tomás eines Tages zu Joan. »Ich habe ein paar aufbewahrt. Komm.«

Er führte ihn zu einem Winkel seiner alten Hütte und zeigte ihm die Stelle im Boden aus gestampfter Erde, wo sie vergraben waren.

»Nimm sie, wenn du sie eines Tages brauchst und ich nicht da bin. Sie sind für dich und deinen Bruder. Es sind nicht viele, aber ein paar von den kleinen Zweigen werden gut bezahlt.«

Joan wusste, dass auch sein Vater Korallen unter dem Boden ihres Hauses versteckt hatte. Man erbeutete sie an den Küstenfelsen und Klippen. Dafür benutzte man ein Gerät mit schrägen Balken und einer Art Zackenkrone, das wie eine Harke wirkte, welches sie über die Felsen schleiften, um die Korallen abzureißen. Ein kleines Netz, das darunter hing, nahm das rote Gold auf. Es war eine schwierige Arbeit, und sie verlangte, dass das Meer ruhig war, damit das Boot nicht an den Felsen zerschellte.

Der Junge erinnerte sich an die zwei Sommer, die er auf der *Möwe* verbracht hatte. Sie war ein gutes Boot gewesen und hatte es ihnen ermöglicht, weit hinauszufahren. Sie hatten sich nach Norden gewandt, zu den Medas-Inseln, die ebenfalls dem Santa-Anna-

Kloster in Barcelona gehörten. An den Inseln war das Meer noch schöner als bei Llafranc. Sie waren von klarem und durchsichtigem Wasser umgeben, und an den flachen Stellen ließ sich der Grund deutlich erkennen. Rote Korallen wuchsen so reichlich, dass man manchmal nach ihnen tauchen konnte. Dort brachten ihm Tomás und Ramón bei, die Lunge durch tiefes Atmen mit Luft zu füllen, damit er längere Zeit unter Wasser schwimmen konnte. Joan genoss diese Tauchgänge, die Sonne und das durchsichtige und ruhige Meer. Erst ein paar Wochen zuvor waren sie von den Inseln zurückgekehrt. Aber wie weit lagen jene glücklichen Tage zurück!

Er sah, dass Tomás jeden Tag dünner wurde. Seine hagere und sehnige Gestalt sah allmählich aus wie ein Gerippe. Beinahe alles Essbare, das sie fanden, war für die Kinder, und trotzdem waren die Kleinen immer noch hungrig, wenn die Nacht anbrach.

»Es ist schlecht für euch, dass ihr mit mir zusammen seid«, sagte er nun schon. »Der Administrator gibt euch zu essen, wenn ich fortgehe.«

Aber Joan antwortete, dass es ihnen bei niemandem besser als bei ihm gehen würde. Nach und nach richtete Tomás den Hass, den er gegen die Sarazenen und den Administrator empfand, gegen sich selbst.

»Gern wäre ich wie euer Vater gestorben«, sagte er immer wieder, »als ich meine Familie verteidigte. Aber ich habe Angst bekommen, als ich diesen Donner hörte … Ich bin geflohen, als ich sah, dass Ramón zu Boden stürzte. Sie haben Elisenda und Marta weggeschleppt, während ich wie ein Feigling davonrannte.«

»Es hätte nichts genützt, wenn du gestorben wärest«, tröstete ihn Joan. »Nur ein schneller Angriff der Bürgerwehr hätte sie gerettet.«

»Und wozu bin ich jetzt gut? Ich habe kein Boot, ich habe nichts, was ich euch zu essen geben kann, und durch meine Schuld enthält euch der erbärmliche Administrator das bisschen Brot vor, das er im Dorf austeilt.«

»Für alles gibt es eine Lösung«, ermunterte ihn Joan. »In wenigen Jahren sind Gabriel und ich groß, und dann können wir drei uns auf den Galeeren des Königs anwerben lassen. Wir befreien die gefangenen Frauen und bringen einen Maurenschatz zurück, genauso wie unser Vorfahr, der als Almogávar gekämpft hat.«

Das ließ Tomás lächeln. Seine blauen Augen glänzten, und ein Leuchten breitete sich über sein abgemagertes Gesicht aus.

Dieses Abendessen sollte etwas Besonderes sein. Joan hatte einen Fisch von beträchtlicher Größe geangelt, und er briet ihn auf dem Rost. Sie hatten etwas Brot von einer Nachbarin bekommen, ein paar ziemlich harte Kräuter, die aber essbar waren, wenn man sie kochte, und mehrere Kastanien. Es war ein richtiges Festmahl, und der Junge verbrachte den ganzen Nachmittag mit den Vorbereitungen für das Essen. Tomás und sein Bruder sollten sich freuen. Er wollte sehen, wie sie lächelten. Doch die Nacht brach herein, und Tomás war immer noch nicht da. Joan schickte Gabriel los, ihn zu suchen, für den Fall, dass er sich bei einem Nachbarn verspätet hatte. Aber Gabriel kam zurück, ohne dass er ihn gefunden hatte.

»Wo mag er nur sein?«, fragte Gabriel unruhig.

»Er hat sich gewiss aufhalten lassen. Mach dir keine Sorgen. Der Mond scheint, und er wird den Weg schon finden. Fangen wir an.«

Nach dem Abendessen legten sie sich auf den Strohsack, doch Joan war sehr aufgeregt und konnte keine Ruhe finden. Auf einmal fiel ihm blitzartig etwas ein. Bevor er sich rührte, versicherte er sich, dass Gabriel schlief. Dann zog er sich an und ging in die Nacht hinaus.

Ein schmaler Mond im abnehmenden Viertel stand mitten am sternenübersäten Himmel. Ein eisiger Windstoß ließ ihn erschauern. Er zögerte. Er wagte es nicht, Tomás' Haus zu betreten. Es war der einzige Ort, an dem er noch nicht nach ihm gesucht hatte, und ihn quälte eine Vorahnung. Er machte ein paar schnelle Schritte und stieß die Tür auf. Sie öffnete sich quietschend. Draußen erhellten der Mond und die Sterne die Nacht, doch im Innern gab es nur Dunkelheit.

»Tomás«, sagte er halblaut.

Es kam keine Antwort. Joan rief wieder nach ihm, diesmal lauter. Am liebsten wäre er wieder weggerannt, als er keine Antwort bekam, doch seine innere Stimme riet ihm zu bleiben.

Er tastete sich ein paar Schritte vor, bis er an den Tisch stieß und einen Schemel berührte. Die Tür stand immer noch offen. Etwas Helligkeit drang herein und half ihm, sich zu orientieren. Er durchquerte die Hütte in Richtung der Schlafstätten. Vielleicht war Tomás dort und schlief. Mit der Fußspitze berührte er den Strohsack, während sein Körper an etwas stieß, das sich bewegte. Er schrie auf. Das Etwas pendelte hin und her, und als er danach griff, fühlte es sich kalt und starr an. Es erinnerte ihn an den Körper seines Vaters, bevor er sich von ihm in der Hütte verabschiedet hatte. Da wusste er, dass es Tomás war. Entsetzt rannte Joan hinaus, um Daniel zu wecken.

Im Licht einer Öllampe sahen sie, wie Tomás' hagerer Körper über dem Strohsack, auf dem er immer mit seiner Frau geschlafen hatte, an einem Balken hing. Noch schaukelte er durch den Zusammenstoß mit Joan sanft hin und her.

Bruder Dionís verbot, Tomás auf dem kleinen Dorffriedhof zu beerdigen. Er war ein Exkommunizierter und ein Selbstmörder: Seine Seele war für alle Ewigkeit zur Hölle verdammt, und auf seinen Körper wartete das Verhängnis, in irgendeinem unzugänglichen Winkel zu verfaulen, wo ihn die Raubtiere zerfleischen würden. Joan stieg zur Sankt-Sebastians-Einsiedelei hoch, um dem Eremiten seine Bitte vorzutragen.

»Tomás war ein guter Mensch. Nie hat er jemandem geschadet. Er hat allen geholfen, wenn er konnte. Er hat meinen Bruder und mich aufgenommen, als wir unsere Eltern verloren hatten.« Tränen strömten ihm in die Augen. »Bitte, begrabt ihn in der heiligen Erde der Einsiedelei.«

»Das weiß ich, Sohn«, antwortete der Mann und strich sich über den weißen Bart. »Das weiß ich. Aber für Selbstmörder gibt es ein Gesetz – dasselbe wie für Exkommunizierte. Es ist das Gesetz der Kirche, und wie alle anderen muss auch ich es befolgen.«

»Seine einzige Sünde war, dass er geliebt hat. Er hat seine Familie so sehr geliebt, dass er es nicht ertragen konnte, sie zu verlieren«, drängte der Junge weiter. »Der liebe Gott muss ihm vergeben, weil er in seinem Leben nichts getan hat, um eine solche Strafe zu verdienen.«

»Das weiß ich. Ich weiß, dass er ein guter Mensch war«, murmelte der Eremit. »Er hat alle Gottesdienste besucht. Seine Frau hat mir immer Essen gebracht. Nie habe ich etwas Schlechtes über ihn gehört.«

»Dann begrabt ihn im Boden der Einsiedelei, ohne dass es Bruder Dionís erfährt.«

Der Eremit lief grübelnd zwischen den Pinien umher, die den Berggipfel umgaben und die nur der Turm überragte, an dessen Fuß die Kapelle stand. Joan folgte ihm schweigend. Er hörte, dass er etwas murmelte. Die Einsamkeit hatte ihn wohl daran gewöhnt, laut zu denken. Es war ein herrlicher Nachmittag, und vom Gipfel aus erblickte man das unermessliche blaue Meer und ein paar sonnenbeschienene, mit Bäumen bewachsene Felsen. Darüber schwebten die Möwen. Sie riefen Joan bessere Zeiten mit seinem Vater ins Gedächtnis, und er verspürte eine bittere Unruhe.

»Bitte«, bestürmte er den Eremiten schluchzend und zog ihn am Ärmel seiner verschlissenen Kutte. »Er war wie mein Vater. Gott hat ihm gewiss verziehen. Es kann keine Sünde sein, so sehr zu lieben.«

»Hör endlich auf mit dem Weinen!«, explodierte der Mann. »Mir kommen schon selbst die Tränen!«

»Bitte!«

»Das verstößt gegen alle Sitten und gegen alle Regeln! Bruder Dionís wird mich hier wegjagen, wenn er es erfährt!«

»Er muss es ja nicht erfahren. Bitte!«, flehte Joan.

»Einverstanden!«, stimmte der Eremit nach einer Weile ärgerlich zu. »Wenn ich hier allein lebe, so schließlich deshalb, weil ich mich nicht an absurde Regeln halten will!«

Zusammen mit drei anderen Mitgliedern der Mannschaft der *Möwe* brachte Daniel den Leichnam nach oben auf den Berg. Tomás wog nur noch wenig, und er war sehr leicht zu tragen. Alles geschah derart heimlich, wie etwas in einem kleinen Dorf heimlich geschehen konnte. Aber alle hatten Tomás gemocht, und niemand würde den Eremiten verraten. In einem Winkel unter einem Steinhaufen fand er seine letzte Ruhe, die man ihm hatte verweigern wollen, und der Eremit trug dieselben Gebete wie für Ramón vor. An diesem Tag gab es kein Totengeläut. Man wollte nicht auffallen. Erst am nächsten Tag ließ die Einsiedelei ihre Glocke lange Zeit feierlich, langsam und traurig läuten. Unten am Meer beteten die Dorfbewohner unter Tränen um einen weiteren der Ihren.

»Dieses Schicksal erwartet den Unseligen, der nicht die Kirche und ihre Diener achtet!«, donnerte Bruder Dionís von der Kanzel herab. »Selbstmord ist eine der abscheulichsten Sünden. Die Seele dieses Mannes brennt in der Hölle, und sein Körper wird ohne Grab verfaulen.«

Die Dorfleute, die mit denen aus Palafrugell zusammensaßen, wechselten heimliche Blicke mit ihren Nachbarn. Sie genossen die Ahnungslosigkeit des Administrators. Joan allerdings fand nichts, was ihn bei diesem Mann hätte belustigen können, und er ballte wütend die Fäuste. Tomás hatte ihm beigebracht, diesen Feigling zu hassen, der schuld daran war, dass man seine geliebte Familie versklavt hatte. Nun war er auch schuld am Tod seines Freundes.

»Lernt es, den Willen des Herrn zu achten, indem ihr ergeben die Prüfungen annehmt, denen Er euch unterwirft. Eure Sünden sind schuld an den Heimsuchungen, die sie nach sich ziehen! Seht, wie es Tomás ergangen ist und wie er durch seine Missachtung der Kirche die Strafe Gottes auf sich gezogen hat.«

Joan konnte sich nicht zurückhalten. Er lief zur Kanzel vor und schrie dieselben Beschuldigungen, die Tomás früher einmal geäußert hatte: »Dieses Unglück ist nicht durch unsere Sünden gekommen! Schuld daran sind die Sarazenen, und schuld seid Ihr, weil Ihr uns nicht verteidigt habt!« Drohend wies er mit dem Zeigefinger auf ihn. Er war wütend. »Mit Eurer Feigheit habt Ihr es verhindert, die Gefangenen zu retten!«

Der Mönch reagierte nicht gleich. Er hatte nicht erwartet, dass ihm ein Kind die Stirn bieten würde. Es trat eine vollständige Stille ein. Keiner wollte ein Wort verpassen. Nur Daniel rührte sich. Er trat neben Joan, fasste ihn am Arm und bat ihn zu schweigen. Doch mit der Kraft, die die Wut verleiht, riss sich der Kleine los.

»Tomás war ein guter Mensch, und er hat die Wahrheit gesagt! Gott hat damit nichts zu tun! Das ist eine Lüge!«

Die Soldaten stürzten sich auf den Jungen und schleppten ihn blitzschnell aus der Kirche.

»Er lügt!« Während sie ihn fortschleppten, konnte er noch die Worte hinausschreien, die er tausendmal von seinem Freund gehört hatte. »Er benutzt Gott, um uns zu unterjochen!«

Bruder Dionís predigte laut weiter, indem er ausrief: »Seht ihr, wie der faule Apfel den gesunden verdirbt? Jetzt leidet dieses Kind an demselben Übel wie der unselige Selbstmörder.«

»Sollen wir ihn verprügeln?«, fragte ein Soldat den diensthabenden Offizier.

»Nein. Überlass ihn ruhig mir.« Der Mann packte Joan am Arm, zog ihn von den Übrigen fort und schrie ihn dann an: »Wenn du versuchst, wieder in die Kirche zu kommen, schlage ich dir den Schädel ein. Du bist genauso störrisch, wie es dieser Idiot Tomás gewesen ist!« Der Offizier zerrte ihn weiter, dann zeigte er mit dem Finger auf die Kirchentür. »Sieh genau hin!«, sagte er.

Der Junge blickte in die angegebene Richtung, weil er dachte, dass jemand herauskäme, und eine kräftige Ohrfeige schleuderte ihn auf die Erde. Der Offizier hob ihn hoch, und als sich Joan zusammenkrümmte, weil er auf den nächsten Schlag wartete, sagte ihm der Offizier leise, ohne dass ihn die Übrigen hörten: »Aber du bist klug und tapfer wie dein Vater. Und, verdammt, du hast recht! Du hast ganz und gar recht. Nur sei vorsichtig. Ich wünsche dir Glück, Junge. Du hast es verdient.«

Joan hatte den Geschmack seines eigenen Blutes im Mund.

9

Kurz nach dem Ende des Gottesdienstes an diesem Sonntag entschied der Administrator über Joans Schicksal. Die Soldaten brachten den Jungen zu ihm, und der Ärger des Geistlichen schien nachzulassen, als er die geschwollene und blutige Lippe des Kleinen sah.

»Ich kann dich und deinen Bruder nicht im Dorf lassen«, sagte er. »In diesem Winter kommt eine Hungerzeit auf uns zu, und ihr habt keine Familie mehr. Außerdem müsst ihr in Ehrfurcht vor der Kirche und der Autorität erzogen werden. Wenn du ein paar Jahre älter wärest, würde ich dir eine unvergessliche Lektion erteilen: Du bist ein fauler Apfel. Wenn du dich nicht änderst, wird deine Seele in der Hölle schmoren, und ich will nicht, dass du deine Nachbarn ansteckst, die gute Vasallen sind.«

»Sie sind keine Vasallen, sie sind frei wie die Möwen«, entgegnete der Junge.

»Die Fischer sind Vasallen des Abtes des Santa-Anna-Klosters in Barcelona.«

»Natürlich sind sie frei. Wenn der Abt irgendein Recht hatte, so hat er es in dem Moment verwirkt, als Ihr uns nicht gegen die Piraten unterstützt habt, wie es Eure Pflicht gewesen wäre.«

Der Offizier gab Joan einen Schlag in den Nacken, der ihm einen Augenblick lang den Atem nahm.

»Halt den Mund!«, wies dieser ihn zurecht. »Und hör zu, du Dummkopf.«

Joan war davon überzeugt, dass der Geistliche log. Doch dann sagte er sich, dass ihm der Offizier die Lippe aufgeschlagen hatte, um ihm Schlimmeres zu ersparen, und dass er wohl recht hatte: Für ihn war es ratsam, den Mund zu halten.

»Du bist ja überhaupt nicht zur Vernunft zu kriegen!«, fuhr der Administrator ihn an. »Ich werde meine Zeit nicht vergeuden und mich mit einer kleinen Rotznase herumstreiten, die wie ein alter Ketzer redet. Und ich werde auch nicht warten. Ein vertrauenswürdiger Kaufmann will bald nach Barcelona aufbrechen, und ich werde ihn dafür bezahlen, dass er euch mitnimmt. Dann bin ich nicht mehr für dich verantwortlich, sondern der Abt des Santa-Anna-Klosters.«

»Barcelona!«, rief Joan überrascht. Er hatte so viel über die große Stadt gehört! Der Name klang verheißungsvoll in seinen Ohren, und er beschloss, sich dem Administrator nicht mehr zu widersetzen.

Ihre Siebensachen waren schnell gepackt. Sie besaßen fast nichts. In einem großen Tuch verwahrten sie jeweils einen Holzlöffel, den Napf aus gebranntem Ton, den sie zum Trinken und Essen benutzen wollten, und die wenigen Kleidungsstücke, die sie mitnahmen: ein paar Hemden, einen Kittel und zwei Tücher, die Erinnerungen an ihre Mutter waren. Sobald Joan die vier Enden seines Tuches zusammengeknotet hatte, band er es an die Spitze der Azcona seines Vaters. Er trug das Bündel, indem er den Schaft über die Schulter legte. Gabriel wollte die Harpune von Tomás benutzen, um sein Bündel zu tragen. Bevor Joan hinausging, grub er die kleinen, kostbaren Zweige der roten Korallen aus und versteckte sie in den Falten seines Tuches.

Die Nachbarn verabschiedeten sich von ihnen mit Umarmungen und gaben ihnen noch etwas Brot, ein paar Eicheln, Weintrauben und Kastanien für die Reise mit. Es war wenig, doch sie hatten nicht mehr.

»Nehmt euch in Acht«, sagte weinend Clara, die Frau Daniels, und umarmte sie noch einmal. »Wie wird es euch nur ergehen?«

»Wenn wir groß sind, werden wir Soldaten und ziehen ins

Reich der Sarazenen, um unsere Familien zu befreien«, erklärte Joan nachdrücklich. »Nicht wahr, Gabriel?«

Sein Bruder nickte zustimmend.

»Ja, und wir kommen mit einem maurischen Schatz zurück«, erklärte der Kleine mit einem breiten Lächeln.

»Ihr armen Kinder!«, rief eine andere Frau.

»Sie sind schon Männer«, brachte ihnen Daniel in Erinnerung.

»Wir kommen zurück!«, wiederholte Joan zum Abschied, doch die Gesichter der Dorfbewohner bekundeten ihren Zweifel.

Alle kamen am Strand zusammen, an derselben Stelle, wo man früher die *Möwe*, dieses verlorene Sinnbild ihrer Freiheit, an Land gezogen hatte. Der Tag war wolkenverhangen, das Meer kräuselte sich etwas, und es blies ein sanfter Westwind, ideal zum Segeln. Die Nachbarn blieben am Strand stehen. Sie winkten ihnen nach und wünschten Glück, bis sie das Schiff aus den Augen verloren.

»Ich freue mich, dass ihr Fischer seid«, sagte der Kapitän zu den Jungen, womit er sie auf seinem Schiff willkommen hieß. »Dann macht ihr mir wenigstens nicht das Deck mit Erbrochenem schmutzig.«

Das Schiff war eine Art Feluke. Es hatte genügend Raum für sechs Personen und die Waren, die es beförderte. Der Schiffsführer war ein dürrer und schlechtgelaunter alter Mann. Er hieß Ferrán, redete wenig, und wenn er es tat, so nur deshalb, um den Seemann, der unter ihm diente, mit groben Worten und Ausdrücken zu beschimpfen, die den Administrator von Palafrugell zum Erröten gebracht hätten, wenn er sie gehört hätte. Aber man merkte, dass er seinen Beruf kannte.

Mosén Bartomeu Sastre, der Kaufmann, dem sie vom Administrator übergeben wurden, war das ganze Gegenteil des Seemanns. Er war ungefähr dreißig, großgewachsen, gutaussehend, mit dunklen Augen, einer Adlernase, dem scharfen Blick eines Raubvogels und einem ungezwungenen Lächeln. Sein Haar war schulterlang, sein Gesicht glattrasiert. Joan beobachtete ihn neugierig. Im Dorf rasierte sich kein Mann, und in Palafrugell taten es nur der Administrator und zwei andere. Sein Haar war nicht so kurz wie das eines Mannes und auch nicht so lang wie das einer Frau. Außerdem sprach er auf sonderbare Weise, so dass sie ihn kaum verstehen konnten. Trotzdem war er liebenswürdig und sagte ihnen, wo sie ihre Bündel unterbringen und wo sie sich im Schiff hinsetzen konnten.

Der Kaufmann wartete, bis die Kleinen ihren Platz eingenommen hatten, und unterhielt sich dann mit ihnen. Sobald sie Vertrauen zu ihm gefasst hatten, erzählten sie ihm ihre Geschichte. Joan merkte, dass der Mann von einigen Stellen ihres Berichts ergriffen war, obwohl er es zu verbergen versuchte.

»Also sind die Sarazenen zurückgekehrt?«, fragte der Schiffsführer erstaunt nach, als ihm Bartomeu davon erzählte.

»Ja, sie haben das Dorf dieser Kinder geplündert, ihren Vater getötet und viele Gefangene verschleppt.«

»Die Sarazenen?«, fragte der Seemann wieder.

»Ja«, bestätigte Joan.

»Wie sonderbar«, sagte der Alte. »Seit langem haben wir nichts von ihnen gehört. Von Genuesen und Franzosen, das ja, aber nicht von Mauren. Bist du sicher, dass es Mauren waren?«

»Ja, ganz bestimmt.«

Der Mann verstummte und ging, um eine Segelleine festzuzurren. Dazu murmelte er etwas zwischen den Zähnen.

»Woher weißt du das denn so genau?«, fragte der Schiffsführer nach einer Weile wieder.

»Sie trugen Turbane, und Bruder Dionís, der Administrator, hat gesagt, es seien Sarazenen.«

»Der Administrator? Kein Wunder!« Der Schiffsführer spuckte verächtlich über den Bordrand.

10

Bartomeus Aussehen, seine elegante Art, sich zu bewegen, die Kleidung, der Haarschnitt und das glattrasierte Gesicht überraschten die Kinder. Vor allem Gabriel beobachtete ihn mit einem Lächeln, und er gab sich keine Mühe, es zu verbergen.

»Hast du gemerkt?«, sagte er lachend zu seinem Bruder. »Er trägt Handschuhe! Hast du schon mal jemanden gesehen, der Handschuhe auf einem Schiff trägt? Auf einem Schiff! Eine ungeheure Dummheit! Und dabei ist es noch nicht einmal kalt.«

Vor der Tragödie war Gabriel ein fröhliches Kind gewesen, das viel lachte. Seit damals war es nun das erste Mal, dass er wieder so ausgelassen war, und Joan freute sich darüber.

»Das ist wirklich ein komischer Kerl!«, gab er zu und stimmte in das Lachen seines Bruders ein.

»Wie der den feinen Mann spielt!«, sagte Gabriel weiter.

Er stellte sich hinter den Kaufmann und begann, seine Bewegungen zu imitieren, ohne dass dieser es merkte. Joan lachte, als er es sah. Der Kapitän stand am Ruder des Schiffs, hinter Gabriel. Ohne ein Wort zu sagen kam er näher und versetzte ihm einen solchen Schlag, dass es den Jungen auf den Boden warf. Joan sprang hoch, um seinen Bruder zu verteidigen, doch Ferrán war schon ans Ruder zurückgekehrt.

»Was ist los?«, fragte Bartomeu. Er hatte nichts von dem gesehen, was hinter seinem Rücken geschehen war.

Gabriel konnte sich nicht beherrschen und brach in Lachen aus. Joan lächelte. Der Schiffsführer hatte ihm wohl nicht allzu weh getan.

Nachdem Bartomeu an diesem Nachmittag an Land gegangen war, erteilte ihnen der Schiffsführer mit finsterer Miene eine Lektion.

»Der Kaufmann mag euch sonderbar vorkommen, aber er ist es nicht.«

»Nicht?«, wunderten sich die Jungen.

»Nein. Er ist nur einer dieser eleganten jungen Herren aus Barcelona, die kleiden sich so. Und er spricht, wie man in der Stadt spricht.«

»Sie sprechen alle so?« Die Brüder sahen sich verblüfft an.

»Ja«, antwortete der Alte. »Und es ist besser für euch, dass ihr ihn respektiert. Im Bürgerkrieg hat er sich wegen seines Mutes in der leichten Reiterei ausgezeichnet, und beinahe hätten sie ihn getötet. Er hat für König und Volk gekämpft, gegen die hohen Herren, die die Bauern versklaven.«

Die Brüder sahen sich wieder erstaunt an.

Bei der ersten Gelegenheit fragte ihn Gabriel voller Neugier: »Mosén Bartomeu, warum tragt Ihr auf dem Schiff Handschuhe?«

»Das kommt euch wohl sonderbar vor?« Der Kaufmann lachte. Die Brüder nickten zustimmend. »Wegen der Sonne.«

»Wegen der Sonne?«

»Meine Kunden haben nichts für braungebrannte Hände übrig.«

»Verkauft Ihr Hände?«, fragte Gabriel nach.

Diesmal musste Bartomeu lachen. Sogar der Alte brachte ein Lächeln zustande.

Die Feluke segelte immer nahe bei der Küste, jedoch weit genug entfernt, um die Klippen zu umgehen. Der Schiffsführer suchte oft den Horizont nach Piraten ab. Er grummelte zufrieden, als er erfuhr, dass die Jungen rudern konnten; wenn man zur Küste flüchten müsste, würden ihre Arme eine Hilfe sein, auch wenn sie noch wenig Kraft hatten.

Sie segelten jeden Tag bei Sonnenaufgang los, und mittags oder in den ersten Nachmittagsstunden setzten sie das Schiff auf den Küstensand des nächsten Ortes, wo Bartomeu die Zeit für seine Geschäfte nutzte. Der Kaufmann legte diese Strecke regelmäßig zurück. Er beförderte die Erzeugnisse, die das Santa-Anna-Kloster in Barcelona nach Palafrugell und der Ort zum Kloster schickte, und währenddessen machte er seine eigenen Geschäfte.

Der größte Teil der Ware, mit der der Kaufmann handelte, war etwas, was Joan überraschte: Bücher. Er kannte niemanden, der ein Buch besaß, außer dem Eremiten oder dem Administrator. Er hatte sie bei den kirchlichen Zeremonien mit Büchern gesehen, doch er wäre nie auf die Idee gekommen, dass man so etwas kaufte oder verkaufte. Er verstand nicht, warum die Leute einen solchen Gegenstand haben wollten, und noch weniger, dass man dafür Geld ausgeben könnte.

»Wozu sind Bücher gut?«, fragte er Bartomeu, als er genug Vertrauen zu ihm gefasst hatte.

»Sie erklären Dinge, die die Leute wissen wollen, und sie erzählen sehr anregende Geschichten«, antwortete der Kaufmann lächelnd.

»Wenn ich etwas wissen wollte, habe ich meine Eltern, Tomás oder den Eremiten danach gefragt«, erklärte Joan erstaunt. »Und sie haben uns auch Geschichten erzählt. Außerdem können Bücher nicht sprechen.«

Bartomeu lachte, und Joan blickte finster.

»Manche Dinge können auch die Eltern oder Freunde nicht erklären«, antwortete der Kaufmann. »Du wirst schon sehen, der Tag kommt, an dem die Bücher auch zu dir sprechen werden.«

»Aber sie haben keine Stimme«, beharrte Joan.

»Doch, die haben sie, Junge«, sagte Bartomeu und strich ihm über den Kopf. »Du kannst sie nur nicht hören, bis du lesen gelernt hast.«

»Lesen?«, erkundigte sich Joan verwundert.

Er blickte zuerst Bartomeu an, der zustimmend nickte, und dann Gabriel, der dem Gespräch beiwohnte, ohne es zu verstehen. Der kleine Bruder zuckte verwundert die Achseln. Joan fragte nicht weiter. Er wollte nicht wie ein Dummkopf dastehen, aber das Ganze hatte ihn nachdenklich gemacht. Bücher enthielten also ein Geheimnis. Sehr interessant.

Ein paar Tage später, als der Schiffsführer sie nicht hören konnte, kam Bartomeu wieder auf den Piratenüberfall zu sprechen.

»Wie genau war die Galeere beschaffen?«

»Ich weiß nicht, was Ihr meint«, entgegnete Joan.

»Groß? Klein?«

»Das weiß ich nicht.«

»Wie viele Geschütze hatte sie am Bug?«

»Drei.«

Bartomeu hielt inne und dachte nach.

»Dann war sie eine der großen«, sagte er schließlich.

»Was hat das zu bedeuten?«, wollte Joan wissen.

»Die Sarazenen besitzen gewöhnlich keine so großen Galeeren, außer wenn sie eine von den Christen gekapert haben. Sie ziehen kleinere vor, die dafür wendiger sind.«

An dem Tag, als sie in Tossa anlegten, nutzten die Jungen die Gelegenheit, um sich in dieser mit Mauern umgebenen Ortschaft umzusehen, die einen wohlhabenden und betriebsamen Eindruck machte. Doch sie richteten sich nach den Anweisungen des Schiffsführers und kehrten ziemlich lange vor Sonnenuntergang aufs Schiff zurück. Bartomeu tauchte erst am frühen Morgen auf. Allerdings hatte er am Abend einen Jungen mit Essen und ein paar Gepäckstücken geschickt. Der alte Kapitän murrte unaufhörlich gegen den Kaufmann: Er sprach von einer Witwe, wobei er zugleich das Wort »Ehebruch« benutzte. Joan wusste nicht, was er meinte, doch der Schiffsführer wollte ihm nicht sagen, was es zu bedeuten hatte.

Beim ersten Morgenlicht, als das Schiff abfahrbereit war, erschien Bartomeu auf dem weiten Strand von Tossa. Er lief durch die Wellen und kam mit einem Sprung an Bord.

»Eines Tages endet Ihr im Kerker eines Ortes wie dem hier«, warnte ihn der Alte.

Der Kaufmann lachte vergnügt, während er ihm auf die Schulter klopfte.

Es gab festgesetzte Markttage, doch Bartomeu hielt sich nicht an sie. Er kam, wenn der Ort an seinem Weg lag, ohne dass er sich darum kümmerte, was für ein Tag es war. Ein redegewandter und scharfsinniger Mann wie er hatte es verstanden, Freunde und Handelsgenossen zu finden. Er zögerte auch nicht, die Beamten des Ortes mit kleinen Bestechungen für sich zu gewinnen. Das beunruhigte den Schiffsführer, denn er befürchtete, in diesen Handel verwickelt zu werden oder das einträgliche Transportunternehmen für das Santa-Anna-Kloster einzubüßen. Andererseits entschädigte ihn der Kaufmann für die ausgestandenen Gefahren reichlich.

Die Jungen angelten nur wenige Fische, doch Bartomeu konnte sie gegen Speisen eintauschen, die für Joan die reinsten Leckerbissen waren. Wenn der Abend kam, kochten sie einen guten Eintopf, und manchmal besorgte Bartomeu ein paar Kaninchen oder Hühner, die er selbst briet, wobei es am ganzen Strand verführerisch duftete. Er war ein guter Koch, und er verwendete eine Neuerung, die die Jungen überraschte: Gewürze, die dem Essen einen ungeahnten Wohlgeschmack verliehen. Im Dorf hatte es Fleisch nur zu Weihnachten gegeben, und für die Jungen war es ein unglaubliches Fest. Danach erzählte ihnen Bartomeu Geschichten, die die Kinder mit offenem Mund staunen ließen. Schließlich erlosch das Feuer, und sie suchten sich zum Schlafen einen Platz im Boot oder im Sand.

11

Die Nacht vor ihrer Ankunft in Barcelona war kalt und feucht. In dem Boot, das sie auf den Strand von Badalona gesetzt hatten, lag Joan lange wach. Mit dem Ersatzsegel hatten sie versucht, sich vor dem Regen zu schützen, indem sie es wie ein Dach über sich aufgespannt hatten. Joan spürte den warmen Körper seines Bruders, der sich fröstelnd an ihn drückte. Was Joan vom Schlafen abhielt, waren nicht nur der Regen oder die Bewegungen Gabriels, sondern auch die Aufregung, am nächsten Tag die große Stadt kennenzulernen. Außerdem machte er sich Sorgen: Was sollte aus ihnen werden, wenn sie einmal angekommen waren?

Der Tag begann mit einem bleigrauen, wolkenverhangenen Himmel. Obwohl das Meer aufgewühlt war, segelten sie kurz nach dem Tagesanbruch los. Wenig später zeigte der Kaufmann auf das Land, das sich vor ihnen bis zum Horizont erstreckte, und sagte: »Was ihr dort seht, ist Barcelona.«

In der Ferne tauchten ein paar Gebäude auf, die bald als Türme und Mauern auszumachen waren.

»Die Stadt ist von einer großen Stadtmauer umgeben. Das da ist die Ostbastion. Der höchste Turm, den wir von hier aus sehen können, trägt den Namen deines Schutzpatrons, Sant Joan, und der zweitgrößte, der dem Meer am nächsten steht, ist der von Sant Nicolau.«

Je näher sie kamen, desto mehr Einzelheiten wurden sichtbar. Bartomeu zeigte ihnen die fernen Kirchtürme, die über die Festungswerke hinausragten, wie den von Santa María del Mar. Als sie sich schon dicht vor der Stadt befanden, mussten sie die sandige Insel Mayans umrunden, die durch die Santa-Creu-Mole mit dem Festland verbunden war. Sie bot den im südlichen Teil ankernden Schiffen einen gewissen Schutz vor der aus dem Norden heranrollenden Brandung.

Es nieselte immer noch, und das graue Tageslicht ließ endlich die Wirklichkeit erkennen: Große Abschnitte der am Meer liegenden Stadtmauer waren zerstört. Eine breite Sandfläche war von Steinblöcken gesäumt, die früher zur Mauer gehört hatten. Der Sand drang bis zu den ersten Stadtgebäuden vor und war schon dabei, sie zu verschlingen. Joan hatte sich gefreut, die großen Bauwerke zu bestaunen. Doch selbst ein Fischerjunge konnte den Eindruck von langjährigem Verfall und Fäulnis an ihnen wahrnehmen.

»Das war nicht immer so«, sagte Bartomeu in entschuldigendem Ton, als hätte er die Gedanken des Jungen erraten. »Vor zwanzig Jahren, vor dem Bürgerkrieg und den Pestilenzen, in der Zeit von Alfons V., war diese Stadt reich und mächtig … Jetzt ist sie nicht einmal in der Lage, nach einem großen Sturm ihre Mauern wiederaufzubauen.«

Sobald sie an Land gegangen waren, heuerte Bartomeu mehrere Lastträger an, die man *Bastaixos* nannte. Diese sollten ihre Waren auf dem Rücken bis zum Santa-Anna-Kloster am anderen Ende der Stadt befördern. Als Joan ein besorgtes Gesicht machte, erklärte ihm Bartomeu, wenn man die Waren diesen kräftigen Burschen überlasse, gebe man sie in sichere Verwahrung. Sie würden sie mit ihrem Leben beschützen und niemals einen Sueldo über den Tarif hinaus verlangen, den ihre Bruderschaft – eine der am meisten geachteten von Barcelona – festgelegt habe.

Dort, wo der sandige Küstenstreifen endete, befand sich ein Gebäude, dessen Größe die Kinder beeindruckte. An stürmischen Tagen wurde es gewiss von den Wellen umspült. Bartomeu erklärte, das sei die *Lonja*, die Handelsbörse. Ein paar Schritte weiter sahen sie einen großen Platz, der auch mit Sand und Gestrüpp bedeckt war. Der Kaufmann deutete auf die Gebäude, die neben der Lonja um den Platz herum standen: das Haus des Generalrats, das Meereskonsulat und das Zollhaus. Dorthin ging Bartomeu zusammen mit den Lastträgern, um die Zollsätze für die Waren auszuhandeln, die viel niedriger als die üblichen sein würden, weil die Waren der Kirche gehörten.

Widerwillig und verstohlen blickten die Jungen zu dem Galgen hinüber, der in der Mitte des Platzes aufgerichtet worden war und an dem eine von den Vögeln halb zerfressene Leiche hing.

»Der Ort hier heißt ›Plaza de les Falsies‹, das bedeutet ›Platz der Lügner oder der Verräter‹«, teilte ihnen der Schiffsführer der Feluke mit, nachdem er in Richtung des Toten hin ausgespuckt hatte. »Man hat ihn so genannt, weil wir Seeleute hier zusammenkommen, und die Städter behaupten, dass wir übertreiben und lügen würden, sobald wir den Mund aufmachen. Zweitens hat es damit zu tun, dass man hier Verräter und andere Verbrecher henkt. Der Gehenkte ist der Willkommensgruß und die Warnung der Stadt an uns, die wir übers Meer hierherkommen.«

Joan zuckte zusammen, als er beobachtete, wie sich die Jungen aufführten, die die aasfressenden Vögel mit Steinen bewarfen und den Toten anstelle der Vögel trafen. Als er feststellte, wie abgemagert die Kleinen aussahen, begriff er, dass man auch hier in der Stadt hungerte. Er merkte, wie sich Gabriels Hand an seine klammerte. Joan starrte den Toten voller Abscheu und Faszination an.

Der graue Tag, der Gehenkte und der unheilvolle Gesamteindruck schüchterten den Jungen zutiefst ein. Er hatte das Gefühl, all das sei ein schlechtes Vorzeichen, und bekam Angst. Was würde ihnen diese Stadt bringen? Er war für seinen Bruder verantwortlich, und nun drückte er ihm fest die Hand, um ihm Mut zu machen.

Nachdem er mit den städtischen Beamten um den Preis gefeilscht hatte, kam Bartomeu zufrieden zurück. Er hatte seine eigenen Waren heimlich unter die des Santa-Anna-Klosters gemischt und so eine stattliche Steuersumme gespart.

»Dort entlang«, zeigte er den Trägern, die schon vorangegangen waren.

Sie kamen in die Carrer de les Canvis Vells, die »Straße der Alten Wechselgeschäfte«. Dort hielt Bartomeu den Zug an, um für das Geld, das er auf der Reise eingenommen hatte, Münzen aus Barcelona einzutauschen. Als sie weiterliefen, erklärte er den Jungen, wie wichtig die Geldwechsler waren, denn es kursierten so viele lokale und ausländische Münzen, dass es sehr schwierig sei, einen klaren Überblick zu bekommen. Die Geldwechsler hatten ihre Tische, die sie als »Bank« bezeichneten, in Canvis Vells und Canvis Nous, und ihre Ehrlichkeit musste über jeden Zweifel erhaben sein. An ihren Bänken hingen große Metallscheren mit einer festen Klinge, und die Wechsler hatten die Anweisung, damit jede von ihnen entdeckte falsche Münze zu zerschneiden. Wenn man bewies, dass einer von ihnen bei seinen Geschäften betrog, zerbrachen die städtischen Beamten seinen Tisch. Das nannte man ›öffentlichen Bankrott erleiden‹. Wenn ein solcher Geldwechsler doch einmal Gnade finden konnte, durfte er sich nie wieder in Canvis Vells niederlassen, wohl aber bei den »neuen« Wechslern in Canvis Nous. Damit waren die Leute gewarnt, dass er eine zweifelhafte Vorgeschichte hatte.

Kurz nachdem sie die Kreuzung mit Canvis Nous hinter sich gelassen hatten, bewunderten die Jungen die eindrucksvolle Fassade von Santa María del Mar mit ihrem Bogenportal und dem Rosettenfenster. Sie erinnerten sich an die kleinen Kirchtürme, die sie vom Boot aus in der Ferne gesehen hatten, und legten – überwältigt von der Größe des Bauwerks – den Kopf in den Nacken. Die Träger bekreuzigten sich, denn Maria war ihre Schutzpatronin, doch sie blieben nicht stehen, wie es Joan sich gewünscht hätte. Stattdessen liefen sie weiter in die Calle Argentería – die »Straße der Silberwaren«. Dort hatten die Juweliere ihre Läden und stellten ihre Arbeiten auf Tischen aus.

»Das hier hättet ihr vor zwanzig Jahren sehen sollen, vor dem Bürgerkrieg«, sagte Bartomeu. »Die Straße war voller Tische. Jetzt sind nur ein paar übrig, und sie haben keine besonders wertvollen Stücke zu bieten. Die meisten Juweliere waren Juden, genauso wie die Geldwechsler. Ihre Familien hatten sich wegen der blutigen Verfolgungen vor einem Jahrhundert zum Christentum bekehrt. Diese Neuchristen nennt man Konvertiten.«

Joan fielen ein paar Anhänger aus Silber und Gold auf, mit denen rote Korallen eingefasst waren. Er blieb kurz stehen, um sie näher zu betrachten: Nie hatte er etwas Ähnliches gesehen, und er bestaunte die Schönheit dieser Schmuckstücke. Er betrachtete die Qualität der Korallen, und zufrieden stellte er fest, dass die Stücke, die er in seinem Bündel versteckt hatte, besser waren. Da erblickte er ein junges Mädchen, vielleicht etwas jünger als er, das die Waren beaufsichtigte, während ein Mann, der wohl ihr Vater war, sich an einem nahen Tisch damit beschäftigte, Silber zu ziselieren. Sie war sehr hübsch. Gerne hätte er sich erkundigt, wie teuer der Schmuck war, damit er einen Anhaltspunkt hatte, wie viel seine Korallen wert sein könnten, doch er wagte es nicht. Er hoffte, dass er noch eine bessere Gelegenheit dazu finden würde. Das Mädchen bemerkte sein Interesse. Ihre Blicke trafen sich, wandten sich jedoch sofort wieder voneinander ab. Joan betrachtete die Schmuckstücke erneut, nur dass er nicht mehr an den Wert der Korallen, sondern an das Mädchen dachte. Da rief ihnen Bartomeu zu, der mit den Trägern vorausgelaufen war: »Kommt! Lasst euch nicht ablenken, sonst verlauft ihr euch!«

Joan sah wieder das Mädchen an. Sie trug ein elegantes Gewand, das ihre schmale Taille betonte. Sie hatte weiße Haut, und ihr schwarzes Haar hob die leuchtenden grünen Augen wirkungsvoll hervor. Sie lächelte ihm zu und hielt seinem Blick stand, und auf ihren Wangen bildeten sich reizende Grübchen. Joan sagte sich, dass er noch nie ein so schönes und so anmutiges Wesen gesehen hatte, und er spürte, wie ihn diese düster wirkende Stadt auf einmal auf ihre Art und Weise willkommen hieß. Der Junge erwiderte das Lächeln des Mädchens, wobei er errötete. Nachdem er seinen Bruder an der Hand genommen hatte, lief er der Gruppe hinterher, die weiter oben auf der Straße schon in der Menge untertauchte.

Als er sich entfernte, fühlte er sich schuldig gegenüber Elisenda, die zusammen mit seiner Mutter und Schwester eine Gefangene der Mauren war. An diese Frauen sollte er denken. Trotzdem konnte er sich nicht zurückhalten und blickte sich um, weil er ein letztes Bild des Mädchens erhaschen und es so im Gedächtnis bewahren wollte.

Anna half ihren Eltern im Laden und bei manchen Arbeiten, die die Dienstmagd nicht erledigte, so etwa, Wasser am Brunnen zu holen. Als sie an diesem Morgen sah, wie ihr dieser Junge einen letzten Blick zuwarf, bevor er in der Menge untertauchte, verfiel sie ins Grübeln. Sie war gerade zwölf Jahre alt geworden und hatte schon erkannt, wie ihre grünen Augen und ihr Lächeln wirkten. Die größeren Jungen streunten bereits auf der Straße umher und spielten sich vor ihr auf, und obwohl es zwei gab, die ihr Interesse erregten, belohnte sie sie nur selten mit einem aufmerksameren Blick und einem Lächeln. Ihre Eltern sagten, ihr Liebreiz sei so groß, dass sie einen reichen Bürger oder sogar einen Adligen heiraten könne und dass sie nur auf den geeigneten Kandidaten warten müsse. Dieser spindeldürre Junge mit der geraden und kräftigen Nase, den dunklen Augen und dem zerzausten, von der Sonne gebleichten braunen Haar war das ganze Gegenteil davon. Die sonnengebräunte Haut seines Gesichts und seiner Hände gab zu erkennen, dass er zur Unterklasse gehörte und einer von denen war, die unter freiem Himmel arbeiteten. Über dem Hemd trug er einen Kittel aus Rohwolle, den er mit einem Lederband umgürtet hatte. Seine Schuhe waren aus grobem Hanf, und das Bündel, das er am Ende eines Gegenstandes schleppte, der einem kurzen Spieß glich, kennzeichnete ihn als einen Dörfler, der gerade erst in die Stadt gekommen war. Er hielt einen kleinen Jungen an der Hand, der ihm ähnelte, dessen Augen aber die Farbe von Honig hatten. In den Augen des Größeren war eine Mischung aus Trauer, Entschlossenheit und Kraft und zugleich Verletzlichkeit. Ungewollt lächelte sie ihm zu und erkannte sofort, welche Wirkung dies bei ihm hervorrief. Der Junge hielt ihrem Blick stand, aber seine Wangen röteten sich. Er antwortete ihr mit einem schönen Lächeln, deutete mit dem Kopf eine Abschiedsgeste an und lief mit seinem Bruder eilig die Straße hinauf.

12

Am Ende der Calle Argentería entdeckte Joan zu seiner Überraschung eine mächtige Mauer, die sehr alt aussah und im oberen Teil Fenster und Bogen hatte. Wie Bartomeu erklärte, gehörte diese zu den ältesten Stadtmauern, die den Hügel umgaben, auf dem sich der Stadtkern erhob. Ohne stehen zu bleiben, liefen sie über einen kleinen Platz, der Plaza del Blat – »Weizenplatz« – hieß. Sie kamen unter einem Bogen hindurch, der sich in der Mauer öffnete, betraten die Altstadt und stiegen die Calle Especiers – die

»Straße der Gewürzhändler« – hoch. Dort, gleich vor den Hauseingängen, gab es zahlreiche Verkaufsstände, die mit bunten Sonnendächern überzogen waren. Verschiedene Krüge, Säckchen und Kästen mit Kräutern, Gewürzen und anderen Zutaten erfüllten die Luft mit ihren Gerüchen.

»Gewürze sind in Barcelona sehr wichtig«, erklärte ihnen Bartomeu mit der Begeisterung eines erfahrenen Kochs. »Wir essen gerne gut, selbst in einem Jahr mit einer schlechten Ernte wie diesem und trotz des Elends, das uns seit dem Bürgerkrieg begleitet. Die Gewürze richtig zu gebrauchen ist eine Wissenschaft, und wenn das Essen knapp oder nicht in bestem Zustand ist, muss man häufig seine ganze Kunst aufbieten, um es schmackhaft zu machen.«

Diese ihm zum größten Teil unbekannten Gerüche begeisterten Joan. Er bemühte sich, den Erklärungen des Kaufmanns zu folgen, während er sich fragte, was diese Gefäße wohl enthielten. An manchen Tonwaren hatte man Buchstaben eingeritzt, oder sie trugen kleine beschriftete Pergamentstreifen. Joan erinnerte sich daran, was ihm Bartomeu über die Bücher gesagt hatte, und er dachte, wenn er lesen könnte, würde er den Inhalt jedes Topfes kennen.

Die Verkaufsstände und die vielen Leute behinderten das Vorwärtskommen. Ihre Lastträger verlangten nun mit lauten Rufen, durchgelassen zu werden, wobei sie die Passanten ohne allzu viel Rücksicht beiseiteschoben. Joan stellte überrascht fest, dass es an dieser mitten in der Stadt liegenden Straße zerstörte Häuser gab, und er fragte Bartomeu danach.

»Die Hausbesitzer haben sie selbst abgerissen.«

»Warum?«, erkundigte er sich erstaunt.

»Nun, es hat viele Pesttote gegeben, außerdem sind eine Menge Einwohner vor dem Hunger aus der Stadt aufs Land geflohen. Daher haben wir immer weniger Einwohner und zu viele Häuser. Die Eigentümer müssen Steuern und Pacht für das Gelände bezahlen, das meistens Geistlichen gehört. Also tragen sie lieber die Häuser ab und sparen sich auf diese Weise die Zahlungen.«

Es begann zu nieseln, und die Kaufleute brachten die Waren ins Innere ihrer Geschäfte, als Joans Blick an einem großen aufgeschlagenen Buch hängenblieb. Es wurde von einem roten Sonnendach geschützt und lag auf einem Pult. Darin war Mariä Verkündigung dargestellt. Es war ein prächtiges Bild in allen Farben und voller Goldverzierungen. Zu sehen war ein schöner Engel, der einer entzückenden, blaugekleideten Jungfrau Maria die frohe Botschaft mitteilte. Auf der anderen Seite standen Reihen von eleganten und harmonischen Buchstaben, und sie enthielten verborgene Botschaften, die für Joan unverständlich waren. Also dies war die Ware, mit der Bartomeu handelte, sagte er sich. Noch nie zuvor hatte er etwas so Schönes gesehen. Und er beschloss, lesen zu lernen.

»Vorwärts! Lasst euch nicht aufhalten«, trieb sie der Kaufmann an.

Am Ende des Wegs kamen sie zu einem Platz, doch die Träger liefen rechts auf der Calle de la Diputación – der »Straße der Landstände« – weiter, die an den Palacio de la Diputación – den »Palast der Landstände« – grenzte. Joan wollte vor der Tür stehen bleiben, über der inmitten von Türmchen, Traufröhren und steinernem Zierrat ein großes Medaillon mit dem Bild des den Drachen tötenden heiligen Georg ins Auge fiel. Einer der Soldaten, die den Eingang bewachten, sah den anderen an und machte eine Kopfbewegung zu den Brüdern hin. Danach lächelten beide, weil die Kleinen eine so staunende Miene zeigten, wie sie für neuangekommene Dörfler bezeichnend war. Joan hätte nie gedacht, dass man etwas Derartiges aus Stein machen konnte. Es war wunderschön und ließ sich überhaupt nicht mit den armseligen Figürchen vergleichen, die er aus Holz geschnitzt hatte.

»Nicht wahr, das ist hübsch?«, fragte Gabriel. Joan nickte zustimmend.

»Weiter!«, sagte Bartomeu, doch Joan gehorchte ihm nicht. Er staunte hingerissen. »Vorwärts, sonst verlieren wir die Träger aus den Augen!«, drängte der Kaufmann. Er zog ihn und Gabriel fort, der Joans Hand fest umklammerte. »Ihr könnt an einem anderen Tag herkommen und es euch ansehen.«

Sie liefen eilig auf derselben Straße weiter. Rechts lag die Kathedrale, und Joan konnte nur von weitem, durch eine Tür, einen schönen Kreuzgang wahrnehmen.

»Hier hat man bei den großen Festen sogar Turniere abgehalten, und überall stehen Adelspaläste«, erklärte Bartomeu, als sie zur Plaza de Santa Anna kamen. »Gib acht, an der Ecke da ist das Herrenhaus der Castellvells und ein Stück weiter das der Besoras.«

Als sie zum Montsió-Kloster kamen, sagte ihnen der Kaufmann, dass dort Dominikanernonnen lebten. Früher habe es jedoch Augustiner-Bettelmönchen gehört, die die Leute wegen ihrer groben Kutten »Sack-Mönche« nannten. Sie besaßen nur eine Kutte und durften sie nicht einmal waschen und flicken, bis sie in Fetzen von ihnen abfiel.

»Wisst ihr, wie die Straße dahinter heißt?«, fragte er lachend.

Die Kleinen zuckten die Achseln.

»Espolsasacs! ›Säckeausschüttler‹. Denn jeden Morgen, wenn die Mönche aufgestanden sind, haben sie durch die hinteren Klosterfenster den Staub aus ihren Säcken geschüttelt, bevor sie sie anzogen.«

Er zwinkerte den Kleinen mit einem Auge zu, und sie antworteten darauf mit Gelächter, weil sie sich die splitternackten Mönche vorstellten, wie sie an den Fenstern standen und ihre Säcke ausschüttelten.

Das ganze Gebiet war ein einziger Morast, und man merkte, dass es schon seit Tagen in diesem Zustand war. Die Füße versanken im Schlamm, und Joan bedauerte, dass er seine Hanfschuhe angezogen hatte, um einen besseren Eindruck zu machen. Er war daran gewöhnt, barfuß zu laufen, und wenn die Schuhe nicht schon schmutzig gewesen wären, hätte er sie sich auf der Stelle ausgezogen.

»Das da ist der Palast der Familie Mur. Dort hat sich König Ferdinand II. einquartiert, als er herkam, um als Graf von Barcelona die Sonderrechte und Privilegien der Stadt zu beschwören ... Der da gehört den Sos ... Und der hier dem Bischof von Urgell.«

Joan dachte an den Boden vor seinem Haus in Llafranc, der aus Steinchen und Sand bestand und immer sauber gehalten wurde, selbst wenn es regnete.

»Sie mögen vornehme Adlige sein, aber wenn sie aus ihrem Palast kommen, versinken sie im Schlamm«, sagte er.

Am Ende des Platzes begann eine Straße, die zum Portal del Ángel – dem »Portal des Engels« – führte. Durch dieses Tor in der Mauer kam man in nordwestlicher Richtung aus der Stadt hinaus, und es war das erste Tor, das man morgens öffnete, und das letzte, das man abends schloss. Sie hatten die ganze Stadt durchquert. Links lag die Calle de Santa Anna, und dorthin wandten sie sich nun.

»Hier lebe ich, am Ende der Straße, bei der Porta dels Bergants. Sie führt durch die zweite Mauer Barcelonas zur Rambla«, teilte ihnen Bartomeu mit. »Davor kommt das Santa-Anna-Kloster, das hinter der rechten Häuserreihe verborgen ist.«

Die Straße war so gerade, dass man ihr Ende schon vom Anfang aus sehen konnte, und wegen des Aussehens der ersten Häuser vermuteten die Brüder, dass es dort gewiss keine großen Paläste gab.

»Habt Ihr ein sehr großes Haus?«, erkundigte sich Gabriel und ergriff die Hand des Kaufmanns, um ihn daran zu hindern, schnell weiterzulaufen.

Bartomeu blieb stehen und sah ihn an.

»Es ist etwas größer als die, die du hier siehst«, antwortete er freundlich.

»Und habt Ihr Kinder?«, wollte der Kleine wissen.

Joan begriff, dass sein Bruder für den Kaufmann das Gleiche wie er empfand, und er hielt den Atem an, während er auf die Antwort wartete.

»Nein, wir konnten leider keine bekommen.«

Der Regen hatte die Straße leergefegt. Sie wirkte trostlos und dunkel. Es war kühl, und sie sahen nur zwei Häuser mit halbgeöffneter Tür. Die meisten waren zugesperrt.

Auf einmal verschwanden die Träger mit den Warenballen aus ihrem Blickfeld.

»Hier ist es«, sagte Bartomeu kurz darauf.

Er zeigte auf ein breites Tor, das Fenster an seinem oberen Teil hatte und sich zwischen den Häusern öffnete. Es war groß genug, damit ein Wagen hindurchkommen konnte, und es schien die Einfahrt eines alten Herrenhauses zu sein.

Joan betrachtete es neugierig. Nur ein Torflügel stand offen. Das Innere war dunkel. Er stellte es sich als ein großes hungriges Maul vor, das sie verschlingen wollte. ›Das hier ist unser Schicksal‹, dachte er, und er blieb ängstlich stehen. Er hatte Hunger und fror, und seine Begeisterung für die große Stadt war verschwunden. Er sehnte sich zurück nach seinem Dorf am Meer. Er dachte an sein Haus und seine Familie. Tränen traten ihm in die Augen, und er drückte die Hand seines Bruders, der sicher das Gleiche wie er fühlte.

»Weiter!«, drängte sie Bartomeu. »Sonst werden wir nass!«

Gabriel blickte ihn fragend an. Joan sagte sich, dass sie keine andere Wahl hatten. Er lief dem Kaufmann hinterher und empfahl sich dem Schutz des heiligen Sebastian, des Schutzpatrons der Einsiedelei, des Schirmherrn gegen feindliche Überfälle und Pestilenzen.

Sie traten ein, und mit wenigen Schritten brachten sie den überdachten Teil hinter sich. Er endete in einem Bogen, der sich auf zwei von kleinen Kapitellen bekrönte Säulen dicht an der Wand stützte. Dort, vor dem Regen geschützt, blieb Bartomeu stehen und sagte zu ihnen: »Das hier ist das Santa-Anna-Kloster.«

Sie befanden sich auf einem kleinen Innenplatz. Vor ihnen stand eine Kirche, die eine einfache, aber ebenmäßige Tür mit vielen übereinanderliegenden Bogen und einer darüber thronenden Jungfrau hatte. Links davon erhob sich ein Kirchturm mit zwei Öffnungen, der als Glockenturm diente, und weiter entfernt stand eine

Mauer mit einem großen Spitzbogenfenster. Es war ein sehr finsterer Tag, und der Regen prasselte immer stärker.

»Kommt mit!«, rief ihnen der Kaufmann zu.

Er lief los und watete durch die Pfützen. Die Kinder gehorchten. Bartomeu führte sie durch ein Gässchen nach links und dann nach rechts, bis sie zu einer Mauer kamen, die aus soliden Steinen erbaut war. Darin befand sich eine Tür, über der ein Wappenschild mit dem vierarmigen Kreuz, dem des Patriarchen von Jerusalem, angebracht war.

Als sie eintraten, sahen sie, dass sie sich wieder unter einem Dach befanden. Obwohl es ein düsterer Tag war, bewunderte Joan die harmonische Bauweise. Das hier war der Kreuzgang. Eine Reihe von schlanken und kleinen Säulen mit gemeißelten Kapitellen trug leichte gotische Bogen, die einen viereckigen Garten umgaben. In der Mitte befanden sich ein Brunnen, mehrere Palmen und Orangenbäume. Selbst im Regen war das schön. Der Kreuzgang hatte ein Obergeschoss, an dem allerdings noch gebaut wurde.

»Das ist die Wahnvorstellung des Abtes Gualbes«, kommentierte ihr Führer, als hätte er in Joans Gedanken gelesen. »Selbst in diesen erbärmlichen Zeiten will er das ganze Bauwerk unbedingt fertigstellen. So sind die Adligen. Je eindrucksvoller ihr Palast ist, für desto wichtiger halten sie sich.«

»Er ist adlig?«

»Selbstverständlich! Das ist er von Geburt an, und als Abt des Santa-Anna-Klosters trägt er die Titel eines Barons von Palafrugell mit allen dazugehörigen Feudalrechten, sogar der Blutgerichtsbarkeit, und eines Herrn von Miralles.«

Er ging zum anderen Ende des Kreuzgangs. Die Träger hatten dort die Waren abgeladen, die nun von einem dickbäuchigen Mönch in einer schwarzen Kutte kontrolliert wurden.

Bartomeu sprach kurz mit dem Geistlichen. Nachdem er die Träger bezahlt hatte, rief er die Kinder, die in angemessenem Abstand warteten.

»Das sind Joan und Gabriel aus Llafranc. Das gehört zu Palafrugell«, stellte er sie dem Mönch vor. »Sie haben ihre Familie verloren, und Bruder Dionís schickt sie Euch, zusammen mit einer Botschaft für Prior Gualbes.« Dann wandte er sich an die Geschwister: »Das ist Bruder Jaume. Er betet nicht nur, sondern beaufsichtigt auch die Küche und die Versorgung.«

Die Kleinen sagten nichts, und Joan musterte den Geistlichen. Dieser lächelte ihnen zu. Er machte einen angenehmen Eindruck.

»Los, Jungen, küsst ihm die Hand!«, befahl ihnen Bartomeu.

Sie gehorchten. Während ihnen der Mönch den Handrücken hinstreckte, um den ehrerbietigen Kuss zu empfangen, zerzauste er ihnen liebevoll die Haare.

»Ihr seid ja ganz nass! Kommt hinein«, sagte er und zeigte zu einer Tür. »Hier ist die Küche.«

Sie befanden sich nun in einem großen Raum, der an einem Ende von einem kräftigen Feuer und am anderen von einem hohen Fenster erhellt wurde.

»Zieht die nassen Sachen aus!«, drängte Bruder Jaume. »Wie kommt es, dass ihr nur ein Hemd und einen Kittel tragt? Habt ihr etwa keinen Mantel?«

Die Wäsche im Bündel war ebenfalls feucht, und der Mönch holte ihnen trockene alte Soutanen, die sie sich anzogen, und setzte sie auf eine Bank am Feuer. Die Soutanen waren zu groß, aber das störte sie nicht.

»Ihr seid nach der sechsten Tagesstunde gekommen«, sprach Jaume weiter. »Die Brüder haben schon gegessen und halten Mittagsruhe. Aber noch ist etwas für euch übrig.«

Aus einem Topf, den er neben das Feuer gestellt hatte, füllte er ihnen zwei Teller mit Kichererbsen und Speck, gab ihnen einen Holzlöffel und ein Stück Brot. Dann goss er ihnen etwas Wein, den er mit Wasser vermischte, in eine große Tasse. Nach einem kurzen Gebet stürzten sich die Kleinen begierig auf das Essen. Als Joan einen Blick mit seinem Bruder tauschte, sah er ihn lächeln. Er erwiderte sein Lächeln. Vielleicht würde es ihnen hier gutgehen, vielleicht könnten sie glücklich werden.

Bruder Jaume erlaubte ihnen, sich die Teller nachzufüllen, und kurz danach legten sie sich auf ein paar leere Säcke am Feuer. Gabriel kauerte sich neben Joan zusammen und schlief sofort ein. Auch Joan war müde, doch bevor er einschlief, konnte er noch ein Gespräch zwischen Bartomeu und Bruder Jaume mithören.

»Der Prior Cristòfol de Gualbes ist auf Reisen«, flüsterte der Mönch. »Und dem Subprior wird das überhaupt nicht gefallen. Er wird sehr wütend sein.«

13

»Wir können es uns nicht erlauben, noch zwei hungrige Mäuler zu stopfen!«

Die Schreie weckten die Kinder, und Gabriel starrte Joan erschrocken an.

»Ihr nehmt sie auf der Stelle wieder mit!«

»Aber, Bruder Antoni«, hörten sie, wie Bartomeu widersprach. »Bruder Dionís, der Administrator von Palafrugell, hat mich beauftragt, dass ich sie dem Prior bringe.«

»Der Prior soll die Vorratskammer versorgen, wozu er verpflichtet ist. Ansonsten kümmert er sich nur darum, prächtig umherzustolzieren und seine Bauten zu vollenden. Nehmt die Kinder mit! Was es hier in der Küche gibt, gehört den Mönchen, und wir können keine weiteren Mäuler davon stopfen.«

Gabriel schluchzte verängstigt, wobei er kaum ein Geräusch machte, und Joan richtete sich auf, um etwas zu sehen. Vor Bartomeu und Bruder Jaume reckte sich ein Mönch in die Höhe. Er trug ebenfalls eine schwarze Kutte, war groß und mager, hatte dicke Brauen und spärliches Haar. Er zeigte eine strenge Miene, und sein Gesicht war rot vor Wut.

»Ich kann sie nicht wieder mitnehmen. Ich bringe sie von sehr weit her, und sie haben keine Familie mehr«, entgegnete Bartomeu. »Außerdem ist das ein Auftrag, den der Vertreter des Priorats in

Palafrugell erteilt hat. Ich glaube nicht, dass Ihr die Autorität habt, sie zurückzuweisen.«

»Selbstverständlich kann ich das!«, widersprach der andere. »Ich bin der Subprior und vertrete die Gemeinschaft der Brüder. Wir kümmern uns um die Küche, und der Prior darf uns keine weiteren Tischgäste aufzwingen, wenn er uns dafür nicht entschädigt. Stattdessen bezahlt er spät und schlecht. Außerdem war dieser Dionís immer ein Schützling des Priors, und was er entscheidet, betrifft mich nicht.«

»Um Gottes willen, Bruder Antoni!«, rief Bartomeu. »Wo es doch nur ein paar schutzlose Kinder sind.«

»Nun, dann nehmt sie mit zu Euch nach Hause. Hier unterstützen wir schon genügend Arme.«

»Das kann ich nicht. Außerdem gehorche ich nur meinen Anweisungen.«

Joan krampfte sich das Herz zusammen. Niemand wollte sie haben. Wohin sollten sie gehen, wenn dieser Mönch sie hinauswarf? Gabriel begann zu weinen, und er nahm ihn in den Arm, um ihn zu trösten.

Es trat ein unbehagliches Schweigen ein, und dabei warfen sich der Mönch und Bartomeu abschätzende Blicke zu.

»Bruder«, griff schließlich Jaume in demütigem Ton ein, »sie sind kleine Kinder und essen wenig. Wir können sie hier in der Küche als Gehilfen des Kochs und im Garten beschäftigen, bis der Prior kommt und uns verspricht, für ihren Unterhalt zu sorgen. Wenn Ihr sie hinauswerft, wird der Prior das außerdem als Argument gegen Euch bei seinen Ordensoberen vom Heiligen Grab in Italien benutzen. Ihr wisst ja, wie groß sein Einfluss ist.«

Der Mönch ließ ein Brummen hören und starrte Jaume nachdenklich an. Dieser fixierte ihn ebenfalls, wobei er die Hände auf dem dicken Bauch gefaltet hatte.

»Ich glaube nicht, dass uns der Prior so viel zulegt, wie diese Jungen essen können«, sagte er schließlich in ruhigerem Ton. »Ich nehme sie vorläufig auf. Unter zwei Bedingungen.«

»Was für Bedingungen?«, fragte Bruder Jaume nach.

»Dass Mosén Bartomeu für den Älteren eine Arbeit außerhalb des Klosters sucht, die einbringt, was er kostet, und dass der Kleine in Küche und Garten hilft. Ich hoffe, der Prior löst das Problem, sobald er kommt.«

»Einverstanden«, sagte Bartomeu.

»Amen!«, stimmte Bruder Jaume zu. »Kinder, küsst dem Subprior die Hand!«

Joan und Gabriel standen schüchtern auf.

»Vorwärts!«

Die Hand war kalt. Als Joan sie küsste, verspürte er den gleichen Widerwillen, als hätte er eine Schlange geküsst.

Kurz vor dem Vespergebet zog Bartomeu seinen Kapuzenmantel über, weil er fortgehen wollte. Es regnete ständig weiter. Das abnehmende Abendlicht machte den Tag noch trüber und grauer, und die Jungen wurden von dem Gefühl überwältigt, völlig schutzlos zu sein.

»Bartomeu, geht nicht fort, lasst uns nicht hier allein«, flehte ihn Gabriel an und packte ihn am Arm.

Joan empfand das Gleiche wie sein Bruder, doch er sagte nichts. Er war groß genug, um zu verstehen, dass alles Bitten und Betteln unnütz sein würde. Sie könnten ihr Schicksal nicht ändern.

»Fürchte dich nicht«, antwortete der Mann bekümmert. »Das Kloster wird euch gefallen.«

»Bartomeu, nehmt uns mit zu Euch. Bitte!«, stieß der Kleine hervor und brach in Tränen aus.

»Ich kann nicht, Gabriel. Meine Frau würde euch nicht aufnehmen, und das Haus gehört ihr. Aber mach dir keine Sorgen, ich wohne in der Nähe und werde euch immer besuchen.«

Der Kleine erwiderte nichts, doch er klammerte sich mit aller Kraft an Bartomeu und ließ ihn nicht los. Joan begriff, wie lieb er den Kaufmann in wenigen Tagen gewonnen hatte. Die Geschichten, die er erzählte, sein unbeschwertes Lächeln, die Fürsorge, mit der er sich um sie kümmerte, das Gefühl der Sicherheit, das man bekam, wenn man bei ihm war – all das bewirkte, dass er ihnen wie ein Teil ihrer Familie vorkam. Wenn Bartomeu nun fortging und sie an diesem finsteren Ort zurückließ, fühlte er sich ebenso im Stich gelassen wie sein Bruder.

»Ach was. Ach was, Gabriel«, sagte Bruder Jaume mit seiner tiefen und kräftigen Stimme. »Bartomeu muss gehen. Zu Hause wartet man auf ihn. Hör zu, nach dem Gebet stelle ich euch dem Novizen vor. Er ist etwas älter als ihr, aber ihr werdet sicher Freunde.«

Bartomeu streichelte Gabriel über den Kopf, während Bruder Jaume sie behutsam voneinander löste. Danach gab der Kaufmann Joan einen liebevollen Klaps auf die Wange.

»Wir sehen uns bald wieder. Gott behüte euch«, sagte er zum Abschied.

Sie sahen, wie sich Bartomeu die Kapuze überzog und versuchte, sich einen Weg durch die Pfützen zu bahnen. Mit wenigen langen Schritten lief er im Regen über den Hof und verschwand aus ihrem Gesichtsfeld.

Joan spürte, dass Gabriel seine Hand festhielt. »Mach dir keine Sorgen, ich kümmere mich um dich«, sagte er und umarmte ihn.

»Er könnte euch nicht zu sich nach Hause mitnehmen, selbst wenn er wollte«, erklärte Bruder Jaume, als der Kaufmann gegangen war. »Besteht nicht darauf. Sein Vater hat ihn enterbt, aber er ist klug und gutaussehend, und er hat eine hübsche und reiche Frau geheiratet. Sie ist sehr eifersüchtig und hat zu Hause das Sagen. Alles, was es dort gibt, gehört ihr.«

»Aber sie haben keine Kinder!«, sagte Gabriel bedauernd.

»Das macht es ihnen schwer«, antwortete der Mönch. »Sie haben keine Kinder, und als er eines adoptieren wollte, hat sie es rundheraus abgelehnt.«

»Und woher wisst Ihr das alles?«, erkundigte sich Joan.

Der Mönch lachte.

»Wir kennen alle Nachbarn und ihr Leben. Sie gehen zur Messe und zur Beichte.«

»Warum hat ihn sein Vater enterbt?«, wollte Gabriel wissen.

»Das ist ziemlich kompliziert«, erklärte der Mönch schnaubend. »Ihr werdet es nicht verstehen.«

Die Kinder sahen ihn fragend an, und der von Natur aus redselige Mann ließ sich nicht lange bitten.

»Ein Geschlecht von kühnen Kaufleuten, die Handelskonsulate überall am Mittelmeer und sogar an der Nordsee einrichteten, hat Barcelona groß und mächtig gemacht. Bartomeu Sastre stammt aus einer dieser Familien. Aber viele Angehörige der jüngeren Generationen kauften sich lieber einen Adelstitel und Ländereien, lebten von Renten und wollten sich keine Sorgen mehr machen, ob das mit Waren beladene Schiff unterging oder von Piraten überfallen wurde. Das hat der Vater Bartomeus getan. Aber er, der jüngere Sohn, wollte die Handelstradition fortsetzen. Dann kam der Bürgerkrieg. Bartomeus Familie stand aufseiten der Grundbesitzer, während er selbst für den König kämpfte, den auch die *remensas* unterstützten. Der König gewann den Krieg, doch Bartomeu hat man enterbt. Mit seinen Handelsgeschäften geht es ihm gut. Allerdings besitzt er bei weitem nicht das Vermögen seines Vaters oder seiner Frau.«

Nachdem der Mönch geendet hatte, zeigte er ihnen mit einer Geste, dass sie sich beeilen sollten.

»Vorwärts! Wir kommen noch zu spät zur Messe.«

Die Kirche hatte hohe Mauern, und die Fenster ließen graues Licht einfallen, das den halbdunklen Innenraum nicht erhellen konnte. Als sie zu den Mönchen kamen, drehten diese ihnen den Rücken zu. Sie trugen ihre schwarzen Kutten, und manche hatten die Kapuze übergezogen. Sie schwiegen und blickten zum Hauptaltar am anderen Ende, auf dem zwei Kerzen brannten. Ein Mönch stellte sich an den Altar und leitete die Gebete. Da er lang und mager war, vermutete Joan, dass es der Subprior war.

Die Gebete dauerten eine halbe Stunde. Joan hatte das Gefühl, sich an einem unwirklichen und unheimlichen Ort zu befinden. Wie sehr sehnte er sich nach dem blauen Meer, den über Felsen und Klippen emporragenden Pinien, dem hellen Himmel und den kleinen Wolken, die jenc ätherischen und schönen Wesen formten! Wie sehr sehnte er sich nach seinem Vater und nach jener Zeit, als er ihn für unbezwinglich hielt, wenn er seine Harpune am Bug des Bootes hochreckte! Und er fragte sich, was wohl aus seiner Mutter, seiner Schwester María und Elisenda geworden war.

Er wünschte, dass er und Gabriel schnell groß werden würden, damit sie dieses entsetzliche Kloster verlassen konnten, um Soldaten zu werden, gegen die Mauren zu kämpfen und die Frauen zu befreien. In seinem Gebet fragte er den Herrgott, warum er so viel Unheil zugelassen hatte. Er fühlte, dass sein Hass gegen die Sarazenen wiedererwachte, und wünschte im Gebet, dass er viele von ihnen töten dürfte, Hunderte. Und dass der erbärmliche Mosén Dionís bestraft würde. Sein Inneres war viel finsterer als das der Kirche hier. Er spürte, dass seine Brust leer war und ihm eine Faust die Eingeweide zusammendrückte.

Als die Gebete endeten, stellte Bruder Jaume sie den Mönchen in der Reihenfolge vor, wie diese aus der Kirche kamen. Bruder Llorenç, Nicolau, Miquel, Francesc, Melchor und ein weiterer Jaume. Die Kinder küssten allen die Hand, und manche antworteten mit einem Satz, der sie willkommen hieß, andere mit einem Segen. Der Subprior lief zum Kreuzgang hinüber, ohne sie zu grüßen.

Außerdem waren drei Diener und ein hagerer Junge anwesend. Dieser trug eine dunkle Tunika, die noch keine richtige Kutte war, und als Gürtel benutzte er einen Strick. Es war der Novize. Bruder Jaume stellte ihn als Pere vor. Der Junge war etwa zwei Jahre älter als Joan. Er hatte wässerige blaue Augen und wirkte etwas entrückt.

»Vorläufig schlaft ihr in seiner Zelle«, sagte der Mönch.

Die Zellen der Mönche gingen auf den Kreuzgang hinaus, die des Novizen befand sich jedoch im Hof. Darum mussten sie sich die Strohsäcke und Bündel aufladen, während es immer stärker regnete. Bruder Jaume gab ihnen Kapuzenmäntel, die viel zu groß waren, sie aber vor der Nässe schützten.

Die Zelle war klein. Sie hatte nur eine Tür und ein Fensterchen, die zum Hof gingen. Außer einem Schemel und ein paar Vertiefungen im Mauerwerk mit einem Krug und einem Napf gab es keinen Hausrat. Sie legten ihre Strohsäcke an die Wand, die der mit dem Strohsack des Novizen gegenüberlag, und ihre Bündel in eine Ecke. Danach blieb nur noch wenig Platz, um sich zu bewegen. Der winzige Raum roch unangenehm feucht.

Bruder Jaume gab ihnen Näpfe und Holzlöffel. Dabei warnte er sie, sorgfältig darauf zu achten, denn ohne sie bekam man nichts zu essen. Hierauf läutete er mit einem Glöckchen zum Nachtessen. Die Mönche stellten sich schweigend in einer Reihe auf und stiegen die Wendeltreppe zum oberen Stockwerk hinauf. Die Jungen schlossen sich ihnen an. Sie kamen zu einem großen Saal, der breiter als das Hauptgebäude der Kirche und ebenso lang war. Drei gewaltige gotische Bogen stützten die Wölbung des Raums, und die vier großen, in Spitzbogen endenden Fenster erhellten den Saal mit dem ersterbenden Licht eines verregneten Abends.

In der Mitte befand sich der große Tisch. Brotstücke waren in bestimmten Abständen verteilt, und daneben standen Holzgefäße und Platten mit Äpfeln und Feigen. Auf ein Tischchen nahe bei der Treppe stellten der Koch und die Diener einen großen Kessel. Nun zogen die Mönche mit ihren Näpfen daran vorbei, und der Koch füllte sie mit einer Suppe aus Rüben, Gemüse, Kichererbsen und Speck. Die Jungen bekamen ihre Portion und setzten sich abseits zu den Dienern. Alle erhoben sich zum Tischgebet, und ein Mönch verlas im Licht einer Öllampe etwas, das die Kinder nicht verstanden. Sie aßen, während Schweigen herrschte, das nur von den leisen Geräuschen der Näpfe, Löffel, Wein- und Wasserkrüge unterbrochen wurde. Als der Mönch seinen Vortrag beendet hatte, setzte er sich schnell an den Tisch und aß seine Suppe. Überall im Saal begannen gemurmelte Gespräche.

Sie aßen mit dem Koch, dem Gärtner und einem anderen Diener, von dem Joan nicht wusste, welche Tätigkeit er ausübte.

»Diese Mönche beten nur«, erklärte der Gärtner. »Die von anderen Orden arbeiten tatsächlich, aber die hier können bloß beten und bitten.«

Nach dem Essen wuschen die Mönche ihre Näpfe und Löffel in einem Fass ab und steckten sie in die weiten Taschen ihrer Kutten. Dann stellten sie sich wieder in eine Reihe, zogen sich die Kapuze über, zündeten ihre Öllampen an und liefen zur Kirche, wobei sie Psalmen sangen. Drinnen beteten sie die Komplet, und danach gingen sie schlafen.

Trotz der Strapazen und Aufregungen, die Joan an diesem Tag erlebt hatte, verbrachte er eine unruhige Nacht. Im Dunkeln weckten ihn mehrere Rufe. Erst nach einer Weile begriff er, dass der Novize im Schlaf redete, stöhnte und flehte. Er schüttelte ihn sanft, weil er ihn von seinem Albtraum befreien wollte. Doch nun fuhr sein Bruder erschrocken aus dem Schlaf hoch, und Joan nahm ihn in den Arm und tröstete ihn. Obwohl der Novize weiterschlief, hörte er keinen einzigen Augenblick mit dem Schreien auf. Es waren Angst- und Schreckensschreie, die Schauder erregten. Am nächsten Tag konnte sich Pere an nichts erinnern.

14

Das hartnäckige Läuten eines Glöckchens drang von draußen herein.

»Die Laudes!«, rief der Novize und sprang mit einem Satz hoch.

Joan war noch im Halbschlaf und rührte sich nicht, bis er den nächsten Ruf hörte. Der Morgen graute noch nicht, alles lag im Dunkeln. Er begriff nicht, wie Pere bei einem so leisen Geräusch aufwachte, während er ihn in der Nacht nicht einmal aus seinem Albtraum hatte reißen können. Der Novize suchte tastend nach seiner Tunika und warnte sie: »Beim Laudesgebet darf man nicht fehlen. Sputet euch.«

Gabriel hatte sich nicht bewegt, und Joan rüttelte ihn an der Schulter.

»Komm«, sagte er. »Wir müssen uns beeilen.«

Sie griffen im Dunkeln nach den Soutanen, die man ihnen einen Tag zuvor geliehen hatte, und zogen sie an. Der Novize machte die Tür auf, und ein schwacher nächtlicher Lichtschimmer ließ die Öffnung hervortreten. Sie rannten hinaus, wobei sie die langen Kuttenzipfel hochhoben, um nicht zu stolpern. Es regnete nicht mehr, aber sie traten in Pfützen und spürten die Kanten des Pflasters an den nackten Fußsohlen. Sie liefen dem Novizen hinterher, der sich schnell zum Kreuzgang wandte, wo man Lichter sehen konnte.

Der Mönch, der mit dem Glöckchen geläutet hatte, kam mit einer Öllampe zur Tür jedes einzelnen Bruders, damit diese ihre Lampen anzünden konnten. Sie bildeten eine Reihe, und mit übergezogenen Kapuzen liefen sie einmal singend um den Kreuzgang und betraten die Kirche. Die Kinder schlossen sich ihnen an.

Die Gebete dauerten eine halbe Stunde, und als sie wieder hinaustraten, fragte Joan den Novizen: »Wann frühstücken wir?«

»Nach den Primgebeten, wenn die Sonne aufgeht.«

Joan erfuhr, dass man das Tageslicht möglichst weitgehend nutzte, weil man dann Öl sparte, und dass man die Wachs- und Talgkerzen nur bei Feierlichkeiten an den Altären benutzte. Je mehr Wachs verbrannt wurde, desto wichtiger war die Zeremonie. Außerdem hörte er, dass sie nachts die Matutin beteten, von der sie befreit waren, weil sie noch nicht die Gelübde abgelegt hatten. Der Himmel war mit Sternen bedeckt, und das erste Tageslicht war zu erahnen. Sie kehrten zu ihrem warmen Strohsack zurück. Gabriel schlief sofort ein, und Joan, der sich unbehaglich fühlte, weil seine Haut juckte, verfiel in Grübeleien und fragte sich, was ihnen die Zukunft bringen würde.

Die Glocken weckten Joan aus dem Halbschlaf, in den er versunken war. Ihn erschreckte die ungewöhnliche Reaktion seines Bruders.

»Die Glocken!«, schrie dieser.

Mit einem Sprung, ohne sich auch nur die Soutane anzuziehen, im Hemd, rannte er auf den Hof hinaus, lief barfuß über die Steine und durch die Pfützen. Er blieb an einer Stelle stehen, von der aus er das Ende des Kirchturms sehen konnte, in dem die Glocken hin- und herschwangen. Doch er erlebte eine Enttäuschung. Nach einem ersten Läuten schlug die große Glocke nur einmal an. Die kleinere bewegte sich überhaupt nicht.

»Nur einmal?«, erkundigte er sich enttäuscht. »Gestern haben sie ganz oft geläutet, aber ich konnte die Glocken nicht sehen, weil es dunkel war und regnete. Und nun, da ich sie sehen kann, läutet bloß eine Glocke. Und ich bin nicht rechtzeitig gekommen!«

»Weil es die Zeit der Prim ist, Dummkopf!«, lachte der Novize. »›Prim‹ bedeutet ›die Erste‹, und weil es die Erste ist, läutet es auch nur einmal.«

»Die Glocke von Palafrugell machte es genauso«, erklärte Joan, um seinen Bruder zu verteidigen. »Aber er erinnert sich nicht daran, weil der große Ort weit weg von unserem Dorf war und man es beinahe gar nicht hören konnte.«

»Na, das sind mir zwei Dorfkinder!« Der Novize lachte wieder. »Ihr wisst ja wirklich gar nichts!«

Joan wurde wütend. Er streckte die Zehen des rechten Fußes hoch, um sie nicht zu verletzen, denn er war barfuß, und versetzte ihm mit dem Ansatz seines großen Zehs einen Tritt ans Knie. Pere ließ vor Überraschung und Schmerz ein »Au!« hören und krümmte sich. Joan wollte ihm gerade einen Faustschlag ins Gesicht versetzen, als Gabriel seinen Arm festhielt.

»Warum hast du mich getreten?«, jammerte der Novize, der zu Boden gestürzt war und sich das Knie hielt. »Das sage ich Bruder Antoni, und er wird euch hinauswerfen.«

Joan war beunruhigt. Das hier war nicht sein Dorf, der andere war keiner von seinen Freunden, und die Dinge konnten im Kloster ganz anders sein als am Strand.

»Aber ich habe dir doch gar nichts getan.« Joan versuchte, freundlich zu lächeln. »Lass sehen, ob du einen blauen Fleck hast.«

Der andere zog die Tunika hoch, um seine Knie anzusehen. Damit entblößte er einen Augenblick seine Schamteile, womit er ungewollt Joan in Versuchung führte, ihm gerade dorthin einen Fußtritt zu versetzen. Noch war seine Wut nicht verraucht, und allmählich verachtete er diesen weinerlichen Jungen.

Das Knie war leicht gerötet, und der Novize sah ein, dass so etwas nicht ausreichte, um sich zu beschweren.

»Siehst du, dass du gar nichts hast?«, betonte Joan nachdrücklich. »Außerdem wirst du Bruder Antoni nicht sagen wollen, dass du uns beleidigt hast und dass du dich von einem kleineren Jungen hast schlagen lassen, oder?«

Der andere dachte darüber nach, und Joan, der ihn aufmerksam beobachtete, begriff, dass er Angst vor dem Subprior hatte.

»Na gut«, stimmte er schließlich zu. »Aber mach das nicht noch einmal.«

»Sind wir Freunde?« Joan streckte ihm die Hand hin.

»Einverstanden«, sagte der Junge und fasste die Hand, um sich aufzurichten.

Der Junge gefiel Joan immer noch nicht, doch er dachte, dass es für ihn ratsam war, ihn auf seiner Seite zu haben.

Wieder spürte er, dass ihm die Knöchel juckten, und als er sie rieb, entdeckte er einen roten Kreis, der einen Punkt umgab. Und noch einen am Bein und etwas weiter noch einen.

»Was ist das?«, fragte er besorgt.

Der Novize sah ihn lachend an.

»Das sind Flohstiche! Wisst ihr etwa auch nicht, was Flöhe sind?«

Joan erinnerte sich, dass ein streunender Hund einmal ein paar im Dorf eingeschleppt hatte und dass die Frauen sie beseitigt hatten, bevor sie zu einer Plage wurden.

»Sie können springen, und sie saugen dein Blut«, erklärte der Junge.

»Das weiß ich schon«, entgegnete Joan. »Sag mir, was ich tun muss, damit ich sie loswerde.«

»Nichts«, sagte er achselzuckend. »Du kannst nichts tun, außer dass du sie erledigst, wenn du einen erwischst.«

Auf einmal schlug er sich an die Stirn.

»Die Primgebete! Die habe ich vergessen! Schnell, zieht euch an, sonst bekommen wir kein Frühstück!«

Nach dem Frühstück ermahnte sie Bruder Jaume sehr ernst, dass sie sich zur Gebetsstunde nicht wieder verspäten dürften. Dann aber fragte er sie mit einem warmen Lächeln, ob er ihnen das Kloster zeigen solle. Voller Freude stimmten die Jungen zu. Auf den Regen des Vortags war ein strahlender Morgen gefolgt. Die Angst der Nacht verflüchtigte sich, und alles erschien ihnen heiter und schön.

Das Kloster bildete ein grobes Rechteck, dessen Basis die Häuserlinie war, die auf die Calle Santa Anna ging. Das Klostergebäude verbarg sich hinter den Häusern, und sein einziger Eingang war das Tor, das zwischen ihnen hindurchführte. Die Hauseigentümer bezahlten dem Prior eine Pachtsumme, denn der Boden gehörte der Gemeinschaft. An den anderen Seiten befanden sich Mauern, die das Gelände von einem parallel zu den Außenmauern verlaufenden schmalen Rundenweg trennten. Es war ein Teil der zweiten Stadtmauer, die das Kloster von der Rambla abgrenzte.

Der Mönch führte sie zum Kreuzgang. Mit den prächtigen Orangenbäumen und den hohen Palmen bot sein Garten einen schönen Anblick. Joan bewunderte wieder die zierlichen Bogen, die von schlanken Säulen gestützt wurden. Begeistert blieb er vor den Skulpturen an jedem Kapitell stehen.

»Merkt euch, der Kreuzgang ist der Mittelpunkt des Klosters. Hier kann ein Bruder entlanggehen und sich dem Ziel zuwenden, das er erreichen muss, ohne dass er bei Regen nass wird«, erklärte ihnen Bruder Jaume.

Das stimmte, denn durch seine Türen gelangte man zu dem kleinen Platz am Eingang, zu den Zellen der Mönche, zu dem großen

Gebäude, in dem sich der Krankensaal, die Küche und der Speisesaal befanden, zur Kirche und zum Kapitelsaal. Er hatte sogar einen Zugang zu den Waschplätzen und zum Garten.

»Nun kennt ihr schon die wichtigen Gebäude«, sagte der Mönch. »Das Übrige sind Speicher und Ställe.«

Da ertönten die Glocken, und ein Lächeln erhellte Gabriels Gesicht. Er sagte nichts und lief zu dem kleinen Platz hinaus. Von dort aus betrachtete er den Glockenturm.

»Die Stunde der Terz«, erklärte der Mönch. »Die Zeit der Messe. Wir rufen die Nachbarn herbei.«

Als sie zur Kirche liefen, läuteten die Glocken fröhlich. Der Klang schien alles zu erfüllen – den großen Speisesaal, die Treppen und die Küche. Er überflutete den Kreuzgang und drang durch das große offene Viereck des zentralen Innenhofs ein, wo sich die Palmen von der Sonne liebkosen ließen. Die Mönche bildeten wie immer eine Reihe, und als sie die drei feierlichen Glockenschläge der Stunde hörten, begannen sie zu singen und betraten in majestätischer Reihe die Kirche, wo ungefähr fünfzig Pfarrkinder warteten.

Gabriel schloss sich seinem Bruder an, und beide folgten dem Novizen ins Innere des Gotteshauses.

»Das ist hübsch, wenn die kleine Glocke die größere begleitet, nicht wahr? Dann klingen sie fröhlicher«, strahlte er seinen Bruder an.

Joan nickte. Ihn überraschte Gabriels leidenschaftliche Begeisterung für die Glocken.

15

Nach dem Ende der Messe erlaubte Bruder Jaume, dass der Novize ihnen die kleineren Nebengebäude des Klosters zeigte.

»Pere begleitet euch«, sagte er. »Ich muss in der Küche nach dem Rechten sehen und zum Kapitel gehen. Ihr könnt alles anschauen, was ihr wollt. Nutzt die Gelegenheit, denn am Nachmittag beginnt ihr mit der Arbeit.«

Sie liefen durch den Garten, der sehr groß war. Die Mönche waren im Kapitelsaal zusammengekommen. Der Gärtner arbeitete in einer Ecke. Die Furchen mit dem Gemüse waren sorgfältig ausgerichtet, und es gab viele Obstbäume: Apfel-, Mandel- und Birnbäume, doch nur die Feigenbäume und Weinstöcke trugen Früchte. Die grünen Farbtöne, von denen einige schon ins Gelb übergingen, schimmerten in der Sonne, und der Ort wirkte friedlich. Als sich der Novize entfernt hatte, um seine Notdurft zu verrichten, wandte sich Gabriel plötzlich mit einer Frage an Joan: »Warum hast du ihn getreten?«

»Weil er dich wegen der Sache mit den Glocken ausgelacht hat.«

»Das hat mir nichts ausgemacht.«

Joan blickte seinen kleinen Bruder erstaunt an. In seinen Worten hatte ein zaghafter Vorwurf gelegen.

»Und weil ich ihn nicht mag«, setzte Joan hinzu. »Außerdem habe ich ihm gar nicht weh getan.«

Gabriel starrte ihn mit einem sonderbaren Ausdruck an und sagte nichts.

Sie setzten den Spaziergang fort, und Pere zeigte ihnen einen Brunnen mit einem Schöpfrad und einem Esel, der es antrieb. Die Anlage füllte einen großen Wasserbehälter. Darin wurde das Wasser gespeichert, das man zum Bewässern und für Menschen und Tiere benötigte. Im Garten liefen Hühner, Kapaune und ein paar Hähne umher. Diese Tiere lieferten den größten Teil des Fleisches für die Mönche.

Nach dem Mittagessen zogen sich die Mönche in ihre Zellen zurück, um auszuruhen, und der Novize, Joan und Gabriel liefen fröhlich aufgelegt zur Zelle des Novizen.

»Wohin geht ihr?«, herrschte sie eine zornige Stimme an, als sie hineintreten wollten.

»Wir wollen Mittagsruhe halten«, antwortete der Novize eingeschüchtert.

»Wer hat gesagt, dass die beiden in deiner Zelle schlafen dürfen?« Es war der Subprior.

»Bruder Jaume.« Die Stimme des Novizen wurde noch leiser.

»Nun, sie können gleich ihre Sachen nehmen.« Der Mönch fuhr den Novizen an, ohne sich um die Anwesenheit der beiden Brüder zu kümmern. »Wir Mönche schlafen allein, und du auch.«

»Aber Bruder Jaume …«, stotterte Pere.

»Sie sollen gehorchen!«, unterbrach er ihn heftig. »Um Bruder Jaume kümmere ich mich.«

Er verschwand in Richtung des Kreuzgangs.

Pere starrte entmutigt zu Boden, und nach einer Weile sagte er: »Das tut mir leid. Es hat mir gefallen, nachts Gesellschaft zu haben.«

»Mach dir keine Sorgen«, antwortete Gabriel und ergriff seine Hand. »Wir sehen uns ja tagsüber.«

Kurz danach kam Bruder Jaume und stieß zwischen den Zähnen hervor: »Ihr habt ja schon gehört, es gibt eine Änderung. Holt eure Bündel und die Strohsäcke heraus.«

»Sie sind voller Flöhe!«, beklagte sich Joan.

»Sieh einer den jungen Herrn an!«, schnaubte der Mönch und stemmte die Arme in die Seiten.

»Pere sagt, man könne nichts tun, aber meine Mutter wusste, wie man sie loswird.«

»Wie denn?«

Joan zuckte die Achseln.

»Aber ich weiß, wie!« Der Mönch war äußerst aufgebracht.

Die drei Jungen mussten die Strohsäcke und ihre Kleidung nehmen und zum Waschplatz bringen, der hinter dem Kapitelsaal und der Kirche am nördlichen Ende lag. Dort wies er sie an, das Stroh aus den Säcken zu holen, es in einer Ecke aufzuhäufen und zu verbrennen. Danach mussten sie ihre Wäsche ins Wasser tauchen; sie sollten sie die ganze Nacht dort lassen, und sie sollten sich baden und sich mit einem Schwamm abreiben. Bruder Jaume gab ihnen saubere Sachen und sagte: »Morgen reibt ihr die Wäsche mit Seife ein, und nicht nur eure, sondern auch die Kutten der Mönche.

Dann trocknet ihr sie in der Sonne. Der Koch zeigt euch, wie. Und jetzt kommt. Ich bringe euch zu eurem Schlafraum.«

Es war ein kleiner Lagerraum bei den Ställen. Der Geruch und das Schnauben der Pferde gelangten dorthin, aber das kümmerte die Brüder nicht.

Als der Mönch die drei allein ließ, sagte der Novize: »Er wird mit den Flöhen nicht fertig.« Er lächelte.

»Wieso weißt du das?«, fragte Joan.

»Pass auf.« Er klatschte sich kräftig an ein Bein.

Danach rieb er behutsam mit einer Hand an derselben Stelle. Er benutzte auch seine zweite Hand, um etwas zu fangen, das er ihnen zwischen den Fingern zeigte. Es war ein sehr kleines, glänzendes Tierchen mit Füßen.

»Der hier ist beinahe schwarz«, sagte er. »Es gibt auch goldgelbe. Und die einzige Möglichkeit, ihnen den Garaus zu machen, ist die hier.«

Er nahm den Floh geschickt zwischen seine Daumennägel und drückte. Es knackte. Ein kleiner Blutstropfen bespritzte ihm die Fingernägel. Nachdem er seine Beute triumphierend vorgezeigt hatte, wischte er sich die Reste an seiner Tunika ab. Das stimmte die Brüder höchst zufrieden, und sie sahen einander lächelnd an. Joan dachte, dass er den Novizen allmählich gernhatte.

16

Also schickt euch Mosén Dionís her, weil ihr Lästermäuler seid und nicht gehorchen könnt.«

Der Prior blickte sie streng an, und die Kinder beugten den Kopf noch tiefer. Sie waren im Kapitelsaal. Der Subprior und Bruder Jaume hatten sich neben sie gestellt. Der Prior setzte sich an einen Tisch, auf dem der auseinandergefaltete Brief des Administrators von Palafrugell lag. Joan hätte gern widersprochen, doch er hatte Angst, dass ihn dieser Mann aus dem Kloster warf.

Der Prior Cristòfol de Gualbes war noch nicht ganz fünfzig Jahre alt. Er trug eine elegante schwarze Kutte mit dem auf die Brust gestickten roten Jerusalemkreuz, dem mit dem doppelten Querbalken, und er hatte einen roten Seidengürtel mit einer schönen Spange umgeschnallt. Vom Hals hing ihm ein silbernes Kreuz, und als die Kinder ihm vorgestellt wurden und ihm die Hand küssten, sah Joan, dass er sich mit einem dicken Goldring schmückte. Wie sehr unterschied sich das vom groben Stoff der Kutten seiner Mönche und von den Stricken, mit denen sie sich gürteten, während sie nicht den geringsten Schmuck trugen! Er verstand, warum sie ihn einen Adligen nannten.

»Zu jung für den Galgen«, murmelte er, als spräche er zu sich selbst, aber so, dass ihn alle hörten. »Obwohl es am wahrscheinlichsten ist, dass sie dort enden werden.«

Joan hatte einen Knoten im Hals und ergriff Gabriels Hand. Der Kleine zitterte.

»Nun gut!« Der Geistliche sprach lauter und wandte sich an die Jungen. »Hier werdet ihr Gehorsam lernen. Ich nehme euch bis zu eurem vierzehnten Jahr auf, keinen Tag länger.«

»Also, dann müsst Ihr auch für sie sorgen«, fiel ihm der Subprior ins Wort.

Bruder Jaume blickte zur Decke empor, als flehte er den Himmel an. Er wusste, was auf ihn zukam.

»Sie sind Kinder, keine Erwachsenen«, entgegnete der Prior. »Ihr werdet eine Portion mehr von dem Teil bekommen, den ich bezahle. Ihr wisst ja: Öl, Knoblauch und das Übrige.«

»Es sind zwei Portionen, und Ihr müsst auch für den Anteil sorgen, den die Gemeinschaft bereitstellt«, widersprach Bruder Antoni mit lauterer Stimme.

»Den Anteil der Gemeinschaft werdet Ihr mit dem bezahlen, was Ihr von den Almosen, den Bußspenden für Seelenmessen und anderes erhaltet.«

»Ihr wisst, dass die Almosen abnehmen und dass wir nicht noch mehr Münder stopfen können.«

»Dann verzichtet auf den Koch, den Gärtner und den dritten Diener, und die Mönche sollen diese Arbeiten erledigen«, erklärte der Prior lächelnd. »Außerdem werden manche Teile des Gartens beinahe überhaupt nicht bestellt. Ihr seid acht, um euch darum zu kümmern, mit dem Novizen neun. So habt Ihr weniger Münder zu stopfen und mehr Essen für alle.«

Bruder Antoni warf ihm einen finsteren Blick zu, bevor er langsam antwortete, wobei er jedes Wort betonte.

»Wie Ihr wisst, sind wir keine Soldaten und keine Arbeiter. Unser Auftrag ist, zum Herrn zu beten, damit er sich unserer Menschen erbarmt und sie beschützt. Von einem Ritter würdet Ihr nicht verlangen, dass er im Garten arbeitet, nicht wahr?«

»Nun, dann scheint Ihr Eure Gebete nicht gut zu verrichten, wenn es immer weniger Almosen gibt.«

Bruder Jaume bekreuzigte sich. Ohne den Blick von der Decke abzuwenden, bewegte er die Lippen in einem schweigenden Gebet.

»Wie könnt Ihr so etwas sagen!«, brüllte der Subprior. »Ihr wisst ja, unter welchem Elend die Stadt nach dem Bürgerkrieg und den Pestilenzen leidet, und dass die Predigermönche, die Franziskaner und Dominikaner, viel von dem nehmen, was man früher uns gegeben hat.«

»Ich erlebe das Gleiche«, antwortete Prior Gualbes achselzuckend. »Weil die Häuser nicht bewohnt sind, habe ich viele Mieteinnahmen eingebüßt. Außerdem sind die Einkünfte festgelegt, und die Preise für das Essen sind während des Krieges maßlos in die Höhe gegangen. Bestellt Euren Garten.«

»Unsere Pflicht ist das Gebet, nicht die körperliche Arbeit! Wenn Ihr wollt, dass wir mit unseren Händen arbeiten, so gebt uns als Prior ein Beispiel. Ich habe eine Hacke für Euch.«

Gualbes versteifte sich, und das angedeutete Lächeln, das seine Lippen umspielt hatte, verschwand. Er biss wütend die Zähne zusammen.

»Wie könnt Ihr es wagen?«

»Wie könnt *Ihr* es wagen?«, entgegnete Bruder Antoni, der zufrieden feststellte, dass sein Schlag dem Prior weh getan hatte. »Die Gläubigen, die das Santa-Anna-Kloster und den Orden vom Heiligen Grab reich gemacht haben, indem sie Ländereien und Güter spendeten, wünschten, dass wir für die Vergebung ihrer Sünden beteten, damit sie einen Platz im Himmel und Segen auf Erden erreichen. Diese Besitzungen, die sich jahrhundertelang angesammelt haben, gehören der Gemeinschaft, nicht dem Prior. Ihr und Eure Vorgänger, Ihr habt sie Euch angeeignet und sie nach Eurem Gutdünken verwaltet, und nun feilscht Ihr mit uns um das Essen.«

»Es ist meine Pflicht und mein Vorrecht, diese Besitzungen zum Wohl des Klosters zu verwalten. Das tue ich gewissenhaft und zum Vorteil der Mönche«, antwortete der Prior. »Und Ihr wisst genau, dass man gerade für den Unterhalt der Mönche viele derartige Besitzungen verkauft hat. Und was übrig bleibt, bringt wenig ein.«

»Nun, wenn Ihr so arm seid, warum wollt Ihr dann unbedingt die Bauarbeiten im oberen Stockwerk des Kreuzgangs beenden? Warum verkauft Ihr nicht Euren Palast und lebt hier mit uns in einer Zelle zusammen?«

»Die Würde des Klosters und meine eigene als Vertreter des Ordens verlangen einen gewissen Aufwand«, erklärte der Prior.

»Das Kloster? Die Gemeinschaft? Ha! Wir kümmern Euch wenig. Ihr wollt ein großer Herr sein, darauf kommt es Euch an. Man sagt, dass Ihr sogar eine Frau aushaltet.«

»Brüder!«, griff auf einmal Bruder Jaume laut ein.

Die beiden starrten ihn überrascht an. Sie hatten ganz vergessen, dass er im Saal war.

»Brüder, um Gottes Liebe und Barmherzigkeit willen«, flehte Bruder Jaume, faltete die Hände und senkte demütig die Stimme. »Wir haben hier zwei Kinder, die uns die Vorsehung anvertraut hat. Wir müssen sie beschützen. Sonst wird uns der Herrgott bestrafen.«

Der Ton des Mönchs und seine Anrufung des Höchsten Wesens schienen die Gemüter zu beruhigen. Alle starrten den gutmütig aussehenden Mönch an.

»Bruder Antoni, nehmt die Kinder auf, so wie wir es beschlossen haben, nämlich unter der Bedingung, dass sie im Garten arbeiten. Bartomeu hat gesagt, er werde eine Arbeit für den Größeren finden, so dass er für seinen Unterhalt bezahlen wird. Und Ihr, Prior Gualbes, gebt uns zwei zusätzliche Portionen von Eurem Anteil. So erfüllt Ihr Gott und den Menschen gegenüber Eure Pflicht. Was würden die Gläubigen sagen, wenn wir zwei Waisenkinder im Stich lassen würden, die uns Euer herrschaftliches Gut in Palafrugell schickt? Und wenn es Eure Oberen vom Heiligen Grab in Perugia erfahren? Was würde unser König Ferdinand sagen, wenn er es erführe?«

»Einverstanden«, antwortete der Prior eilig. »Allerdings nur, bis sie vierzehn Jahre alt sind.«

»So soll es sein«, sagte Bruder Antoni. »Aber Gualbes soll sich mit den Lieferungen nicht verspäten, wie er es gewöhnlich macht.«

»Kinder, küsst dem Prior die Hand«, sagte Bruder Jaume hastig. Er wollte den Ort so schnell wie möglich verlassen.

»Lernt zu gehorchen, zu Eurem Besten«, warnte sie Gualbes, womit er sich verabschiedete.

»Die beiden sind immer wie Hund und Katze«, schnaubte Bruder Jaume, während sie hinausgingen. »Dieser Streit ging nicht um euch, meine Kinder. Das hatte etwas mit ihnen zu tun.«

Er brachte sie in den Garten und setzte sie an den Rand des Wasserbeckens. Von dort aus konnten sie den Esel am Schöpfrad und die Baumpflanzung sehen.

»Jetzt erzählt mir, was in Palafrugell geschehen ist«, bat er sie. »Mich interessiert nicht, was Bruder Dionís in seinem Brief schreibt. Ich kenne ihn schon. Ich möchte es aus eurem Mund erfahren.«

Langsam und bekümmert schilderte Joan sein Leben vor dem Überfall, das Unglück und die darauffolgenden Ereignisse. Gabriel griff manchmal ein, um eine Einzelheit zu erläutern. Beide vertrauten diesem dickbäuchigen Mönch. Er nickte zustimmend, verzog das Gesicht und ließ hin und wieder einen mitfühlenden Ausruf hören.

»Danke. Jetzt weiß ich alles«, sagte er schließlich. »Hier wird es euch eine Zeitlang gutgehen. Aber ihr wisst ja, dass man gehorchen und die Regeln befolgen muss. Ihr habt die beiden gehört. Die wirtschaftliche Lage ist nicht gut, und es ist eine mühselige Aufgabe, die Vorratskammer zu versorgen. Vor zwei Jahren war der Streit zwischen der Gemeinschaft und dem Prior so ernst, dass er und der Subprior sich in die Haare geraten sind. Die Stadträte und die Oberen des Ordens vom Heiligen Grab, die im italienischen Perugia residieren, mussten eingreifen. Am Ende haben wir ein Dokument der Eintracht unterschrieben und Frieden geschlossen.«

Joan schüttelte ungläubig den Kopf. Obwohl er kaum Lebenserfahrung hatte, wusste er doch, dass sich manche Menschen nach einem bewegten Leben in die friedliche Ruhe eines Klosters zurückzogen. An diesem Ort hier gab es alles Mögliche, nur keinen Frieden.

»Nun, dann müsst Ihr bald ein neues Dokument unterschreiben, nicht wahr?«, fragte er.

Der Mönch lachte schallend. Dann verstummte er einige Zeit und starrte Joan argwöhnisch an.

»Weißt du was?«, sagte er. »Du bist zu pfiffig für dein Alter. Damit wirst du Probleme bekommen.«

17

Bartomeu ging an diesem Nachmittag zu Prior Gualbes, um mit ihm abzurechnen. Danach besuchte er die Kinder. Er kam zu ihnen, als sie unter der Aufsicht des im Kloster dienenden Bauern im Garten arbeiteten.

»Guten Tag, meine Lieblingsseeleute«, begrüßte er sie lächelnd.

»Bartomeu!«, riefen sie freudig, als sie ihn sahen.

Sie stellten den Korb ab, den sie getragen hatten, und liefen zu ihm.

»Einen Augenblick, wartet!«, hielt er sie zurück. »Ich werde nicht zulassen, dass ihr mein neues Wams mit Erde beschmiert, so hochheilig sie hier auch sein mag.«

Bartomeu trug ein dunkelgrünes Wams über granatroten Beinkleidern, und er hatte einen Ledergürtel mit einer Silberspange umgeschnallt. Das Wams stand am Hals offen und ließ ein weißes Hemd und eine Goldkette sehen, an der ein roter Korallenzweig von beachtlicher Größe hing. Vom Gürtel hingen Dolch, Degen und ein Beutel, der, wenn man nach seinem Aussehen schließen wollte, gut gefüllt war. Lederschuhe, eine grüne Mütze, die farblich mit dem Wams harmonierte, und granatrote Handschuhe vervollständigten seine Kleidung.

Die Brüder hatten außer Gualbes nie jemanden gesehen, der so gut gekleidet war. Joan führte das sofort auf die Unterredung mit dem Prior zurück. Bartomeu wusste sicher, wie er gegenüber dem Geistlichen aufzutreten hatte.

Der Kaufmann zerzauste Gabriels Haar und klopfte Joan ein paarmal auf die Schulter, um sie zu begrüßen. Er erkundigte sich, wie sie sich in ihrem neuen Zuhause eingelebt hatten. Dann sagte er zu dem Älteren: »Wasch dich und zieh deine Sonntagssachen an. Ich habe eine Arbeit für dich gefunden.«

Joan lief freudig los. Er wollte aus der Gefangenschaft hinaus, die das Kloster für ihn bedeutete. Er hatte nur wenige Sachen zum Aussuchen. Anstelle der Bauernschuhe aus ungegerbtem Leder, die man ihm für den Garten geliehen hatte, nahm er seine Hanfschuhe, mit denen er immer noch nicht gern lief, denn er war lieber barfuß. Dann zog er sein sauberes Hemd und darüber den dunklen Kittel an, den er sich mit einem Strick umgürtete.

Als Joan in den Straßenlärm hinaustrat, sagte er sich, dass das Kloster zwar in der Stadt lag, dass es jedoch trotzdem völlig unterschiedliche Welten waren. Die Leute liefen hin und her. Es gab Läden. Sie begegneten Fuhrwerken. Wenn auch Bartomeu ständig behauptete, Barcelona habe bessere Zeiten erlebt, so war doch für Joan alles neu und beeindruckend. Er hielt die Augen weit offen, und alle Dinge regten ihn an, zu staunen und zu lernen.

»Bald wirst du dreizehn, aber bis du vierzehn Jahre alt wirst, darfst du nicht Lehrling werden«, sagte Bartomeu. »Außerdem muss jemand für dich bürgen, damit man als Lehrling eines Handwerks angenommen wird.«

»Was soll ich dann tun?«

»Du wirst Ladendiener in der Buchhandlung von Antoni Ramón Corró.«

»In einer Buchhandlung?«

»Glaube nicht, dass es in den heutigen Zeiten einfach ist, eine Stellung für einen kleinen Jungen zu finden. Aber Antoni Ramón ist mein Teilhaber beim Buchverkauf.«

»Was heißt das, Teilhaber?«

»Du weißt ja, dass ich Kaufmann bin, und außerdem verwalte ich das Vermögen des Santa-Anna-Klosters. Es hat zwar viele von seinen früheren Besitzungen verkauft, doch es unterhält immer noch Güter von den Medas-Inseln bis nach Valencia, wozu die in Palafrugell, Tortosa und El Garraf gehören. Deshalb reise ich auf Rechnung des Priorats an der Küste, und ich nutze das, um Waren zu kaufen und zu verkaufen. Aber mein eigentliches Gebiet sind die Bücher. Wenn ich die Bücher von Corró verkaufe, behalte ich einen Anteil, und darum sind wir Teilhaber.«

»Aber müsste der Prior nicht das Kloster persönlich verwalten?«

Bartomeu ließ ein leises und amüsiertes Lachen hören und antwortete: »Cristòfol de Gualbes ist ein Adliger, und er hat mich, einen Bakkalaureus der Universität Lleida, mit der Verwaltung und dem Handel beauftragt.«

»Vor kurzem haben sich der Subprior und der Prior um Geld gestritten. Gualbes meinte, die Mönche sollten selbst den Garten bestellen. Das hat der Subprior übelgenommen, und er hat den Prior aufgefordert, doch selbst im Garten zu arbeiten. Sie haben sich schrecklich gestritten. Und so haben sie schließlich meinen Bruder und mich zur Arbeit in den Garten geschickt.«

Bartomeu lachte wieder. »Bei der Verwaltung ist es das Gleiche:

Der Prior hält so etwas nicht für eine würdige Angelegenheit, doch mir gefällt sie.«

»Der Subprior sagt, es gebe drei Arten von Leuten. Die Krieger und Adligen, deren Arbeit darin bestehe, dem Volk bewaffneten Schutz zu gewähren; danach die Geistlichen, deren Auftrag es sei, zu Gott zu beten; und dann die Übrigen, die den Boden bestellen müssen. Was tut Ihr denn dann, wenn Ihr nicht den Boden bestellt?«

»Nun ja, nun ja. Das ist ein altmodisches Weltbild. So war es früher, als sich die Dinge ganz einfach verhielten. Krieger für den Kampf, Geistliche für das Gebet und Bauern, um die Übrigen mit Essen zu versorgen. Jetzt ist es komplizierter. Selbst die reichen Bauern kaufen Adelstitel vom König und überlassen es anderen, den Boden zu bestellen. Unterdessen kämpfen die armen leibeigenen Bauern für ihre Freiheit, und nicht nur gegen die Adligen, sondern auch gegen die reichen Bauern, die nach einem Adelstitel streben und sie unterjochen. Wir Handwerker und Kaufleute sind andere Klassen. Es hat uns immer schon gegeben, aber heute sind wir viel wichtiger, und es wird der Tag kommen, an dem wir es den Adligen zeigen.

Du musst dich gut benehmen und alle Arbeiten gewissenhaft erledigen. In weniger als zwei Jahren bist du Lehrling, danach Geselle, und wenn du erst Meister bist, wirst du schöne Bücher herstellen. Falls du eines Tages deine eigene Buchhandlung hast, bist du nicht nur Handwerker, sondern auch Kaufmann.«

»Und mein Vater, der Fische gefangen hat, was war er?«

»Er war ein freier Mann. Er hatte sein eigenes Boot und brauchte Kenntnisse und Techniken. Das ist ein Handwerk.«

»Und werde ich lesen lernen?«, fragte Joan hoffnungsvoll.

Bartomeu schwieg und blieb stehen. Er blickte dem Jungen in die Augen und sagte dann: »Nein, das kannst du nicht. Wenigstens vorläufig nicht.«

»Aber wie soll ich Buchhändler werden, ohne dass ich lesen kann?«

»Das Hauptgeschäft des Buchhändlers Corró und der anderen in diesem Handwerk besteht darin, die leeren Bogen Papier oder Pergament zu binden und ihnen Deckel zu geben, die manchmal sehr prachtvoll sind. Der Verkauf von leeren Büchern, Federn, Tinte und sonstigen Schreibutensilien hat sich trotz der Pestilenzen und Kriege gut gehalten. Die Priester brauchen solche Bücher, um Todesfälle, Hochzeiten und Taufen einzutragen. Man benötigt sie für Testamente, Prozesse, für die Rechnungen der Geschäfte oder die Akten der Städte. Du musst nicht lesen können, um leere Bücher einzubinden.«

»Um ein richtiger Buchhändler zu werden wohl aber schon«, beharrte Joan eigensinnig. »Ich will lesen lernen.«

»Pass auf. Um mit geschriebenen Büchern zu handeln, musst du nicht nur lesen können, sondern auch gesprochenes und geschriebenes Latein beherrschen und einige Kenntnisse der Klassiker haben. Ich glaube nicht, dass du so etwas jemals erreichen kannst.«

Joan blickte ihn enttäuscht an. Er erinnerte sich an das prachtvolle Buch, das in der Buchhandlung der Calle Especiers ausgestellt war, und an die schönen Buchstaben, die für ihn geheimnisvolle, unverständliche Zeichen waren. Er wollte die geheimen Welten kennenlernen, die die Bücher auf ihren Seiten verbargen.

»Ich will aber!«

»Nein!«, entgegnete Bartomeu sehr ernst. »Sprich nie wieder davon! Du wirst nicht lesen lernen, hörst du?«

Er legte ihm eine Hand auf die Schulter und schüttelte ihn.

»Hast du gehört?«

Der Junge hatte noch nie erlebt, dass Bartomeu derart ärgerlich und herrisch geworden war. Dieser neue Zug an ihm überraschte ihn, und der grimmige Blick des Mannes, den er zuvor für seinen Freund gehalten hatte, tat ihm weh.

»Hast du gehört?«, fragte Bartomeu noch einmal.

»Ja, aber ich verstehe nicht …«

»Gehorche, Joan! Du musst lernen zu gehorchen, und wenn du

das nicht verstehst, bringe ich dich auf der Stelle in den Klostergarten zurück. Hast du verstanden?«

Der Junge wandte den Blick von Bartomeus Augen ab, die sich in seine bohrten, und senkte den Kopf. Ihn schmerzte der drohende Ton des anderen, doch vor allem fürchtete er, dass Bartomeu ihn und Gabriel im Stich ließ. Das durfte er nicht zulassen.

»Ja. Ich werde gehorchen«, antwortete er mit Tränen in den Augen.

»Guter Junge«, kommentierte der Kaufmann. Nun fasste er ihn an der Schulter und lief weiter. »Wenn du dich nicht daran hältst, wirft dich der Buchhändler Corró sofort aus seinem Haus. Das muss dir klar sein. Ich weiß, dass du Probleme mit dem Administrator von Palafrugell hattest, und ich möchte nicht, dass sich so etwas hier wiederholt. Vielleicht bekommst du keine weitere Gelegenheit in deinem Leben, ein Handwerker zu werden.«

Sie liefen eine Zeitlang schweigend nebeneinander her. Schließlich sagte Bartomeu: »Wenn du in den ersten Tagen gut arbeitest, bringt man dir vielleicht das Schreiben bei.«

»Schreiben?«, rief Joan überrascht. »Wie kann man schreiben, ohne dass man lesen kann?«

Bartomeu blieb stehen und musterte den Jungen prüfend.

»Das ist der Grund, warum ich eine Arbeit für dich finden konnte.«

Joan schwieg und wartete darauf, dass der Kaufmann deutlicher wurde.

»Antoni Ramón Corró braucht keinen Ladendiener, aber ich habe ihm von deinem künstlerischen Geschick erzählt. Außerdem habe ich ihm ein paar von den Holzfiguren gezeigt, die du geschnitzt hast. Wir glauben, wenn du etwas Erfahrung gesammelt hast, kannst du Schönschrift lernen, sowohl gotische als auch italienische. Und wenn du tatsächlich zeigst, dass du geschickt bist, lässt dich der Buchhändler Corró ein paar Bücher abschreiben. Einen guten Kopisten könnte er dringend gebrauchen.«

»Aber ich würde ein besserer Kopist sein, wenn ich lesen könnte.«

»Darüber haben wir schon gesprochen!« Er kehrte zum harten Ton von vorhin zurück. »So ist es nicht. Die Buchstaben sind wie Zeichnungen, und du musst nur diese Zeichnungen kopieren. Verstehst du nicht, dass ich ihn gerade deshalb überzeugen konnte, weil du ein Kopist wärest, der nicht lesen kann?«

Das war sonderbar, sagte sich Joan. Hier hatte er es mit einer ihm unbekannten Welt zu tun. Doch seine Zukunft hing davon ab, dass er gehorchte, und er beschloss, seine Fragen auf eine spätere Zeit zu verschieben.

18

Wegen der Auseinandersetzung mit Bartomeu war Joan eine Weile lang still und in sich gekehrt. Aber die Stadt begeisterte ihn, und bald richtete sich seine Aufmerksamkeit auf alles, was ihm unter die Augen, die Ohren und die Nase kam. Es erstaunte ihn, so viele und so unterschiedliche Leute zu sehen, die er alle nicht kannte. Im Dorf und in Palafrugell hatte jeder jeden gekannt, und dieses großstädtische Treiben kam ihm sonderbar vor. Außerdem überraschte ihn, dass alle gutgekleideten Männer ein glattrasiertes Gesicht wie die Geistlichen hatten.

Als er an der Tür vorbeikam, die zum Kreuzgang der Kathedrale führte, erblickte er zwei Blinde, die singend um Almosen bettelten und sich dabei mit einer Gitarre und Tamburinschellen begleiteten. Die Soldaten am Eingang zum Palast der Generalitat waren nicht dieselben wie am Vortag, und er staunte abermals über das kunstvoll bearbeitete Mauerstück, das vom Medaillon des heiligen Georg beherrscht wurde. Schließlich gelangten sie zur Plaza de Sant Jaume, und Bartomeu brachte ihn zur Calle Especiers. Ihr Bestimmungsort lag beinahe unmittelbar am Platz: die Buchhandlung Ramón Corrós. Es handelte sich tatsächlich um jene, die seine Aufmerksamkeit am ersten Tag angezogen hatte, und dasselbe illuminierte Buch, dessen Pracht ihn so fasziniert hatte, lag immer noch am Eingang. Es befand sich auf einem tragbaren Pult und wurde von dem roten Sonnendach geschützt. Joan dachte, dass es wohl sehr wertvoll war. Eine vor dem Buch aufgestellte Bank diente als Ladentisch, und darauf waren weitere Bücher ausgestellt. Manche hatten schöne Ledereinbände, andere waren aufgeschlagen und zeigten ihre leeren Seiten. Die meisten jedoch waren einfache Bogen aus gehefteten Blättern mit Pappdeckeln, die gewiss viel weniger kosteten. Außerdem gab es eine gute Auswahl weißer Gänsefedern, die zum Schreiben sorgfältig zugeschnitten waren, ein paar Fasanenfedern und sogar mehrere kleine Metallfedern, die auf Holzstiele montiert waren. Hinter dem Ladentisch stand eine Frau mittleren Alters. Sie hatte zart geschwungene Lippen und dunkle Augen. Sie trug ein Gewand aus gutem Stoff und hatte ihren Kopf mit einer Haube bedeckt. Ihr Gesicht erhellte sich, als sie Bartomeu erblickte.

»Guten Tag, Mosén Bartomeu«, sagte sie lächelnd und neigte den Kopf, um ihn zu begrüßen.

»Guten Tag, Señora Joana«, antwortete Bartomeu höflich. »Das hier ist Joan, und wir möchten Ihren Mann besuchen.«

Sie lächelte dem Jungen zu und sagte, dass sie ihren Mann im Ladeninnern finden könnten.

»Sie ist die Frau des Besitzers«, erzählte ihm Bartomeu leise, während sie eintraten. »Sie haben eine verheiratete Tochter und einen Jungen, der an der Universität Lleida studiert.«

Die Ladenwände waren mit Schränken bedeckt. Sie enthielten Bücher, Pergamentrollen, Tintenfässer, Radiermesser, Scheren und alle möglichen anderen Gegenstände, die mit Schreiben und Lesen zu tun hatten.

Ramón Corró saß hinter einem Schreibtisch, der zwei Stufen höher als der übrige Fußboden war. Von seinem Posten aus kontrollierte er, was sowohl in der weiträumigen Buchhandlung als auch auf der Straße vor sich ging. Er war ein kräftiger Mann mit breiter Stirn, kleiner Nase und grauen Augen, der zwar den Kopf mit einer roten Kappe bedeckt hatte, seine Kahlköpfigkeit jedoch nicht verbergen konnte.

»Guten Tag, Bartomeu«, grüßte er, während er die Feder in ein Tintenfass steckte, das in den Tisch eingelassen war. »Ist das der Ladendiener, von dem Ihr mir erzählt habt?«

»Guten Tag«, erwiderte der Kaufmann. »Tatsächlich, das hier ist Joan Serra aus Llafranc. Joan, begrüße Mosén Corró.«

Joan trat auf den Buchhändler zu, der von seinem Podest hinabgestiegen war, und küsste ihm die Hand.

»Nun gut, Joan«, sagte Mosén Corró, »du musst die Fähigkeiten beweisen, von denen Mosén Bartomeu mir erzählt hat, damit du in meinem Haus bleiben kannst. Komm her.«

Er machte ihm ein Zeichen, dass er die Stufen zu seinem Schreibtisch hochsteigen sollte, und Joan folgte ihm. Der Buchhändler zeigte ihm einen Zettel, auf dem ein Satz geschrieben war.

»Was steht hier?«

Joan betrachtete die schwarzen Striche, die unterschiedlich stark waren, was von der jeweiligen Tintenmenge abhing. Er murmelte leise: »Das weiß ich nicht, Mosén Corró. Ich kann nicht lesen.«

»Und der Buchstabe hier«, sagte er. Er tauchte die Feder ins Tintenfass, um ein paar gotische Striche aufs Papier zu schreiben. »Welcher ist das?«

»Ich kann nicht lesen, Señor«, antwortete Joan. Er war überzeugt, dass er nicht eingestellt werden würde.

»Und der hier?«, drängte der Buchhändler, nachdem er nun einen Buchstaben im italienischen Stil geschrieben hatte.

»Es tut mir leid, Señor. Ich weiß es nicht«, flüsterte Joan noch leiser.

»Also auch diese Buchstaben kennst du nicht?«, erkundigte sich Mosén Corró streng.

»Nein, Señor.«

»Probieren wir es. Nimm die Feder und male auf diesem Zettel den ersten Buchstaben, den ich geschrieben habe.«

»Ich kann nicht schreiben, Señor.«

»Das ist gleich. Versuche es.«

Joan blickte Bartomeu an, der zustimmend nickte. Mit zitternder

Hand tauchte er die Feder ins Tintenfass, wie es der Mann getan hatte, und drückte sie aufs Papier, um zu versuchen, den Buchstaben zu kopieren. Die Tinte tropfte aus dem Federkiel und bildete einen Fleck.

»Es tut mir leid, Señor«, wisperte der Kleine. »Es ist das erste Mal, dass ich eine Feder benutze.«

»Das merkt man. So fasst man die Feder nicht an«, erklärte der Buchhändler und legte ein Papier, das die Tinte aufsaugte, auf den Fleck. »Aber darauf kommt es nicht an. Probier es einfach noch einmal.«

Joan bemühte sich, seine zitternden Hände zu beherrschen, und zeichnete eine klägliche Nachahmung des gotischen Buchstabens, den der Mann geschrieben hatte, auf das Papier.

»Nun kopiere den anderen Buchstaben.«

»Aber der erste ist mir nicht gelungen«, sagte Joan.

»Das ist gleich. Kopiere den zweiten.«

Er tat es, und das Ergebnis war ebenso katastrophal wie das vorherige. Der Buchhändler sah aufmerksam zu, wie sich der Junge abmühte.

»Also gut«, brummte er schließlich und blickte dabei Bartomeu an. »Vielleicht habt Ihr recht, und eines Tages können wir aus ihm einen guten Kopisten machen. Ich nehme ihn in meinem Haus auf, weil Ihr ihn empfehlt.«

Bartomeu sagte nichts, doch er nickte zustimmend.

»Junge, ich stelle dich als Ladendiener an«, sagte er nun zu Joan. »Und wenn du gehorsam, fleißig und ehrlich bist, mache ich dich zum Lehrling, nachdem du vierzehn Jahre alt geworden bist. Wenn du dann weitere Fortschritte machst, kannst du es zum Gesellen und zum Meister bringen. Dies sind die Bedingungen: Ein Lehrling bekommt neunzig Sueldos im Jahr, dazu Essen und Unterkunft in meinem Haus. Er arbeitet vom Morgen bis zum Abend und ruht zum Essen aus. Aber weil du noch klein bist, arbeitest du nur am Morgen. Du wirst hier nicht zu Abend essen und auch nicht hier schlafen, das tust du im Kloster, und darum gebe ich dir sechzig Sueldos im Jahr, also fünf im Monat. Deinen Lohn überlasse ich dem Subprior, damit die Ausgaben für dich im Santa-Anna-Kloster gedeckt werden. Er wird entscheiden, ob er dir etwas davon zukommen lässt.«

»Könntet Ihr Bartomeu das Geld geben, und er kann den richtigen Anteil mit dem Subprior vereinbaren?«

Der Buchhändler blickte ihn überrascht an, und danach lächelte er dem Kaufmann zu. Seine grauen Augen leuchteten auf, und an deren Seiten bildeten sich zahlreiche Fältchen. Ihm schien der Vorschlag zu gefallen, und Bartomeu erwiderte sein Lächeln.

»Einverstanden. Ich glaube, das ist eine gute Idee. Aber bevor ich dich aufnehme, musst du versprechen, dass du nicht lesen lernst, bevor du meine Erlaubnis dazu bekommst.«

Joan wechselte einen Blick mit Bartomeu. Das Verbot missfiel ihm, doch er nickte.

»Versprichst du es?«, drängte der Buchhändler.

»Ja, ich verspreche es.«

»Also gut. Von diesem Augenblick an gehörst du zu meinem Haus. Komm morgen, wenn es Tag wird, wieder.«

»Ja, Mosén Corró.«

»Du musst mit ›Ja, Herr‹ antworten«, korrigierte ihn Bartomeu.

»Ich habe keinen Herrn, ich bin kein Leibeigener«, ereiferte sich Joan, als sie sich weit genug von dem Buchladen entfernt hatten. »Mein Vater hat gesagt, ich müsse um meine Freiheit kämpfen.«

Bartomeu blickte ihn zuerst überrascht und dann nachdenklich an. Schließlich antwortete er lächelnd: »Dein Vater hatte recht, Joan. Aber auch wir freien Männer haben Pflichten. Wir haben sie gegenüber Gott, dem König, den Gesetzen und den Versprechen, die wir geben. Und du hast gerade einen Vertrag geschlossen. Du wirst Mosén Corró und seiner Familie dienen, und dafür gibt er dir einen Lohn. Und wenn du fleißig und gut arbeitest, kannst du ein Handwerk erlernen. Du bist frei, den Handel anzunehmen. Noch hast du Zeit, ihm zu sagen, dass du es nicht willst und dass du lieber im Klostergarten arbeitest. Möchtest du das? Den Anweisungen des Subpriors gehorchen und im Garten arbeiten?«

»Nein, das möchte ich nicht. Aber ich will auch niemanden ›Herr‹ nennen.«

»Hör zu. Du bist ein kleiner Junge, der noch nichts vom Leben weiß«, antwortete der Kaufmann ernst. »In einem Punkt hatte der Administrator von Palafrugell recht. Du bist widerspenstig und frech, während du noch nicht einmal in dem Alter für so etwas bist. Doch du hast auch bewiesen, dass du sehr aufgeweckt bist. Ich mag dich, und darum helfe ich dir. Du musst lernen, denn sonst wirst du in Ketten als Ruderer auf einer Galeere enden. Verstehst du mich?«

Joan hielt seinem Blick stand, ohne etwas zu sagen, während er versuchte, seine Worte zu verarbeiten. Er hatte diesen Mann gern, und er wusste, dass er sein Bestes wollte, doch er hasste alles, was nach Zwang klang. Sein Vater hatte ihm gesagt, dass ein Mann für die eigene Freiheit und die seiner Familie kämpfen müsse. Wenn er jemanden »Herr« nannte, widersprach das seinen Lehren. Bartomeu unterbrach seine Grübeleien.

»Pass auf, Joan. Wir wollen sehen, ob du es ein für alle Mal verstehst«, sagte er in entschiedenem Ton. »Mosén Corró ist Herr in seinem Haus. Und darum nennt man ihn so, nicht weil er dein Herr ist und du sein Sklave bist. Deshalb wirst du ihn ›Herr‹ nennen, solange du zu seinem Haus gehörst und für ihn arbeitest. Du bist ihm nicht nur Gehorsam schuldig, sondern auch Achtung und Treue. Verstehst du, was Treue bedeutet?«

Der Junge schwieg weiter, und Bartomeu versetzte ihm einen leichten Schlag vor die Brust.

»Verstehst du, was Treue bedeutet?« Der Kaufmann hob die Stimme.

Joan zuckte die Achseln.

»Nun, ich will es dir sagen. Treue zu jemandem bedeutet, ihn nicht zu betrügen und die Verpflichtungen dieser Person gegenüber bis zum Ende zu erfüllen. Und wenn du den Corrós treu bist, werden sie es dir gegenüber auch sein. Verstehst du jetzt?«

Joan nickte zustimmend, doch dies genügte dem Kaufmann nicht.

»Sag mir, dass du es verstehst, oder ich bringe dich in den Garten zum Subprior zurück!«

»Ja, ich verstehe es«, murmelte Joan zähneknirschend.

»Nun gut. Mosén Corró ist dein Herr, seine Frau ist deine Herrin, und ihr Sohn Joan Ramón wird der Sohn des Herrn sein, wenn er aus Lleida kommt. Und du wirst ihnen treu sein. Wiederhole es!«

Der Junge wiederholte es, was ihm überhaupt nicht gefiel.

19

Joan schlief schlecht in dieser Nacht. Unruhig sah er seinem ersten Tag in der Buchhandlung entgegen. Er nahm zusammen mit Gabriel und dem Novizen an den Primgebeten teil, frühstückte eilig, und nachdem er seinen Bruder umarmt und den Segen Bruder Jaumes empfangen hatte, rannte er durch das große, gerade erst geöffnete Tor hinaus. Kurz zuvor war der Tag angebrochen. Die ersten Sonnenstrahlen beschienen die Türme der Kathedrale, und der Morgen war kalt in den schattigen Straßen.

Ein etwas größerer, magerer und sehniger Junge fegte den Boden vor der Buchhandlung, wobei er ihn zuvor nass gemacht hatte, um keinen Staub aufzuwirbeln. Joan fragte ihn nach seinem Herrn und setzte hinzu, er sei der neue Ladendiener. Der Junge musterte ihn von oben bis unten, und als er die Prüfung beendet hatte, lächelte er ihm zu.

»Ich heiße Lluís. Bisher war ich der Diener. Weil du gekommen bist, machen sie mich zum Lehrling«, sagte er stolz. »Warte hier im Laden, ich gebe ihm Bescheid.«

Wenig später kam er zurück und wies ihn an zu warten, Mosén Corró frühstücke gerade. Danach zeigte er auf den Besen und setzte zufrieden hinzu: »Das hier ist von jetzt an deine Sache.«

Joan sah zu, wie Lluís seine Aufgabe erledigte. Dann betrachtete er das schöne Buch und die Bänke, die als Ladentisch dienten und darauf warteten, dass man sie auf die Straße hinausbrachte. Er trat näher, um die gotischen Buchstaben, die goldenen Verzierungen und das bunte Bild zu betrachten, das die rechte Seite vollständig ausfüllte. Abermals bedauerte er, dass er nicht lesen konnte, und noch größeres Bedauern empfand er über das Versprechen, das ihn daran hinderte, es zu erlernen.

Er hörte Gelächter, das aus dem Hinterzimmer kam. Der Lehrling erklärte ihm, dass die Herrschaften im oberen Stockwerk frühstückten, während die Arbeiter in der Werkstatt des Erdgeschosses aßen. Der Junge fragte sich besorgt, wie sie ihn empfangen würden.

»Guten Tag, Joan«, begrüßte ihn schließlich Mosén Corró. »Komm und sieh dir die Werkstatt an.«

Sie liefen durch einen Flur, der die Buchhandlung vom Hinterzimmer trennte und von dem eine breite Treppe zum Obergeschoss ausging. Der Raum war ebenso wie der Laden voller Wandschränke, in denen Bücher und verschiedene Materialien abgelegt waren, die sich auch auf dem Boden stapelten. Dann kamen sie in die Werkstatt. Sie war geräumig und grenzte auf der anderen Seite an einen Hof, mit dem sie über drei große Bogen verbunden war, die das Tageslicht einfallen ließen. In diesem Augenblick sammelte ein Mädchen das Frühstücksgeschirr ein, während die Handwerker verschiedene Arbeitsgeräte auf den Hof brachten.

»Es sieht nach einem schönen Tag aus. Je mehr Licht es gibt, desto besser kann man Bücher einbinden«, erklärte der Buchhändler.

Er stellt ihn Guillem vor, dem Buchbindermeister, der ungefähr dreißig Jahre alt war, und Pau, seinem Gesellen, der etwas über zwanzig war. Corró erklärte, Joan solle die Anweisungen des Meisters ausführen, sobald er die Aufträge seiner Frau erledigt habe. Dann hob er die Stimme und zeigte auf die Lehrlinge: auf den ältesten, Felip, der ungefähr achtzehn Jahre alt war und wegen seiner Beleibtheit und seines rötlichen Haares auffiel, dann auf die beiden jüngeren, Jaume und Lluís, den er schon kannte. Als sie in den Laden zurückgekehrt waren, begegneten sie der Herrin, die Joan mit einem Kuss auf den Handrücken begrüßte. Sie lächelte ihm zu und wies ihn an, das Wasser aus den in der Werkstatt und der Buchhandlung stehenden Krügen auszuschütten und sie am Brunnen mit frischem Wasser zu füllen. Um die Krüge in der Küche kümmerten sich die Mägde.

Emsig führte Joan diesen Auftrag aus, und als er damit fertig war, schickte ihn die Herrin, Leim bei einem Kaufmann in ihrer Straße, der Calle Especiers, zu holen, denn zu den Aufgaben der Gewürzhändlerzunft gehörte auch der ganze Bereich der chemischen Erzeugnisse. Joan dachte, diese Besorgungen könnten eine großartige Gelegenheit sein, auf den Straßen der verlockenden Stadt umherzulaufen und die Läden und ihre Einwohner zu betrachten.

Nachdem er alle Aufträge erledigt hatte, half er dem Gesellen bis zur Essenszeit in der Werkstatt. Staunend beobachtete Joan, wie die Arbeit vor sich ging. Die Papierbogen wurden mit gewaltigen Metallscheren auf die richtige Größe zugeschnitten und übereinandergelegt. Nun wurden die Bogen mit Pressen, die aus Holzbrettern und Schraubenspindeln bestanden, stark zusammengedrückt. Dann heftete man sie an einem Ende mit einem Faden und verband sie miteinander, bis sie ein vollständiges Buch bildeten, wobei man die Verbindungsstreifen an die Außenseite des Buchrückens legte. Sie wurden verleimt, und schließlich schützte man das Buch mit Deckeln. Meistens waren diese aus Pergament, doch man stellte sie auch aus der Pappe her, die entstand, wenn man mehrere Papierblätter zusammenleimte oder wenn man Pappe und Pergament verband. Die allermeisten Bücher, die man einband, hatten leere Seiten, damit die Käufer darauf schreiben konnten, und im Allgemeinen benötigten sie keinen großen Aufwand. Doch in der Werkstatt der Corrós wurden auch Druckbogen und sogar Handschriften gebunden. In solchen Fällen verwendete man meist Leder für den Einband, und ihm prägte man ein Bild auf, das in einer Metallplatte eingraviert war. Manchmal benutzte man die Radtechnik: Das Rad trug ein eingraviertes Ornament, und wenn man es auf dem feuchten Leder abrollte, wiederholte es ständig dasselbe Motiv. Die Reliefs wurden vergoldet oder gefärbt. Und für wertvolle Bücher wie das am Eingang des Buchladens stellte man Holzdeckel her, die mit feinem gepunztem Leder überzogen waren. Doch Joan hatte mit all diesen komplizierten Arbeiten nichts zu tun. Seine Tätigkeit beschränkte sich darauf, beim Heften der Bogen zu helfen.

Vorläufig musste er seine ganze Aufmerksamkeit darauf verwenden, die Anweisungen zu verstehen, die ihm der Geselle gab. Er wollte Werkzeuge von ihm haben, deren Namen er in seinem ganzen Leben noch nicht gehört hatte. Sie gebrauchten Wörter, die er nicht verstand, und oft wusste er nicht, was er überhaupt tun sollte. Er kam sich ungeschickt und unnütz vor.

»Beeil dich, Junge!«, herrschte ihn der Mann mit ernster Miene an.

Als die Essenszeit kam, atmete Joan erleichtert auf. Das Kloster war kein sehr gastlicher Ort, aber dort hatte er seinen Bruder, den Novizen und Bruder Jaume, und es ähnelte noch am meisten einem Zuhause. Es waren allzu viele Neuigkeiten für einen einzigen Tag gewesen. Doch von einem war er überzeugt: Die Bücher faszinierten ihn, und selbstverständlich die mit Schriftzeichen. Welche Geheimnisse mochten sie enthalten? Das Verbot, lesen zu lernen, weckte in ihm das gewaltige Verlangen, es doch zu tun.

Die Lehrlinge räumten die Arbeitstische ab, und jeder holte seinen Napf hervor. Es waren mehr als genug da, und man wies Joan an, sich einen zu nehmen. Kurz darauf erschien eine Magd mit einem Topf, der eine Fleischsuppe mit Linsen und Gemüse enthielt, und sie füllte die Näpfe. Inzwischen legte eine zweite Magd ein paar Brotlaibe, die schon aufgeschnitten waren, und Äpfel auf den Tisch. Dazu stellte sie Krüge mit Wasser und Wein.

Der Meister und der Geselle setzten sich an ein Tischende. Dann folgten die Lehrlinge, wie es ihrem Dienstalter entsprach. Joan setzte sich Lluís gegenüber.

Plötzlich betrat ein fremdartiger Mann den Raum. Er trug einen Überrock, der ihm bis zu den Füßen reichte und lange Ärmel hatte. Das Gewand hing lose, ohne Gürtel herab. Er hatte das Haupt mit einem Stück Stoff wie einem Turban bedeckt, und in seinem Bart überwogen die weißen Haare.

»Guten Appetit«, begrüßte er die anderen mit einem seltsamen Akzent.

Die Gesellen erwiderten den Gruß, doch die Lehrlinge antworteten nicht. Die Blicke Joans und des Mannes begegneten sich kurz. Er hatte ein von Falten zerfurchtes Gesicht, und seine tiefblauen Augen hoben sich von der leicht dunklen Gesichtsfarbe ab. Der Alte setzte sich bedächtig an einen abseits stehenden Tisch, und die Magd bediente ihn.

»Er ist ein weißer Sarazene«, klärte ihn Lluís auf.

Ein weißer Sarazene! Joan hatte es geahnt, doch als er es bestätigt fand, spürte er, dass sich ihm die Eingeweide zusammenzogen. Dieser Kerl gehörte zu derselben Horde wie die, die sein Dorf überfallen, seinen Vater getötet und die Frauen gefangen genommen hatten.

»Was tut er hier?«, wollte Joan wissen.

»Er ist ein Sklave, aber der Herr schätzt ihn sehr. Er isst kein Schweinefleisch und trinkt keinen Wein, und das gestattet man ihm. Wenn er sich taufen ließe, würde man ihm die Freiheit geben. Doch er will kein Christ werden.«

»Er ist ein dreckiger Ungläubiger«, meldete sich Felip, der älteste Lehrling. »Und der Herr sieht ihm allzu viel nach. Ich würde ihm schon Bescheid geben. Ich würde ihn einen Monat ohne Essen lassen, danach würde ihm das Schweinefleisch schon schmecken.«

»Du hast recht«, stimmte Joan ihm zu.

Er dachte nach, wie er erreichen konnte, dass der Alte etwas von dem Schaden verbüßte, den die Sarazenen seiner Familie zugefügt hatten.

»Und was tut er?«, fragte er nach einer Weile.

»Er kennt viele Sprachen: Arabisch, Lateinisch, Französisch, Kastilisch und ein paar mehr. Er übersetzt Bücher, und er kopiert auch für besondere Aufträge«, antwortete Lluís.

»Und du, Joan?« Felip unterbrach das Gespräch mit lauter

Stimme. »Du siehst auch sonderbar aus. Bist du etwa ein getarnter Sarazene, ein Spion?«

Das brachte die Leute am Tisch zum Lachen.

»Ich?«, erwiderte Joan überrascht. Er merkte, dass er errötete.

»Seht euch an, wie er sich anzieht«, sprach Felip weiter. »Er trägt einen Rock wie der Sarazene, nur dass er billig ist, und ein Lederband als Gürtel.«

»So kleiden wir uns in meinem Dorf«, verteidigte sich Joan, während die Übrigen weiterlachten.

»Ja, natürlich. So kleiden sich die Mauren«, bohrte Felip weiter. »Außerdem, merkt ihr, was für eine dunkle Haut er hat und wie komisch er spricht?«

Joan hatte schon festgestellt, dass sich die Leute in der Stadt, außer den Geistlichen und den kleinen Kindern, nicht wie er anzogen. In Barcelona trugen die Männer ein Wams, das ihnen bis zum Oberschenkel reichte, und dazu hatten sie Beinkleider an. Sobald er Geld hätte, wollte er sich passende Kleidung kaufen, doch er hatte nicht vorausgesehen, dass man sich aus diesem Grund über ihn lustig machen würde. Alle blickten ihn an und warteten auf seine Antwort.

»Nenn mich nicht Maure«, stieß er schließlich ungestüm hervor.

»Nun, mir kommst du wie einer vor«, widersprach der große Bursche. »Du bist außen weiß, aber im Innern schwarz wie der dort. Ein Sarazene.«

Er zeigte auf den Mann, der allein aß und den Wortwechsel schweigend verfolgte.

»Ich bin ein guter Christ!«, schrie Joan entrüstet und sprang mit einem Satz vom Tisch hoch. »Wage es nicht, mich zu beleidigen.«

Der Rothaarige lachte schallend, und die Übrigen stimmten mit ein.

»Aber der Winzling ist ja ein tapferer Kerl!«, kommentierte Felip ironisch. »Sehr gut, großer Mann. Wenn du ein Christ und dermaßen wild bist, bist du bestimmt ein *remensa*.«

»Ich bin auch kein *remensa*! Mein Vater war ein freier Fischer mit einem eigenen Boot. Er hatte keinen Herrn, und ich auch nicht.«

»Nun, wenn du Christ bist und so grob redest, kannst du nichts anderes sein. Wir werden dich so nennen.«

»Jetzt reicht es, hört auf mit der Geschichte«, griff Guillem, der Meister, ein. »Nutzt die Pause, um Mittagsruhe zu halten.«

»Ich bin kein *remensa*!«, betonte Joan.

Der Junge hatte gehört, dass die *remensas* aus Nordkatalonien, die von einem gewissen Pere Joan Sala angeführt wurden, Güter von Adelsherren überfielen, von denen viele in Barcelona lebten. Die Rebellion beunruhigte die Stadt, und »*remensa*« war zu einem Schimpfwort geworden.

»Genug mit den Diskussionen!«, unterbrach ihn der Meister. »Du, Joan, hast die Arbeit für heute beendet, also geh zurück ins Kloster.«

Der Junge gehorchte mit gesenktem Kopf, doch als er gerade hinausging, stieß ihn jemand und sagte dazu: »Bis morgen, *remensa*.« Es war Felip, und er lachte.

Als Joan ins Kloster kam, warteten sein Bruder und der Novize auf ihn und wollten wissen, wie die Arbeit in der Buchhandlung gelaufen war. Er berichtete, was er erlebt hatte, ohne die unangenehme Erfahrung mit Felip zu erwähnen. Sie hörten ihm neidisch zu: Gabriel hatte den ganzen Morgen im Garten gearbeitet, und Pere war mit den Gottesdiensten und mit seinem Theologie- und Lateinstudium bei Bruder Melchor beschäftigt gewesen. Joan hingegen beneidete Pere. Er konnte lesen! Und bald würde er Latein beherrschen! Er vertraute ihm seinen Kummer über den Buchhändler an, der ihm nicht gestattete, lesen zu lernen.

»Natürlich!«, erklärte der Novize. »Die Schönschrift für Bücher, die genaue Zeichnung jedes Buchstabens verlangen große Konzentration. Wenn du Bücher kopieren sollst, wollen sie nicht, dass du dich durch das Lesen ablenkst, das ist doch zu verstehen.«

20

Als Joan am nächsten Tag zur Buchhandlung kam, stellte er fest, dass die Tür halboffen stand und dort der Besen auf ihn wartete. Er hörte, wie die Handwerker frühstückten und wie Felip lauter als die Übrigen redete. Er wollte nicht hineingehen, denn er fürchtete, dass Felip wieder mit ihm Streit suchte. Er sperrte die Türen weit auf und fegte die Straße, wie es Lluís am Tag zuvor getan hatte.

Nach einiger Zeit erschien der Herr und begrüßte ihn. Kurz danach kam Señora Joana hinunter und richtete den Verkaufstisch auf der Straße her. »Hast du gefrühstückt?«, erkundigte sie sich.

»Ja, Señora. Im Kloster.«

»Und warum frühstückst du nicht hier?«

»Mit Señor Corró ist vereinbart, dass ich bei ihm nur zu Mittag esse. Die übrigen Mahlzeiten bekomme ich im Kloster.«

»Also, das geht so nicht«, entgegnete die Frau energisch. »Du bist im Wachstumsalter und musst dich gut ernähren. Ich verlasse mich nicht darauf, was dir die Mönche geben. Komm jetzt gleich in den ersten Stock hoch, die Mägde sollen dir Brot, Milch und Käse geben.«

»Aber …«

»Hier nützt kein Aber. Gehorche.«

Joan dankte ihr und lief hinauf. Er mochte diese Frau. Sie war kräftiger als seine Mutter, doch ihre dunklen Augen und ihre Redeweise erinnerten ihn an sie.

Seine nächste Aufgabe bestand darin, den übrigen Laden, den Lagerraum und die Werkstatt zu fegen. Dort musste er sich wieder gefallen lassen, dass Felip ihn verhöhnte und absichtlich Papierschnipsel auf den Boden warf, damit er sie aufheben musste. Joan sagte zunächst nichts, doch er geriet allmählich in Wut. Als er sich schon dem großen Burschen entgegenstellen wollte, machte ihm Lluís ein Zeichen, näher zu kommen.

»Als Neuling musst du diese Neckereien ertragen, bevor du in der Werkstatt aufgenommen wirst«, sagte er. »Je hochmütiger du auftrittst, desto schlimmer wird es dir ergehen.«

»Felip ist ein unverschämter Kerl.«

»Das stimmt. Aber er ist der Letzte, mit dem du es aufnehmen kannst. Sogar die Meister haben Angst vor ihm. Er ist der Anführer der Lehrlingsbande in dieser Straße. Und da gibt es ganz üble Kerle.«

»Gehörst du zur Bande?«

»Aber natürlich. Sie geben keine Ruhe, wenn du nicht auf ihrer Seite bist.«

Joan war erleichtert, als er die Werkstatt verlassen konnte, um Wasser am Brunnen zu holen. Unterwegs sah er, dass viele Menschen auf der Plaza del Rey dem Schloss gegenüber zusammengeströmt waren. Die Menge stieß empörte Schreie aus, während die Soldaten unerschütterlich zusahen.

»Fort mit den kastilischen Inquisitoren!«, tobten die Leute.

»Wir wollen die alte Inquisition!«, schrien andere. »Der König soll unsere Privilegien achten!«

Joan verstand nicht, worum es ging, und er trat auf einen freundlich aussehenden Mann zu, um ihn zu fragen.

»König Ferdinand will uns die Inquisition nach kastilischer Art aufzwingen«, erklärte er. »Und das verletzt die Privilegien, obwohl er geschworen hat, sie zu achten. Wir wollen die alte Inquisition, die der Krone von Aragonien. Sie ist nachsichtig, gestattet die Verteidigung der Angeklagten und handelt nur in ganz eindeutigen Fällen. Das gilt nicht für die kastilische. Bei ihr darfst du dich nicht verteidigen, und manchmal weißt du nicht einmal, wessen man dich beschuldigt. Sie sperren die Leute ein, foltern und verbrennen sie und eignen sich dann deren Besitz an. Die neue Inquisition wütet schon in Valencia, und unsere Stadt ist voll mit valencianischen Konvertiten, die sich vor dem Terror gerettet haben. Die von hier haben Angst und werden nach Frankreich fliehen. Weil es Leute mit Geld und guten Berufen sind, wird Barcelona durch ihre Flucht noch mehr ruiniert. Als hätten wir nicht schon genug Elend.«

»Kann man den König denn nicht überzeugen?«

»Die Stadträte schicken ihm seit Monaten Briefe und Unterhändler, doch er lehnt alles ab. Die neue Inquisition hat sich noch nicht gerührt, weil wir ihr Hindernisse in den Weg legen. Aber Juan Franco, der von Torquemada ernannte Inquisitor, bedroht die Stadt mit dem Heer des Königs.«

Joan kratzte sich am Kopf. Die Sache schien sehr ernst zu sein. In diesem Augenblick lief die Menge schreiend zur Plaza de Sant Jaume los, und Joan beschloss, sich nicht in Schwierigkeiten zu bringen und seinen Weg fortzusetzen. Er dankte dem Mann und kümmerte sich um das Wasser.

Als Joan in die Werkstatt zurückgekommen war, die Aufträge von Señora Corró erledigt und überall saubergemacht hatte, wofür er verantwortlich war, half er bei den leichten Buchbinderarbeiten. Wenig später sagte Meister Guillem zu ihm: »Bitte den Gesellen Pau, er soll dir die quadratische Nadel mit den drei Spitzen geben, mit der man das unsichtbare Pergament näht.«

Pau erklärte ihm, dass Felip sie habe. Dieser gab ihm einen Klaps und sagte: »Ich glaube, Lluís hat sie, *remensa*.«

Der Junge ertrug die Beleidigung und lief zu Lluís. Dieser sagte, wahrscheinlich sei sie bei Jaume, und Jaume erklärte, dass der Maure Abdalá sie mitgenommen habe.

Als Joan, der das Herumlaufen satt hatte, mit dieser Auskunft zum Meister zurückkam, machte der ein ärgerliches Gesicht und rief: »Der verdammte Maure! Wieder hat er sie uns weggenommen, ohne dass wir es merken! Du musst hochgehen und sie holen, aber die Herrschaften dürfen nichts davon erfahren. Wenn sie herausbekommen, dass er sie genommen hat, werden sie es uns sehr übelnehmen. Und selbst wenn er dir sagt, dass er sie nicht habe, darfst du nicht ohne sie nach unten kommen, denn der Maure ist ein Lügner und will dich bestimmt täuschen.«

Es war ein schwieriger Auftrag, weil der Sarazene im zweiten Stock arbeitete, dem höchsten des Hauses, und Joan musste hochgehen und wieder hinunterkommen, ohne gesehen zu werden. Und die Zeit drängte, weil man ohne diese Nadel die Arbeit nicht beginnen konnte.

Joan stieg leise die Treppe hoch. Er gab sich Mühe, dass ihn niemand sah. Mit bangem Herzen fürchtete er sich vor der Katastrophe, zu der es kommen würde, wenn man ihn entdeckte. Die Mägde waren in der Küche und die Herrschaften in der Buchhandlung beschäftigt, und darum konnte er die zwei ersten Treppenstücke erfolgreich hinter sich bringen. Der letzte Teil der Stufen endete an einer Bodenklappe, die knarrte, als er sie öffnete.

Der Raum war hell, aber kalt. Der Herbst ging allmählich in den Winter über, und obwohl die Fenster mit Scheiben versehen waren, spürte man ein kühles Lüftchen. Es gab mehrere Arbeitstische, doch der Maure saß auf einem Stuhl an einem Schreibtisch. Die breite Rückwand war an den Seiten teilweise von einem Schrank verstellt. Auch der Schreibtisch wurde genutzt, um verschiedene Schreibutensilien aufzuhängen und geordnet unterzubringen, und unter ihm stand ein Kohlenbecken.

Der Alte blickte überrascht von den Papieren auf. Er setzte ein sonderbares Gestell mit Gläsern ab, das ihm auf der Nase gethront hatte, und nachdem er ihn ein paar Augenblicke gemustert hatte, sagte er: »Also du bist der neue Ladendiener, nicht wahr?«

Joan nickte zustimmend. Die Bodenklappe war geöffnet. Sein halber Körper befand sich auf der Treppe und die andere Hälfte im Zimmer. Er betrachtete diese unbekannte Welt, ohne dass er es wagte, ganz hineinzusteigen.

»Ich habe mich gefragt, wie lange es dauern würde, bis du kommst«, setzte der Mann hinzu.

Joan stieg die restlichen Stufen hinauf.

»Bitte mach die Bodenklappe zu. Es zieht.«

Der Junge gehorchte und starrte den Mauren aufmerksam an. Er gehörte zu der Sippschaft der Leute, die seinen Vater getötet und seine Familie versklavt hatten. Eines Tages würde er die Kerle finden, die es wirklich getan hatten, aber vorläufig konnte er sich nur an jemandem wie dem hier rächen. Er wollte ihm schaden – allerdings wusste er nicht, wie. Er wollte sich auch nicht der Gefahr aussetzen, dass der Herr, der den Sarazenen offenbar hochschätzte, davon erfuhr. Er musste behutsam vorgehen.

»Gib mir die quadratische Nadel mit den drei Spitzen«, sagte er. »Die du aus der Werkstatt mitgenommen hast.«

»Ach! Also geht es um die quadratische Nadel mit den drei Spitzen. Die, mit der man das unsichtbare Pergament näht, nicht wahr?«

In der fremdartigen Sprechweise des Mannes schwang ein spöttischer Ton mit, der Joan reizte.

»Gib sie mir. Der Meister braucht sie für eine Arbeit, und du hast sie unerlaubt weggenommen.«

»Ob es etwas nützt, wenn ich dir sage, dass ich sie nicht habe?«

»Sie haben mich schon gewarnt, dass du ein Lügner bist. Das werde ich nicht glauben.«

»Nun, dann suche selbst nach ihr.«

Joan fühlte sich unsicher. Niemand hatte ihm erklärt, wie die Nadel aussah und wie groß sie war. Sie schien etwas zu sein, das alle kannten, und ihm war nicht eingefallen, sie sich beschreiben zu lassen.

»Ach! Aber wenn sie dir gar nicht gesagt haben, wie sie aussieht!« Der Mann stellte sich überrascht, und Joan merkte, dass er sich über ihn lustig machte.

»Nein, das weiß ich nicht. Du aber ja schon. Gib sie her!«

»Nur wie weißt du dann, dass ich dir nicht etwas anderes gebe?«

Joan zuckte verlegen die Achseln. Er hatte sich sehr ungeschickt benommen, und nun war er in der Hand dieses Mannes.

»Nun ja, weil du neu bist, gebe ich dir die quadratische Nadel mit den drei Spitzen, die, mit der man das Pergament näht, das man nicht sieht. Doch erkundige dich beim nächsten Mal genau, was du suchst.«

Aus einem Fach unter dem Tisch zog er ein Metallinstrument hervor und gab es dem Jungen.

»Aber das hat nur zwei Spitzen!«

»Du hast nicht die oben mitgerechnet.«

»Aber das da oben sticht nicht wie eine Nadel und ist auch nicht quadratisch.«

»Nicht alle Spitzen stechen. Das Quadratische ist außerdem das Papier, das mit der Nadel zusammengehört.«

Er holte ein Stück Papier heraus, tauchte seine Feder ins Tintenfass und schrieb etwas. Sobald die Tinte trocken war, verpackte er das Metallinstrument mit dem Papier.

»Geh und bring das dem Meister Guillem. Und wenn er es nicht gebrauchen kann, sag ihm, er soll beim Essen mit mir reden.«

Joan blieb nichts anderes übrig, als zu gehorchen, und er verschwand, ohne danke zu sagen, wobei er ebenso behutsam wie beim Hochkommen vorging. Alle umringten ihn, als er Meister Guillem das Paket übergab.

Ein gewaltiges Gelächter erdröhnte, als er den Inhalt entdeckte.

»Das ist ein Zirkel, Dummkopf! Der Maure hat sich über dich lustig gemacht!«

Joan wusste nicht, was ein Zirkel war und wozu er sich gebrauchen ließ. Er fühlte sich betrogen und wütend. Felip und die Lehrlinge stupsten ihn, wozu sie riefen: »Neuling! Blödian!«

Meister Guillem las, was auf dem Papier stand. Er sagte nichts, knüllte es zusammen und warf es dann in eine Ecke.

»Jetzt reicht es, Jungen!« Seine Miene war ernst. »Geht alle wieder an die Arbeit!« Und zu Joan sagte er: »Das war ein Neulingsstreich. Es gibt keine quadratische Nadel mit drei Spitzen und auch kein unsichtbares Pergament. Lerne das, Junge.«

Abermals lachte die Gruppe und kehrte an die Arbeit zurück, nicht bevor ihm Felip noch einen Schlag versetzt hatte, der freundschaftlich wirken konnte, aber weh tat.

»Dummer Trottel«, sagte er.

Als Joan die Werkstatt fegte, hob er das Papier auf. Darauf standen ein paar Sätze in gotischer Schrift, die er nicht entziffern konnte. Trotzdem steckte er ihn ein.

Beim Essen begegneten sich die Blicke des Jungen und des Mauren. Joan fand einen Käfer in seinem Napf, und wieder lachten alle: Ihm wurde klar, dass es ein weiterer Scherz Felips war. Stoisch ertrug er diesen Spaß und die darauf folgenden Sticheleien des großen Burschen. Doch ihm traten Tränen in die Augen. Die Demütigung war zu groß. Er wünschte sich ins Kloster zurück.

Als er in Santa Anna eintraf, ging er in die Zelle, die er mit seinem Bruder teilte, und nahm die Azcona seines Vaters. Dann lief er in den Garten. Dort hatte er an einen Baum ein Stück Holz aufgehängt, das als Zielscheibe diente. Obwohl die Waffe schwer war, schleuderte er sie wütend ins Schwarze der Scheibe. Er stellte sich vor, Felip sei das Holzstück. Danach wurde es zu dem Mauren, der seinen Vater getötet hatte, und hierauf zu jedem anderen Sarazenen. Nach einer Weile war er erschöpft, und als er sich an die quadratische Nadel mit den drei Spitzen erinnerte, suchte er den Novizen und bat ihn, heimlich vorzulesen, was auf dem Zettel des Mauren stand.

»Damit du entdeckst, was du suchst, musst du wissen, was es ist. Der Name der Dinge darf dich nicht täuschen. Finde heraus, wie sie wirklich sind«, las Pere.

Joan wurde nachdenklich. Er verstand, dass sich dies auf seine Ungeschicktheit am Morgen bezog, doch er argwöhnte, dass etwas mehr dahintersteckte, was ihm entging.

»Wer hat das geschrieben?«, erkundigte sich Pere neugierig.

»Ein Ungläubiger«, antwortete der Junge.

Doch er beschloss, den Zettel an einem sicheren Ort zu verwahren.

21

An diesem Nachmittag kam Bartomeu ins Kloster, um mit Prior Gualbes über eine Reise an die Südküste zu sprechen, bei der er verschiedene Geschäfte Santa Annas vertreten sollte. Sie hatten Besitzungen in der Region El Garraf, einen Tag von Barcelona entfernt, und die Stadt Tortosa war von großer wirtschaftlicher Bedeutung. Bartomeu würde bis Valencia kommen. Einige Jahre zuvor hatte man die dortigen Güter verkauft, aber noch blieben einige gestundete Zahlungen übrig, und darum kümmerte er sich mit Freuden. Der Hauptort am Fluss Turia erlebte glanzvolle Zeiten, und die Zahl der dort gedruckten Bücher war beträchtlich. Bartomeu handelte mit allen Arten von Büchern, aber sein besonderes Fachgebiet waren Handschriften. Tatsächlich wurden viele von ihnen auf Bestellung abgeschrieben. Ebenso wie er es auf der Nordroute machte, würde er auch diesmal die Häfen aller bedeutenden Küstenstädte und -orte anlaufen, in denen er seit Jahren Handelsverbindungen unterhielt.

Die Jungen begrüßten ihn vergnügt. Er war ihre Verbindung zur Außenwelt. Sie bewunderten ihn, er war ihre Brücke zur Gesellschaft. Das ging so weit, dass Joan versuchte, seine Umgangsformen und seinen Akzent nachzuahmen. Bartomeu erkundigte sich nach ihrem Befinden und wollte wissen, wie es Joan in der Werkstatt der Corrós ergangen sei.

»Was ich tue, gefällt mir. Die Herrschaften sind gute Leute, und die Frau behandelt mich sehr freundlich«, erzählte Joan. »Aber dieser Felip macht mir das Leben unerträglich.«

»Den kenne ich«, antwortete der Kaufmann. »Mosén Corró, Felips Vater, der im Krieg gefallen ist, und ich, wir waren Kameraden. Der Sohn ist ein schwieriger Fall. In der Welt wimmelt es von Raufbolden. Man muss ihnen möglichst aus dem Weg gehen, aber niemals dürfen wir unsere Würde verlieren. Fliehe nicht, bleib standhaft, und du wirst sehen, wie er nichts mehr gegen dich unternimmt. Zunächst einmal kaufen wir dir neue Kleidung, so vermeidest du, dass man dich wegen ihr für etwas anderes hält. Und mach dir keine Gedanken wegen deines Akzents. Du bist ein kluger Junge, und bald redest du wie wir.«

Bartomeu wollte ihm Geld für die Kleidung leihen, doch Joan lehnte ab: Er hatte ja die Korallen verwahrt. Allerdings kannte er deren Wert nicht und wusste nicht, wie viel er brauchte.

»Mach dir keine Sorgen«, sagte Bartomeu. »Ich bin mit einem Juwelier befreundet. Er wird dir einen angemessenen Preis bezahlen.«

Sie liefen zur Calle Argentería. Bartomeu brachte sie zu dem Laden, bei dem Joan am ersten Tag stehen geblieben war. Dem Jungen krampfte sich das Herz zusammen, denn er erkannte den Ort wieder. Als er einen Auftrag für den Buchladen erledigen musste, war er schon einmal dort gewesen, nur um aus der Entfernung zu beobachten, ohne gesehen zu werden. Die Mauren hatten ja Elisenda, seine Dorffreundin, gefangen, und er hätte sich nicht für eine andere Frau interessieren dürfen. Doch er konnte nicht anders, als an das Mädchen aus dem Juweliergeschäft zu denken.

Auf dem Ladentisch lagen verschiedene Silbergegenstände, Becher, Tabletts, Bestecke und Goldschmuck. In manche Anhänger waren Stücke roter Korallen eingearbeitet. Eine gutgekleidete Frau kümmerte sich mit wachsamen Augen um die Waren, von denen nur ein kleiner Teil dem Publikum zugänglich war. Der Ehemann arbeitete neben ihr an einem anderen Tisch. Er polierte eine Brosche, um sie dann mit Perlen zu belegen. Das Mädchen war nicht zu entdecken, und Joan atmete erleichtert auf. Er wollte nicht, dass sie ihn noch einmal in seiner ländlichen Kleidung sah.

Bartomeu begrüßte beide. Sie erwiderten seinen Gruß herzlich. Er stellte die Jungen als seine Freunde aus Llafranc vor, die gute Korallen zu einem redlichen Preis verkaufen wollten. Bevor sie aus dem Kloster fortgegangen waren, hatten sie zwei Stücke ausgewählt, und der Juwelier prüfte sie aufmerksam mit einem Glas, das in einen Metallring eingesetzt war. Das erinnerte Joan an die Gläser, die sich der Maure auf die Nase setzte, um zu lesen. Gabriel war von all diesem Glanz fasziniert. Er streckte die Hand aus und nahm eine Goldkette vom Ladentisch, um sie sich aus der Nähe anzusehen. Erschrocken befahl ihm Joan, sie sofort zurückzulegen. Er wollte keinen Ärger mit der freundlichen Ladenbesitzerin bekommen.

»Für das größere Stück gebe ich Euch ein Pfund und zwei Sueldos und für das kleine zwölf Sueldos«, sagte der Mann, als er seine Untersuchung beendet hatte. »Insgesamt ein Pfund und vierzehn Sueldos.«

»Es sollen zwei Pfund sein«, entgegnete Bartomeu. »Und damit helft Ihr zwei Waisenkindern.«

Der Juwelier schüttelte den Kopf.

»Es tut mir sehr leid, aber damit würde ich Geld verlieren. Da Ihr Freunde seid, sollen es ein Pfund und fünfzehn Sueldos sein.«

Joan erstarrte, als er das Mädchen in den Laden treten sah. Es begrüßte sie mit einer kleinen Verbeugung, und das Lächeln, das schon ihren Mund umspielte, verstärkte sich, als ihre grünen Augen auf ihm ruhten. Joan stammelte einen Gruß, wobei er spürte, wie er errötete. Sie sah ihn abermals so gekleidet, als wäre er ein Bauernlümmel! Er glaubte, dass sie durchschaute, wie sehr sie ihn verwirrte, und dass sie es vergnüglich fand.

Joan gewann etwas Selbstsicherheit zurück, als Bartomeu ein Pfund, sechzehn Sueldos und sechs Kupfermünzen durchgesetzt hatte. Das Mädchen verabschiedete ihn mit einer leichten Kopfbewegung, was ihm wie der Gipfel der Anmut vorkam.

»Das ist mehr als genug, um euch beide einzukleiden und Wäsche zum Wechseln zu kaufen«, erklärte der Kaufmann zufrieden.

Sie kamen durch das Tor in der zweiten Mauer und betraten die Rambla durch das Portal de la Bocaría. Sie liefen über den Fleischmarkt, wo die Verkäufer schrien und die Käufer feilschten. Es gab vor allem starkriechendes Ziegenfleisch. Der Name des Marktes kam von *boc*, was »Ziegenbock« bedeutete. Im hinteren Teil war der Geruch noch aufdringlicher, und die Ware sah schlechter aus.

»Hier verkauft man Fleisch zweiter Güte«, erklärte Bartomeu.

»Fleisch zweiter Güte?«, fragte Joan erstaunt.

»Ja. Es stammt von Tieren, die nicht vom Menschen geschlachtet wurden. Man nimmt an, dass es von Hunden oder Wölfen gerissene Beutetiere sind. Aber das soll einer wissen.«

Joan merkte, wie ihm Gabriel die Hand drückte und dabei rief: »Pfui! Wie ekelhaft!«

»Aber wer kann so etwas kaufen?«, wunderte sich Joan.

»Denkt daran: Man hungert in dieser Stadt. Die meisten Städter würden gern aus dem Topf eines Klosters wie ihr essen.«

Joan wusste, was es hieß, hungrig schlafen zu gehen, und er lief schweigend weiter, während er im Innern ein Dankgebet von sich gab.

Als sie schon in El Raval waren, näherten sie sich der Porta de Sant Antoni, die durch die dritte Mauer führte. Dort befand sich der Markt für gebrauchte Kleidung. Viele Kleidungsstücke hingen an Stangen, und die Tische waren mit aller möglichen Wäsche bedeckt.

»Woher kommt das alles?«, erkundigte sich Gabriel.

»Frag lieber nicht danach«, antwortete Bartomeu lachend. »Die Sachen in deiner Größe und in der deines Bruders sind möglicherweise von Jungen, die größer geworden sind. Aber die der älteren Leute haben meistens denen gehört, die sie nicht mehr benutzen können.«

»Tote?«, fuhr Joan beunruhigt auf.

»Nun ja. Wenn ihr ins Kloster kommt, müsst ihr sie auf jeden Fall waschen.«

Als Bartomeu die Gesichter der beiden sah, setzte er hinzu: »Das ist ganz normal. Nur die Reichen besitzen neue Wäsche, und selbst sie verwenden die teuren Stoffe von gut erhaltenen Mänteln und Kleidern ihrer Verstorbenen, um Sachen in einer anderen Größe daraus zu nähen.«

»Meine Mutter hat die Wäsche meines Vaters genommen, um Sachen für mich zu nähen, und sie hat meine Wäsche für Gabriel umgearbeitet«, setzte Joan hinzu, um seinen Bruder zu beruhigen.

»Wir werden gute Waren zu erstaunlichen Preisen finden«, erklärte Bartomeu weiter. »Es gibt viele Angebote. Wegen der Kriege, des Hungers und der Pestilenzen hat es in dieser Stadt während der letzten zwanzig Jahre mehr Begräbnisse als Geburten gegeben. Bei dem Elend, das wir erleiden, wird keine Wäsche weggeworfen.«

Er ging zu einem Verkaufsstand. Dort hing ein schönes Wams, das für Joan geeignet schien. Er klopfte ihm leicht auf die Schulter: »Du wirst schon sehen, was für großartige Sachen wir finden. Du wirst ganz prächtig aussehen.« Dann setzte er hinzu: »Mach dir keine Sorgen, wir waschen sie gründlich, wozu wir ein Vaterunser für die Seele desjenigen beten, der sie vorher getragen hat.«

Als sie den Markt verließen, waren sie mit ihren Käufen zufrieden: für jeden zwei Wämser und Beinkleider, Gürtel, Schuhe, warme Unterwäsche und Kapuzenmäntel für den Winter, der schon nahe bevorstand. Ein Wams und ein Paar Beinkleider brauchten keine Änderungen und sahen sauber aus. Deshalb beschloss Joan, sie sofort anzuziehen, um sich als Städter zu fühlen.

Joan erinnerte sich, dass ihm Bartomeu von Konvertiten erzählt hatte, und er schilderte ihm die Ereignisse des Morgens, als die Menschenmenge laut gegen die neue Inquisition protestiert hatte.

»Warum achtet der König nicht unsere Privilegien und Rechte?«, fragte Joan. »Er sollte doch gerecht sein, nicht wahr?«

»Weil Ferdinand König von Aragonien, Valencia, Katalonien, Mallorca, Sardinien und Sizilien ist«, antwortete der Kaufmann leidenschaftlich. »Und jedes Territorium hat andere Privilegien und Rechte, die es erbittert verteidigt. Darum will er eine Inquisition durchsetzen, die er nach Belieben lenkt, denn unter dem Vorwand, dass Gott über allem steht, ist es ihm möglich, sich über die Privilegien hinwegzusetzen. Außerdem beschlagnahmen die Inquisitoren alles Eigentum der unglücklichen Konvertiten, und mehr als die Hälfte ihres Vermögens fließt in die königliche Schatzkammer. Den Rest eignen sich die Inquisitoren für ihre Ausgaben an. Ein gutes Geschäft!«

Joan, den das Ungestüm und die Entrüstung des Kaufmanns beeindruckten, wagte nicht, weitere Fragen zu stellen. Als Bartomeu sie an der Klostertür verabschiedete, betonte er trotzdem nachdrücklich: »Aber sosehr er auch der König ist, es wird ihm nicht gelingen, dass wir uns mit seinen Inquisitoren abfinden.« Dann setzte er in nachdenklicherem Ton hinzu: »Wenn er sich nicht eine Anordnung des Papstes beschafft.«

22

Als Joan am nächsten Tag in der Buchhandlung erschien, glänzte er mit seinen fast neuen Sachen. Señora Corró war beeindruckt, wie hübsch und stattlich er darin aussah. Sie schickte ihn in den ersten Stock, damit er ein zweites Frühstück bekam. Während er dort seine große Tasse Milch mit Brot und Käse zu sich nahm, genoss er die Komplimente der Mägde für seine neue Kleidung. Nun war er schon ganz wie die Übrigen.

Als er in die Werkstatt kam, um sie auszufegen, begrüßte man ihn mit Ausrufen, die Bewunderung vortäuschten. Felip sagte: »Sieh einer den *remensa* an. Er will uns ähnlich sehen.«

Joan tat so, als hätte er nicht gehört, und arbeitete weiter. Er hatte von diesem großen Burschen nichts anderes erwartet, und diesmal ließ er sich von seinem Kommentar nicht die gute Laune verderben.

Beim ersten Gang, mit dem ihn die Herrin beauftragte, lief Joan durch die Calle Argentería, obwohl ihn dies vom kürzesten Weg abbrachte. Er wollte, dass ihn die Tochter des Juweliers sah, doch zu seiner Enttäuschung stand nur die Mutter am Ladentisch und begrüßte ihn. Erst auf dem Rückweg hatte er Glück und erblickte das Mädchen. Aber es stellte sich so, als bemerkte sie ihn nicht.

Missmutig lief er zur Buchhandlung zurück. Auf dem Weg schlug seine Enttäuschung um in Gewissensbisse. Er stellte elegante Kleidung zur Schau, während seine Mutter, seine Schwester und Elisenda die Mühsal der Sklaverei erdulden mussten. Er wusste, dass er nichts tun konnte, bis er größer geworden war, doch die bitteren Erinnerungen an seine Familie und das Bewusstsein seiner Machtlosigkeit quälten ihn. Sie hatten diese Strafe nicht verdient. Verdammte Sarazenen!

Bis zum Mittagessen half er in der Werkstatt. Da entdeckte er den alten Abdalá, der wie üblich nach unten kam, um abseits der Handwerker zu essen. Joan setzte sich an den Tisch und rechnete sich den genauen Zeitpunkt für seinen Plan aus. Dann stand er auf, um den Wasserkrug zu nehmen und wie durch einen Zufall den Hocker des Mauren gerade dann zu verrücken, als dieser sich setzen wollte. Mit einem dumpfen Klagelaut stürzte Abdalá nach hinten, stieß sich den Kopf und landete unsanft auf dem Boden. In dem vergeblichen Bemühen, sich am Tisch festzuhalten, riss er polternd den Wasserkrug und seinen Napf hinunter.

Felip feierte das Ereignis, indem er laut lachte und Beifall klatschte.

»Sehr gut!«, sagte er. »Gut für den *remensa*!«

Alle standen auf, um besser sehen zu können. Die Lehrlinge lachten und stimmten in Felipes Jubel ein. Der Geselle deutete ein Lächeln an, doch Guillem, der Meister, kam schnell und mit ernster Miene, um dem Mann hochzuhelfen.

Abdalá lag wie betäubt auf dem Boden. Er hatte den Turban verloren und eine Wunde an seinem blutenden Kopf mit dem spärlichen weißen Haar. Während ihm Guillem aufhalf, bat er die Lehrlinge, ein paar saubere Tücher und Wasser zu bringen. Felip rührte sich nicht, doch Lluís und Jaume gehorchten.

Joan blieb reglos stehen. Er fühlte sich nicht so gut, wie er gehofft hatte, aber er dachte, dass er wenigstens etwas Gerechtigkeit geübt hatte. Guillem konnte die Wunde verbinden und die Blutung stillen. Er half dem Alten, sich auf einen Stuhl zu setzen.

»Danke, Meister Guillem«, murmelte der Sarazene mit seinem sonderbaren Akzent. »Ich fühle mich schon besser.«

Doch er sah nicht so aus, als ginge es ihm gut.

»Worauf wartet ihr?«, rief Felip. »Essen wir!«

Alle außer Guillem setzten sich an den Tisch und begannen zu essen, als wäre nichts geschehen. Der Meister allerdings beobachtete den Alten eine Zeitlang und rief dann laut nach den Mägden, damit sie ihm einen neuen Napf und Wasser brachten.

»Esst etwas, Abdalá«, drängte er ihn, als alles an seinem Platz war. »Dann fühlt Ihr Euch besser.«

»Allzu viel Rücksicht für einen Mauren!«, murrte Felip.

Felip hatte gegenüber Joan seinen Ton gemildert. Er zwinkerte ihm sogar komplizenhaft zu.

»Nicht wahr, der *remensa* ähnelt mehr einem Christenmenschen, seitdem er sich wie einer kleidet?«, sagte er.

Als der Meister nach dem Essen vom Tisch aufstand, nahm er Joan an einem Arm und führte ihn in eine Ecke.

»Bitte den Alten um Entschuldigung«, sagte er tiefernst. »Der Herr schätzt ihn sehr, und wenn ich ihm erzähle, was geschehen ist, wirft dich Mosén Corró hinaus.«

Mit einem Ruck riss sich Joan los, ohne sich um die Hand zu kümmern, die ihn gepackt hielt. Er hatte nicht die geringste Absicht, um Entschuldigung zu bitten. Der Meister warnte ihn: »Wenn es noch einmal vorkommt, erzähle ich es ihm.«

Felip beobachtete sie von weitem, und als sich der Meister entfernte, stellte er sich Joan lächelnd in den Weg.

»Gut gemacht«, beglückwünschte er ihn. »Kümmere dich nicht um Meister Guillem. Ihm gefallen die Mauren. Aber du kannst einer von den Unseren werden.«

Joan war erleichtert. Endlich schien er von den Lehrlingen geachtet zu werden.

Joan hatte ein ungutes Gefühl, als er am nächsten Tag zur Arbeit kam. Was, wenn sich Abdalá beim Herrn beklagt hatte? Vielleicht warf ihn Corró hinaus. Doch der Herr begrüßte ihn, als wäre nichts geschehen, und der Tag verlief völlig normal. Zur Essenszeit kam Abdalá wie immer in den Hof hinunter. Sein Turban ließ einen Teil des

Verbandes frei. Meister Guillem fragte nach seinem Befinden, und der Muslim dankte ihm mit einem Lächeln und einer Verbeugung.

»Gut, vielen Dank«, murmelte er. »Der Herr möge Euch segnen.«

Nach dem Mittagessen sagte Felip zu dem Jungen: »Heute gehst du später ins Kloster zurück, *remensa*. Du kommst mit uns.«

Die Lehrlinge, unter ihnen Joan, nutzten die Mittagspause und liefen auf die Straße hinaus, wo sie sich mit anderen Jungen zusammenschlossen, um zur Sant-Just-Kirche zu laufen.

Dort sah Joan drei Mönche, die die schwarzweiße Kutte der Dominikaner trugen. Sie standen an der Tür des Gotteshauses, vier Stufen höher als der Platz, auf dem sich eine Gruppe von Leuten versammelte, um ihnen zuzuhören.

Einer der Mönche segnete sie und sprach sie auf Lateinisch an.

»Das ist Bruder Juan Franco, der neue Inquisitor.«

»Wird er weiter auf Lateinisch predigen?«, erkundigte sich Joan. »Das verstehe ich nicht.«

»Nein, sein Begleiter übersetzt ihn. Franco spricht noch nicht Katalanisch.«

Die Jungen hörten die Geschichte über ein paar Juden, die ein christliches Kind marterten, damit es seinem Glauben abschwor, das jedoch als Märtyrer starb, ohne dass sie ihre Absicht erreicht hatten. Die Menge, die die Leiden des Kleinen erschütterten, empörte sich über die Bosheit der Hebräer, und Felip schrie: »Tod den Juden!«

Alle wiederholten es im Chor.

In diesem Augenblick erschien die Truppe, und der Gerichtsdiener forderte sie auf, sich zu zerstreuen, denn Franco dürfe nicht in der Stadt predigen. Barcelona habe seinen eigenen Inquisitor.

»Das stimmt nicht«, widersprach der Dominikaner, der übersetzte. »Bruder Tomás de Torquemada, der Großinquisitor, hat den hier anwesenden Bruder Juan Franco ernannt und seinen Vorgänger abgesetzt.«

Franco hielt zur Bestätigung ein Pergament mit Lacksiegeln in die Luft.

»Die Stadt erkennt Bruder Torquemada nicht an!«, rief der Gerichtsdiener. »Also fort hier!«

»Ihr müsst Euch vor König Ferdinand verantworten«, protestierten die Dominikaner.

Dann kam es zu einem Tumult. Felip und seine Gruppe beschimpften die Soldaten, und diese senkten drohend ihre Spieße. Einer der Jungen nahm einen Stein. Als er ihn werfen wollte, hielt ihn Felip zurück.

»Heute nicht«, sagte er. »Und nicht gegen die hier.«

Joan verstand erst, was diese Worte zu bedeuten hatten, als ihm Felip am nächsten Tag nach dem Essen sagte: »Heute werden wir unseren Spaß haben. Wir wollen Juden jagen, und du kommst mit.«

»Seid vorsichtig«, warnte sie der Geselle. »Die Stadt beschützt sie.«

»Warum ziehen wir gegen die Juden los?«, wollte Joan wissen.

»Was für ein unwissender Bauernlümmel bist du, *remensa*!«, beschimpfte ihn der große Bursche. »Die Juden sind noch schlimmer als die Mauren.«

Nun erzählte er ihm von der Bosheit der Hebräer und nannte ihm als Beispiel, was sie am Vortag von den Predigern gehört hatten. Hundert Jahre zuvor hätten ihnen die Leute eine Lektion erteilt, als sie das Judenviertel angriffen und ein paar von ihnen töteten, doch Barcelona habe die Anführer des Aufruhrs hinrichten lassen. Die Mitglieder des Consell de Cent, des »Rates der Hundert«, des Regierungsorgans der Stadt, seien von diesen Ratten bestochen worden und beschützten sie. Darum müssten die Leute die Gerechtigkeit in die eigene Hand nehmen.

Joan wusste, dass in Barcelona beinahe keine Juden übrig geblieben waren, denn manche waren geflohen, andere hatten sich zum Christentum bekehrt. Felip spuckte auf den Boden, als er dies hörte, und erwiderte, die meisten Konvertiten seien falsche Christen, und auch ihre Stunde werde noch kommen.

Er erklärte Joan, die Juden seien verpflichtet, einen an der Brust ihrer Kleidung aufgenähten, halb roten und halb gelben Stoffkreis und in der kalten Zeit besondere Mäntel zu tragen, die auf sie aufmerksam machten. Die meisten von denen, die man in Barcelona sah, besuchten die Stadt aus Geschäftsgründen. Ihr Aufenthalt war auf zwei Wochen beschränkt, und sie durften nur im öffentlichen Gasthof und nicht in Privathäusern absteigen.

Auf der Straße schlossen sich ihnen weitere Lehrlinge an, bis sie mehr als zwanzig waren. Manche verbargen Stöcke unter ihren Mänteln, andere trugen Steine, und auch Joan bewaffnete sich mit einem kurzen Stecken. Als die Leute sie sahen, machten sie ihnen ängstlich Platz, und Joan hatte das angenehme Gefühl, zu einer mächtigen Gruppe zu gehören. Der große Bursche gab Anweisungen, und ein Junge rannte voraus. Als er zurückkam, berichtete er, vor dem Gasthof stehe eine Gruppe Juden und unterhalte sich. Sie liefen bis zur Straßenecke. Felip blickte hinüber, dann sagte er leise: »Da stehen sie. Ihr erkennt sie an den Bärten, den Stoffkreisen und ihren Mänteln. Wenn ich ›Los!‹ sage, rennen wir auf sie zu. Schreit nicht, bis wir über sie herfallen, und dann schlagt kräftig drein. Das aber nur einmal, und danach kehrt ihr ganz schnell zu eurer Arbeit zurück, als wäre nichts geschehen. Die Soldaten sind bestimmt nicht weit, und wenn sie einen von uns erwischen, setzen sie ihm übel zu. Verstanden?«

Alle nickten zustimmend. Felip gab den Befehl und rannte los, die Übrigen hinterher. Joan entdeckte zwei Gruppen von Männern, die in der Sonne standen und plauderten. Sie schauten erschrocken, als sie erkannten, was geschah. Mehrere stießen einen Warnruf aus und versuchten, ins Innere des Gasthofs zu flüchten. Joan schwang seinen Stecken und verfolgte einen, der entkommen wollte. Da begann jemand zu schreien, und die Übrigen machten es ihm nach. Man schrie vor Wut, Schmerz, Hass und Angst, und dazu hagelte es Schläge. Joan holte sein Opfer ein, als es schon zur Gasthoftür gelangt war. Der Mann versuchte, sich zwischen den anderen durchzudrängen. Seine Kapuze war heruntergerutscht und ließ graue Haare sehen. Er war viel größer als Joan, doch der Junge konnte seinen Kopf mühelos mit dem Knüppel erreichen. Im letzten Augenblick lenkte er den Hieb allerdings zur Schulter des anderen ab und achtete darauf, dass er nicht allzu kräftig zuschlug. Ihm fehlte der Mut, dem anderen am Schädel zu treffen. Er hörte einen Klagelaut. Ohne im Lauf innezuhalten wendete er, um so schnell wie möglich von dort zu verschwinden. Sein Herz raste, doch er wollte sich beruhigen und gefasst zum Kloster laufen. Er musste sich normal benehmen.

Als er zur Plaza de Santa Anna kam, hatte er seinen regelmäßigen Atem wiedergefunden, aber sein Geist blieb weiter von dem Rausch benebelt, den die aufwühlenden Erlebnisse hervorgerufen hatten. Er sagte sich, dass er wie die Älteren handeln konnte und dass er bewiesen hatte, ebenso mutig wie jeder andere zu sein. Dass er sich gewiss Felips Achtung errungen hatte. Doch seinem Gedächtnis war das Bild des Blutes eingebrannt, das einem der auf der Straße Liegenden aus dem Kopf sprudelte. Sein Gewissen warf ihm vor, dass diese Männer ihm und seiner Familie nichts getan hatten. ›Aber sie haben es Christus angetan‹, sagte er sich, um seine Gewissensbisse zu beruhigen.

Am nächsten Tag klopfte ihm Felip auf die Schulter und lächelte.

»Gut gemacht, *remensa*«, sagte er. »Aber beim nächsten Mal schlägst du kräftiger zu.«

Er begriff, dass ihn Felip beobachtet hatte, obwohl der Angriff sehr schnell vor sich gegangen war. Trotzdem war Joan stolz, dessen Anerkennung erhalten zu haben.

23

In diesem Jahr war die Weihnachtszeit sehr traurig für die Jungen. Wie konnten sie ohne ihre Eltern und Schwestern fröhlich sein? Vor nicht einmal vier Monaten hatten sie alle gemeinsam in Llafranc gelebt, und damals glaubten sie, dass ihnen nichts Schlimmes geschehen könnte, dass sie vor dem Meer in ihrem Haus geschützt wären, fern von den Wellen und durch den starken Arm ihres Vaters, der die Azcona so gut führte, vor allen übrigen Gefahren bewahrt. Gabriel weinte oft.

Joan versuchte, ihn so gut zu trösten, wie er konnte, doch auch seine Augen füllten sich mit Tränen. Gabriel hatte sogar seine Begeisterung für Glocken verloren. Mehrere Mönche bemühten sich, ihn aufzumuntern, als sie ihn so traurig sahen, vor allem Jaume, der immer eine Süßigkeit für ihn aufhob.

Sie erinnerten sich an das vorherige Weihnachten bei ihnen zu Hause. Und an den kleinen Altar mit einem Bild des Christkindes in einer Ecke, nahe beim Herd, und an dieses wunderbare Holzscheit, das sie »Tió« nannten und das sie am Weihnachtsabend mit Süßigkeiten versorgte, während sie Weihnachtslieder sangen und mit einem Stock daraufschlugen. Als Gabriel erfuhr, dass es diesmal keinen »Tió« geben würde, war er noch tiefer enttäuscht.

»Sag den Mönchen, sie sollen den Tió herbringen. Wir schlagen mit Stöcken darauf und singen, und so bringt er uns Süßigkeiten«, drängte er Joan und zog ihn am Wams. »Gib acht auf die großen Holzscheite, die sie neben dem Feuer haben. Sie sind größer als die zu Hause. Sag es ihnen, denn sie wissen es nicht.«

Joan ahnte, dass die Mönche nicht so dumm waren, und wenn es sich um Wunder handelte, wüssten sie mehr als jeder andere von der Angelegenheit. Doch er sträubte sich, auf den zauberischen Glanz des Weihnachtsfestes zu verzichten, und als er mit dem Novizen allein war, fragte er ihn vorsichtig danach. Pere lachte ihn aus.

»In den Klöstern bringt der Tió keine Süßigkeiten«, sagte Joan später zu Gabriel. »Er steckt Almosen in den Opferstock der Kirche. Damit können die Mönche den Armen zu essen geben.«

»Den Armen!«, antwortete Gabriel nachdenklich. »Wenn wir keinen Hunger haben, sind wir keine Armen mehr?«

»Nein, wir haben keinen Hunger und sind keine Armen mehr. Wir müssen beten und dem Herrn danken.«

Gabriel stimmte mit einem Kopfnicken zu, aber Joan las die Enttäuschung in seinem Gesicht.

Immer, wenn Joan durch die Calle Argentería kam, verrenkte er sich den Hals, um zu sehen, ob die Tochter des Juweliers im Laden war. Wenn er sie entdeckte, warf er ihr Blicke zu und hoffte, dass sie ihn wiedererkannte und dass sie ihn wie bei ihrer ersten Begegnung anlächelte. Er kleidete sich jetzt elegant, und er wollte, dass sie ihn sah. Aber sie blickte nicht einmal auf. Dabei war es nicht so, wie er bald begriff, dass sie ihn nicht sah, sondern dass sie ihn nicht sehen wollte. Enttäuscht mied er von da an diese Straße. Ihre Geringschätzung tat ihm viel mehr weh, als er sich hätte vorstellen können.

Die Mönche schmückten den Hauptaltar mit einem Bildnis des Christkindes, mit Pinienzweigen und vier Kerzen, zwei für die heilige Anna, die Schutzpatronin, und zwei für das neugeborene Kind. Sie stellten zwei weitere große Kerzen auf den Altar der heiligen Eulalia und zwei auf den des heiligen Augustinus. Die Kerzen brannten Tag und Nacht. Das war ein ungeheurer Aufwand, aber der Rang des Festes wurde an der Menge des verbrannten Wachses gemessen, und Weihnachten war eines der bedeutendsten Feste.

Die None wurde an der Tafel gefeiert. An diesem Tag hatte Prior Gualbes den Vorsitz beim Mahl inne, und es herrschte eine entspannte Stimmung. Die wirtschaftlichen und rechtlichen Streitigkeiten zwischen dem Prior und seiner Gemeinschaft schienen vergessen, und er und der Subprior lächelten einander sogar zu.

Ein ungewöhnlich lebhaftes Feuer wärmte das Refektorium, das sonst im Winter immer kalt war. Die angenehme Wärme, die Speisen und Getränke trugen dazu bei, die Gemüter anzuregen. Es gab eine Suppe und danach gefülltes, im Tontopf geschmortes Huhn mit Gemüse. Darauf folgte der Fleisch- und Gemüseeintopf, und das Mahl endete mit geröstetem Käse und Waffelröllchen, die »Neulas« hießen. Dazu trank man reichlich Hypokras, eine Mischung aus Wein, Honig und Gewürzen. Die Mahlzeit dauerte viel länger als gewöhnlich, und die Jungen und der Novize erhielten die

Erlaubnis, sich in ihre Zellen zurückzuziehen. Wegen des übermäßigen Essens und des Hypokras' schliefen sie sofort ein.

Joan wachte nach einer Weile auf. Gabriel wimmerte im Schlaf, und das erinnerte ihn an die Nacht, als sie die Zelle mit dem Novizen teilten und dieser von Angst gepackt wurde. Er hatte eine sonderbare Vorahnung: Die Trübsal seines Bruders erklärte sich nicht nur aus den Erinnerungen an die verlorene Familie. Ihn ängstigte noch etwas anderes. Etwas hatte sein Lächeln ausgelöscht und ließ ihn sogar die Begeisterung vergessen, die er beim Klang der Glocken empfunden hatte. Als er Gabriel danach fragte, wollte dieser nichts sagen, doch Joan schwor, dass er es herausfinden würde. Koste es, was es wolle, und selbst wenn es das Letzte sein sollte, was er tat. Der Kleine war das Einzige, was von seiner Familie übrig blieb. Er hatte seinen Eltern versprochen, sich um ihn zu kümmern.

Felip nannte ihn immer noch »*remensa*«. Seit seiner Teilnahme am Überfall auf die Juden behandelte er ihn allerdings rücksichtsvoller. Es war keine Achtung, doch es war schon viel, weil es von ihm kam.

»Der große Bursche braucht immer jemanden, den er drangsalieren kann«, sagte Lluís.

Eines Tages teilte ihm Felip mit, ihm zu erlauben, mit seiner Bande an einem Kampf teilzunehmen. Jede Straßengruppe gehörte einer Bande an, die sich anderen Banden in der Nachbarschaft entgegenstellte. Felips Trupp kontrollierte die Umgebung der Calle Especiers von der Kathedrale bis zur Sant-Just-Kirche, und er führte Krieg mit dem in der Calle Argentería und dem in der Calle Regomir. Während der Arbeitswoche schickten sie sich herausfordernde Botschaften und provozierten sich auch mit Worten, um beim Warten auf den Sonntag die Stimmung anzuheizen.

Das Schlachtfeld befand sich außerhalb der Mauern, die die Stadt im Nordwesten begrenzten, nicht weit vom Meer und nahe El Canyet. Dort gab es freies Gelände, auf dem die Jungen sich bekämpften.

Jede Bande trug eine Fahnc mit ihren Farben. Die der Especiers war blau. Die Jungen hatten sich mit einem in derselben Farbe bemalten Holzschild und einem Stock gerüstet, der nach Art eines Schwerts im Gürtel steckte. Doch die Hauptwaffe waren Steine, und die Taktik war recht einfach: Man musste die Feinde treffen und verhindern, selbst getroffen zu werden. Joan war nervös. Alle übrigen Jungen waren größer als er, und Felip musste ihn wohl sehr schätzen, dass er ihn trotz seiner geringen Größe in die Gruppe aufgenommen hatte. Oder vielleicht fehlte es ihm an Mitkämpfern. Sie verließen die Stadt durch das Portal Nou und vermieden es, feindliches Territorium zu durchqueren. Sie marschierten wie ein kleines Heer, mit ihrer Fahne an der Spitze, die Schilde vor der Brust. Joan verspürte wieder das süße Gefühl der Macht, das er ein paar Wochen zuvor empfunden hatte.

Als sie auf dem Feld eintrafen, rammten sie ihre Fahne in den Boden und warteten darauf, dass sich die Feinde zeigten. Kurz darauf kamen die aus der Calle Argentería, die sich in der vereinbarten Entfernung aufstellten. Sobald sie kampfbereit waren, schwenkten sie ihre Fahne. Sie war gelb.

»Seid ihr bereit, ihr Esel?«, rief ihnen Felip zu.

»Wir müssen Steine sammeln.«

Sie ließen sich Zeit, damit jeder Kämpfer einen Haufen der dort verstreuten Steine zusammentrug. Als sie zufrieden waren, schrie der Anführer der Argentería: »Wir sind bereit, euch zu zermalmen, ihr beschissenen Schweine.«

»Also los!«, befahl Felip.

Joan warf den Stein, den er in der Hand hatte. Er sah, wie eine Menge feindlicher Steine auf sie herabprasselte, und ihm blieb gerade noch Zeit, sich zu decken, bevor er merkte, wie sie auf seinen Schild prallten. Als er den nächsten Stein ergriff, wurde ihm mulmig. Ein derartiger Schlag an den Kopf konnte tödlich sein. Trotzdem wollte er Felip beweisen, dass er mutig war, und einen Augenblick lang gab er seine Deckung auf, um hinzusehen und seinen Stein zu werfen. Diesmal traf er genauer, und als er über seinen

Schild spähte, erkannte er, dass er sein Ziel erreicht hatte. Doch der andere deckte sich rechtzeitig.

»Geht weiter auseinander«, sagte Felip. »Dann machen wir ihnen das Zielen schwerer.«

Joan rannte zu einer Außenseite. Dort müsste er nicht auf so viele Steine gleichzeitig achten. Bald verwandelte sich die Schlacht in Zweikämpfe. Dass er an jedem Nachmittag geübt hatte, die Azcona seines Vaters gegen die am Baum hängende Zielscheibe zu werfen, hatte seinen Arm gestärkt und seine Augen geschärft. Beinahe alle Geschosse Joans erreichten den Schild oder die Beine seines Gegners, der nicht allzu oft traf. Der andere Junge war viel größer und warf auch große Steine, die sehr schwungvoll losflogen, doch Joan machte sich keine Sorgen und deckte sich nicht, denn die meisten fielen weit von ihm entfernt auf den Boden. Bald begriff er, welchen Vorteil ihm das verschaffte. Er konnte einen Stein werfen, während der des anderen noch heranflog und er ihm lediglich ausweichen musste. Sein Feind hingegen musste sich mit dem Schild decken, wenn sein Geschoss bei ihm einschlug. Bald warf Joan zwei Steine für jeden einzelnen seines Feindes. Dieser wurde nervös, vernachlässigte schließlich seine Deckung und bekam einen Stein an der Schulter ab.

Trotz des allgemeinen Geschreis hörte Joan ein ängstliches Stöhnen, und er sah, wie sich sein Widersacher hinter dem Schild zusammenkrümmte. Bald traf er ihn mit einem Stein am Knie, und der Verwundete gab hinkend den Kampf auf. Damit konnte er den nächsten Feind angreifen, der mit Lluís kämpfte. Zu zweit zwangen sie ihn zum Rückzug, und nach einer Weile erreichten die Blauen eine zahlenmäßige Überlegenheit über die noch kämpfenden Gelben.

»Greift an!«, rief Felip, als er sah, dass die Zahl seiner Gegner beträchtlich abgenommen hatte.

Er schwang seinen Knüppel und stürzte sich auf die anderen. Ihm folgte die Bande, die aus vollem Hals brüllte. Die Gelben erkannten, dass sie unterlegen waren, und flüchteten eilig.

»Holt euch die Fahne«, befahl Felip.

Alle jagten den Fahnenträger, bis dieser schließlich die Fahne aufgab. Felip hob sie hoch und schwenkte sie in der Luft, was seine Leute bejubelten. Eine Überprüfung ergab einen blutenden Kopf und mehrere Quetschwunden an verschiedenen Körperteilen, aber nichts Ernstes. Sie hatten einen Erfolg errungen, und alle waren glücklich.

»Du kannst gut zielen, *remensa*«, sagte er zu Joan.

Joan beobachtete weiter seinen Bruder. Bald stellte er fest, dass dieser Bruder Nicolau, der für den Garten verantwortlich war, immer wieder furchtsam anblickte. Der rundliche und kahlköpfige Mann war über die Fünfundfünfzig hinaus, hatte helle Augen und lächelte stets salbungsvoll. Das beunruhigte Joan. Er konnte Gabriel am Nachmittag und in der Nacht beaufsichtigen, jedoch nicht am Morgen, wenn der Kleine für den Gärtner arbeitete.

»Hast du etwas?«, fragte er Gabriel schließlich. »Sag mir, wenn jemand mit dir etwas macht, was dich stört.«

»Nein, ich habe nichts«, antwortete er und schüttelte nachdrücklich den Kopf.

»Sag es mir, Gabriel. Ich bin dein Bruder. Ich liebe dich und werde dir helfen.«

Der Kleine blickte ihn sehr ernst an. Dann schüttelte er erneut den Kopf.

Joan lief zum Novizen und fragte ihn geradeheraus: »Was ist mit Bruder Nicolau? Was macht er mit euch?«

Der andere wollte zuerst nicht antworten, doch als Joan weiter drängte, ließ er ihn schwören, es für sich zu behalten und mit niemandem darüber zu reden. Bruder Nicolau habe ihm gedroht, dass ihn der Subprior aus dem Kloster werfe, wenn er rede. Joan erfuhr, dass der Mönch den Novizen berühre und seine Hand lenke, damit auch er ihn berühre.

»Und mit meinem Bruder macht er das Gleiche?«

Der Novize zuckte die Achseln und sagte, das wisse er nicht, aber möglich sei es.

»Und der Subprior? Was macht der Subprior dagegen?«

»Nichts«, antwortete Pere. »Lass mich endlich in Ruhe!«

Joans Sorge verstärkte sich und wurde zu Angst. Er begann, heimlich zu spionieren. Eines Nachmittags sah er, wie der Mönch Gabriels Hintern begrapschte, der mit einem Satz hochsprang und wegrannte.

Joan erstarrte. Trotz seiner Vorahnungen hatte er sich nicht überlegt, wie er sich in einer solchen Situation verhalten sollte. Beinahe wäre er zu ihm gerannt, um ihn zu verprügeln, doch der Mönch entfernte sich, und Joan blieb wütend und verwirrt zurück.

Was konnte er nur tun? Den Mönch anzeigen? So etwas wagte er nicht, wo doch der Novize angedeutet hatte, dass der Subprior eingeweiht sei. Sie würden alles leugnen, ihn einen Lügner nennen, und sein Wort würde gegen das der Mönche stehen. Schließlich hingen er und sein Bruder vom Santa-Anna-Kloster ab. Außerdem schämte und fürchtete sich Gabriel dermaßen, dass er sich nicht einmal traute, *ihm* etwas zu erzählen. Joan konnte nicht erwarten, dass er jemanden anderes beschuldigen würde.

Joans ganzer Groll auf die Sarazenen und den Administrator von Palafrugell konzentrierte sich nun auf diesen Mönch, der seinem Bruder das Leben verbitterte.

Kurze Zeit dachte er daran, sich an Bartomeu zu wenden, doch da Gabriel nicht reden wollte, fürchtete er, dass ihm der Kaufmann schwerlich glauben würde.

Er gelobte sich, Gabriel von diesem Kerl zu befreien, koste es, was es wolle.

24

Ein Ereignis führte dazu, dass sich Joans Lebensumstände in diesen Tagen verschlechterten. Die *remensas* Pere Joan Salas besiegten am vierten Januar 1485 die königlichen Truppen Barcelonas, und Dutzende Ritter und Fußsoldaten starben im Kampf. Die Aufständischen hatten nun ihre Positionen besser gesichert, und die Rebellion griff um sich, weil sich ihr weitere *remensas* anschlossen, die sich weigerten, den Grundbesitzern die Pacht zu bezahlen. Die Bürger Barcelonas wussten nur zu gut, was Hunger und die darauffolgende Pest bedeuteten, und sie fürchteten, von den Lieferungen aus den Landgebieten abgeschnitten zu werden.

Felip behandelte Joan von da an unfreundlicher. Joan war »der *remensa*«, und es nützte ihm nichts, wenn er sich darauf berief, dass er aus einer Fischerfamilie komme und dass sie immer frei gewesen seien.

»Jeder ist, was er ist«, entgegnete Felip. »Die da sind als Leibeigene geboren und müssen Frondienste wie ihre Eltern leisten.«

Joan war anderer Meinung. Sein Vater hatte ihm gesagt, man müsse kämpfen, um die Freiheit zu erringen, und das taten die *remensas*. Er nutzte die erste Gelegenheit, bei der er mit Bartomeu darüber sprechen konnte. Dieser stand ja dem Rat der Hundert sehr nahe und kannte sich mit solchen Dingen aus.

»Die *remensas* wehren sich seit vielen Jahren gegen die nach ihrer Ansicht ungerechtfertigten Privilegien der Feudalherren«, erklärte der Kaufmann. »Im Bürgerkrieg haben sie zusammen mit dem König gegen die Generalitat gekämpft, die damals die Rechte und Privilegien der Feudalherren vertrat. Aber nach dem Sieg vergaß der König die Bauern, die ihm geholfen hatten. Das ist schon zwölf Jahre her, und die Lage der *remensas* hat sich nicht verbessert.«

»Das ist wirklich ungerecht«, sagte Joan entrüstet.

»Ja, aber der König ist lieber mächtig als gerecht. Und jetzt weisen die *remensas* nicht nur die ›schlechten Gebräuche‹ zurück, wie man sie nennt, sondern sie bezahlen auch nicht mehr die Zehnten an die Eigentümer ihrer Felder. Die Steuereinnehmer wagen es nicht, sich den von ihnen überwachten Gebieten zu nähern, und wenn sie es doch tun, gehen sie fort, ohne etwas einzutreiben. So manchem geschieht das ganz recht.«

»Es würde mir gefallen, wenn Pere Joan Sala und seine Leute siegten«, stellte Joan fest. »Sie kämpfen für ihre Freiheit.«

Bartomeu lächelte.

»Für ihre Freiheit und für etwas mehr, fürchte ich«, entgegnete er. »Ich rate dir, so etwas in Barcelona nicht laut zu sagen.«

Joan nickte. Das wusste er.

Eine Zeitlang war Abdalás Verband noch zu sehen, und Joan hatte Angst, dass der Herr von seinem bösen Streich erfuhr. Er hatte dem Muslim nicht so übel mitspielen wollen. Er hasste ihn zwar weiter, war jedoch viel zu sehr beschäftigt, als dass er noch eine Rachetat gegen ihn geplant hätte. Seine Gedanken konzentrierten sich darauf, wie er den ständigen Quälereien entgehen konnte, mit denen ihm Felip zusetzte, und wie sich erreichen ließ, dass Bruder Nicolau aufhörte, Gabriel zu belästigen.

Trotz seiner Sorgen vergaß Joan weder seine Mutter noch seine Schwester, obwohl er, der gerade erst dreizehn Jahre alt geworden war, keine Mittel und Kräfte hatte, um für ihre Befreiung zu kämpfen. Mehrmals am Tag betete er für sie, manchmal zusammen mit Gabriel, und bewahrte die Hoffnung, sie zu retten, wenn er erwachsen war.

Bartomeu erzählte ihnen von den Mercedariermönchen, die sich der Aufgabe widmeten, von den Muslimen gefangene Christen freizukaufen. Die Jungen flehten ihn an, sie um ein Gespräch zu bitten und sich nach dem Aufenthaltsort der gefangenen Frauen zu erkundigen. Nach einiger Zeit kam der Kaufmann mit der großen Neuigkeit: Der Generalmagister des Mercedarierordens war einverstanden, sie zu sehen.

Antoni Morell war ungefähr fünfzig Jahre alt. Er trug das weiße Gewand seines Ordens. Er bot ihnen an, sich mit ihnen bei einem Spaziergang am Strand zu unterhalten. Es war ein sonniger Nachmittag. Drei Schiffe ankerten im Hafen, mehrere Boote lagen auf dem Sand, und die Wellen plätscherten sanft. Seit Tagen hatte Joan das Meer nicht gesehen, und immer, wenn er es erblickte, verspürte er einen wehmütigen, stechenden Kummer im Herzen, weil er an die glücklichen Zeiten zurückdachte, die er mit seiner Familie im Dorf verbracht hatte.

Als die Kinder den Mönch sahen, küssten sie ihm die Hand, knieten vor ihm nieder und baten ihn flehentlich um Hilfe.

»Warum glaubst du, dass die Piraten, die dein Dorf überfallen haben, Mauren waren?«, erkundigte sich der Generalmagister bei Joan.

Der Junge zuckte die Achseln.

»Nun ja«, antwortete er, »alle sagten, dass es Sarazenen waren. Die Galeere trug grüne Wimpel, und der Administrator, der sie gesehen hat, erklärte, es seien Mauren gewesen.«

»Das ist sonderbar«, meinte der Mercedarier nachdenklich. »Seit längerer Zeit hatten die Sarazenen unsere Küsten nicht angegriffen. Wann, sagst du, war der Überfall?«

»Ende September.«

»In dieser Jahreszeit stellen die Galeeren ihre Fahrten ein. Sie sind nicht für die Stürme im Herbst und Winter eingerichtet«, erklärte der Mönch weiter. »Und dein Heimatort ist von ihren Stützpunkten weit entfernt. Außerdem seid ihr in der Region, wo die Tramontana weht, und sie fürchten sich sehr vor diesem Wind. Das ist merkwürdig.«

»Du hast mir erzählt, dass du ganz nahe an die Piraten herankamst«, griff Bartomeu ein. »Hast du sie reden gehört?«

Joan dachte nach.

»Wenn sie geredet haben, so war es nicht in unserer Sprache. Ich erinnere mich nicht, dass ich etwas verstanden habe«, antwortete er.

»Wahrscheinlicher ist, dass es provenzalische oder genuesische Korsaren und keine Mauren waren«, erklärte der Mercedarier nachdrücklich. »Vor drei Jahren haben die Provenzalen das Gebiet am Kap Creus verwüstet, und vor zwei Jahren, als der Krieg mit Genua begann, hat der Genuese Batista die Orte im Küstengebiet von Barcelona überfallen. Sie haben sogar eine Galeere gekapert, die Admiral Bernat de Vilamarí geschickt hatte, um sie aufzuhalten. Aber das war im Juli, und jetzt reden wir von Ende September. Das ist keine Zeit für Galeeren. Außerdem liegt dein Dorf gewiss mehr als eine Fahrtwoche von Genua entfernt. Ich würde wetten, dass es die Provenzalen waren. Und wenn sie es waren, können wir Mercedarier nichts tun.«

»Warum nicht?«, fragte Joan.

»Weil es unsere Aufgabe ist, eher die Seele als den Leib zu retten. Wir kaufen christliche Gefangene frei oder tauschen sie gegen sarazenische Gefangene aus. Wir bemühen uns, zuerst die schwächsten zurückzuholen, damit sie nicht in Versuchung geraten, den Herrgott zu verleugnen. Wir retten ihre Seelen.«

»Und Ihr würdet nichts unternehmen, wenn die Piraten aus Marseille stammen?«

»Nein. Das können wir nicht. Das ist eine Sache unter Christen, und es besteht keine Gefahr, dass sich die Gefangenen von ihrem Glauben lossagen. Trotzdem darf ein Christ keinen anderen versklaven.«

»Dann dürften die Provenzalen, wenn sie Christen wie wir sind, nicht die Leute aus meinem Dorf versklaven, nicht wahr?«

»Sie dürfen es nicht, aber sie dürfen auch nicht rauben«, antwortete der Mönch. »Und doch rauben sie. Wenn man jemanden versklavt, raubt man ihm den Besitz, der nach der Seele am wertvollsten ist: die Freiheit.«

»Warum hat der Administrator von Palafrugell dann behauptet, dass es Sarazenen seien?«, erkundigte sich Bartomeu. »Er kann doch sicher zwischen einem Mauren und einem Provenzalen unterscheiden.«

»Vielleicht hat er sich geirrt.«

»Trotzdem bitten wir Euch, Bruder Antoni, dass Ihr Euch aus Barmherzigkeit erkundigt, ob die Familie dieser Kinder in Nordafrika ist«, sagte Bartomeu.

»Ich werde Euch nicht die Barmherzigkeit verweigern, doch ich denke, dass eine solche Bemühung vergebens ist«, antwortete der Mönch. »In dieser Geschichte gibt es andere sonderbare Umstände. Zum Beispiel: Wenn sie Sarazenen waren, warum hat uns dann der Administrator von Palafrugell nicht schon längst gebeten, seine Gefangenen zu suchen?«

Joan zuckte die Achseln. Das waren entschieden zu viele Fragen.

Es war ein regnerischer und nebliger Morgen in den ersten Februartagen, als die Glocken der Kathedrale außerhalb der üblichen Zeit erklangen. Kurze Zeit später schlossen sich die Glocken der Santa-María-del-Pi-Kirche und dann die von Sant Just an. Joan hörte auch die Glocken von Santa Anna, und bald fielen die in allen übrigen Kirchtürmen der Stadt ein, um die Tragödie zu verkünden.

Alle, die im Haus der Corrós waren, liefen auf die Straße, um zu erfahren, was vor sich ging, und im Sprühregen fragten sich Nachbarn und Handwerker gegenseitig, bis die Nachricht zu ihnen gelangte.

»Die *remensas* von Pere Joan Sala haben Granollers angegriffen! Sie haben den Ort eingenommen!«

Joan überraschte es, wie erregt die Stimmung war. Als die königlichen Truppen einen Monat zuvor geschlagen wurden, war der Schrecken nicht so groß gewesen. Bald verstand er den Grund. Granollers gehörte keinem Herrn: Diesen Ort schützten die Rechte und Privilegien Barcelonas. Eigentlich sah man ihn als einen Teil Barcelonas an. Pere Joan Sala wagte es, die Stadt anzugreifen! Das war kein Krieg mehr, der nur zwischen Feudalherren und Bauern geführt wurde. Der Führer der *remensas* hatte einen verhängnisvollen Fehler gemacht. Barcelona würde ihn vernichten.

Kurz danach klangen die Glocken der Kathedrale nicht mehr traurig und feierlich wie zuvor, sondern drängend und gebieterisch. Alle übrigen folgten ihr.

»Es ist das *Via fora*!«

Das Läuten steigerte sich zu wilder Raserei, als wären die Glocken die Stimme der nach Rache rufenden Stadt. Das *Via fora* war der Aufruf an die Bürger, zu den Waffen zu greifen, um Barcelona zu verteidigen. Joan sah, wie die Leute auf der Straße plötzlich entschlossen und wütend aussahen. Bald erschienen sie mit Armbrüsten, Bogen, Spießen und Schwertern. Mosén Corró, der sich mit Helm, Harnisch und Spieß gerüstet hatte, ließ sich sein Pferd bringen und sammelte seine Männer vor dem Laden.

»Lluís und Joan, ihr bleibt hier, ihr seid zu jung«, befahl er. »Ihr Übrigen kommt mit.«

Die Glocken läuteten weiter gebieterisch und drängend, und wenn jemand rief: »*Via fora!*«, antwortete ihm überschwängliches Geschrei. Lluís und Joan beschlossen, den Älteren nachzulaufen, um ihnen zuzusehen. Das durften sie nicht verpassen.

Die Zünfte spielten eine entscheidende Rolle bei der Verteidigung der Stadt. Im Fall eines Angriffs wurde jeder Zunft der Schutz eines Mauerstücks übertragen. Das war eine Frage der Ehre. Die Feigheit oder das Heldentum eines Zunftmitglieds demütigte oder ehrte all seine Genossen.

Die Buchhändler hatten noch keine offizielle Zunft, sie richteten sich bei ihrer Tätigkeit nach den städtischen Verordnungen für Buchhändler und Buchbinder aus dem Jahre 1446, doch sie schlossen sich in einer Bruderschaft zusammen, die den heiligen Hieronymus verehrte. Sie hatte eine Kapelle in der La-Trinitat-Kirche, die am gleichnamigen Platz lag, und dorthin eilte die kleine Truppe der Corrós. Unterwegs begegneten sie anderen bewaffneten Gruppen, die zu den Kirchen liefen, wo ihre Schutzpatrone eine Kapelle hatten. Bald trafen sie mit weiteren Buchhändlern zusammen. Sie begrüßten sich mit einem »*Via fora!*« und streckten die Waffen hoch. Joan sah Bartomeu schon von weitem. Er ritt auf einem Pferd und war wie Mosén Corró bewaffnet.

Sobald der Buchhändler auf dem Platz angekommen war, meldete er sich beim ältesten Mitbruder der Bruderschaft, der seine Leute und die Waffen, die sie trugen, ins Buch der Kämpfer einschrieb. Dann ging der älteste Bruder zum Rat der Hundert. Kurz darauf kam er zurück und gab bekannt, dass sich die Truppe schon auflösen könne. Diesmal werde Destorrens selbst, der oberste Ratsherr der Stadt, ein Bürgerheer führen, das sich den königlichen Truppen anschließen solle. Es konnte ein langer Feldzug werden, es war Winter, und die Zünfte mussten Proviant für ihre Männer zusammenholen. In einer Woche, wenn alles bereit sein würde, sollten die Truppen ausrücken, um sich denen des *remensa* Pere Joan Sala entgegenzustellen.

Joan überwachte Bruder Nicolau. Da er ihn ständig beobachtete, erwiderte der Ordensbruder seinen Blick mit einem allzu freundlichen Lächeln. Der Junge wollte nicht, dass der Mönch bemerkte, wie sehr er ihn anwiderte, und manchmal gab er ihm ein halbes Lächeln zurück. Als sie sich eines Tages auf der Treppe zum Speisesaal begegneten, spürte Joan die Hände des Mönchs auf seinem Hintern. Es war nur eine kurze Berührung, doch sie erregte in ihm maßlosen Widerwillen. Er erinnerte sich, wie Gabriel erschrocken hochgesprungen war, als er die gleiche Berührung erlitt, und er musste seine Wut beherrschen, damit er sich nicht auf diesen Kerl stürzte und ihn die Treppe hinunterstieß. Er hatte andere Pläne.

Als er an einem Nachmittag die Werkstatt verließ, versteckte er unter seinem Mantel eines der Werkzeuge, die sie benutzten, um Papier und Leder zuzuschneiden. Es war ein Flacheisen, das mit einem kleinen bogenförmigen Stück abschloss, ein Ende diente als Griff, und das andere hatte einen spitzen und sehr scharfen Rand. Er hatte sich entschlossen, den Mönch zu töten, wenn er schlief.

Danach wollte er die Waffe in der Mauer verstecken, die das Kloster vom Rundenweg an der Stadtmauer trennte, und am nächsten Tag wollte er sie sich von der Straße aus zurückholen und wieder in den Buchladen bringen. Er wusste, welches Wagnis so etwas bedeutete. Doch er war zu allem bereit.

25

Nach dem Abendessen zogen sich die Mönche zurück, um zu schlafen, und die Kinder taten das Gleiche. Joan wartete, bis sein Bruder gleichmäßig tief atmete, und lautlos, in seinen Mantel gehüllt, lief er auf den Hof hinaus. Er hielt eine Öllampe, deren Flamme schwach brannte. Am Himmel waren Wolken, und ein kalter Wind machte diese Winternacht ungemütlich. Joan wickelte sich fest in seinen Mantel. Er begann zu zittern, ob wegen der Angst oder der Kälte, wusste er nicht. Er trat in den Kreuzgang, und dabei ließ er sich vom spärlichen Licht der wenigen Sterne leiten, die zwischen den Wolken hindurchschimmerten. Der Junge wusste genau, wo die Tür der Zelle Bruder Nicolaus war. Er hoffte, dass er ihn im Schlaf überraschen konnte, und falls der Mönch wach war, würde er behaupten, dass er ihn besuchen wollte. Ganz sicher würde ihn der andere willkommen heißen.

Die Zellen der Mönche hatten keine Riegel, und Joan stieß sanft gegen die Tür von Bruder Nicolau. Er hielt die Lampe in der linken Hand und die Waffe in der rechten. Aber die Tür bewegte sich nicht. Der Junge biss sich auf die Lippen. Er musste sich stärker anstrengen. Die Türangeln waren gewiss verrostet und würden quietschen. Als er es wieder probierte, konnte er die Tür zwei Fingerbreit öffnen. Er erschrak über das Geräusch. Trotzdem war es weniger laut, als er erwartet hatte, und es wurde vom Pfeifen des Windes übertönt.

Joan blieb völlig reglos stehen, während er lauschte. Etwas in der Zelle rührte sich. Der Mönch war wach! In bestimmten Abständen hörte man eine Stimme und einen eigenartigen Ton. Ob er nicht allein war? Er dachte, wenn der Mönch beschäftigt war, könnte er die Tür etwas weiter öffnen, ohne entdeckt zu werden. Und das tat er ganz behutsam, bis er in das Innere der Zelle blicken konnte.

»Mein Gott! Allmächtiger!«, stieß der Mönch halblaut hervor. »Erlöse mich von der Versuchung!«

Joan hörte das Knallen einer Peitsche mit mehreren Enden und sah, wie der Mann vor einem kleinen Kruzifix kniete und dass sein Rücken mit Blut beschmiert war. Eine Öllampe beleuchtete die Züchtigung, die er sich auferlegte.

»Herr, halte mich von den Kindern fern!«

Joan zuckte zusammen, als er den gedämpften Klang der Metallspitzen hörte, die die Rückenhaut zerfetzten. Die Zelle war klein, und der Junge wich von der Tür zurück, weil er Angst hatte, dass ihn das Blut bespritzte. Als er wieder hinschaute, hatte der Mann die Peitsche fallen lassen und stützte sich mit Knien und Ellbogen auf den Boden. Er schwankte. Er war vollständig nackt, und sein Körper zitterte.

»Warum hast du mich so geschaffen?«, stieß er schluchzend hervor. »Erlöse mich aus Barmherzigkeit von dieser Pein!«

Joan konnte nicht glauben, dass dies derselbe Mann war, der ihn so lüstern angelächelt hatte. Auf einmal packte der Mönch wütend die Geißel mit der rechten Hand und schlug sich mit letzter Kraft auf die Geschlechtsteile. Unverzüglich brach er mit einem Stöhnen zusammen und blieb ohnmächtig liegen. Joan spürte diesen Schlag beinahe so, als hätte er ihn selbst getroffen. Er war entsetzt, umfasste jedoch weiterhin kräftig das kalte Eisen in seiner Hand und sagte sich, dass dies der richtige Moment sei, um den Mönch zu töten. Schon beugte er sich mit der Waffe über den reglosen Körper, als er innehielt.

Ihm wurde klar, dass er nicht imstande sein würde, den Mann zu töten, selbst wenn er die ganze Nacht dort bliebe. Er hasste den Mann nicht mehr. Überstürzt rannte er zu seiner Zelle zurück und legte sich leise nieder. Er schlief erst spät ein, und es kostete ihn

Mühe, zu beten. Er verstand nicht, warum der Herrgott den Tod seines Vaters zugelassen hatte. Und auch nicht, warum er die Zerstörung seiner Familie erlaubt hatte. Genauso wenig, warum er Bruder Nicolau in dieser Art geschaffen hatte. Seine Wut wandte sich gegen den Himmel.

Das Heer sammelte sich am Nordteil der Rambla, auf der sogenannten Plaza dels Bergants. Die Glocken läuteten unaufhörlich. Überall bewegten sich Fußsoldaten und Reiter hin und her, die sich von Freunden und Familienangehörigen begleiten ließen. Joan hielt sich eng an Lluís, um sich durch die Menge zu drängen und die Kämpfer zu sehen. Der älteste Mitbruder der Bruderschaft hatte entschieden, dass Mosén Corró wegen seines Alters in Barcelona bleiben und Meister Guillem dessen Haus vertreten würde. Er sollte die Gruppe – den Gesellen und die zwei ältesten Lehrlinge – anführen. Trotzdem glaubte Joan, dass Felip das eigentliche Kommando führen würde. Er erkannte, dass er die zaghafte und von Gewissensbissen begleitete Hoffnung hegte, dass die *remensas* seinen Widersacher töten würden. Die Erklärungen seines Vaters über die Freiheit und Felips boshafte Streiche veranlassten ihn, sich mit der Sache der aufständischen Bauern zu identifizieren, und er wünschte, dass sie wenigstens entkommen und ihren Kampf fortsetzen könnten.

Endlich sah er Bartomeu. Er gehörte zu den Reitern und saß auf einem schönen Streitross. Er schützte sich mit einer Halbrustung und einem Helm, trug ein Schwert im Gürtel und eine Lanze, deren Fähnchen die Farben der Stadt zeigte. Meister Guillem bestätigte ihm, dass Bartomeu mit kaum achtzehn Jahren im Bürgerkrieg gedient hatte, in der leichten Reiterei unter Mosén Corró, zusammen mit Felips Vater. Dieser war in einem erbitterten Kampf gefallen, und der Kaufmann selbst wurde schwer verwundet. Der Buchhändler rettete ihn, wobei er sein eigenes Leben aufs Spiel setzte, und seitdem empfand Bartomeu zu ihm dieselbe Zuneigung, die er für seinen Vater und seinen älteren Bruder empfunden hätte. Nun übernahm Bartomeu die Stellung Corrós als Offizier der leichten Reiterei.

Joan rannte zwischen die unruhig schnaubenden Pferde, um seinem Freund Glück zu wünschen. Er und sein Bruder versprachen, viel für den Kaufmann zu beten.

Die Glocken beendeten ihr hartnäckiges Läuten, als der Bischof die Messe las. Nach dem Gottesdienst läuteten sie abermals, und die Menge schrie »*Via fora!*«, während die Truppen an dem Podium vorbeimarschierten, von dem aus sie der Bischof und mehrere Geistliche mit Weihwasser besprengten. Sie zogen durch die Porta de Sant Sever hinaus, und das Heer nahm den Weg, der durch die Gärten der Königin nach La Trinitat führte. Dann bewegte es sich in der Richtung nach Granollers weiter. Kurz darauf verschwand es in einer Staubwolke.

Die Betriebsamkeit auf den Straßen ging zurück. Man merkte, dass sehr viele Handwerker fehlten, und Joan spürte die Leere. Als er in den Laden kam, sagte ihm der Herr: »Solange der Meister und der Geselle im Heer sind, gibt es keine Arbeit in der Werkstatt. Das wenige, das doch anfällt, erledigt Lluís. Du musst ins Obergeschoss gehen. Du arbeitest mit Abdalá zusammen. Er sagt dir, was du tun sollst.«

Der Junge blickte finster drein. Obwohl ihn der Herr in der Werkstatt einsetzte, wusste er doch, dass die Arbeit, die er für ihn bestimmt hatte, die eines Kopisten war, und dass der Maure als Einziger im Haus diese Tätigkeit ausübte. Aber er wäre nicht auf den Gedanken gekommen, dass dieser ihm Anweisungen geben würde. Ein Sklave! Außerdem rief dieser Mann in ihm widersprüchliche Gefühle hervor. Immerhin hatte er ihn nicht an Mosén Corró verraten. Trotzdem blieb er ein Maure, ein Angehöriger jener Rasse, die seine Familie zerstört hatte. Dennoch stieg er schließlich zum *Scriptorium* hoch, wie der Herr das Obergeschoss nannte.

»Der Herr schickt mich, damit du mir das Schreiben beibringst«, sagte Joan laut und selbstbewusst, damit der andere begriff, dass er sich nicht herumkommandieren ließ.

Der Alte betrachtete ihn einige Zeit, danach setzte er seine Arbeit fort, ohne sich um ihn zu kümmern. Das verwirrte den Jungen, der allmählich wütend wurde. Der Maure respektierte ihn nicht, wie es seine Pflicht war.

»Ich habe dir gesagt, der Herr will, dass du mir das Schreiben beibringst«, sagte Joan noch einmal drohend und machte zwei Schritte auf den Greis zu.

Der Maure ließ sich nicht aus der Fassung bringen und schrieb weiter.

»Hörst du nicht, was ich sage?«, schrie der Junge schließlich gereizt.

Abdalá kümmerte sich immer noch nicht um ihn, während Joan überlegte, ob er ihm das Tintenfass, das auf dem Tisch stand, an den Kopf werfen sollte. Er beherrschte sich, weil er dachte, dass dies dem Herrn nicht gefallen würde. Andererseits wusste er, dass er etwas tun müsste, damit ihn dieser Mensch achtete.

In diesem Moment blickte der Alte von seinen Papieren hoch, sah ihn an und sprach in einem so sanften Ton, dass er wie ein Murmeln klang: »Ich höre dich. Aber deine Schreie erlauben mir nicht, dich zu verstehen.«

»Du verstehst mich nicht?«, fragte Joan nun in höflichem Ton. »Aber wo du doch meine Sprache sprichst.«

»Ich spreche und verstehe viele Sprachen, Sohn.« Er lächelte ihm zu. »Aber nicht die des Schreiens.«

»Nun gut. Ich habe gesagt, der Herr will, dass du mir das Schreiben beibringst«, wiederholte Joan in ebenso sanftem Ton, wie ihn der Alte benutzt hatte.

»Ach! Also der Herr will das. Und was willst du?«

Joan dachte darüber nach. Natürlich wollte er gern schreiben, doch zuvor hätte er gern lesen gelernt.

»Ich will lesen und schreiben lernen.«

»Nun, ich kann dir nur bei der Hälfte helfen. Mosén Corró hat mich gebeten, dass ich dir nicht das Lesen beibringe, und ich glaube, das weißt du auch.«

Der Junge runzelte missmutig die Stirn. Der Maure wusste mehr, als er gedacht hatte.

»Mach dir trotzdem keine Sorgen. Sobald du schreiben kannst, ist das Lesen sehr einfach«, erklärte der Mann weiter. »Aber denk daran, wenn man etwas verspricht, muss man es halten.«

Nun sagte sich Joan, dass dieser Mann entschieden zu viel wusste.

»Also, du bittest mich, dass ich dich unterrichte …« Abdalá ließ seine Erklärung einige Zeit unvollendet. »Und du möchtest das. Richtig?«

Der Junge nickte zustimmend.

»Nun, wenn ich dich unterrichten soll, musst du zwei Bedingungen erfüllen.«

»Ich habe keine Bedingung zu erfüllen. Das sind Anweisungen des Herrn, und du bist ein Sklave.«

Der Alte lächelte, bevor er antwortete.

»Mosén Corrós Anweisungen waren für dich. Nicht für mich. Und wenn du meine Bedingungen nicht einhältst, kannst du gleich in den Laden hinuntergehen und sagen, dass ich dich nicht unterrichte.«

Joan konnte nicht begreifen, wie sich ein Sklave herausnehmen durfte, derart dreist aufzutreten. Doch dem Herrn zu erklären, dass ihn Abdalá nicht unterrichten wolle, wäre das Letzte, was er tun würde. Alle wussten, wie sehr Mosén Corró den Mauren achtete.

»Was für Bedingungen sind das?«

»Die erste ist, dass du mich ›Meister‹ nennst und mich mit ›Ihr‹ anredest.«

Das hatte Joan nicht erwartet. Sollte er einen maurischen Sklaven als »Meister« anreden? Was würde Felip dazu sagen? Alle würden ihn auslachen.

»Das kann ich nicht.«

»Das tut mir leid. Du kannst gleich wieder in den Laden hinuntergehen.«

»Warte einen Augenblick! Das kann ich nicht tun, weil mich Felip und die anderen auslachen würden. Vielleicht würden sie mich sogar verprügeln.«

»Gut. Ich verstehe. Nun, dann nenne mich ›Meister‹, wenn du hier oben mit mir allein bist. Unten in der Werkstatt kannst du mich Abdalá nennen.«

Der Junge atmete erleichtert auf.

»Was ist die andere Bedingung?«, wollte er dann wissen.

»Ich habe dich beobachtet. Du hasst mich nicht auf dieselbe Weise, wie es Felip tut. Ich will wissen, woher dein Groll auf mich kommt, wo ich dir nie etwas Böses getan habe.«

Joan starrte den Mann an und presste die Kiefer zusammen. Er beschwor seine schmerzlichsten Erinnerungen herauf. Er wollte es dem Mauren nicht erzählen. Nicht einem Mauren. Sie waren der Grund für das Unglück seiner Familie.

»Sieh mir in die Augen«, sagte der Alte sanft.

Joan gehorchte, wenn auch widerwillig. Abdalá hatte blaue Augen, die mit den Jahren etwas verblasst, aber immer noch schön und mild waren.

»Setz dich auf den Schemel dort und erzähle es mir«, drängte er.

Als er sich setzte, merkte er, wie etwas in seinem Innern zerbrach, und auf einmal sprudelten die Worte hervor, gleichzeitig mit den Tränen. Die Wolken und das blaue Meer, das Läuten der Glocke in der Einsiedelei, der Blick seines Vaters, die Flucht, der donnernde Schuss, der Tod, der Verlust der Mutter, der Schwestern, Elisendas … Joan erlebte die schmerzlichen Szenen wieder. Der Mann wartete, während sich der Junge das Gesicht mit den Händen bedeckte, als er seinen Bericht beendet hatte. Sie waren tränenfeucht, und er schluchzte. Er fühlte sich beschämt. Nie hatte er die Ereignisse auf diese Weise erzählt und dabei so schlimm gelitten.

»Das tut mir sehr leid, Joan«, sagte der Mann. »Das tut mir sehr leid.«

Der Junge spürte, dass er die Hand auf seine Schulter gelegt hatte. Sie war warm, trotz der Kälte in diesem Raum. Es tröstete ihn.

»Aber glaube mir. Das waren keine Sarazenen, die dein Dorf angegriffen haben. Allah soll mich strafen, wenn ich mich irre.«

»Was?« Joan richtete sich mit einem Sprung auf. Das stimmte mit dem überein, was der Mercedariermönch gesagt hatte. »Woher wisst Ihr das?«

»Das ist nicht schwer. Meine Leute würden niemals Arkebusen bei einem Angriff an Land benutzen. Ihnen sind Pfeile lieber, und sie schießen sie blitzschnell ab, viel schneller als jeder Christ. Wenn es Muslime gewesen wären, hätten sie nicht einmal Armbrüste dabeigehabt, nur Bogen. Sie benutzen Pulver und Armbrüste ausschließlich dafür, um von einem Schiff zum anderen oder aus der Entfernung zu schießen. Damit plagen sie sich nicht an Land ab. Sie ziehen es vor, sich schnell zu bewegen. Genauso ist es bei der Reiterei. Uns ist es lieber, beweglich zu sein, anzugreifen, zurückzuweichen und wieder anzugreifen. Wir haben wenig für schwere Reiterei übrig. Das Gleiche gilt für die Galeeren. Sie müssen schnell und wendig sein. Die, die du beschreibst, war zu groß und hatte zu viele Geschütze, als dass sie eine von den unsrigen gewesen sein könnte.«

Joan blickte ihn überrascht an. Vorher hatten ihn die Andeutungen, dass die Piraten vielleicht keine Sarazenen waren, kaum gekümmert. Nicht einmal der Mercedariergeneral hatte ihn überzeugt. Doch aus irgendeinem Grund glaubte er diesem Mauren.

»Wann willst du mit dem Lernen beginnen?« Die Stimme des Mannes holte ihn aus seinen Gedanken.

»Dann, wenn Ihr es sagt, Meister Abdalá«, antwortete Joan.

26

Vor den Augen des Jungen eröffnete sich eine faszinierende Welt. Bücher, viele Bücher und die merkwürdigen Instrumente, mit denen sie geschrieben wurden. Bevor er jedoch den ersten Buchstaben zeichnen durfte, musste er sich mit den Gegenständen im *Scriptorium* vertraut machen. Für eine einwandfreie Schrift waren die Federn entscheidend, und sie mussten sorgfältig zugeschnitten sein. Wegen ihrer Qualität und ihres Preises wurden Gänsefedern am häufigsten benutzt. Doch von Wert waren nur die fünf längsten Federn des linken Flügels, denn sie bogen sich in der für einen geschickten Abschreiber geeigneten Form. Im Frühling riss man sie dem lebenden Vogel aus, und danach ließ man sie eine Zeitlang trocknen. Schwanenfedern wurden höher geschätzt, aber sie waren selten und teuer. Für sorgfältige Zeichnungen benutzte man Rabenfedern, allerdings gab es auch Adler-, Uhu- und Falkenfedern. Man musste die Messerklingen gründlich schärfen, um einen vollkommenen Schnitt des Kiels zu erreichen, wenn dieser abgenutzt war. Eine gute Feder hielt nicht länger als eine Woche.

Um eine ausgewogene und schöne Schrift zu erreichen, war die Tinte das zweite entscheidende Element. Man musste darauf achten, dass sie die richtige Konsistenz hatte, und Wasser hinzusetzen, wenn sie austrocknete. Die Qualität des Papiers oder Pergaments war ebenfalls wichtig. Es gab andere Schreibmaterialien wie etwa Papyrus, doch sie waren teuer, weniger haltbar als Papier, und im Haus der Corrós wurden sie nicht verarbeitet.

Vor dem Schreiben musste man das Papier linieren, um zu vermeiden, dass die Buchstaben ungleich ausfielen. Hierfür zog man mit dem Lineal äußerst feine Linien, auf denen die Schrift stehen sollte. Wenn die Seite prächtige Initialen enthielt, die beträchtlich größer waren, sorgte man ebenso für den erforderlichen Raum, wie man es auch tat, wenn irgendeine Zeichnung hinzukam.

Außer dem Tisch, den der Meister benutzte, verfügte das *Scrip-*

torium über drei weitere Tische, die eine schräge Fläche hatten, um das Buch, worin man schrieb, und das Original zu stützen. Als Joan so viele leere Tische sah, wurde ihm klar, dass sich die Kopieraufträge in letzter Zeit verringert hatten.

Man arbeitete mit schon gebundenen Büchern, und damit man sie nicht beschmutzte, musste man sehr vorsichtig mit der Tinte umgehen. Die Tintenfässer waren fest im Tisch eingebaut, um zu vermeiden, dass sich die Tinte durch einen unglücklichen Zufall auf die kostbaren Bücher ergoss, und unter den Tischen standen Kohlenbecken, die nicht so sehr den Zweck hatten, den Schreiber in der kalten Jahreszeit zu wärmen, als vielmehr die Tinte schnell zu trocknen.

Abdalá brachte ihm bei, wie er die Feder richtig anfasste und ihre Spitze so eintauchte, dass der Kiel die erforderliche Tintenmenge aufnahm, ohne einen Klecks zu machen. Schließlich zeigte er ihm, wie man das Messer benutzte. Dies war ein flaches, an einer Seite geschärftes Metallinstrument, das er stets in der linken Hand halten sollte, während er mit der rechten schrieb.

»Das Schreiben ist eine beidhändige Arbeit«, sagte Abdalá. »Ebenso, wie du deine beiden Füße brauchst, um zu laufen.«

Joan staunte, wie geschickt der Alte sowohl mit der Feder in der Rechten als auch mit dem Messer in der Linken arbeitete. Dieses wurde benutzt, um das Papier an seinem Platz festzuhalten, ohne es mit dem Fett an der Hand zu beschmutzen, doch es wurde auch eingesetzt, wenn zu viel Tinte herabgetropft war oder wenn man einen Fehler gemacht hatte. Im ersten Fall nahm es geschickt das Überflüssige auf. Im zweiten schabte man behutsam das Papier ab, bevor die Tinte eintrocknete. Danach säuberte man die Stelle mit Talk und überschrieb sie mit dem richtigen Buchstaben.

Das faszinierte Joan. Er erinnerte sich, wie sehr ihn das geöffnete Buch vor dem Laden der Corrós beeindruckt hatte, als er nach Barcelona kam. Nun hatte er die Gelegenheit, vielleicht eines Tages etwas so Prächtiges wie dieses Buch zu schaffen.

Die Arbeit, das Papier vor dem Schreiben zu linieren, war mühsam, und das noch mehr, wenn man sie in einem bereits gebundenen Buch ausführte. Gerade das war die Hauptaufgabe, die Joan zu erledigen hatte, denn man musste kein geschickter Schönschreiber sein, und der Meister brauchte hierfür nicht seine Zeit zu verschwenden.

Trotzdem entschädigte er den Jungen, indem er ihm beibrachte, wie man Buchstaben zeichnete. Das tat Joan auf weggeworfenen Papier- oder Pergamentstreifen, auf denen er zuvor nach Anweisung des Meisters korrekte Linien gezogen hatte. Es ließ sich nicht vermeiden, dass Joan beim Schreiben den Namen jedes Buchstabens erfuhr, und er ahnte, dass dies der erste Schritt war, um lesen zu lernen.

»Meister Abdalá, warum will der Herr nicht, dass ich lesen lerne?«, fragte er eines Tages.

»Er hat seine Gründe, und du tust allen einen Gefallen, wenn du dein Versprechen hältst.«

»Aber was nützt es mir, dass ich Bogen binden und ein Buch mit schönen Deckeln herstellen kann und in der Lage bin, abzuschreiben, was in einem anderen Buch steht, wenn ich nicht verstehe, was es bedeutet?«

»Du bist sehr jung. Zum Lesen bleibt dir noch genug Zeit. Jetzt musst du die Schönheit der Schreibkunst, ihre Harmonie, den Geruch der Tinte und die Berührung des Papiers genießen. Darauf sollst du dich konzentrieren. Das ist dir erlaubt. Das Aussehen eines Buches hat ebenso wie sein Inhalt einen eigenen Wert, und man muss verstehen, beides zu schätzen. Bücher sind wie Menschen, sie haben Leib und Seele. Beide sind wichtig. Ich habe viele Bücher gelesen, und an vielen hatte ich größere Freude wegen des Aussehens, des Duftes und der Textur als wegen des Inhalts, den sie erzählten.«

»Aber ich will Buchhändler werden, und ein richtiger Buchhändler muss den Inhalt seiner Bücher kennen und den Menschen finden, zu dem sie passen. So wie es Mosén Bartomeu tut.«

Der Alte lächelte und strich sich über den Bart.

»Ja. Buch und Leser«, murmelte er. »Die Freude des Lesens bedeutet Harmonie zwischen beiden. Und wer den Leser für das Buch und das Buch für den Leser entdecken kann, ist mehr als ein Buchhändler, nämlich ein Zauberer. Er ist ein Alchemist und schafft den Schmelztiegel, der zwei Dinge zu einem einzigen vereint. Und das Ergebnis unterscheidet sich von den vorherigen Stoffen, weil das geeignete Buch endgültige Wandlungen im Leser herbeiführen kann …«

»Das verstehe ich nicht«, sagte Joan.

Der Meister sprach gar nicht mehr zu dem Jungen, sondern hatte sich in seiner eigenen Welt verloren.

»Mach dir keine Sorgen«, schloss er ab. »Vorläufig musst du tun, was man von dir verlangt. Du wirst noch genug Zeit haben, um Bücher und Menschen zusammenzubringen.«

Diese Argumente überzeugten Joan nicht, doch er widmete sich mit ganzem Eifer der Aufgabe, die Kalligraphie so zu beherrschen, wie es der Meister von ihm verlangte. Er bemühte sich, mit seiner Feder jene Buchstaben zu zeichnen, von denen er nur den Namen wusste. Sie bildeten Wörter, die er nicht kannte, und diese vereinigten sich zu Sätzen, die er nicht entschlüsseln konnte. Nach und nach lernte er, sein Handgelenk zu beherrschen, bis der Augenblick kam, in dem ihm der Meister erlaubte, mit dem Abschreiben einiger Texte zu beginnen. Was bedeuteten die Worte, die er aufs Papier brachte? Wovon handelte wohl dieses Buch? Die Wissbegierde brachte ihn um.

So vollkommen auch die Kalligraphie sein mochte, seine eigene ebenso wie die des Originaltextes, nie waren die Buchstaben ganz gleich. Einer stützte sich leicht auf den Nachbarbuchstaben und entfernte sich vom folgenden, ein anderer war etwas höher oder neigte sich nach vorn oder hinten. Oder er hatte einen deutlicheren Strich, oder die Tinte lagerte sich an einem bestimmten Punkt in größerer Menge ab. Bald schrieb er den Buchstaben Gefühle, Charakter und Gemütszustände zu. Sie wirkten zufrieden, traurig oder missmutig. Die Buchstaben hatten ihr eigenes Leben, gingen ge-

genseitige Beziehungen ein und bekamen eine unterschiedliche Persönlichkeit. Der hier verschwor sich mit einem anderen gegen einen weiter entfernten; der folgende war wütend; der vierte verbarg etwas; der fünfte ängstigte sich; ein anderer lachte, und so war es bei allen und jedem einzelnen Buchstaben des Textes. Es war eine fremde und wunderbare, aber auch eigentümliche Welt, und Joan fragte sich, ob noch jemand diese Sprache der Buchstaben sehen würde.

Vielleicht war es nur eine Frucht seiner Phantasie, sagte er sich schließlich. Er deutete die Stimmung der Buchstaben, weil man ihm verbot, ihre wahre Bedeutung zu kennen, diejenige, die die wunderbare Verbindung zwischen der Person, die den Text geschrieben hatte, und der Person, die ihn las, herstellte.

Das Leben im Kloster wurde in diesen Tagen strenger. Die Gebete nahmen zu. Man bat für die Kämpfer und für den Sieg, und die Kirche blieb länger geöffnet, damit die Gläubigen für das Wohl ihrer Angehörigen im Heer zu Gott flehen konnten. Doch am schwersten fielen den Brüdern die Fastenzeiten, die die Mönche einhielten. An vielen Abenden aßen sie gar nicht. Die Gebete und das Opfer waren der Beitrag der Mönche zu den Kriegsanstrengungen, waren ihre Art zu kämpfen. Dank ihres Opfers und ihrer Selbstverleugnung würde der Herrgott den Truppen der Stadt größeren Beistand gewähren. Glücklicherweise hatte Bruder Jaume immer ein liebevolles Lächeln und ein paar Essensvorräte für die zwei Brüder und den Novizen bereit.

Joan behielt weiterhin Bruder Nicolau im Auge. Nach der nächtlichen Episode hatte er Mitleid mit ihm, doch die Abneigung, die Abscheu, die er in ihm erweckte, war sogar noch größer geworden. Als er feststellte, dass er ihn nach wie vor anlächelte, wurde ihm klar, dass die Bußübungen des Mönchs keine günstige Antwort des Himmels erhalten hatten und dass er immer noch eine Gefahr für seinen Bruder darstellte. Dieser Unglückliche tat ihm sehr leid, doch der Gedanke, dass Gabriels Seelenheil bedroht war, schien ihm unerträglich.

Allerdings vereinte sich diese Angst mit einer anders gearteten Unruhe. Ständig malten seine Finger unsichtbare Zeichen auf eine Klosterwand oder den Essenstisch oder auf eine andere Fläche. Es waren die Schnörkel einer Silbe oder eines Wortes, wie er sie am Morgen mit Tinte gezeichnet hatte. Und wenn der Novize in der Nähe war, konnte er sich nicht beherrschen und fragte ihn, was das bedeutete. Er wollte die Antwort aus seinem Geist verbannen, doch je mehr er es versuchte, desto fester prägten sich ihm die Wörter und deren Klang ein.

27

Es waren erwartungsvolle Tage. Alle lauschten gespannt den Neuigkeiten vom Heer, die sich von Tür zu Tür und von Gruppe zu Gruppe verbreiteten. Man habe eine Belohnung von fünfhundert Pfund – ein riesiges Vermögen – für den Kopf des *remensa*-Führers ausgesetzt; die Truppen hätten schon Positionen bezogen, um Granollers anzugreifen … Wer Briefe von seinen Angehörigen erhielt, die mit einigen Tagen Verspätung eintrafen, beeilte sich, die Neuigkeiten den anderen mitzuteilen, die sie nicht kannten. Die Brunnen waren Treffpunkte, und wenn Joan den Krug füllte, erfuhr er auch die Gerüchte. Er erzählte sie unverzüglich der Hausherrin weiter, die begierig darauf wartete, etwas über das Schicksal ihrer Hausgenossen zu erfahren. Danach unterrichtete sie den Ehemann und die Nachbarinnen.

Wenn man für die Corrós arbeitete, bedeutete dies, dass man zur Familie gehörte. Die Stellung jedes Einzelnen war ganz eindeutig: Die Corrós waren die Herrschaften, und die Übrigen gehorchten, doch die Herrin nahm alle unter ihre Fittiche. Joan schätzte Señora Corró hoch. Darum besuchte er in diesen Tagen mehrere Brunnen, um Nachrichten für seine Herrin zu sammeln.

Als er an einem ungewohnten Ort in der Schlange wartete, sah er das Mädchen aus dem Juwelierladen kommen. Es war das erste Mal, dass sie fern vom Laden ihrer Familie zusammentrafen. Er erstarrte und sah Überraschung in ihren Augen, bevor sie den Blick abwandte. Er wusste nicht, was er tun sollte, sehnte sich danach, ihr etwas zu sagen, doch ihn verließ der Mut. Darum füllte er den Krug und ging, ohne länger zu warten.

Am nächsten Tag stand Joan zur gleichen Zeit an dem Brunnen. Diesmal war er entschlossen, sie anzusprechen. Aber zu seiner Enttäuschung erschien sie nicht, obwohl er eine Weile wartete. Ein paar Tage später war er erfolgreicher. Als er sie kommen sah, stellte er sich in die Schlange, damit sie sich hinter ihm einreihen musste. So konnte er ihr seinen Platz überlassen. Sie nahm an, wobei sie ihn mit einem Lächeln belohnte, das ihm vorkam, als sei es von einem Engel gekommen. Joan blieb mit trockenem Mund hinter ihr stehen und grübelte, was er ihr sagen könnte, aber er brachte kein Wort hervor. Sie füllte ihren Krug und ging wortlos fort, ohne sich bei der Plaudergruppe aufzuhalten. Anmutig hielt sie die Augen gesenkt, blickte dann einen kurzen Moment hoch, wobei sie den Kopf zur Seite wandte, um Joan anzusehen. Das Herz des Jungen setzte einen Moment lang aus. Gern hätte er ihr gesagt, wie schön sie war, doch er traute sich nicht. Als sie um die nächste Ecke bog und verschwand, bewahrte Joan die Erinnerung, wie sie mit Grübchen im Gesicht lächelte, wie ihre grünen Augen leuchteten und wie sie ihre Hände sanft bewegte.

Anna wusste nicht, warum ihr dieser Junge anders als die Übrigen vorkam. Bei den ersten Begegnungen, als er noch diese sonnenverbrannte Haut hatte und sich wie ein Dörfler kleidete, bemerkte sie bei ihm eine Mischung aus Unsicherheit und Entschlossenheit. Sein Blick war ebenso energisch wie traurig und hoffnungsvoll. Sie konnte sich nicht erklären, warum sie ihm beim ersten Mal zugelächelt hatte, und dann noch ein zweites Mal, als er zu ihrem Vater kam, um Korallen zu verkaufen. Doch als er dann erschien und wie die übrigen Jungen gekleidet war, die sie umschwärmten, weil er diese offenbar nachahmen wollte, war sie enttäuscht und tat so, als würde sie durch ihn hindurchblicken.

Sie war erstaunt, als sie ihn am Brunnen entdeckte, drei Monate, nachdem er ihre Gleichgültigkeit sattbekommen hatte und sich nicht mehr beim Laden ihrer Eltern zeigte. Das Wasserholen war Mädchenarbeit, und so etwas erledigten Jungen nur in solchen Häusern, wo es keine Mädchen gab. Sie sah seine Verwirrung und wandte den Blick ab, ohne dass sie wusste, was sie tun sollte. Er war der einzige Junge, dessen Verschwinden sie bedauerte. Er war etwas Besonderes.

Ihre Begegnung am Brunnen machte einen unerwarteten Eindruck auf sie, und sie ließ sich Ausreden einfallen, damit die Magd in den folgenden Tagen Wasser holte. Doch als sie schließlich wieder hinging, war sie entschlossen, ihn besser kennenzulernen. Anna wurde von stattlicheren Verehrern als diesem Jungen umschwärmt, und Joan wäre für ihre Eltern völlig ungeeignet, obwohl er nun hellere Haut hatte und ein Wams trug. Doch die Sorgen ihrer Eltern waren nicht die ihren. Dieser Junge war anders und nahm sie für sich ein.

Nach einigen Scharmützeln in der Umgebung von Granollers sah Pere Joan Sala ein, dass seine *remensas* keinem derart großen Heer standhalten könnten. Er wollte seine Truppen geordnet zurückziehen, doch auf ihrer Flucht nach Norden wurden sie am 24. März in Llerona eingeholt. Sie erlitten eine vollständige Niederlage. Zweihundert von ihnen starben im Kampf, ebenso viele wurden gefangen genommen, darunter auch der Anführer. Die Übrigen entkamen mit knapper Not.

Als die Nachricht in der Stadt eintraf, läutete man alle Glocken, und ein weiteres Mal, als das siegreiche Heer unter den Jubelrufen der Bevölkerung einzog. Kaum ein halbes Dutzend Städter waren gefallen. Es war ein großer Sieg, und die Nachbarn beglückwünschten sich auf den Straßen.

Alle, die zum Haus Corrós gehörten, kehrten gesund und wohlbehalten zurück. Felip sah zufrieden aus. Er hatte den Kriegszug genossen und rühmte sich damit, zwei Bauern getötet zu haben. Er wurde nicht müde, die Einzelheiten zu schildern.

»Deinen Freunden haben wir eine hübsche Tracht Prügel verpasst, *remensa*«, sagte er zu Joan, als er ihn sah, um ihn zu begrüßen.

Er unterstrich seine Worte mit einer Kopfnuss, die jedoch nicht kräftig ausfiel, und der Junge sagte nichts. Felip wusste noch nicht, dass er mit Abdalá zusammenarbeitete, und Joan fürchtete seine Reaktion.

Bartomeu teilte nicht die Begeisterung des Lehrlings.

»Das war ein Blutbad«, erklärte er. »Wir haben sie mit der Reiterei überrannt. Sie waren schlecht bewaffnet und ausgehungert. Unsere Fußsoldaten haben sie niedergemacht. So viel Raserei war gar nicht notwendig.«

»Es ist eine Schande, dass sie so einen großen Verlust erlitten haben«, gestand Joan. »Es ist ungerecht, wie die *remensas* leben, und die Menschen haben die Pflicht, für ihre Freiheit zu kämpfen. Der König müsste handeln. Er darf nicht erlauben, dass manche seiner Untertanen von anderen versklavt werden.«

»Der König wollte vermitteln, aber beide Parteien haben nicht nachgegeben. Außerdem denken die *remensas*, dass der König sie verraten habe.«

»Hat er es denn getan?«

Bartomeu zuckte die Achseln.

»Ich glaube schon. Den *remensas* ist es zu verdanken, dass der Vater des Königs den Bürgerkrieg gewonnen hat. Dafür hatten sie ihre Freiheit erhofft, doch der Herrscher vergaß die Bauern und machte schließlich gemeinsame Sache mit den besiegten Adligen.« Mit einem Lächeln klopfte ihm Bartomeu leicht auf die Schulter. »Du bist ein sonderbarer Junge und zu klein, um dich für solche Sachen zu interessieren. Aber mach dir keine Sorgen, der Krieg der *remensas* wird nicht mit dem Tod von Pere Joan Sala enden.«

»Nicht?«, fragte Joan hoffnungsvoll.

»Pere Joans *remensas* hatten nichts außer dem Leben zu verlieren. Sie waren sehr verzweifelt, und darum haben sie es gewagt, Barcelona anzugreifen. Der oberste Führer der *remensas* heißt Verntallat, und in seinen Festungen im Norden ist er gut geschützt. Er wird die Rebellion fortsetzen, bis er eine Übereinkunft erreicht.«

Als die Nachricht eintraf, dass Pere Joan Salas Hinrichtung bevorstand, wollten sich alle das Spektakel ansehen. Er sollte auf dem sogenannten »Weg der Schande« zum Strand gebracht werden, wo man ihn vierteilen würde, wie es dem Ritual des grausamen Todesurteils entsprach.

Mosén Corró erklärte ihnen, dass die Todesqualen dieses Mannes lange dauern würden und dass er die Mahlzeit nur um eine Stunde verschiebe. Wer die vollständige Hinrichtung sehen wolle, müsse auf das Essen verzichten.

Joan teilte dies Abdalá mit, der entgegnete, er habe schon zu viele Menschen sterben sehen, er bleibe in der Werkstatt. Dann setzte er hinzu: »Sogar der Todeskampf kennt unterschiedliche Klassen. Da es um einen armen Bauern geht, macht man aus seinem Tod ein öffentliches Schauspiel, damit die Armen daraus lernen. Wenn der Verurteilte einer der anderen gewesen wäre, ein hoher Herr, hätte man ihn insgeheim und schnell hingerichtet.«

Das Spektakel der Hinrichtung begann am Mittag auf der Plaza del Blat. Dort befand sich das Stadtgefängnis. Die Leute drängten sich derart, dass die Soldaten sie zurückstoßen mussten. Joan nutzte seine kräftigen Ellbogen, um durch die Lücken zu schlüpfen und einen Platz in der ersten Reihe zu erreichen.

Auf einem Karren in der Platzmitte erhob sich ein Pfosten, und daran band man den Mann fest. Er war ungefähr vierzig Jahre alt, mager, sehnig, mit einem Bart und tiefliegenden dunklen Augen. Es war ein unfreundlicher und kalter Tag, aber von einem schmalen Lendenschurz abgesehen war Pere Joan Sala nackt. Sein Körper zeigte zahlreiche Wunden, die die Folterungen der letzten Tage hinterlassen hatten, doch er strengte sich immer noch an, den Kopf hochzuhalten. Die Leute schrien, beleidigten ihn und bewarfen ihn mit Unrat. Dann spuckte der Mann auf einmal so kräftig und zielsicher, dass er einen derjenigen in der ersten Reihe, die ihn am schlimmsten beschimpften, ins Gesicht traf. Man hörte Gelächter und ein paar Flüche.

»Dieser *remensa* ist ein toller Kerl!«, rief einer.

Er freute sich, dass Pere Joan Sala in seinen letzten Augenblicken immer noch mutig und kämpferisch auftrat. Die Menge benahm sich dem Bauern gegenüber nun respektvoller.

In diesem Moment brachte ein Trommelwirbel die Schaulustigen zum Schweigen. Man wollte das Urteil verlesen.

»Pere Joan Sala«, rief der Gerichtsdiener. »Man verurteilt dich als Räuber, Mörder und Verräter und weil du Barcelona angegriffen hast …« Er machte eine Pause, »… zum grausamen Tod! Dein Körper wird gevierteilt, und die Stücke werden als abschreckendes Beispiel ausgestellt.«

Der Pöbel begrüßte das Urteil mit Beifall, doch der Verurteilte ließ sich offensichtlich nicht erschüttern. Dann stiegen ein Priester, der Henker und sein Gehilfe auf den Karren. Die Scharfrichter zeigten der Menge ihre Werkzeuge. Der Henker streckte ein Beil hoch, das er dann an seinen Gehilfen weitergab. Es folgten einige große Messer, eine Säge, mehrere unterschiedliche Zangen und ein paar Eisen, die sie in einem Herdfeuer bis zur Rotglut erhitzt hatten. Die Leute schrien und klatschten, als sie jedes einzelne Stück sahen. Inzwischen sprach der Geistliche mit Pere Joan und ließ ihn das Kruzifix küssen.

Der Henker wartete ehrerbietig, bis der Priester fertig war. Dann prüfte er nach, dass der Körper immer noch am Pfosten fest angebunden war. Der Gehilfe machte nun den rechten Arm des Bauern frei und hielt ihn kräftig fest, während der Henker ein hölzernes Gestell unter das Handgelenk legte. Hierauf hob er das Beil, und Schweigen trat ein.

»Freiheit für die *remensas*!«, rief Pere Joan, kurz bevor der erste Hieb seine Hand abschlug.

Die Menge stieß einen Schrei aus. Alle blickten dem Verurteilten ins Gesicht. Er krümmte sich vor Schmerz und ließ ein unterdrücktes Stöhnen hören. Der Henker hob die abgetrennte Hand hoch, damit alle sie sehen konnten. Er warf sie in einen Korb, während der Gehilfe das Blut des Armstumpfes so gut stillte, wie er konnte. Sie sollten das Opfer so lange wie möglich am Leben erhalten. Da erklangen die Trommeln. Der Zug setzte sich mit dem holpernden Karren in Bewegung, und dessen Rütteln stieß den Verurteilten kraftlos hin und her. Sie bogen in die Calle de Boria ein. Dort waren alle Fenster voller Neugieriger, und die Soldaten mussten energisch einschreiten, um die Menge zurückzudrängen. Auf den schmalen Gassen würden sie nicht halten. Die Haltepunkte waren für die größten Plätze der Strecke vorgesehen, damit so viele Menschen wie möglich jeden einzelnen Akt der Tragödie erleben konnten. Als sie zur kleinen Plaza de Marcús kamen, riss ihm der Henker eine Brust mit der rotglühenden Zange aus, was die Menge bejubelte. Joan wollte nichts mehr sehen und lief zum Buchladen zurück. Es war Essenszeit, doch er brachte nichts herunter.

Am nächsten Tag wurden Stücke des Körpers von Pere Joan Sala an allen Stadteingängen ausgestellt. Den Kopf steckte man auf eine Pike am Portal Nou.

28

Felip tobte, als er erfuhr, dass Joan bei Abdalá arbeitete. Doch Joan erwiderte, das seien Anweisungen des Herrn, und wenn er ein Problem habe, solle er mit ihm reden. Mosén Corró war einer der zwei Menschen, die der große Bursche offenbar respektierte und fürchtete. Und das aus gutem Grund. Er war ein Waffengefährte seines Vaters, und er hatte Felip nach dem Tod seiner Mutter in der Buchhandlung aufgenommen. Trotz seines schwierigen Wesens behandelte er ihn wie einen Sohn. Außerdem war es der Buchhändler, der ihn der Bruderschaft empfehlen musste, damit sie ihn zur Prüfung als Buchbindermeister zuließ. Der Titel verlangte nicht nur Geschick und Kenntnisse, sondern auch Würde und hohe Moral. Und in dieser Hinsicht zweifelte Mosén Corró an Felip.

Joan machte dennoch weiter in der Bande mit. Alle bewunderten, wie treffsicher er Steine warf. Es waren dieselben, die die Predigten der neuen Inquisitoren besuchten und die manchmal die Juden angriffen. Joan gefiel das nicht, und er ahnte, dass ihn Bartomeu, Abdalá und die Corrós tadeln würden, wenn sie es erführen. Doch Felip und seine Rotte sahen dies als Mutprobe an und erwarteten von ihm, mitzumachen.

Der andere Mensch, den Felip fürchtete, war die Hexe von El Raval. Die Frau bewohnte ein Haus in einer menschenleeren Gegend, wo es viele Bäume und Sträucher gab. Die Hütte war über einen Bach gebaut, am Ende eines Weges, der *Peu de la Creu* – »Kreuzfuß« – hieß. Man munkelte, die Alte sei blind, habe aber dem Teufel ihre Seele für ein Glasauge verkauft, mit dem sie sehen könne. Wenn sie damit einen Jungen anblicke, verliere er seine Manneskraft. Wolle man tatsächlichen Mut beweisen, so müsse man an die Haustür der Hexe klopfen. Die Bande hatte genau diese Mutprobe für Joan vorgesehen, und er ließ sich darauf ein, denn er hatte von noch niemandem gehört, den die Hexe ins Unglück gestürzt hätte. Andererseits kannte er die Namen mehrerer Jungen, die ein übler Steinwurf getötet oder schwer verletzt hatte.

Die Jungen blieben am Anfang des Pfades stehen, der zum Haus führte. Er verlief gerade, so dass man Joan beobachten konnte. Dieser näherte sich vorsichtig. Es war ein düsterer Winternachmittag. Der Schornstein rauchte, und er vermutete, dass die Frau zu Hause war. Er nahm einen recht großen Stein für den Fall, dass er sich verteidigen musste, und schlug damit zweimal kräftig gegen die Tür. Dann kehrte er zu der Bande zurück, ohne zu rennen, wie es sonst alle taten. Als er das Wegende erreichte, erwarteten ihn seine Gefährten in einem Versteck. Die Hexe hatte nicht einmal die Tür aufgemacht.

Dies bewirkte, dass Felip ihn fortan respektvoll behandelte, und Joan vertraute ihm nun so sehr, dass er ihm eine Woche später von dem Problem mit Bruder Nicolau erzählte. Felip hörte ihm aufmerksam zu und versprach, nicht zuzulassen, dass der Bruder eines seiner Gefährten durch die Schuld eines verkommenen Kerls zu leiden habe. Man müsse die Ratte aus ihrem Loch treiben, und hierfür brauche man einen Köder.

Dieser Köder sollte ein Bandenmitglied sein: ein Junge, der nur wenig älter als Joan war und engelhafte Gesichtszüge hatte. Er besuchte die Sonntagsmesse in Santa Anna und starrte Bruder Nicolau manchmal dreist, dann wieder schüchtern an. Dieser bemerkte das Interesse, das er bei dem Jungen weckte, doch er blickte ihn lediglich an und lächelte ihm zu. Felip befand sich in angemessenem Abstand und verpasste keine Einzelheit. Von der dritten Messe an verlor er allmählich die Geduld, da der Mönch untätig blieb. Darum ging der Junge mit dem Engelsgesicht nach dem nächsten Gottesdienstes zu dem Mönch und bat ihn, seine Beichte zu hören. Dieser starrte ihn überrascht an, schließlich war er kein Beichtvater. Doch der Junge sagte, er warte auf ihn in der Gasse, die von der Plaza de Santa Anna zur Mauer hinter der Kirche führe.

Die Gasse krümmte sich und wechselte viermal die Richtung, weshalb man an ihrem Anfang nicht sehen konnte, was sich dort verbarg. An einer Seite folgte sie der Umfassungsmauer des Klosters, und an der anderen befanden sich Ställe und zwei unbewohnte Häuser. Sie endete am Rundenweg der Mauer, einem wenig benutzten Durchgang, der militärische Bedeutung hatte. Die perfekte Falle. Und der Mönch tappte hinein. Er fand nicht den Engel, wohl aber den Teufel. Als Bruder Nicolau mehrere Jungen erblickte, die sich das Gesicht bedeckt hatten und ihm den Weg versperrten, wurde ihm klar, was nun geschehen würde. Er versuchte gar nicht erst zu entkommen, drehte sich lediglich um und stellte fest, dass hinter ihm noch mehr aufgetaucht waren. Er sagte nichts, bedeckte den Kopf mit der Kapuze der Kutte, kniete nieder, krümmte sich zusammen und begann zu beten. Kurz darauf schlug ihm Felip mit einem ersten Fußtritt die Zähne ein. Zunächst hörte man nur ein Keuchen, dann jammerte der Mönch: »Heilige Jungfrau Maria! Heilige Anna! Habt Erbarmen!« Das hielt die Fußtritte nicht auf.

»Damit du es lernst, keine Kinder zu belästigen!«, betonte Felip. Und er trat ihn weiter.

»Lass ihn endlich in Ruhe«, sagte Joan nach einer Weile, wobei er ihn am Arm packte. »Wir bringen ihn noch um!«

Aber Felip schüttelte ihn ab, nahm einen handgroßen Stein und schlug wütend auf den am Boden liegenden Körper ein. Die Klagerufe wurden schwächer.

»Genug!«, flehte Joan. »Lass ihn in Ruhe.« Er wollte ihn zurückhalten, doch Felip stieß ihn weg. Joan sah die Übrigen an. Sie hatten aufgehört, den Mönch zu schlagen, und sahen schweigend zu, wie der große Bursche seine Wut an ihm ausließ.

»Helft mir. Wir müssen ihn aufhalten. Er bringt ihn um!«

Trotzdem rührte sich keiner. Es war, als wüssten alle, was geschehen würde, und beobachteten erstarrt, halb sensationslüstern und halb entsetzt, die Szene. Joan machte einen letzten Versuch, aber Felip bedrohte ihn mit dem Stein, und die Übrigen hielten ihn zurück, während ihr Anführer weiter auf das reglose und stumme Bündel einschlug.

Dann ließ Felip den Stein los. Er hatte eine blutbefleckte Hand und zeigte sie jedem einzelnen Jungen. Als er zu Joan kam, versetzte er ihm damit eine derbe Ohrfeige, die den Jungen an die Klostermauer schleuderte.

»Nie wieder. Versuche *nie wieder*, mich zurückzuhalten«, sagte er. »Du musst mir dankbar sein. Das habe ich für dich getan. Dein Bruder hat keine Probleme mehr, und du bist mir einen Gefallen schuldig. Wenn ein Mann etwas anfängt, muss er es zu Ende bringen. Lerne das. Aber natürlich, du, *remensa*, du bist ja bloß ein Kind.«

Joan lief zum Brunnen, um sich das Blut aus dem Gesicht zu waschen. Doch das Wasser beruhigte seinen Geist nicht und löschte seine Schuld nicht aus. Es hatte eine Zeit gegeben, in der er den Mönch umbringen wollte, aber daran zu denken war etwas ganz anderes, als es zu tun. Er hatte nur gewünscht, dass Bruder Nicolau eine Lektion erhielt und seinen Bruder in Ruhe ließ. Das hier wollte er nicht.

Die Gemeinschaft entdeckte zur Zeit des Abendessens, dass der Mönch verschwunden war. Man suchte zunächst im Kloster nach ihm, dann in der Umgebung, und dort fanden sie seinen bewusstlosen Körper. Er war zum allgemeinen Erstaunen noch am Leben. Die Gemeinschaft betete für ihn, Joan wie jeder andere. Und das Wunder geschah. Erst nach ein paar Tagen kam er wieder zu Bewusstsein, konnte jedoch immer noch nicht reden. Schließlich sagte er, dass er sich an nichts erinnere, dass er seine Angreifer nicht gesehen habe. Man musste monatelang warten, bis er gehen konnte, und niemals erholte er sich ganz. Dennoch betete er mehr als je zuvor. Joan sagte sich, dass die Wege des Herrn geheimnisvoll waren. Er hatte sich eines Kindes mit einem Engelsgesicht und eines Teufels wie Felip bedient, um den Mönch auf den rechten Weg zu bringen. Sein teilnahmsloser und stumpfsinniger Zustand entfernte ihn endgültig von den Kindern und erlöste ihn von seiner Pein.

29

Die am innigsten herbeigesehnte Zeit des Tages war die, wenn er zum Brunnen ging. Zwei Ecken zuvor schlug sein Herz bereits wild, und er lief schneller. Er wollte sie sehen, unbedingt, und wenn er sie nicht entdeckte, kehrte er trübselig in die Werkstatt zurück. Wenn sie auftauchte, während Joan in der Schlange wartete, überließ er ihr seinen Platz. In den ersten Tagen nahm sie lächelnd an, dann aber lehnte sie kopfschüttelnd ab, obwohl sie ihr Lächeln beibehielt. Dann verließ Joan seinen Platz und stellte sich hinter sie. Er bemühte sich, seine Schüchternheit zu überwinden und sagte ihr etwas über das Wetter oder über ein Ereignis des Tages. Am Anfang klang seine Stimme erstickt, als hielte ihn eine große Hand an der Kehle gepackt. Sie hingegen antwortete ruhig und lächelnd. Sie füllte ihren Krug und verabschiedete sich mit der für sie eigentümlichen Handbewegung. Joan kehrte mit freudig beschwingtem Herzen an die Arbeit zurück, und dann dachte er an sie und sehnte sich im Voraus nach ihrer nächsten Begegnung. Er wusste schon ihren Namen: Anna. Wie jener der Schutzheiligen des Klosters.

Anna war die einzige Frau in Joans Welt. Im Kloster waren die Frauen nur Bilder auf dem Altar, und in Felips Bande hatten sie auch nichts zu suchen. Señora Corró war wie eine Mutter für ihn, und auch die Mägde waren alle viel älter. Auf den Straßen sah er andere Mädchen, doch er achtete kaum auf sie. Anna verkörperte alles Weibliche. Ihre Gesten, ihre besonderen Blicke, diese zierlichen, ihr so eigentümlichen Bewegungen. Sie war sein Geheimnis.

Die Erinnerungen an Elisenda verschwanden in immer weiterer Ferne und wurden immer lästiger. Eines Tages kniete er in der Kirche nieder und betete für sie.

»Es tut mir leid«, murmelte er schließlich zum Abschied. »Aber ich liebe nun einmal Anna.«

Das Leben in der Werkstatt nahm seinen normalen Lauf. Felip zeigte sich ungerührt, als er erfuhr, dass Bruder Nicolau überlebt hatte. Er hatte seine Bandenmitglieder dermaßen in der Hand, dass er sicher war, von keinem verraten zu werden. Nach dem, was in der Gasse geschehen war, behandelte er Joan wieder mit Geringschätzung, obwohl der Junge an den Schlachten seiner Bande teilnahm. Joan freute sich, dass er die meiste Zeit im oberen Stockwerk arbeitete und ihn wenig sah.

Abdalá hingegen bewies, dass er ein geduldiger und liebevoller Lehrmeister war. Das milderte nicht seine Strenge, und er prüfte die Arbeit des Jungen mit kritischen Augen. Wenn ein Buchstabe schlechter war, als es Abdalá von Joan erwartete, schlug er ihm mit einem langen und spitzen Metallstab auf die linke Hand – die, die das Messer hielt. Nie traf er die rechte, weil er vermeiden wollte, dass Tinte aus der Feder austrat. Diese Schläge schadeten Joan nicht körperlich, doch sie kränkten ihn.

»Achte auf deine Schrift, kontrolliere ihre Striche, und du wirst deine Leidenschaften bezwingen«, sagte der Muslim immer wieder. »Die Kalligraphie ist einer der mystischen Wege zum Herrn. Augen und Hände sind die genauesten Werkzeuge, die der Mensch, die Krone der göttlichen Schöpfung, besitzt. Wenn du die Neigung zum Groben, Nachlässigen und Schwerfälligen in der Schrift überwinden kannst, wirst du deine Laster und deine Sünden beherrschen und ein besserer Mensch werden. Die Kalligraphie gibt dem Menschen Auskunft über sich selbst. Wenn du seinen Buchstaben siehst, kannst du wissen, wie er ist. Sobald der Mensch seine Schrift verbessert, bessert er sich auch als Persönlichkeit und nähert sich Gott.«

Der Junge hörte ihm staunend zu und fragte sich, was mit den Leuten geschah, die nicht schreiben konnten. Er zweifelte nicht an den Worten seines Meisters, obwohl seine Gedanken manchmal über sie hinausgingen und ihnen vorauseilten.

»Aber, Meister Abdalá, glaubt Ihr nicht, wenn der Schreiber seine Schrift auf dem Papier hinterlassen hat, dass diese ein Eigenleben erwirbt?«

Und er erklärte ihm, was er in den Buchstaben sah. Er verstand nicht, was die Wörter bedeuteten, die sie bildeten, doch zu ihm sprachen sie trotzdem.

Abdalá lachte, und Joan sagte sich, dass er falsch gehandelt hatte, als er ihm sein Geheimnis erzählte.

»Gott segne dich, Joan«, erklärte nun der andere. »Auch zu mir sprachen die Buchstaben, als ich ein Kind war. Obwohl sie ganz anders waren. Sieh her.«

Er nahm eine Kanüle, so etwas wie ein spitz zulaufendes Rohr, und malte ein paar Zeichen von rechts nach links, in entgegengesetzter Richtung zu der Schrift, die Joan erlernt hatte. Es waren lange Striche und Kurven mit einer unbekannten, aber harmonischen Ästhetik.

»Was ist das?«, fragte Joan bewundernd.

»Das ist arabische Schrift«, antwortete er. »Sie stellt einen Satz dar, der ›Basmala‹ heißt, und er bedeutet: ›Im Namen Gottes, des Gnädigen, des Barmherzigen.‹«

»Das alles bedeutet er?«

»Ja, Joan. Auch mir haben die Buchstaben etwas mitgeteilt, wie es jetzt dir geschieht. Sie erzählten mir etwas von dem, der es geschrieben hatte, und von mir selbst. Sie waren wie die Himmelswesen, die dir dein Vater gezeigt hat. Das war dieser schöpferische Funke, der aus der Phantasie kommt, dieses Etwas, das Gott dem Menschen gegeben hat und das ihn vom Tier unterscheidet. Danach verlieren wir im Lauf der Zeit einen Teil dieser Unbefangenheit … Bewahre sie, solange du kannst, Joan.«

Der Junge starrte seinen Meister verblüfft an. Abdalá legte ihm die Hand auf die Schulter, und seine blauen Augen blickten ihn fest an. Seine feierliche Miene beeindruckte Joan so sehr, dass er den Atem anhielt.

»Hör genau zu, Junge«, sagte er in sanftem, aber nachdrücklichem Ton. »Vielleicht verstehst du mich jetzt nicht ganz, aber du sollst den letzten Sinn von dem erfahren, was wir tun, seine tiefe Bedeutung.

Die Kaufleute haben die Zahlen erfunden, um das Vieh zu zählen. Die Priester haben die Buchstaben erfunden, um von Gott zu reden. Darum ist die Schrift heilig. Die göttliche Offenbarung verwandelte sich in Zeichen, damit man sie von Generation zu Generation weitergeben und in heiligen Büchern festhalten konnte. So entstand die Schrift, die die Kunst der Priester ist. Und wenn ich mich bemühe, vollkommene Buchstaben zu zeichnen, bete ich und versuche, meine Laster zu bezwingen. Ich rede mit dem Herrn, und Er redet zu mir.«

Joan hörte ihm mit offenem Mund zu. Von so etwas hatte er nie etwas geahnt.

»Das Johannesevangelium beginnt mit dem Satz: ›Im Anfang war das Wort, und das Wort war bei Gott, und Gott war das Wort.‹ Die ersten Bücher waren genau das: Sie hielten Gottes Wort in etwas Beständigem fest, damit sich der Mensch immer daran erinnerte. Darum stellte man den Christengott im Altertum mit einem Buch in der Hand dar, und darum gebietet unser Prophet Mohammed, die Religionen des ›Buches‹ zu achten, das heißt die Christen und Hebräer, die an die Bibel glauben. Uns Muslimen ist es verboten, Gott als Bild darzustellen. Doch wir tun es durch sein Wort. Deshalb entwickeln wir viele Arten von Kalligraphien, um den Herrn zu ehren und dem Göttlichen möglichst nahezukommen. Die Kunst der Buchstaben ist die Kunst des Betenden, dessen, der das Höchste Wesen sucht.«

Joan gab sich Mühe, das alles zu begreifen, obwohl er wusste, dass er das nicht konnte. Er war überwältigt und eingeschüchtert.

»Ein Engel gebot unserem Propheten Mohammed: ›Lies‹, und als er sagte, das könne er nicht, beharrte er: ›Lies im Namen deines Herrn, der den Menschen geschaffen hat‹«, schloss Abdalá.

Das verstand Joan sofort.

»Warum darf ich dann nicht lesen lernen?«

Abdalá blickte ihn überrascht an. Als hätte er nicht gerade zu Joan gesprochen, als wüsste er nicht, dass der Junge da war und ihm in die Augen sah, als kehrte er aus einer weit entfernten, heiligen Welt zurück. Der Alte blinzelte und schien aufzuwachen. Dann lachte er laut. Joan sah ihn unwillig an.

»Du bist wirklich starrsinnig, Joan«, sagte er ihm schließlich. »Einverstanden, du hast mich erwischt. Aber du kennst die Antwort ebenso gut wie ich. Du darfst nicht lesen lernen, weil du versprochen hast, es nicht zu tun. Streng dich bei deiner Arbeit an, bessere dich als Abschreiber und als Mensch, bete zum Herrgott, während du Buchstaben zeichnest. Und verliere nicht die Geduld, denn es wird schon die Zeit kommen, in der du lesen kannst.«

30

Da Bruder Nicolau nun ein Krüppel war, veränderte sich das Leben im Kloster. Bruder Jaume, der schon die Küche beaufsichtigte, übernahm außerdem die Verantwortung für den Garten. Er sagte, wenn er dem Koch und dem Gärtner Anweisungen gebe, bete er auch, und dem Herrn gefalle die Arbeit. Die übrigen Mönche war zwar anderer Meinung, aber es gab keinen Streit, weil sich keiner um diese Aufgaben kümmern wollte.

Bruder Nicolau lernte nur sehr mühsam, wieder zu laufen, und es strengte ihn an, wenn er reden oder nachdenken musste. Allerdings war er in der Lage, die Gebete in der Kirche nachzusprechen, und er nahm an allen Gottesdiensten teil. Der Novize oder Gabriel sorgten für ihn und begleiteten ihn.

»Danke, mein Sohn.« Der Mönch blickte sie mit einem sanften Lächeln an.

»Der arme Mann«, bemitleidete ihn Gabriel. »Sieh nur, wie sie ihn zugerichtet haben.«

»Aber er war nicht gut zu dir«, sagte ihm Joan eines Tages.

Der kleinere Bruder zuckte die Achseln, bevor er antwortete: »Jetzt ist er ein anderer Mensch. Er braucht Hilfe.«

Joan wunderte sich über die Fürsorge, mit der sein Bruder den Mann behandelte. Morgens schüttete er dessen Nachtgeschirr aus und sprach mit ihm, wenn er ihn zur Kirche begleitete oder ihm am Tisch den Teller und das Brot hinschob.

Joan wurde klar, wie unterschiedlich sie beide waren. Gabriel war nicht nachtragend, Joan aber bewahrte in seinem Herzen einen großen Zorn. Er erinnerte sich an jenen Menschen, an den Einäugigen, der ihren Vater umgebracht hatte. Er hatte immer noch klar vor Augen, wie der Pirat seine Mutter schlug, und er ballte die Fäuste, weil er sich nach Rache und Blut sehnte. Er war voller Hass, und weil er nicht wusste, woher die Piraten kamen, war ihm auch nicht klar, wogegen er seinen Groll richten konnte.

Gabriel erzählte immer noch, dass er Soldat werden wolle und dass sie gemeinsam ausziehen würden, um Mutter und Schwester zu befreien, so könnten sie mit ihnen und einem maurischen Schatz heimkehren. Doch Joan wusste, dass dies nie geschehen würde. Sein Bruder wollte im Unterschied zu ihm niemanden töten. Gabriel war ein besserer Mensch. Er war Gott näher.

Darum glaubte Joan, dass er niemals ein guter Kopist wie Abdalá sein würde. Er bezweifelte, dass er sich einmal ganz von Wut und Hass befreien könnte, und er fürchtete, dass seine Buchstaben den Ingrimm seines Herzens verrieten, ebenso wie man einen Hinkenden an seinem Gang erkennt.

Dennoch verbesserte sich Joans Schrift täglich, und der Alte brachte ihm neue Kunstgriffe bei. Die Kopien wurden mit gotischen Buchstaben angefertigt, doch der Maure erklärte ihm, dass sich die italienische Schriftart, die man vor kurzem in Venedig erfunden habe, in Zukunft durchsetzen werde. Da die Buchstaben nahe beieinanderstanden, konnte man die Wörter, die von Zwischenräumen getrennt waren, problemlos erkennen, und der Gebrauch von Groß- und Kleinbuchstaben ließ die Sätze besser verstehen. So fiel das Lesen weitaus leichter. Abdalá brachte ihm auch diese Art der Kalligraphie bei.

Joan wollte weiterhin Buchhändler werden, und er wusste, dass der Verkauf geschriebener Bücher, ob sie nun gedruckt oder kopiert waren, wenig verbreitet war und dass sich das Geschäft durch leere

Bücher und Schreibmaterial über Wasser hielt. Wenige Buchhandlungen besaßen eine Druckerei und beinahe keine ein eigenes *Scriptorium*. Stattdessen verfügten alle über eine Buchbinderwerkstatt. Er musste das Handwerk erlernen, und er erhielt die Erlaubnis des Herrn, zeitweise in der Werkstatt zu arbeiten.

Um den Rang eines Buchbindermeisters zu erhalten, musste man zunächst einer aus Meistern bestehenden Kommission den Entwurf eines sorgfältig gestalteten Buches vorlegen. Diese Meister hatten das Recht, Änderungen vorzunehmen. Erst nachdem der Entwurf gutgeheißen war, durfte ihn der Lehrling verwirklichen. Das Ergebnis musste die Kommission durch seine Qualität beeindrucken, und wenn es einstimmig angenommen wurde, erhielt der Lehrling den Meistertitel.

Das Werk, das es erlaubte, die strenge Prüfung zu bestehen, hieß »Meisterstück«. Der Umgang mit Meisterstücken war in allen Zünften sehr ähnlich. Diese überwachten die Qualität der Erzeugnisse ihrer Mitglieder aufmerksam, und wenn sich ein Kunde beschwerte und die Zunft dies für begründet hielt, konnte es passieren, dass das besagte Erzeugnis öffentlich zerstört wurde. Das betreffende Zunftmitglied musste das Geld zurückgeben und setzte sich der Gefahr aus, ausgestoßen zu werden. In diesem Fall könnte es die entsprechende Tätigkeit nicht mehr ausüben.

Joan wusste, dass ein Meisterstück für ihn in weiter Ferne lag. Er war noch nicht einmal Lehrling; doch er wollte sein erstes Buch herstellen. Er bat Meister Guillem um Erlaubnis. Dieser entgegnete, es sei noch viel zu früh dafür, aber wenn er nur wertlose Papierreste benutze, könne er es versuchen. Daher musste es ein kleines Buch sein, denn es gab keine nennenswerten Reste, und darum sollte es nicht mehr als eine Handlänge messen. Er trug einzelne Blätter zusammen, und nach zwei Wochen hatte er zwanzig Seiten zum Einbinden. Der erste Schritt bestand darin, sie auszurichten und mit der Metallschere auf dieselbe Größe zuzuschneiden. Dann musste er sie mit einer Schraubenspindel zusammendrücken und den Rücken mit mehreren Stichen zusammenheften. Er heftete sie in Zehnergruppen und band sie hierauf an Pergamentdeckel. Um Deckel und Rücken herzustellen, benutzte er drei Lederstücke. Damit bezog er den Deckel, indem er Leder und Pergament so verleimte, dass man nicht die Nähte des Rückens sah, der außerdem mit dem Leim verstärkt wurde. Sobald er trocken war, prüfte Joan sorgfältig sein Werk, bevor er es dem Meister zeigte. Joan war mit dem Ergebnis zufrieden, doch nachdem sich Guillem das Buch angesehen hatte, wies er ihn auf allerlei Mängel hin und erklärte, was er tun müsse, um diese in Zukunft zu vermeiden. Doch endlich sagte er lächelnd: »Sehr gut, Joan. Es ist eine ausgezeichnete Arbeit, da sie von einem Anfänger kommt. Wenn du so weitermachst, wirst du eines Tages dein Meisterstück herstellen.«

Joan war stolz auf seine Arbeit. Es kam nicht häufig vor, dass man von einem Meister beglückwünscht wurde. Guillem erklärte, er werde den Herrn bitten, Joan zu gestatten, dass er sein Werk behalten dürfe. Es war seine erste Arbeit, er hatte sie aus Abfallstoffen hergestellt, und das Buch hatte nicht die Qualität, um es im Laden der Corrós zu verkaufen. Am nächsten Tag sagte ihm der Meister, das Buch gehöre ihm. Joan nahm es mit ins Kloster und bat den Novizen, ihn zu lehren, seinen Namen zu schreiben. Mit eleganten gotischen Buchstaben trug er in sein Buch »Joan Serra« ein. Niemand sollte erfahren, dass er allmählich, Silbe für Silbe, verstand, was er schrieb.

Joan stellte das Buch auf einen Vorsprung in der Mauer seiner Zelle und bestaunte es, während er an Abdalás Worte zurückdachte. Es war ein heiliger, magischer Gegenstand. Und es gehörte ihm.

Ein paar Tage danach kopierte er auf dem ersten Blatt des Buches den Zettel, den ihm sein Meister gegeben hatte, als es um den Neulingsstreich der Nadel mit den drei Spitzen ging. »Damit du entdeckst, was du suchst, musst du wissen, was es ist. Der Name der Dinge darf dich nicht täuschen. Finde heraus, wie sie wirklich sind.«

Nachdem er den Lederdeckel des Buches gestreichelt hatte, versteckte er es wieder. Einige Tage später bat er den Novizen, er solle ihm beibringen, den Namen »Anna« zu schreiben. Da Bücher magische Kräfte haben, war ihm klar, dass er damit etwas von dem Mädchen besaß. Es war so wunderbar, dass es sich nicht beschreiben ließ. »Anna«, las er immer wieder in seinem Buch. Er musste unaufhörlich an sie denken.

31

Je mehr Achtung Joan vor dem Alten und seinen außerordentlichen Kenntnissen hatte, desto mehr wollte er über ihn wissen. Was brachte eine Persönlichkeit diesen Ranges in die Sklaverei? Einmal fragte er ihn, woher er stamme, und der Maure antwortete, aus Granada. Joan wusste, dass König Ferdinand und Königin Isabella, seine Gemahlin, Krieg gegen das nasridische Königreich führten. Sie hatten erreicht, dass der Papst diesen Krieg zum Kreuzzug erklärte und dass man Ablassbriefe in Barcelona verkaufte, die Lebenden und Toten die Vergebung ihrer Sünden versprachen, wenn sie stattdessen Geld für den Feldzug spendeten. Aus Vorsicht fragte der Junge nicht weiter, doch wenige Tage später wollte er wissen, ob man Abdalá im Krieg gefangen genommen habe.

Der Granadiner schüttelte den Kopf. Der jetzige Krieg hatte 1481 begonnen, aber seine Gefangenschaft dauerte schon länger. Abdalá gehörte zu einem Zweig der nasridischen Königsfamilie, doch er zog die Literatur den Waffen vor. Die Hofintrigen führten zu Bruderkriegen, die die katholischen Könige Isabella und Ferdinand von außen schürten. Abdalá erlebte voller Sorge den Niedergang seines Königreichs und sah dessen tragisches Ende voraus. Aber er wollte seinem Vaterland helfen und nahm das Amt eines Botschafters Granadas am französischen Hof an. Frankreich war der traditionelle Feind Aragoniens im Mittelmeer und hatte während des katalanischen Bürgerkriegs einen Teil Kataloniens – das Roussillon und die Cerdaña – besetzt. Seine diplomatische Aufgabe war sehr wichtig, denn jeder Druck, den Frankreich zusammen mit seinem Verbündeten Genua auf die am Mittelmeer gelegenen Besitzungen des Königs Ferdinand ausübte, leitete die Ressourcen um, die dieser gegen Granada hätte einsetzen können. Abdalá ließ sich in Paris nieder, doch er folgte dem französischen Hof bei seinen Reisen und erhielt auch diplomatische Aufträge in Italien, vor allem in Genua und Venedig, die mit Aragonien im Mittelmeer konkurrierten. Da er ein gebildeter Mann war, der Arabisch, Latein und Kastilisch vollendet beherrschte, nahm er mühelos Französisch und Katalanisch in seinen Wissensschatz auf und erwarb umfangreiche Kenntnisse der in Italien gesprochenen Sprachen. Damit öffneten sich ihm die Tore des christlichen Wissens und der westlichen Kultur.

Bei einer seiner Reisen wurde das genuesische Schiff, auf dem er fuhr, von der Flotte des Admirals Bernat de Vilamarí angegriffen. Als König Ferdinand von seiner Gefangennahme hörte, befahl er Vilamarí, ihn nicht freizulassen, obwohl Granada eine hohe Summe für seinen Freikauf bezahlen wollte. Die Kenntnisse des Gefangenen waren von strategischer Bedeutung, und es war ratsam, ihn gefangen zu halten, denn seine persönlichen Beziehungen an verschiedenen Höfen machten ihn gefährlich.

So begann die Gefangenschaft Abdalás in Barcelona. Wegen seines gesellschaftlichen Ranges galten milde Haftbedingungen, und er durfte Briefe an seine Gattin in Frankreich und seinen Sohn in Granada schicken. Doch seine Möglichkeiten, an Bücher zu gelangen, waren sehr beschränkt, und Abdalá schmachtete in der Haft. Der tragische Tod seiner Gattin auf der Rückreise nach Granada und seines Sohnes, der bei einem der Bruderkämpfe im Königreich ermordet wurde, machten seine Gefangenschaft noch viel leidvoller. Die Nachrichten, die aus seinem geliebten Vaterland kamen, wurden immer schlimmer, und er wünschte nicht mehr, heimzukehren. Er wollte nicht miterleben, wie die muslimische Hochkultur in Spanien endete. Deshalb vergaß er aber nicht die sagenhafte Schönheit seiner Heimat: den Glanz der Sonne auf dem Schnee der Berge

Granadas, das Rauschen seiner Quellen, den Duft seiner Blüten, die Harmonie seiner Paläste und den Klang der nasridischen Poesie.

Abdalá lernte den Buchhändler Corró kennen, nachdem dieser von seiner Gefangenschaft im königlichen Kerker an der Plaza del Rey erfahren hatte. Er kam zu ihm und bat ihn um eine Übersetzung aus dem Arabischen. Abdalá stimmte begeistert zu. Diese Arbeit bedeutete Zerstreuung und Freude für sein reizloses Leben. Als Corró den Granadiner bezahlen wollte, nahm dieser kein Geld an, sondern bat ihn als Gegenleistung um einen Gefallen: dass er ihn zu seinem Sklaven machte. Es überraschte den Buchhändler, dass jemand aus einem Königsgeschlecht etwas wünschte, was nicht einmal die Ärmsten haben wollten. Abdalá entgegnete, es gebe nichts Schlimmeres als die Langeweile. Die Untätigkeit des Verstandes sei geistige Sklaverei und für ihn viel schlimmer als körperliche Sklaverei. Er sagte, wenn Corró seine Religion respektiere und ihm gestatte, alle Arten von Büchern zu bekommen, werde er ihm gewissenhaft als Übersetzer und Kopist dienen.

Ramón Corró wusste, wie wertvoll ein solches Angebot war, und darum sprach er mit dem Admiral Vilamarí, der immer zu wenig Geld hatte, um die Flotte zu unterhalten, und dieser nahm begeistert das Angebot von einhundertzwanzig Pfund an, dreimal mehr, als ein gewöhnlicher Sklave kostete. Der Vertreter des Königs in der Stadt bestätigte die Zustimmung des Monarchen, nachdem Abdalá geschworen hatte, dass er keinen Fluchtversuch unternehmen werde. Damals hatte sich der strategische Wert des Granadiners verringert, und wenn ein Muslim aus einem königlichen Geschlecht auf den Koran schwor, bot dies dem König ausreichende Garantien.

Als Abdalá ins *Scriptorium* zu den Corrós kam, arbeiteten dort zwei schon recht bejahrte Kopisten. Sie setzten die Tradition der Bibliotheksschreiber der kulturell hochstehenden Klöster und des Miniaturenzeichnens fort. Von ihnen lernte er die Kunst des bei den Christen üblichen Kopierens. Der Buchdruck kam damals beinahe gleichzeitig in Valencia, Zaragoza und Barcelona auf. Er senkte die Kosten der Buchherstellung und verringerte die Kopistenarbeit, und deshalb blieb der Granadiner allein im *Scriptorium*, als die Greise starben.

Abdalás Arbeit bestand in der Übersetzung ausgewählter Bücher, von denen Bartomeu viele auf seinen Reisen erwarb. Sie kamen von katalanischen und valencianischen Kaufleuten, die sie über die Vermittlung der Konsulate im Orient besorgt hatten. Corró beauftragte andere Werkstätten mit den Arbeiten, doch manchmal kopierte der Granadiner persönlich bestimmte Bücher, wenn sie problematische Themen behandelten, die der Buchhändler nicht über die Wände seines Hauses hinaus bekanntmachen wollte.

Joan staunte über die Geschichte des Mannes. Jetzt verstand er, welche Ehre es bedeutete, ihn als Lehrmeister zu haben. Der Junge teilte den Wissensdurst mit dem Alten, und er sagte sich, dass ihm Abdalá mehr als jeder andere helfen konnte, den Traum zu verwirklichen, eines Tages ein Buchhändler wie Corró und Bartomeu zu werden.

Eines Nachmittags benachrichtigte der Pförtner Joan, dass er Besuch habe. Als er die weiße Mercedarierkutte erblickte, krampfte sich ihm das Herz zusammen.

»Der Generalmagister des Mercedarierordens hat mich beauftragt, dir mitzuteilen, dass wir nichts über deine Familie in Erfahrung bringen konnten«, sagte der Mönch.

»Vielleicht sind sie an einem Ort, wo Ihr nicht gesucht habt?«

»Nein. Seit Jahrhunderten unterhalten wir enge Beziehungen zur muslimischen Welt. Wir haben Brüder in allen Häfen des Mittelmeers, wo die Piraten und muslimischen Korsaren anlegen, von Istanbul bis Fes, wozu auch das Königreich Granada gehört. Sie respektieren uns, weil wir nie betrügen. Wir tauschen muslimische Gefangene aus, und wir bezahlen gutes Geld für die Freikäufe. Es gibt keine Nachrichten über Gefangene aus Llafranc.«

Joan hatte es geahnt. Abdalá hatte recht.

»Vergiss die Mauren. Sie waren es nicht«, betonte der Mercedarier. »Unser General wünscht dir Glück. Du sollst wissen, dass er dir nicht mehr helfen kann.«

Am nächsten Tag bat Joan Abdalá, ihm Französisch beizubringen, und dazu Genuesisch, wenn er es könne. Der Meister erkundigte sich nach den Gründen, und der Junge erklärte, wenn die Leute, die sein Dorf überfallen hätten, keine Mauren seien, müssten sie genuesische oder provenzalische Korsaren sein. Und es werde der Tag kommen, an dem er ausziehe, seine Familie zu befreien.

Der Alte dachte lange nach. Dann sagte er, dass wenige Leute in der Provence das Pariser Französisch gebrauchten und dass die allgemeine Sprache in Genua ein Ligurisch genanntes besonderes Italienisch sei, wovon er genug wisse, um sich zu verständigen. Allerdings sei es so, dass alle christlichen Sprachen auf dieser Seite des Mittelmeers vom Lateinischen abstammten und einander sehr ähnlich seien. Er schlug vor, ihn zu unterrichten, zuerst im Lateinischen, dem Ursprung all dieser Sprachen, und dann im Französischen, Kastilischen und dem, woran er sich beim Ligurischen oder bei anderen italienischen Sprachen erinnerte. So würde es ihm leichter fallen, die verschiedenen sprachlichen Varianten zu verstehen, denen er begegnen werde.

Joan stimmte begeistert zu. Um Buchhändler zu werden, musste er Latein kennen. Und wenn er diese Sprachen erlernte, würde es ihm außerdem bei der Suche nach seiner Familie helfen.

Die Begegnungen mit Anna gingen allmählich über die Besuche am Brunnen hinaus. Sie setzten sich auf einer wenig belebten, drei Ecken entfernten Straße in Richtung ihres Hauses fort. Das Mädchen verhüllte ihr Haar mit einer Haube, ähnlich einem Kopftuch, wie es die verheirateten Frauen taten. Wenn jemand auftauchte, zog sie ein Haubenende vor den Mund. Sie wollte nicht, dass ihre Eltern von ihrer Beziehung zu Joan erfuhren.

Nicht immer begegneten sie sich am Brunnen oder hatten genug Zeit, um in der Gasse stehen zu bleiben, doch nach und nach lernten sie sich besser kennen. Für Joan war dies die beste Zeit des Tages. Er erzählte ihr von seinem Leben in Llafranc und der tragischen Zerstörung seiner Familie. Anna verstand nun endlich, woher jener sonderbare Schatten in seinem Blick kam, der sie bei ihrer ersten Begegnung so sehr beunruhigt hatte. Joan erzählte, er werde ein großer Buchhändler werden, obwohl dies ein schwer zu verwirklichender Traum war. Sie lächelte begeistert und erzählte, wie gut ihr das Lesen gefiel.

Joan starrte sie erschrocken an. Anna konnte lesen und er nicht! Auf keinen Fall durfte sie davon erfahren. Sie würde nicht verstehen, wie er, obwohl er nicht lesen konnte, Buchhändler werden wollte.

Diese Sache quälte ihn übermächtig, als sie ihm ein paar Tage später am Brunnen heimlich einen Zettel gab. Nachdem sie den Krug gefüllt hatte, lief sie schnell nach Hause, ohne etwas zu sagen oder sich umzudrehen. Joan verstand natürlich nicht, was auf dem Zettel stand. Er fragte sich, ob es etwas Dringendes war oder ob sie ihn an einen anderen Ort bestellte. Er konnte nur eine sorgfältige gotische Schönschrift erkennen, wie sie jemanden auszeichnete, der eine vorzügliche Bildung genossen hatte.

Begierig wartete er auf den Augenblick, in dem ihm der Novize den Brief vorlesen würde. Zum Glück teilte Anna ihm lediglich mit, dass ihr Vater eine dringende Arbeit habe, bei der sie ihm helfen müsse und dass in den nächsten Tagen die Magd an ihrer Stelle zum Brunnen gehen werde.

Der Wunsch, lesen zu lernen, wurde für Joan zu einem quälenden Verlangen. Joan merkte sich geschriebene Wörter, und wenn er ins Kloster kam, sagte ihm der Novize, wie sie klangen. Danach schrieb er sie in sein kleines Buch, das er sein Lehrlingsbuch nannte. Bald würde er lesen können. Jeden Tag machte er dabei Fortschritte – trotz seines Versprechens dem Buchhändler gegenüber. Anna durfte nie von seiner Unwissenheit erfahren.

Damals ahnte er nicht, welch tragische Folgen sein Ungehorsam haben würde.

ZWEITER TEIL

32

Barcelona, 1487

Am Sonntag, dem 5. Juli 1487, hielt die Inquisition ihren triumphalen Einzug in Barcelona. Bruder Espina, der neue Inquisitor, den Tomás de Torquemada ernannt hatte, ritt auf einem Maultier und reckte stolz die Kinnspitze hoch. Ihn begleiteten Enrique von Aragonien, den man unter dem Beinamen »Infant Fortuna« kannte und der ein Vetter des Königs und königlicher Statthalter war, sowie die Bischöfe von Urgell, Tortosa und Girona. Der Zug erschien an der Porta de Sant Sever und wirkte sehr prunkvoll. Vor ihnen kamen der königliche Amtsdiener mit seinem Gerichtsstab, Trompeten, Pauken, ein großes Kreuz und die Fahne der Inquisition. Ihnen folgte eine eindrucksvolle Reitergruppe. Der Amtsdiener legte die Beglaubigungsschreiben des Inquisitors am Tor vor, und die örtliche Miliz ließ den Zug durch. Es war eine ebenso aufsehenerregende wie überflüssige Formalität. Die besiegte Stadt musste dem Sieger ihre Tore öffnen.

Die heftige Auseinandersetzung zwischen König und Stadtrat hatte sich dreieinhalb Jahre hingezogen, doch am Ende führte der Monarch den letzten Schlag, indem er sich einer päpstlichen Bulle bediente. Bruder Espina wurde für unverletzlich erklärt, und er hatte uneingeschränkte Vollmacht, als er in Barcelona eintraf.

In dieser Zeit verließen Hunderte Konvertiten die Stadt und nahmen ihr Vermögen mit, um nach Frankreich oder Italien zu fliehen. Niemand hinderte sie daran. Der unerhörteste Fall war die Flucht von Antoni de Bardaixi, dem Präsidenten des königlichen Kammergerichts in Barcelona. Er war ein persönlicher Freund des Königs Ferdinand. Man hielt ihn für einen guten Katholiken und wusste nicht, dass er jüdische Vorfahren hatte. Wenn sich selbst eine solch hochrangige Persönlichkeit bedroht fühlte, kündigte sich für die Konvertiten eine äußerst düstere Zukunft an. Kein Ratsherr der

Stadt und auch kein Abgeordneter der Generalitat empfing den Inquisitor. So bekundeten sie ihre Ablehnung und Absicht, dessen Arbeit möglichst zu erschweren.

Trompeten und Trommeln ertönten, als sich der Zug die Rambla hinunterbewegte. Die Städter sahen erwartungsvoll zu, und ihre Haltung reichte von Feindseligkeit bis zu willkommen heißendem Beifall. Zu denen, die klatschten und jubelten, gehörte Felips Bande.

»Diese Juden, die sich als Christen ausgeben, bekommen jetzt zu spüren, was gut ist!«, sagte er und drängte seine Leute, Beifall zu klatschen.

Joan klatschte widerstrebend. Er war schon fünfzehn Jahre alt, und je größer er wurde, desto mehr wandelte sich die Angst vor Felipe in Geringschätzung. Nur noch wenig fehlte, bis er die Größe des anderen erreichen würde, und die ständigen Übungen mit der Azcona seines Vaters ließen seinen Rücken breit und seine Arme stark werden. Aber noch wagte er nicht, es mit dem Bandenführer aufzunehmen, denn er wusste, wozu der andere fähig war. Er beobachtete ihn, während dieser Hochrufe ausstieß, frenetisch klatschte und von den Übrigen durch Zeichen verlangte, dass sie es ihm nachtaten. Bartomeu und die übrigen Leute, die Joan respektierte, unterstützten den Stadtrat gegen die neuen Inquisitoren, und der Junge ahnte, dass dieser triumphale Einzug nichts Gutes bringen würde.

Joan hatte bei den Corrós große Fortschritte gemacht. Seit anderthalb Jahren war er nun schon Lehrling. Seine Arbeitszeit war die gleiche wie die der Übrigen, und er wohnte nun in der Buchhandlung. Sein Bruder arbeitete weiter im Klostergarten. Er besuchte ihn beinahe täglich. Er unterhielt sich auch gern mit dem jovialen und dickbäuchigen Bruder Jaume, mit Bruder Melchor, der ihn zusammen mit Abdalá im Lateinischen unterrichtet hatte, und mit Bruder Pere, dem früheren Novizen und nunmehrigen Mönch, bei dem er heimlich lesen lernte.

Er kopierte in einer vorzüglichen Schrift und lernte bei Abdalá unaufhörlich Neues über Bücher und Sprachen. Für seinen Lehrmeister empfand er große Bewunderung und Zuneigung. Regelmäßig arbeitete er auch in der Werkstatt, denn er wollte den Titel eines Buchbindermeisters erwerben.

Gerade dieses Thema verdüsterte Felips Laune. Er war schon über zwanzig, und der Herr schlug ihn nicht für die Prüfung vor, während er sich selbst schon lange für ausreichend vorbereitet hielt. Als Felip die Erlaubnis Mosén Corrós erbat, antwortete dieser lediglich, er müsse sich größere Mühe bei der alltäglichen Arbeit geben, er solle barmherzig sein und gute Werke tun. Ein Meister müsse nicht nur bei der Arbeit, sondern auch durch seine guten Sitten und seine Moral ein Vorbild sein.

Seit einem Jahr besuchte Joan regelmäßig die Hafenschänken. Als er den Herrn um Erlaubnis fragte, lehnte dieser mit den Worten ab, dort könne ein Lehrling nichts Gutes lernen.

Er gab nur nach, weil Bartomeu eingriff.

»Der Junge will herausbekommen, was mit seiner Familie geschehen ist«, sagte er zu seinem Freund, dem Buchhändler. »Und er ist groß genug, um keine Dummheiten zu machen.«

Danach warnte er Joan mit einem Lächeln: »Aber wenig Wein und keine Frauen.«

Der Junge suchte Gespräche mit Seeleuten aus Frankreich und den verschiedenen italienischen Staaten. Er hatte eine gute sprachliche Grundausbildung und notierte die Wörter, die er nicht verstand, auf einem Zettel. Dazu nahm er ein Stück Graphit, das von einem Metallröhrchen gehalten wurde, wie er es benutzte, um die Bücher zu linieren, bevor er in ihnen schrieb. Danach versteckte er das Papier, damit Abdalá es nicht sah, und wiederholte ihm die Wörter. Der Alte staunte immer wieder, welch gutes Gedächtnis der Junge hatte, denn er wusste ja nicht, dass sein Lehrling schon seit einiger Zeit fließend lesen konnte.

Joan fragte die Seeleute nach Galeeren, die Piraterie trieben, und nach gefangenen Christinnen. Aber das war eine schwierige

Angelegenheit: Er erhielt vage Antworten und bekam schließlich die unklare Geschichte eines fabulierenden Betrunkenen zu hören. Er konnte es sich nicht erlauben, jede Nacht zum Hafen zu gehen, und wenn er es tat, legte er sich gewöhnlich entmutigt schlafen. Wenn allerdings ein Schiff aus Übersee kam, eilte er hoffnungsvoll herbei, um sich nach neuen Nachrichten zu erkundigen.

Diese Beschäftigung bot ihm außerdem eine gute Entschuldigung, um weniger häufig bei den Treffen von Felips Bande dabei zu sein. Der Raufbold erlaubte keine Fahnenflucht.

An dem Tag, als der Herr zu Joan sagte, er nehme ihn mit schriftlichem Vertrag als Lehrling auf, trübte nur ein einziger Gedanke seine Freude. Er würde nicht mehr den Krug am Brunnen füllen! Seit langer Zeit traf er sich beinahe täglich mit Anna am Sant-Just-Brunnen. Wenn einer von ihnen aus irgendeinem Grund nicht kommen konnte, war es ein trüber Tag, selbst wenn die Sonne strahlte. Sobald ihn das Mädchen aus der Ferne sah, lächelte sie ihm zu und strahlte.

Anna war fast fünfzehn Jahre alt, und ihr Körper hatte sich gestreckt und zugleich gerundet. Ihr Gewand betonte noch die schmale Taille, die sich nun aber an wohlgeformte Hüften anpasste.

Ihr Lächeln und die Art, wie sie sich bewegte, waren für Joan das Schönste auf der Welt, und wenn er zum Brunnen ging, sehnte er sich danach, dass sich ihre Blicke begegneten und dass sie hierauf ihre kurzen, aber innigen Gespräche auf der Gasse führten. Wenn sich ihre Augen trafen, bekam der Junge keine Luft mehr, und sein Herz, das schon schneller klopfte, schien vor Freude zu zerspringen. Manchmal half er ihr, den Krug zu tragen, und wenn sich ihre Hände mehr als notwendig berührten, glaubte er vor Glück zu platzen.

Er überzeugte den Herrn mit dem geheimen Einverständnis seiner Frau, dass sie ihn weiter mit der Arbeit beauftragte, Wasser für die Werkstatt zu holen. Joan seufzte erleichtert auf. Er müsste auf den schönsten Augenblick jedes Tages nicht verzichten.

»Dir gefällt die Tochter des Juweliers, nicht wahr?«

Bartomeus Frage überrumpelte Joan. Der Junge erschrak. Er hatte weiterhin ein enges Verhältnis zu dem Kaufmann, der sich gewissermaßen als Beschützer der Brüder fühlte. Sonntags trafen sie sich in der Santa-Anna-Kirche, und wenn er aus Geschäftsgründen die Corrós aufsuchte, stieg er immer ins Obergeschoss hoch, um ihn zu begrüßen. Diesmal sagte ihm Bartomeu, er wolle mit ihm reden, und er lud ihn zu einem Spaziergang ein.

»Woher wisst Ihr …?«

»Die Stadt ist kleiner, als es scheint. Ständig sehen tausend Augen zu, und die Leute reden.«

»Aber wir bemühen uns, diskret zu sein.«

»Gesten sagen mehr als Worte.«

»Und was ist Schlechtes dabei?«

»Also sie gefällt dir, nicht wahr?«

Der Junge nickte zustimmend.

»Es tut mir leid, doch ich habe dir etwas auszurichten.«

»Worum geht es?«, erkundigte sich Joan beunruhigt.

»Ich bin ein Freund ihres Vaters, und er weiß genau, dass ich dich oft sehe.« Bartomeu machte eine Pause. »Er lässt dir bestellen, dass er gerade einen Ehemann für seine Tochter sucht und dass sie bald verlobt sein wird.«

»Und was meint er damit?«

»Dass du nicht auf seiner Liste stehst.«

Joan hatte noch gar nicht daran gedacht, Anna zu heiraten. Er empfand es als reines Glück, sie zu sehen und mit ihr zu plaudern, und er genoss ihr strahlendes Lächeln, wenn sie ihn erblickte. Die Vorstellung, dass Anna einen anderen Mann heiratete, erschien ihm unerträglich.

»Warum nicht?«, fragte er, selbst wenn er die Antwort nicht hören wollte.

Bartomeu seufzte und machte eine unwillige Geste.

»Pass auf. In dieser Welt gibt es verschiedene Stände, und die Leute heiraten innerhalb ihrer gesellschaftlichen Schicht. Annas

Vater ist ein erfolgreicher Juwelier. Er hat ein einträgliches Geschäft, und außerdem ist er ein Kaufmann, der Waren verkauft und importiert. Er möchte einen solchen Mann für seine Tochter haben, wie es der Sohn der Corrós wäre, und keinen Lehrling.«

»Aber ich bleibe nicht immer Lehrling. Eines Tages bin ich Buchhändler wie der Herr«, widersprach Joan und warf sich stolz und beleidigt in die Brust.

»Vielleicht schaffst du es«, antwortete Bartomeu. »An Fähigkeiten fehlt es dir nicht. Aber wenn man einen Herrn hat, ist es ein weiter Weg bis dahin, dass man selbst ein Herr wird, und nur sehr wenige können ihn bewältigen. Wenn du es irgendwann schaffst, ist Anna bestimmt schon verheiratet und hat Kinder. Mosén Roig lässt dich wissen, dass seine Tochter für dich unerreichbar ist.«

Sie liefen schweigend weiter, und nachdem sie die zweite Stadtmauer hinter sich gelassen hatten, kamen sie zum Fleischmarkt an der Rambla, wo die Verkäufer die vorzügliche Qualität ihrer Ware schreiend anpriesen und die Käufer sie mit kritischen Blicken musterten.

»Ich kann nicht leben, ohne sie zu sehen«, gestand Joan dort und seufzte.

Bartomeu schüttelte missmutig den Kopf.

»Es ist schlimmer, als ich dachte«, meinte er und lief die Rambla weiter hinauf.

Ohne ein Wort zu sagen, gingen sie bis zur Porta Ferrissa. Dort blieb Bartomeu stehen, drehte sich zu Joan um und sagte: »Pass auf. Ich erkläre dir, was du tun musst, wenn du sie weiterhin sehen willst.«

»Was denn?«, fragte Joan hoffnungsvoll.

»Sag mir, dass du die Mitteilung verstanden hast und dass du nie wieder mit ihr redest.«

»Aber das kann ich nicht!«

»Wenn du es nicht tust, wird ihr Vater sie einsperren. Dann darf sie das Haus nicht verlassen. Sie kommt nicht mehr zum Brunnen, man wird die Magd schicken. Verstehst du?«

Joan begriff es auf der Stelle. Wenn er darauf verzichtete, mit ihr zu sprechen, wenn er vortäuschte, dass ihm Anna gleichgültig war, könnte er sie vielleicht weiterhin sehen. Er hatte keine andere Wahl.

»Ich verstehe«, antwortete er ein paar Augenblicke später, in denen er verzweifelt nach einer anderen Möglichkeit gesucht hatte. »Teilt Annas Vater mit, dass ich ihn und seine Tochter respektiere und dass er mir verzeihen möge, wenn es ein Missverständnis gegeben hat. Dass ich die beiden nicht beleidigen wollte und dass ich nicht wieder mit ihr reden werde.«

»Das machst du richtig«, lobte ihn Bartomeu. »Und es tut mir leid.«

Joan besaß schon fünf dieser kleinen Bücher, die er für seinen persönlichen Gebrauch herstellte. Sie wurden immer besser, und der Meister beglückwünschte ihn zu seinen Fortschritten als Lehrling. Er bewahrte die älteren Exemplare im Santa-Anna-Kloster an einer Stelle auf, die nur er kannte, und schrieb heimliche Notizen hinein. In dieser Nacht notierte Joan in seinem kleinen Buch: »Ich liebe sie«, und eine Träne verwischte den letzten Buchstaben.

Am nächsten Tag lächelte Anna nicht. Sie blickte ihn nicht einmal an, und Joan tat nichts, um sich ihr zu nähern. Ihr Vater hatte wohl auch mit ihr gesprochen. Ohne ihr Lächeln war der Morgen traurig, doch er konnte sie wenigstens sehen und wissen, dass sie seine Anwesenheit bemerkte. Ein paar Tage danach kamen sie zusammen, als der Platz beinahe menschenleer war, und er flüsterte ihr zu: »Sie erlauben mir nicht, mit Euch zu reden.«

»Mir auch nicht«, antwortete sie ganz leise und heimlich.

»Ich liebe Euch«, gestand er.

Sie warf ihm einen eindringlichen, äußerst beunruhigten Blick zu, und ihre grünen Augen zeigten an diesem Tag dunkle Pünktchen. Ohne etwas zu sagen und ohne den Krug zu füllen, verließ sie in aller Eile den Platz.

Joan hatte sein Versprechen gebrochen, und ihm wurde klar, dass er sie vielleicht nie wiedersehen würde. Beklommen suchte er denselben Ort am nächsten Tag auf, und sie war nicht da. Auch nicht an den folgenden Tagen. Er hatte verloren, was er am meisten liebte, und er wusste nicht, wie er seinen Fehler wiedergutmachen konnte.

33

Nachdem Bartomeu von einer Reise nach Valencia zurückgekehrt war und mit Mosén Corró abgerechnet hatte, ging er zu Joan. Das tat er meistens, und Joan wunderte sich darüber nicht. Doch an diesem Tag machte der Kaufmann ein ernstes Gesicht.

»Was gibt es?«, fragte der Junge besorgt.

»Ich glaube, ich habe Neuigkeiten.« Er blickte ihn eindringlich an.

»Was für Neuigkeiten?«

»Sie können dich betreffen.«

»Worum geht es?« Joan fühlte sich besorgt.

»Im Süden von El Garraf gibt es einen Ort mit sehr dicken Mauern. Er heißt Sitges«, erklärte er. »Es ist der wichtigste Ort der ganzen Gegend, und dort lege ich immer einen Halt ein. Nie hatte ich darauf geachtet, aber diesmal habe ich es gesehen. Es war, als ich am Strand spazieren ging.«

»Was habt Ihr gesehen?«

»Ich habe dieses Boot gesehen.«

»Was für ein Boot?«, erkundigte sich der Junge erstaunt.

»Ich habe gesehen, dass auf einem Innenbrett des Bugs das Bild eines Walfangs eingeschnitzt ist. Und in Sitges jagen sie keine Wale.«

»Was?«

»Ja, genau wie das Bild im Boot deines Vaters. Auch die Maße stimmen überein.«

»Wie kann das sein?«, fragte sich Joan verwundert. »Wie sieht es aus?«

Bartomeu beschrieb den die Harpune hochhebenden Mann links und den Wal rechts. Außerdem habe das Boot acht Ruder und ein Lateinsegel.

»Das ist die *Möwe*!«

»Sicher ist das nicht. Ich glaube, du musst selbst nach Sitges gehen und es nachprüfen.«

Der Kaufmann erhielt die Erlaubnis Mosén Corrós, und mit einem ihm bekannten Seemann vereinbarte er die Fahrt nach Sitges. Eine Woche später betrat Joan wieder die Bretter eines Bootes, nachdem beinahe drei Jahre seit dem letzten Mal vergangen waren. Er liebte das Meer. Es war wie eine Heimkehr. Er dachte an die schönen Zeiten mit seiner Familie, an ihr Boot und die Wellen zurück. Er roch die Seeluft, spürte die Sonne und die kühlen Wasserspritzer auf seiner Haut. Er schloss die Augen und träumte, dass alles abermals wie früher war, als selbst die Fische, die in den Netzen der *Möwe* gefangen wurden, glücklich waren.

Das Boot brachte ihn nach Süden. Hinter ihm blieben die Stadtmauern zurück, der Berg Montjuic, das Rohrdickicht an der Mündung des Llobregat, die langen Sandstrände mit den dichten Pinienwäldern von Castelldefels und dann die Steilküste von El Garraf. Schließlich erblickten sie einen ummauerten Ort auf einem Hügel, der nach Süden und Osten beinahe senkrecht abfiel, bis hin zu einigen Klippen, die ins Meer hineinragten. Im Westen öffnete sich Sitges zu einem weiten Strand.

Als Joan herankam, hielt er begierig Ausschau nach dem Boot seines Vaters, doch er sah keines, das ihm ähnlich war. Es musste wohl auf dem Meer sein und fischen, dachte er.

Das Boot, mit dem er gekommen war, beförderte Erzeugnisse aus Barcelona, und es sollte zwei Tage in Sitges bleiben, um dort Geschäfte zu machen. Danach würde es Wein und verschiedene landwirtschaftliche Erzeugnisse mit zurück nach Barcelona nehmen. Außer der Bürgschaft des Schiffsführers hatte Joan einen Geleitbrief, den Bartomeu vom Prior der Pia Almoina in Barcelona erhalten hatte. Diese fromme Stiftung besaß die Feudalrechte über den Ort, und darum bekam Joan keine Probleme, als er die kleine Stadt betreten wollte. Er konnte sich drinnen und draußen frei bewegen, sowohl in der auf dem Hügel über dem Meer erbauten Altstadt wie auch im nördlichen Teil, der ebenfalls ummauert war und den man von der Altstadt aus über eine Brücke erreichte. Zwei Kanonen blickten aufs Meer hinaus, und Joan sagte sich, damit ein Küstenort überleben könne, brauche er so gute Verteidigungsanlagen wie dieser. Wenn seine Familie in Sitges gelebt hätte, wäre sie nicht von diesem schrecklichen Unglück heimgesucht worden. Sitges war eine aufstrebende Kleinstadt mit äußerst rührigen Kaufleuten und Handwerkern, und es diente einer großen Region des Landesinnern als Zugang zum Meer. Doch Joan durfte sich nicht mit solchen Betrachtungen aufhalten. Er schaute zur Sonne empor und sah voraus, dass die Fischerboote bald zurückkommen würden. Er ging zum Strand.

Immer deutlicher wurden die Umrisse des Bootes, je mehr es sich näherte. Die Sonne beleuchtete die Backbordseite. Es hatte sein Segel aufgespannt und durchfurchte kraftvoll das Meer. Joan erkannte sofort, dass es die *Möwe* war. Der einzige Unterschied bestand darin, dass das Segel andere Flickstellen hatte. Seine Augen füllten sich mit Tränen, und einen kurzen Augenblick lang dachte er, wenn der Kiel in den Sand stieße, würden sein Vater, Tomás, Daniel und alle Übrigen fröhlich über Bord springen, wie sie es in Llafranc getan hatten. Doch es waren nur Traumbilder aus seinen Erinnerungen. Das Boot wurde immer größer, als es herankam. Er sah, wie man das Segel einzog und das Boot schließlich mit den Rudern voranbrachte. Kurz danach setzte es am Strand auf. Er musste sich nicht bewegen. Das Boot kam bis zu seinen Füßen, wie der

Hund zu seinem Herrn, den er seit langem nicht gesehen hat. Die Frauen warteten, und unter großem Geschrei übergaben ihnen die Fischer mit Fischen gefüllte Körbe. Es war ein guter Fang gewesen, und alle waren glücklich. Wie in seinem Dorf, sagte sich Joan. Genauso. Wenn er nur die Augen halb schloss, stellte er sich vor, dass es seine Familie und seine Freunde waren. Er entfernte sich ein paar Schritte und betrachtete alles mit einem von Tränen verschleierten Blick.

Als das Ausladen beendet war, spannten sie ein paar Ochsen ins Joch und zogen das Boot so weit heraus, dass es vor der Flut sicher war. In Joans Dorf machte man das Gleiche, allerdings mit menschlicher Muskelkraft und zusammen mit den Nachbarn.

Joan wusste: Das war sie, die *Möwe*. Er brauchte es nicht nachzuprüfen. Doch als die Fischer zum Ort liefen, sprang er ins Boot. Da war das Bild im Holz, das er geschnitzt hatte. Als er darüber strich, quollen seine bisher zurückgehaltenen Tränen in Strömen hervor. Es war das Boot seines Vaters. Noch spürte er seine Gegenwart und auch die seiner Gefährten.

»Herrgott, warum hast du gestattet, dass so etwas passieren konnte?«, murmelte er und schluchzte.

Er kniete sich nieder und lehnte seinen Kopf an das Bild, damit sein Schmerz zusammen mit seinen Tränen nach außen dringen konnte.

»Warum?«, fragte er immer wieder. »Warum?«

Es wurde Nacht, und er wollte, dass die Dunkelheit wie ein Leichentuch wirkte, das seinen Schmerz verbarg. Aber als sich ihm eine Hand schwer auf die Schulter legte, fuhr er erschrocken zusammen.

»Junge, was machst du hier?«

Er blickte hoch, und seine feuchten Augen entdeckten den Mann mit dem grauen Bart, dem die Fischer gehorcht hatten: Es war der Schiffsführer. Joan wusste nicht, was er antworten sollte. Er sah ihn an, während er spürte, dass ihn seine kräftige Hand festhielt. Der Mann ähnelte seinem Vater nicht. Er wollte schon mit einem groben Schlag die Hand von der Schulter wegstoßen, als der Fischer eine weitere Frage stellte: »Was hast du, Sohn?« Seine Stimme hatte einen liebevollen Ton.

Das Wort »Sohn« erreichte, dass er wieder hemmungslos weinte. Der Mann kniete sich ebenfalls hin und fragte noch einmal sanft: »Was ist mit dir?«

»Das hier war das Boot meines Vaters«, antwortete Joan nach einer Weile. Er konnte nicht mit dem Weinen aufhören.

»Was?«, rief der Mann überrascht. Er sah so aus, als hätte man ihm einen Schlag versetzt.

»Das hier ist das Boot meines Vaters!«, schrie ihn Joan an. »Das ist die *Möwe*! Ich habe geholfen, den Kiel auf Holzblöcken in den Sand zu setzen, und als wir die Spanten zusammenbauten, sah sie aus wie das Gerippe eines Wals. Ich habe gesehen, wie sie an Größe und Stärke zunahm, bis sie das beste Boot an der Küste wurde.«

Er stand auf und blickte den Mann herausfordernd an. Auch dieser erhob sich.

»Das kann nicht sein!«, rief der Fischer.

»Ich habe die Katze für dieses Boot gestohlen, und mit meinem Messer habe ich das Bild meines Vaters geschnitzt. Hier könnt Ihr ihn sehen, wie er den Wal harpuniert.«

»Woher bist du, Sohn?«

»Aus Llafranc, viel weiter nördlich von Barcelona, noch hinter Tossa. Ein Dorf, das zu Palafrugell in der Region Ampurdán gehört.«

»Ja. Ich habe gehört, dass manche an dieser Küste im Frühling Finnwale jagen«, sagte er nachdenklich. »Ich schwöre dir, als wir das Boot kauften, nahmen wir an, dass man es von Landesfeinden erbeutet hätte.«

»Wir waren nicht eure Feinde.«

»Setz dich und erzähle, was geschehen ist.«

Sie setzten sich einander gegenüber auf die Bootsbänke, und Joan erzählte ihm ruckartig, von Schluchzen unterbrochen, die ganze Geschichte.

»Wie leid mir das tut! Das bedauere ich so sehr!«, sagte der Mann bekümmert, während Joan die Tragödie schilderte.

Als Joan fertig war, erklärte er: »Wir haben es für dreihundert Pfund von einer Galeere Bernat de Vilamarís gekauft. Das ist bald drei Jahre her. Wir mussten Schulden machen, und wir bezahlen immer noch dafür. Aber wir haben gesehen, dass es ein sehr gutes Boot ist. Man hat uns erzählt, dass man es korsischen Fischern abgenommen habe, die Anhänger Genuas und Feinde unseres Königs seien.«

»Bernat de Vilamarí, der Admiral des Königs!«

»Genau der!«

»Wann genau habt Ihr es gekauft?«

»Zwei Monate vor Weihnachten. Ende Oktober.«

»Das Boot ist nie nach Korsika gekommen«, stieß Joan wütend hervor. »Es ist von meinem Dorf direkt nach Sitges gelangt.«

»Also haben unsere eigenen Leute dein Dorf überfallen?«, fragte der Alte immer noch ungläubig.

»Es kann kein anderer gewesen sein.« Joan spürte, wie ihn wieder der Hass packte und ihm die Eingeweide zusammenzog.

»Ich habe gehört, dass so etwas früher geschehen ist«, setzte der Mann hinzu. »Und auch, dass Vilamarí gewaltsam Mannschaften zum Dienst presst. Aber ich habe mir nicht vorgestellt, dass er solche Schandtaten an seinen eigenen Leuten verübt.«

Joan antwortete nicht. Er verbarg das Gesicht in den Händen. Er hatte die Kinnladen so fest zusammengepresst, dass er glaubte, ihm würden die Zähne zersplittern. Er bemühte sich, die Augen zu schließen, die alles rot sahen. Blutrot. Noch wusste er nicht, wo seine Familie war, doch er wusste schon, wen er hassen musste.

»Ich kann dir das Boot nicht zurückgeben«, sagte der Mann. »Von ihm leben wir. Aber ich werde für dich tun, was ich kann.«

Joan bat ihn, dass er ihn in dieser Nacht an Bord der *Möwe* schlafen ließe und dass er ihn am nächsten Tag zum Fischen mitnähme. Der Alte stimmte erfreut zu und lud ihn zum Abendessen bei seiner Familie ein. Doch Joan wollte allein auf dem Boot essen, und der Fischer brachte ihm eine Decke und einen Strohsack, damit er besser schlafen konnte. Es war Sommer, die Temperaturen waren angenehm, und trotzdem konnte der Junge schwer Schlaf finden. Er streichelte mit der Hand über die Bretter. Er wusste, dass sie von Pinien aus seinem Dorf stammten, die da gewesen waren, als er und seine Geschwister und vorher sein Vater aufwuchsen. Das Boot war wie ein weiteres Familienmitglied. Hier spürte er die Gegenwart seines Vaters und seiner Gefährten. Er erinnerte sich, wie an den Sommersonntagen auch seine Mutter und seine Geschwister an den Strand kamen und dass sie sich lachend mit Wasser bespritzt hatten. Es waren Gespenster aus einer glücklichen Vergangenheit, die ihn umschwirrten und ihn am Schlafen hinderten.

Joan glaubte an die Zauberkraft der Worte. Und daran, dass die geschriebenen Worte noch größere Macht hätten. Am nächsten Tag, auf hoher See, presste er Tinte aus einem Kalmar, der ins Netz gegangen war, und nachdem er einen schmalen Papierstreifen aus seinem Lehrlingsbuch, das er in seinem Bündel bei sich trug, herausgerissen hatte, schrieb er mit einem Angelhaken: »Ich liebe dich, Papa. Ich räche dich, und wir werden frei sein.« Er wusste, dass dieses Boot für Ramón ein Sinnbild der Freiheit gewesen war. Er war an das Meer und seine Bewegungen gewöhnt, und obwohl er sich solch unzulänglicher Mittel bediente, gelang es ihm, einigermaßen deutlich zu schreiben. Er ließ die Schrift in der Sonne trocknen. Danach rollte er den Zettel zusammen und warf ihn in die Wellen. Er sah zu, wie er sich mit Wasser vollsog und im Meer unterging. Er war sicher, dass sein Vater seine beschwörenden Worte gehört hatte und dass diese in Erfüllung gehen würden. Unter den väterlichen Blicken des alten Kapitäns schlief er ein. Am zweiten Abend erklärte er sich einverstanden, mit der Familie des Fischers zu essen. Er legte sich an Bord der *Möwe* schlafen, während er an seine Familie, an Tomás, seine Tochter und die übrigen Freunde dachte. Als er sich am nächsten Tag von dem Alten verabschiedete, sagte er: »Ihr seid ein guter Mensch. Ihr habt das Boot meines Vaters verdient.« Sie umarmten sich. »Gebt gut acht auf die *Möwe*!«

»Das werde ich tun. Ich verspreche es dir.«

Joan schaute dem Alten in die Augen und erkannte, dass auch sie tränenfeucht waren.

34

Als Joan nach Barcelona zurückkam, besuchte er Bartomeu und erzählte ihm, was in Sitges geschehen war. Der Kaufmann nickte, und Joan verstand, dass ihn die Geschichte nicht überraschte.

»Ja. Ich habe die Fischer gefragt, woher das Boot kam, und sie haben mir dieselbe Antwort gegeben. Aber du musstest es mit eigenen Augen sehen, mit eigenen Ohren hören und mit eigenem Herzen erleiden.«

»Wer ist dieser Vilamarí? Der Mercedariergeneral hat gesagt, er habe gegen die provenzalischen Korsaren gekämpft, und Abdalá, dass er ihn versklavte, nachdem er ihn gefangen genommen hatte, als er ein genuesisches Schiff enterte.«

»Er ist Admiral unserer Flotte. Viele halten ihn für einen Helden. Im Bürgerkrieg hatte er entscheidenden Anteil am Sieg des Königs, und er hat die Türken in mehreren Schlachten besiegt.«

»Warum hat dann Bruder Dionís, der Administrator von Palafrugell, behauptet, dass es Mauren wären?«, fragte der Junge weiter.

»Darüber habe ich lange nachgedacht«, antwortete Bartomeu stirnrunzelnd. »Bruder Dionís musste vom ersten Augenblick an erkannt haben, dass das Schiff zur Flotte Vilamarís gehörte. Ich glaube, dass er es sogar schon wusste, bevor er es gesehen hatte.«

»Also meint Ihr, dass er gelogen hat?«

Er dachte daran, wie der Administrator die Truppe zurückhielt und es unterließ, den Gefangenen zu Hilfe zu kommen.

»Ja.« Bartomeu nickte ernst mit dem Kopf.

»Warum? Warum hat er gelogen?«

»Bernat de Vilamarí ist Herr von Palau am Golf von Rosas, nahe bei den Medas-Inseln, deren Herr der Prior von Santa Anna ist. Beide sind Adlige in El Ampurdán, Nachbarn und Freunde. Als der Administrator die Galeere des Königs erkannt hat, wagte er keinen Angriff, vielleicht aus Angst, aber auch wegen der Freundschaft seines Herrn und Vilamarís. Er beschloss, die wirkliche Herkunft der Piraten zu verheimlichen und mit dem Prior zu reden. Und sobald der von der Sache erfuhr, hat er ihm offenbar befohlen, den Mund zu halten.«

»Wie kann es sein, dass die Galeeren des Königs seine eigenen Untertanen angreifen?«

»Der König leidet an Geldnot. Er gibt fast alles für den Krieg gegen Granada aus. Vorrangige Bedeutung hat dabei die Flotte des Admirals Requesens, der gemeinsam mit den Kastiliern die muslimischen Häfen blockiert, um zu verhindern, dass sie Hilfe aus Nordafrika erhalten. Wenn Vilamarí der Proviant ausgeht und er keine Geldmittel erhält, verlegt er sich offenbar auf Piraterie.«

Joan schwieg und dachte nach. Dann stieß er zwischen den Zähnen hervor: »Und ermordet meinen Vater, versklavt meine Familie und raubt alles, was wir hatten.«

Der Kaufmann sah ihn besorgt an. Er erkannte, wie groß der Groll des Jungen war.

»Nimm dich in Acht, Joan«, sagte er behutsam. »Damit der Hass dich nicht zugrunde richtet.«

Doch Joan hörte ihn gar nicht.

»Glaubt Ihr, dass Bernat de Vilamarí auf dieser Galeere war?«

»Wahrscheinlich nicht. Ein Admiral lässt sich von mehr Schiffen begleiten.«

»Aber er musste wissen, was seine Männer getan haben.«

Bartomeu machte eine zwiespältige Geste.

»Hast du schon den Spruch gehört, dass die linke Hand nicht wissen darf, was die rechte tut?«

»Nein.«

»Vilamarí lässt sich auf das Spiel ein, dass ihn der König unter Druck setzt, und der Herrscher verlangt von ihm, die Flotte kampfbereit zu halten. Wenn der König Beschwerden der Geschädigten erhält, tadelt er ihn, bedroht ihn und bestraft ihn sogar. Vor drei Jahren hat er befohlen, die Flotte um die Hälfte zu verkleinern, weil kein Geld vorhanden war, um sie zu unterhalten. Aber wenn Korsaren oder Türken auftauchen, soll Vilamarí gefechtsbereit sein. Als die Türken Rhodos belagerten – wer, glaubst du, hat die Belagerung mit Lieferungen und Verstärkungen durchbrochen und so die Insel gerettet? Admiral Bernat de Vilamarí.«

Joan schwieg nachdenklich. Das war ungeheuer kompliziert. Die Mörder seines Vaters, für ihn die erbärmlichsten Kerle der Welt, waren für andere Helden. Aber darauf kam es nicht an. Sie waren schuld an seinem Unglück, und er würde sich rächen.

»Wo ist jetzt Vilamarís Flotte?«

»In Süditalien. Bei deinen Schänkenbesuchen wirst du sie nicht finden.«

»Eines Tages kommen sie nach Barcelona zurück«, antwortete der Junge entschlossen. »Ich kann warten.«

Joan gab die Hoffnung nicht auf, Anna wiederzusehen. Zwei Tage nach seiner Rückkehr aus Sitges begegnete er ihr am Brunnen. Vorsichtig hielt er sich entfernt, obwohl er sah, dass sie mit den Augen nach ihm suchte. Als sich ihre Blicke trafen, blickte Anna sofort in eine andere Richtung. Er zeigte, dass er sich nicht nähern wollte, doch das flüchtige Lächeln, mit dem ihn das Mädchen belohnte, machte ihn glücklich. Seine stürmische Erklärung hatte sie nicht beleidigt! Nachdem sie ihre Krüge gefüllt und denselben Weg gegangen waren, trafen sie sich in der Gasse. Obwohl die Eltern mit ihr gesprochen hatten, war Anna entschlossen, weiter mit ihm zusammenzukommen, dies allerdings unter vielen Vorsichtsmaßnahmen. Sie dürften nur selten miteinander reden, wenn gerade keine Leute auf dem Platz waren, und ihre Begegnungen in der Gasse müssten kurz sein. Sollten ihre Eltern erfahren, dass ihre heimliche Beziehung weiterging, würden sie sie zu Hause einsperren. Sie verabschiedeten sich bald, doch Joan kehrte überglücklich in die Werkstatt zurück. Trotzdem verwandelte sich in den folgenden Tagen das vollkommene Glück, das er zuvor empfunden hatte, allmählich in Unruhe. Er wusste, dass Annas Eltern einen Ehemann für sie suchten, und das Spiel der heimlichen Blicke und des Lächelns genügte ihm nicht mehr. Selbst ihre flüchtigen Begegnungen in der Gasse waren ihm zu wenig. Er brauchte viel mehr, einen Kuss, eine Umarmung. Aber er wusste, dass so etwas unmöglich war.

Die Gegenwart der neuen Inquisition machte sich bemerkbar. Die Furcht der Konvertiten nahm zu, und sie flohen aus der Stadt, nun allerdings in geringerer Zahl und in aller Heimlichkeit. Die Soldaten des Königs hatten den Befehl der Inquisitoren erhalten, Fluchten zu verhindern, doch die der Stadt ließen sie zu.

Die Inquisitoren hielten ihre Predigten, ohne dass sich jemand widersetzte. Sie heizten die Stimmung gegen die Konvertiten an, die in den Verdacht geraten waren, an ihrem ursprünglichen Glauben festzuhalten. Felip beschloss, die Juden zu vergessen und dafür die Konvertiten zu jagen, die früher unangreifbar, nun aber verunsichert waren. Dazu gehörte ein großer Teil der Juweliere. Der Raufbold spazierte mit seinen Leuten durch die Calle Argentería und schüchterte sie ein, um kleine Geschenke zu erpressen oder ein paar Schmuckstücke für fast nichts zu kaufen. Man fürchtete ihn, und er nutzte nun bestimmte Informationen über den jüdischen Ursprung einiger Familien. Nachdem sich die Nachkommen der Juden beinahe hundert Jahre lang in die christliche Gemeinschaft eingeordnet hatten, ohne dass sie von jemandem belästigt wurden, gerieten sie auf einmal in Verdacht.

An diesem Tag, während der Pause nach dem Mittagessen, sprach Joan gerade mit Abdalá, als ihn ein sonderbares, einer Vorahnung nahekommendes Gefühl beschlich. Felip und seine Leute hatten sich schon entfernt. Joan lief schnell zur Plaza de Sant Just, um sie zu einzuholen, und dort sah er sie. Von weitem erkannte er Anna am Brunnen, und ihm wurde klar, was geschehen würde. Er rannte schneller, doch der Raufbold war früher angekommen.

»He«, sagte Felip zu Anna.

Der Krug des Mädchens lief gerade voll. Sie sah den Jungen kurz an, ohne zu antworten, und wartete, bis das Gefäß beinahe ganz gefüllt war. Dann hob sie den Krug hoch und entfernte sich. Sie kannte den Jungen. Er schnitt ihr den Weg ab.

»Weißt du nicht, dass ihr Jüdinnen einen gelben und roten Kreis tragen müsst?«, sagte er zu ihr.

»Ihr irrt Euch«, entgegnete sie. »Ich bin keine Jüdin, sondern Christin.«

»Ihr müsst hier einen Kreis tragen.«

Als er dies sagte, betastete er eine ihrer Brüste. Das Mädchen erschrak und wollte entkommen, doch ein anderes Bandenmitglied trat ihr in den Weg.

»Lass sie in Ruhe!«, rief Joan, der schon auf sie zurannte.

Felip sah ihn kommen. Er beobachtete, wie sie ihn ansah, und ihm war sofort klar, was zwischen den beiden war. Er ließ ein boshaftes Lächeln sehen und packte kräftig das Gesäß des Mädchens, das ihm bei ihrem Fluchtversuch den Rücken zudrehte. In einer obszönen Pose rieb er sich an ihr, und dazu sagte er: »Du bist keine Christin. Du bist eine Hebräerin!«

Sie wand sich hin und her, um ihm zu entkommen. Der Krug stürzte zu Boden und zersprang in tausend Stücke, während Joan ankam und Felip einen Stoß gab.

»Ich habe dir gesagt, du sollst sie in Ruhe lassen!«

Alle verstummten vor Erstaunen. Wie konnte es Joan wagen, sich mit Felip anzulegen? War er etwa verrückt geworden?

»Ich lasse sie nicht in Ruhe«, erwiderte der Raufbold und packte sie an einem Arm.

»Du sollst sie in Ruhe lassen, du Lump!« Joan stieß ihn mit beiden Händen vor die Brust.

Felip verlor das Gleichgewicht. Anna machte sich von ihm frei und nutzte die Gelegenheit, um zu entfliehen.

»Packt sie!«, befahl er. »Und ihn auch.«

Einer der Burschen ergriff das Mädchen und hielt ihr die Arme auf dem Rücken fest. Daraufhin schlug Felip Joan mit der Faust ins Gesicht. Er wollte sich losreißen, ohne dass es ihm gelang, und die Schläge prasselten noch einmal auf ihn ein.

»Damit du es lernst, mir zu gehorchen!«

Er schlug ihn in den Magen, und Joan krümmte sich zusammen. Entsetzt sah Anna der Szene zu und wand sich, um zu entkommen.

»Wisst ihr was?«, sagte nun der Raufbold. »Dem *remensa* gefällt die Jüdin! Na, dann tun wir ihm einen Gefallen. Zieht ihm die Hosen herunter!«

Joan wehrte sich mit aller Kraft, doch sie hielten ihn noch stärker fest. Er wusste, was kam. Es gab keine größere Demütigung.

»Wir werden ihn melken, und die Jüdin schaut zu!«, sagte Felip und lachte laut.

Auch einige andere lachten, während sie ihm die Hosen herunterzogen. Felip nahm seinen Penis und begann, ihn zu masturbieren. Ein Kreis von Neugierigen hatte sich gebildet. Sie sahen der Szene zu. Einige waren ernst, andere lachten, aber keiner griff ein.

»Schau her, was er hat, Jüdin«, sagte er nun zu dem Mädchen. »Das ist für dich.«

Sie brachten Anna heran, die die Augen schloss, den Kopf schüttelte und bat, dass man sie beide in Ruhe lassen solle. Felip schwenkte kräftig Joans Penis, der jedoch schlaff blieb.

»Seht ihr, wo er gar nicht kann! Die Hexe hat ihn bestimmt mit ihrem Glasauge angestarrt. Wie kann es ein impotenter Schwuler wagen, mich herauszufordern?«

»Lass ihn los, Felip. Es reicht schon«, meldete sich Lluís. Andere aus der Gruppe unterstützten ihn.

»Gut, ich lasse ihn los. Aber vorher bringe ich ihm noch etwas mehr bei.«

Er schlug ihm wieder ins Gesicht, in den Magen und die Genitalien. Joan brach entkräftet zusammen. Felip packte ihn an den Haaren und fragte: »Hast du gelernt, mir zu gehorchen?«

Joan bejahte mit einem Kopfnicken. Da ließ ihn Felip los und betrachtete nun Anna. Er befahl: »Lasst die Jüdin laufen.«

Sie taten es. Als sich die anderen entfernten, lief sie zum Brunnen, um ihr Tuch nass zu machen und Joans Wunden zu säubern. Dann half sie ihm beim Anziehen. Der Junge fühlte sich tief beschämt. Die Wunden seines Körpers waren nichts im Vergleich zur Verletzung seiner Würde.

»Es tut mir leid, dass ich Euch nicht beschützen konnte«, flüsterte Joan, bevor er bittere Tränen der Wut, des Kummers und der Scham vergoss.

Anna streichelte ihn.

»Ihr wart sehr mutig«, sagte sie. Ihre Augen waren feucht.

Dies war für Joan das beste Heilmittel, und er richtete sich mit ihrer Hilfe auf.

»Ich muss nach Hause«, wisperte sie. »Wenn das mein Vater erfährt, sperrt er mich ein.«

»Nein, bitte nicht!«, rief Joan.

»Es tut mir leid. Aber wenn ich hinauskann, komme ich wieder zum Brunnen.«

Joan wusste, dass Felip vor nichts mehr zurückschrecken würde, und wenn er könnte, würde er sich wieder an Anna vergreifen.

»Nein. Zeigt Euch nicht wieder am Brunnen«, sagte er. »Ich komme zum Laden Eures Vaters und bleibe etwas entfernt stehen, damit er mich nicht sieht.«

»Ich muss fort«, drängte das Mädchen.

»Geht mit Gott.«

»Ich auch«, sagte sie.

»Auch was?«

»Ich liebe Euch auch.«

Und sie rannte davon. Joan hinkte zur Werkstatt zurück. Die Wunden machten ihm nichts mehr aus. Er spürte, wie sein Herz schneller und glücklich schlug.

Als er eintrat, sahen ihn die Lehrlinge erwartungsvoll und die Meister und der Herr überrascht an. Ein triumphierendes Lächeln umspielte Felips Mund.

»Was ist mit dir geschehen?«, fragte Mosén Corró, als er ihn so übel zugerichtet sah.

»Ich bin hingefallen«, antwortete er. Das war die Antwort, die man unter solchen Umständen gab. Das gebot den Lehrlingen der Pakt des Schweigens.

35

Am 30. September feierten die Buchhändler ihren heiligen Schutzpatron Sankt Hieronymus. Es wurde nicht gearbeitet, und die Corrós besuchten zusammen mit den Leuten ihres Hauses eine Messe in der La-Trinitat-Kirche. Die Kirche stand auf dem Grundstück einer früheren Synagoge, die man beinahe hundert Jahre zuvor während des Überfalls auf das Judenviertel zerstört hatte. Die Kirche war im Jahre 1394 von einer Konvertitenbruderschaft erbaut worden. Es war kein Zufall, dass sich die Buchhändler in einer Konvertitenkirche zusammenfanden. Viele waren tatsächlich Konvertiten, und der bedrohliche Schatten der Inquisition zog sich über ihnen zusammen.

Nach der Messe richteten die Corrós das Festmahl zu Ehren des heiligen Schutzpatrons aus. Im Hof wurde ein langer Tisch aufgestellt, und an ihn setzten sich Ramón Corró, seine Frau Joana, die Meister, die Lehrlinge und Abdalá, obwohl er ein Muslim war. Man war gutgelaunt, lachte und brachte ein paar Trinksprüche auf den Heiligen aus. Doch selbst bei dieser Gelegenheit entging Joan nicht den Bosheiten Felips.

Danach holte er seinen Bruder im Santa-Anna-Kloster ab. Es war ein schöner Nachmittag, und er wollte einen Spaziergang durch die Stadt machen. Gabriel wusste, dass man in einer Werkstatt El Ravals eine große Glocke goss, und er bat seinen Bruder, mit ihm hinzugehen und sich das anzusehen. Den Jungen begeisterten diese riesigen Instrumente immer noch.

Es war nicht weit, und Joan dachte, es könnte gewiss unterhaltsam sein, bei der Arbeit einer Zunft zuzuschauen, die sich so sehr von der seinen unterschied. Die Metallarbeiten hatten sich in Barcelona auf die andere Seite der Rambla verlagert, in den Bereich, der sich jenseits der zweiten Mauer entwickelte und den nun die dritte schützte. Dort drängte sich die Stadt nicht wie im alten Teil eng zusammen: Es gab Felder und freien Raum, und der Rauch und Lärm der Schmelzhütten war weniger lästig. Tallers war eine lange und gerade Straße, die ihrem Namen als »Straße der Werkstätten« alle Ehre machte, denn es gab sie dort überall, und sie beschäftigten sich beinahe alle mit der Metallverarbeitung. Viele Handwerker arbeiteten am Weg, und das metallische Hämmern war ständig zu hören.

Die beiden Brüder sahen sich neugierig um. Kurz darauf entdeckten sie links von sich ein Tor, das über ein Haus mit einem großen Innenhof in Verbindung stand, wo mehrere Männer arbeiteten. Das war die richtige Stelle, und sie gingen hinein, ohne dass sie jemand daran hinderte. Der Ort wirkte eher wie ein kleiner Platz und nicht wie ein Hof, und an drei Seiten wurde er von den Gebäuden begrenzt, in denen sich die Gießerei und die Werkstätten befanden. Als sie ankamen, holten die Handwerker gerade eine große Glocke, die die Höhe eines Menschen überragte, aus der Form, in der sie sie gegossen hatten. Zwei große Steinbogen erstreckten sich über einen weiten Teil des Hofes, und jeder von ihnen hatte einen Eisenring an seinem oberen Schlussstein. Zwei Männergruppen zogen an Seilen, die durch die Ringe liefen und es ermöglichten, das große, an seinem Henkel befestigte Bronzeteil senkrecht hochzuheben. Inzwischen entfernte eine dritte Mannschaft die Reste der Form, weil man die Glocke auf ein Holzgerüst stellen wollte, um die Arbeiten des Abgratens und Polierens vorzunehmen.

Die Brüder schlossen sich der Gruppe an, die sich in angemessener Entfernung aufgestellt hatte und fasziniert zusah, wie diese

Bronzemasse langsam emporstieg. Zum bewundernden Murmeln der Schaulustigen kam das Schnaufen der Männer hinzu, die an den Seilen zogen, und alles andere überlagerten die Rufe eines älteren Mannes, der Anweisungen erteilte.

»Ist das nicht großartig?«, flüsterte Gabriel seinem Bruder zu.

Joan, der die Arbeiten mit offenem Mund verfolgte, nickte zustimmend. Doch plötzlich sah er, wie das linke Seil in dem Bereich, der den Eisenring streifte, aufriss und schnell zerfaserte.

»Das Seil reißt!«, rief er. »Vorsicht!«

»Kommt unter der Glocke hervor!«, brüllte der Meister, als er die Warnung hörte.

Es folgten einige ewig erscheinende Augenblicke, in denen alles zugleich geschah. Es schien, als hielte sich die Glocke kurzzeitig in der Schwebe, während die Handwerker, die die Glocke von den Rückständen befreiten, zur Seite sprangen. Doch gleich danach fielen die Männer, deren Gruppe am linken Seil zog, auf den Rücken und hielten das zerrissene Seilende in den Händen. Das große Bronzeteil, das noch am anderen Seil festgebunden war, stürzte inzwischen nicht senkrecht hinab, sondern schwang wie ein Pendel hin und her und bewegte sich auf die Männer zu, die das Gewicht nicht halten konnten und hin zu der auf sie herabkommenden Masse gerissen wurden.

»Lasst das Seil los!«, schrie der Meister. »Geht dort weg!«

Für mehrere von ihnen war es zu spät. Mit einem unheilvollen metallischen Getöse stieß die Glocke an die Gerüste, riss einige Männer mit, und als sie den Boden erreichte, drückte sie ihr gewaltiges Gewicht gegen eine kleine Steinmauer und schleifte die unglücklichen Opfer zwischen den Holzbrettern mit, die nun in einem Sarg aus Stein, Holz und Metall steckten.

Das erschrockene Schweigen wurde durch einen Chor aus Schreien, Jammern, Wehklagen und Anrufungen Gottes, der Jungfrau und des heiligen Eligius abgelöst.

Der Meister lief zu seinen eingeschlossenen Gefährten, und ihm folgten die unverletzt gebliebenen Handwerker. Sie zogen Bretter und Trümmer hervor, bis sie feststellten, dass die Glocke so auf dem Holzgebälk und den Mauerteilen am Boden aufsaß, dass man sie unmöglich seitlich bewegen konnte. Unter dem Holzgewirr, das die Bronzemasse trug, waren Schmerzensschreie zu hören.

»Man muss sie wieder hochziehen!«, rief der ältere Mann entmutigt.

»Dafür ist keine Zeit. Sie werden sterben!«, widersprach ein Handwerker.

»Wenn wir die Glocke zur Seite bewegen, wird sie die Eingesperrten erdrücken und kann beim Wegrollen noch mehr erwischen«, erklärte der Meister. »Man muss ein neues Seil durch den Ring ziehen, damit wir die Glocke senkrecht hochheben können.«

»Aber wir haben keine so hohe Leiter!«

»Wir müssen Gerüste aufbauen.«

»Dafür braucht man zu viel Zeit. Sie werden sterben!«, beharrte der Handwerker.

»Ich werde nicht noch mehr Leben aufs Spiel setzen.«

»Dein Sohn steckt unter diesen Hölzern!«

»Ihr seid alle meine Söhne. Wir bauen die Gerüste auf, und der heilige Eligius möge uns schützen«, erklärte der Meister nachdrücklich, mit Tränen in den Augen. »Schnell, bringt die Bretter!«

Die Menge verfolgte still und voller Sorge das Drama. Manche beteten. Andere, vielleicht Familienangehörige, weinten und unterdrückten ihr Schluchzen.

Als Joan gekommen war, hatte er ein sonderbares Werkzeug entdeckt. Es bestand aus einem Eisendorn, der auf einen Schaft montiert war. Dessen Größe und Form hatten große Ähnlichkeit mit der Azcona seines Vaters. Er hatte einen Einfall und dachte nicht länger darüber nach. Er stürzte zu dem Spieß, hob ihn hoch und stellte fest, dass er das richtige Gewicht hatte. Er suchte ein dünnes, langes und widerstandsfähiges Seil aus. Niemand hielt ihn zurück. Alle waren damit beschäftigt, Bretter für das Gerüst zusammenzutragen.

Dann entdeckte er einen Hammer und Nägel. Doch als er sie nahm, stieß ihn ein Handwerker heftig fort.

»Geh weg hier, Junge!«, brüllte er ihn an. »Wenn du störst, schlage ich dir den Schädel ein! Verflucht noch mal!«

Joan tat so, als gehorchte er. Er lief zu einem Winkel und nahm seine Beute mit. Schnell nagelte er das Seil an den Schaft, hob die improvisierte Harpune hoch und hielt sie fest, um ihr Gewicht abzuschätzen. Zufrieden sagte er zu Gabriel: »Folge mir mit der Seilrolle.«

»Was willst du tun?«

»Ich will mit der Harpune durch den Ring schießen.«

»Was?«

»Komm mit! Und überzeuge dich, dass das Seil gut abrollt.«

Joan lief mit dem Speer in der Hand los und rief: »Macht Platz!«

Kurze Zeit herrschte Schweigen, und dann ertönte in der Menge ein Stimmengewirr aus Flüchen, Drohungen und Warnungen. Der Platz war voller Leute, die gespannt und in respektvollem Abstand zusahen, ohne einzugreifen. Die Nachricht des Unfalls verbreitete sich rasch, und alle Handwerker der Straße ließen ihre Arbeit liegen, um zur Gießerei zu laufen. Aber keiner hielt Joan zurück, vielleicht aus Angst vor der Waffe, die der Junge schwenkte.

»Macht Platz!«, rief er wieder.

Er war schon in der richtigen Position und warf die Harpune, ohne weiter darüber nachzudenken. Die Waffe flog einen Augenblick, der unerträglich lang wirkte, und es klirrte, als ihre Spitze an den Ring stieß. Er hatte vorbeigeschossen.

Da verspürte Joan einen kräftigen Schlag, und er stürzte auf den Rücken. Der Mann, der ihn angeschrien hatte, hatte ihn zu Boden geworfen. Er brummte eine Verwünschung, setzte sich auf seine Brust und hob wütend die Faust, um sie ihm ins Gesicht zu schmettern.

»Lass ihn in Ruhe!«, rief der Meister.

Der Mann erhob wieder die Faust. Er verspürte große Lust, dem Eindringling, der die Rettung seiner sterbenden Gefährten verhinderte, den Schädel einzuschlagen.

»Um Himmels willen!«, donnerte der Meister. »Lass ihn in Ruhe, er kann es schaffen!«

Mit einem Stoß schlug er den Kerl nieder, den der Zorn nicht begreifen ließ, was da geschah. Der Meister gab Joan die Hand, damit er aufstehen konnte: »Versuch es noch einmal, Junge. Möge dich der Herr leiten.«

Als Joan wieder seine Harpune hochhob, herrschte absolutes Schweigen. Er hörte nur die Klagelaute der Eingeschlossenen und sein eigenes Herzklopfen. Alle Augen waren nun auf ihn gerichtet, und in diesem Augenblick merkte er, dass sein Arm zitterte. Er hatte schreckliche Angst vor einem Misserfolg. Und wenn er nicht in den Metallring traf und diese Männer durch seine Schuld starben? Sein Ziel befand sich weit oben. Er war daran gewöhnt, die Krümmung der Flugbahn bei waagerechten Würfen zu berechnen. Das hier war viel schwieriger. Ihn überkam ein Schwindelgefühl, und seine Augen trübten sich. Er konnte den Ring nicht genau sehen. Ungeduldiges Gemurmel kam von der Menge, die sich allmählich fragte, warum er nichts tat. Da merkte er, dass ihm eine Hand fest die Schulter drückte, und der Meister sagte zu ihm: »Los, Junge! Du schaffst es!«

Das ermutigte ihn. Er atmete tief durch und vergewisserte sich mit einem Blick, dass Gabriel hinter ihm stand und bereit war, das Seil schnell ablaufen zu lassen. Er streckte den Arm nach hinten und warf die Harpune.

Die Waffe folgte ihrer gekrümmten Bahn und schlug gegen den Schlussstein, genau über dem Metallring. Enttäuschtes Murren griff in der Menge um sich, und man vernahm erste Rufe, die sich gegen Joan richteten.

Der Meister hob die Waffe vom Boden auf und gab sie dem Jungen. Diese Geste ließ die Rufe verstummen, doch die Menge blieb erregt und nervös.

Joan versuchte es abermals, und wieder hörte man ein Klirren. Diesmal aber stießen die Eisen im Innenteil des Rings zusammen, und der Speer wurde zwar von seiner Bahn abgelenkt, doch er fiel auf der anderen Seite herunter und fädelte das Seil durch den Ring ein. Ein Triumphschrei stieg von der Menge auf, während der Speer, der nun langsamer flog, obwohl Gabriel das Seil eifrig laufen ließ, eine Kurve beschrieb, bevor er sich in den Boden bohrte.

Der Meister ergriff ihn und erteilte Anweisungen. Im Nu band man ein anderes Seil, das die geeignete Dicke hatte, an das dünne, zog daran und ließ es durch den Ring gleiten. Dann band man das andere Ende an den Henkel der Glocke, und die Handwerker zogen, von vielen Freiwilligen unterstützt, die Bronze hoch, indem sie wieder an beiden Seilen zogen. Der Alte erteilte Anweisungen, und alles geschah in einem überraschend harmonischen Zusammenspiel, obwohl sich so viele Handwerker beteiligten, die nichts mit der Schmiede zu tun hatten. Man merkte, dass sie zur Zunft gehörten und dass sie die Arbeit kannten.

Während einige das gewaltige Gewicht über den Köpfen ihrer Kameraden festhielten, bewegten andere äußerst behutsam die Bretter und Holzstücke, um die blutigen Körper ihrer Gefährten vorsichtig zu bergen. Joan sah, dass mehrere Bahren auftauchten, die man aus Stöcken und Tüchern zusammengebaut hatte.

»Ins Santa-Creu-Hospital!«, sagte der Alte, obwohl alle wussten, wohin man sie bringen musste.

Sie legten die Verletzten nacheinander, in der Reihenfolge, wie sie befreit wurden, auf die improvisierten Bahren, und eine Gruppe Männer brachte sie im Laufschritt in das Krankenhaus, das in der Calle del Carme lag, unmittelbar vor dem gleichnamigen Kloster, wo der heilige Eligius, der Schutzpatron der Bruderschaft, seinen Altar hatte. Als der vierte und letzte Verwundete gerettet war, ging der Meister mit ihnen. Die Menge folgte, und die Brüder blieben zurück, allein und erschöpft, ohne zu wissen, was sie tun sollten. Ihre Anspannung war so groß gewesen, dass sie sich jetzt völlig kraftlos fühlten. Sie beschlossen, ins Santa-Anna-Kloster zurückzukehren.

Nachdem die meisten Mitglieder der Bruderschaft des heiligen Eligius die Verletzten begleitet hatten, gingen sie in die Kapelle des

Heiligen, um zu beten. Als Joan und Gabriel über die Rambla kamen, begegneten sie trotzdem einem Mann, der sie erkannte.

»Gut gemacht!«, sagte er zu ihnen.

Joan notierte in seinem Buch: »Ich habe meinen Arm geübt, um mich an meinen Feinden zu rächen. Aber Gott wollte, dass er heute dazu diente, Leben zu retten.«

36

Joan blieb bei seiner Gewohnheit, die Schänken zu besuchen, um weitere Auskünfte einzuholen. Er setzte sich an einen Tisch, von wo aus er den ganzen Schankraum überblicken konnte, beobachtete und hörte zu. Wenn sich das Gespräch lohnte, war er ganz Ohr, wenn nicht, suchte er sich ein Gegenüber, mit dem er plaudern konnte, und wenn der Seemann ein Ausländer war, versuchte Joan, sich mit ihm in seiner Sprache zu verständigen. Manchmal konnte er es nicht vermeiden, etwas zu trinken, und nachdem er sich zweimal auf der Straße fürchterlich übergeben musste, lernte er es, seine Grenzen zu erkennen. Er besuchte die Schänken nicht, um zu trinken, sondern weil er etwas herausbekommen wollte, und die Gastwirte schätzten ihn, denn er war ein angenehmer Stammkunde.

Was er in Sitges erfahren hatte, veränderte ihn. Sein Groll wuchs und erzeugte eine kalte Wut, eine unterdrückte Aggressivität. Allerdings wusste er nun, dass er auf der richtigen Spur war. Er kam zu dem Schluss, dass sich seine Familie in Italien befinden musste. Doch die Informationen, die er brauchte, würde er nur von den Seeleuten des Admirals erhalten, und er wartete daher begierig auf die Rückkehr der Flotte. Solange sie weit entfernt mit den Türken kämpfte, würde er sich besonders um italienische Seeleute kümmern. Er interessierte sich für die politische und wirtschaftliche Lage und besonders für die Wege des Sklavenhandels. Er merkte sich alle möglichen Angaben, vor allem den Wortschatz und die unterschiedlichen Akzente der italienischen Sprachen. Er würde seine Familie finden und endlich das Versprechen einlösen, das er seinem Vater gegeben hatte.

Ein paar Tage später fragte man in der Buchhandlung nach ihm. Es war der Glockengießer.

»Junge, es hat mich viel Mühe gekostet, dich zu finden«, sagte er und legte ihm eine Hand auf die Schulter. »Ihr seid fortgegangen, ohne dass wir euch danken konnten.«

»Wir brauchten keinen Dank. Als wir im Hospital gefragt haben und sie uns erzählten, dass alle gerettet sind, haben wir uns sehr gefreut.«

»Ja. Dem heiligen Eligius, dir und deinem Bruder ist es zu verdanken, dass es bei ein paar Knochenbrüchen geblieben ist, die sich heilen lassen.«

»Das freut mich.«

»Wir stehen in eurer Schuld. Wenn wir euch bei etwas helfen können, müsst ihr nur darum bitten.«

Joan dachte nach. Die Eligius-Bruderschaft, zu der beinahe alle Zünfte gehörten, die mit Metall und Feuer arbeiteten, war sehr mächtig, doch ihm fiel nichts ein, wobei sie ihnen bei der Suche nach ihrer Familie helfen könnten. Dann dachte er an Gabriel und sagte: »Könntet Ihr meinen Bruder als Lehrling annehmen? Er begeistert sich für Glocken. Er sagt, er könne jede Glocke Barcelonas beim ersten Läuten erkennen.«

»Die Glocken haben unterschiedliche Stimmen. Dein Bruder hat recht«, antwortete der Mann lächelnd. »Ihr Klang hängt von der Größe, der Form und der Bronzelegierung ab, aus der sie bestehen. Wir stellen Glocken her, allerdings wenige. Wir gießen große Bronzeblöcke, meistens sind das Geschütze. Tatsächlich nennt man unsere Zunft die der Kanoniere.«

»Ich glaube nicht, dass es meinem Bruder etwas ausmacht, Kanonen herzustellen, wenn er einmal eine Glocke gießen kann.«

»Dann sag ihm, er soll morgen zu mir kommen. Ich werde ihn wie einen Sohn behandeln.«

Als Gabriel davon hörte, machte er einen Freudensprung. Wenn er groß sein würde, wollte er die Glocke mit dem schönsten Klang der Welt herstellen!

Der Inquisitor Espina, der nun schon mit uneingeschränkten Vollmachten ausgestattet war, wählte den 14. Dezember 1487, einen Freitag, um das erste große Schauspiel der neuen Inquisition vorzuführen.

Er wollte einen Akt der Sühne für Gott und der Verzeihung für die auf Irrwege geratenen Menschen feiern, um sie mit der Kirche zu versöhnen. Die Büßer waren Konvertiten, die die schrecklichen Meldungen aus Valencia eingeschüchtert hatten. Sie hatten sich freiwillig gestellt und sich beschuldigt, ihre alte Religion im Geheimen auszuüben.

Die Lehrlinge gingen hin, um sich die große Prozession anzusehen, die von der Santa-Caterina-Kirche ausging und zur Kathedrale führte.

Den Zug eröffnete ein Mönch mit der Inquisitionsfahne. Dargestellt waren ein Kreuz und rechts davon ein Schwert, das die Art symbolisierte, wie man die Ketzer behandeln musste, sowie links ein Ölzweig als Verheißung der Versöhnung für die bußfertigen Sünder. Es folgten eine Gruppe von singenden Messknaben und Bruder Espina zusammen mit vier Soldaten der Inquisition selbst. Ein anderer Mönch trug ein großes Kreuz, hinter ihm kam eine Gruppe von fünfzig Büßenden, die reuigen Sünder, die um Gnade gebeten hatten. Zu ihnen gehörten bekannte Leute, vor allem Handwerker, Schneider und Barbiere, doch die meisten waren Frauen, darunter mehrere Witwen von königlichen Schreibern. Sie bedeckten ihre Kleidung mit dem Büßerhemd, das eine Öffnung für den Kopf hatte und über Brust und Rücken hinabfiel. Es war gelb und hatte vorn und hinten große rote Kreuze. Auf den Köpfen trugen sie Büßermützen, spitze Kapuzen, die wie das Büßerhemd gelb und rot waren. Auch sie zogen singend vorbei, und manche geißelten sich den Rücken mit einer Peitsche, die viele Spitzen hatte. Es war ein neuartiges und ungewohntes Schauspiel. Die Leute zeigten mit dem Finger auf die Büßer, und manche machten sich über ihr lächerliches Aussehen lustig.

»Die hier werden der Strafe entgehen«, kommentierte Felip enttäuscht.

Joan sagte sich, dass diese Schande für jemanden, der gestanden und bereut hatte, eine allzu große Strafe war.

Auf die reuigen Büßer folgte ein Dominikanermönch mit einem weiteren Kreuz und einem zahlreichen Gefolge von Schreibern, Gerichtsdienern, Notaren, Kommissaren und Familiaren der Inquisition.

Als Bruder Espina zur Kathedrale kam, stellte er sich oben auf die Vortreppe, und nachdem sich die ganze Prozession versammelt hatte, hielt er seine Predigt, an deren Ende er die reuigen Sünder in den Schoß der Kirche aufnahm.

Doch die Kirchenbuße endete nicht an diesem Tag. Die reuigen Sünder sollten an weiteren zwei Prozessionen teilnehmen und durften sich das Büßerhemd ein Jahr lang bei Tag und Nacht nicht ausziehen. So könnten die übrigen Bürger sie überwachen und feststellen, dass sie nicht in die Ketzerei zurückfielen.

Außerdem durften sie sich nie wieder mit Gold, Silber, Perlen, Edelsteinen, Bernstein und Korallen schmücken und auch keine kostspieligen Kleider aus Seide, feiner Wolle oder rotgefärbten Stoffen tragen. Es war ihnen verboten, öffentliche Ämter auszuüben, und sie durften keine Ärzte, Chirurgen, Krämer, Gewürzhändler, Anwälte, Geldwechsler, Notare oder Schreiber werden. Sie durften auch nicht reiten oder Waffen tragen.

»Sie tun alles Mögliche, um die Büßer öffentlich zu demütigen«, erklärte Bartomeu, als ihn Joan fragte.

»Man könnte meinen, sie würden viel eher bestraft, als dass man ihnen verziehen hätte.«

»Außerdem verpflichtet sie die Inquisition, eine Geldbuße zu bezahlen.«

»Aber haben sie sich nicht freiwillig innerhalb der festgesetzten Frist auf die Gnade berufen?«

»Ja«, antwortete Bartomeu. »Die Stadt hat Botschafter zu König Ferdinand geschickt, um gegen den Missbrauch zu protestieren. Aber sie werden nichts erreichen. Bruder Alfonso Espina wird weiterhin tun, was ihm gefällt.«

»Dieser Mönch hat unglaubliche Macht.«

»Er ist die mächtigste Persönlichkeit in Barcelona«, bestätigte Bartomeu. »Sogar der Bischof hat seine Vollmachten auf ihn übertragen. Doch nicht die Autorität des Königs oder des Papstes macht ihn so furchtbar, sondern seine Macht, in Schrecken zu versetzen und zu erreichen, dass sich niemand mehr sicher fühlt. Die Angst ist seine beste Waffe. Er benutzt die Ängstlichen, um die Übrigen einzuschüchtern. Hast du all die Menschen gesehen, die mit ihren Büßerhemden und spitzen Mützen vorbeigezogen sind?«

»Ja.«

»Glaubst du, dass ihnen Bruder Espina nur für Geld, öffentliche Schande und Demütigung verziehen hat?«

Joan zuckte die Achseln.

»Überhaupt nicht!« Bartomeu war empört. »Sie mussten andere beschuldigen! Das sind Denunzianten! Der Inquisitor verzeiht nicht, wenn man ihm keine Namen nennt.«

Joan dachte darüber nach. »Wenn du dich retten willst, musst du deinen Freund, deinen Nachbarn, deinen Gatten anzeigen …« Er schüttelte bestürzt den Kopf.

»Außerdem sind die Anzeigen geheim. Du weißt nicht, wer dich beschuldigt und was er dir zur Last legt«, sagte Bartomeu weiter. »Und darum kannst du dich nicht verteidigen. Du bist in der Hand des Inquisitors. Kannst du dir die Panik vorstellen, die du verspüren würdest, wenn du etwas zu verbergen hättest? Deshalb melden sich viele selbst, bevor man sie anzeigt. Und sie müssen wieder andere beschuldigen.«

Joan starrte den Kaufmann entsetzt an. Bartomeu fuhr fort: »Wir haben uns bemüht, uns dieser Inquisition mit allen möglichen Mitteln zu widersetzen. Aber wir haben verloren. Der Schrecken sucht Barcelona heim wie andere Städte auch. Es wird zu einer Stadt der Denunzianten werden.«

In dieser Nacht notierte Joan in seinem Buch: »Angst. Eine Stadt voller Spitzel.«

Am nächsten Tag lief das Schiff eines gewissen Gelabert gegen die Befehle des Inquisitors aus dem Hafen Barcelonas aus. Es hatte zweihundert Konvertiten an Bord, die fliehen wollten. Man munkelte, dass Bruder Espina einen Wutanfall bekommen habe. Er bedrohte sogar die Ratsherren der Stadt.

Ein paar Tage danach inszenierte der Mönch sein zweites großes öffentliches Schauspiel. Aus dem Dominikanerkloster kam eine Prozession mit Fahnen und Kruzifixen. Neu war, dass die Büßer ihre Gesichter mit schwarzen Schleiern verhüllten und trotz der Dezemberkälte nackte Rücken hatten. Sie geißelten sich auf dem ganzen Weg bis zur Kirche Santa María del Mar. Dort hörten sie eine Messe und die Predigt Bruder Espinas und kehrten dann auf demselben Weg ins Kloster zurück, wobei sie sich abermals auf den Straßen geißelten.

Wenige Tage später lief eine Galeere mit weiteren Konvertiten nach Italien aus.

Bruder Alfonso Espina lieferte kurz darauf eine neue Demonstration seiner Macht. Am 25. Januar 1488 wurde das erste Autodafé auf der Plaza del Rey veranstaltet. Der Inquisitor hielt seine Predigt, und am Ende verurteilte er vier Angeklagte zusammen mit weiteren geflohenen Beschuldigten zum Tod auf dem Scheiterhaufen. In El Canyet, nahe am Meer, genau an der Stelle, wo sich die Jungen Schlachten mit Steinwürfen lieferten, wurden die Verurteilten zusammen mit den Bildnissen der Flüchtigen verbrannt.

Felip, Joan und die Übrigen sahen sich das Schauspiel an. Die Leute drängten sich dicht zusammen, doch im Unterschied zu anderen Hinrichtungen herrschte diesmal ein so tiefes Schweigen, dass man in den Stadthäusern nahe beim Portal de Sant Daniel die Schreie der Flammenopfer hören konnte.

Als sie zurückkamen, war Barcelona anders. Kälte und Angst machten es düster und verschlossen. Die wenigen Passanten auf den Straßen sahen ihre Nachbarn misstrauisch und ängstlich an. Bruder Alfonso Espina hatte gesiegt, und Joan fragte sich, wie viele sich von diesem Tag an zu Denunzianten machen ließen.

37

Nachdem ihn Felip verprügelt hatte, wurde das Zusammenleben im Haus der Corrós für Joan immer schwieriger. Felip verlangte von ihm kleine Gefälligkeiten, wie etwa, dass er ihm bei Tisch den Krug heranholte oder das Brot gab. Aber die Lehrlinge wussten genau, dass es Befehle waren. Als Felip sah, dass sich der Junge unterordnete, steigerte er seine Ansprüche.

Für Joan bedeutete es eine Erholung, im oberen Stockwerk mit Abdalá zu arbeiten. Die ruhige Art des Mauren wirkte entspannend auf ihn. In diesem Raum gab es eine andere, geordnete Welt, in der man sowohl die in den Buchstaben enthaltene Seele des Buches als auch dessen Körper verehrte, der ihre unentbehrliche Hülle war. Hier gab es eine Heimstatt der Kultur, wo sich der Lehrling sicher fühlte und wo er täglich neue Wörter und Begriffe in unterschiedlichen Sprachen zusammentrug, die er sich zu eigen machte.

Abdalá fragte nicht nach den Wunden und blauen Flecken in seinem Gesicht, doch er musterte ihn wortlos. Als Joan schließlich wieder einmal die Feder geistesabwesend ins Tintenfass tauchte, ohne sie dann herauszuziehen, fragte er: »Was hast du, Junge?«

»Nichts.«

»Welche Angst dich auch bedrückt, du bist gewiss nicht der Erste auf der Welt, der unter ihr leidet«, betonte der Maure. »Vielleicht kann ich dir helfen.«

Joan sagte nichts und setzte seine Arbeit fort. Welche Lösung könnte ihm schon der friedfertige Abdalá bieten?

Die üble Behandlung fand jedoch kein Ende. Wochen vergingen, und der große Bursche peinigte ihn immer noch. Joan, der die Strafe kannte, die ihn erwartete, wenn er nicht gehorchte, unterwarf sich. Felip ließ in seiner Bande keine Fahnenflucht zu, doch immer, wenn er konnte, hielt sich Joan abseits und behauptete, dass man im Santa-Anna-Kloster nach ihm verlange. Sobald er dort war, lief er in seinen Gartenwinkel, wo er wütend mit der Azcona seines Vaters übte, indem er sie gegen eine Scheibe schleuderte, von der er sich vorstellte, sie sei Felip. Aus einem Grund, den er nicht in Worte fassen konnte, hatte er die Waffe seines Vaters im Kloster aufgehoben. Er spürte, dass sie dort sicherer war.

Anna kam nicht wieder zum Brunnen zurück, doch er ging täglich in die Calle Argentería, weil er hoffte, sie dort zu sehen. Wenn er sie erblickte, war er glücklich, obwohl er es nicht wagte, sich ihr zu nähern. Wenn sie ihn erblickte, erstrahlte ihr Gesicht in einem Lächeln, was Joan über alle Maßen freute. Als sie sich wieder einmal diese stummen Botschaften übermittelten, bemerkte Joan, wie sich ihr Gesicht in panischem Schrecken verzog. Anna rannte überstürzt ins Haus. Da schlug ihm jemand auf die Schulter und sagte: »Deine Jüdin gefällt mir immer besser.« Es war Felip. »Du wirst schon sehen, was ich mit ihr mache, wenn ich sie das nächste Mal erwische.«

Er ließ ein Gelächter hören. Joan drehte sich erschrocken um.

»Das nächste Mal lasse ich sie nicht davonkommen, und dann gibt sie mir alles, was du niemals haben wirst«, setzte er hinzu.

Der Raufbold genoss die Angst des Jungen. Joan wusste nicht, was er tun und sagen sollte. Er geriet in Panik. Felip machte keinen Spaß.

»Joan, ich bin nicht mit dem einverstanden, was Felip dir angetan hat, und auch nicht mit der Art, wie er dich behandelt«, flüsterte ihm Lluís in einem Augenblick zu, in dem Felip nicht in der Werkstatt war.

Der Junge blickte ihn überrascht an.

»Nicht?«, fragte er zurück.

»Nein. Ich habe seine Protzereien satt. Auch ich musste das alles ertragen, als ich hier angefangen habe. Aber ich war zu klein und konnte mich nicht verteidigen, und nie habe ich mich getraut, so etwas wie du neulich zu tun.«

»Du hast Angst vor ihm, nicht wahr?«

»Ja, und das mit Recht«, antwortete Lluís. »Er ist stärker, und er kennt kein Mitleid.«

In dieser Nacht fand er keine Ruhe, und als er gerade einschlafen wollte, fuhr er mit einem Ruck hoch. Felips Bild, wie er Anna Gewalt antat, tauchte immer wieder vor ihm auf. Sein Herz klopfte schneller, und er bekam keine Luft.

»Was war heute Nacht?«, fragte ihn Abdalá am Morgen. »Du hast dich auf deinem Strohsack hin und her gewälzt. Du konntest nicht schlafen.«

»Und woher wisst Ihr das?«, wollte der Junge wissen. »Habt Ihr auch nicht geschlafen?«

»Doch, ich habe geschlafen. Aber wir Alten schlafen weniger, und ich nutze die Zeit, um die Augen zu schließen. Dann sehe ich Granada in meinen Wachträumen vor mir, kehre dorthin zurück und laufe durch seine Straßen. Das Granada aus der Zeit, als ich ein Kind war. Es gibt keinen schöneren Ort auf der Welt.«

»Auch ich träume manchmal mit wachen Augen von meinem Dorf, meinem Meer und meiner Familie.«

»Sag mir, was mit dir ist«, forderte ihn der Meister sanft auf.

Joan konnte es nicht länger aushalten. Mit Tränen in den Augen erzählte er ihm von Felips übler Behandlung und dem Schrecken, den ihm die Drohung gegen Anna einjagte.

Der Alte hörte aufmerksam zu, und dann dachte er angestrengt nach.

»Die Angst versklavt uns schlimmer als Ketten, die Angst und auch die Unwissenheit«, sagte er schließlich. »Mit dieser Angst kannst du nicht weiterleben.«

»Ja. Das weiß ich schon. Das hat mein Vater gesagt«, bestätigte der Junge betrübt. »Aber was kann ich tun? Er ist viel stärker als ich. Er hat mich verprügelt, mich vor allen erniedrigt und mir die Würde genommen.«

Abdalá beobachtete ihn und bedachte ruhig seine Worte.

»Er hat dir die Würde genommen, er bedroht die Frau, die du liebst, er hat dich eingeschüchtert …« In der Stimme des Alten schwang ein drängender Ton mit. »Und das willst du ihm erlauben?«

»Ich?«

»Pass auf, Joan. Ich habe festgestellt, dass du schon beinahe so groß bist wie er.«

»Aber er hat mich verprügelt …«

»Nicht wegen seiner Größe war er dir überlegen, sondern weil er dir schaden wollte, während du versucht hast, ihn von Anna fernzuhalten. Das hat er getan. Außerdem sagst du, dass er Helfer hatte, nicht wahr? Was wäre geschehen, wenn ihr zwei allein gewesen wäret und du dich auf einen Kampf vorbereitet hättest?«

Joan überlegte.

»Hätte er dir angetan, was er dir angetan hat?«

»Nein!«, erwiderte der Lehrling.

»Also?«, sprach Abdalá weiter. »Willst du dann immer noch mit dieser Angst leben?«

»Aber er ist der Bandenführer. Ich kann es nicht allein mit ihm aufnehmen. Da sind noch die Übrigen.«

Abdalá lächelte.

»Nun gut. Allmählich denkst du schon, dass du es kannst oder dass du wenigstens Möglichkeiten hast, ihn zu besiegen, wenn er allein ist. Entscheide dich, ob du dich von der Angst befreien oder immer mit ihr leben willst. Und wenn du das weißt, rede mit mir. Jetzt gehen wir wieder an die Arbeit.«

Verwirrt machte sich Joan erneut ans Werk. Welche Rolle spielte es schon, was er wollte? Der große Felip würde ihm die Knochen brechen, wenn er es mit ihm aufnahm. Es war logisch, dass er Angst vor ihm hatte. Den Rest des Tages dämmerte er an seinem Tisch vor sich hin und beseitigte die Tintenkleckse, die sich in seinen Schriftzügen zeigten. Immer wieder grübelte er über Abdalás Worte nach, doch er glaubte nicht, dass ihm dieser friedfertige Maure würde helfen können.

Beim Abendessen musste er wieder einmal die ständigen Bosheiten Felips ertragen, und in dieser Nacht weckte ihn derselbe Albtraum mehrmals auf: wie Felip sich an Anna verging.

Am folgenden Morgen konnte er sich nicht auf die Arbeit konzentrieren. Schließlich ging er zu seinem Meister und sagte: »Abdalá, ich will mich von der Angst befreien.«

Der Meister betrachtete ihn aufmerksam, bevor er sprach.

»Damit du dich von der Angst befreist, musst du mit ihrer Ursache fertig werden«, sagte er endlich. »Wer ist die Ursache deiner Befürchtungen?«

»Felip.«

»Du weißt, dass er dich umbringen kann, wenn du es mit ihm aufnimmst und wenn du verlierst?«

»Ja.«

»Dann sag mir: Warum würdest du bereit sein, dein Leben zu wagen?«

Joan dachte darüber nach. Sein Dasein hatte sich in einen erbärmlichem Zustand verwandelt. Er wollte weiterleben, damit er seine Familie befreien und sich an den Mördern seines Vaters rächen konnte. Und er wollte es auch, um Anna wieder lächeln zu sehen, um ungehindert Bücher lesen zu können und seinen Bruder zu beschützen … Es gab tausend Dinge, für die man leben konnte. Aber er wusste, dass er diese peinigende Angst bezwingen musste, um sich an alldem erfreuen zu können.

»Ich möchte nicht länger leiden, wenn ich daran denke, was er Anna alles antun kann, und er soll mich nicht mehr demütigen.«

»Bist du wütend, wenn du dich daran erinnerst, was er dir angetan hat?«

»Ja, sehr.« Der Junge presste die Kinnladen zusammen.

»Gut, das ist gut«, betonte der Meister. »Jetzt hör mir genau zu: Es ist gut, sehr gut, dass du wütend bist – je mehr, desto besser. Angst lässt sich leicht in Hass verwandeln. Tu es. Aber du musst mit kühlem Kopf handeln.«

Er erklärte ihm, die erste Voraussetzung, um eine Schlacht zu gewinnen, sei der unerschütterliche Wille zu siegen. Seine Wut und seine Angst seien gute Impulse dafür. Er müsse immer daran denken, was ihm Felip angetan habe und welche Bedrohung er für Anna darstelle. Und wenn er ihn niederschlage, dürfe er ihm keine Ruhe gönnen, sondern müsse bis zur letzten Konsequenz gehen. Selbstverständlich ohne ihn zu töten.

»Denk daran, und komm wieder, wenn du glaubst, dass dein Siegeswille größer ist als der deines Widersachers.«

Während des restlichen Vormittags grübelte Joan weiter. Seine Angst wandelte sich zu dem Verlangen, den anderen zu bestrafen, damit sich die Verhältnisse umkehrten und der andere schließlich *ihn* fürchten würde. Je länger er an die Beleidigungen, Herabsetzungen und Demütigungen zurückdachte, desto mehr wuchs seine Entschlossenheit. Vor dem Essen ging er wieder zu Abdalá und sagte: »Ich will ihm eine Lektion erteilen. Nichts wünsche ich sehnlicher.«

Abdalá lächelte und sagte, jetzt sei es an der Zeit, zum Essen hinunterzugehen, sie könnten sich nachher darüber unterhalten. Nach der Mittagspause ging jeder an seinen Tisch, und sie fingen mit der Arbeit an.

»Spürst du immer noch, dass dein Wille stärker als seiner ist?«, fragte Abdalá nach einer Weile.

»Ja, Meister«, antwortete Joan. Er stand von seinem Tisch auf und lief zu dem des Mauren.

»So groß auch dein Verlangen ist, Felip bleibt immer noch der Stärkere«, warnte dieser ihn und blickte ihn über seiner Brille an.

»Aber, was …?«

»Du brauchst etwas mehr.«

»Was?«

»Du musst deine Tat gut vorbereiten und ihn überrumpeln.«

Joan schwieg.

»Ja, denk daran«, erklärte der Meister. »Du wolltest ihn von dem Mädchen trennen. Aber er hat dich mehrmals geschlagen, bevor du dich wehren konntest. Er hat dich überrumpelt.«

Joan nickte zustimmend. Er hatte von Felip keine derart heftige Reaktion erwartet, als er ihn von Anna trennen wollte.

»Und danach hat er befohlen, dass sie dich festhalten. Er wusste, dass sie ihm gehorchen würden, und sie haben ihm gehorcht. Er hat das Geschehen vollkommen beherrscht. Du hingegen warst ihm ausgeliefert. Jetzt überleg, was du tun kannst, damit du das Geschehen beherrschst und dich die Überraschung begünstigt.«

Nachdenklich ging Joan zu seinem Tisch zurück.

»Ach!«, sagte ihm nun der Meister. »Das hatte ich vergessen. Beim Essen habe ich gesehen, dass du ihn direkt angesehen hast, ohne den Kopf zu senken. Das machst du falsch! Verhalte dich weiter so, als hättest du Angst vor ihm. Warne ihn nicht vor.«

Nachdem Joans Gedanken lange von Angst und Furcht beherrscht worden waren, ging er nun dazu über, einen Plan zu entwerfen.

»Abdalá«, fragte Joan ihn eines Tages, »Ihr habt mir gesagt, dass Ihr kein Mann der Waffen seid. Wie könnt Ihr da etwas vom Krieg wissen? Warum ermuntert Ihr mich zum Kampf?«

»Blut gefällt mir nicht«, antwortete er. »Mir ist die Literatur lieber, doch auch ich musste zu den Waffen greifen und in Schlachten kämpfen. Zuweilen ist ein Mann gezwungen, sich für seine Würde zu schlagen.«

»Es ist erstaunlich, dass Ihr so etwas sagt, wo Ihr doch ein Sklave seid.«

»Ich bin einer, weil man es von mir sagt, obwohl ich das Leben lebe, das ich gern habe.«

»Wollt Ihr wirklich nicht in Euer schönes Granada zurückkehren?«

»Es gab eine Zeit, in der ich das wollte, doch jetzt nicht mehr. Niemand wartet dort auf mich. Die Bruderkämpfe haben dieses glanzvolle Reich erschöpft. Granada wird belagert, und ich will nicht bei seiner Kapitulation dabei sein. Lieber lebe ich mit meinen Büchern und träume davon, wie es früher war.«

Joan nickte zustimmend, doch seine Gedanken wandten sich unverzüglich wieder Felip und seinen Plänen zu. Er hatte schon einen ganz bestimmten Tag im Auge.

38

Felips Trupp richtete sich auf einer Felsengruppe ein und wartete auf seine Feinde, um die am Sonntag übliche Schlacht mit den Steinwürfen zu liefern. Seine blaue Fahne war in den Boden gerammt. Joans Herz klopfte schneller.

»Sie kommen«, rief ein Junge, als er die rote Standarte der Calle Regomir entdeckte.

Joan wartete, bis sie sich weiter genähert hatten. Dann ging er zu Felip und schlug mit seinem Stock kräftig an dessen Holzschild. Das laute Krachen bewirkte, dass sich alle zu Joan umblickten. Stille trat ein.

»Ich fordere dich heraus.«

Der Raufbold starrte ihn überrascht an.

»Bist du verrückt geworden?«, fragte er schließlich und lachte schallend. »Hast du neulich nicht genug abbekommen, *remensa*? Diesmal werde ich dich fertigmachen.«

»Ich fordere dich zum Kampf«, sagte Joan nachdrücklich. »Wenn du nicht annimmst, bist du nicht mehr der Führer des Trupps.«

»Packt ihn!«, befahl Felip.

Joan wich zurück, während er seinen Knüppel drohend schwenkte, um zu verhindern, dass man zu ihm vordrang. Einer hatte schon einen Schritt auf ihn zugemacht, um ihn festzuhalten.

»Ich berufe mich auf das Gesetz der Gruppe!«, rief er. »Eine

Herausforderung gilt nur für zwei. Niemand sonst darf sich einmischen.«

»Aber du bist nicht …«, setzte Felip an.

»Es stimmt!«, schrie Lluís. »So steht es in unseren Gesetzen. Er hat das Recht, den Anführer herauszufordern.«

Felip warf Lluís einen tödlichen Blick zu, aber mehrere Jungen unterstützten ihn.

»Halte dich an das Gesetz!«, riefen sie ihm zu.

Sogar die engsten Gefolgsleute Felips bestätigten das mit einem Kopfnicken. So war das Gesetz. Der Anführer sah, dass er überstimmt war, und ihm wurde klar, dass er annehmen musste.

»Einverstanden«, sagte er. »Aber daran wirst du dein ganzes Leben denken. Ich reiße dir die Eier mit den Zähnen ab.«

Joan erschauderte. Er wusste, dass der andere dazu fähig war. Er merkte, wie ihm das Blut in die Schläfen stieg, sagte sich aber, dass dies nicht die richtige Zeit war, sich zu fürchten. Er brauchte Siegeswillen.

»Ich fordere dich zu zehn Steinwürfen heraus, ohne Schild und aus einer Entfernung von achtzig Schritten«, sagte er in energischem Ton.

»Ich möchte, dass es mit Fausthieben ausgetragen wird«, widersprach Felip.

»Also, das Gesetz sagt, dass die Steine zuerst dran sind, weil Joan der Herausforderer ist, und dann geht es mit Fäusten weiter«, erläuterte Lluís.

Die Übrigen stimmten zu. Die Jungen aus der Calle Regomir hatten sich an ihrem Kampfplatz aufgestellt, in einer Entfernung von hundert Schritten. Schreiend ließen sie wissen, dass sie bereit seien.

»Wir haben hier einen Zweikampf. Die Schlacht wird verschoben!«, teilte ihnen Lluís laut mit.

Das gefiel denen mit der roten Fahne offenbar gut. Sie legten Schilde und Knüppel auf den Boden, um friedlich näher zu kommen und dem Duell zuzusehen.

Joan und Felip liefen auseinander, um ihre Steine auszusuchen. ›Mein Siegeswille‹, sagte Joan sich immer wieder. ›Ich werde siegen!‹

Als sie bereit waren, stellten sie sich in der Entfernung auf, die der zum Kampfrichter ernannte Lluís abgemessen hatte. Jeder betrat einen gezeichneten Kreis, den er nicht verlassen durfte. Auf »Los!« zielte Joan und warf den ersten Stein, dem Felip mühsam auswich. Mit dem vierten Stein traf Joan die Schulter Felips, der ein klägliches »Au!« nicht unterdrücken konnte. Das war die Chance, auf die Joan gewartet hatte. Beim nächsten Wurf traf er ihn wieder, diesmal am Knie. Der Größere wäre beinahe gestürzt, doch nun traf er Joans linkes Bein. Der Junge schrie vor Schmerz, und es sah so aus, als sei das Bein gebrochen. Trotzdem hielt ihn das nicht zurück, und der achte Stein traf Felip am Kopf. Der Bandenführer hatte das Glück, dass ihn das Geschoss nur seitlich traf. Er blutete lediglich.

Da Felip unfähig war, gleichzeitig auszuweichen und zu werfen, blieb er unbeweglich stehen und wartete darauf, dass Joan die beiden letzten, die er noch hatte, verschoss. Er wich dem neunten aus. Der zehnte traf ihn am Oberkörper, ohne ihm allzu großen Schaden zuzufügen.

Sobald sein Feind entwaffnet war, konzentrierte sich Felip darauf, selbst genau zu zielen. Blutverschmiert und wütend betrachtete Felip den Stein, den er noch in der Hand hatte. Doch er warf den Stein nicht, sondern hielt ihn weiter in der Hand, während er zur Mitte der sie trennenden Strecke lief. Joan rührte sich nicht, sondern rief seinem Gegner zu: »Wirf den Stein!«

Der Rothaarige erreichte die Mitte, während Joan immer noch in seinem Kreis stand. Er wusste, dass Felip gern mit einem Stein in der Hand zuschlug. Er erinnerte sich, wie erbarmungslos er Bruder Nicolau verprügelt hatte.

»Wirf den Stein!«, riefen ihm einige Jungen zu.

Felip forderte Joan mit einer Geste auf, zu ihm zu kommen.

»Komm!«, sagte er dann. »Komm her, du Dreckskerl, wenn du was in der Hose hast.«

»Lass vorher den Stein fallen!«, antwortete Joan und schüttelte den Kopf.

Nun rannte Felip ziemlich schnell auf ihn zu, obwohl er dabei hinkte. In der Hand schwang er seinen letzten Stein. Joan lief in die entgegengesetzte Richtung davon, wobei er ein Bein nachzog. Doch wenn ihn Felip einholte, würde er ihn zusammenschlagen. Alle schrien, und Joan merkte, dass ihm Felip schon auf den Fersen war. Als er einen Baum erreichte, suchte er Schutz hinter dem Stamm, während Felip auf ihn losstürzte. Gerade in diesem Augenblick bückte sich Joan und holte einen Schild und einen Knüppel aus einem Gebüsch hervor. Der große Bursche blieb ruckartig stehen, und in seinem blutverschmierten Gesicht zeigte sich Angst. Sein Stein nützte ihm nichts, wenn sich sein Gegner mit dem Schild decken und ihn mit dem Stock schlagen konnte. Er machte kehrt, und die Verfolgungsjagd ging in umgekehrter Richtung weiter. Der erste Schlag traf Felip an der Schulter. Er wollte sich umdrehen und mit dem Stein zuschlagen, doch er traf nur den Schild, und der nächste Knüppelhieb erwischte ihn am Kopf. Nun ließ er den Stein fallen. Als ihm Joan den nächsten Schlag versetzte, stürzte er zu Boden. Die Jungen umringten Joan und riefen ihm zu, er solle den Stock wegwerfen. Er gehorchte erst, nachdem er den Schädel des Gestürzten mit einem schallenden Schlag getroffen hatte, und mit der ganzen Wut, die er so lange in sich aufgestaut hatte, trat er nun auf den liegenden Körper ein. Dann setzte er sich auf den anderen und bearbeitete ihn mit den Fäusten, bis sie bluteten.

»Lass ihn in Ruhe!«, hörte er die anderen. »Jetzt reicht es. Du bringst ihn ja um.«

Lluís und ein weiterer Junge zogen ihn von Felips zusammengerolltem und blutüberströmtem Körper fort. Felip war nur noch ein willenloses Bündel.

Joan begriff, dass er gesiegt hatte. Er streckte die blutigen Fäuste hoch, schrie und brüllte, bis ihm die Stimme versagte. Wie ein wildes Tier.

Als sein Gebrüll verstummte, schrien viele andere und klatschten Beifall. Ein Tyrann war gestürzt, und mehrere Jungen – sowohl von den Roten als auch von seiner eigenen Bande – nutzten die Gelegenheit, um den Körper mit Fußtritten zu misshandeln. Beinahe hätten sie den Regungslosen umgebracht. Er war bewusstlos, und man musste eine Trage zusammenbauen, um ihn zum Haus der Corrós zu schaffen. Es ging ihm so schlecht, dass der Herr einen Arzt holen ließ, der entscheiden sollte, ob man ihn in ein Hospital bringen müsse. Die Lehrlinge sagten, er sei gestürzt. Man glaubte ihnen nicht, doch man fragte auch nicht weiter nach.

Der Arzt erklärte, Felip habe keinen Schädelbruch – ein Wunder, wenn man die vielen Verletzungen am Kopf und im Gesicht bedenke. Er stellte auch keine Knochenbrüche fest, abgesehen von drei Rippen. Er müsse ein paar Wochen das Bett hüten, das würde ausreichen.

Für Joan änderte sich das Leben vollkommen. Die Morgen waren schöner und die Nachmittage ruhiger. Er litt nicht mehr unter Felips ständigen Quälereien und Beleidigungen und wurde nun von den Lehrlingen bewundert und geachtet. Lluís bat ihn, die Leitung der Bande zu übernehmen, doch Joan sagte, dafür habe er nicht gekämpft.

»Nun, das musst du aber tun«, beharrte Lluís. »Sonst bestimmt er wieder. Manche halten immer noch zu ihm. Und dann lässt er es uns büßen, die dir geholfen haben.«

»Ich will nicht«, widersprach Joan. »Aber du könntest der Anführer werden. Du bekommst meine Unterstützung, und ich werde dein Stellvertreter in der Gruppe.«

»Danke, Meister. Ich hatte nie geglaubt, dass ich ihn besiegen könnte.«

»Du hast mir eine große Freude gemacht. Du bist ein ausgezeichneter Lehrling«, antwortete Abdalá. »Und dieser Raufbold hat eine kräftige Lektion verdient. Deine Sache war gerecht.«

»Aber was nützt einem Gerechtigkeit, wenn die Kraft fehlt, sie zu verteidigen.«

»Ja. Das ist richtig«, pflichtete ihm der Alte bei. »Sag mir, was du gelernt hast.«

»Dass man Siegeswillen haben muss. Aber er allein reicht nicht aus. Man muss auch das Gesamtunternehmen gut vorbereiten. Ich habe mich vorher überzeugt, dass mich mehrere Bandenmitglieder unterstützen, und dafür konnte ich mich auf Lluís verlassen. Außerdem kannte ich das Bandengesetz genau, so dass ich mich darauf berufen konnte, wenn Felip es brechen wollte.«

»Gut, sehr gut«, erklärte Abdalá zufrieden. »Und die Überraschung?«

»Felip hatte meine Herausforderung nicht erwartet, und das noch weniger zu diesem Zeitpunkt. Ich hatte in den letzten Tagen so getan, als wäre ich völlig unterwürfig. Da ich ihn kenne, habe ich außerdem richtig vorhergesehen, dass er mir mit dem letzten Stein einen unehrlichen Streich spielen wollte. Darum habe ich vorgetäuscht, dass ich nicht richtig laufen konnte, und darum hatte ich auch Schild und Stock sorgfältig im Gebüsch, hinter dem Baum, versteckt.«

»Ich gratuliere. Ich bin stolz auf dich.«

Joan schrieb heimlich in sein Lehrlingsbuch: »Siegeswille, gemeinsames Handeln und Überraschung.«

Als Felip wieder zu sich kam, brauchte er einige Zeit, bis er sich an die Ereignisse erinnern konnte, und noch länger, bis er begriff, dass dies das Ende seiner Herrschaft war. Als Joan erfuhr, dass er bei Bewusstsein war, suchte er einen Moment aus, in dem die Übrigen am anderen Ende der Werkstatt arbeiteten, um ihn zu besuchen. Felip lag auf seinem Strohsack.

»Wie geht es dir?«, fragte Joan.

»Besser«, antwortete der andere abweisend.

»Wenn du willst, kann unser Streit damit enden.« Er hielt ihm die Hand hin. »Zeige mir Achtung, und ich achte dich.«

Trotz seines mit blauen Flecken und Wunden bedeckten Gesichts starrte ihn Felip geringschätzig an.

»Wer glaubst du, dass du bist, *remensa*?«, sagte er schließlich. »Ich lasse dich büßen, was du getan hast.«

Joan hatte diese Antwort erwartet und verlor nicht die Ruhe. In der Nähe stand ein Stock. Joan nahm ihn und schlug mit beiden Händen gegen die Füße des Bretts, auf dem der Strohsack des großen Burschen lag. Ein kräftiger Schlag war zu hören, und Felip heulte auf. Joan erkannte Angst in seinen Augen.

»Ich sehe, dass du die Lektion nicht gelernt hast«, sagte Joan gelassen. »Wenn du es mit mir aufnimmst, töte ich dich.«

Er schlug noch einmal an das Brett, dann entfernte er sich gelassen. Doch er sagte sich, wenn sich der andere erholt habe, müsse er ständig auf der Hut sein und seinen Dolch bereithalten.

Glücklich lief Joan zur Calle Argentería. Als Anna ihn bemerkte, rief er sie mit einer Handbewegung zu sich. Bald danach kam sie mit ihrem Krug aus dem Haus. Sie hatten lange nicht miteinander gesprochen und sich nur von weitem gesehen. Joan sagte: »Ihr müsst Euch nicht mehr vor Felip fürchten. Ich habe ihm eine Lektion erteilt, und er kann Euch nicht mehr schaden. Ihr könnt ohne Gefahr zum Brunnen zurückkehren.«

»Danke, Joan. Aber meine Eltern lassen mich bestimmt nicht wieder raus. Ich werde mich wie heute heimlich davonmachen. Es tut mir leid, aber ich muss auf der Stelle zurück.«

Joan fasste sie an der Hand und küsste sie. Die Wangen des Mädchens erröteten, und sie rannte davon.

39

»Joan, hast du das Blattgold benutzt?«, fragte Abdalá.

Überrascht blickte der Lehrling von dem Text auf, den er gerade kopierte. Blattgold bestand aus Goldfolien, die man mit einem Hammer so lange bearbeitete, bis sie dünner als das dünnste Papier waren. Ein Lufthauch ließ sie davonfliegen. Man benutzte es für Bilder und sorgfältig ausgestaltete Anfangsbuchstaben. Es wurde auch in der Buchbinderei für gepunztes Leder bei Deckeln wertvoller Bücher verwendet.

»Nein, Meister. Das habe ich seit einer Woche nicht benutzt.«

»Wie sonderbar!«

»Was?«

»Es ist nicht in dem Kasten, in dem wir es immer aufbewahren.«

»Ich sehe nach.« Joan stand auf und stellte fest, dass der Kasten tatsächlich leer war.

»Du hast es wirklich nicht genommen?«

»Wirklich nicht. Vielleicht haben es die aus der Werkstatt benutzt.«

»Nein, sie hätten mich darum gebeten. Ich bin dem Herrn gegenüber für das Blattgold verantwortlich.«

Der Alte machte ein besorgtes und finsteres Gesicht.

»War es viel?«

»Ja, beinahe im Wert von einem Pfund.«

Joan pfiff überrascht. Der Buchbindermeister bekam außer der Verpflegung ein Pfund im Monat. Das war eine beträchtliche Summe.

»Joan«, sagte der Meister nach einer Weile. »Ich weiß, dass du ein ehrlicher Junge bist, und du weißt auch, wie sehr ich dich schätze. Doch wenn du durch irgendeine Jugendtorheit in eine Notlage geraten bist, sag es mir bitte, und wir werden versuchen, das in Ordnung zu bringen.«

»Ich habe es nicht angerührt, Meister. Ich schwöre.«

Abdalá seufzte.

»Wir bekommen Probleme«, sagte er schließlich. »Man nimmt an, dass nur du und ich Zugang zu diesem Zimmer haben.«

»Nun, gewiss ist noch jemand hereingekommen, als wir nicht da waren.«

»Ja, so wird es sein. Aber ich bin dafür verantwortlich, und man wird uns verdächtigen.«

Die Aufregung, die die Nachricht im Haus hervorrief, war ungeheuer groß. Für die Corrós waren die Handwerker ein Teil der Familie, und sie kümmerten sich um sie so gut, wie sie konnten. Allerdings verlangten sie dafür Ehrlichkeit. Nur jemand, der zum Haus gehörte, konnte das Gold gestohlen haben, und das machte sein Verschwinden äußerst schwerwiegend. Ramón Corró und seine Ehefrau riefen alle im Hof der Werkstatt zusammen, um ihnen den Vorfall mitzuteilen. Ein Pfund war eine beträchtliche Summe, doch der Herr sagte, es wäre ihm lieber gewesen, dass man ihm tausend außerhalb des Hauses als eines innerhalb des Hauses gestohlen hätte.

Etwas, so schien es, war in der Gruppe zerbrochen. Sie senkten den Kopf und sahen sich gegenseitig an, um sich vorzustellen, ob der am nächsten stehende Gefährte der Schuldige sein könnte. Am Ende forderte der Herr den Verantwortlichen auf, sich unter vier Augen an ihn zu wenden, er werde sich nachsichtig verhalten.

Als Joan, nachdem die auf das Mittagessen folgende Pause vorüber war, ins *Scriptorium* hochstieg, traf er dort nicht nur Abdalá, sondern er stieß auch auf den Herrn, den Meister Guillem und Felip. Sie erwarteten ihn und machten ein finsteres Gesicht.

»Was gibt es?«, stammelte der Junge überrascht.

»Joan, gib mir bitte deinen Mantel«, verlangte der Herr von ihm.

»Meinen Mantel?«

»Ja.«

Joan schaute jedem Einzelnen der Anwesenden ins Gesicht, weil er verstehen wollte, worum es ging. Abdalá sah traurig aus, Mosén

Corró blickte entschlossen und Meister Guillem erwartungsvoll. Felip konnte seine Freude kaum hinter einer dem Anlass entsprechenden Miene verbergen. Joan spürte, dass sich etwas Übles für ihn zusammenbraute.

»Gib mir deinen Mantel!« Der Herr wiederholte den Befehl.

Joan wäre gerne hinausgerannt. Er fürchtete das Schlimmste, doch er war ans Gehorchen gewöhnt und verwarf eine Flucht. Sie würde die Dinge weiter verschlimmern. Also gab er das Kleidungsstück langsam her und spürte, dass er den Kopf auf den Richtblock legte.

»Meister Guillem«, sagte der Herr, als er den Mantel an ihn weitergab, »untersucht das Futter.«

Guillem versäumte es nicht, Joan einen Blick zuzuwerfen, den dieser als eine Anklage verstand. Er prüfte die Naht am unteren Teil des Mantels und tastete den Stoff ab.

»Hier gibt es zwei unterschiedliche Arten von Stichen«, sagte er nach einer Weile. »Und die einen wurden mit demselben Faden ausgeführt, den wir für die Bücher benutzen.«

»Trennt diese Stiche auf, Guillem«, verlangte der Herr.

Der Meister strengte sich mit einer Schere an, und kurz darauf zog er etwas aus dem Futter, das durch seinen Glanz blendete. Joan erkannte es sofort: Es war ein Goldblatt.

Er war sprachlos. Sein Blick wanderte vom Gold zu Mosén Corró, der ihn empört anstarrte. Als er zu Abdalá hinübersah, stellte er fest, dass dieser zu Boden blickte und den Kopf leicht schüttelte, um seine Ablehnung zu bekunden. Felip hingegen fiel es schwer, ein triumphierendes Lächeln zu verbergen.

»Niemals hätte ich das von dir erwartet!«, warf ihm der Herr vor.

»Ich war das nicht. Ich verspreche es«, verteidigte sich Joan.

Es trat Schweigen ein. Alle warteten auf Mosén Corrós Antwort.

»Wie erklärst du dir dann, dass ein Goldblättchen in deinem Mantel versteckt ist?«

»Jemand hat es hineingesteckt.« Joan spürte, wie ihm die Tränen aus den Augen traten. »Ich war es nicht!«

»Es tut mir leid. Aber du konntest ganz leicht an das Gold herankommen und es in deinem Mantel verstecken. Alles weist auf dich hin und auf keinen anderen. Es ist besser, dass du deine Schuld zugibst. Wo bewahrst du die übrigen Goldblättchen auf?«

»Ich habe sie nicht!«

»Joan, ich sage es dir nur noch einmal.« Der Herr konnte seine Empörung nur mühsam beherrschen. »Gib deinen Fehler zu und sag mir, wo du das übrige Gold versteckt hast.«

»Ich habe es nicht! Das schwöre ich!«

Mosén Corró packte ihn am Arm, und einen Augenblick sah es so aus, als wollte er ihn schlagen. Doch er hielt sich zurück und sagte: »Hör zu, Joan. Lass mich nicht die Geduld verlieren.«

»Ich war es aber nicht.« Joan konnte die Tränen nicht unterdrücken. »Ich schwöre es bei meinem toten Vater!«

Es wurde still. Der Herr wandte seinen Blick von dem schluchzenden Jungen ab und beobachtete die Gesichter der Übrigen. Felip hatte den Kopf gesenkt.

»Denk darüber nach, Joan«, sagte Mosén Corró nach einer Weile. »Und geh in die Werkstatt, solange wir anderen uns hier unterhalten. Wenn ich dich hochrufen lasse, hoffe ich, dass du wenigstens das Herz hast, deinen Fehler zuzugeben. Danke, Felip. Geh du mit ihm zusammen.«

Joan ging die Treppe hinunter. Felip lief ihm hinterher, und als sie unten angekommen waren, sagte er: »Jetzt ist es wirklich aus mit dir.« Seine Stimme hatte einen sarkastischen Ton. »Nicht wahr, *remensa*?« Er lächelte. Sein Gesicht zeigte immer noch die Spuren der Verletzungen, die er ein paar Wochen zuvor abbekommen hatte.

Joan stürzte sich auf ihn, doch das hatte der große Bursche erwartet, und er warf ihn mit einem Faustschlag zu Boden.

»Mehr kriegst du nicht, weil ich nicht will, dass der Herr auch mich hinauswirft.«

Die anderen zwei Lehrlinge und der Geselle erwarteten sie, als sie die Werkstatt betraten.

»Was ist geschehen?«, fragten sie.

Joan sagte nichts. Er setzte sich in eine Ecke, stützte die Ellbogen auf die Knie und legte die Hände an sein schmerzendes Gesicht. Er wollte sich konzentrieren, aufhören zu weinen und verstehen, was vorgefallen war.

»Nichts ist geschehen«, antwortete Felip, nachdem er eine beunruhigende Pause gemacht hatte. »Wir haben den Dieb schon gefasst.«

Als die Männer wieder herunterkamen, betrachteten ihn der Herr und die zwei Meister mit ernster Miene.

»Hast du nachgedacht, Joan?«, erkundigte sich Mosén Corró.

»Ich muss nicht nachdenken. Ich war es nicht.«

Der Buchhändler sah die anderen an, bevor er weiterredete.

»Also, ich merke, dass du bei deiner Haltung bleibst. Und das tut mir um deinetwillen leid. Nimm deine Sachen und geh. Das hier ist nicht mehr dein Zuhause.«

»Aber …«

»Geh auf der Stelle«, verlangte Mosén Corró nachdrücklich. »Ich gebe dir zwei Tage, damit du darüber nachdenkst. Wenn du am dritten nicht mit dem Gold zurückgekommen bist, zeige ich dich bei den Behörden an. Du bist sehr jung, und ich will dir die Strafe und die öffentliche Schmach eines Diebes ersparen.«

Joan packte seine Sachen in einem Bündel zusammen. Es war größer als das, das er aus Llafranc mitgebracht hatte, doch die Umstände erinnerten ihn an die damalige Tragödie.

»Es tut mir leid, Sohn«, sagte Abdalá zu ihm. »Ich glaube dir, aber ich konnte die anderen nicht überzeugen. Die Beweise sprechen gegen dich.«

»Das muss Felip angestiftet haben!«

»Das ist gut möglich. Aber es ist ihre Pflicht, die Ehre der Bruderschaft zu verteidigen. Sie müssen den Schuldigen finden und ein abschreckendes Urteil fällen, damit alle erfahren, dass bei den Buchhändlern kein Vergehen ungestraft bleibt.«

»Selbst wenn sie einen Unschuldigen treffen?«

»Sie haben Beweise, die sie für überzeugend genug halten. Wenn sie nicht einschreiten würden, wäre das ein für die Bruderschaft unannehmbares schlechtes Beispiel.«

»Sie werden mich aus der Bruderschaft ausschließen, nicht wahr? Ich kann niemals Buchhändler werden!«

Abdalá nickte.

»Ich war es aber nicht, Meister!«, schluchzte Joan. »Ich bin sicher, dass sich Felip all das ausgedacht hat. Er hasst mich.«

»Es tut mir leid. Hoffentlich können wir deine Unschuld beweisen.«

Bevor Joan fortging, schrieb er in sein Buch: »Felip war es.«

Er fühlte sich nicht imstande, sich von jemandem zu verabschieden. Sobald er seine Habseligkeiten in dem Bündel verschnürt hatte, lief er die Treppe hinunter und wollte das Haus verlassen.

»Joan!« Das war Señora Corró. Sie sah dem Jungen einen Moment in die Augen, und ihre dunklen und lebhaften Augen erinnerten ihn an die seiner Mutter. Seine Augen füllten sich mit Tränen. Sie streckte ihm die Arme entgegen und drückte ihn liebevoll an sich, während er hemmungslos weinte.

»Ich war es nicht, Herrin. Ich war es nicht.«

»Es tut mir leid, mein Sohn.« Auch sie weinte. »Ich glaube dir, aber ich kann nichts für dich tun. Möge dir der Herrgott beistehen!«

Als er schon auf der Straße stand, blickte er sich nach beiden Seiten um, ohne zu wissen, wohin er gehen sollte. Er beschloss, zum Hafen zu laufen. Vielleicht könnte er auf einem Schiff anheuern. In Barcelona gab es keine Zukunft für ihn. Neuigkeiten verbreiteten sich wie im Fluge, und keine Zunft würde ihm mehr Arbeit geben. Er war entehrt, obwohl er unschuldig war. Er musste fortgehen, fliehen. Wenn er blieb, würde er im Gefängnis enden.

Er hörte, wie jemand nach ihm rief, und sah, dass ihm Lluís hinterherrannte.

»Ich war es nicht, Lluís«, sagte er, als dieser ihn einholte. »Ich bin mir sicher, das hat Felip getan, um mich loszuwerden.«

»Ich halte zu dir, Joan«, erklärte er. »Felip plustert sich schon wieder auf wie früher, und wenn du nicht da bist, kann ich nicht verhindern, dass er bald wieder die Führung übernimmt.«

Joan zuckte die Achseln. Er hatte ernsthaftere Sorgen als die Führung der Bande.

»Ich wünsche dir viel Glück«, sagte Lluís. »Auch ich glaube, dass Felip es getan hat, um dir dann die Schuld in die Schuhe zu schieben.«

Die beiden Jungen umarmten sich, und Joan ging weiter zum Meer. Er wollte ganz weit fort von hier.

40

Es war Ende November, ein kalter und bewölkter Nachmittag, und Joan lief zum Hafen, wo er die Wärme der Schänken und des Weins suchte. Man hatte ihm eine Frist von zwei Tagen eingeräumt, um etwas zurückzugeben, was er gar nicht hatte. Ansonsten würde man ihn der städtischen Justiz ausliefern. Joan wusste genau, was ihn als Dieb erwartete: öffentliche Auspeitschung, Schande, der ganze Ritus der Bestrafung. Aber das war nicht das Schlimmste. Seine zuvor schon geringen Aussichten, Anna heiraten zu können, hatten sich nun in nichts aufgelöst. Ein Juwelier ließe niemals einen Dieb in seine Familie einheiraten.

Er würde fliehen. Mit einer unverdienten Strafe konnte er sich nicht abfinden. Er würde an Bord des ersten Schiffes gehen, das ihn nahm, vielleicht bis nach Italien kommen und mehr über seine Familie erfahren. Er bedauerte, seinen Bruder zurücklassen zu müssen, doch der Kleine hatte eine gute Arbeit in der Gießerei gefunden. Er war sehr glücklich dort, und eines Tages würde er die Glocke herstellen, deren Klang der bewegendste der Welt sein würde. Der Meister hatte ihn in seinem Haus untergebracht, und er genoss eine herzliche und liebevolle Behandlung. Joan durfte nicht auf ein Schiff steigen, bevor er sich von ihm verabschiedet hatte.

Er wollte sich auch von Bartomeu verabschieden, doch der Kaufmann kam erst in vier Tagen von einer Reise zurück. Das war zu spät. Er müsste früher fort.

Und natürlich musste er Anna Lebewohl sagen. Er wusste, dass es ein Abschied für immer sein würde. Wenn er eines Tages nach Barcelona zurückkehrte, würde sie eine verheiratete Frau sein und ihre Kinder an der Hand halten. Er hatte nichts zu verlieren. Er würde ins Haus eindringen, wenn es nötig sein sollte, und er würde mit ihr reden. Zum allerletzten Mal.

Er ging zu den Schänken, in denen die großen Schiffe ihre Mannschaften anheuerten. Doch im Hafen lag nur eine Karavelle, und sie brauchte keine Seeleute. Dann erkundigte er sich am Strand, fand jedoch auch dort nichts. Die Nacht brach herein. Es war zu kalt, um im Sand zu schlafen, und die Schankwirte erlaubten niemandem, in ihren Lokalen zu übernachten. Ein Betrunkener mochte noch so tief schlafen, sie setzten ihn auf die Straße, bevor sie zumachten. Schließlich überlegte Joan, dass sie ihn vielleicht im Kloster Santa Anna aufnehmen würden. Dann könnte er den ganzen nächsten Tag darauf verwenden, ein Schiff zu finden.

»Du willst weglaufen, obwohl du unschuldig bist?«, fragte Bruder Antoni, der Subprior, nachdem er Joans Geschichte aufmerksam zugehört hatte.

In seinem knochigen Gesicht unter dem schütteren Haar leuchteten die lebhaften, harten Augen. Joan hatte sich vor diesem Moment gefürchtet. Noch erinnerte er sich an die wenig liebevolle Aufnahme, mit der er ihn und seinen Bruder bedacht hatte, als sie nach Barcelona gekommen waren. Da der Prior abwesend war, musste er Bruder Antoni bitten, ihn zu beherbergen. Er beaufsichtigte den Kochtopf der Gemeinschaft und bestimmte bei den häuslichen Angelegenheiten.

»Es gibt keine Möglichkeit, meine Unschuld zu beweisen, und

ich will nicht wie ein Dieb für etwas büßen, was ich nicht getan habe«, rechtfertigte sich der Junge. »Gebt mir aus christlicher Liebe eine Unterkunft für heute Nacht, und morgen steige ich auf ein Schiff, das irgendwohin fährt. Ich werde Euch nicht weiter zur Last fallen. In meinem Beutel habe ich ein paar Kupfermünzen, damit bezahle ich Euch für das Bett.«

Der Mönch starrte ihn mit funkelnden Augen an. Joan hatte Angst, dass ihn dieser jähzornige Kerl mit Fußtritten hinauswarf.

»Wie kannst du es wagen!«, brüllte er schließlich. »Wie kannst du es wagen, mir Geld anzubieten!«

»Ich …«, stammelte Joan. »Ich wollte Euch nicht beleidigen.«

»Also, natürlich beleidigst du mich!«, fuhr ihn der Mönch an. »Du bleibst hier so lange bei uns, wie es notwendig ist, um deine Unschuld zu beweisen. Wir sind arm, aber nicht so sehr, dass wir dir kein Essen geben können.«

Joan betrachtete ihn überrascht. Woher kam diese plötzliche Großzügigkeit? Das verwirrte ihn. Es passte nicht zu dem, was er von dem Mönch kannte.

»Aber als wir hergekommen sind, mein Bruder und ich, da habt Ihr …«

»Das war etwas anderes«, unterbrach ihn der andere. »Eine Sache ist es, wenn uns der Prior mutwillig zwei weitere Esser aufzwingen will. Das hat nichts damit zu tun, dass wir jemanden wie dich, wenn du Probleme hast, im Stich lassen, wo du mit uns zusammengelebt und zu unserer Gemeinschaft gehört hast. Du bekommst Bett, Abendessen, Frühstück und Mittagessen.«

Er blickte ihn mit ernster Miene fest an. »Und lass dir ja nicht einfallen, zu fliehen«, sprach er weiter. »Du hast mir gesagt, dass du unschuldig bist, und ich glaube dir. Du musst deine Unschuld beweisen, selbst wenn es nur deshalb wäre, um die Ehre der Gemeinschaft von Santa Anna zu schützen.«

Die Ehre des Santa-Anna-Klosters war Joans kleinste Sorge, doch er freute sich über die unerwartete Unterstützung. Das ermutigte ihn zu einer entschiedenen Antwort.

»Ja, aber wenn ich meine Unschuld nicht beweisen kann, werde ich als Dieb bestraft – und nicht die Gemeinschaft von Santa Anna.«

Der Mönch dachte nach.

»Wir vereinbaren mit Mosén Corró eine neue Frist«, sagte er dann. »Und wenn es sein muss, trete ich vor den Gerichten als dein Anwalt auf. Ich kenne mich in den Gesetzen aus. Außerdem glaube ich, dass es günstig ist, wenn du auf Mosén Bartomeu wartest. Er hat dich und deinen Bruder immer beschützt.«

Joan hielt es für einen guten Gedanken, einen längeren Aufschub zu erhalten, damit er Bartomeu sehen konnte. Wenn er außerdem einige Zeit wartete, wurde damit sein ursprünglicher Plan nicht zunichtegemacht, nach Italien zu fliehen. Vielleicht würde das richtige Schiff bald kommen.

»Früher oder später wird der Schuldige das Gold abgeben«, sagte Bruder Antoni. »Es aufzuheben ist zu gefährlich. Normalerweise versuchen sie, es zu verkaufen.«

»Die Zunft der Silberschmiede schließt sich sorgfältig nach außen ab, und sie überwachen eifersüchtig die Angaben zu ihren Geschäftsabschlüssen«, sagte Bartomeu. »Sie macht es wie die Stadtkasse, die geheim hält, wie viel Geld in ihr hinterlegt ist und von wem es kommt.«

Bruder Antoni, Bartomeu und Joan besprachen im Kapitelsaal des Santa-Anna-Klosters, wie sich die Unschuld des Jungen beweisen lasse. Mosén Corró hatte eine Fristverlängerung erleichtert angenommen. Man merkte, dass ihm der Gedanke unangenehm war, den Jungen vor Gericht zu bringen, und Joan dachte sich, dass seine Frau viel damit zu tun hatte. Dazu kam die enge Freundschaft zwischen dem Buchhändler und Bartomeu, doch Mosén Corró musste Verpflichtungen erfüllen, und die Bruderschaft passte sehr genau auf. Wenn Joan keine Reue zeigte und das Gold nicht zurückgab, war er gezwungen, ihn anzuzeigen. Etwas ganz anderes wäre es, wenn er seine Unschuld beweisen könnte, dann würde man ihn mit allen Ehren wieder aufnehmen.

»Gerade weil die Silberschmiede alles so sorgfältig geheim halten, wird sich der Dieb sicher fühlen, wenn er das Gold verkauft«, meinte der Mönch.

»Ich würde es vergraben«, sagte Bartomeu.

»Ihr ja, aber Ihr seid kein Junge mehr«, entgegnete der Mönch. »Und wenn es der ist, den wir im Verdacht haben, so ist er noch jung, und junge Leute brauchen immer Geld.«

»Ich habe einen guten Freund, der Silberschmied ist. Er heißt Pere Roig. Trotz des Berufsgeheimnisses kann er bestimmt Nachforschungen anstellen. Niemand in der Zunft wird ihm seine Hilfe verweigern.«

Joan stockte der Atem. Pere Roig war Annas Vater!

»Würde er für Euch lügen?«, wollte der Mönch wissen.

»Er würde nicht für mich lügen«, entgegnete der Kaufmann und blickte Joan mit einem angedeuteten Lächeln an. »Er würde die Tatsachen ein wenig verändern, um der Justiz einen großen Gefallen zu tun. Und der Barmherzigkeit.«

41

Joan wartete in den nächsten Tagen ungeduldig darauf, dass Annas Vater herausfand, ob ein Mitglied der Silberschmiedezunft die Goldblättchen gekauft hatte. Jeden Morgen beobachtete er das Mädchen aus einer angemessenen Entfernung, um ihre Eltern nicht auf sich aufmerksam zu machen. Er betrachtete sie, während sie das Silber putzte oder die Schmuckstücke auf dem Ladentisch ordnete, wobei ihre Mutter sie aufmerksam überwachte. Manchmal half sie auch ihrem Vater in der Werkstatt. Joan wünschte sich, sie würde wieder zum Brunnen kommen, doch darum kümmerte sich die Magd.

Im Kloster nahm Joan an den Gottesdiensten der Mönche teil,

half im Garten und sprach mit Bruder Melchor Latein. Er kannte die Deklinationen gut, dazu die Verben, die Pronomen und hatte einen umfangreichen Wortschatz, den ihm Abdalá beigebracht hatte. Als er in der Buchhandlung gearbeitet hatte, hatte er sich mit seinen Fragen an Bruder Melchor gewandt und nicht an seinen Meister, um zu verbergen, dass er lesen konnte. Der gute Mönch staunte über seine Begeisterung und sein Sprachtalent.

»Wenn ich ein guter Buchhändler werden will, brauche ich Latein«, gestand ihm Joan. »Es ist sehr verdienstvoll, schöne Bücher zu heften und zu binden, und man muss auch Bücher mit leeren Seiten, Federn, Tinte und alles Übrige verkaufen. Aber ich sehne mich danach, das für jeden Menschen geeignete Buch und den geeigneten Menschen für jedes Buch zu finden.«

»Das muss sehr schwer sein«, wendete der Mönch ein. »Du müsstest das Buch und den Menschen sehr gut kennen. Ich weiß nicht, ob du dafür auf dem richtigen Weg bist. Aber beim Latein bist du es. Bald weißt du alles, was ich weiß. Dann musst du dir einen anderen Meister suchen, Lehrling.«

An diesem Tag zeigte sich Anna mitteilsamer als je zuvor. Sie wollte ihm etwas sagen. Sie legte die Hand aufs Herz und an den Mund, dann zeigte sie heimlich auf den Krug. Sie würde hinauskommen! Joans Herz klopfte schneller, und er rannte zum Brunnen. Von weitem beobachtete er, wie sie den Krug füllte. Er wusste, dass sie ihn gesehen hatte, und lief in die Gasse, um dort auf sie zu warten.

»Ich habe nicht viel Zeit«, sagte Anna. Ihre Augen waren gerötet. Sie hatte geweint. »Ich wollte Euch nur sagen, dass ich Euch liebe und immer weiter lieben werde.«

»Ich auch, von ganzem Herzen«, antwortete er, von ihrer Heftigkeit überrascht. »Was habt Ihr denn?«

»Nichts. Ich wollte Euch nur sehen, damit Ihr es wisst.«

Joan machte sich Sorgen. Da gab es etwas, was sie ihm nicht

sagte. Anna war schon sechzehn Jahre alt. Vielleicht hatte ihr Vater sie verlobt, und das hier war ein Abschied. Er fragte sie danach.

Sie schüttelte den Kopf. Sie lächelte nicht mehr, und es sah so aus, als wollte sie gleich wieder losweinen. Sie stellte den Krug auf den Boden und umarmte ihn. Joan spürte ihren warmen und zärtlichen Körper, und ihre runden Brüste drückten sich an ihn. Er hielt den Atem an und erwiderte die Umarmung. Er sagte sich, dass Anna sehr viel wagte, doch er suchte ihre Lippen, und sie küssten sich. Joan würde sich immer an diesen Kuss erinnern, der zwar unbeholfen, aber so innig war, dass er ihn alles ringsum vergessen ließ. Dann drückte sie ihn behutsam von sich und gab ihm einen zusammengefalteten Zettel.

»Leb wohl«, sagte sie, während sie den Krug nahm. »Ich muss gehen.« Dann rannte sie davon.

Joan blieb verwirrt und beunruhigt zurück. Ungeduldig faltete er den Zettel auseinander. Sie schrieb nur, dass sie ihn liebe und immer lieben werde. Es wirkte wie ein Abschied.

Was war mit Anna geschehen? Joan lief zur Calle Argentería und beobachtete sie von weitem, bis sie den Laden aufräumten und die Haustüren abschlossen.

In dieser Nacht konnte Joan kaum schlafen. Er sah Anna in den Armen eines anderen, und als sich dieser umdrehte, war es Felip, der ihn bösartig angrinste.

Am nächsten Morgen fühlte er sich völlig erschlagen. Bei der Messe, die zur Terz zelebriert wurde, betete er gemeinsam mit den Mönchen mehr als je zuvor. Er flehte darum, dass seine Liebe zu Anna eines Tages möglich sein würde, dass man seine Unschuld bei der Sache mit dem Gold beweisen könnte, und er betete für seine Mutter und Schwester.

Als er die Calle Argentería betrat, bemerkte er, dass im Haus der Roigs etwas Sonderbares geschehen war. Er lief hin und sah, dass sie den Laden nicht aufgemacht hatten und das Haus verschlossen war. Was ging da vor sich? Joan fragte die Nachbarn, und einer meinte, Geräusche in der Nacht gehört zu haben. Doch es war ja Winter, und die Häuser waren sorgfältig geschlossen.

»Wir haben geklopft, und sie antworten nicht«, erklärte ein Silberschmied, der seinen Laden neben dem der Roigs hatte.

Joan hämmerte an die Tür, ohne dass man drinnen das geringste Geräusch hörte.

»Wie kann ich hineinkommen?«, wollte er wissen. »Vielleicht sind sie krank oder verletzt und brauchen Hilfe.«

»Ich glaube nicht, dass es das ist«, sagte eine Nachbarin.

»Warum? Was wissen Sie?«, fragte Joan.

»Nichts. Ich weiß nichts«, entgegnete sie. »Wir haben einen gemeinsamen Hinterhof, und vielleicht kannst du von dort aus ein Fenster ihres Hauses erreichen. Mein Mann hat eine Leiter. Wir gehören zur Zunft und helfen gerne, wenn wir können.«

»Bist du etwa ein Familiar der Inquisition?«, fragte der Ehemann argwöhnisch.

Joan versicherte ihm, das dies nicht der Fall sei, und der Silberschmied gab ihm die Leiter. Er stieg zu einem Fenster hoch, dessen Flügel nachgaben, als er dagegendrückte.

Das Zimmer konnte tatsächlich das von Anna sein. Aber sie war nicht da. Dann lief er durchs Haus und riss mehrere Fenster auf, damit Licht hereinkommen konnte. Doch er fand niemanden. Alle Anzeichen sprachen für eine überstürzte Flucht. Die Familie hatte offenbar mitgenommen, was sie konnte. Als er zur Ladentür kam, stellte er fest, dass sie abgeschlossen war, und in diesem Augenblick wurde ihm vollständig bewusst, dass sie fort waren.

»Es wundert mich nicht, dass sie in der Nacht geflohen sind«, erklärte die Frau. »Die Roigs sind Konvertiten.«

42

Joan hatte allen Mut verloren. ›Ich sehe sie nie wieder‹, sagte er sich immer wieder. ›Nie wieder.‹ Seine Augen füllten sich mit Tränen. Wenn die Roigs vor der Inquisition geflohen waren, würden sie nie nach Barcelona zurückkehren. Sie konnten nicht auf dem Landweg geflohen sein; während der Nacht wurden die Stadttore geschlossen gehalten. Selbst wenn sie die Wache bestochen hätten, waren die Wege sehr unsicher, und bis nach Frankreich hatte man große Gefahren zu bestehen. Gewiss waren sie auf einem Schiff geflohen. Joan lief zum Hafen, weil er nach einem Schiff fragen wollte, das kurz vor dem Tagesanbruch die Anker gelichtet hatte.

Unterwegs dachte er über Annas Traurigkeit, ihre Zärtlichkeit und ihre Tränen nach. Sie ließen sich damit erklären, dass sie von dem bevorstehenden Aufbruch gewusst hatte. Sie hatte sich verabschieden wollen. Doch sie durfte es ihm nicht sagen, denn ihre Familie schwebte in Lebensgefahr. Man musste unbedingtes Stillschweigen bewahren. Die Umstände hatten sich gründlich geändert, seitdem die letzte große Konvertitengruppe mit einem Schiff geflohen war, und die Angst vor der Inquisition hatte die ganze Stadt im Griff. Wer jetzt bei einer Flucht mitwirkte, wurde hingerichtet. Die Konvertiten saßen beinahe vollständig in der Falle. Niemand wagte es, ihnen zu helfen.

Joan stieß auf eine Mauer des Schweigens. Die Seeleute antworteten ihm mit einer Gegenfrage: »Bist du ein Familiar der Inquisition?«

Obwohl Joan im Hafen bekannt war, trauten die Leute keinem mehr. Es gab viele, die Fragen stellten, und das Spitzelnetz erweiterte sich jeden Tag. Die sogenannten Familiaren der Inquisition genossen Straflosigkeit und andere Privilegien, etwa bezahlten sie keine Steuern. Sie waren Laien und konnten jedes Gewerbe ausüben. Allerdings lebten einige ausschließlich von dem, was die Inquisition bei den von ihnen denunzierten Leuten beschlagnahmte. Ein Familiar der Inquisition zu sein war so, als hätte man eine Bescheinigung über die Reinheit des Blutes, und da die Anzeigen geheim waren und die Denunzianten anonym blieben, waren sie gefürchtet. Ein Bürger wusste nie, ob er gerade mit einem von ihnen sprach.

Alles, was Joan herausbekommen konnte, war, dass ein sizilianisches Schiff beim ersten Tageslicht ausgelaufen war.

Als er zum Kloster zurücklief, kam er durch die Calle Argentería. Es tat ihm in tiefstem Herzen weh, den Laden der Roigs mit seiner geschlossenen Tür zu sehen.

Er rannte in seine Zelle und schrieb in sein Buch: »Ich werde dich finden. Vielleicht in Italien.«

Kurz danach teilte ihm der Pförtner mit, dass ihn Bartomeu sehen wolle.

»Es tut mir leid, dass Anna weg ist, und ich verstehe, dass du traurig bist«, begrüßte ihn der Kaufmann. »Aber es gibt ein anderes Problem: Mosén Roig ist abgefahren, ohne mir etwas über das gestohlene Gold mitzuteilen.«

Joan blickte ihn überrascht an. Er hatte das Gold und die Anklage vollständig vergessen. Annas Abwesenheit hatte all seine Gedanken beherrscht.

»Und was bedeutet das?«, fragte er, obwohl er die Antwort im Voraus kannte.

»Dass man dich für schuldig halten wird und dass dich Mosén Corró anzeigen muss.«

Joan zuckte die Achseln. Noch eine schlechte Nachricht, sagte er sich. Seine Welt brach endgültig zusammen.

»Lasst mir zwei Tage Zeit, und ich sage dem Herrn, dass ich meine Unschuld nicht beweisen kann«, erklärte er niedergeschlagen, aber standhaft. »Er soll tun, was er tun muss.«

»Es tut mir leid, Joan. Ich glaube, es ist besser, dass du an Bord eines Schiffs gehst und von hier entkommst. Hast du daran gedacht?«

»Ja. Aber wenn ich es tue, kann ich nie nach Barcelona zurückkehren. Dann werde ich Gabriel nie wiedersehen.«

»Denk noch einmal darüber nach«, erwiderte Bartomeu. »Und sag mir dann, wie ich dir helfen kann.«

Joan ging in die Kirche. Die Stunde der Sext war noch nicht gekommen, und der Raum war leer. Er kniete am Hauptaltar nieder, um zu beten, und unter Tränen murmelte er: »Allmächtiger Vater! Ich habe meine Christenpflicht immer so gut erfüllt, wie ich es konnte. Ich habe die Messe gehört, wenn es vorgeschrieben war, ich habe meine Gebete verrichtet, meine Sünden gebeichtet und Buße getan. Ich wollte gut und ehrlich zu den anderen sein. Warum schickst du mir so viel Unheil? Du gestattest, dass man mich für einen Dieb hält, dass mich Schmach und Schande treffen. Nie wieder darf ich in dieser Stadt ein Gewerbe ausüben. Und du entfernst von mir den Menschen, den ich am meisten liebe. Anna … Vielleicht sehe ich sie nie wieder. Sie ist aus Angst vor diesen Inquisitoren fortgegangen, die behaupten, deinen Willen zu erfüllen. Meine Familie und auch meine Nachbarn waren gute Leute. Sie haben ihre religiösen Pflichten erfüllt, und jetzt sind sie tot oder Sklaven. Und das haben ihnen die Christen angetan, ebenso wie die Christen jetzt diese Stadt in Angst und Schrecken versetzen. Du erlaubst, dass das Unglück Unschuldige heimsucht. Und auch mich. Was habe ich Schlechtes getan? Warum hasst du mich?«

Wütend ballte er die Fäuste und grub sich die Fingernägel in die Handflächen. Er beugte sich so weit nach vorn, bis er den Boden mit dem Kopf berührte. Da ertönten die Glocken. Die Sext, die Mittagsstunde, war schon gekommen. Er lief aus dem Kreuzschiff der Kirche davon und suchte Zuflucht im Halbdunkel, damit er dem Gottesdienst beiwohnen konnte, ohne aufzufallen. Die Mönche kamen wie üblich herein, stellten sich auf ihre gewohnten Plätze und verrichteten ihre Gebete. Joan betete manchmal mit, dann wieder schüttelte er ablehnend den Kopf. »Es kann nicht sein«, murmelte er. »Ein guter Gott würde niemals so viele Übel zulassen.«

Nach dem Gottesdienst liefen die Mönche zum Refektorium, um zu Mittag zu essen. Joan folgte ihnen in einiger Entfernung. Er trat auf den Kreuzgang hinaus, als der letzte Mönch schon die Treppe zum Speisesaal hinaufstieg. Er hatte keinen Hunger. Tatsächlich wollte er nichts mit den Mönchen zu tun haben. Und auch nicht mit dem Gott, zu dem sie beteten. Er lief zu seiner Zelle, als er merkte, wie sich ihm eine feste Hand auf die Schulter legte: »Joan.« Es war der Subprior.

Durch Tränen hindurch betrachtete der Junge das knochige und strenge Gesicht des Mönchs, und wütend versuchte er, die Hand von seiner Schulter abzuschütteln.

»Joan, was hast du?«, wollte der Mann wissen und packte ihn noch fester.

»Nichts! Lasst mich los!«

»Ich habe dich während der Messe beobachtet. Was fehlt dir? Warum kommst du nicht in den Speisesaal hoch?«

»Lasst mich los!«, sagte der Junge noch einmal. »Ich will Euer Essen nicht, und ich will auch Euren Gott nicht!«

»Was?«, rief der Mönch entsetzt.

»Ich will nicht …!«

Bruder Antoni ließ ihn nicht zu Ende sprechen. Er stieß ihn zum Versammlungssaal der Mönche, drängte ihn hinein und schloss die Tür hinter sich. Joan wollte sich widersetzen, doch dieser Mann hatte überraschende Kräfte.

»Sag das nie wieder!«, herrschte ihn der Mönch an.

Durch die zwei Scheiben der Fenster zum Kreuzgang drang Licht in den Saal, und an diesem bewölkten Wintertag war es trübe. Der Ort kam Joan düster vor.

»Ich will Euren Gott nicht!«, wiederholte der Junge wütend.

Eine schallende Ohrfeige hallte an den Wänden des Raums wider, und das schmerzende Gesicht ließ Joan einen Augenblick den Schmerz seines Herzens vergessen. Der Mönch legte ihm beide

Hände auf die Schultern, blickte ihm in die Augen und sagte überraschend liebevoll: »Sag das nie wieder, Joan! Allein dafür könnte dich die Inquisition zum Scheiterhaufen verurteilen! Niemand darf etwas derart Schreckliches von dir hören!«

»Ich kümmere mich nicht um die Inquisition, ich kümmere mich nicht um Euch, ich kümmere mich nicht um Euren Gott!«

»Aber, bist du verrückt geworden?« Der Mann bewahrte den liebevollen Ton, der zu seiner Art so gar nicht passte. »Was hast du, Junge?«

Joan hielt es nicht länger aus. Schluchzend und mit versagender Stimme schilderte er dem Mönch seine Lage.

»Beruhige dich und nimm dich zusammen. Alles hat gewiss einen Sinn«, tröstete ihn Bruder Antoni.

»Einen Sinn?«, entgegnete der Junge. »Die Soldaten, die meinen Vater getötet haben, dienten Eurem Gott. Die Inquisitoren, die die Leute in Angst und Schrecken versetzen und Anna zur Flucht getrieben haben, dienen Eurem Gott. Derselbe Gott, der zulässt, dass ich für eine Tat büßen muss, obwohl ich unschuldig bin.«

»Wenn du das sagst, irrst du dich. Hör zu: Verwechsle nicht die falschen, grausamen oder egoistischen Taten der Menschen mit Gottes Taten. Viele missbrauchen Seinen Namen, um ihre eigenen Bosheiten zu rechtfertigen. Die Soldaten, die deinen Vater getötet haben, haben nicht im Namen Gottes gehandelt, und auch die Inquisitoren tun es nicht. Sie mögen sagen, dass sie es tun, aber sie irren sich. Der wahre Gott ist barmherzig, und sie sind es nicht. Du bist ein sehr aufgeweckter Junge, auch wenn du nicht über das Wesen Gottes urteilen kannst. Täusche dich nicht. Der Mensch hat einen freien Willen, und seine Werke haben oft nichts mit Gott zu tun.«

»Was meint ihr mit freiem Willen?«

»Das ist die Fähigkeit des Menschen, selbst zu entscheiden. Er ist als Einziger für seine Taten verantwortlich, und dafür wird er eines Tages Rechenschaft vor dem Herrn ablegen. Diese Freiheit ist der Grund, dass wir während unseres Aufenthalts auf Erden uns den Himmel oder die Hölle verdienen.«

Joan dachte nach. Er erkannte, dass die Worte Bruder Antonis einen Sinn hatten. Noch tat ihm die kräftige Ohrfeige weh, die ihm die knochige Hand des Mönchs versetzt hatte, und als er seine Wange berührte, merkte er, dass sie glühte.

»Aber warum ist das alles mir geschehen?«, beklagte er sich. »Warum meinen Eltern und den Menschen, die mir nahe sind?«

»Es gibt gewiss einen Grund«, sagte der Subprior. »Der Herr kennt ihn.«

»Oder auch nicht«, entgegnete Joan mit wiederaufflammender Wut.

Mit einem Stoß befreite er sich von dem Mann. Er verließ den Kapitelsaal und rannte eilig zu seiner Zelle. Dort nahm er sowohl das Geld, das er gespart hatte, als auch die noch übrig gebliebenen Korallenstücke und lief auf die Straße.

43

Joan lief über die Rambla, um den *Peu de la Creu* genannten Weg zu erreichen. Dort, am Ende des Pfades, halb zwischen Bäumen verborgen, wo der Weg vor ein paar Büschen endete, stand immer noch dieses verfallene Haus. Der Junge ging langsamer und keuchte. Der Himmel war bleigrau. Es sah nach Gewitter aus, und er war nervös. Doch er durfte keine Angst haben, sagte er sich. Er würde bis zum Ende durchhalten.

Aus dem Schornstein stieg eine Rauchsäule, doch als er klopfte, erhielt er keine Antwort. Vielleicht war die Hexe daran gewöhnt, dass die Jungen an ihre Tür pochten und schnell davonliefen. Doch er gab nicht auf.

»Wer ist da?«, ertönte nach einer Weile eine Stimme.

»Joan Serra.«

Hierauf trat Stille ein. Dann hörte er: »Ich kenne dich nicht. Geh weg. Ich habe zu tun.«

»Ich kann nicht fort! Ich brauche Euch.«

Er wartete, doch er bekam keine Antwort. Offenbar hielt die Frau das Gespräch für beendet. Der Wind wurde stärker, und die ersten Regentropfen fielen. Joan wickelte sich in seinen Mantel. Nach einer Weile klopfte er wieder an die Tür, bis dieselbe Stimme fragte: »Wer ist das jetzt?«

»Ich bin Joan.«

»Habe ich dir nicht gesagt, dass du gehen sollst?«

»Und ich habe gesagt, dass ich Euch brauche. Macht mir bitte auf.«

»Ich habe zu tun.«

»Ich gehe nicht, bis Ihr mir aufmacht.«

Wieder trat Stille ein. Dann war ein unwilliges Knurren zu hören. Der Riegel wurde zurückgeschoben. Eine ungefähr vierzigjährige, verwahrlost aussehende Frau mit zerzaustem grauem Haar öffnete die Tür. Sie hatte kein Glasauge, ihre eigenen grünen Augen huschten hin und her und beobachteten ihn. Sie war keineswegs blind.

»Ich brauche Euch«, wiederholte er.

»Wofür?«, erkundigte sie sich abweisend.

»Ich brauche Euch, weil Ihr eine Hexe seid, und mir kann nur eine Hexe helfen.«

»Ich eine Hexe? Wer hat dir das gesagt?«

»Das sagen alle.«

»Nun, das ist nicht wahr. Manche lügen aus Bosheit, und die anderen irren sich. Ich kenne nur ein paar Heilmittel, und ich versuche, den Menschen zu helfen.«

»Es heißt, dass Ihr davon lebt. Ich bringe Geld und Korallen mit, um Euch zu bezahlen.«

Die Frau dachte nach, und dann antwortete sie: »Davon lebe ich, und wenn man mich weiter eine Hexe nennt, werde ich auch daran sterben. Bist du etwa ein Familiar der Inquisition?«

»Nein, das bin ich nicht.«

»Schwöre es bei deinem Seelenheil!«

»Ich schwöre es.«

Die Hexe schien Vertrauen zu fassen. Sie trat ein paar Schritte über die Türschwelle des Hauses und betrachtete ihn sorgfältig im grauen Abendlicht. Sie sah die vom Weinen geröteten und umschatteten Augen, und sie erkannte, dass ihn tiefer Kummer peinigte. Sie nahm seine Hände in ihre und bewegte die Lider nach unten, bis die Augen beinahe ganz geschlossen waren. Joan spürte die knochigen, aber warmen Hände und betrachtete sie furchtsam. Bald liefen ein paar Tränen langsam über die Wangen der Frau. Da traf die beiden ein kräftiger Windstoß, der mit einem kalten Regenguss heranfegte, während sie ein Donnerschlag erschaudern ließ. Die Frau begann zu zittern.

»Komm herein«, sagte sie.

Joan betrat einen großen Raum mit einem Kamin, von dessen Feuer Dampf aufstieg. Wohlriechender und anregender Duft durchdrang das Zimmer. Von der Decke hingen Kräuter und etwas, was der Junge für Wasserschläuche hielt, an den Wänden lehnten Regale mit Töpfen und Büchsen. In der Mitte stand ein Tisch. Die Frau zeigte auf einen Schemel und forderte Joan auf, sich zu setzen.

»Was willst du von mir?«, fragte sie ihn und starrte ihn mit weit aufgerissenen Augen an.

»Es heißt, dass ihr Hexen den Leibhaftigen anstelle Gottes anbetet. Dass ihr einen Pakt mit ihm habt.«

»Ich bin keine Hexe.«

»Und ich habe in bestimmten Büchern gelesen, dass der Teufel kein gefallener Engel, sondern ein anderer Gott ist«, sprach der Junge weiter. »Und dass er so mächtig wie der Gott der Bibel ist.«

Die Frau lachte und öffnete dabei ihren Mund, in dem einige Zähne fehlten. Danach antwortete sie spöttisch: »Ich weiß nicht, was du mir da erzählst. Ich kann nicht lesen.«

»Der Gott der Kirche ist ungerecht. Es nützt nichts, zu ihm zu beten.« Joan sprach immer weiter, ohne sich um die Einwände der Hexe zu kümmern. »Ich versuche, seine Gesetze zu befolgen, aber er bestraft mich grundlos und schadet den Menschen, die ich liebe. Ich will die Macht deines Gottes haben, damit ich meine Familie wiederbekommen, meine Liebste gewinnen und mich an ein paar erbärmlichen Kerlen rächen kann.«

»Normalerweise kommen die Leute her, um mich um ein Hustenmittel oder etwas gegen Schmerzen zu bitten, höchstens um einen Liebestrank«, entgegnete sie und tat so, als dächte sie nach. Ihre Lippen deuteten ein schwaches Lächeln an. »Aber deine Sache geht selbstverständlich über das Übliche hinaus …«

»Bitte helft mir!«, rief Joan.

Die Hexe sagte nichts, sondern blickte ihm nur weiter starr in die Augen. Joan war zwar fest entschlossen, doch er hatte Angst. Wenn sein Herz nicht voller Wut und Verzweiflung gewesen wäre, hätte er schleunigst die Flucht ergriffen. In diesem Augenblick krachte ein weiterer Donnerschlag, der so laut war, dass es schien, als wäre der Blitz genau in die Hütte eingeschlagen, und heftiger Regen trommelte auf das Dach. Joan sprang vor Schreck auf, doch die Hexe blinzelte nicht einmal und beobachtete ihn wie eine Schlange ihre Beute. Joan versuchte, ihrem Blick standzuhalten, aber er schaffte es nicht.

Schließlich sagte die Hexe: »Erzähle es mir.«

»Was?«

»Erzähle mir alles, von Anfang an. Ich will wissen, was dich veranlasst hat, dich von Gott loszusagen.«

Diese Worte ängstigten Joan auf andere Weise. Hatte er sich wirklich von Gott losgesagt? Vielleicht hatte die Frau recht. Er wollte schon den Mund öffnen und antworten, als sie ihn mit einer Geste zurückhielt. Der Regen wurde stärker, und es schien, als würde das Dach gleich einstürzen. Es hatte viele Löcher, und unter den größten hatte die Frau mehrere Töpfe aufgestellt. Jedes Loch erzeugte einen anderen Ton in seinem Behälter, und das Konzert erklang scheppernd drinnen und draußen. Das durch die Fenster einfallende Licht wurde zunehmend schwächer, und die aus dem Kochtopf aufsteigenden Dämpfe bildeten einen feuchten Nebel. Man konnte fast nichts sehen. Die Frau tauschte schnell ein paar Wassertöpfe aus, leerte die vollen, ging zum Feuer, warf ein paar

Holzscheite hinein, zündete eine Öllampe an und kam mit ihr zum Tisch zurück. Das von unten scheinende Licht warf unförmige Schatten auf ihr Gesicht, und Joan war sich nun sicher, dass er es mit einem teuflischen Wesen zu tun hatte. Sie stellte die Lampe auf den Tisch, und als sie sich setzte, forderte sie ihn mit einer wortlosen Geste zum Sprechen auf. Der Junge erzählte ihr alles.

»Es hat mir nichts genützt, dass ich Gott immer wieder angefleht habe«, sagte er mit Tränen in den Augen. »Es hat mir nichts genützt, seine Gebote zu befolgen.«

»Halte endlich den Mund!«, befahl ihm die Hexe und ließ ihre Zahnlücken sehen.

Joan blickte sie eingeschüchtert an und sah, wie sie das Gesicht zu einer Grimasse verzogen hatte. Im Lampenlicht wirkte sie wie ein sich verwandelndes Ungeheuer, und der Junge duckte sich, weil er befürchtete, dass er in wenigen Augenblicken das Erscheinen des Teufels erleben würde.

»Glaubst du, du bist der Einzige, der gelitten hat?«, fuhr sie ihn an.

Joan wusste nicht, wo er sich verkriechen sollte. Er duckte sich noch ein bisschen tiefer.

»Siehst du mich an? Hast du mich gesehen?«

Der Junge nickte mit dem Kopf, ohne dass er wusste, was sie meinte. Er traute sich nicht, danach zu fragen.

»Nun, vor zehn Jahren war ich eine schöne und glückliche Frau, eine sehr glückliche. Ich war mit einem starken Mann verheiratet, und wir liebten uns sehr. Wir haben den Bürgerkrieg und die Hungerzeiten überlebt. Unsere beiden Familien gehörten zu den Gewürzhändlern, und unser Geschäft begann allmählich zu florieren. Er beschäftigte sich mit chemischen Verbindungen, und wir stellten das beste Pulver in Barcelona her. Ich kannte mich bei den Speisegewürzen, den Kräutern und Heilmitteln gut aus, und ich hatte die Rezepte vieler Frauengenerationen meiner Familie aufgehoben. Wir waren in der Zunft hochangesehen, und unsere Nachbarn fragten uns oft um Rat. Wir taten unsere Arbeit gern, schlugen in alten Abhandlungen nach und experimentierten mit neuen Formeln. Ich wollte unseren Töchtern ein noch größeres Wissen übermitteln, als ich es erhalten hatte. Wir hatten ein fünfjähriges Mädchen, das schon mit dem Mörser, den Kräutern und Gewürzen umging, unsere beiden Jungen waren drei und zwei Jahre alt, und der Kleinsten gab ich noch die Brust. Wie glücklich wir waren!«

Die Hexe verstummte. Ihr Gesicht war entspannt, und ein Lächeln umspielte ihren Mund, während sie in eine unbestimmte Ferne blickte. Der Regen trommelte weiter heftig aufs Dach, und das Wasser, das durch die Löcher in die Gefäße spritzte, lieferte ein eintöniges Konzert. Der Nebel war nun sogar noch dichter geworden. Der Wildbach draußen hinter dem Haus rauschte. Joan betrachtete einige Zeit das Gesicht der Frau, das sich im schimmernden Lampenlicht so oft verwandelte.

»Und was ist geschehen?«

Sie starrte ihn mit einem harten Gesichtsausdruck an, und einen Moment bedauerte er, dass er sie aus ihrem Tagtraum herausgerissen hatte.

»Die Pest kam«, antwortete die Hexe und zog die Wörter in die Länge. »Ich habe alle mir bekannten Heilmittel vorbereitet, um meine Familie zu schützen. Meine ältere Tochter erkrankte als Erste. Wir beteten und beteten, während wir verschiedene Arzneien ausprobierten, doch die Kleinen wurden auch krank. Dann folgte ihnen mein Mann, und kurz darauf starb das Mädchen. Ich war tief betrübt, während ich alle pflegte. Mir fehlten die Kraft, die Unterstützung und der Trost, die mir mein Mann immer gewährt hatte. Ich umarmte ihn und sprach zu ihm, aber das Fieber hinderte ihn daran, mir zu antworten. Ich betete und flehte, weil ich die Pest besiegen und meine übrige Familie retten wollte. Doch die beiden Jungen starben nacheinander, und dann ist er gestorben. Ich hatte nur noch die Kleine. In dem Winter damals sind viele umgekommen. Allerdings gab es auch genug Familien, die keine Opfer zu beklagen hatten, und bei anderen waren es nur eines oder zwei … In meiner sind alle gestorben.«

Die Hexe schluchzte. Sie stützte die Ellbogen auf den Tisch und verbarg ihr Gesicht. Diesmal wartete Joan geduldig, bis sie weitersprach.

»Als mein kleines Mädchen starb, nahm ich ihren Körper in die Arme, lief auf die Straße und schrie, damit mich alle hörten. Ich verfluchte Gott, verleugnete Ihn und die Kirche. Das tat ich, bis ich heiser war.« Die Hexe blickte Joan eindringlich an. »Du hast wenigstens jemanden, dem du die Schuld für deine Übel geben kannst. Ich hatte keinen. Nur Gott.«

»Und was ist dann geschehen?«

»Manche wollten, dass man mich wegen Gotteslästerung auspeitschte. Doch ich war eine Pestkranke, und vielleicht hat mich das gerettet. Andere sagten, ich hätte den Verstand verloren und würde meinen anderen Familienangehörigen ins Grab folgen. Das war mir nur recht, ich wollte sterben und mich mit ihnen vereinen. Ich blieb allein im Haus zurück. Ich glühte vor Fieber und redete mit den Geistern meiner Lieben. Die Nachbarn brachten mir nichts, nicht einmal Wasser. Aber Gott hielt mich am Leben, damit ich noch mehr leiden musste. Als ich gesund wurde, hinderte mich die Zunft daran, den Laden wieder zu öffnen. Sie schlossen mich aus. Sie wollten, dass ich bereute, dass ich wegen meiner Gotteslästerungen öffentlich Buße tat, dann würden sie mich vielleicht eines Tages, wenn ich ein tugendhaftes Leben führte, wieder aufnehmen.«

»Was habt Ihr denen gesagt?«

»Sie sollten sich zum Teufel scheren. Wir hatten einen Garten, in dem wir Heilpflanzen anbauten, und dorthin bin ich umgezogen. Manche behaupten, dass ich eine Hexe sei und einen Pakt mit dem Teufel habe. Andere halten mich für verrückt. Aber es kommen immer mehr Leute, die der Arzt nicht heilen kann.« Sie lachte. »Du siehst ja, sobald Gebete nicht helfen, macht es ihnen nichts aus, Umgang mit dem Teufel zu haben, wenn er sie heilen kann.«

»Dann helft mir!«, drängte der Junge.

»Wobei?«

»Ich möchte mich rächen.«

»Ist dein Hass so groß?«

»Ja.«

»Willst du den Teufel sehen?« In den Augen der Hexe funkelte etwas Sonderbares, Berechnendes. »Wagst du es? Ist dein Hass so groß, dass du es wagst, ihn um Hilfe zu bitten?«

Joan prüfte seine Gefühle. Er empfand Hass, Wut, Rachedurst, doch die Worte der Hexe schüchterten ihn ein. Dennoch, trotz der schrecklichen Angst wollte er seine geliebten Angehörigen um jeden Preis retten. Er wollte die Kraft und die Macht bekommen, um seine Rache auszuführen. Er wollte nicht mehr wie bisher leiden und war bereit, jeden beliebigen Preis dafür zu zahlen.

»Das werde ich sehen, wenn er mir dabei hilft, meine Unschuld zu beweisen, Anna und meine Familie zurückzugewinnen und mich an denen zu rächen, die uns so schlimm geschadet haben«, sagte er schließlich.

»Einverstanden. Ich helfe dir«, antwortete sie langsam und blickte ihn wieder starr wie eine Schlange an. »Aber was bekomme ich dafür?«

»Was wollt Ihr haben?«

»Was schätzt du am höchsten?«

Joan schluckte. Was wollte wohl die Hexe von ihm haben?

»Wollt Ihr meine Seele?«, fragte der Junge flüsternd.

»Nein!«, sagte die Frau nach langem Schweigen. »Ich handele nicht mit Seelen. Regle das mit dem Teufel, wenn du ihn siehst. Ich will etwas haben, was mir nützt.«

Der Junge holte einen Beutel hervor, den er am Gürtel getragen hatte, und schüttete den Inhalt auf dem Tisch aus. Es waren unterschiedlich große Münzen und vier rote Korallenstücke.

»Das ist alles, was ich habe«, sagte er. »Nehmt Euch, was Ihr wollt. Nehmt alles. Es ist wenig Geld, aber die Korallen sind vorzüglich. Dafür könnt Ihr drei bis vier Pfund bekommen.«

»Das hier ist nichts, was ich brauche. Ich verdiene genug, um davon leben zu können. Trotzdem werde ich so viel von dir nehmen, wie ich es von den Leuten für meine Arzneien verlange.«

Sie wühlte in den Münzen und nahm sich nur drei Kupferstücke.

»Heb das Übrige auf«, sagte die Hexe, nachdem sie die Münzen in ihre Rocktasche gesteckt hatte. »Doch was du von mir verlangst, ist etwas ganz Besonderes. Ich möchte etwas von dir, was ich nicht habe.«

»Ich wüsste nicht, was ich dir noch geben kann.«

»Bist du unberührt?«

Joan sah sie verblüfft an.

»Ja«, antwortete er dann und beobachtete sie.

»Ich möchte, dass du mir deine Unberührtheit opferst. Das ist der Preis.«

Joan konnte vor Schreck nicht sprechen. Diese Frau war zwar verwahrlost und hässlich, außerdem fehlten ihr ein paar Zähne, doch er war sich sicher, dass sie zehn Jahre zuvor schön gewesen war. Sehr schön sogar. Das Leiden und die Jahre hatten sie indes mit einer abstoßenden Patina bedeckt. Sie war ihm widerwärtig.

»Das ist mein Preis«, betonte die Hexe. »Du kannst ja oder nein sagen, aber vergeude nicht weiter meine Zeit. Wie ist deine Antwort?«

Joan stimmte mit einem schwachen Kopfnicken zu. Die Frau betrachtete ihn einige Zeit und ließ dann ein lautes Gelächter hören.

»So groß ist dein Hass, Junge?«, fragte sie dann. »So groß ist dein Hass?«

44

Draußen wurde der Sturm heftiger. Joan blickte sich in dem dunstigen und feuchten Raum um. Die Hexe beauftragte ihn, ihr beim Leeren der Gefäße zu helfen, die das eindringende Regenwasser auffingen. Joan gehorchte und fragte sich, ob der Preis, den er in dieser Nacht bezahlen würde, nicht übertrieben hoch wäre. Er war verunsichert, doch er wollte seinen Weg weitergehen. Das hier war seine einzige Möglichkeit, sein Schicksal zu wenden. Als sie fertig waren, fragte die Hexe: »Jetzt sag mir: Bist du immer noch entschlossen, weiterzumachen? Ich gebe dir die letzte Gelegenheit, nach Hause zu gehen.«

Joan entgegnete, er sei entschlossen, er werde bis zum Ende gehen. Die Hexe wies ihn an, er solle warten, während sie ihre Arznei vorbereitete. Nach einer Weile bot sie ihm etwas Lauwarmes zum Trinken an, das erdig und bitter schmeckte.

»Trink es in einem Zug.«

Der Junge gehorchte, und einen Moment glaubte er, alles wieder ausspeien zu müssen. Das Zeug schmeckte widerwärtig, und als er zu der Hexe hinübersah, die ihn beobachtete, dachte er, dass sie noch widerwärtiger wäre. Wie sollte er nur mit ihr schlafen? Er erschauderte vor Ekel.

»Du hast mir erzählt, dein Vater hätte dir beigebracht, die Himmelswesen zu erkennen, nicht wahr?«

Joan erinnerte sich an die flaumigen, weißen und sich verändernden Wolken. Er seufzte wehmütig und nickte zustimmend.

»Nun, heute wirst du ganz andere Wesen kennenlernen.«

»Die Höllenwesen?«

Die Frau lachte, ohne zu antworten. Sie nahm einen Napf, der mit etwas Unbestimmtem gefüllt war, zündete einen Span an der Öllampe an und hielt ihn an das Gemisch, das offenbar aus Kräutern bestand. Sie blies, und kurz darauf qualmte das Ganze. Der Rauch duftete und erinnerte Joan an Weihrauch. Die Hexe begann mit Beschwörungsformeln, die der Junge nicht verstand. Er beobachtete sie angespannt, und sein Herz klopfte schneller. Manchmal blies sie so hinein, dass der Rauch ihm ins Gesicht wehte. Nach und nach steigerte sich das Tempo ihrer Worte, bis es zu einem Gesang wurde. Die Hexe stand vom Tisch auf und tanzte mit kurzen Schritten, wobei sie weiter auf die rauchenden Kräuter in dem Napf blies, den sie in den Händen hielt. Der Rauch vermischte sich mit dem Dunst ringsum, so dass eine dichte, feuchte und drückende Atmosphäre entstand. Bald bemerkte Joan, dass ihn ein sonderbarer Schwindel überwältigte. Die Frau wiegte sich in den Hüften und umtanzte den Jungen, bis sie plötzlich innehielt und ihm befahl: »Sieh hier hinein.«

Sie stellte ihm einen Holzbottich vor die Füße. Er gehorchte, obwohl ihn ein Schwindel packte und er lediglich dunkles Wasser am Boden erkannte.

»Ich sehe nichts.«

»Schau aufmerksam hin!«, drängte sie. »So lange, wie notwendig ist, bis du etwas erkennst.«

Joan setzte sich auf den Schemel und stützte seine Hände auf die Ränder des Bottichs. Kurz darauf erkannte er etwas, was sich im dunklen Wasser bewegte. Eine Welle, eine Blase. Dann sah er ein Wesen, das den Kopf hervorstreckte: Es schien ein Fisch zu sein, der ihm etwas sagen wollte, was er nicht verstehen konnte. Doch als er untertauchte, zeigte er Beine und Geschlecht an seinem Unterleib, als handelte es sich um einen winzigen Mann. Joan wollte seinen Augen nicht trauen. Er starrte eine ganze Weile aufmerksam ins Wasser, ohne dass noch etwas geschah. Schließlich überlegte er, ob er die Hände in das dunkle Nass tauchen sollte, um dieses Wesen zu fangen. Doch da bemerkte er eine andere Bewegung, und er sah, wie eine fremdartige Gestalt aus dem Wasser kroch und am Rand des Gefäßes hochkletterte. Sie trug ein rotes Wams und einen Bischofshut, und als sie den ganzen Körper aus dem Wasser zog, ließ sie erkennen, dass ihre untere Hälfte die einer Eidechse war und einen langen Schwanz hatte. Danach erschien eine weitere Gestalt mit einem kleinen Schwert, einem Schild und Vogelbeinen. Nun kam noch eine, die halb Tier und halb Mensch war und ebenfalls mit einem Schwert bewaffnet war. Die Wesen begannen einen Kampf, als noch weitere zwei erschienen, die Viola und Flöte spielten. Nacheinander tauchten diese kleinen halbmenschlichen Wesen aus dem dunklen Wasser auf, bewegten sich, kämpften und tanzten.

Joan sah ihnen staunend zu. Schließlich verließen die Wesen den Bottich und schwebten im leeren Raum umher. Diese Gestalten machten ihm keine Angst. Sie waren ihm vertraut. Er hatte ihre

Darstellungen in einigen Büchern gesehen, die er kopiert hatte. Nach und nach nahmen sie weniger bekannte, wunderlichere und buntere Formen an. Ein Wesen, dessen Oberteil das eines Kaninchens mit langen Ohren war, tanzte mit einer Frau, die üppige Brüste hatte, aber von der Taille abwärts ein Gerippe war. Ratten mit Kronen und anderen Kennzeichen der Königswürde erteilten Befehle an Inquisitoren, die wie Schweine aussahen, und auf diese Weise bewegten sich unablässig Dutzende von Zwittern oder vermenschlichten Tieren.

Die Hexe hörte auf zu singen, doch ihr Gesang setzte sich in der Bewegung der Gestalten fort.

»Joan!«, hörte er irgendwann die Hexe rufen. »Joan!«

Auf einmal hielt das wilde Treiben inne. Die Wesen verschwanden, und die Dunkelheit kehrte zurück.

»Denk an die Piraten und deine Familie. Erinnere dich«, sagte die Hexe. »Denk an den Administrator und den Selbstmord deines Freundes, an Felip, die Inquisitoren und Annas Flucht … Entdecke deinen Hass.«

Er spürte, dass die Übelkeit von seinem Magen zur Kehle hochstieg, und er bemerkte, wie sein Zorn aus dem Innersten seines Körpers hervordrang. Wenn er genug Macht besessen hätte, würde er all die auf der Stelle töten, die ihm Böses angetan hatten. »Ich will Kraft haben, um mich zu rächen!«, murmelte er mit heiserer Stimme. Nie hatte er eine so übermächtige Wut verspürt. Sie raubte ihm den Atem.

»Schau ins Wasser!«, befahl ihm die Hexe. »Jetzt wirst du den Teufel sehen.«

Sie hielt die Lampe näher und erhellte das Innere des Bottichs. Der Junge erblickte ein entsetzliches, verzerrtes, unförmiges Gesicht. Als die Frau das Licht zurückzog, richtete sich Joan schwankend auf. Er wollte sich von dem Bottich entfernen, spürte, dass dieses Etwas herauskommen, ihn fangen und seine Seele rauben würde. Er machte ein paar unsichere Schritte und übergab sich dann. Als er aufstehen wollte, merkte er, wie seine Beine nachgaben. Er streckte die Hand aus, um nach der Hexe zu suchen. Er wusste, dass sie da war, neben ihm. Er wollte sich an ihr festhalten, doch er konnte sie nur berühren, bevor er zu Boden sank.

Langsam kam er wieder zu sich. Er spürte einen warmen Körper neben sich, und er erkannte, dass er auf dem Bett der Hexe lag. Sie umarmte ihn. Er erwiderte ihre Umarmung, und in diesem Augenblick spürte er eine Liebkosung an seiner Wange und einen Kuss. Von der Frau gingen ein angenehmer Duft und eine sanfte Wärme aus. Dort, im Bett, fühlte sich Joan einstweilen in Sicherheit, fern von dem verdammten Bottich, dem Teufel, dem Buchladen, der Inquisition, Felip und der Justiz, die vielleicht schon nach ihm suchte. Er war ruhig, beinahe glücklich. Er wusste, dass es nur eine vorübergehende Pause war, die kurze Ruhe vor der nächsten Schlacht, und dass bald alles von neuem beginnen würde. Er hatte nur noch sein Hemd an, und als er sich abtastete, entdeckte er, dass ihn nur ein dünnes Laken von ihrem Körper trennte. Sein Penis war hart und erigiert. Er erinnerte sich an die Vereinbarung und fragte sich, ob es dazu gekommen war, als er bewusstlos war. Ihn überraschte, dass das Ekelgefühl, das die Hexe in der Nacht bei ihm hervorgerufen hatte, verschwunden war. Stattdessen wirkte sie angenehm und gefällig auf ihn. Hin und wieder fiel ein Tropfen in die Gefäße, was wohl bedeutete, dass der Regen aufgehört hatte. Das Wasser im Bach rauschte nur noch leise. Nun spürte er, wie die Frau langsam ihre Umarmung löste und aufstand. Sie bewegte sich sicher in der Dunkelheit, zog sich an, und kurz darauf öffnete sie die Fenster. Blasses Morgenlicht fiel in die Hütte.

»Es ist Zeit zum Aufstehen, Joan.«

Von dem Feuer war noch etwas Glut übrig, die sie nun anfachte. Dann machte sie das Frühstück warm.

»Los, steh auf. Zieh dich an, iss etwas und dann geh fort«, drängte sie ihn.

»Aber …« Er sah sie fragend an.

»Der Teufel will deine Seele nicht, und ich will deine Jungfräulichkeit nicht«, sagte sie ihm in heiterem Ton.

Die Hexe nahm einen Napf und ging aus dem Haus. Joan nutzte das, um aus dem Bett zu springen. Er sah, dass seine Hosen und sein Wams auf einem Schemel lagen, und zog sich hastig an. Er war erleichtert, doch auch enttäuscht. War das alles?

Die Hexe stellte zwei Näpfe mit Gerstenbrei auf den Tisch, dazu frisch gemolkene Ziegenmilch, Honig und Zwieback. Joan hatte seit dem letzten Abend nichts gegessen, und das Frühstück kam ihm vor wie ein Festmahl. Die Frau begann zu essen, und gleichzeitig betrachtete sie ihn wortlos. Ein heimliches Lächeln umspielte ihre Lippen. Beide schwiegen, bis Joan schließlich fragte: »Was ist gestern Nacht geschehen?«

»Es gab einen Sturm, und beinahe wäre der Bach über die Ufer getreten und hätte mein Haus weggespült.«

»Ihr macht einen Scherz«, sagte der Junge beleidigt. »Gestern habe ich diese Höllengestalten und den Teufel gesehen.«

»Nein, Joan«, widersprach sie mit sanfter Stimme. »Du hast Wesen der Erde gesehen, dieselben, die deine Phantasien bevölkern. Zusammen mit deinem Vater hast du eingebildete Himmelswesen, keine Engel gesehen. Gestern hast du eingebildete Erdenwesen gesehen. Es waren keine Teufel.«

»Aber ich habe Satan ins Gesicht geblickt!«

Die Frau lachte belustigt.

»Nein, Joan. Was du gesehen hast, was dich so sehr erschreckt hat, war dein eigenes Gesicht, das sich im Wasser des Bottichs spiegelte.«

Der Junge staunte und sagte eine Weile nichts. Dann murmelte er: »Das kann nicht sein. Es war der Teufel.«

»Nein. Er war es nicht«, widersprach sie nachdrücklich. »Oder vielleicht doch?«

»Was meint Ihr damit?«

»Wenn du Hass, Groll, Wut und Rachsucht so bezeichnest, dann stimmt es, dann hast du tatsächlich den Teufel in deinem eigenen Bild gesehen.«

»Ihr macht Euch über mich lustig.«

»Aber – glaubst du wirklich, wenn ich einen Pakt mit einem Teufel oder einem anderen mächtigen Wesen geschlossen hätte, würde ich in dieser löcherigen Hütte leben?« Die Frau lachte und zeigte auf die noch am Boden stehenden Töpfe. »Suche die, die in den Palästen leben, die Könige, die Reichen, die Inquisitoren, die Mächtigen. Sie haben tatsächlich einen Pakt mit dem Teufel und ihren eigenen Leidenschaften geschlossen.«

Joan blickte sie schweigend und ernst an. Bald lachte sie nicht mehr. Ihre Miene wurde ernster, und sie sagte: »Nein. Ich mache mich nicht lustig. Ich habe auch gehasst. Auch ich war verzweifelt. Als ich dich sah, wurde mir klar, dass du an demselben Übel leidest wie ich damals. Ich wollte wissen, wie groß dein Hass war, und habe gesehen, dass du zu allem bereit warst, um Genugtuung zu bekommen. Ich habe dir geholfen, in die Welt deiner Hirngespinste einzudringen. Dann habe ich deinen Hass angestachelt, und als du ihn vollständig gezeigt hast, habe ich dein Gesicht mit der Lampe beleuchtet, damit du es selbst im Wasserspiegel des Bottichs betrachten konntest. Dein eigenes Bild hat dich so sehr erschreckt, dass du bald deine Galle und, wie ich hoffe, einen Teil deines Hasses ausgespien hast. Der Hass ist eine Krankheit, und wenn du ihn nicht loswerden kannst, wird er dich auffressen.«

Der Junge aß langsam weiter, während er über diese Worte nachdachte. Er konnte nicht glauben, dass das Ungeheuer, das er im Bottich gesehen hatte, sein eigenes Spiegelbild gewesen war.

»Und das ist alles?«, fragte er schließlich. »Ich bin hergekommen, weil ich mich rächen wollte, und alles, was Ihr mir sagt, ist, dass ich nicht mehr hassen soll?«

»Wenn du nicht hasst, musst du dich nicht mehr rächen.«

»Ja, das stimmt wohl. Aber mit dieser Erklärung helft Ihr mir nicht. Ich hasse immer noch.«

»So sehr wie gestern?«

Joan dachte darüber nach.

»Nein. Du hasst nicht so sehr«, behauptete sie, ohne eine Antwort abzuwarten. »Aber diese Krankheit wird nicht mit einem Mal geheilt. Hör zu, Joan, verwende deine Kraft dafür, deine Familie und deine Liebste zu finden und deine Unschuld zu beweisen, aber vergeude sie nicht mit Hass.«

»Ihr sagt mir nichts, was ich nicht schon weiß. Ihr habt mir immer noch nicht geholfen.«

»Hör genau auf meine Worte.« Die Hexe blickte ihn streng an. »Gestern habe ich einiges über dich erfahren, und frage mich nicht, wie. Ich sage dir, dass du deine Probleme bald lösen kannst. Geh zurück ins Kloster und werde mit der Wirklichkeit fertig.«

»Woher wollt Ihr das wissen?«

Sie zuckte die Achseln.

»Das habe ich gesehen.«

»Wie habt Ihr das gesehen?«

»Ich habe es gesehen, und mehr Erklärungen gibt es nicht.«

»Was habt Ihr mir gestern Abend in den Trank gemischt?«

»Ich habe auch keinen Grund, warum ich dir das erklären soll. Jetzt geh endlich.«

»Wenn es stimmt, was Ihr sagt, stehe ich tief in Eurer Schuld. Ich muss Euch mehr bezahlen. Drei Geldstücke sind nichts.«

»Du hast mich schon bezahlt.«

»Wie?«

»Mit deiner Umarmung heute Nacht. Seit zehn Jahren habe ich nicht mehr die Wärme eines anderen Menschen genossen. Du bist so alt, wie es meine ältere Tochter wäre, wenn sie noch lebte. Ich habe sie in dir gespürt, und auch meinen Mann und meine übrigen Kinder. Ich bin über deinen Hass hinausgegangen, ich habe deine Liebe bemerkt. Warst du wirklich bereit, mir deine Jungfräulichkeit zu opfern?« Die Frau lachte. »Deine Wärme, deine Zärtlichkeit waren heute Nacht mehr als genug. Und jetzt hinaus mit dir.«

Sie nahm den Mantel des Jungen, öffnete die Tür und forderte ihn erneut auf, hinauszugehen. Joan gehorchte, und als er die Frau auf die Wange küsste, atmete sie tief ein und genoss die feuchte Morgenluft.

45

Als Joan in die Calle Santa Anna kam, hörte er, wie die Glocken des Klosters zur Terz riefen. Er wartete einige Zeit, bis die Mönche in der Kirche waren, damit er ungesehen in seine Zelle gelangen konnte. Er holte sein Buch, die Feder und das Tintenfass. Doch er konnte nicht schreiben, und er wunderte sich, dass ihm zum ersten Mal die Worte fehlten. Er setzte sich auf sein Bett, stützte die Ellbogen auf die Knie und bedeckte das Gesicht mit den Händen. Er musste nachdenken, das Erlebte verarbeiten. Er begann mit dem Gespräch, das er mit dem Subprior geführt hatte. Er hatte Gott verleugnet! Allmählich konkretisierten sich die Worte und Gefühle, und endlich konnte er die Feder ins Tintenfass tauchen.

»Der freie Wille des Menschen«, schrieb er. »Die Untaten der Menschen sind nicht Gottes Schuld.« Er dachte wieder eine Weile nach und notierte: »Manche benutzen den Namen Gottes, um ihre Verbrechen zu rechtfertigen.«

Sobald die Tinte diese Sätze auf das Papier gezaubert hatte, fühlte sich Joan gestärkt. Das war die Bestätigung, dass er sich aus der tiefen Verzweiflung herausarbeitete, dass er aus dem Dunkel, in dem er einen Tag zuvor versunken war, zum Licht zurückkehrte. Dass er zum Herrgott zurückkehrte. Nichts hatte sich verändert, ihn quälten immer noch dieselben Dinge wie zuvor. Nur dass er sich besser fühlte, viel besser, nachdem er es geschrieben hatte. Er wollte nur noch in die Kirche gehen und beten. Sein Herz der Hoffnung und dem Höchsten Wesen öffnen. Und beten, beten.

Als er aus der Kirche kam, begegnete er Bruder Antoni, dem Subprior.

»Wo warst du heute Nacht?«, erkundigte der sich mit finsterer Miene.

»Ich komme aus der Kirche. Ich habe zum Herrn gebetet«, antwortete der Junge. »Ich habe das mit dem freien Willen verstanden.«

Das Gesicht des Mönchs deutete ein erleichtertes Lächeln an.

»Wie gut«, sagte er. »Du weißt nicht, wie ich mich freue. Du hast uns Sorgen gemacht. Wo warst du?«

»Darauf kommt es nicht an. Wichtig ist, dass ich in die Kirche zurückgekehrt bin und weiß, dass ich mein Schicksal vollständig auf mich nehmen muss. Ich will zu Mosén Corró gehen und ihm sagen, dass ich meine Unschuld nicht beweisen kann.«

Der Mönch zog ein unwilliges Gesicht.

»Du hast das Blattgold nicht gestohlen, Sohn. Du wirst eine Strafe bekommen, die du nicht verdienst.«

»Ratet Ihr mir etwa auch, dass ich fliehen soll?«

»Das ist nicht das Würdigste, aber vielleicht ist es das Klügste«, antwortete der Mönch nachdenklich.

Joan ging in die Buchhandlung. Señora Corró, die im Laden war, empfing ihn so liebevoll wie immer. Ihre Augen füllten sich mit Tränen. Er sagte, dass er mit dem Herrn reden wolle, vorher wolle er jedoch Abdalá begrüßen. Er ließ sich nicht in der Werkstatt blicken, um Felip nicht zu begegnen, sondern stieg zum letzten Stock hoch.

Mit einer kräftigen Umarmung begrüßte der Maure seinen Lehrling. Der Alte fragte ihn, ob er einen Beweis zu seinen Gunsten gefunden habe, und Joan schüttelte den Kopf. Er hätte ihm beinahe sein Erlebnis mit der Hexe erzählt, als der Herr erschien. Mosén Corró verzog unwillig das Gesicht, als er erfuhr, dass der Junge nichts Neues mitzuteilen hatte.

»Dann muss ich dich beim Gerichtsdiener anzeigen, Joan.« Er seufzte. »Ich möchte es nicht, weil ich nicht glaube, dass du der Dieb bist. Aber ich bin es der Disziplin der Bruderschaft schuldig.«

Schweigen trat ein, während sich der Buchhändler und der Lehrling in die Augen blickten.

»Trotzdem kann ich dir zwei Tage mehr bewilligen«, sagte er nach einer Weile. »Wolltest du nicht deine Familie in Italien suchen? Ich gebe dir kein Geld für die Fahrt, aber ein gemeinsamer Freund wird das tun.«

Joan wusste, dass er von Bartomeu sprach und dass die beiden wohl gründlich über diese Angelegenheit gesprochen hatten. Er war für das Vertrauen dankbar, das sie ihm bewiesen. Doch sein Entschluss stand fest.

»Nein, Herr«, antwortete er nachdrücklich. »Lieber ertrage ich die Strafe und verkünde mit hocherhobenem Kopf laut meine Unschuld, als dass ich mich davonmache und Verbannung und Schande erdulde. Ich werde nicht fliehen. Das würde mich in aller Augen zum Schuldigen machen, und das bin ich nicht.«

Der Buchhändler nickte nachdenklich mit dem Kopf, machte ein paar Schritte nach vorn und umarmte Joan.

»Möge Gott dir helfen, Sohn«, murmelte er. »Ich gebe dir noch zwei Tage für den Fall, dass du deine Meinung änderst.«

In diesen Tagen verbrachte Joan so viel Zeit, wie er konnte, mit seinem Bruder und Abdalá. Er übte Latein mit Bruder Melchor und unterhielt sich mit den Seeleuten in den Schänken. Er musste immer wieder an seinen Besuch bei der Hexe denken, und er schrieb zwei weitere Anmerkungen in sein Buch: »Der Teufel ist Hass.« – »Groll ist eine tödliche Krankheit.«

Es war der dritte Tag, und Joan wartete im Kloster unruhig auf die Mitteilung, dass der Gerichtsdiener eingetroffen sei, der ihn festnehmen sollte. Der Subprior besuchte ihn: »Er ist schon hier.« Sein knochiges Gesicht hatte einen unheilvollen Ausdruck.

»Der Gerichtsdiener?«

»Ja. Er kommt, um dich zu verhaften.« Nach einem Augenblick setzte er hinzu: »Aber kurz davor ist eine Nachricht von Bartomeu gekommen.«

»Bartomeu?«

»Ja. Er bittet mich, dass ich deine Festnahme verhindere. Er habe eine gute Neuigkeit.«

»Und was wollt Ihr tun?«

»Ich habe es schon getan. Ich habe dem Gerichtsdiener gesagt, er solle dich in den Hafenschänken suchen.«

»Ihr habt gelogen?«

»Streng genommen nicht«, sagte er lächelnd. »Ich habe ihm lediglich empfohlen, dass er dort nach dir suchen soll. Ich habe ihm nicht gesagt, dass du dort zu finden bist.«

Als Bartomeu kam, schlossen sie sich im Kapitelsaal ein. Der Kaufmann hielt ein Papier in der Hand.

»Mosén Roig hat uns diesen Brief hinterlassen, bevor er fortging«, erklärte er. »Allerdings hat der Bote Vorsichtsmaßnahmen ergriffen. Ihr wisst ja, wie die Inquisition den bestraft, der Konvertiten hilft. Darum hat der Brief ein paar Tage länger gebraucht.«

»Und was sagt er?«, fragte der Subprior.

»Er nennt den Namen des Silberschmieds, der das Blattgold gekauft hat, und er beschreibt die Person, die es an ihn verkauft hat.«

»Wie sieht sie aus?«, wollte Joan wissen.

»Offenbar ist es ein sehr hübscher Junge mit kindlichen Gesichtszügen. Er sagt, er wirke wie ein Engel.«

»Engelsgesicht!«

Er erinnerte sich genau an den Jungen, der als Köder gedient hatte, um Bruder Nicolau zu bestrafen. Dieser hatte Felip immer ohne ein Widerwort gehorcht, und das tat er gewiss weiterhin.

»Er kann es sein. Aber wir haben ein Problem«, kündigte Bartomeu an. »Der Juwelier will nicht reden. Er sagt, er wisse nichts. Ich bin sicher: Wenn ihn Mosén Roig persönlich darum bäte, würde er uns unterstützen. Aber Mosén Roig ist nicht mehr da, und wir gehören nicht zur Zunft.«

»Kann man nicht den Brief als Beweis benutzen?«, fragte Joan.

Bartomeu machte eine skeptische Geste.

»Ich glaube nicht, dass der Brief eines geflohenen Konvertiten in den Tagen, die wir erleben, allzu glaubwürdig ist«, erwiderte er. »Ja noch mehr, wenn die Inquisition etwas wittert, können wir Probleme bekommen.«

»Wie heißt der Silberschmied?«, wollte der Subprior wissen.

»Feliu. Er hat seinen Laden am Anfang der Calle Argentería, auf der Seite von Santa María del Mar.«

»Diesen Gauner kenne ich. Den überlasst mir«, erklärte der Mönch nachdrücklich. »Ihr sagt also, dass es den Brief eines geflohenen Konvertiten gibt, der über ihn spricht, stimmt das? Dann waren sie wohl Freunde, nicht wahr? Kollegen auch über die Zunftgrenzen hinaus, vielleicht …«

Ein unheimliches Lächeln verzog seinen Mund. Joan zweifelte nicht daran, dass der Mönch die Zeugenaussage dieses Feliu bekommen würde.

Es war Sonntagnachmittag, und es nieselte. Engelsgesicht lief übel gelaunt nach Hause, weil die von Lluís geführte Bande die von Felip in der Schlacht der Steine besiegt hatte. Um sie zu ermuntern, sagte Felip, sie würden neue Mitglieder aufnehmen, und dann würden sie sogar noch stärker als früher sein. Es dämmerte an diesem kalten Wintertag. Die Straßen waren dunkel und menschenleer. Der Junge kam an einer schmalen Gasse vorbei, als drei Kerle, die sich in ihre Mäntel gehüllt hatten, aus dem Dunkel auftauchten und ihn in die Gasse schleppten. Schläge, Beleidigungen und Drohungen prasselten auf ihn herab. Erschrocken und unfähig, sich zu verteidigen, krümmte er sich zusammen. Sie rissen ihn vom Boden hoch, zwei der Kerle packten ihn an den Armen und zwangen ihn auf die Knie. Engelsgesicht stöhnte und bat um Mitleid.

»Ich habe niemandem etwas Böses getan«, sagte er. Er verstand nicht, welchen Grund der Angriff hatte.

»Erinnerst du dich an Bruder Nicolau?«

»Ich habe ihn nicht geschlagen«, schluchzte er. »Ich habe nur Felips Befehle ausgeführt. Ich wollte nicht, dass man ihn so schlimm misshandelte.«

Vor seinen Augen, die sich schon an das trübe Licht in der Gasse gewöhnt hatten, blitzte etwas metallisch auf. Er spürte eine scharfe Dolchspitze, die ihn in eine Wange stach.

»Ich richte dir das Gesicht so zu, dass man dich nicht mehr ›Engel‹, sondern ›Teufel‹ nennen wird«, hörte er, während die Waffe stärkeren Druck ausübte. »Und danach kriegst du eine solche Tracht Prügel, dass du zum Krüppel wirst, genau wie der Mönch.«

»Nein! Habt Erbarmen!«

»Gehorche, wenn du willst, dass wir es haben.«

Als die vier durch die halbgeöffnete Tür kamen, die das Kloster mit der Calle de Santa Anna verband, fühlte sich Engelsgesicht einer Ohnmacht nahe. Das hier war der Ort, an dem er Bruder Nicolau verführt hatte, was schließlich so entsetzlich endete. Wollten sie ihn dafür büßen lassen? Sie liefen über den dunklen kleinen Platz und betraten den Kreuzgang. Er lag ebenfalls im Dunkeln, nur von den zwei Glasfenstern des Kapitelsaals ging ein schwaches Licht aus. Mit einem heftigen Stoß schoben sie ihn in den Raum.

»Knie vor der Lampe nieder«, befahl ihm einer seiner Entführer.

Der Junge tat es. Er spürte, wie seine Beine zitterten, und als er ins Halbdunkel blickte, entdeckte er vier vermummte Mönche, die vor ihm standen. Einer von ihnen machte einen Schritt nach vorn und fragte ihn mit Donnerstimme: »Bist du der, den man Engelsgesicht nennt?«

»Ja, Pater«, murmelte der Junge.

»Mosén Feliu«, sprach der Mönch weiter und wandte sich an jemanden, der rechts von ihm in der Dunkelheit stand, »erkennt Ihr diesen Gauner wieder? War er es, der Euch das Blattgold verkauft hat?«

»Das kann ich bei dem schlechten Licht nicht deutlich sehen.«

Gabriel und Lluís zwangen Engelsgesicht, auf den Knien zu bleiben. Joan nahm eine Lampe und leuchtete ihm ins Gesicht.

»Ja, das ist er. Kein Zweifel«, sagte der Juwelier.

»Hast du die Goldblättchen gestohlen?«, donnerte der Mönch.

»Nein! Das war ich nicht!«, widersprach Engelsgesicht, der beinahe erleichtert war, als er mitbekam, dass die Sache nichts mit dem Überfall auf Bruder Nicolau zu tun hatte. »Ich war es nicht!«

»Wie kommt es dann, dass du sie dem Silberschmied verkauft hast?«

»Das hat man von mir verlangt.«

»Wer?«

Engelsgesicht blickte den großen, vermummten Mönch verängstigt an. Er konnte von ihm kaum etwas außer Kinn und Nase erkennen. Er zögerte. Ihn würde anderes Unheil treffen, wenn er Felip beschuldigte.

»Wer war es?«, brüllte die Stimme, die vom Engel der Apokalypse zu kommen schien.

»Felip, der Lehrling bei den Corrós«, murmelte er eingeschüchtert.

»Schwöre bei Gott, dass es so ist!«

»Ich schwöre es!«, stieß Engelsgesicht hervor, bevor er in Tränen ausbrach.

»Und woher hat er das Blattgold?« Der Mönch setzte das Verhör erbarmungslos fort.

»Aus der Werkstatt, in der er arbeitet.«

Stille trat ein, die nur vom Schluchzen des Jungen unterbrochen wurde. Immer noch auf Knien, senkte er den Kopf. Der Mönch, der kein anderer als der Subprior war, drehte sich zu seinen beiden schweigenden Kollegen um. Diese nickten zustimmend, und der Mönch wandte sich an den Jungen.

»Du kannst gehen.«

Der Junge blickte erleichtert auf.

»Aber denk daran, dass du bei Gott und vor Zeugen geschworen hast!«, brüllte der Mönch abermals.

Engelsgesicht bejahte mit einem Kopfnicken. Seine Entführer packten ihn an den Armen und schleppten ihn auf die Straße hinaus.

Sie brachten ihn zur Plaza de Santa Anna, die nur ein sehr kurzes Stück von der Klostertür entfernt lag. Dort gab es etwas Licht, das die Fackeln an einigen Palästen verbreiteten. Joan stellte sich so hin, dass ihn Engelsgesicht gut sehen konnte.

»Weißt du, wer ich bin?«

»Du bist Joan«, antwortete der andere, der immer noch zitterte. »Ich habe dich an der Stimme erkannt.«

»Ja, ich bin Joan, und ich will dir einen Rat geben. Wenn du Felip siehst, wirst du ihm besser nicht sagen, dass du ihn gerade verraten hast.«

»Danke«, sagte der andere und rannte eilig nach Hause.

Im Kapitelsaal sagte der Subprior zu dem Juwelier: »Geht mit Gott, Feliu. Und denkt daran, dass auch Ihr einen Schwur abgelegt habt.«

»Daran werde ich denken, Bruder Antoni«, antwortete der Mann.

Er verbeugte sich und ging eilig aus dem Saal hinaus.

»Jetzt ist alles klar, glaube ich«, erklärte der Mönch und wandte sich zu den schweigenden Vermummten um.

Einer von ihnen zog seine Kapuze herunter und ließ seine Glatze sehen. Es war Buchhändler Corró, der ein ernstes Gesicht machte.

»Ganz klar, Bruder Antoni«, sagte er.

»Was wollt Ihr jetzt tun?«, fragte der vierte Mann, während er die Kapuze herunterzog.

»Etwas Gutes und etwas Schwieriges, Bartomeu«, erklärte Corró. »Das Gute ist, dass ich Joan wieder aufnehme. Ich werde nach einer

Möglichkeit suchen, wie ich ihn entschädigen kann. Das hat der Junge verdient. Und das Schwierige wird sein, dass ich den Sohn unseres Kameraden aus meinem Haus werfen muss.«

»Das wird hart für Euch«, bestätigte der Kaufmann. »Ich weiß ja, dass Ihr für Felip alles Mögliche getan habt. Aber er ist auf die schiefe Bahn geraten.«

»Ich wollte ihn wie meinen eigenen Sohn behandeln«, sprach der Buchhändler mit gesenktem Kopf weiter. »Doch er ist gewalttätig, frech und egoistisch. Er hat das Alter und die Kenntnisse, um sein Meisterstück vorzulegen, aber ihm fehlt die nötige Moral, die ein Buchbindermeister aufweisen muss.«

»Werdet Ihr ihn anzeigen?«, erkundigte sich der Mönch.

»Ja, natürlich«, bestätigte er traurig. »So verlangen es die Vorschriften der Bruderschaft. Das tut mir in tiefster Seele weh. Ich habe versagt bei ihm.«

»Ich weiß genau, dass Ihr alles getan habt, was in Eurer Macht stand«, sagte Bartomeu. »Ihr habt das Andenken unseres Kameraden in größten Ehren gehalten. Macht Euch keine Vorwürfe.«

Er ging zu ihm und umarmte ihn. Der Buchhändler erwiderte die Umarmung kräftig.

»Seid wachsam«, sprach Bartomeu weiter. »Dieser Junge ist gefährlich.«

46

Felip und Joan begegneten sich am Eingang des Buchladens und warfen einander herausfordernde Blicke zu. Beide trugen die Bündel mit ihren Sachen. Der eine kam heraus, und der andere ging hinein. Joan war vorbereitet. Wenn Felip versuchte, ihn zu schlagen, würde er ihm geben, was er verdiente. Er hatte keine Angst mehr vor ihm. Doch der andere tat es nicht, und als das Duell der Blicke endete, deutete Joan ein triumphierendes Lächeln an, und Felip spuckte ihm vor die Füße.

»Daran werdet ihr noch denken«, drohte er. »Die Corrós werden dafür bezahlen, und du auch, *remensa*.«

»Geh zum Teufel, du Dieb und Betrüger!«, herrschte ihn Joan an. »Hoffentlich reißt dir der Gerichtsdiener die Haut mit Peitschenhieben herunter.«

Der Buchhändler rief vor dem Frühstück alle in der Werkstatt zusammen. Er erklärte, dass Joans Unschuld bewiesen sei und dass Felip gestohlen und Beweise gegen seinen Gefährten gefälscht habe. Er sei nicht nur aus seinem Haus, sondern aus der ganzen Bruderschaft ausgestoßen worden.

Die erste Umarmung, die Joan erhielt, bekam er von der Hausherrin. Unter Freudentränen sagte sie ihm, sie habe ihn immer für unschuldig gehalten, und sie freue sich über alle Maßen, dass die Wahrheit gesiegt habe. Danach umarmten ihn die Lehrlinge. Lluís bekundete die größte Herzlichkeit, und er tat so, als wäre er ebenso überrascht wie seine Gefährten. Es folgten der Meister und der Geselle. Alle schienen sich über Joans Rückkehr zu freuen und Felips Verschwinden mit Erleichterung aufzunehmen.

Doch am meisten freute er sich, dass er wieder zu seinem Meister ins *Scriptorium* gehen konnte. Er hatte sich so sehr nach der wohltuenden und gewohnten Tätigkeit gesehnt, Bücher zu kopieren! Noch mehr fehlten ihm die Gespräche, die er mit dem Granadiner in verschiedenen Sprachen geführt hatte. Auch sie umarmten sich.

Der Herr kam nach oben, um sie zu besuchen.

»Joan«, sagte er. »Ich habe nachgedacht, wie ich dich für das entschädigen kann, was du in diesen Tagen erlitten hast.«

»Es war nicht Eure Schuld.«

»Es war nicht meine Schuld. Aber du hast große Ehrlichkeit und Standhaftigkeit bewiesen.«

Der Junge schwieg und wartete darauf, was Mosén Corró sagen wollte. Er dachte, wenn der Herr von seinem Besuch bei der Hexe erfahren hätte, würde er vielleicht seine Meinung ändern.

»Darum und wegen deines Geschicks habe ich beschlossen, dir

zu gestatten, der Bruderschaft deinen Entwurf des Meisterstücks vorzulegen.«

»Wirklich?« Joans Herz machte einen Satz. »Ich habe an den Entwürfen eines sehr schönen Buches gearbeitet! Ich kann sie in einer Woche vorlegen!«

»Es geht nicht um Schnelligkeit, sondern um Qualität«, mahnte ihn Abdalá. »Es geht um das Meisterstück.«

»Aber was geschieht mit Lluís und Jaume? Sie sind länger hier als ich.«

»Nicht alle machen gleiche Fortschritte«, erklärte der Herr. »Doch was Lluís betrifft: Auch er hat meine Erlaubnis, seinen Entwurf vorzubereiten.«

Joan lächelte glücklich. Trotzdem musste er noch etwas klären. »Darf ich nun lesen lernen?«, fragte er hoffnungsvoll.

»Nein. Noch nicht«, entgegnete der Herr nachdrücklich.

Der Lehrling schwieg enttäuscht und wechselte einen Blick mit Abdalá.

»Eines Tages wirst du verstehen, warum«, setzte Mosén Corró hinzu.

In den darauffolgenden Tagen wäre Joan vollkommen glücklich gewesen, hätte er nicht unter Annas Abwesenheit gelitten. Der Junge kopierte zwar weiterhin Bücher, doch er konzentrierte sich auf den Entwurf seines Meisterstücks.

»Meisterstücke entstehen im Kopf. Bevor sie Wirklichkeit werden, ersinnen wir sie in unserer Phantasie«, sagte Abdalá. »Du musst das Werk in deinem Inneren vorbereiten. Je mehr du daran glaubst, je schöner du es dir vorstellst, desto besser wird es sein, wenn du es ausführst.«

Joan dachte darüber nach. Schließlich notierte er in seinem Buch: »Meisterstücke entstehen zuerst im Kopf.«

Er besuchte immer noch die Hafenschänken, aber weniger häufig, als lenke ihn das Meisterstück von seinen Familienpflichten ab.

Allerdings blieb ihm ohnehin nichts anderes zu tun, als auf die Rückkehr der Flotte Vilamarís zu warten.

Endlich kam der Tag, an dem er seinen Entwurf in der La-Trinitat-Bruderschaft vorstellen sollte. Joan benutzte seine Skizzen, und bald wurde ihm klar, dass sehr wenige Lehrlinge Unterlagen mitbrachten und keiner so genaue vorlegte wie er. Die Übrigen erklärten lediglich ihre Idee, und ein Notar protokollierte den Entwurf und den Beschluss des Rates schriftlich. Den Meistern gefiel die Idee zu seinem Buch. Es sollte achtzig leere Blätter aus gutem Papier enthalten, in Ziegenleder gebunden sein, Bünde auf dem Buchrücken haben, und seine Vorderseite sollte eine gepunzte Kreuzigung mit Inkrustationen aus Blattgold zeigen. Es war ein großartiger Entwurf, und er wurde angenommen. Nun musste Joan nur noch ein Buch herstellen, das die Erwartungen nicht enttäuschte.

Sorgfältig berechnete er den Wert jedes Bestandteils, denn er musste die Materialien bezahlen. Der Kostenvoranschlag belief sich auf neunzehn Sueldos und sechs Kupfermünzen, etwas weniger als ein Pfund, und er beschloss, eines der roten Korallenstücke zu verkaufen, damit er es bezahlen konnte.

Mit einem guten Faden verband er die Bogen fest, die aus elfenbeinfarbigem Papier bestanden und die er auf die genaue Größe zuschnitt. Er entschied sich, für das gepunzte Leder des Deckels die Technik des kurzen Schlags anzuwenden. Hierfür brauchte er einen Holzschnitt mit dem Bild einer Kreuzigung, auf dem er das Leder prägen konnte. In der Buchhandlung gab es zwei Bücher, in denen Kreuzigungen abgebildet waren, doch es hätte Joan nichts genützt, eine zu kopieren. Er besuchte die Kirchen Barcelonas, machte sich Notizen, und schließlich fertigte er selbst eine Zeichnung an. Er hob die Hauptlinien hervor, denn beim Lederdruck ließen sich keine zarten Linien unterscheiden. Sobald er eine gute Zeichnung angefertigt hatte, suchte er ein Stück Brett aus vorzüglichem Nussbaumholz, und aufmerksam prüfte er die Holzmaserung. Darauf schnitzte er die Kreuzigung als Flachrelief, wie es seiner Skizze entsprach. Er hatte gutes Werkzeug, und er musste an die Zeit denken, als er mit kaum etwas mehr als einem Messer auf dem Boot seines Vaters den Walfang dargestellt hatte. Sobald er das geeignete Leder hatte, prägte er darauf die Kreuzigung und verzierte sie mit Rändern aus Blattgold, die sich auf dem Rücken und der hinteren Umschlagseite fortsetzten.

Wenige Tage vor Weihnachten stellte Joan sein Meisterstück fertig. Der Herr konnte eine Zusammenkunft für den 27. Dezember vereinbaren, auf der Joan sein Werk vorstellen sollte. Das Ergebnis erregte inzwischen schon allgemeine Bewunderung.

»Du wirst in diesem Handwerk sehr gut sein«, prophezeite ihm Mosén Corró.

»Die Buchbinderei begeistert mich«, erklärte Joan. »Was ich aber wirklich will, ist, mit geschriebenen Büchern zu tun zu haben. Und dafür muss ich lesen lernen.«

»Sei nicht ungeduldig!«, herrschte ihn der Buchhändler an. »Deine Zeit wird schon noch kommen.«

Alle in der Werkstatt waren stolz auf die Arbeit des Jungen, und niemand zweifelte daran, dass die Prüfungskommission sie annehmen werde. Lluís brauchte noch einige Zeit, bis er sein eigenes Werk fertigstellen würde, doch er zeigte keinen Neid und half Joan bei allem, was er konnte. Es war eine Arbeit der gesamten Werkstatt Corró, und alle, die dazugehörten, rechneten sich die Qualität des Buches zur Ehre an. Der Herr beschloss, es an einem besonderen Platz in der Buchhandlung auszustellen, damit alle es von der Straße aus sehen konnten.

Joan wurde es nicht satt, sein Meisterstück zu betrachten. Es lag an der Stelle, die jenes prachtvolle Buch eingenommen hatte, das ihn bei seiner Ankunft in Barcelona in maßloses Staunen versetzt hatte.

Beim Weihnachtsmahl im Haus der Corrós trank man auf das Wohl des neuen Meisters, denn niemand zweifelte daran, dass Joan dies in zwei Tagen sein würde. Bevor er als Meister arbeiten konnte, musste er mehrere Jahre als Geselle tätig sein. Doch der erworbene Titel war endgültig. Als er am Nachmittag seinen Bruder abholte, um den Tag gemeinsam zu feiern, beglückwünschten ihn auch die Gießer. Alle wussten, wie wertvoll sein Werk war.

Von Felip war nichts zu hören. Am selben Tag, an dem ihn Mosén Corró hinausgeworfen hatte, hatte er ihn auch beim Gerichtsdiener der Stadt angezeigt. Vielleicht saß er im Gefängnis. Doch niemand machte sich Sorgen über sein Schicksal.

In der Nacht des 26. Dezember konnte Joan vor Aufregung nicht schlafen. Er war noch keine siebzehn Jahre alt und würde den Titel eines Buchbindermeisters erhalten. Das war etwas ganz Außergewöhnliches. Am nächsten Tag würde er sein bestes Wams anziehen und sein Meisterstück stolz zur La-Trinitat-Kirche tragen.

Doch dieser Augenblick kam nie.

47

Nach dem Frühstück machte sich Joan fertig, sein Meisterstück zu nehmen und mit Mosén Corró zur La-Trinitat-Kirche zu gehen, als man Rufe am Eingang des Buchladens hörte.

»Im Namen der heiligen Inquisition, macht auf!«

Allein schon der Name verbreitete größten Schrecken. Joan beobachtete den Herrn, der so aussah, als würde er gleich vor Angst zusammenbrechen. Alle waren wie gelähmt und starrten einander fragend an.

»Was können sie wollen?«, fragte der Buchhändler mit kraftloser Stimme.

Joan sagte sich, dass die Inquisition nichts Gutes bringen konnte. Kurz darauf drang ein Gerichtsdiener, dem mehrere Bewaffnete folgten, in die Werkstatt ein.

»Mosén Corró?«

»Das bin ich«, sagte der Herr.

»Ihr seid im Namen des heiligen Offiziums festgenommen«, gab der Gerichtsdiener bekannt. »Ihr und alle, die in Eurem Haus leben. Das Gebäude wird versiegelt. Niemand darf es betreten, bis Bruder Espina, der Großinquisitor, etwas anderes anordnet.«

»Aber …«, wollte der Buchhändler protestieren.

»Was Ihr zu sagen habt, müsst Ihr dem Inquisitor mitteilen. Ich führe nur Anordnungen aus.«

Die Soldaten räumten rücksichtslos die Werkstatt leer. Das Gleiche taten sie in den oberen Stockwerken, von wo man die Schreie der Frauen hörte. Joan drückte sein Meisterstück an die Brust und folgte seinem Herrn zur Tür.

Als er durch den Laden lief, blieb er plötzlich regungslos stehen. Dort war Felip. Joan hatte angenommen, dass er im Gefängnis saß, und stattdessen kam er mit den Soldaten der Inquisition!

»Du?«, rief Mosén Corró.

»Ich habe Euch gesagt, dass Ihr dafür büßen werdet«, fuhr ihn Felip mit einem feindseligen Lächeln an. Dann wandte er sich an Joan: »Man darf nichts von hier mitnehmen.«

Er riss ihm das Meisterstück aus der Hand.

»Das gehört mir!«, protestierte Joan laut und wehrte sich.

»Ist das das berühmte Buch, das du heute den Meistern vorstellen wolltest?« Felip lächelte bösartig.

Joan fragte sich, woher der andere das wusste und welche Rolle er bei dem Überfall spielte. Die Soldaten jagten die Handwerker hinaus, und mit ihnen ging der Hausherr. Joan klammerte sich an sein kostbares Buch.

»Also, es ist von der Inquisition beschlagnahmt«, teilte ihm Felip mit. »Wusstest du nicht, dass die Corrós Konvertiten sind?«

»Konvertiten?«, rief Joan verblüfft.

Diese Neuigkeit erstaunte ihn dermaßen, dass er das Buch losließ. Die Herrschaften hatten sich bei allem als gute Christen verhalten.

»Ja. Beide, er und sie. Gleich und Gleich gesellt sich gern.« Felip lächelte triumphierend. »Ihre Urgroßeltern haben sich nach dem Judenmassaker von 1391 bekehrt. Doch wie du sehen kannst, haben sie sich nicht mit Altchristen verschwägert.«

»Aber sie erfüllen ihre Pflichten als gute Christen.«

»Wir werden ja sehen, ob sie das beweisen können.«

»Auf jeden Fall kann die Inquisition nicht mein Buch beschlagnahmen«, betonte Joan und versuchte, es wieder an sich zu reißen. »Du weißt genau, dass der Lehrling sein Meisterstück selbst bezahlt und dass es ihm gehört. Außerdem bin ich als Altchrist frei von jedem Verdacht.«

»Die Inquisition tut, was sie will.« Joan merkte, dass der große Bursche diesen Augenblick genoss. »Und du musst noch deine Blutsreinheit beweisen, *remensa*.«

»Was hast du mit dem heiligen Offizium zu tun? Wer gibt dir diese Macht?«

»Ich bin Familiar der Inquisition. Das war ich schon, bevor mich dieser Konvertit hinausgeworfen hat. Bruder Espina schätzt mich sehr. Ich versorge ihn mit guten Informationen.«

»Das hat dich also vor dem Gerichtsdiener bewahrt, obwohl du gestohlen hast?«

»Aber selbstverständlich. Wir Familiaren der Inquisition dürfen nicht von den Zivilbehörden verfolgt werden. Nur die Inquisition selbst darf uns richten.«

Als Felip den Gesichtsausdruck Joans sah, triumphierte er. Ihm gehörte der endgültige Sieg.

»Du siehst es ja, *remensa*«, sagte er laut lachend. »Du hast geglaubt, du hättest mich besiegt, nicht wahr? Nun, wer zuletzt lacht, lacht am besten.«

»Du Hurensohn!«, schrie Joan, bevor er sich auf ihn stürzte.

Felip hielt das Buch fest und war nicht auf den Faustschlag gefasst, der ihm die Lippe spaltete. Und auch nicht auf den Hagel von Schlägen und Fußtritten, die danach kamen. Die Soldaten konnten Joan von ihm losreißen und schleppten diesen auf die Straße hinaus, wo die Übrigen bereits warteten. Der Gerichtsdiener ließ ihn zusammen mit den anderen antreten und verhinderte so, dass der übelzugerichtete Felip wieder auf ihn losgehen konnte.

Die Nachbarn kamen schweigend an der Tür des Buchladens zusammen. Die Fahne des heiligen Offiziums wurde hochgehalten, und mit einem unheilvollen Trommelwirbel machte der Zug sich auf den Weg zum Gefängnis der Inquisition. Dieses lag nicht weit entfernt an der Plaza del Rey, in den Kellern des Königspalastes, den ihr König Ferdinand überlassen hatte.

Die Reihe der Gefangenen betrat schon das Gebäude, als Joan sah, dass sich Felip unter den Schaulustigen befand. Trotz seiner gespaltenen Lippe lächelte er. Er hielt das geliebte Meisterstück über den Kopf: »Nimm Abschied. Du wirst es nie wiedersehen.«

Das kleine Vergnügen, die blutigen Lippen im Gesicht Felips zu sehen, entschädigte Joan nicht für den Schmerz, als ihm allmählich die ganze Katastrophe bewusst wurde. Der Verlust seines Meisterstücks war nichts im Vergleich zu der Tragödie, die ihnen nun bevorstand.

Die Gesellen und Lehrlinge wurden in einer großen Zelle mit Rundbogen eingesperrt. Sie lag tiefer als der Platz, von dem ein schwaches Licht ausging, das durch hohe Gitterfenster einfiel. Die Dienstmädchen steckte man in die Frauenzellen, und die Corrós sonderte man von den anderen ab. Abdalá setzte sich in eine Ecke und machte Joan ein Zeichen, dass er zu ihm kommen sollte. Er fasste ihn an den Händen und sagte: »Vielleicht verabschieden wir uns hier für immer.«

Joan starrte ihn erschrocken an. Er sah den Granadiner als seinen wahren Meister an, obwohl es Guillem und Pau waren, die ihn gelehrt hatten, wie man Bücher einband und das Leder für sein Meisterstück behandelte. Doch Abdalá hatte ihn unterrichtet, dass beides, Leib und Seele eines Buches, wichtig war. Er musste noch viel mehr von diesem gütigen Greis lernen.

»Warum sagt Ihr so etwas?«, fragte er ängstlich.

»Sobald sie herausbekommen, dass ich Muslim und Sklave bin, werden sie mich von Euch trennen.«

»Aber das verhindert nicht, dass wir uns wiedersehen.«

»Sohn, ich fürchte, dass die Buchhandlung Corró nie wieder öffnen wird«, sprach der Meister weiter. »Wenn ich überlebe, verkaufen sie mich wie irgendeinen anderen Gegenstand des Buchladens. Das Eigentum der Herrschaften wird beschlagnahmt, und die Inquisitoren werden so viel Geld herausholen, wie sie können. Ein Teil geht an den König, und mit dem Rest finanziert man dieses Schauspiel.«

»Aber ich muss noch so viel von Euch lernen!«, schluchzte Joan.

»Wie sehr würde es mir gefallen, dir mehr beizubringen!«, rief der Mann mit feuchten Augen. »Gib acht, ich wollte dich warnen, dass …«

Doch in diesem Augenblick hörte man einen Riegel knarren, und von der Tür aus rief jemand: »Ist der Maure Abdalá hier?«

Als Abdalá antwortete, befahl ihm der Mann, hinauszukommen. Der Greis und der Junge umarmten sich schweigend.

»Gott segne Euch, Meister«, sagte Joan unter Tränen, als sie sich trennten. »Hoffentlich sehen wir uns wieder.«

»Möge dies der Wille Allahs sein, Sohn.« Auch der Alte war gerührt. »Möge Er dich schützen.«

48

Joan hatte noch nie einen so riesigen Saal gesehen. Eine sehr große Holzdecke wurde von sechs gewaltigen, ungeheuer breiten steinernen Bogen getragen. Nicht einmal das Schiff der *Iglesia del Pi*, das weiträumigste Barcelonas, übertraf die Weite dieser Bogen. Das Licht drang nur durch zwei große Fenster auf der linken Seite und ließ das Ganze wie eine riesige Grotte aussehen. Das war der »Salón del Tinell«, der Empfangssaal der Könige von Aragonien. Mit seiner schlichten, aber erhabenen Pracht wollte man die Besucher des Monarchen einschüchtern.

Nur dass jetzt, am Ende des langen Weges vom Eingang her, kein König wartete, sondern Bruder Alfonso Espina, der Inquisitor. Joan, den zwei Soldaten der Inquisition vor den Mönch führten, fühlte sich winzig klein und eingeschüchtert, während er durch diesen kalten und leeren Saal lief, der seine Schritte widerhallen ließ. König Ferdinand konnte seine Absichten nicht klarer zeigen. Der Inquisitor besaß die gesamte Macht, die weltliche und die göttliche, und er nahm die Stelle des Königs und Gottes ein.

Der Mönch hatte keinen Thron, wohl aber einen gepolsterten Stuhl hinter einem massiven Tisch, der auf einem drei Stufen erhöhten Podium stand. Ein Baldachin, dessen herabhängender Stoff seinen Rücken und die Seiten des Podiums umgab, schützte ihn vor Kälte und Zugluft. An seitlichen Tischen, die nur eine Stufe über dem Boden erhöht waren, saßen mehrere Beamte: Notare, Schreiber und Sachverständige in religiösen Fragen, wie etwa die als Qualifikatoren wirkenden Theologen.

Als er den Inquisitor erreicht hatte, schien niemand seine Anwesenheit zu bemerken. Die Beamten unterhielten sich, und Bruder Espina las in einem Buch, vielleicht ein Brevier, denn es sah so aus, als betete er.

Nach einer Weile ging ein Beamter zu dem Jungen und zeigte ihm ein Dokument, in dem Joans Name, Alter und Herkunft verzeichnet waren. Außerdem stand dort, dass er als Lehrling in der Werkstatt der Corrós arbeitete. Als der Junge erklärte, dass diese Angaben stimmten, ließ er ihn schwören, dass er bei allem die Wahrheit sagen werde. Dann kündigte er laut an: »Joan Serra von Llafranc hat geschworen, die Wahrheit zu sagen!«

Ein Schreiber protokollierte sorgfältig, und nun schien ihn der Inquisitor zu bemerken.

Niemand hatte ihm mitgeteilt, warum ihn Bruder Espina sehen und welche Fragen er ihm stellen wollte. Die Buchbindermeister hatten gesagt, sie würden lediglich als Zeugen dienen, man würde gewiss keine Anklage gegen sie erheben. Aber niemand konnte die Absichten der Inquisitoren kennen. In der Stadt erzählte man schreckliche Geschichten, und alle hatten Angst vor ihnen.

»Bist du Joan Serra von Llafranc?«, fragte der Inquisitor.

»Ja, Pater«, antwortete er und beugte das Knie, wie ihn die Soldaten angewiesen hatten.

»Denk daran, dass du unter Eid stehst«, warnte ihn ein Beamter, der an einem seitlichen Tisch saß. »Wenn du lügst, begehst du nicht nur eine schreckliche Sünde, sondern wirst auch öffentlich ausgepeitscht und für den Rest deines Lebens eingekerkert.«

Joan nickte zustimmend.

»Welche Arbeit hast du bei den Corrós geleistet?«

»Ich habe beim Buchbinden geholfen und als Lehrling Bücher kopiert.«

»Was für Bücher hast du kopiert?«

Joan sagte sich, wenn er Unwissenheit vortäuschte, würde er einen Meineid begehen, und seine Strafe müsste schrecklich sein. Aber diese Frage ließ ihn begreifen, warum sein Herr nicht gewollt hatte, dass er lesen lernte. Nun begriff er, dass von den Büchern eine Gefahr ausging, sogar eine große Gefahr. Er wusste nicht, welche Antworten nachteilig für Mosén Corró sein könnten. Er wollte ihm nicht schaden, doch niemand hatte ihn auf diesen Moment vorbereitet. Er wollte schon sagen, dass er nicht lesen könne – aber der Beamte hatte ihm ja gerade ein Dokument gezeigt, und er hatte erklärt, dessen Inhalt sei korrekt. Er war verloren!

»Antworte, Junge!«, fuhr ihn der Beamte an, der ihm mit einer Bestrafung wegen Meineids gedroht hatte.

Joan überkam panische Angst. Unter keinen Umständen würde er es wagen, den Inquisitor zu belügen.

»Ich … Ich erinnere mich nicht an alles.«

»Es wird besser für dich sein, wenn du dein Gedächtnis auffrischst. Streng dich an!«

»Ich habe Ramón Llull kopiert.«

»Seine Rechtgläubigkeit wird in Frage gestellt«, kommentierte der Inquisitor. »Welche Werke?«

»Die *Ars Magna*.«

»Das ist keine große Sünde. Was hast du noch kopiert?«

Joan schluckte.

»Ich habe Arnau de Vilanova kopiert.«

»Welche Bücher?«

»Das *Speculum Medicinae*, das *Regimen Sanitatis* und das *De considerationibus operis medicinae*.«

»Auf Lateinisch?«

»Ja, Pater.«

Der Inquisitor blickte zum Seitentisch hinüber, und der als Qualifikator wirkende Beamte sah einige Aktenbündel durch. Dann erklärte er feierlich: »Das sind medizinische Abhandlungen ohne religiösen Inhalt.«

»Gut. Was hast du noch von Arnau de Vilanova kopiert?«

Der Junge zögerte.

»Was noch?« Der Inquisitor verlor die Geduld.

»Ich erinnere mich an eines mit dem Titel: *Tractatus de tempore adventus Antichristi*.«

Der Qualifikator prüfte seine Dokumente und verkündete triumphierend: »Es behandelt die Ankunft des Antichrist und wurde von den Theologen der Pariser Sorbonne verworfen. Die Theologenversammlung von Tarragona hat angeordnet, es zu verbrennen. Es folgt der Denkrichtung des Joachim von Fiore und kritisiert den Aufbau der Kirche. Wir hatten geglaubt, dass es keine Abschriften mehr gäbe!«

»Ein Ketzer!«, rief Bruder Espina zufrieden. »Was noch?«

»Nichts weiter von diesem Autor.«

»Sag uns die Titel anderer Bücher, selbst wenn du den Autor nicht kennst!«

Wieder bekam Joan panische Angst. Mit dem, was er sagte, schadete er seinen Herrschaften!

»Nun sprich schon!«

»An mehr erinnere ich mich nicht!«, rief er verängstigt.

»Es ist besser für dich, dass du redest!«, sagte der Qualifikator und schlug ihm mit der Hand auf die Schulter.

»Ich erinnere mich nicht!« Joan schloss die Augen und ballte die Fäuste. »Ich erinnere mich nicht! Ich erinnere mich nicht!«

»Pass auf, Junge«, sagte der Inquisitor nach einer Pause, in der man das Schweigen hören konnte, in freundschaftlichem, väterlichem Ton. »Es ist besser, dass du uns sagst, was wir wissen wollen. Das tun alle, bevor sie in den Keller gehen oder danach. Wir können dir die Gelenke ausrenken, dir die Augen ausreißen, dich mit Eisen verbrennen ... Der Buchbindermeister hat geredet, und auch dieser Maure, mit dem du gearbeitet hast. Wir wissen schon, was wir wissen wollen, und du sollst es lediglich bestätigen. So stellen wir fest, ob du ein guter Christ bist.«

Joan erschauderte. Hatten sie Abdalá gefoltert?

»Ich erinnere mich nicht!«

»Bringt ihn in den Keller!«, sagte der Inquisitor. »Inzwischen soll ein anderer herkommen.«

Joan stand trotz der im Saal herrschenden Kälte der Schweiß auf der Stirn, als sie ihn hinausstießen und mehrere Stufen hinunterschleiften. Nachdem sie durch ein paar schmale unterirdische Gänge gelaufen waren, betraten sie einen von Fackeln erleuchteten Raum.

»Das hier ist der Henker«, sagte der Beamte und wies auf einen finster aussehenden Mann.

Dieser zeigte ihm als Erstes die einzelnen Instrumente: eine Folterbank, auf der man den Angeklagten festband und ihm die Gliedmaßen auseinanderzog, bis man ihm die Gelenke brach; Stricke, mit denen man das Opfer an der Decke aufhängte, um es dann plötzlich loszulassen, was ihm schreckliche Schmerzen zufügte. Es gab auch ein mit Glut gefülltes Kohlenbecken und rotglühende Eisen. Auf einmal nahm der Henker, dessen Hand mit einem dicken Handschuh geschützt war, eine dieser Eisenstangen, und mit einer raschen Bewegung streckte er das glühende Ende in Richtung von Joans Gesicht. Dieser sprang zurück und schrie vor Entsetzen laut auf. Der Mann trieb ihn in die Enge, bis Joans Rücken gegen die Wand stieß. Joan sah, wie das rotglühende Eisen zu ihm vorschnellte, und er spürte die Hitze im Gesicht.

»So haben wir dem Mauren ein Auge ausgebrannt«, sagte der Beamte. »Dann haben wir ihn an die Decke gehängt und ihn mehrmals plötzlich losgelassen. Er hat wie ein Schwein gequiekt, uns aber alles gesagt.«

Abdalá! Joan dachte an seine sanften blauen Augen. Sie hatten ihn bestimmt umgebracht. Der Greis hätte diese Folter nicht überlebt.

»Du wirst uns auf alle Fälle erzählen, was wir wissen wollen – vorher oder nachher«, sagte der Mann weiter. »Aber es ist ratsam für dich, es vorher zu tun. Es wäre schade, wenn ein guter altchristlicher Junge fürs ganze Leben zum Krüppel wird und ein Auge verliert. Zum letzten Mal und bevor wir ernsthaft anfangen: Hast du dein Gedächtnis wiedergefunden?«

Joan konnte den Blick nicht von dem glühenden Eisen abwenden, das ihn weiter bedrohte. Er fühlte entsetzliche Angst. Er schwitzte. Bekümmert dachte er an Abdalá und war unfähig, klar zu überlegen. Er war am Ende.

»Ja«, sagte er und kämpfte die Tränen herunter. »Ich werde alles sagen.«

49

Joan verbrachte die nächsten Stunden allein in einer lichtlosen Zelle, schweißgebadet und vor Kälte zitternd. Er dachte an den Schrecken, den jene Foltergeräte verbreiteten, und spürte an der Netzhaut seiner Augen die Hitze des rotglühenden Eisens. Er hatte von Menschen gehört, die Jahre in solchen Zellen als lebende Tote zugebracht hatten. Er wollte den Corrós nicht schaden, aber die Übrigen hatten bereits geredet, und sein Opfer wäre unnütz gewesen. Er begann zu beten.

»Sag uns Namen von Büchern, die dir verdächtig vorkamen«, befahl ihm der Inquisitor, als sie ihn aus diesem Kerker holten, der ihn an ein Grab erinnerte.

»Das *De arte entomptica et ydaica, Clavicula Salomonis* und *Oracions dels set planetes.*«

Dafür musste der Qualifikator nicht nachschlagen: »Das sind nekromantische Bücher! Sie sind verboten!«

›Verboten!‹, dachte Joan ängstlich. Viele der Bücher, die er kopiert hatte, waren verboten. Nun verstand er alles, aber es war zu spät. Warum hatte ihn Mosén Corró nicht gewarnt? Warum hatte es der Buchhändler gewagt, sich dieser Gefahr auszusetzen? Was würde mit ihm geschehen, weil er diese Bücher kopiert hatte?

»Ich habe getan, was man mir aufgetragen hat, Pater«, sagte er dem Inquisitor. »Ich wusste nicht, dass diese Bücher etwas Schlechtes enthalten!«

Bruder Espina blickte ihn streng an.

»Es ist eine Sünde, solche Bücher zu lesen«, sagte er. »Und eine viel größere, sie zu kopieren!«

»Aber das wusste ich nicht!«

»Gib acht, mein Sohn«, erwiderte der Mönch in beinahe liebevollem Ton, »wenn du mir alles erzählst, was ich wissen will, wenn ich feststelle, dass du die Wahrheit sagst und mir nicht verbirgst, was mir andere schon erzählt haben, und wenn du die Buße leistest, die dir auferlegt wird, kannst du vielleicht ohne eine Strafe davonkommen. Aber das ist eine sehr ernste Angelegenheit.«

»Was wollt Ihr wissen?«, fragte Joan zaghaft und doch erleichtert.

»Wir wollen wissen, ob du Bücher der Autoren kopiert hast, die dir der theologische Qualifikator jetzt nennen wird.«

Der Beamte nannte nun eine Reihe von Namen, und Joan gab zu, dass er manche kannte.

»Bahya Ben-Yosef.«

»Ja, den kenne ich. Mein Meister hat das *Kitâb al-hidâya ilà farâid al qulûb* – ›Das Buch der Herzenspflichten‹ – aus dem Arabischen übersetzt. Ich habe zwei Abschriften angefertigt.«

»Schelomo ibn Gabirol.«

»In der Werkstatt wurden die *Ermahnungen* aus dem Arabischen übersetzt. Ich habe drei Kopien angefertigt. Und eine von der *Quelle des Lebens*.«

Der Qualifikator sah Bruder Espina bedeutsam an.

»Das sind Bücher der jüdischen Religion!«, rief er selbstgefällig. »Der Konvertit Corró folgt dem jüdischen Ritus!«

»Aber es waren doch aus dem Arabischen übersetzte Bücher!«, staunte Joan.

»Die spanischen Juden schrieben vor ein paar Jahrhunderten alles auf Arabisch«, erläuterte der Inquisitor. »Nur die wichtigsten Werke wurden später ins Hebräische, Lateinische und manchmal ins Kastilische oder Katalanische übersetzt. Die Bücher, die du erwähnt hast, sind für Juden bestimmt. Dies ist ein Fall von judaisierenden Konvertiten, von Rückfälligen, den falschen Christen, nach denen wir suchen.«

Erschrocken begriff Joan, was diese Worte bedeuteten. Sie würden die Corrós aufgrund seiner Aussage verurteilen! Sie befragten ihn weiter nach anderen Autoren und Büchern und dann nach der Art des Essens, das die Corrós zubereiteten. Ob sie an bestimmten Tagen besondere Fastengebote einhielten. Sein Blick trübte sich, und er antwortete ausweichend und benommen. Nur ein Gedanke vereinnahmte all seine Überlegungen. Er hätte darauf verzichten müssen, lesen zu lernen! Er hatte gelogen und sein Versprechen gebrochen! Wenn er nicht lesen gekonnt hätte, hätte er seine Herrschaften nicht verraten können! Was würde nun durch seine Schuld mit ihnen geschehen? Zum Essen konnte er wenig sagen, denn außer an besonderen Tagen wie zu Weihnachten und anderen Festen aßen die Corrós im ersten Stock und nicht in der Werkstatt.

»Aber sie halten doch alle christlichen Feiertage ein und gehen jeden Sonntag zur Messe!«, sagte er zum Inquisitor.

Dieser beobachtete ihn aufmerksam, und danach lächelte er düster.

»Das tun alle Rückfälligen. Nach außen wirken sie wie Christen.

Sie haben Angst und verstellen sich, doch im Innern, im engsten Familienkreis, sind sie weiterhin Juden.«

Joan schwieg und blickte den Mönch an. Wenn er etwas sagen könnte, was den Corrós geholfen hätte, so würde er es tun. Doch ihn überwältigte das Gefühl, dass er eine nicht wiedergutzumachende Katastrophe herbeigeführt hatte.

»Bruder Antoni Miralles, der Subprior von Santa Anna, war vorher hier«, teilte Espina mit. »Er hat heute Morgen von der Sache mit der Buchhandlung erfahren. Er hat zu deinen Gunsten gesprochen. Er bestätigt, dass deine Familie seit vielen Generationen in Llafranc gelebt hat und dass sie euch genau kennen, weil das Dorf zu Palafrugell gehört, das ein Besitz des Ordens vom Heiligen Grab ist. Er versichert, dass du ein Altchrist bist und im Kloster gewohnt hast, dass du deine religiösen Pflichten erfüllst und dass er dein Beichtvater und Seelenhirt ist. Ich habe es ihm überlassen, welche Buße er dir auferlegen wird. Aber ich befehle dir, dass du nie wieder Bücher kopierst.«

Joan sah, dass der Schreiber alles registrierte. Er sollte keine Bücher mehr kopieren dürfen! Diese schlechte Neuigkeit berührte ihn kaum. Er bangte vor allem um die Corrós.

»Du musst wissen, dass deine Aussage vor diesem Gericht geheim ist und dass niemand erfahren wird, was du gesagt hast«, erklärte der Mönch weiter. »Du bist frei. Du kannst gehen.«

»Aber wohin? Ich lebe in der Buchhandlung.«

»Die Buchhandlung wird nicht wieder geöffnet, und was es darin gibt, wird beschlagnahmt, zusammen mit allem anderen Eigentum der Corrós.«

»Ich habe meine Sachen dort!«

»Rede mit dem Notar der Sequester.« Der Inquisitor zeigte auf einen Beamten, der an einem Tisch saß und sich mit einer Handbewegung zu erkennen gab. »In zwei Tagen kannst du mit ihm zusammen abholen, was dir gehört. Jetzt geh mit Gott.«

Er verabschiedete ihn mit einer Geste. Joan beugte abermals das Knie und lief den langen Weg zurück. Er war ängstlich, aber mit erhobenem Kopf hergekommen, und er ging mit gesenktem Kopf und völlig verwirrt. Eine unermessliche Schuld lastete auf ihm. Die Corrós waren für ihn wie Eltern gewesen. Und er hatte es ihnen mit einem schrecklichen Verrat vergolten, der ihnen den Tod bringen würde.

50

Der Subprior nahm Joan wieder im Kloster auf. Der Junge dankte ihm für seine Hilfe, und unter dem Schutz des Beichtgeheimnisses schüttete er ihm sein Herz aus. Er hatte sein Versprechen gebrochen, und das würde schreckliche Folgen für die Corrós haben. Sein Wissensdurst und sein Hochmut hatten ihn dazu gebracht, die zu verraten, denen er zu so großem Dank verpflichtet war. Und was sollte er Bartomeu sagen? Er könnte ihm nicht mehr ins Gesicht blicken. Auch ihn hatte er verraten, denn der Kaufmann liebte Mosén Corró wie einen Bruder.

Der Mönch verbarg das Gesicht in den Händen und dachte eine Zeitlang nach. »Du hast tatsächlich schlecht gehandelt«, erklärte er nach einer Weile. »Doch es stimmt auch, dass die Corrós etwas gewagt und verloren haben. Nach dem, was du mir sagst, wird man sie als Rückfällige verurteilen. Weil sie sich wieder dem Judentum ergeben und verbotene Bücher verkauft haben, wartet der Scheiterhaufen auf sie. Du bist nichts als ein Werkzeug des Herrn, etwas, womit sie einen Misserfolg erleiden konnten. Die Inquisition gefällt mir nicht, auch nicht ihre Überheblichkeit, ihr Machtmissbrauch und der Schrecken, mit dem man die Stadt erfüllt hat. Aber es ist mein Auftrag, der Kirche zu dienen, und darum missfallen mir falsche Christen.«

»Sie sind gute Christen«, widersprach Joan. »Aber sie glauben an den freien Willen, wie Ihr ihn erklärt habt: dass der Mensch seine Bücher frei aussuchen soll. Außerdem: Wenn sie wirklich Juden waren und ihnen kein anderer Ausweg blieb, als sich als Christen auszugeben, um ihr Leben zu retten? Dann war es berechtigt, dass sie ihren Glauben verheimlichten.«

Der Mönch presste die Lippen zusammen und zuckte die Achseln. Ihn kümmerte das Schicksal der Corrós nicht, und er wollte sich nicht streiten. Er erlegte Joan ein paar Gebete als Buße auf, und da der Junge seine Lesekenntnisse nun nicht mehr verbergen musste, übertrug er ihm die Aufgabe, zusammen mit Bruder Melchor die Bücher des Klosters zu ordnen.

Einige Tage später konnte Joan seine Sachen aus der Buchhandlung holen. Mit ihm gingen Lluís, Jaume, Guillem und Pau. Sie wurden vom Notar der Sequester und mehreren Soldaten der Inquisition begleitet. Joan hatte mit dem Meister nicht über ihr Verhör gesprochen, doch die Inquisitoren hatten ihm gesagt, dass Guillem alles erzählt habe.

Schweigend betraten sie die Buchhandlung. Früher war es hier so lebhaft zugegangen! Doch in diesem Augenblick ließ der Ort nur an den Tod denken. Die Buchhandlung war ein Grab. Joan stieg ins *Scriptorium* hoch und malte sich kurzzeitig aus, dort seinen Meister Abdalá zu treffen, der ihn mit einem gütigen Lächeln empfing. Aber er war nicht da. Seine Abwesenheit und sein beinahe sicherer Tod kamen zu der unheilvollen Stimmung hinzu, die die Atmosphäre im ganzen Haus prägte.

Joan fragte nach seinem Meisterstück, doch der Notar erklärte, dass es in keinem Inventar aufgeführt werde, dass sein Wort gegen das Felips stehen würde und dies keine Angelegenheit der Inquisition sei.

»Sie werden sie verurteilen«, betonte Guillem, als sie den Buchladen verlassen hatten, den die Beamten der Inquisition inzwischen fest verschlossen. »Ich weiß nicht, was Felip erzählt hat, aber die Inquisitoren haben ihm jedenfalls geglaubt. Sie werden sie foltern, und sie werden das Geständnis ablegen, das man von ihnen haben will. Das tut mir sehr leid. Sie waren gute Menschen. Und ihr nehmt euch in Acht. Dieser Felip ist ein übler Kerl. Er hasst euch, und jetzt ist er Familiar der Inquisition.«

Pau, der Geselle, beklagte sich, weil es nicht leicht sein würde, Arbeit zu finden. Die Leute wiesen alles zurück, was nach Inquisition roch. Zwar habe man sie nur als Zeugen festgehalten, und sie seien von jeder Schuld entlastet worden, doch allein die Tatsache, dass man sie verhört habe, errege schon Verdacht.

»Aber die Leute brauchen Bücher, vor allem mit leeren Seiten«, versicherte Guillem. »Habt ihr bemerkt, wie viele Schreiber, Notare und andere die Inquisition beschäftigt? Alle haben gleichzeitig Unmengen von Papier vollgeschmiert.« Traurig lächelnd setzte er hinzu: »An Arbeit wird es uns nicht fehlen. Uns nicht und auch den Henkern nicht.«

Joan betete in diesen Tagen viel für die Corrós. Er flehte darum, dass sie ihre Schuld zugaben und dass sich die Inquisitoren nachsichtig verhalten würden. Vielleicht könnten sie davonkommen, indem sie zum christlichen Glauben zurückkehrten, das Büßerhemd trugen und sich bei den Prozessionen auspeitschten. Was bedeutete es schon, dass sie ihren ganzen Besitz verloren? Wenn sie wenigstens ihr Leben retten konnten!

Nachdem er darüber nachgedacht hatte, schrieb er jedoch in sein Buch: »Vielleicht lohnt es sich nicht, einen bestimmten Preis zu zahlen, um leben zu können.«

Er half Bruder Melchor bei den Büchern. Dies war kein gebildetes Kloster von denen, die eine große Bibliothek gesammelt hatten. Die meisten Bücher enthielten Gebete, und außer dem Bruder Bibliothekar und dem Subprior lasen nur wenige andere Schriften.

Der Junge hielt sich nun häufiger in den Schänken auf. Er erfuhr, dass Vilamarís Flotte in den Häfen Siziliens auf den Frühling wartete, um den Kampf gegen die Türken fortsetzen zu können. Er konnte es nicht abwarten, dass sie zurückkehrten, damit er dem Mann begegnen konnte, den er *den Einäugigen* nannte. Mit seinen fast siebzehn Jahren war Joan groß und hatte einen kräftig entwickelten Körper. Die ständige Angst, die er wegen des Schicksals der Corrós empfand, machte ihn äußerst dünnhäutig, und Prahlereien konnte er nicht ertragen. Zum ersten Mal wurde er in Raufereien von Seeleuten hineingezogen. Eine endete mit ein paar Stößen und zwei Faustschlägen. Doch bei der zweiten blitzte der Stahl der Messer auf. Allerdings wirkten die Stammgäste und die Rufe beruhigend, die vor der Ankunft des Gerichtsdieners und der Truppe warnten.

»Nimm dich in Acht, Joan«, sagte ihm ein befreundeter Wirt. »Ich habe viele wie dich gesehen, die in einer Weinpfütze verblutet sind. Zügele dein Temperament, wenn du alt werden willst.«

Endlich konnte er Bartomeu sehen. Er sagte, er sei von einer Reise zurückgekehrt, doch Joan vermutete, dass er abgewartet hatte, bis er sicher sein konnte, dass ihn die Inquisition nicht suchte, bevor er sich blicken ließ. Wenn Corró verbotene Bücher herstellte, stand ohne jeden Zweifel fest, dass er, Bartomeu, es war, der sie an ausgewählte Kunden verkaufte. Der Kaufmann war ein Altchrist und darum kein leichtes Opfer für die Inquisitoren, doch niemand schien mehr unangreifbar zu sein.

Joan wollte ihm verheimlichen, was er der Inquisition über die verbotenen Bücher gestanden hatte. Bartomeu sollte auf keinen Fall erfahren, dass er sein Versprechen gebrochen hatte. Doch je länger sie sich unterhielten, desto mehr quälte ihn die Angst. Was wäre, wenn er Bartomeu belog und dieser unvorsichtig wurde, so dass man ihn schließlich wegen der verbotenen Bücher anklagen würde? Er sagte sich, dass er eine so große Schuld nicht ertragen könnte. Unter Tränen gestand er ihm alles.

Joan erklärte, Meister Guillem habe zuvor gestanden, und auch Abdalá. Man habe ihn gefoltert, ihm ein Auge ausgerissen und die Gelenke ausgerenkt. Er habe oft nach ihm gefragt, ohne eine Antwort zu erhalten. Gewiss sei er tot.

Der Kaufmann betrachtete ihn wie ein Raubvogel seine Beute. Joan hatte nie zuvor einen so strengen Gesichtsausdruck bei ihm gesehen.

»Danke, dass du dir meinetwegen Sorgen machst und mich gewarnt hast«, sagte er schroff. »Aber was du getan hast, war sehr schlimm, und die Folgen werden für deine Herrschaften schrecklich sein. Ich liebte sie wie Geschwister, und ich fühle mich verantwortlich, weil ich dich zu ihnen gebracht habe. Sie haben dich aus dem Kloster geholt, und du hast sie verraten. Das sage ich nicht, weil du den Drohungen mit der Folter nachgegeben hast. Die aufrechtesten Männer brechen zusammen, wenn man sie der Folter unterwirft. Es gehört zu den Maßnahmen im Handbuch des Inquisitors, mit ihnen zu drohen. Aber du hast dein Versprechen gebrochen. Du hast gesagt, dass du nicht lesen lernst. Wenn du das befolgt hättest, wäre nichts davon geschehen.«

»Das weiß ich, und es tut mir über alle Maßen leid«, antwortete der Junge mit tränenüberströmten Augen. »Aber auch wenn ich nicht gesprochen hätte, so haben es doch Guillem und Abdalá unter der Folter getan.«

»Nein. Du irrst dich. Guillem und Abdalá haben nichts erzählt. Die Inquisitoren haben dich belogen.«

»Was?«

»Meister Guillem konnte gar nichts sagen, weil er nichts von dem wusste, was im *Scriptorium* geschah.«

»Und Abdalá?«, erkundigte sich Joan ängstlich. »Hat er nichts gesagt, als sie ihn gefoltert haben?«

»Sie haben ihn nicht gefoltert. Tieftraurig, aber bei guter Gesundheit sitzt er im Gefängnis der Inquisition. Für die Inquisitoren ist er wie irgendeine Sache. Ich verhandele gerade über seinen Kauf.«

Joan fühlte grenzenlose Erleichterung.

»Und wie konnte er sich retten?«

»Ganz einfach. Abdalá ist ein bekennender Muslim, und sie können ihm nichts tun. Das Gleiche geschieht mit den Juden, die ihre Religion offen ausüben. Die Inquisition darf nur gegen Christen vorgehen. Sie hätten ihn gefoltert, wenn er getauft wäre und sich dennoch heimlich nach dem Koran richtete. Er dient auch nicht als Zeuge gegen die Corrós. Niemals würden sie seinen Schwur anerkennen, selbst wenn es auf den Koran wäre.«

Nun begriff Joan, dass seine Herrschaften nur durch seine Aussage verurteilt wurden.

»Es tut mir leid«, murmelte er. »Sehr.«

Der Kaufmann gab sich mit dieser Entschuldigung nicht zufrieden. Er verabschiedete sich abweisend, nachdem er seine Vorwürfe wiederholt hatte. Joan blieb mit seiner Schuld und dem niederschmetternden Gefühl allein, seinen Freund verloren zu haben. Er liebte ihn wie einen Vater, und dieser neue Verlust machte ihm entsetzlich zu schaffen.

Er schrieb in sein Buch: »Wie sehr bedauere ich, dass ich mein Versprechen gebrochen habe. Wenn man doch nur die Zeit zurückdrehen könnte.«

Ein paar Tage später liefen Ausrufer durch die Stadt und kündigten an, das Autodafé werde am 9. Februar, nach der Terz-Stunde, auf der Plaza del Rey stattfinden. Joan krampfte sich das Herz zusammen. Dann würde das Schicksal der Corrós besiegelt werden!

51

Nachdem die Glocken der Kathedrale die Terz angekündigt hatten, läuteten sie unermüdlich weiter und riefen die Gläubigen zusammen. Joan, Lluís und die Übrigen trafen sich an der Tür der Buchhandlung.

Sie warteten, dass die Prozession, die aus dem Königspalast gegenüber dem Sant-Ivo-Tor der Kathedrale kam, ihrem Weg durch die Straßen folgte und die Calle Especiers erreichte, wo sie standen.

Den Zug eröffnete ein Dominikaner, der das schwarzweiße Ordenshemd trug, barfuß war und die Standarte der Inquisition hielt.

Ihm folgte eine Gruppe von Messdienern und ein weiterer barfüßiger Dominikanermönch, der ein Kreuz trug.

Darauf kamen mehrere Adlige und Justizbeamte, die von dem Infanten Enrique, dem Vetter des Königs und königlichen Statthalter von Katalonien, angeführt wurden. Nach ihnen reihten sich die Beamten der Inquisition ein, unter ihnen Bruder Alfonso Espina, und mit ihnen erschienen ihre Gerichtsdiener, Notare, Schreiber und Truppen. Diesen Teil der Prozession schloss eine Gruppe schweigender und vermummter Dominikanermönche ab.

Ein weiterer Mönch ließ einen deutlichen Abstand und folgte mit einem hocherhobenen Kreuz.

»Da, seht!«, rief Lluís leise.

Nach dem Mönch kam Antoni Ramón Corró, ihr Herr. Er trug das entehrende gelbe Büßerhemd mit den roten Kreuzen und die ebenfalls gelbrote Büßermütze. Er hielt eine nicht angezündete Kerze in den Händen und hatte einen Strick um den Hals, der ihn mit seiner Frau Joana verband. Sie lief hinter ihm und war auf die gleiche Weise gekleidet. Beide sahen abgemagert aus, und ihre Gesichter mit den stark umschatteten Augen zeigten die Spuren der Gefängnistage, der Drangsale und, was beinahe sicher war, der Folter. Sie senkten den Kopf, und ihr Blick verirrte sich irgendwo auf dem Boden. Als sie die Calle Especiers betraten, trat tiefes Schweigen ein. Dies bekundete die Achtung ihrer früheren Nachbarn, die die Buchhändler stets für gute Leute gehalten hatten. Die Corrós blickten hoch, um die Buchhandlung anzusehen, in der sie so viele Jahre glücklich gelebt hatten. Dort waren ihre Eltern gestorben und ihre Kinder geboren. Doch sie hatte ihre Türen für immer geschlossen. Dort entdeckten sie ihre Arbeiter, die sie betrübt betrachteten. Die beiden zeigten mit einer Geste, dass sie sie erkannten. Joana wollte ein liebenswürdiges Lächeln andeuten, doch es ging sofort in Tränen unter. Die Jungen begrüßten sie winkend, und Meister Guillem rief ihnen zu: »Gott schütze Euch!«

»Man soll gerecht urteilen und Euch freilassen!«, setzte Joan hinzu.

Einer der Soldaten, die das Ehepaar eskortierten, stieß ihn heftig fort und sah sie scharf an, bevor er sagte: »Besser für euch, wenn ihr den Mund haltet und Achtung zeigt!«

Alle schwiegen, doch Lluís schluchzte unwillkürlich auf. Mit Tränen in den Augen legte ihm Joan den Arm um die Schultern.

Nach Joana Corró kam ein weiterer Gefangener mit einem Strick um den Hals, der ebenfalls das Büßerkleid trug. Dann folgten wieder ein Kreuz, das von einem Dominikaner getragen wurde, und eine Gruppe von vierzig Soldaten. Jeder von ihnen schleppte eine aus Hanf angefertigte, lebensgroße Puppe. Auch diese trugen gelbe Büßerhemden und -mützen mit roten Kreuzen, und jede hatte ein Pergament mit dem Namen des Angeklagten. Sie stellten vierzig geflohene Konvertiten dar, deren Urteil man zusammen mit dem der drei beim Autodafé Anwesenden verkünden würde.

Dann zogen weitere vermummte und barfüßige Dominikaner vorbei. Sie sangen Psalmen, wobei sich das »Miserere mei, Deus« – »Herr, erbarme dich« – mehrmals wiederholte.

Eine Soldatengruppe schloss die Prozession ab. Mit ihren langsamen Trommelwirbeln bezeichnete sie den Gang des Todes. Ihnen lief eine neugierige Menge nach, die laut jubelte und danach gierte, dem Schauspiel beizuwohnen. Zu ihnen gehörte Felip, den die Mitglieder seiner Bande begleiteten. Er blickte sie mit einem herausfordernden Lächeln an.

Die Inquisition hatte auf der Plaza del Rey drei Tribünen aufgestellt. Sie befanden sich an der Mauer der Santa-Ágata-Kapelle, der Kirche des Königspalastes. Zwei dieser Gerüste, die beiden rechten, waren mit einem Baldachin bedeckt und mit wertvollen Stoffen geschmückt. Die mittlere war für die Inquisitoren und ihre Beamten bestimmt, die zweite war für die hohen Persönlichkeiten und ihre Bedienten da. Zwischen beiden stand ein kleiner Altar. Die linke Tribüne war hingegen ein einfaches Brettergerüst mit Bänken für die Angeklagten und die sie bewachenden Soldaten.

Immer mehr Teilnehmer an der Prozession strömten herbei, und jeder begab sich an die Stelle, wo er hingehörte: Die einen setzten sich auf die Tribünen, die Zuschauer standen dicht gedrängt davor. Mitten auf dem Platz, gegenüber dem Gerüst der Inquisitoren, befand sich eine Kanzel. Dort stand der Augustinermönch, der die Predigt hielt.

Die Predigt dauerte länger als zwei Stunden, und die Stimme des Augustiners schwoll immer weiter an, je mehr er sich in seine Inbrunst hineinsteigerte. Er sagte, die Inquisition sei eine Tochter des christlichen Eifers, und der Läuterungsprozess habe begonnen. Er werde die Ketzer beseitigen, die die Welt verunreinigten. Er erinnerte an die Prophezeiungen des Johannes in der Apokalypse, als er schilderte, wie das Buch des Lebens und das des Todes geöffnet wurden. Mit Donnerstimme und glühendem Eifer trug er vor: »Und ich sah die Toten, die Großen und die Kleinen, vor dem Throne stehen, und Bücher wurden aufgeschlagen. Und noch ein Buch wurde aufgeschlagen, das ist das Buch des Lebens; und die Toten wurden gerichtet nach dem, was in den Büchern geschrieben stand, nach ihren Werken. Und wenn jemand nicht im Buch des Lebens gefunden wurde, so wurde er in den Feuerpfuhl geworfen.«

Erschüttert lauschte Joan diesen schrecklichen Worten. Die Bücher enthielten Leben und Tod, und sie konnten sehr gefährlich werden, wie er nun unglücklicherweise nur zu gut wusste. Doch ein Murmeln Meister Guillems riss ihn aus seinen Gedanken: »Die Predigt gefällt mir überhaupt nicht. Sie haben sie zum Scheiterhaufen verurteilt.«

Der Augustiner setzte seinen Vortrag fort. Immer erregter und prophetischer rezitierte er Ausschnitte aus einer anderen Apokalypse: »Und einige waren daselbst an den Zungen aufgehängt. Das waren die, welche den Weg der Gerechtigkeit verlästern. Und unter ihnen brannte ein Feuer, das sie strafte.«

Joan dachte, dass sich seine Sünde damit vergleichen ließe und dass auch er eine Strafe verdient habe. Er rang damit, sich der ihn erdrückenden und von ihm gefühlten Bürde zu entziehen, doch die schreckliche Predigt des Mönchs riss ihn mit sich, und er meinte, dass Guillem recht hatte: Die Predigt sagte den Tod voraus. Er blickte sich um und sah, dass den Leuten die Angst im Gesicht geschrieben war, während sie zugleich mit krankhafter Lust zuhörten.

»Wenigstens gehört Joan Ramón, ihr Sohn, den sie aus Lleida kommen ließen, nicht zu den Verurteilten«, kommentierte Lluís.

»Er ist noch nicht strafmündig«, entgegnete Guillem. »Wahrscheinlich kommt er mit einer Gefängnisstrafe davon.«

Dann wurde eine Messe gelesen. Nach ihrem Ende stieg der Notar der Inquisition auf die Kanzel, und mit hohlklingender und dröhnender Stimme zählte er die Verfehlungen der Abwesenden auf, die von den Hanfpuppen dargestellt wurden. Schließlich verkündete er das Urteil. Es war für alle dasselbe: der Scheiterhaufen.

Als er zu den Corrós kam, erflehte Joan atemlos im Gebet, dass sie eine Ausnahme bilden würden. Aber die Anklagen glichen weitgehend den vorhergehenden: Sie hätten Fleisch und Gemüse mit Öl zubereitet und es vermieden, tierisches Fett zu benutzen. Sie kochten nicht einmal mit Schaffett, um es nicht mit Schweinefett zu verwechseln. Sie hätten am Freitagabend den Tisch mit sauberen Tischtüchern gedeckt und am Sonnabend, dem Feiertag der Juden, saubere Wäsche angezogen. Beim Tod ihrer Eltern hätten sie rohe Eier gegessen, und den Leichen hätten sie eine Münze in den Mund gesteckt. Sie durchschnitten den Lämmern die Sehnen der Hinterbeine, wie es die Bibel zum Gedenken an den Kampf Jakobs gebot …

»Aber das heißt doch nicht, dass sie die jüdische Religion befolgen«, protestierte Joan leise. »Diese Bräuche haben sie von ihren Eltern und Großeltern geerbt. Sie müssen keine Bedeutung haben.«

Schließlich führte der Notar die verbotenen Bücher aus ihrer Buchhandlung auf, von denen viele judäisch waren. Er endete mit der Urteilsverkündung: »Wegen ihrer Ketzerei sollen sie auf dem Scheiterhaufen von El Canyet lebendig verbrannt werden. Doch wenn sie im letzten Augenblick um Milde bitten und sich mit dem christlichen Glauben versöhnen, wird man ihnen aus Nächstenliebe die Gnade gewähren, dass der Henker sie zuvor erdrosselt.«

Ein Gemurmel breitete sich auf dem Platz aus. Es würde ein Schauspiel geben.

52

Als Joan das Urteil hörte, wanderte sein Blick zur Tribüne der Angeklagten. Während der endlosen Predigt hatte sich das Ehepaar Corró kaum bewegt. Hin und wieder sah es so aus, als flüsterten sie miteinander. Doch als Antoni Ramón Corró die grausame Strafe hörte, trat er zu seiner Frau, und beide vereinten sich in einer verzweifelten Umarmung.

›Sie werden durch meine Schuld sterben‹, sagte sich Joan.

Aber die Zeremonie war noch nicht zu Ende. Bruder Alonso Espina übergab die Verurteilten nun feierlich an Enrique von Aragonien, den Statthalter des Königs. Dieser erteilte den königlichen Truppen den Auftrag, die Gefangenen hinzurichten. Die Gelübde der Inquisitoren verboten ihnen, Blut zu vergießen. Bruder Espina würde seine Hände sauber halten.

Mit langsamen Schritten begann die Prozession nun den sogenannten Weg der Schande, der durch die Stadt führte und sie am Portal de Sant Daniel verließ. Die Mönche sangen ihre Litaneien, und die Trommeln gaben den langsamen und feierlichen Rhythmus des Gangs zur Hinrichtung an. Diesmal lief eine Gruppe Soldaten hinterher, die Holz für den Scheiterhaufen trug.

Die Corrós waren im Viertel bekannt, und als sie an ihren Nachbarn vorbeigekommen waren, hatten diese ein respektvolles Schweigen bewahrt. Doch als sie nun verurteilt und von Fremden umgeben waren, wurden sie zur Zielscheibe von Beleidigungen und Angriffen.

»Verkappte Judenschweine!«, schrie man ihnen zu. »Lügner! Falsche Christen!«

Und man bewarf sie mit Unrat.

Joan, Lluís und Jaume gaben sich Mühe, in der Nähe des Ehepaars zu bleiben, und sie versuchten, die beiden vor dem Pöbel zu beschützen. Doch die Straßen waren sehr eng und mit einer brüllenden Menge vollgestopft. Sie konnten nicht immer mit ihnen Schritt halten. Wenn sie doch aufgeholt hatten, wurden sie von den die Verurteilten eskortierenden Soldaten weggestoßen. Deren Aufgabe war es nicht, eine Flucht zu verhindern, vielmehr sollten sie gewährleisten, dass die Büßer lebendig zum Richtplatz gelangten.

Als der Zug die Stadt verließ, schlug er den Weg nach El Canyet – dem »Schindanger« – ein. Dies war eine unwirtliche Gegend nahe am Meer, mit stehenden Gewässern und Röhricht. Oft stiegen Dampfsäulen und ein nach Fäulnis und Verwesung riechender Nebel aus den Sümpfen auf. Im Sommer war der Ort mückenverseucht, und in den Nächten schweiften die Wölfe umher, die aus den Bergwäldern von Horta und Sant Genís kamen und nach Leichen suchten. Dorthin warf man die toten Tiere und alle anderen Abfälle, die die Stadt von ihren Mauern fernhalten wollte.

Es war nicht nur eine Todesstätte für Tiere, sondern auch für Menschen. Früher hatte man hier alle möglichen Verbrecher gehenkt, sogar sarazenische Piraten. In El Canyet erhob sich ein Kreuz, das sogenannte »Kreuz von La Llacuna«, das den Mittelpunkt der großen vermodernden Müllstätte bezeichnete.

Diesen Ort hatte die Inquisition für ihre Hinrichtungen ausgewählt. Mit erschöpften Schritten, unter Trommelwirbeln wandte sich die Prozession dorthin.

Als sie zum Kreuz kamen, fanden sie dort eine Stufenreihe aus Holz vor. Sie war an einer der trockenen Stellen aufgebaut, gegenüber dem Platz, wo die Soldaten das Brennholz aufschichteten. Die Dominikaner mit ihren tief heruntergezogenen Kapuzen sangen ihre Psalmodien weiter, und viele in der Menge der Schaulustigen sangen mit.

Die Soldaten stellten die vierzig Hanfpuppen auf die Stufenreihe, während die Eheleute Corró und der andere Büßer erschöpft auf den Boden sanken.

Dorthin kam Bruder Espina, um den Verurteilten die letzte Gelegenheit zu einer Versöhnung mit der Kirche anzubieten. Nach einer Weile breitete der Inquisitor die Arme aus und blickte zu der Menge. Die Dominikaner brachen ihren Gesang ab, und Schweigen trat ein.

»Die Büßer wurden dem weltlichen Arm übergeben«, rief er. »Sie haben ihre entsetzlichen Sünden eingestanden und für jede einzelne aufrichtig um Vergebung gebeten. Und die Kirche in ihrer unermesslichen Barmherzigkeit nimmt sie wieder in ihren Schoß auf. Gelobt sei der Herr.«

Aus der Menge stieg ein Jubelschrei empor. Wie schön war es zu sehen, wenn ein verirrtes Schäflein auf den rechten Weg zurückfand!

Auch Bruder Alonso Espina und sein Gefolge strahlten. Die Ketzer erkannten endlich die Wahrheit an. Welch herrlicher Triumph der Inquisition!

»Nun kann der Henker kommen!«, schloss Bruder Espina.

Joan konnte sich nicht beherrschen und durchbrach die Absperrung, die die Soldaten bildeten. Er rannte zu den Corrós, die mit gesenktem Kopf immer noch auf dem Boden saßen.

»Vergebt mir!«, rief er und nahm mit tränenfeuchten Augen die Hände Señora Corrós in die seinen.

Sie blickte hoch und lächelte, als sie ihn erkannte. Dieser Blick ließ ihn erschaudern. Er erinnerte ihn mehr als je zuvor an den Blick seiner Mutter. Er sollte sie zum zweiten Mal verlieren.

»Gott segne dich, Junge«, flüsterte sie.

Er küsste ihre Hand, und sie streichelte ihm sanft die Wange. Gern wäre er den ganzen Nachmittag bei ihr geblieben, doch er wusste, dass ihm keine Zeit blieb.

»Verzeiht mir, Herr!«, sagte er zu dem Buchhändler.

Dieser blickte ihm in die Augen, nickte zustimmend und mit niedergeschlagener Miene, doch er sagte nichts. Dann streckte er seiner Frau die Arme entgegen, und beide umarmten sich wieder.

»Geh weg von hier, Junge!«, hörte er.

Eine Hand packte ihn an der Schulter und stieß ihn von den Gefangenen fort. Joan erblickte den Henker, der einen Strick und einen Stock hielt. Er kannte ihn aus den Schänken, dort hätte er sich von diesem Kerl niemals anfassen lassen. Er war ein Geächteter. Kein Wirt schenkte ihm etwas in einem Glas des Lokals ein, er musste sein eigenes in die Schänke mitbringen. Aber hier, in diesem Moment, war der Henker die Autorität.

Die Soldaten fielen über Joan her, und nachdem man ihm ein paar Schläge versetzt hatte, beförderte man ihn mit Fußtritten in Richtung der Volksmenge. Die Leute lachten und beschimpften ihn. Das war ein kleines Zwischenspiel, während man auf das hauptsächliche Spektakel wartete. Felip stand in der ersten Reihe und nutzte die Gelegenheit, um ihm eine Kopfnuss zu geben, wozu er sagte: »Wie dumm du bist, *remensa*!«

Der ganze Schmerz, den Joan in diesem Augenblick empfand, und seine ganze Niedergeschlagenheit verwandelten sich sogleich in heftige Wut.

»Du Hurensohn, du verkommener Kerl!«, schrie er ihn an. »Sie waren wie Eltern zu uns!«

Er packte Felip so kräftig am Wams, dass die Nähte krachten und beinahe aufgeplatzt wären.

»Geh doch zum Teufel«, antwortete der andere und versetzte ihm einen Fausthieb.

Aber der Schlag erreichte nicht sein Ziel, weil Lluís, der aufgepasst hatte, ihn in der Luft abwehrte. Felips Freunde stürmten hinzu, um ihn zu verteidigen, und man schrie und stieß sich gegenseitig, bis die Soldaten herbeieilten, um Ordnung zu schaffen. Lluís zog Joan fort.

»Bist du verrückt geworden?«, sagte er. »Es ist nicht ratsam, derart aufzufallen.«

Doch die Leute kümmerten sich nicht um sie. Alle warteten schweigend und beobachteten gespannt den Henker und seinen Gehilfen, die ihre Arbeit erledigten. Er begann mit Señora Corró, und wie es schien, hörte man ein schwaches Röcheln, als der Henker mit dem Stock und dem Strick um ihren Hals schnell eine Würgschlinge herstellte. Die Büßermütze fiel zu Boden, und kurz danach tat es auch der erschlaffte Körper Señora Corrós. Hierauf folgten ihr Mosén Corró und der andere Mann in den Tod.

Die Mönche stimmten einen Gesang an, während die Soldaten den Scheiterhaufen anzündeten. Bald züngelten die Flammen inmitten einer Rauchwolke empor. Die Soldaten nahmen die Hanfpuppen, trugen sie die Stufenreihe hoch und warfen sie von oben ins Feuer, das sie mit aufblitzenden Funken und glühenden Ascheteilchen empfing. Bald brannten sie lichterloh. Die Zuschauer sangen gemeinsam mit den Mönchen. Aber auf einmal stürzte eine Frau mit ausgebreiteten Armen zum Scheiterhaufen, und als sie zum Feuer kam, kniete sie nieder und flehte mit lauten Schreien um Vergebung ihrer Sünden. Dies war gewissermaßen ein Signal, um eine allgemeine Hysterie zu entfesseln. Zahlreiche Versammelte begannen zu schreien, andere schlugen sich an die Brust, manche rutschten auf Knien. Alles diente dazu, Buße zu tun. Mehrere Männer warfen ihre Mäntel auf den Boden, entblößten sich den Rücken, zogen Peitschen mit vielen Spitzen aus dem Gürtel und geißelten sich. Joan beobachtete die Inquisitoren. Sie schienen beglückt von dem Tumult. Als die Leichen ins Feuer geworfen wurden, brannte der Scheiterhaufen schon vollständig. Die Körper wogen schwerer als die Hanfpuppen und schlugen kräftig auf, so dass viele Funken und glühende Ascheteilchen zum Himmel emporflogen. Bald vereinte sich der Geruch verbrannten Fleisches mit dem Fäulnis- und Verwesungsgestank des Ortes.

Als die Menge das Vesperläuten von den Glockentürmen der

Stadt hörte, machte sie sich auf den Rückweg. Allmählich erlosch das Feuer.

»Gehen wir endlich«, sagte Meister Guillem. »Seit dem Frühstück haben wir nichts gegessen.«

Joan bemerkte nun, dass der Tag zu Ende ging und dass er auch noch nichts gegessen hatte. Aber das machte ihm nichts aus. Er sagte, er werde noch etwas länger bleiben.

»Gib acht, dass dich nicht die Komplet überrascht«, warnte ihn Lluís. »Dann schließt das letzte Tor, und du müsstest die Nacht außerhalb der Stadt verbringen.«

Nur noch der Henker und zwei Soldaten blieben übrig. Es wurde Abend, und Joan starrte weiter in die Glut. Die Augen füllten sich ihm mit Tränen, wenn er an die Corrós und an die Liebe dachte, die sie ihm entgegengebracht hatten.

»Ich bin schuld«, sagte er sich immer wieder.

Joan erschrak, als er eine Hand auf seiner Schulter spürte. Er hatte geglaubt, allein zu sein. Als er sich umdrehte, sah er Bartomeu. Der Mann schwieg. Sie hörten, wie sich die heulenden Wölfe immer mehr näherten. Die Tiere kamen von den Bergen nach El Canyet hinunter.

»Sie sind durch meine Schuld umgekommen«, wiederholte Joan.

»Nicht nur durch deine Schuld«, erklärte der Kaufmann nach einer Weile. »Sie sind durch die Schuld dieses erbärmlichen Felip und all jener umgekommen, die die Inquisition zum Reden gebracht hat. Und auch durch die Schuld der Übrigen. Wir wussten, dass sie gute Menschen waren. Wir haben geschwiegen und uns versteckt. Sie sind durch die Schuld der Angst und des Schreckens umgekommen, die sich in der Stadt verbreitet haben.«

Kurz darauf setzte er hinzu: »Aber du, Joan, du warst der Einzige, der den Mut hatte, sie hier, am Scheiterhaufen, um Vergebung zu bitten.«

Er ließ einige Zeit verstreichen, damit Joan seine Worte begriff.

Er packte ihn liebevoll an der Schulter und sagte: »Gehen wir. Gleich läuten sie die Komplet ein.«

Diesmal widersetzte sich Joan nicht. Im Halbdunkel des Sonnenuntergangs an diesem tragischen Wintertag ließen sie die rauchende Asche und den widerwärtigen Gestank von El Canyet hinter sich und kehrten nach Barcelona zurück. Unterwegs schwieg der Junge und weinte leise vor sich hin. Der Kaufmann legte ihm den Arm um die Schulter und tröstete ihn.

»An dem schrecklichen Tag, als ich die Corrós verlor, habe ich Bartomeu wiedergewonnen«, schrieb Joan in dieser Nacht.

53

Barcelona, 6. Januar 1492

Die Glocken der Kirchen Barcelonas läuteten an diesem Morgen fröhlich, und auf den Straßen beglückwünschten sich die Leute gegenseitig. Endlich konnten sie die große Neuigkeit feiern, die man seit so vielen Jahren nicht nur in den Königreichen Isabellas und Ferdinands, sondern in der gesamten Christenheit erwartet hatte. Man hatte Granada eingenommen.

Trotz des Elends, unter dem Barcelona litt, hatte es seit Kriegsbeginn mit einem großen Truppenaufgebot, das sich aus all seinen Gesellschaftsschichten zusammensetzte, den Kampf unterstützt. Man hatte Bullen gedruckt, die Ablass für Lebende und Tote verkündeten, und die Bürger kauften sie, um für ihre Sünden zu büßen, womit sie zugleich den Krieg finanzierten. Schließlich wurden all diese Anstrengungen belohnt, und in den Kirchen stimmte man ein *Te Deum laudamus* an, um dem Herrgott zu danken.

Seit dem tragischen Ende des Ehepaars Corró und der Verhaftung ihres Sohnes waren schon beinahe drei Jahre vergangen. Es waren unheilvolle Zeiten, in denen Joan nicht nur die Menschen verloren hatte, die er wie seine Familie liebte, sondern auch sein

Meisterstück eingebüßt und keine Buchhandlung mehr hatte, in der er arbeiten konnte. Seine Bemühungen, eine Anstellung zu finden, die mit Büchern zu tun hatte, blieben erfolglos. Viele Buchhändler waren Konvertiten, die der aufmerksamen Kontrolle der Inquisition unterlagen und keine Beziehungen zu jemandem haben wollten, der verbotene Bücher kopiert hatte. Sein Freund Lluís hatte mehr Glück, denn er konnte sich an entfernte Verwandte wenden, die ebenfalls Buchhändler waren und ihn aufnahmen.

Ein Lichtblick war, dass Meister Eloi nicht die schicksalhafte Hilfe vergessen hatte, die ihm die beiden Brüder bei dem Unfall mit der großen Glocke geleistet hatten. Er hatte sich täglich bei Gabriel nach der Tragödie der Corrós erkundigt. Als die Flammen endgültig das Band der Treue zerstörten, das Joan mit seinen Herrschaften vereint hatte, schlug ihm Meister Eloi vor, bei ihm als Lehrling zu arbeiten. Er versprach, ihm zu helfen, schnell den Meistertitel erwerben zu können. Der Meister schätzte an dem Jungen nicht nur die guten Eigenschaften, die er bei dem Unfall in der Werkstatt bewiesen hatte, sondern hatte auch das schöne Meisterstück bewundert, das die Corrós auf dem Ladentisch der Buchhandlung ausgestellt hatten.

Joan musste oft Spottreden aushalten, denn jede Zunft war gewöhnlich auf sich selbst stolz, und das galt besonders für die Verbände der Metallarbeiter. Sie stellten ja die Werkzeuge her, mit denen die übrigen Zünfte arbeiteten, und die Waffen, mit denen sich die Stadt verteidigte. Für Joan sprachen trotzdem die Erinnerung an den Unfall in der Schmiede und der Ruf, mit Steinen und Fäusten geschickt umzugehen. Als er vor drei Jahren seine Lehre als Gießer begonnen hatte, war er außerdem schon groß und kräftig gewachsen, und er überragte nicht nur die übrigen Lehrlinge, sondern auch mehrere Meister. Er flößte Respekt ein.

Mosén Bartomeu wusste, dass er selbst der Inquisition verdächtig war. Darum schränkte er seinen Handel mit Büchern ein und konnte Joan keine Arbeit verschaffen. Aber er kaufte Abdalá dem heiligen Offizium ab. Dieser stellte seine Kenntnisse und sein Wissen freudig in den Dienst seines neuen Herrn.

Meister und Lehrling waren tief gerührt, als sie sich in Bartomeus Haus trafen. Der Junge hatte den Mauren für tot gehalten, und es war für ihn ein Geschenk des Himmels, dass er wieder seine Gegenwart, seine Weisheit und Zuneigung genießen durfte.

In den nächsten Jahren blieb Joan in enger Verbindung mit Bartomeu und Abdalá. Wenn er sie besuchte, führte er lange Gespräche mit ihnen, in denen Bücher gewöhnlich die Hauptrolle spielten. Ein Jahr nach dem tragischen Tod der Corrós sagte Bartomeu zu ihm: »Ich habe Neuigkeiten für dich. Aus Neapel habe ich einen Brief und ein Buch erhalten. Und nun rate, von wem.«

»Von Anna?«, erkundigte sich Joan hoffnungsvoll.

»Nein.« Bartomeu lächelte. »Von Pere Roig, ihrem Vater, der mir durch die Vermittlung eines befreundeten neapolitanischen Buchhändlers schreibt.«

»Sie sind in Neapel!« Joan merkte, wie sein Herz schneller klopfte.

»Ja, und sie haben sich erfolgreich eingerichtet. Obwohl seine Geschäfte nicht so gutgehen wie hier, werfen sie genug für ihn ab, um uns mit der Übersetzung eines italienischen Buches zu beauftragen. Es ist der erste Band von Matteo Maria Boiardos *Der verliebte Roland*.«

»Das kenne ich nicht.«

»Es ist eines der Bücher, die an den italienischen Höfen beliebt sind«, griff Abdalá ein. »Bei den Zusammenkünften großer Damen und Herren liest man es laut vor, um danach über seinen Inhalt zu diskutieren. Das Schicksal mancher Ritter und ihr Vermögen hängen davon ab, wie verständig und brillant sie sich im Umgang mit diesen Texten zeigen.«

»Mosén Roig glaubt, dass seine Tochter die notwendigen Vorzüge hat, um einen Großbürger oder Kleinadligen aus Neapel heiraten zu können«, erklärte Bartomeu. »Darum will er, dass sie das Toskanische, die italienische Literatursprache, und die modernen höfischen Umgangsformen erlernt. Er nimmt an, wenn Anna den *Verliebten Roland* auf Italienisch und gleichzeitig seine Übersetzung habe, werde sie schnellere Fortschritte machen.«

Joan versank in seinen Gedanken. Endlich hatte er etwas von Anna gehört! Er sehnte sich danach, einen Weg zu finden, sich mit ihr in Verbindung zu setzen und ihr zu sagen, dass er sie immer noch liebte.

»Meister Abdalá, werdet Ihr das Buch übersetzen?«, fragte er.

»Ja.«

»Dann lasst mich Euch helfen!«, bat Joan nachdrücklich. »Ihr übersetzt und diktiert, und ich schreibe. Wir werden viel schneller vorankommen. Immer, wenn ich in der Werkstatt freihabe, könnt Ihr hier auf mich zählen.«

Obwohl der Granadiner noch über einen glänzenden Verstand verfügte, war seine Hand nicht mehr so gelenkig wie früher, und das Schreiben fiel ihm schwer, wie Joan wusste.

»Was haltet Ihr davon, Bartomeu?«, fragte der Meister.

Der Kaufmann lächelte. Er ahnte, was Joan beabsichtigte.

»Einverstanden«, sagte er.

Joan war unsagbar glücklich. Annas Augen würden die von seiner Hand gezeichneten Buchstaben lesen. Bald dachte er sich einen Plan aus: Eine Seite der Übersetzung des *Verliebten Roland* würde ein Liebesbrief sein, den er an Anna Roig richtete. Er sollte inmitten der übrigen Seiten vollkommen verborgen bleiben, doch er würde so eingenäht sein, dass sie ihn mühelos herausreißen könnte, ohne dass ihr Vater etwas mitbekam.

Drei Monate danach befanden sich das Buch und seine Übersetzung auf dem Weg nach Italien. Joan hatte Anna in seinem Brief abermals seine Liebe gestanden und ihr erzählt, wie betrübt er wegen ihrer Abwesenheit sei und dass er plane, so bald wie möglich nach Neapel zu fahren. Nur müsse er vorher etwas Geld zusammenbringen und herausfinden, wo sich seine Mutter und seine Schwester aufhielten. Und das wisse man nur in der Flotte Vilamarís, die ständig durchs Mittelmeer segle. Er müsse sich gedulden, bis diese nach Barcelona komme. Er wagte nicht, sie darum zu bitten, auf ihn zu warten, doch das war es, was er am meisten ersehnte.

Begierig sah Joan der Antwort Annas entgegen. Die Monate vergingen, und seine Ungeduld nahm zu, doch seine Hoffnung blieb ungebrochen. Erst Ende Oktober traf der heißersehnte Brief ein. Er erreichte ihn durch die Vermittlung Bartomeus und des mit ihm befreundeten Buchhändlers in Neapel. Annas Möglichkeiten, sich frei zu bewegen, waren begrenzt. Sie hatte keine Gelegenheit, einen Brief direkt zu schicken, und es kostete sie mehrere Besuche bei dem Buchhändler, bis sie ihn überzeugen konnte, den Brief für sie weiterzuleiten.

Sie antwortete, dass sie ihn ebenso liebe und versuchen wolle, auf ihn zu warten und sich den drängenden Heiratswünschen ihrer Eltern zu widersetzen. Inzwischen war sie schon siebzehn Jahre alt, und nur die lange Schiffsreise, die die Roigs unternommen hatten, bis sie in Neapel eintrafen, und die neuen, fremden Verhältnisse hatten bisher verhindert, dass ihre Familie den geeigneten Bewerber gefunden hatte.

Joan war glücklich und bekümmert zugleich. Sie wartete auf ihn, und er konnte Barcelona nicht verlassen! Die Flotte des verfluchten Vilamarí war seit Jahren nicht vor der Stadt aufgetaucht. Und es war Wahnsinn, loszufahren, um sie zu suchen. Wenn Nachrichten eintrafen, dass die Flotte in einem Hafen ankerte, befand sie sich tatsächlich schon in einem weitentfernten anderen. Joan konnte sich nicht erlauben, ihr durchs ganze Mittelmeer zu folgen. Ihm blieb nur die Wahl, entweder zu warten oder auf die Befreiung seiner Mutter und seiner Schwester zu verzichten.

»Mir bleibt nichts anderes übrig, als zu warten«, schrieb er in sein Buch. »Inzwischen werde ich so viel für die Reise sparen, wie ich kann.«

An dem Tag, als die Einnahme Granadas gefeiert wurde, schloss sich die Glocke der Werkstatt Eloi Senants fröhlich dem Läuten der anderen in den Kirchen der Stadt an, und Gabriel war es, der sie erklingen ließ. Der Junge würde bald achtzehn Jahre alt sein. Er war ein hochgewachsener und gutaussehender junger Mann, allerdings weniger kräftig als sein Bruder.

Joan blieb nur noch eine Woche bis zu seinem zwanzigsten Geburtstag. Er rasierte sich und trug das Haar halblang, wie es der Mode in Barcelona entsprach. Doch Augenbrauen, Nase und Kinn, die stark entwickelt waren, und sein katzenhafter Blick erinnerten ihn, wenn er in den Spiegel schaute, an seinen Vater. Seine früher gerade Nase war leicht gekrümmt, was von einem seiner Kämpfe herrührte, ohne dass er sich erinnern konnte, von welchem. Das ließ ihn gefährlich aussehen, was seine Anziehungskraft auf die Mädchen erhöhte, die er jedoch lediglich mit seinen Blicken abschätzte, ohne eine Initiative zu ergreifen. Er fühlte sich weiterhin übermächtig an Anna gebunden.

Er hatte seine besten Sachen angezogen und scherzte mit den übrigen Handwerkern der Werkstatt. Alle warteten darauf, dass Gabriel mit dem Glockenläuten fertig wurde, damit sie unter der Führung ihres Dienstherrn zum Carmen-Kloster laufen konnten.

»Hoch leben König Ferdinand und Königin Isabella!«, rief Meister Eloi, als er mit seiner Gruppe loslief.

Die Übrigen taten es ihm nach.

Die Zünfte, die mit Gießereien und Metall zu tun hatten, riefen gemeinsam den heiligen Eligius an. Daher nannte man sie auch die »Elois«. Die Kapelle des Heiligen befand sich im Carmen-Kloster, doch es waren so viele Zunftgenossen, dass die Dankmesse für die Eroberung Granadas am Hauptaltar der Kirche zelebriert wurde, und viele mussten draußen vor dem Gotteshaus bleiben, weil der Platz nicht ausreichte.

Die Zünfte, die zu den »Elois« gehörten, waren außer den Kanonengießern die Juweliere, die Schrotthändler, die Hersteller von Panzern und Rüstungen, die Armbrust- und Arkebusenmacher und die Dolchschmiede.

Danach liefen Joan, sein Bruder Gabriel und ihre Arbeitsgenossen zur Kathedrale. Sie wollten sich die Prozession ansehen, in der die zivilen und religiösen Behördenvertreter vorbeizogen. Damit begannen verschiedene Festakte, deren Höhepunkt ein prachtvolles Feuerwerk war.

Die Nachricht vom Fall des letzten muslimischen Reiches in Westeuropa breitete sich wie ein Lauffeuer in der Christenheit aus, die vom ständigen Vordringen der Türken im Osten bedroht war. In Rom gab es große Freudenfeiern, und Papst Innozenz VIII. leitete trotz seiner Gebrechen eine feierliche Prozession. Der valencianische Kardinal Rodrigo Borgia nutzte den allgemeinen Jubel, um die Römer mit einem spanischen Schauspiel zu unterhalten, das in der Ewigen Stadt ungewohnt war: ein Stierkampf. Das machte einen extravaganten Eindruck, doch der listige Prälat nutzte wenige Monate später die Popularität, die alles Spanische durch die Einnahme von Granada gewonnen hatte, um als Alexander VI. zum Papst gewählt zu werden.

Dieser Tag, der in der Stadt ein fröhliches Fest war, war traurig für Abdalá, und er verbrachte ihn mit Fasten und Beten. Joan wusste dies, und am Nachmittag besuchte er seinen alten Meister.

»Es ließ sich nicht verhindern, aber das lindert meinen Schmerz nicht«, sagte der Granadiner unter Tränen. »Die ganze Herrlichkeit, die ich gekannt habe, ist für immer untergegangen. Doch in meinem Herzen bewahre ich die Erinnerung an ihre Schönheit. Mein Granada wird eine Blume sein, die nie verwelkt.«

Joan ergriff seine zitternden Hände und küsste sie.

»Es tut mir leid«, sagte er.

»Das ist die Folge der schlechten Regierung der letzten Könige von Granada«, erklärte der Greis nach einiger Zeit. »Gelobt sei Allah! Fügen wir uns seinem Willen. Boabdil und seine Adligen haben ihre Strafe bekommen, aber erleiden wird sie das Volk.«

Er verstummte kurz und grübelte, während ihn Joan bedrückt ansah.

»Du glaubst, dass die Könige Ferdinand und Isabella gesiegt haben, nicht wahr?«, fragte der Alte nach einer Weile.

»Ja, Meister.«

»Nun, so scheint es. Jetzt werden sie ihre Freude am wunderschönen Palast der Alhambra haben, wo ich als Kind umhergerannt bin. Weißt du was, Joan? An seinen Wänden gibt es nasridische Inschriften, deren Kalligraphie und Materialien so meisterhaft sind, dass sie glauben werden, sie seien lediglich Verzierungen, Teil der prachtvollen Ausstattung. Doch eine Inschrift wiederholt sich dort ständig: ›Gott allein kann siegen.‹ Denk daran, Joan: Gott allein kann siegen. Du bist jung. Die Zeit wird es dir beweisen.«

Joan dachte, dass ihm der Greis etwas sagte, was er nicht vollständig verstand. Doch der Meister wollte sich nicht näher erklären und berief sich darauf, dass die Zeit als Richter dienen werde. Der Schmerz und der prophetische Ton Abdalás trafen ihn trotzdem tief ins Herz, und er schrieb in sein Buch: »Gott allein kann siegen.«

54

Obwohl Joan noch mehrere Jahre als Geselle arbeiten musste, war er schon ein richtiger Metallmeister, was er einem Werk zu verdanken hatte: einer achtzehnpfündigen Feldschlange aus Bronze.

»Hoffentlich baut man mehr Kirchen und führt weniger Kriege«, klagte der alte Eloi, der mit Gabriel die Leidenschaft für Glocken teilte.

Die größten Gussstücke der Zunft waren ursprünglich Glocken, die nun im Vergleich zu Geschützen selten geworden waren. Darum nannte man die Gießerzunft mittlerweile auch die der »Kanonengießer«.

Eloi war besonders stolz auf seine Legierungstechnik. Er hielt sich für einen Alchemisten. Die Qualität der Bronzelegierung war entscheidend, denn die Artillerie schoss ungenau und verursachte manchmal, wenn die Kanonenrohre platzten, größere Verluste im eigenen Lager als in dem des Feindes. Während sich der alte Eloi offensichtlich größte Sorgen um die Qualität der Legierung machte, empfand Joan das Gleiche bei der Schussgenauigkeit.

»Was nützt eine Kanone, wenn sie nicht trifft?«, fragte er seine Kollegen. »Soll sie etwa die Gegner mit dem Knall erschrecken?«

Ihn überraschte, wie wenig sich die Truppen um die Genauigkeit kümmerten. Sie wurden von Adligen befehligt, und diese huldigten uneingeschränkt dem Ritterideal, dem zufolge der Kavallerieangriff die würdigste Kampfform war. Sie benutzten die Artillerie lediglich für große Ziele oder kurze Entfernungen.

Da Bartomeu Joans Interesse kannte, überließ er ihm ein Buch, das ein Italiener auf Lateinisch geschrieben hatte und das das Zielschießen der Artillerie behandelte. Joan verschlang es leidenschaftlich und kopierte die maßgeblichen Grundsätze in sein kleines Lehrlingsbuch.

Man berechnete den Elevationswinkel des Geschützes, die Ausrichtung auf das Ziel und die Kraft, mit der das Geschoss losflog, um einen genauen Schuss zu erreichen. Etwas Ähnliches geschah, wenn man eine Azcona oder einen Stein warf. Die Feuerkraft war entscheidend, und sie richtete sich nach der Länge des Kanonenrohrs, dem Kaliber, der Menge und Qualität des Pulvers sowie dem Gewicht des Geschosses. Was für Joan jedoch offensichtlich war, war es nicht für die meisten seiner Kollegen, die es für eine Frage des Glücks hielten, wie genau ein Fernschuss traf.

Immer, wenn eine Kanone erprobt wurde, bot sich Joan als Freiwilliger an. Sie schossen am Hang des Berges Montjuic, und dies war ein gefährliches Experiment. Wenn der Guss einen Fehler aufwies, den man auf den ersten Blick nicht entdeckt hatte, konnte das Rohr platzen und die Schützen töten, obwohl sie, nachdem sie die Lunte angezündet hatten, sich in einen Graben flüchteten. Wenn man das Geschütz als sicher ansah, erprobte Joan unterschiedliche Pulvermengen, Elevationswinkel und Ausrichtungen.

»Du wirst ja mehr zum Artilleristen als zum Kanonengießer«,

scherzte Eloi. »Du denkst eher daran, die Kanone abzuschießen, als sie herzustellen.«

»Man muss genaue Geschütze herstellen«, entgegnete Joan. »Und man kann nur gute Kanonen bauen, wenn man vorher gut schießen kann.«

Der alte Meister kratzte sich am Kopf und lächelte. Joan war ein aufgeweckter Junge.

»Wir müssen alle Geschütze gleich machen, es reicht nicht, dass sie aus derselben Form kommen. Die inneren Maße des Kanonenrohrs müssen ganz genau stimmen«, betonte Joan. »Außerdem sollte das Pulver in gleich großen Säckchen aufbewahrt werden, damit man immer genau dieselbe Menge verwendet. Und es muss eine einheitliche Qualität haben. Nur wenn wir all das erreichen, kann man auch entfernte Ziele treffen.«

»Aber glaubst du, unsere Käufer wollen wirklich ferne Ziele treffen?«, fragte Eloi.

»Sie verlangen keine genauen Geschütze für entfernte Ziele, weil sie nicht glauben, dass sie sich herstellen lassen.«

»Wozu sollen wir Zeit und Geld einsetzen, um ihnen etwas zu geben, wonach sie nicht verlangen?«, beharrte der alte Meister.

Da richtete sich der Junge stolz auf, blickte Eloi fest in die Augen und antwortete: »Weil wir die besten Kanonengießer der Welt sind.«

Der Alte lachte, klopfte ihm auf die Schulter und sagte: »Einverstanden, Junge. Deshalb wird es so sein.« Und er nickte zustimmend.

Er stellte seine alchemistischen Kenntnisse ganz in den Dienst der Sache. Sie bereiteten kein Schießpulver, das taten die Gewürzhändler, doch der Alte nutzte sein Laboratorium, um das Verbrennen des Pulvers und seine Kraft zu erproben. Er stellte fest, dass die Formel für das Schießpulver sechs Teile Salpeter, einen Teil Kohle und einen weiteren Schwefel sein musste. Von ihrem Lieferanten verlangten sie, sich streng daran zu halten. Danach ermittelte Joan, dass für den besten Schuss das Gewicht des Pulvers die Hälfte des Gewichts der Kugel betragen musste.

»Meister Eloi erzählt überall, dass du eher Artillerist als Kanonengießer bist«, vertraute ihm Gabriel eines Tages besorgt an.

»Genauso könnte er sagen, dass du eher Glockengießer als Kanonengießer bist«, entgegnete Joan lächelnd.

Gabriel hatte seinen Meistertitel mit einer schönen Glocke aus einer Kupfer-, Zinn- und Silberlegierung erhalten, die viel zarter und zerbrechlicher war als eine aus der sogenannten Geschützbronze. Tatsächlich zerbrachen Glocken leicht, wenn man sie goss, und darum war es eine anspruchsvolle Arbeit. Silber war das einzige Metall, das der Legierung den richtigen Klang geben konnte, und Gabriel hatte für sein Meisterstück den ganzen Betrag verwendet, den er in zwei Arbeitsjahren als Lehrling angespart hatte. Die Glocke war verhältnismäßig klein geraten, denn er hatte es sich nicht erlauben können, die Kosten für eine größere zu tragen. Trotzdem hatte sie einen harmonischen Klang, der dem Jungen zu Herzen ging. Die Meister, die seinen Entwurf angenommen hatten, waren vom Ergebnis beeindruckt gewesen, und Gabriel hatte zahlreiche Glückwünsche erhalten.

»Was Meister Eloi meint, ist, dass du ein guter Handwerker werden kannst, wenn du Kanonen herstellst, obwohl du dich dabei nie auszeichnen wirst. Die Feldschlange, mit der du deinen Meistertitel erhalten hast, war einwandfrei, aber dabei handelte es sich um ein ganz gewöhnliches Geschütz. Du hast dein Herz nicht hineingelegt. Du hättest ein außergewöhnliches Stück anfertigen können. Wie das Meisterstück, das du in der Buchhandlung geschaffen hast, außergewöhnlich war.«

Joans Blick verlor sich in der Weite. Sein Bruder und der Meister hatten recht.

»Vielleicht bin ich nicht mit dem Herzen dabei«, antwortete er nachdenklich.

»Du sehnst dich nach deinen Büchern, nicht wahr?«

»Ja, sehr. Aber ich habe gute Gründe, mich zu bemühen, einwandfreie Schüsse zu erreichen. Wenn ich ein guter Artillerist bin, kann ich damit meine Fahrt nach Italien bezahlen.«

Gabriel nickte zustimmend. »Ich verstehe«, sagte er.

»Anna ist in Neapel. Und ich vermute, dass unsere Mutter und unsere Schwester sich ebenfalls in Italien befinden. Die Schuldigen an unserem Unglück gehören zur Flotte Bernat de Vilamarís.« Joans Gesichtszüge waren hart geworden. »Durch die Seeleute in den Schänken erfahre ich von seinen Fahrten. Er hat gegen Türken und Venezianer gekämpft und das Königreich Neapel unterstützt. Danach hat er Krieg gegen Genua geführt und die Korsaren aus der Meerenge von Messina vertrieben. Jetzt ist er anscheinend zurück in Neapel.«

Gabriel blickte seinen Bruder erstaunt an.

»Und das alles erfährst du in den Schänken?«

Joan nickte.

»Ja, und ich will mich als Artillerist in der Flotte Vilamarís anwerben lassen, wenn er nach Barcelona zurückkehrt. Dann werde ich herausfinden, was sie mit unserer Familie gemacht haben.«

»Ich komme mit! Ich will lernen, wie man Kanonen bedient.«

»Wir werden sehen«, antwortete Joan unbestimmt.

Doch er wollte seinen Bruder bei dem gefährlichen Unternehmen nicht dabeihaben. Er hasste einfach nicht genug. Er war ein friedfertiger Junge mit einem guten Charakter, und Joan hatte eine Zeitlang gedacht, er wolle Mönch in Santa Anna werden. Außerdem war Gabriel das Einzige, was ihm von seiner Familie übrig geblieben war, und Joan wollte nicht, dass er sein Leben riskierte für etwas, auf das er nie ausreichend vorbereitet sein würde.

Er schrieb in sein Buch: »Ich will Rache. Und sie ist gefährlich. Ich möchte Gabriel nicht dabeihaben.«

55

König Ferdinand, Königin Isabella und Kronprinz Juan zogen im Oktober dieses Jahres mit ihrem Hofstaat in Barcelona ein. Die ganze Stadt widmete sich hingebungsvoll der Aufgabe, die Sieger von Granada willkommen zu heißen, und die Honoratioren der Stadt priesen sie in ihren Reden als die ruhmreichen Gesandten Gottes. Es gab viele Feste und Zeremonien, unter denen ein großer Empfang in der Lonja besonderes Aufsehen erregte.

Der Herrscher hatte die Stadt seit über zehn Jahren nicht besucht, und sie erwachte aus ihrer Lethargie, gewann ihren einstigen Schwung und Glanz zurück. Barcelona wurde zu einer Hauptstadt der europäischen Diplomatie, und neugierig bestaunten die Leute das Kommen und Gehen der ausländischen Botschafter und der Gesandten der Königreiche Isabellas und Ferdinands.

Alle in Meister Elois Werkstatt schlossen sich den Hochrufen und den Festakten an. Überall herrschte eine heitere, gelöste Stimmung. Das Volk hatte das Gefühl, dass von nun an alles besser werden würde. Viele waren davon überzeugt, dass die Könige die Vorkämpfer der Christenheit waren. Sie hatten einen erhabenen Auftrag zu erfüllen, und Barcelona fühlte, daran beteiligt zu sein. Es war nicht mehr wichtig, dass die Könige ein paar Monate zuvor die Vertreibung der Juden angeordnet hatten. Immer mehr Menschen richteten sich nach den Reden der Inquisitoren und der Propaganda des Königs und glaubten an die Einheit des Glaubens. Der Fall des nasridischen Reichs sollte nur der erste Schritt einer Expansion nach Afrika und in den Orient sein. Die Könige würden Jerusalem zurückerobern, und das Heilige Grab müsste wieder der Christenheit gehören.

Es war, als richteten sich die Sterne neu am Firmament aus, um dieser heiligen Mission größeren Glanz zu verleihen. Wenige Wochen zuvor, am 11. August, war Kardinal Rodrigo Borgia als Alexander VI. zum Papst gewählt worden. Er stammte aus Játiva im Königreich Valencia, und er hatte die päpstliche Würde erreicht, indem er sich den mächtigen römischen Familien entgegenstellte.

In den Schänken, deren Stammgast Joan war, machte sich die Anwesenheit des Hofes ebenfalls bemerkbar. Früher waren sie halbleer gewesen, nun aber mit den buntesten Leuten gefüllt. Man hörte dort Kastilisch, Französisch und Italienisch reden. Joan verstand diese Sprachen und sprach sie fließend.

Doch der Mann, der Joan auffiel, war ein Fremder, der Anfang Dezember auftauchte. Er war ein sehniger und dürrer katalanischer Bauer von etwa sechzig Jahren. Er setzte sich mit seinem Weinkrug an einen Tisch und erzählte mit seinem ländlichen Akzent jedem, der ihm zuhören wollte, alte Geschichten. Wenige wollten sich mit ihm abgeben, doch als er sagte, er sei ein *remensa*, weckte er Joans Interesse. Der Junge fühlte sich seit langem mit den *remensas* verbunden, und dies war der Erste, den er kennenlernte.

»Aber es gibt ja gar keine *remensas* mehr«, wandte der Junge ein. »Vor sechs Jahren hat unser König Ferdinand den Urteilsspruch von Guadalupe unterzeichnet. Damit wurden die schlechten Gebräuche abgeschafft, und ihr *remensa*s habt eure Freiheit gewonnen.«

»Mein guter König Ferdinand!«, sagte der Alte und hob sein Weinglas. »Trinken wir auf sein Wohl und darauf, dass ihm unser Herrgott ein langes Leben gibt.«

Joan hob sein Glas. Sie prosteten einander zu und tranken.

»Und was wollt Ihr in Barcelona tun?«

»Ich komme, um eine Schuld von sechzig Sueldos einzutreiben.«

»Nun ja, ich hoffe, dass Euer Schuldner genug hat, um Euch zu bezahlen«, sagte Joan.

Der Mann lachte.

»Natürlich hat er sechzig Sueldos, und sechzigtausend genauso!«

»Ist es ein Reicher?«

»Es ist König Ferdinand.«

»Der König?«, rief der Junge erstaunt. Der Alte musste verrückt sein.

»Also, die Schulden stammen noch von seiner Mutter, Ihrer königlichen Hoheit Doña Juana Enríquez.«

»Aber sie ist doch vor vielen Jahren gestorben!«

»Tatsächlich, es sind sehr alte Schulden. Trotzdem erwartet mich der König und hat mich wissen lassen, dass er sie mir bezahlen wird«, behauptete der Alte.

Joan bat den Bauern, der sich ihm als Joan von Canyamars vorstellte, ihm die Geschichte zu erzählen. Er erklärte sich gern dazu bereit.

»Vor dreißig Jahren, Anfang Juni 1462, flüchtete Königin Juana Enríquez vor dem Bürgerkrieg, der gerade ausgebrochen war, nach Girona. Sie war allein mit ihrem Sohn Ferdinand, der damals noch ein zehnjähriger Infant war. Ihr Ehemann, Johann II. von Aragonien, durfte Katalonien nicht ohne die Erlaubnis der Generalitat betreten. In ihr herrschten Adelsgruppen, gegen die wir uns stellten, sowohl das einfache Volk als auch die *remensas*. Wir kämpften gegen die ›schlechten Gebräuche‹, mit denen uns die Herren unterjochten.«

»Was waren denn diese schlechten Gebräuche?«, wollte Joan wissen.

»Der schlimmste war, dass der Bauer an das Land des Herrn gebunden und es ihm nur erlaubt war, es zu verlassen, wenn er sich zuvor freigekauft hatte. Dieser Freikauf heißt ›*remensa*‹ – daher der Name – und war für einen Bauern unbezahlbar. Aber es gab noch andere Missbräuche, wie zum Beispiel das Recht der Herren, die Bauern mit Körperstrafen zu misshandeln. Der Herr hatte sogar das Recht, die erste Nacht mit der Braut des Bauern zu verbringen, wenn dieser dem Landbesitzer keine Abgabe für die Hochzeit bezahlen konnte. König Alfons V. hat uns *remensa*-Bauern eine befristete Aufhebung dieser Missbräuche gewährt, gegen die wir schon seit Jahren gekämpft hatten. Das haben die Herren nicht anerkannt, und wir haben uns in Waffen gegen sie erhoben.

Als der Bürgerkrieg zwischen der Generalitat und König Johann II. ausbrach, haben wir *remensas* den Herrscher unterstützt, weil wir überzeugt waren, dass dies die Tyrannei der Herren beenden würde. Unter dem Befehl des Grafen von Pallars schickte die Generalitat ein Heer nach Girona, das den Kronerben, den Infanten Ferdinand, in seine Gewalt bringen sollte, um ihn gegen den König zu benutzen. Aber der Bischof von Girona, der die Königin und den Infanten beschützte, schloss sich mit ihnen in La Força ein, der Zitadelle in der Oberstadt. Er war bereit, zusammen mit den Freiwilligen, die dem Hilferuf der Königin folgten, Widerstand zu leisten. Während das Heer vor den Toren Gironas stand, konnten wir, nur fünfzig *remensas* unter dem Befehl von Pere Joan Sala, den Belagerungsring durchbrechen. Andere Bauerntrupps unter dem Befehl von Verntallat blieben draußen, um das Heer zu bedrängen, das die ganze Stadt außer der Festung La Força unverzüglich eingenommen hatte.«

»Pere Joan Sala?«, wunderte sich Joan. »Der *remensa*-Führer, den sie vor sieben Jahren hingerichtet haben?«

Der Junge erinnerte sich genau an den Blick dieses Mannes und seine qualvolle Tötung auf den Straßen Barcelonas.

»Ja, Pere Joan Sala. Genau der. Ich war sein Stellvertreter.«

»Also hat er unserem König Ferdinand geholfen!«

»Ja. Von uns zweihundert Männern, die den Prinzen beschützt haben, waren fünfzig *remensas*.«

»Wer war noch dabei?«

»Die Bediensteten des Bischofs, ein paar Ritter aus dem Gefolge der Königin und die Juden und Konvertiten, die in der Oberstadt wohnten.«

»Und was ist dann geschehen?«

»Wir haben uns anderthalb Monate gewehrt, wir mussten ständige Beschießungen, Angriffe und Hunger aushalten. Aber Johann II. bat den französischen König um Hilfe, und er gab ihm die Grafschaften Roussillon und Cerdaña als Pfand. Eine mächtige französische Armee marschierte über die Pyrenäen, und das Heer der Generalitat musste sich zurückziehen. So kam es, dass die Königin und unser König Ferdinand befreit wurden.«

Joan dachte daran, wie die Inquisition gegen die Konvertiten wütete. Er dachte auch an das vor kurzem gegen die Juden erlassene Austreibungsdekret, und schließlich sagte er: »Also verdankt König Ferdinand seine Freiheit und vielleicht sein Königreich einer Handvoll Juden, Konvertiten und *remensas*?«

»Ja, so ist es«, versicherte Joan von Canyamars entschieden. »Pere Joan Sala hatte mich beauftragt, über die Sicherheit der Königin und des Infanten zu wachen«, erinnerte sich der Bauer, während ein wehmütiges Lächeln über sein mageres und runzliges Gesicht huschte. »Ich war dreißig Jahre alt und König Ferdinand zehn. Es war eine große Ehre für einen Bauern wie mich.

Königin Juana war eine charakterstarke und tapfere Frau. Doch ich erinnere mich, als einmal die Granaten so nahe bei der Stelle einschlugen, an der wir uns befanden, dass sich alles mit Staub überzog. Es war ein Wunder, dass uns die Splitter nur leicht verletzten. Die Königin verlor das Bewusstsein, und ich trug sie in meinen Armen zu ihrer Kammer, wo ein jüdischer Arzt sie wieder zu sich brachte. Prinz Ferdinand glaubte, dass seine Mutter tot sei. Das war das einzige Mal in diesen unerträglich langen anderthalb Monaten, dass ich ihn weinen sah.«

Der Bauer machte eine Pause und trank einen Schluck Wein. Joan hörte ihm fasziniert zu und nippte an seinem Glas. Er sagte nichts. Er wartete, dass der Mann seine Geschichte weitererzählte.

»Ich erinnere mich genau an diesen fünften Juni. Die Truppen der Generalitat täuschten einen Angriff gegen die Porta del Call vor, während andere Soldaten durch einen in der Nacht gegrabenen Gang in das Innere der Umwallung eindrangen. Sie stürzten hinein und riefen, La Força sei schon eingenommen. Die Königin rannte zum Prinzen, und ich lief ihr nach, zusammen mit zwei Rittern des Hofstaats. Wir kämpften Mann gegen Mann, mit Schild und Schwert. Die Ritter starben zwar, aber wir haben den Angriff zurückgewiesen. Und weißt du, was Prinz Ferdinand getan hat?«

»Was?«

»Obwohl er nur zehn Jahre alt war, zog er den Dolch und stellte sich vor seine Mutter, um sie zu beschützen.«

»Wird Euch der König nach dreißig Jahren wiedererkennen?«

»Zweifellos«, antwortete der Mann selbstsicher. »Und er weiß auch, dass er mir sechzig Sueldos schuldet. Manches vergisst man nie. Morgen gibt er eine Audienz im Königsschloss. Dann spricht er Recht wie jeden Freitag. Am Mittag macht er Schluss, und wir treffen uns am Ausgang, auf der Plaza del Rey.«

Joan dachte darüber nach.

»Also der Vater des Königs Ferdinand hat den Krieg gewonnen, weil ihr *remensas* für ihn gekämpft habt«, sagte er dann grüblerisch. »Wie kommt es dann, dass Pere Joan Sala, der Held der Belagerung von La Força, der Verteidiger der Königin und des Prinzen, auf den Straßen Barcelonas hingerichtet wurde?«

»Als König Johann II. die Kapitulation von Pedralbes unterzeichnete, die den Krieg beendete, beschloss er, mit den besiegten Aristokraten und der Generalitat großmütig zu sein, und uns hat er vergessen.«

»Aber es war erst sehr viel später, als Granollers von Pere Joan Sala angegriffen wurde …«

»Ja«, unterbrach ihn der Bauer. »Ich war mit ihnen zusammen. Wir haben uns erhoben, weil König Ferdinand für den Krieg von Granada Geld von den Herren annahm und ihnen als Gegenleistung wieder die schlechten Gebräuche bewilligt hat, die sein Onkel sechsundzwanzig Jahre zuvor aufgehoben hatte.«

»Aber das ist Verrat!«, rief Joan.

»Könige verraten nicht, sie haben nur wichtigere Gründe«, entgegnete Joan von Canyamars, nachdem er eine Weile nachgedacht hatte.

»Was ist dann geschehen?«

»Meine Herren schickten Soldaten zu meinem Haus, um von mir die rückständigen Zahlungen aus den letzten zwanzig Jahren zu verlangen. Ich hatte das Geld natürlich nicht. Sie banden mich und meinen Sohn an einen Baum und peitschten uns aus, bis wir das

Bewusstsein verloren. Sie stahlen alles, was bei uns Wert hatte, Kühe, Hühner, Hausgeräte, und vergewaltigten meine Schwiegertochter und meine Enkelin. ›Damit du es lernst‹, sagten sie.«

Er machte ein trauriges Gesicht, und seine müden Augen waren feucht. Er goss sein Glas voll und trank es in einem Zug aus.

»Was habt Ihr getan?«

»Wir schlossen uns Pere Joan Salas Truppen an, und am Anfang errangen wir große Siege gegen die Herren und die Truppen des Königs. Dann aber brach das Unheil von Llerona herein. Mein Sohn starb in der Schlacht. Ich konnte entkommen, war jedoch verwundet. Da ich meine Herren nicht direkt angegriffen hatte, erlaubten sie mir, mein elendes Leben zusammen mit meiner Schwiegertochter und meiner Enkelin weiterzuführen. Pere Joan Sala wurde gefangen genommen, und das Übrige weißt du schon.«

»Aber der König hat das mit dem Urteilsspruch von Guadalupe korrigiert«, sagte Joan. »Es gibt keine schlechten Gebräuche mehr, nicht wahr?«

»Der König hat sich korrigiert, weil er eingesehen hatte, dass wir niemals den Freiheitskampf aufgeben würden und dass ein neuer Pere Joan Sala erscheinen würde, und dann noch einer und noch einer.«

»Nun ja, ich freue mich, dass jetzt alles gut ist und dass Ihr endlich die Schulden eintreibt«, schloss Joan erleichtert.

Der Alte antwortete nicht darauf, doch er hob sein Weinglas und brachte einen Trinkspruch aus: »Auf die Freiheit und die Schulden, die man eintreibt.«

Der Junge stieß mit seinem Glas an das des Bauern.

Joan war von dieser Geschichte beeindruckt. In der Nacht schrieb er in sein Buch: »Nicht einmal die Könige haben das Recht, diejenigen zu verraten, die ihnen treu sind.«

56

Joan konnte in dieser Nacht kaum schlafen. Die Geschichte des *remensa* beanspruchte all seine Gedanken. In dieser Geschichte gab es etwas Widersprüchliches, etwas, das nicht zusammenpasste. Am nächsten Morgen ging er zu Meister Eloi, um ihn zu fragen.

»Meister, nach dem Vertrag von Guadalupe gibt es doch keine *remensas* mehr. Die Missbräuche wurden abgeschafft, und die Bauern sind frei, nicht wahr?«

Der Mann polierte zusammen mit einem Lehrling das Innere eines Kanonenrohrs und blickte ihn erstaunt an.

»Warum fragst du, Joan?«

»Antwortet mir bitte. Es ist wichtig.« Seine Stimme verriet Angst.

Der Alte zog sich die Handschuhe aus und kratzte sich am Kopf.

»Nun ja, nicht alle haben die Freiheit erhalten.«

»Tatsächlich?«

»Die Ärmsten nicht. Der Vertrag legt fest, dass sie ihren Herren eine Ablöse von sechzig Sueldos bezahlen mussten, um die Freiheit zu erlangen, und viele hatten dieses Geld nicht. Darum blieben sie Leibeigene.«

»Sechzig Sueldos!«, rief Joan. »Diese Summe schuldet ihm der König, wie er behauptet!«

Plötzlich begriff er alles. Die Schulden, die Joan von Canyamars beim König eintreiben wollte, waren kein Geld.

»Entschuldigt, Eloi. Ich muss fort!«, rief er dem Meister zu, der ihm verwundert nachsah.

Er zog sich die Lederschürze aus und rannte davon. So schnell wie möglich wollte er zur Plaza del Rey kommen. Es wurde gerade zur zwölften Stunde geläutet, als er durch die Porta Ferrissa lief. ›Zu spät, ich komme zu spät‹, sagte er sich. Während er rannte, fragte er sich, wen er retten wollte – den alten *remensa* vor seinem Wahnsinn, den König oder beide.

»Herrgott, mach, dass es nicht stimmt, dass ich mich irre«, bat er.

Rund um die Kathedrale drängten sich viele Leute. Er musste sich mit Stößen durchkämpfen. Als er auf den Platz kam, hörte er, dass man den König hochleben ließ. Mit den Ellbogen stieß er die Schaulustigen beiseite, ohne auf die Proteste und die Schläge, die er einsteckte, zu achten. Als er die vorderste Linie erreichte, sah er entsetzt, dass er zu spät kam. Die Leute, die die öffentliche Audienz verließen, standen in Gruppen am Fuß der großen Freitreppe, die zu den Schlosstüren und zur Santa-Ágata-Hofkapelle führte. Die Schaulustigen machten Platz für das Gefolge und die Diener. Diese hielten die Maultiere und Pferde bereit, die das königliche Gefolge zur Residenz bringen sollten. König Ferdinand blieb auf der vorletzten Stufe stehen, um mit einem Höfling zu sprechen, als ein Mann aus der königlichen Kapelle trat. Schnell lief er die Treppe hinunter und auf den Monarchen zu, der mit dem Rücken zu ihm stand. Inzwischen ließ er seinen Mantel fallen und zog ein kurzes und breites Schwert.

Es war Joan von Canyamars, der seine Schulden eintreiben wollte. Joan sollte nie erfahren, ob er als Erster geschrien hatte. Beunruhigt machte der König eine heftige Bewegung, obwohl er dem Schwert nicht ausweichen konnte.

»Verrat!«, rief der Monarch, wobei er sich den Hals mit einer Hand schützte. »Verrat!«

Der *remensa* wollte ihm noch einen Stoß versetzen, aber es war schon zu spät. Ein Höfling drängte sich zwischen beide, während man dem Bauern die Arme festhielt und ihn mit drei Dolchstichen verwundete.

»Tötet ihn nicht!«, befahl König Ferdinand und versuchte, den Angreifer zu erkennen.

Einen Augenblick lang trafen sich ihre Blicke, und der *remensa* schrie trotz seiner Wunden: »Das war für die sechzig Sueldos. Verräter!«

Der König war einer Ohnmacht nahe, und mehrere Männer brachten ihn zum Königsschloss hoch, während sie laut nach Ärzten riefen. Man führte den Angreifer ab. Joan stand umringt von der Menge, die ebenso fassungslos wie er war. Er sah, wie die Palasttüren geschlossen wurden und sich einige Bewaffnete draußen aufstellten.

Die Menge zerstreute sich schnell und verbreitete die Neuigkeit. Joan lief zu Meister Elois Werkstatt zurück. Je weiter sich die Nachricht in der Stadt herumsprach, desto mehr bewaffnete Nachbarn traten auf die Straße und ließen den König hochleben.

Drinnen im Palast gab man dem König starken Wein zu trinken und legte ihn ins Bett.

»Mein Herz geht dahin«, murmelte er mit geschlossenen Augen. »Haltet mich fest.«

Während ihn die Ärzte behandelten, kam er wieder zu Bewusstsein.

»Das ist eine schreckliche Wunde«, stellte einer fest. »An einer Stelle ist die Klinge drei oder vier Finger tief ins Fleisch eingedrungen. Man muss sie mit sieben Stichen nähen.«

»Die Goldkette hat den Schlag aufgehalten«, kommentierte ein anderer. »Gott hat ein Wunder gewirkt und ihn gerettet. Er ist durch einen hauchdünnen Zufall davongekommen.«

»Gott. Gott schützt mich«, sagte sich Ferdinand, während er mit geschlossenen Augen betete.

Königin Isabella befahl, die Galeeren auszurüsten und im Hafen bereitzuhalten, für den Fall, dass der Hof aus Barcelona fliehen musste. Manche Höflinge behaupteten, es sei eine Verschwörung derjenigen, die zwanzig Jahre zuvor unterlegen waren. Die Ratsherren der Stadt und die örtlichen Adligen entgegneten, es handele sich um die Tat eines Wahnsinnigen und ganz Barcelona unterstütze den König. Die Straßen waren voll mit bewaffneten Bürgern, die nach Rache schrien, und es würde nicht leichtfallen, sie zu beruhigen.

Die von der Königin angeordnete Untersuchung konzentrierte

sich auf den Gefangenen. Man behandelte seine Wunden. Er sollte lange genug überleben, damit man ihn foltern, zum Reden bringen und danach öffentlich hinrichten konnte.

Als das Leben des Königs außer Gefahr war, bat er darum, den Gefangenen unter vier Augen zu sprechen, obwohl die Ärzte dagegen protestierten. Als ihn dieser Mann verletzte, hatte er ihn erkannt. Es war der treue Joan, der ihn und seine Mutter bei der Belagerung La Forças beschützt hatte! Er sagte sich, dass es nicht sein könne, denn seit damals waren dreißig Jahre vergangen. Doch die Zweifel peinigten ihn.

»Er ist wie Fels«, sagte der Folterknecht zum König. »Er nimmt alles hin, ohne sich auch nur zu beklagen. Bisher wissen wir lediglich seinen Namen, Joan, und dass er aus Canyamars kommt, einem Flecken in der Nähe von Dosrius. Er sagt, dass er allein gehandelt habe und dass er alte Schulden eintreiben wollte.«

König Ferdinand erschauderte.

Als er den Folterraum betrat, denselben, den die Inquisition benutzte, achtete er aufmerksam auf jeden Schritt und hielt sich äußerst vorsichtig an der Tür fest, denn die Wunde schmerzte stark. Die Ärzte und Höflinge blieben an der Schwelle stehen.

Er fand einen Mann vor, der an Eisenstangen gefesselt und mit blutigen Verbänden bedeckt war. Man hatte ihm die Wunden mit größter Berechnung beigebracht, damit sie schmerzten, nicht jedoch töteten. Er hatte die Augen geschlossen, doch als er hörte, dass jemand hereinkam, öffnete er sie.

Ihre Blicke trafen sich.

»Wer bist du?«, fragte der König.

»Ich bin es, Joan. Ihr erkennt mich nicht, Eure Hoheit?«

Dem Monarchen krampfte sich das Herz zusammen, und er suchte Halt an der Mauer. Er keuchte, und seine Beine gaben nach. Das war ein Albtraum.

»Joan? Bist du Joan von Canyamars?«

»Der bin ich, Hoheit.«

»Aber, warum wolltest du mich töten?«, rief der König fassungslos. »Du, den meine Mutter ›den treuen Joan‹ genannt hat! Du, der uns das Leben gerettet hat, als sie La Força angegriffen haben! Warum verrätst du mich? Was haben sie dir gegeben? Geld, Schmuck? Wer sind deine Komplizen?«

»Mein einziger Komplize ist Pere Joan Sala.«

»Aber der ist doch tot!«

»Er ist weiter mein Kamerad, und ich werde bald mit ihm vereint sein. Und Ihr, Hoheit, seid ein Verräter, und ich bedauere, dass ich danebengetroffen habe und dass Ihr noch lebt.«

»Wie kannst du es wagen!«

»Wir haben für Eure Sache und die Eures Vaters gekämpft. Wir haben unser Leben und alles, was wir hatten, geopfert. Dafür wollten wir unsere Freiheit von Euch. Ihr habt den Krieg gewonnen und Euer Versprechen vergessen. Ja noch schlimmer: Allein für Geld habt Ihr uns zusammen mit unseren Familien an die verkauft, die vorher Eure Feinde waren. Für Geld habt Ihr ihnen wieder das Recht gegeben, die schlechten Gebräuche auszuüben. *Ihr* seid der Verräter, Hoheit.«

»Ich brauchte dieses Geld für den Krieg von Granada. Den Krieg Gottes. Verstehst du das nicht? Der Zweck hat dieses Opfer verdient. Ein paar Jahre danach habe ich das mit dem Urteilsspruch von Guadalupe wiedergutgemacht.«

»Das habt Ihr getan, weil Ihr wusstet, dass wir uns nie damit abfinden würden und weil Ihr Frieden im Land wolltet. Aber es war zu spät. Zu spät für Pere Joan Sala, für meinen Sohn, meine Schwiegertochter, meine Enkelin und Tausende andere. Es war auch zu teuer. Wir, viele von uns, konnten uns nicht für sechzig Geldstücke freikaufen und sind Sklaven geblieben.«

»Joan, du bist ein armer Bauer und kannst die Gründe der Staatspolitik nicht verstehen. Das kannst du niemals begreifen …«

»Und wie ich das verstehe«, entgegnete der Bauer. »Ich verstehe, dass man sein Versprechen halten muss. Ich verstehe, was Ehre ist, was Würde ist. Ich verstehe, dass ein Mensch seine Familie vor Missbräuchen schützen, dass er für seine Freiheit kämpfen muss. Und ich verstehe, dass ein König, der seine Untertanen verrät, unwürdig ist, keine Ehre hat und den Tod verdient.«

»Wie kannst du es wagen!« Der Herrscher wurde rot vor Zorn. »Ich habe einen Auftrag, der wichtiger als all das ist. Das ist Gottes Wille. Wie beim Schachspiel muss ein König manchmal seine eigenen Figuren opfern, um die Partie zu gewinnen.«

»Ihr seid ein Verräter.« Joan von Canyamars versuchte, ihn anzuspucken.

Ferdinand rührte sich nicht. Der Alte war so schwach, dass die Spucke an seinem Kinn herabtropfte. Damit hatte der *remensa* seine letzten Kräfte verbraucht. Er schloss die Augen und sackte zusammen. Der König war verblüfft. Niemand hatte zuvor gewagt, ihn anzuspucken. Nie. Plötzlich spürte er, dass ihn die Wunde entsetzlich schmerzte. Er griff nach der Tür und lief hinaus. Sofort fassten ihn die Ärzte an den Armen und begleiteten ihn.

»Ich will wissen, wer mit ihm unter einer Decke steckt«, sagte er mit dumpfer Stimme zu den Henkern.

»Er sagt nichts, Herr«, antwortete der Hauptmann der Wache. »Wir glauben, dass er ein Verrückter ist und allein handelt.«

»Ja, sicher ist er ein Verrückter«, bestätigte der Monarch. »Aber überzeugt Euch, dass es keinen weiteren gibt.«

57

Es gab keine Hinweise auf eine Verschwörung gegen den Monarchen, doch die Königsfamilie zog nach Badalona ins Kloster San Jerónimo de la Murta um, damit sich der König von seiner Verletzung erholen konnte. Es war ein ruhiger Ort nahe bei Barcelona, der über besonders starke Mauern und Wehrtürme verfügte. Außerdem bot der Hafen von Badalona den Galeeren einen besseren Ankerplatz als der Barcelonas, der Gräflichen Stadt.

Dank der Pflege der Hieronymitenmönche machte die körperliche Heilung des Königs rasche Fortschritte. Aber die andere Wunde, mit der ihm der »treue« Joan von Canyamars in der Seele getroffen hatte, schmerzte immer noch. Er schloss die Augen und sah dieses magere und runzlige, von der Sonne auf dem Feld gebräunte Gesicht, das in seiner Kindheit für ihn Schutz und Liebe bedeutet hatte.

›Er hat keine Ahnung‹, sagte er sich. ›Er kann nicht verstehen.‹

Doch er sah, wie der an die Eisenstangen gefesselte Alte gefoltert wurde und ihn anklagte. Wieder tat ihm das Herz weh. Um sich von dem Leiden zu befreien, sagte er nun, als wäre es eine Teufelaustreibung:

»Es ist gleich!«

Für einen Monarchen wie ihn, den Vorkämpfer der Christenheit, dem durch Gottes Willen ein großartiges Schicksal beschieden war, heiligte der Zweck die Mittel. Er schloss die Augen und sah, wie sein Schwert auf den Hals Joans von Canyamars hinabsauste.

»Es ist gleich!«, rief er.

Das Volk in Barcelona wartete gespannt auf Nachrichten über den Gesundheitszustand des Monarchen. Am Tag nach dem Anschlag wurde die Prozession der Unbefleckten Empfängnis abgesagt, und in allen Kirchen verrichtete man Gebete. In den folgenden Tagen zogen verschiedene Prozessionen, die von Zünften, Kirchen und dem Gemeinderat selbst veranstaltet wurden, durch die Straßen der Stadt und beteten für die Genesung des Monarchen.

Man hielt Joan von Canyamars für einen vom Teufel besessenen Wahnsinnigen.

Doch das bewahrte ihn nicht vor dem Urteil, »höchst grausam getötet zu werden«.

Als die Ausrufer ankündigten, dass die Hinrichtung am Mittag des 12. Dezember beginnen würde, zweifelte Joan, ob er daran teilnehmen sollte. Allerdings handelte es sich um ein wichtiges Ereignis, und seine Kollegen in der Werkstatt baten Meister Eloi um die Erlaubnis, es sich ansehen zu dürfen. Joan rang sich dazu durch, sie zu begleiten.

Das Schauspiel wurde ähnlich wie die Hinrichtung Pere Joan Salas gestaltet, nur sollte der zurückzulegende Weg länger und die Folter noch schlimmer sein.

Auf der Plaza del Rey, am Ort des Verbrechens, stießen ihn die Henker auf den Karren hoch, wo ihn schon der Kaplan erwartete. Sie banden ihn nackt an den Pfosten. Er war mit immer noch blutenden Wunden bedeckt, und sein Körper hatte eine weißliche Farbe. Sie bildete einen deutlichen Gegensatz zu seinen Händen und seinem Gesicht, die von der Sonne verbrannt waren. Trotz seines mageren Körpers und der Wunden hielt er sich aufrecht und ertrug stoisch die Beleidigungen der Leute. Die Würde und Standhaftigkeit des Mannes erfüllten Joan mit Stolz. Er kannte ihn und wusste die Wahrheit!

Noch auf der Plaza del Rey hackte ihm der Henker die rechte Hand ab. Mit dieser Hand hatte er den Monarchen verwundet. Joan von Canyamars ließ keinen Klagelaut hören. Der Zug riss ihm bei jedem Halt weitere Körperteile ab. Er starb auf der Plaza del Born, doch die Marter musste weitergehen, und sie zerstückelten ihn weiter. Sie verließen die Stadt durch das Portal Nou, und in demselben Gebiet, wo sich die Jungen gewöhnlich mit Steinwürfen bekämpften, steinigten die Leute, was von Joan von Canyamars übrig geblieben war. Der ganze Zug endete in El Canyet, wo die Reste des Körpers neben dem Karren verbrannt wurden.

Joan lief nicht mit hinaus aus der Stadt. Er ging in die Schänke, wo er mit dem *remensa* angestoßen hatte. Dort war es leer. Alle sahen sich das Schauspiel an. Er setzte sich an denselben Tisch und hob sein Glas: »Auf die Freiheit.«

Er nahm einen Schluck von dem Wein. Sechzig Sueldos! Joan sagte sich, dass es nicht viel war. Meister Eloi bot ihm nicht nur kostenlose Unterkunft und Verpflegung, sondern bezahlte ihm auch noch diesen Betrag für nur drei Monate Arbeit. Welch ein armseliges Leben hatte dieser *remensa* geführt, dass er nicht einmal sechzig Sueldos sparen konnte, um sich von der Leibeigenschaft freikaufen zu können!

Dann dachte er, dass Joan von Canyamars nicht die sechzig Sueldos, sondern sich selbst hatte rächen wollen. Der Monarch sollte mit seinem Leben bezahlen. Joan seufzte. Der arme Kerl war nicht vollständig gescheitert. Wie viel war wohl das Blut wert, das König Ferdinand vergossen hatte? Einen König zu verwunden war etwas sehr Ernstes. Das ließ ihn an seine eigene Rache denken.

Er war immer noch allein in der Schänke, und bevor er sein letztes Glas austrank, erhob er es für Joan von Canyamars, der nun endlich frei war.

»Auf die Freiheit und die Schulden, die man eintreibt«, stieß er mit dem Gespenst des *remensa* an.

Nachts schrieb er dann in sein Buch: »Rache?«

Die Geschichte des Mannes hatte Gefühle in seinem Innern aufgewühlt, von denen er geglaubt hatte, sie wären überwunden. Aber nein: Er wollte Rache und verfolgte begierig die Nachrichten über Vilamarís Flotte.

Schon zwei Jahre zuvor hatte Joan den ersten Brief Annas erhalten. In dieser Zeit unterhielten sie einen ständigen, von Pausen unterbrochenen Briefwechsel, denn sie mussten sich an die Postsendungen halten, die Bartomeu und der neapolitanische Buchhändler austauschten. Das Ganze wurde auf einer Karavelle befördert, und die Fahrt von Barcelona nach Neapel dauerte über einen Monat. Von Mai bis Oktober verkehrten auch die Galeeren, die die Strecke in zwei Wochen zurücklegten, aber sie waren ein teures Transportmittel, das Bartomeu nur hin und wieder benutzte.

Das Warten war eine große Pein für Joan. Immer, wenn er einen Brief von seiner Liebsten erhielt, betete er darum, dass ihre Eltern sie nicht verheiratet hatten. Anna war schon neunzehn Jahre alt und dem heftigen Druck ausgesetzt, dem Werben eines Galans nachzugeben. Sie wiederholte nachdrücklich, dass sie alles tun werde, um auf ihn zu warten. Dafür dankte Joan dem Himmel.

In ihren Briefen teilte ihm Anna mit, dass sich die Familie Roig zuerst auf Sizilien hatte niederlassen wollen, doch die erklärte Absicht König Ferdinands, die Inquisition auch in diesem Königreich einzurichten, hatte sie veranlasst, nach Neapel zu gehen. Das Königreich Neapel wurde von einer aragonischen Dynastie beherrscht, die Konvertiten und Juden bereitwillig aufnahm. Sie hofften, dass sie dort ein freies und ruhiges Leben führen konnten.

Joan sparte so viel von seinem Lohn, wie er konnte, und wartete ungeduldig auf Vilamarís Ankunft.

Ende Dezember hieß es, König Ferdinand habe Vilamarí befohlen, seine Flotte zu zerstören. Man beschuldigte ihn, Matrosen und Galeerenruderer gewaltsam zu rekrutieren und Piratenakte zu begehen. Joan dachte, dass der Admiral und seine Leute eine viel schlimmere Strafe verdient hätten, doch gleichzeitig war er enttäuscht. Dann wäre sein Plan gescheitert, sich in der Flotte anwerben zu lassen. Wie sollte er jetzt den Einäugigen finden, falls er noch lebte? Allerdings meinten andere, dass Vilamarí nicht klein beigeben werde, vielmehr werde er schnell nach Barcelona kommen, um den Monarchen umzustimmen. Joan beschloss, geduldig zu warten. Ihm blieb keine andere Möglichkeit.

Die Ausrufer verkündeten am 8. Januar 1493 die große Neuigkeit: König Ferdinand hatte soeben einen Vertrag mit Frankreich unterzeichnet. Ohne dass er kämpfen musste, erhielt er dadurch die Grafschaften Cerdaña und Roussillon zurück, die Frankreich zweiunddreißig Jahre zuvor besetzt hatte als Pfand für die von seinem Vater, Johann II., aufgenommenen Schulden, weil ihn die französischen Heere im katalanischen Bürgerkrieg unterstützten. Danach hatte sich Frankreich geweigert, die Grafschaften herauszugeben, und Johann II. musste sich zurückziehen, als er bei dem Versuch, sie mit Waffengewalt wiederzugewinnen, eine Niederlage erlitten hatte. Nun wurden sie von Frankreich an König Ferdinand abgetreten, und man bezahlte außerdem eine finanzielle Entschädigung.

Am nächsten Tag unternahm der König zusammen mit seinen Honoratioren einen Spazierritt durch die Stadt, und das Volk bejubelte ihn wie nie zuvor. Die Königin und Prinz Juan begleiteten ihn. Sie waren die Sieger im kastilischen Bürgerkrieg und im Krieg von Granada, und nun stellten sie die Einheit Kataloniens wieder her.

Doch in den Schänken, in denen viele Fremde saßen, hörte Joan zu diesem Thema unterschiedliche Meinungen in mehreren Sprachen. Wer glaubte, dass ihn niemand verstand, äußerte sich frei und vorbehaltlos.

Joan erfuhr, dass der Staatenbund, den die Krone von Aragonien damals vertreten hatte, über wenig mehr als eine Million Einwohner verfügte, und Katalonien war vom Bürgerkrieg verwüstet. Er konnte nicht mit Frankreich wetteifern, das stets nach neuen Annexionen strebte. Nun aber hatte man Kastilien und León mit beinahe sieben Millionen Einwohnern und Granada mit einer weiteren halben Million hinzugewonnen. Das bedeutete, dass sich die militärische Macht, mit der es Frankreich aufnehmen musste, verachtfacht hatte.

»Seine Hoheit, König Ferdinand, hat die Heere unserer Königin Isabella während des kastilischen Bürgerkriegs befehligt. Sie haben gesiegt, und Isabella hat sich zur Königin proklamiert«, sagte einer auf Kastilisch. »Danach hat der König den Krieg von Granada geleitet und Kastilien mit der Flotte und den Truppen seiner Reiche unterstützt.«

»Und jetzt erweist ihm seine Gattin einen Gegendienst, indem sie die kastilischen Heere für die Interessen Aragoniens einsetzt«, ergänzte sein Gegenüber. »Und der Franzose, der sich vor unserer Macht fürchtet, will Frieden.«

Die Gespräche der Franzosen, die Joan belauschte, verrieten allerdings keine Angst. König Karl VIII. von Frankreich machte den spanischen Königen kein Geschenk, weil ihn die Einnahme Granadas beeindruckt hätte. Er hatte andere Pläne. Er wollte nichts Geringeres, als durch ganz Italien bis zum Königreich Neapel zu marschieren, es zu erobern und sich als Erben der Anjous, der früheren Könige, zum Herrscher zu erklären. Doch König Ferdinand I. von Neapel, der Ferrante von Aragonien genannt wurde, war ein Cousin des Königs Ferdinand von Spanien und mit dessen Schwester Juana verheiratet. Die Vereinbarung besagte, dass Spanien nicht gegen Frankreich eingreifen würde und ohne dessen Einwilligung keine Ehebündnisse mit anderen europäischen Ländern abschließen dürfte. Ferdinand von Spanien ließ Frankreich gewissermaßen freie Hand gegen seinen Cousin und seine Schwester.

»König Ferdinand verrät seine Familie in Neapel«, hörte Joan von einem Diener des französischen Gefolges.

»Vielleicht«, entgegnete ein anderer. »Aber es heißt, dass der listige König von Aragonien ein Ass im Ärmel bewahrt. Weißt du, dass das Abkommen seine Gültigkeit verliert, wenn einer der beiden Unterzeichner den Papst angreift?«

»Diese Klausel kommt immer in den Verträgen vor, die christliche Könige untereinander abschließen.«

»Ja, aber sieh dir die Landkarte an«, erklärte der Erste. »Der Kirchenstaat, in dem ein spanischer Papst herrscht, liegt auf dem Weg zwischen Frankreich und Neapel. König Karl VIII. muss durch dieses Gebiet marschieren.«

Dadurch erfuhr Joan, dass es wohl sehr bald einen Krieg in Italien geben und König Ferdinand trotz des Abkommens nicht die Hände in den Schoß legen würde.

Meister Elois Werkstatt würde weiterhin Kanonen herstellen, und für junge Männer wie Joan, die das Waffenhandwerk ausüben wollten, würde es kostenlose Überfahrten nach Italien geben.

58

Trotz des drohenden Krieges war dies für die Könige Isabella und Ferdinand eine Zeit des Friedens und des Ruhms. Die guten Neuigkeiten nahmen kein Ende. Nach dem Osterfest, im April, stellte sich in San Jerónimo de la Murta ein Seemann namens Christoph Kolumbus vor, der behauptete, er habe sein den Monarchen gegebenes Versprechen erfüllt und einen viel kürzeren Weg nach Indien entdeckt. Die Könige und ihr Hofstaat erwiesen ihm große Ehren. Sie zogen gemeinsam in Barcelona ein und zelebrierten in der Kathedrale eine Dankmesse. Dort dienten Isabella, Ferdinand und der Kronprinz Juan als Taufpaten von sechs Indios, die der »Admiral des Weltmeeres«, wie sich Kolumbus nennen ließ, in seinem Gefolge mitgebracht hatte.

Die Seeleute in den Schänken kommentierten dieses Ereignis sehr wohlwollend. Die Entdeckung eines neuen Seewegs nach Indien würde Spanien bedeutende Vorteile bringen, da die Osmanen bisher einen großen Teil des Orienthandels kontrolliert hatten. Man warb Matrosen für die nächste Reise des Admirals Kolumbus an, und Joan sagte sich, dass dies gewiss ein faszinierendes Abenteuer sein werde, ihn aber nicht interessiere. Sein Ziel war Neapel.

Im Sommer traf die Neuigkeit ein, auf die Joan gewartet hatte. Der gerade aus Italien angekommene Admiral Vilamarí hatte eine Unterredung mit dem König und erreichte, dass der Monarch den Befehl widerrief, seine Flotte zu zerstören. Anscheinend führte die Wiedereingliederung der nördlichen Grafschaften nach über dreißig Jahren französischer Herrschaft zu Unruhen, und man brauchte Unterstützung, um dort die spanische Präsenz wieder zu sichern. Isabel und Ferdinand hielten sich weiter in San Jerónimo de la Murta auf, und darum blieben Vilamarís Galeeren im Hafen von

Badalona. Trotzdem kamen einige Seeleute nach Barcelona, weil sie sich vergnügen oder ihre Angehörigen sehen wollten. Joan musste die Prahlereien betrunkener Matrosen über sich ergehen lassen, die von ihren Abenteuern in Italien erzählten, doch er erhielt eine wichtige Information von ihnen. Ein Mann, dessen Beschreibung auf den Einäugigen zutraf, stand weiter im Dienst des Admirals und war Aufseher auf der Admiralsgaleere, der *Santa Eulalia*. Aber er tauchte nicht in den Schänken auf, und als Joan von Eloi die Erlaubnis erhielt, nach Badalona zu reisen und dort so lange zu bleiben, wie es nötig wäre, traf die Nachricht ein, dass die Flotte unverzüglich nach dem Roussillon auslaufen werde.

Zwei Männer, die nicht wie Matrosen oder Kaufleute aussahen, erregten am Ende des Sommers Joans Aufmerksamkeit in den Schänken. Der Jüngere war noch keine zwanzig Jahre alt und trug edle Kleidung aus Samt und Seide. Der Ältere hingegen war nahe an die Dreißig. Sein sehniger Körper und seine strenge Miene flößten Achtung ein, obwohl er nicht sehr groß war. Er hatte braune Augen und eine platte Nase. Als Joan sie beobachtete, kam er zu dem Schluss, dass der Junge ein adliger Leichtfuß und der andere sein Leibwächter war.

Nach ein paar Tagen setzte sich Joan an den Tisch, wo der Mann den jungen Burschen beaufsichtigte, der gerade würfelte. Der andere hieß Miquel Corella, sprach mit deutlichem valencianischem Akzent und sagte, er lebe in Rom und stehe im Dienst Seiner Heiligkeit, des Papstes Alexander VI.

Joan begleitete sie zum Ausgang: Der Junge hatte beim Würfeln eine stattliche Summe verloren. Er zog seinen Degen und begann, mit einem merkwürdigen, halb valencianischen und halb italienischen Akzent laut zu prahlen, wobei er sich nicht um Miquel Corella kümmerte, der ihn bat, den Degen einzustecken und sich zu beherrschen. Eine Katze lief ihm über den Weg. Er zeichnete mit dem Degen zwei Kreise in die Luft und spießte die Katze auf. Das

Tier ließ ein haarsträubendes Miauen hören, während der Junge einen Triumphschrei ausstieß.

»Verdammt!«, rief Miquel Corella, ohne dass er sich zurückhalten konnte. »Steckt endlich den Degen ein! Wir bekommen noch Ärger!«

»Den bekommt Ihr, nicht ich«, antwortete der junge Mann dreist. »Schließlich bin ich der Sohn des Papstes.«

»Ich habe es satt, das Kindermädchen dieses Draufgängers zu spielen«, gestand ihm Miquel ein paar Tage später, als sie einander schon vertrauten. »Er ist daran gewöhnt, dass alle seinen Launen nachgeben, und er tut immer das Gegenteil von dem, was ihm sein Vater vorschreibt. Er trinkt, flucht, würfelt und gibt das Geld mit vollen Händen aus.«

Joan erfuhr, dass es sich um Juan Borgia, einen Sohn von Papst Alexander VI., handelte, den Vilamarí von Rom nach Barcelona gebracht hatte, um María Enríquez, die Cousine des Königs und Witwe seines älteren Bruders, zu heiraten. Von ihm hatte er das Herzogtum Gandía geerbt.

»Er nimmt sich bei hübschen Frauen zu viel heraus, und ich muss alles wiedergutmachen«, erzählte ihm der Valencianer. »Obwohl ihn sein Vater angewiesen hat, die Ehe mit der Cousine des Königs unverzüglich zu vollziehen, hat er sie offenbar noch nicht angerührt. Der Papst ist wütend wegen dieser Skandale.«

Die Ereignisse bestätigten die Worte Miquel Corellas, denn zwei Tage danach packte Juan Borgia, der übel gelaunt war, nachdem er beim Würfeln verloren hatte, Margarida an den Brüsten. Sie war die aufreizende Tochter des Schankwirts und stellte einen sehr tiefen Ausschnitt zur Schau. Das Mädchen ließ sich nicht von den Titeln ihres Angreifers noch von dem versprochenen Geld beeindrucken und ohrfeigte ihn. Juan Borgia drehte sich um und wollte sie schlagen, aber Margarida bohrte ihm ihre Fingernägel in die Wange und zerkratzte ihn. Joan stellte sich rechtzeitig dazwischen und ergriff die Hand des Papstsohnes, der schon seinen Dolch hervorgeholt hatte. Miquel Corella hielt inzwischen die Gäste, die den jungen Herzog umbringen wollten, mit seinem Degen in Schach. Er brachte zwei Seeleuten leichte Verwundungen bei und zeigte dabei ein bemerkenswertes Fechtertalent. Mit Joans Hilfe, der Juan Borgia fortschleppte, drängten sie sich zur Straße durch.

»Du weißt nicht, wer ich bin, du Hure!«, schrie der Borgia dem Mädchen zu.

»Ich bin nur eine Hure für den, bei dem ich es will«, antwortete Margarida. »Doch für dich bin ich die Heilige Jungfrau. Steck dir dein Geld in den Hintern, weil ich zwar arm bin, aber dennoch meine Würde habe.«

Joan ging mit ihnen, und auf dem halben Weg zu seinem Palast erstach der wütende Herzog einen Straßenhund mit seinem Degen. Miquel Corella dankte Joan und bat ihn, sie in den nächsten Nächten zu geleiten. Der Sohn des Papstes würde sich wieder Ärger einhandeln.

»Ich kann nicht jede Nacht dabei sein, aber ich werde es versuchen«, antwortete Joan und wies das Geld zurück, das ihm Miquel anbot. Ihm gefiel der Valencianer.

In dieser Nacht schrieb er in sein Lehrlingsbuch: »Ich bin nur eine Hure für den, bei dem ich es will.« Er war stolz auf das Mädchen. Margarida war es gewesen, die Joan in einem Hinterzimmer der Schänke und in einem Moment, als keine Kunden da waren, gezeigt hatte, was eine Frau war.

»Das nächste Mal musst du mich bezahlen«, hatte sie lächelnd gesagt, als sie sich von Joan verabschiedete.

»Ich bin arm, aber ich habe meine Würde«, notierte Joan mit einem Lächeln in seinem Buch und setzte hinzu: »Lerne das, Herzog!«

Im September wollte der König die wiedergewonnenen Herzogtümer besuchen und ihre friedliche Unterwerfung und Treue zur Krone bestätigen. Der Admiral Bernat de Vilamarí brachte ihn mit seiner Flotte nach Collioure. Offenbar hatte der Seemann die Gunst des Monarchen wiedererlangt. Die Schiffe hatten jedoch nur sehr kurze Zeit in Badalona geankert. Joan blieb nicht einmal Zeit, sich ihnen zu nähern, und der Einäugige ließ sich nicht in den Schänken Barcelonas blicken.

Das Warten ermüdete Joan, der es vor Ungeduld kaum noch aushielt. Sogar Meister Eloi, der seine Vergangenheit kannte und erlaubte, dass er die Schänken besuchte, rügte ihn, weil er während der Arbeitszeit mehrmals fehlte.

»Es dauert nicht mehr lange, Meister«, antwortete der Junge. »Bald weiß ich, wo meine Familie ist.«

59

Joan hatte diese Szene in seinen Gedanken oft durchgespielt. Der Einäugige, der Mörder seines Vaters, saß an einem Wirtshaustisch und trank. Unter dem Vorwand, als Schiffsjunge auf seiner Galeere anheuern zu wollen, setzte sich Joan zu ihm und brachte ihn zum Reden. Der Mann erzählte ihm, wo sich der Sklavenmarkt befand, auf dem sie seine Mutter und seine Schwester verkauft hatten, und gab ihm alle Auskünfte, die er brauchte, um sie zu finden. Danach würde er entscheiden, ob er ihn tötete oder nicht. Wenn er sich vorstellte, dass er sich endgültig rächte, geschah es in einer dunklen Gasse. Joan schnitt dem Einäugigen den Hals durch, um dann ungesehen zu entkommen.

Doch alles sollte ganz anders kommen.

Joan war schon zweiundzwanzig Jahre alt. Seit dem Überfall auf sein Dorf waren zehn Jahre vergangen, doch die schrecklichen Erinnerungen waren noch frisch wie am ersten Tag. Sie waren in sein Gedächtnis eingebrannt, wie auch das hagere Gesicht des Mannes und das vernarbte Loch, wo sich eigentlich das linke Auge befinden müsste.

Als Joan ihn sah, spürte er, wie sein Herz schneller schlug. Der

Mann saß mit den Würfelspielern in einer Ecke der Schänke. Er trug immer noch keine Augenklappe, die die widerwärtige Narbe in seinem Gesicht bedeckt hätte. Der Junge erkannte die üblichen Spieler – sie verdienten ihr Geld mit Betrügen – und vermutete, dass die anderen Seeleute aus Vilamarís Flotte waren. Zunächst sah es so aus, als würde der Einäugige eine größere Summe gewinnen, und auf sein Gesicht trat ein triumphierendes Lächeln, an das sich Joan noch wütend erinnerte. Der Junge hatte bei vielen Würfelpartien in den Schänken zugesehen, und er sagte sich, dass die Glückssträhne dieses Seemanns bald enden würde.

Und so kam es. Unter Verwünschungen verlor der Mann allmählich das gesamte Gewonnene und wühlte nun in seinem Geldbeutel, der immer leichter wurde. Mit einem Fluchen setzte er eine Handvoll Münzen ein: »Alles oder nichts«, sagte er.

Joan sah die Blicke, die die Falschspieler miteinander tauschten, und ihm war klar, dass der andere sein Geld verlieren würde. Er machte sich Sorgen, weil der Seemann am Ende schlechte Laune haben würde. Dabei wollte er ihn ja zum Reden bringen. Doch keiner der Stammgäste, die die Berufsspieler kannten, wagte es, ihnen ein gutes Geschäft zu verderben. Darum beobachtete er schweigend, wie sie ihr Opfer ausplünderten.

Die Gefährten des Einäugigen, die vorsichtiger spielten, setzten die Würfelpartie fort. Doch der Mann, dem ein Auge fehlte, fluchte leise, nahm einen Weinkrug und ein Glas von der Theke und setzte sich an einen entfernten Tisch.

Joan wartete ab. Er wusste, dass es kein guter Zeitpunkt war, um ihn anzusprechen, doch er hatte zu lange auf diese Gelegenheit gewartet, und er fürchtete, dass sie sich nicht wiederholen würde. Er nahm seinen Weinkrug und sein Glas und setzte sich an den Tisch des Mannes: »Gott schütze Euch.«

Der Seemann starrte ihn an und gab ein Grunzen von sich. Der Blick seines einzigen Auges bohrte sich in Joans Augen und ließ ihn erschaudern: Einen Moment lang empfand er die gleiche Angst wie zehn Jahre zuvor, als dieser Kerl zusammen mit anderen seinen Vater und die Dorfleute aus dem Hinterhalt überfallen hatte. Danach meldeten sich Wut und Hass. Joan war kein Kind mehr wie damals, und mit seiner Größe und Statur war er diesem übel aussehenden Kerl bei weitem überlegen. So schlecht gelaunt er auch sein mochte, sein Groll konnte nicht größer als der Joans sein. Doch der Junge suchte keinen Streit und wollte seinen Blick mit einem Lächeln besänftigen.

»Ihr seid ein Seemann aus der Flotte Vilamarís, nicht wahr?«, erkundigte sich Joan. Der Mann starrte ihn herausfordernd an.

»Ich bin Aufseher. Na und?«

»In den Schänken erzählt man sich viele Heldentaten von Euch.«

Der Einäugige antwortete mit einem Grunzen und trank sein Glas in einem Zug leer. Dann goss er es sich wieder voll.

»Zum Beispiel, als Ihr im Sold der Medici von Florenz mit achtzehn Galeeren sogar Genua angegriffen habt.« Joan wollte den Seemann aufmuntern. »Oder als Ihr das Königreich Neapel gegen Venezianer und Franzosen verteidigt und dann bei Malta, Gozo und Sizilien gegen die Türken gekämpft habt. Oder als Ihr früher Damiette im Nildelta angegriffen und fünfzehn feindliche Schiffe versenkt habt. Danach habt Ihr das Kastell der Mamelucken eingenommen und den Seehandel Ägyptens blockiert …«

»Das ist ein Scheißleben«, unterbrach ihn der Mann.

»Ja, aber es heißt auch, dass Ihr gute Beute herausholt und dass der Admiral bei der Aufteilung großzügig ist.«

»Den größten Teil behält Vilamarí für die Schiffskosten, für seine eigene Tasche und für den König«, murmelte der Seemann. »Und uns, die wir unser Leben aufs Spiel setzen, gibt er die kümmerlichen Reste. Manchmal haben wir nur noch alten Zwieback und das wenige zu essen, was wir angeln können.«

Obwohl ihm der Mann Furcht und Abscheu einflößte, war Joan zufrieden. Er schaffte es, diesen mürrischen Mann zum Reden zu bringen, wobei er seinen Hass herunterschluckte. Der Erfolg ermunterte ihn, und er entschloss sich, ihn auszufragen.

»Ja, aber wenn Ihr es nötig habt, überfallt Ihr die Dörfer an der

Küste«, sagte er in vertraulichem Ton. »Ihr nehmt alles, was Wert hat, und verkauft die Gefangenen auf dem Sklavenmarkt. Das bringt Geld ein.«

Der Mann stürzte sein Glas hinunter, und als er es vollgießen wollte, sah er, dass sein Krug leer war. Er rief den Wirt und verlangte einen neuen. Misstrauisch starrte er Joan mit seinem einen Auge an.

»So etwas tun wir nur auf feindlichem Gebiet.«

Der Junge lächelte und schüttelte den Kopf, als handelte es sich um ein Geheimnis unter Kollegen, und er zwinkerte ihm zu.

»Ach was.« Er sprach in leisem und vertraulichem Ton. »Man weiß, dass Ihr die katalanischen Küsten überfallt, und nachdem Ihr Euren Spaß mit den Frauen hattet, verkauft Ihr sie in Italien.«

Der Mann goss sein Glas aus dem Krug voll, den ihm der Wirt gebracht hatte, und starrte Joan an. Dann brummte er: »Wer bist du?« Er hob die Stimme. »Du willst mich aushorchen, stimmt's?«

»Ich bin nur ein Junge, der die Heldentaten der Flotte bewundert und der gern mit Euch an Bord gehen würde.«

»Mit mir?« Er lachte laut. »Was ist los, bist du etwa schwul?«

»Nein. Ich …«

»Oder du willst mich zum Reden bringen …« Er schlug mit der Faust auf den Tisch.

»Aber ich weiß schon alles.« Joan wollte ihn beruhigen. »Ich weiß sogar, dass Ihr Euch einen Turban umbindet und vortäuscht, Maure zu sein, wenn Ihr die Küstenorte überfallt.«

Überrascht und erschrocken riss der Seemann sein vom Wein getrübtes Auge auf.

»Ihr sollt mir nur sagen, wo Ihr die katalanischen Gefangenen in Italien verkauft.«

»Verdammt sollst du sein!«, rief der Mann und schlug wieder auf den Tisch. »Ich soll wohl alles ausplaudern und am Galgen enden?«

Er suchte in den Falten seines Umhangs, und im Licht der Öllampe erglänzte sogleich ein spannenlanges Messer mit breiter Klinge. Er stand auf, bereit, es mit dem Jungen aufzunehmen.

Joan hatte viele Wirtshausschlägereien erlebt. Er war auf diese Situation vorbereitet und wusste, wenn ein Seemann seine Waffe zeigte, war das nicht nur, um den anderen zu erschrecken. Äußerst schnell sprang er auf, packte seinen Schemel und hielt ihn vor sich wie einen Schutzschild. Dazu rief er: »Mörder!«

Das tat er, um die Wirtsleute auf sich aufmerksam zu machen. Sie sollten den Seemann mit dem Messer in der Hand sehen. Doch er hatte zehn Jahre lang davon geträumt, dieses Wort dem vor ihm stehenden Kerl ins Gesicht zu schleudern, während er ihm seinen Dolch in den Körper rammte und seinen Vater rächte. Als er es aussprach, ließ es aus seinem Innern eine Wut entweichen, die ihn berauschte. Er hasste diesen Mann maßlos und fürchtete ihn zugleich. Doch in diesem Moment hing sein Leben davon ab, dass er ruhig Blut bewahrte und es ausnutzte, dass sein Feind so viel getrunken hatte.

Der Seemann stieß zu und ergriff zugleich den Schemel mit der linken Hand. Kurze Zeit suchte sein eines Auge nach denen Joans, und in ihnen entdeckte der Mann etwas, was seine Erinnerungen weckte.

Joan wich dem Messerstich mühelos aus, doch er konnte nicht verhindern, dass ihm der Mann den Schemel aus der Hand riss und zur Seite warf. Der Junge zog seinen spitzen Dolch, streckte ihn vor und packte den Mantel des anderen mit der linken Hand.

»Ich schneide dir die Zunge ab, du Spitzel!«, knurrte ihn der Mann an.

»Mörder!«, rief Joan abermals.

Er nutzte die Atempause, in der sich beide abschätzend musterten, um sich den Mantel um den linken Arm zu wickeln, wobei er den anderen mit seinem Dolch ständig weiter bedrohte. Unverzüglich ergriff der andere den Weinkrug und warf ihn nach ihm. Joan hatte erwartet, was kam. Er hielt den Wurf mit dem von seinem Mantel geschützten Arm auf und verhinderte mit demselben Arm den Messerhieb, den der andere, wie er wusste, gegen ihn richten würde und der den Hals treffen sollte.

Joan hörte den Knall eines Schusses, der aus seinen Erinnerungen hervorblitzte, und er sah dieses Gesicht vor sich, während sein Vater zu Boden stürzte. Und dann sah er, wie dieser Mann seine Mutter an den Haaren zog, sie erbarmungslos mit Füßen trat. Seine Angst wandelte sich zu Hass, kalter Wut und Zorn. ›Rache!‹, rief ihm eine innere Stimme zu. ›Rache!‹

Blitzschnell, ohne dem anderen Zeit zum Zurückweichen zu lassen, streckte er den Dolch vor und stieß ihn dem anderen in den Bauch. Überrascht riss der Mann sein Auge noch weiter auf und ließ ein Stöhnen hören. Sofort zog Joan die Klinge aus dem Körper des anderen, um sie danach voller Wut etwas links von der Brustmitte wieder hineinzustoßen. Mitten ins Herz. Er zog den Dolch heraus und stieß ergrimmt abermals zu. Mit einem sonderbaren Seufzer brach der Seemann zusammen. Während er zu Boden stürzte, stach der Junge noch einmal zu.

Joan wusste, was er nun tun musste.

»Mörder!«, rief er wieder und bedrohte mit seinem blutigen Dolch die Seeleute und die Spieler, die der Szene neugierig zusahen. Überrascht wichen sie einen Schritt zurück. Er durfte nicht zulassen, dass sie ihn festhielten. Er täuschte einen Angriff vor, während er sich umdrehte und rückwärts zur Tür ging. Keiner sonst zog eine Waffe. Die Männer wichen zurück und ließen ihn ungehindert gehen. Er rannte in der Dunkelheit davon.

60

Während Joan durch die dunklen Straßen lief, wurde er sich allmählich der Katastrophe bewusst. Er hatte nicht nur den Mann getötet, der ihm den Aufenthaltsort seiner Familie nennen konnte, sondern er hatte sich auch gerade um die Gelegenheit gebracht, mit der Flotte zu fahren und Anna zu finden. Er hatte alles verdorben. Außerdem würden ihm die Leute Vilamarís diesen Mord nicht verzeihen, selbst wenn er den Kampf nicht begonnen hatte. Zum Glück hatte er die Überraschung genutzt und war vor den Seeleuten geflohen. Sie hätten sich unverzüglich gerächt, und wenn sie ihn in der Schänke am Leben gelassen hätten, würde er am nächsten Tag an einem Galeerenmast baumeln, als Warnung an die Zivilbevölkerung, dass die Seeleute der Flotte unangreifbar waren.

Als er in die Schmiede kam, weckte er Meister Eloi und erzählte ihm, was geschehen war. Dieser machte ein besorgtes Gesicht.

»Das ist sehr ernst, Joan«, sagte er. »Es kommt nicht darauf an, dass er dich zuerst angegriffen hat und dass du dich nur verteidigt hast. Der Admiral wird deinen Kopf verlangen. Er wird nicht zulassen, dass man sagt, ein Handwerker habe einen seiner Männer getötet und sei der Hinrichtung entkommen. Es spielt keine Rolle, dass der Tote ein schlechter Mensch war und dass er dich beinahe umgebracht hätte. Er wird eine abschreckende Strafe auferlegen wollen, damit wir, die Stadtbürger, die Warnung beherzigen.«

»Das weiß ich, Meister«, antwortete Joan niedergeschlagen. »Darum bin ich weggerannt.«

»Hier bist du nicht sicher«, erklärte der Mann weiter. »Sie kennen dich in den Schänken, und bevor es Tag wird, schicken sie einen Trupp, um dich gefangen zu nehmen und auf die Galeere Vilamarís zu bringen. Dort werden sie dich verurteilen und hängen.«

Joan nickte.

»Auf welches Recht können sie sich berufen, um das zu tun?«, fragte der Junge.

»Auf das Recht des Stärkeren«, antwortete der Meister. »Aber wir, die freien Bürger Barcelonas, haben auch unsere Rechte. Und unsere Stärke. Wir müssen einen Ort suchen, wo du dich heute Nacht verstecken kannst.«

»Das Santa-Anna-Kloster ist verschlossen und wird erst beim Prim-Läuten öffnen, wenn die Sonne aufgeht. Mir bleibt nur …«

»Sag mir nicht, wohin du gehst«, unterbrach ihn der Meister. »Mir genügt, wenn es dein Bruder weiß.«

Joan weckte Gabriel und erzählte ihm betrübt, was geschehen war. Ja, er hatte ihren Vater gerächt, aber damit die Gelegenheit eingebüßt, den Aufenthaltsort ihrer Familie in Italien zu erfahren.

»Ich wollte ihn umbringen«, gestand er unter Tränen. »Aber nicht in diesem Augenblick. Es war nur so, dass mich Angst und Wut überwältigt haben, als mich dieser Kerl angriff. Ich habe ihn sogar viermal mit meinem Dolch getroffen. Ein Stich hätte genügt, danach hätte ich aufhören müssen. Aber ich konnte nicht, und der zweite Stich hat ihn getötet.«

»Gib nicht dir die Schuld. Du hast dein Leben verteidigt«, entgegnete sein Bruder. »Jetzt musst du dich verstecken. Mach dir keine Sorgen wegen Italien. Ich lasse mich an deiner Stelle auf den Galeeren Vilamarís anwerben und werde unsere Familie finden.«

Joan schüttelte den Kopf. Ihr Vater hatte *ihn* beauftragt, sich um Gabriel zu kümmern. Er glaubte nicht, dass der Junge auf ein derartiges Abenteuer vorbereitet war. Das würde er nie sein. Er würde es unter keinen Umständen zulassen, dass sein Bruder an Bord ging. Er war der Ältere, und das war seine Verantwortung.

Es fiel ihm schwer, die Dienstboten zu überzeugen, ihm die Tür zum Haus Bartomeus zu öffnen, doch der Kaufmann empfing ihn überrascht und liebenswürdig. Was führte Joan um diese Zeit zu ihm?

Als dieser dem Kaufmann erzählte, was geschehen war, wurde der sofort hellwach. In den letzten Jahren hatte Bartomeu sowohl mit seinen Geschäften als auch gesellschaftlich große Sprünge gemacht. Er war einer der zweiunddreißig Ratsherren, die die Kaufleute im Rat der Hundert, dem leitenden Verwaltungsorgan der Stadt, vertraten.

»Wir werden nicht zulassen, dass dieser Korsar Vilamarí sein Gesetz in Barcelona diktiert!«, sagte er entrüstet. »Es kommt nicht darauf an, wie viele Galeeren er im Hafen hat und dass er wieder die Gunst des Königs genießt.«

Dann blickte er Joan fest an: »Aber vielleicht urteilen wir vorschnell, glaubst du nicht? Der Admiral hat noch nichts unternommen, nicht wahr? Na los, geh schlafen, und morgen sehen wir, wie wir diese Angelegenheit regeln können.«

Aber der Admiral handelte genau so, wie es Meister Eloi vorausgesehen hatte. Beim Verhör der Wirtsleute stellte sich heraus, wer Joan war und wo er lebte, und am Morgen erschien eine Kompanie von fünfzig Armbrustschützen in der Werkstatt. Sie durchsuchte alles von oben bis unten, doch sie fanden den Jungen nicht.

Das führte zu einem lebhaften Streit zwischen der Stadt und Admiral Vilamarí. Die Zunft der Gießer sah sich als Beteiligte in dieser Angelegenheit an, denn der Beschuldigte war ja ein Meister der Zunft. Der Admiral mochte zwar über die königlichen Galeeren gebieten, aber er hatte kein Recht, eine ihrer Werkstätten zu durchsuchen.

Der Disput wurde dem Infanten Enrique von Aragonien vorgetragen. Er wünschte sich als Letztes, in einem Streit zu vermitteln, in den die Stadt, die stets streitbar über ihre Rechte wachte, ihre größte Zunft und der Admiral der königlichen Flotte verwickelt waren. Darum lud er Bartomeu als Vertreter der Stadt, Eloi als Abgesandten seiner Zunft und den Admiral in seine Residenz an der Calle Ancha ein, damit die Beteiligten eine Vereinbarung aushandelten.

Admiral Bernat de Vilamarí war ungefähr fünfzig Jahre alt. Er war groß, hatte braune Augen, buschige Brauen, hohe Backenknochen, ein festes Kinn und dunkle Hautfarbe – etwas für einen Adligen Unangemessenes. Er trat energisch auf, und seine Kleidung richtete sich nach der italienischen Mode. Da er zum vornehmsten Geschlecht unter den streitenden Parteien gehörte, sprach er als Erster: »Ich werde nicht zulassen, dass ein Kneipenraufbold, der einen meiner Seeleute ermordet, ungestraft bleibt«, sagte er. »Die Stadt soll ihn mir übergeben, damit ich ihn aufhängen kann.«

»Joan ist überhaupt kein Kneipenraufbold«, erklärte Eloi. »Er ist ein angesehenes Mitglied der Zunft, die Eure Kanonen herstellt.

Die Bruderschaft der Elois hat bereits ihre Untersuchung durchgeführt, und wir haben mit den Gastwirten gesprochen. Euer Seemann hat beim Würfeln eine beträchtliche Summe verloren, viel getrunken und als Erster seine Waffe gezückt. Der Junge hat sich nur verteidigt. Die Zunft hat ihn für unschuldig erklärt und wird ihn bis zum Äußersten schützen.«

Vilamarí schien über diese Mitteilung nachzudenken, die anscheinend neu für ihn war. Er durfte die Worte des Zunftvertreters nicht auf die leichte Schulter nehmen. Er hatte einen Trupp losgeschickt, der gewaltsam in eine Gießerei eingedrungen war, ohne auf Widerstand zu stoßen. Aber die Bürger Barcelonas hatten das Recht und die Pflicht, Waffen zu besitzen und gebrauchen zu können, um die Stadt und ihre Interessen zu verteidigen. Und die Bürgerregimenter waren im Rahmen der Zünfte organisiert. Sie hatten zuverlässige, militärisch ausgebildete Anführer. Er hatte nicht vor, wieder zur Gewalt zu greifen. In einem Straßenkampf würden seine Männer den Kürzeren ziehen.

»Außerdem«, griff Bartomeu ein, »ist der Junge noch keine dreiundzwanzig Jahre alt. Er ist minderjährig und darf gar nicht hingerichtet werden.«

»Wenn er minderjährig ist, muss er zunächst der öffentlichen Schande preisgegeben und danach verurteilt werden, für den Rest seines Lebens auf einer Galeere zu rudern«, erklärte der Admiral.

»Die Zunft wird das nicht zulassen«, widersprach Eloi. »Er wurde für unschuldig erklärt.«

»Also, in dem Prozess, den ich durchführe, ist er schuldig«, behauptete der Admiral nachdrücklich.

»Dann muss er einen unabhängigen Prozess bekommen«, sagte Bartomeu erregt. »Aber ich weise Euch darauf hin, Admiral, dass die Wirtsleute aussagen werden, was sie gesehen haben, und man wird den Jungen freisprechen.«

»Denkt daran«, antwortete Vilamarí mit einer beruhigenden Geste, die die Spannung verringern sollte, »ich kann nicht zulassen, dass einer meiner Männer bei einer Wirtshausschlägerei von einem

Zivilisten ermordet wird. Die Flotte erwartet, dass man den Schuldigen exemplarisch bestraft. Das ist Ehrensache. Wenn hier nicht unser Hafen wäre und wir uns in einem fremden Land befänden, würden wir eine Strafaktion durchführen, bei der ein paar Einheimische sterben müssten. Oder wir würden die Stadt bombardieren. Es kommt nicht darauf an, was die Wirtsleute sagen, sie verteidigen ja ihren Gast. Die Seeleute, die in der Schänke waren, werden das Gegenteil behaupten.«

»Sie haben es gar nicht gesehen«, unterbrach Eloi. »Als es geschah, haben sie gewürfelt.«

»Es kommt nicht darauf an, was sie gesehen haben«, erklärte der Admiral weiter, »sondern darauf, was sie aussagen. Außerdem hatte unser Mann vier Wunden. Der Junge wollte ihn töten. Er verdient seine Strafe.«

»Der Junge hat sich verteidigt«, sagte Bartomeu.

»Aber er hat keine Verletzung abbekommen«, fiel ihm Vilamarí ins Wort. »Und er hat viermal zugestochen.«

»Einen Augenblick, meine Herren«, griff der Infant Enrique ein, der bisher geschwiegen hatte. »Ich will nicht auf Schuld oder Unschuld eingehen, aber ich werde Euch den Willen des Königs mitteilen. In nächster Zeit wird die Flotte ganz unentbehrlich sein, und König Ferdinand will, dass man ihre Ehre respektiert und dass sie ihre Moral aufrechterhält. Er will auch nicht die Stadt beleidigen. Ich hoffe, dass ich in dieser Angelegenheit nicht selbst ein Urteil fällen muss und dass Ihr Euch auf eine Regelung einigt, die die Mindestforderungen beider Seiten zufriedenstellt und zugleich eine exemplarische Bestrafung ist.«

»Aber …« Eloi wollte widersprechen.

»Mehr gibt es nicht zu sagen«, unterbrach ihn der Infant. »Kommt an einem anderen Ort und zu einer anderen Zeit zusammen und sucht nach einer Lösung, die mich als Vertreter des Königs zufriedenstellt. Diese Vereinbarung wird das Urteil sein, das ich fälle.«

Er erhob sich und verabschiedete sie mit einer Handbewegung.

Eloi überließ Bartomeu seine Stimme bei den Verhandlungen. Ihm missfiel das anmaßende Auftreten des Adels. Der Kaufmann war hingegen ein Bakkalaureus, und seine gesellschaftliche Herkunft brachte ihn in viel größere Nähe zu den Adligen. Aber die Verhandlungen waren schwierig, obwohl die Stadt eine große Macht darstellte. Vilamarí hatte nicht nur die Kampfkraft seiner Galeeren, sondern auch die der königlichen Truppen des Fürstentums auf seiner Seite, denn er konnte mit der Unterstützung des Königs und seines Statthalters, des Infanten Enrique von Aragonien, rechnen.

Bartomeu zweifelte nicht daran, dass der Infant Enrique, wenn er ein Urteil fällen müsste, zugunsten des Admirals und gegen Joan entscheiden würde. Dann würde Joan aufgehängt werden. Er wollte das Leben dieses Jungen um jeden Preis retten. Er liebte ihn wie den Sohn, den er nie hatte.

Der Admiral war ein gebildeter Mann, und nach italienischem Vorbild gefielen ihm Gesellschaften, bei denen man über Literatur, Dichtung und Philosophie sprach. Darum war er auch ein eifriger Leser. Seine kriegerische Erscheinung – manche sagten sogar die eines Piraten – wurde durch diese geistigen Interessen abgemildert. Die Zusammenkünfte der beiden verliefen bald in einer herzlichen Stimmung. Sie waren gute Unterhändler. Sie verstanden die Zwänge gut, denen der andere unterlag, und auch den Preis, den man zu zahlen hatte, um ihnen gerecht zu werden.

Schließlich vereinbarten sie, Joan des Totschlags für schuldig zu erklären, dies aber mit mildernden Umständen, da er sich selbst verteidigt hatte. Damit es eine exemplarische Bestrafung geben konnte, musste er schuldig sein, und das war eine unverzichtbare Forderung des Admirals.

Joan sollte auf dem Weg der Schande durch die Stadt geführt werden, allerdings nur hundert Peitschenhiebe erhalten. Diese sollten so ausgeführt werden, dass sie ihn nicht verletzten. Danach müsste er zwei Jahre als Galeerensträfling büßen und auf den Galeeren Vilamarís rudern. Der Kaufmann wollte den Admiral für die handwerklichen Kenntnisse Joans interessieren, damit er seine Strafe als

Seemann verbüßen konnte, das aber lehnte der Admiral entschieden ab. Joan sollte rudern. Das größte Zugeständnis, das Bartomeu durchsetzen konnte, war, dass Vilamarí zähneknirschend zustimmte, dafür zu sorgen, dass sich die Seeleute nicht an Joan rächten.

61

Die Grafschaften Roussillon und Cerdaña wurden friedlich wiedergewonnen. Anfang November, sobald die Sitzungen der katalanischen Landstände im Refektorium des Santa-Anna-Klosters abgeschlossen waren, das Joan so gut kannte, brach die Königsfamilie nach Zaragoza auf. Vilamarís Flotte, die nun in Barcelona ankerte, wurde nicht mehr gebraucht und erhielt den Befehl, nach Neapel auszulaufen, sobald gutes Wetter einsetzte. Die Verwandten König Ferdinands würden sie vielleicht benötigen.

Zur Vereinbarung zwischen Bartomeu und Vilamarí gehörte, dass die Strafe so lange aufgeschoben wurde, bis die Flotte am Frühlingsende abfahren sollte. Vilamarí gab sich mit dem Ehrenwort Bartomeus im Namen der Stadt und dem Elois für die Zunft zufrieden, so dass Joan im Hause Bartomeus bleiben konnte, bis es so weit sein würde. Der Infant Enrique nahm dies zustimmend zur Kenntnis, und man holte einen Richter, der das Urteil mit den vereinbarten Bedingungen ausfertigte.

Joan war tief entmutigt, als er erfuhr, welche Strafe ihn erwartete. Er hatte zwar sein Leben retten können, aber die öffentliche Schande war eine äußerst harte Buße, und die Galeeren waren noch viel schlimmer. Viele Männer starben, bevor sie die zwei Jahre abgeleistet hatten. Doch es waren nicht die körperlichen Mühen, die Demütigungen oder das elende Leben eines Ruderers, was ihm Sorgen machte. Auch wenn Vilamarís Galeeren nach Italien fuhren und in Neapel ankerten, er würde in einem schwimmenden Gefängnis sitzen, er könnte Anna nicht sehen und ihrer Familie nicht begegnen.

Ihr Vater drängte sie seit langem, einem Bewerber das Jawort zu geben, und mit einundzwanzig Jahren wurde sie allmählich immer älter. Sie könnte sich nicht viel länger widersetzen. Wenn Joan daran dachte, verzweifelte er beinahe. Wenn er seine Strafe verbüßt hätte, wäre sie schon verheiratet und hätte Kinder. Er dachte an Flucht, an eine heimliche Schiffsreise. Damit hätte er sich jedoch von Vilamarí entfernt und die Möglichkeit eingebüßt, etwas über das Schicksal seiner Familie zu erfahren. Er durfte auch nicht Bartomeu und Eloi verraten, die mit ihrem Ehrenwort für ihn gebürgt hatten. Damit würde er nicht nur seine Freunde entehren, sondern auch Zunft und Stadt, und beide würden ihn zum Tode verurteilen. In den Monaten des Wartens schickte er Anna zwei Briefe und erhielt einen von ihr zurück. Er ließ mehrere fertige Briefe zurück, die Bartomeu abschicken sollte, wenn sie ihm schreiben würde, doch dabei wiederholte er sich, denn er wusste nicht, was er ihr Neues sagen sollte. In keinem Brief wagte er es, seine Galeerenstrafe zu erwähnen.

Er durfte Bartomeus Haus verlassen, doch es war ihm verboten, in die Schänken zurückzukehren: Die Flotte überwinterte jetzt im Hafen von Barcelona, und die Seeleute besuchten oft die Wirtshäuser. Ihn frei zu sehen müssten sie für eine Provokation halten. Sie würden über ihn herfallen, um ihren Gefährten zu rächen.

Mehrmals besuchte er die Hexe von El Raval, weil er hoffte, dass sie seine Verzweiflung überwinden könnte, wie sie es früher getan hatte, doch meistens weigerte sich die Frau, mit ihm zu reden. Tatsächlich bekam er sie nicht zu Gesicht, wenn er es wünschte, sondern wenn sie Lust dazu hatte. Sobald sie ihn empfing, gab sie ihm keinen Zaubertrank und ermutigte ihn nicht einmal, indem sie ihm aus der Hand wahrgesagt hätte, sondern sie trank gemeinsam mit ihm einen Kräutertee und hörte ihm zu, wobei sie ihn mit ihren beängstigenden grünen Augen betrachtete, die ihn zuweilen an die Annas erinnerten. Sie redete wenig. Nur manchmal stellte sie Fragen, um seine Gefühle zu ergründen, und sie ließ ihn zu seinen eigenen Schlussfolgerungen kommen.

»Ich habe dich vor dem Hass gewarnt«, sagte sie. »Wenn du dich davon beherrschen lässt, verschlingt der Teufel deine Seele. Verwandle dieses Gefühl in Pläne, selbst wenn es Rachepläne sind.«

Sie gab ihm ein Säckchen mit Teekräutern gegen die Rachsucht, und er bezahlte sie mit ein paar Münzen, einer langen Umarmung und einem Kuss auf die Wange. Sie war abweisend und einsam, und trotzdem fühlte Joan, dass sie seine Freundin war – und er vielleicht der einzige Freund, den sie hatte.

Ihm blieb genug Zeit, um sich von seinen Freunden zu verabschieden und sich ausführlich mit Abdalá zu unterhalten, dem er manchmal beim Abschreiben half. Außerdem las er unter der Anleitung des Mauren einige der Bücher, die der Kaufmann in seinem Haus hatte. Die drei hatten ihre Freude daran, wenn sie darüber sprachen. Der Alte sagte ihm, erst wenn man das Schicksal annehme, könne man sich bemühen, es zu verändern. Die wahre Sklaverei liege in der Seele und in der Angst, die die Menschen stärker als alle Ketten fesselte.

Seinem Bruder gab er die Büchersammlung, die ein sehr wichtiger Teil seines Lebens war. »Heb sie an einer sicheren Stelle auf«, wies er ihn an. Gabriel fragte, warum er Lluís beauftragt hatte, ein weiteres Buch herzustellen, das so klein sein sollte, dass es in seine Manteltasche passte.

»Das wird mein neues Lehrlingsbuch sein«, kommentierte Joan.

»Lehrlingsbuch?«, fragte Gabriel erstaunt. »Aber du bist ja schon Gießermeister.«

»Dafür bin ich im Leben nur ein Lehrling«, erwiderte Joan mit einem traurigen Lächeln. »Das beweist meine Galeerenstrafe für einen Mord.«

Dann gab er seinem Bruder die Azcona ihres Vaters. Sie umarmten sich, und Joan flüsterte ihm unter Tränen zu: »Versprich mir, dass du wirklich frei sein wirst.«

»Das werde ich sein, Joan, ganz bestimmt«, versicherte ihm Gabriel schluchzend.

Außerdem überließ Joan seinem Bruder die Korallen, die er noch übrig hatte, und seine Ersparnisse. Er wollte nur einen Teil seines Geldes auf die Galeere mitnehmen, weil ihn höchstwahrscheinlich die Aufseher oder andere Sträflinge bestehlen würden.

Es war ein strahlender Morgen Ende April. Die vielen Orangenbäume in den Gärten Barcelonas erfüllten die Stadt mit ihrem süßen Blütenduft. Am nächsten Tag würde die Flotte auslaufen, daher musste nun der erste Teil des Urteils ausgeführt werden. Joan ging ins Santa-Anna-Kloster, wo er bei Bruder Antoni beichtete. Er hörte seine Ratschläge an und nahm an der Messe teil. Danach lief er zusammen mit Gabriel und seinen Freunden zur Plaza del Blat. Dort befand sich das Stadtgefängnis. Einen Tag zuvor hatten die Ausrufer das Urteil, den Ort und die Zeit in der ganzen Stadt bekanntgegeben. Es erwarteten sie der Gerichtsdiener, der Henker und ein Trupp Armbrustschützen der Flotte Vilamarís. Außerdem eine Abordnung der Zunft der Kanonengießer.

Der Henker entkleidete Joans Oberkörper und ließ ihn auf einen Esel steigen. Er fesselte ihm die Hände und brachte am Sattel des Tiers einen Apparat an, der Joans Kinn festhielt, so dass er nicht den Kopf senken konnte. Auf diese Weise konnten ihm alle, während er der »öffentlichen Schande« preisgegeben wurde, ins Gesicht blicken.

Der Weg der Schande begann gewöhnlich am Stadtgefängnis und führte über eine Rundstrecke zum Ausgangsort zurück. Auf dem Weg gab es hundert Straßenecken, und an jeder einzelnen versetzte man dem armen Sünder einen, zwei oder drei Peitschenhiebe, je nachdem, wie es dem Urteil entsprach. Im Fall Joans beschränkte sich der Weg auf fünfzig Ecken, denn seine Strecke endete am Hafen. Dort würde ihn der Gerichtsdiener dem Rudermeister einer Galeere übergeben, und darum sollte er zwei Peitschenhiebe an jeder Ecke erhalten. Man hängte dem Esel ein Schild um den Hals. Darauf stand das Verbrechen des Jungen: »Hat jemanden bei einem Streit erdolcht.« Auch diesen Text hatte man genau vereinbart.

Ein Trupp von dreißig Armbrustschützen der Flotte eröffnete den Zug, eine Trommlergruppe und eine weitere Abteilung Armbrustschützen schlossen ihn ab. Doch die Zunft der Metallarbeiter war ebenfalls vertreten. Sie hätten hundertmal mehr Truppen als all jene bereitstellen können, die die Flotte im Hafen hatte, wählten allerdings unter den stämmigsten Schmieden nur fünfzig Freiwillige aus. Obwohl sie Armbrüste, Helme und Rüstungen besaßen, würden sie ohne Waffen vorbeiziehen, jedoch ihre typischen Werkzeuge und die Fahne des heiligen Eligius dabeihaben. Sie trugen eine Lederschürze, die sie vor den Funken und dem glühenden Metall schützte und die so hart war, dass man sie selbst mit einem sehr spitzen Dolch nicht durchstoßen konnte. Manche schleppten einen langen Hammer im Gürtel und andere dünne Stahlstangen, deren Schlag jeden Knochen brechen konnte. Die Zunftmitglieder würden vor und hinter dem Verurteilten laufen. Vor ihm liefen der Gerichtsdiener, der an jeder Ecke Verbrechen und Urteil bekanntgeben würde, und der Henker, der ihm die Hiebe mit einer Peitsche nach der Art einer »neunschwänzigen Katze« verabreichen sollte. Der Hauptteil der Strafe bestand allerdings in der öffentlichen Verhöhnung, denn der Pöbel hatte seine Freude daran, Verurteilte zu beschimpfen und mit Unrat zu bewerfen.

Die Zunft betrachtete Joan hingegen als unschuldig, und dieses Aufgebot sollte ihn beschützen. Die Nachricht hatte sich in der Stadt verbreitet, und als sich der Zug unter Trommelwirbeln in Bewegung setzte, hörte man nur ihren Rhythmus und das Horn des Gerichtsdieners, der an jeder Ecke befahl, für die Peitschenhiebe stehen zu bleiben. Die Trommeln verstummten, und der Gerichtsdiener verlas: »Joan Serra von Llafranc. Verurteilt zu hundert Peitschenhieben und zu zwei Jahren Rudern auf den Galeeren des Königs, weil er bei einer Messerstecherei einen Seemann der Flotte des Admirals Bernat de Vilamarí getötet hat.«

Dann gab ihm der Henker zwei Peitschenhiebe, und der Zug bewegte sich zur nächsten Ecke weiter. Die Leute sahen den Jungen respektvoll an. Er musste etwas ganz Besonderes sein, wenn er dieses Aufgebot der mächtigsten Zunft verdiente.

»Es heißt, dass es ein ehrlicher Kampf war«, murmelten die Männer. »Und dass der Seemann das Messer als Erster gezogen hat.«

»Sie sollen ihn laufenlassen!«, rief ein anderer. »Sie sollen ihn freigeben!«

An einer Ecke warteten Felip und seine Freunde, um Joan zu verspotten. Doch sie mussten ihre Hohnreden abbrechen und davonrennen, als ein Dutzend Schmiede auf sie losstürzte und die Eisenstäbe schwenkte.

Was eine Schmach sein sollte, geriet schließlich zu einer Ehrung. Joans Augen füllten sich mit Tränen, als er sah, wie ihn seine Freunde beschützten, ermunterten und hochleben ließen.

Joan und der Henker waren in den Schänken zusammengetroffen. Der Junge gehörte zu den wenigen Gästen, die seinen Gruß erwiderten, denn man hielt den Henker für einen Aussätzigen, einen Unglücksbringer, jemanden, den man nicht gern sah.

Die Peitschenhiebe, die Joan abbekam, waren eine reine Farce, und das nicht, weil ihn der Henker verschonen wollte, sondern weil ihn die Schmiede gewarnt hatten, dass er für jede Strieme, die er auf Joans Rücken hinterlasse, zwei auf seinem eigenen abbekommen werde.

Der Gerichtsdiener der Stadt war erleichtert, als er diesen ganz besonderen Verurteilten dem Rudermeister des Flaggschiffs *Santa Eulalia* übergeben konnte. Der Offizier unterschrieb die Empfangsbescheinigung, die Aufseher des Schiffs legten ihm einen Eisenring um den linken Fußknöchel und brachten ihn an Bord der Galeere. Vorher hatte ihn Gabriel umarmt. Er übergab ihm ein Bündel mit etwas Wäsche und sein neues Buch. Bartomeu und seine übrigen Freunde waren auch dort und verabschiedeten sich. Einer der Aufseher überprüfte das Bündel und wies die kleine Metallfeder zurück, doch er hatte nichts gegen zwei Vogelfedern einzuwenden.

»Na, so etwas. Der Sträfling kann lesen und schreiben«, sagte er. »Aber das wird dir wenig nützen, wenn es ums Rudern geht.«

Bernat de Vilamarí beobachtete ihn vom Schiff aus, und der Junge erkannte an seinem Aussehen, wer es war. Er richtete sich auf, um dem Blick des anderen standzuhalten.

Als Joan die Deckplanken betrat, begann er zu beten. Doch das Gebet verhinderte nicht, dass sein Rachedurst wiedererwachte. Ihn überfiel abermals der Gedanken, dass der Admiral der eigentliche Schuldige am Unglück seiner Familie war. Und ihm wurde klar, dass sein Hass nicht mit dem getöteten Einäugigen oder mit den Kräutern der Hexe überwunden war. Er blickte zum Admiral hinüber und stellte fest, dass dieser ihn immer noch beobachtete. Vielleicht verstand Vilamarí, was der harte Blick des Jungen zu bedeuten hatte.

DRITTER TEIL

62

Die Galeerenaufseher zwangen Joan, sich vollständig auszuziehen, so dass sie ihn zu seiner Schande öffentlich entblößten. Der Arzt untersuchte ihn rasch, wobei er auch den Zustand seiner Zähne prüfte. Daraufhin erklärte ihn der Medikus für tauglich, seine Strafe zu verbüßen.

Joan spürte die warme Frühlingssonne auf seiner Haut. Er wollte sich die Lunge mit Seeluft füllen, die er so gernhatte und die in ihm so viele Erinnerungen weckte, doch der Galeerengestank hielt ihn davon ab. Als er noch nackt war, schor man ihm vollständig das Haar auf dem Kopf und im Gesicht. Dieser Vorgang würde alle vierzehn Tage wiederholt werden, womit man nicht nur den Läusebefall verhindern, sondern auch die Galeerensträflinge erkennen konnte, wenn sie flohen. Ein Schreiber registrierte ausführlich seine körperlichen Merkmale, die zu verbüßende Strafe und das Datum ihres Beginns. Das war eine weitere Sicherheitsmaßnahme für den Fall eines Fluchtversuchs. Joan begriff zunehmend, dass die Galeerenstrafe etwas ganz anderes als die vorgetäuschten Peitschenhiebe sein würde, die er in der Stadt erhalten hatte.

Die von Vilamarí befehligte Flotte bestand aus drei Galeeren, deren größte die *Santa Eulalia* war. Sie hatte sechsundzwanzig Ruderbänke an jeder Seite, wobei drei Ruderer auf jeder Bank saßen. Außerdem gab es zwischen den Ruderknechten zwei Lücken, wo auf einer Seite die Kombüse unter freiem Himmel und auf der anderen die Schaluppe untergebracht war. Die Schiffe hatten einen Mast mit Lateinsegel, die kleineren Galeeren verfügten über dreiundzwanzig Bänke an jeder Seite.

Diese Schiffe waren für Gefechte und rasche Truppenlandungen konstruiert, so dass ihre am höchsten geschätzte Eigenschaft die Schnelligkeit war. Bei ihrem Bau vermied man überflüssiges Gewicht, und man lebte praktisch im Freien. Aus diesem Grund und weil sie gegen Stürme schlecht geschützt waren, fuhren sie, von außergewöhnlichen Fällen abgesehen, nur von Mai bis Oktober. Ihre Bordseiten waren niedrig, damit die Ruder mühelos das Wasser erreichten, und ihr Fassungsvermögen war gering. Dies führte dazu, dass sie keine langen Entfernungen zurücklegen konnten, ohne neue Vorräte aufzunehmen. Vor allem Wasser, das in großen Mengen verbraucht wurde, da man für ihre Fahrten so viele Männer benötigte.

Das Gewicht war der Faktor, der über die Leistungsfähigkeit der Schiffe entschied. Sie konnten leicht und schnell sein, wie diejenigen, die die berberischen Piraten benutzten, oder schwer wie die christlichen, die mehr und größere Kanonen dabeihatten. Die spanischen Galeeren, wie die Vilamarís, hatten einen noch stärkeren Bug, denn sie enthielten einen zusätzlichen Seitengang am Vorderkastell, der das Entern feindlicher Schiffe erleichterte und Kanoniere und Fußsoldaten vor den Schüssen schützte.

Joan bekam die für einen Galeerensträfling vorgeschriebene Kleidung. Zwei Hemden, zwei Hosen, eine rote Mütze und Halbstrümpfe. Er zog sich eilig an und setzte sich sofort die Mütze auf. Sonne und Luft bewirkten, dass er an seinem kahlgeschorenen Kopf auf ungewohnte Weise fror. Man gab ihm auch einen Beutel aus gewachstem Segeltuch, der den Inhalt so trocken wie möglich erhalten sollte, einen Napf und einen Holzlöffel. Er steckte sein neues Buch, die Federn, das Tintenfläschchen, Wäsche und etwas Geld in den Beutel.

Gespannt und furchtsam beobachtete er diese fremde Umgebung, während er auf dem erhöhten Mittelgang zwischen den Ruderbänken lief. Ein Aufseher ging ihm voran, und ein zweiter folgte ihm. Die Ruderknechte schliefen auf den Bänken oder unterhielten sich. Manche blickten ihn neugierig an, und die meisten verhielten sich gleichgültig. Joan schätzte, dass es mehr als einhundertfünfzig Männer sein mussten, von denen jeder an einem Ruder saß. Als sie zur zehnten Bank an der Steuerbordseite kamen, wurde ihm befohlen, sich dort in die Mitte zwischen zwei Galeerensträflinge, mit dem Gesicht zum Heck zu setzen. Dort ketteten sie ihm das linke Bein und den rechten Arm an.

»Jetzt kannst du gleich mit dem Schreiben anfangen«, spottete der Aufseher, der sich schon zuvor über ihn lustig gemacht hatte und den die anderen Garau nannten. »Und merk dir das: Der, den du umgebracht hast, war mein Freund.«

Joan verspürte das Verlangen, ihm zu antworten, doch aus Vorsicht hielt er lieber den Mund.

»Gib ihm keine Antwort«, hörte er den Jungen rechts von ihm. »Und nimm dich in Acht vor ihm, er ist ein übler Bursche.«

Joan schloss die Augen. ›Wenn das alles nur ein Albtraum wäre‹, dachte er. Doch das Gewicht der Ketten, die harte Bank und der fortwährende Gestank, den diese festgebundene Menge ausdünstete, riefen ihm die unerbittliche Wirklichkeit ins Gedächtnis. ›Zwei Jahre‹, dachte er. Zwei Jahre lang müsste er das hier erdulden. Entmutigt legte er die Hände auf den Rudergriff und den Kopf auf die Hände. Wie weit war er von dem entfernt, was sein Vater von ihm gefordert hatte! Dass er für seine Freiheit und die seiner Familie kämpfte. Er war bei allem gescheitert.

Er dachte an Abdalá, der ihm gesagt hatte, wahre Freiheit gebe es nur im Inneren, und der Mensch könne in seinem Denken frei sein, selbst wenn es sein Körper nicht sei. Er wollte nicht klein beigeben, sich nicht die Würde nehmen lassen.

Er öffnete die Augen, um aufmerksam zu betrachten, was ihn umgab. Ein Mann auf der Ruderbank vor ihm ließ die Hosen herunter und entleerte sich auf der Stelle. Joan verspürte Ekel, und zugleich begriff er, dass ihn niemand von seinen Ketten befreien würde, wenn er seine Notdurft verrichten müsste.

»Am Ende gewöhnst du dich daran«, sagte der Junge rechts von ihm.

Joan blickte ihn wortlos an. Der andere war nicht älter als achtzehn und hatte zarte Gesichtszüge ohne jede Spur eines Bartwuchses. Er war schlank, und seine riesigen blauen Augen traten aus den tiefen, sie umgebenden Schatten hervor. Ihm kam es sonderbar vor, dass sich der Junge hier befand. Wie lange könnte er auf dieser Ruderbank durchhalten?

»Ich bin Joan«, stellte er sich vor.

»Und ich Carles«, antwortete der andere. »Ich rate dir, dass du deinen Beutel an die Haken unter der Bank hängst, wenn du nicht willst, dass er schmutzig wird«, sagte er lächelnd.

Joan sah, dass die Exkremente auf Deck liegen blieben, und suchte eilig nach den Haken. Dann blickte er zu dem Mann hinüber, den er links von sich hatte. Er war stämmig und hatte eine sonnengegerbte Haut. Er sah so aus, als wäre er schon lange ans Ruder gefesselt. Ihre Blicke begegneten einander, und er fühlte sich verpflichtet, ihn anzusprechen.

»Sei gegrüßt. Ich bin Joan«, sagte er.

»Amed«, antwortete der andere nach einer Weile.

Joan nahm an, dass der Mann nicht reden wollte, und nachdem er zustimmend genickt hatte, drehte er sich fragend zu Carles um.

»Er ist Muslim und spricht nicht unsere Sprache«, klärte ihn der Junge auf, ohne abzuwarten, dass Joan ihn danach fragte. Seine Redeweise wirkte sonderbar. »Er ist Kriegsgefangener. Auf jeder Bank sitzt einer. Sie bringen nicht mehr unter, um Meutereien zu vermeiden. Der hier ist Berber, aber es sind auch Türken dabei. Es heißt, die Nordafrikaner wie Amed sollen gefährlich sein, weil du nie weißt, wann sie dich angreifen. Aber sie sind erfahrene Seeleute und die besten Ruderer von allen. Darum, und weil er stark ist, geben sie ihm das längste und schwerste Ruder. Mich dagegen setzen sie an die Bordseite, ich habe das leichteste Ruder.«

Joan bemerkte an Carles einen eigenartigen Wesenszug. Seine Bewegungen und seine Sprechweise, die einen ausgeprägten nordkatalanischen Akzent aufwies, wirkten manieriert, beinahe weibisch. Er nahm die Freundlichkeit des anderen mit Argwohn auf. Er hatte Angst, dass der Junge zu jener Art von Männern gehörte, die nach anderen Männern suchte. Früher hatte er nie mit einem von ihnen zu tun gehabt, doch er sagte sich, dass sie andere Männer zur Wollust erregten, besonders an Orten, an denen es keine Frauen gab. Er spürte Abneigung gegen Carles. Für Sodomie wurde man mit dem Tod bestraft. Deshalb, und weil die Leute sie verachteten, bemühten sie sich, nicht aufzufallen. Joan sagte sich, dass sich dieser Junge trotzdem nicht verbergen konnte, sosehr er es auch versuchte. Instinktiv wich er vor ihm zurück, obwohl ihn die Ketten daran hinderten, sich zu entfernen. Carles bemerkte die Geste und verstummte.

Auf einmal spürte Joan, dass ihm jemand auf die Schulter klopfte, und eine raue Stimme sagte: »He, was ist los? Gefällt dir unser Mädchen nicht? Nun, uns ja!«

Dann brach eine Männergruppe in lautes Gelächter aus. Einer betastete Carles.

»Lass mich los!«, rief dieser. Er sprang hoch und versuchte, sich so weit von dem Kerl zu entfernen, wie es ihm seine Ketten erlaubten.

Die auf der Bank hinter ihnen lachten wieder. Das fand Joan zwar nicht witzig, doch er begrüßte sie und stellte sich vor. Zwei waren Christen, und derjenige, der das Wort führte, ein gewisser Jerònim, ruderte genau hinter Carles. Der Dritte war ein Muslim, der kaum etwas sagte und sich nicht an der Hetzjagd beteiligte.

In diesem Moment erklangen draußen Hörner und Trommeln. Der Rudermeister brüllte einige Befehle und scheuchte damit die Aufseher und Sträflinge hoch.

»Das sind gewiss die Vertreter der Stadt und des Regenten, die die Flotte verabschieden wollen«, kommentierte Carles. »Wir legen gleich ab.«

»Was muss ich tun?«, erkundigte sich Joan beunruhigt. »Keiner hat mir etwas erklärt.«

»Wir Ruderknechte lernen voneinander und von der Peitsche des Aufsehers«, antwortete Carles. »Die Befehle werden mit Hornsignalen erteilt. Es gibt unterschiedliche, je nachdem, ob sie für alle oder nur für Backbord oder Steuerbord, Bug oder Heck sind. Tu vorläufig das Gleiche, was ich tue, aber erinnere dich an das Signal und das Manöver.« Nachdenklich setzte er hinzu: »Du siehst ja, ich habe von dem gelernt, der dort saß, wo du jetzt bist, und du lernst von mir.«

»Was ist mit ihm geschehen?«

»Dasselbe wie allen. Er ist gestorben.«

»Woran?«

Carles zuckte die Achseln.

»Ich weiß nicht«, sagte er. »Vielleicht hat ihn die Scheiße rund um uns vergiftet, oder das wenige und schlechte Essen hat ihn umgebracht, oder es waren die Peitschenhiebe oder die Erschöpfung oder vielleicht auch die Sonne. Er war drei Jahre an diese Bank gekettet. Er war ganz mager, hatte Durchfall und kam mit dem Ruder nicht mehr zurecht. Die Aufseher schlugen ihn mit der Peitsche, aber dadurch bewegte er sich noch langsamer. Schließlich holten sie ihn heraus und brachten ihn unter Deck. Es heißt, dass ihm der Pfarrer die Beichte abnehmen konnte, bevor er starb. Sie steckten ihn zusammen mit einem Stein in einen Sack, nähten den zu und warfen ihn ins Meer, nachdem sie auf der Strecke von Salses nach Barcelona über die Medas-Inseln hinaus waren.«

Als der Name dieser Inseln fiel, bei denen er rote Korallen herausgeholt hatte, trieb dies Joan die Tränen in die Augen. Er erinnerte sich an das blaue Meer, das durchsichtige Wasser, die Sonne, die *Möwe* zusammen mit seinem Vater und ihren Gefährten. Er erinnerte sich auch daran, dass die Männer sangen, wenn sie nach Llafranc zurückkehrten, besonders, wenn der Fang gut war. Alte Lieder, alte Erinnerungen. Und er summte ein Lied.

Der Rudermeister schrie Befehle. Beim ersten Hornsignal standen die Sträflinge auf, streckten die Arme und den Körper nach vorn, zum Heck, holten das Ruderblatt aus dem Wasser und hoben es so weit wie möglich in die entgegengesetzte Richtung, zum Bug. Joan beeilte sich, es ihnen nachzumachen. Er sah, wie die Rudermeister mit der Peitsche in der Hand auf dem Mittelgang liefen und mit drohender Miene die Bewegungen der Ruderknechte beobachteten. Man brüllte einen weiteren Befehl, aber alle blieben regungslos stehen und hielten die Ruder hoch.

»Es ist das Signal für ›volle Kraft voraus‹, aber wir müssen warten«, murmelte Carles.

Als ein zweites Signal zu hören war, tauchten alle Galeerensträflinge gleichzeitig die Ruder ins Wasser, während sie die Füße aufstützten und sich mit ihrem ganzen Körpergewicht auf die Bank fallen ließen. Das Schiff glitt majestätisch dahin.

Der tiefe und rhythmische Klang einer großen Trommel stimmte die Bewegungen der Ruderknechte aufeinander ab. Sie richteten sich immer wieder auf und ließen sich dann gleichzeitig auf die Bank fallen.

Joan ruderte und blickte zum Heck. Als er sah, dass Barcelona in der Ferne verschwand und damit sein Bruder Gabriel und seine Freunde, durchfurchten ihm Tränen die Wangen. Er merkte, dass ihn Carles heimlich beobachtete.

Ob ihm das Schicksal erlauben würde, eines Tages heimzukehren? Seine Strafe brachte ihm gerade dem Ort näher, nach dem er sich sehnte: Neapel. Doch zugleich entfernte sie ihn von seinen Träumen.

Wütend schwang er das Ruder und wollte durch die Anstrengung den ihn peinigenden Kummer betäuben. Joan war großgewachsen, und sein kräftiger zweiundzwanzigjähriger Körper war daran gewöhnt, Gussformen und -stücke zu bewegen, so dass sich das Holz durchbog.

»Ruhig«, sagte Carles. »Hab keine Eile, denn jeder Ruderschlag bringt uns dem Tod näher.«

63

Die Galeeren ruderten nach Osten. Als die *Santa Eulalia* das Segel aufspannte, machten es ihr die anderen Schiffe nach. Der Wind war günstig, und der Admiral hatte keine Eile. Deshalb ließ man die Bugmannschaft ausruhen, während die Hälfte der Heckmannschaft weiterruderte.

Joan legte sein Ruder auf das Gestell, das es senkrecht hielt, und trank aus dem Schlauch, der wenig mehr als zwei Liter enthielt und den man ihm gegeben hatte.

»Halte dich zurück«, warnte ihn Carles. »Das ist das ganze Wasser, das du für den Tag hast.«

Man nutzte die Wartezeit, um das Deck zu wischen, wofür man Meerwasser in Eimern hochholte. Als man die zwischen den Bänken festklebenden Exkremente wegschwemmte, ließ der Gestank, den man bei jedem Atemzug roch, nach. Die Brise war ein Segen, und Joan füllte begierig die Lunge.

»Einmal in vierzehn Tagen wäscht man das Deck mit Essigwasser, um Krankheiten zu verhüten«, teilte ihm Carles mit. »Im hinteren Teil der Galeere, am Heck, befindet sich der vornehme Bereich des Schiffes, den nennt man Kampanjedeck. Dort reisen die Schiffsoffiziere bequem und vor der Sonne geschützt. Sie sind nicht nur eine höhere Klasse, sondern halten sich auch für eine andere Rasse. Sie haben sogar einen Parfümeur, der ihren Geruchssinn von dem Gestank befreit, den wir verbreiten, und Musiker, die ihre Mußestunden verschönern. Der Admiral ist wie ein Gott, und wir, die Ruderknechte, sind nichts als Ratten. Die Soldaten, die wir befördern und die unter dem Befehl des Offiziers Pere Torrent stehen, fühlen sich den Matrosen überlegen, und uns verachten sie. Lieber würden sie im Kampf gegen einen übermächtigen Feind sterben, als zu rudern oder die Segel zu setzen.«

»Ja, aber wenn man sie gefangen nimmt, werden sie schließlich auch rudern müssen«, wandte Joan ein.

»Das ist ihr Berufsrisiko, und es ist keine Schande, im Kampf gefangen zu werden«, entgegnete Carles. »Dann würde man sie versklaven.«

Joan schüttelte ungläubig den Kopf. Das hier war eine fremde Welt, die sich an ihre eigenen Regeln hielt. Er begriff, dass er sich am schlimmsten Ort dieser Welt befand und dass er von Glück sagen könnte, wenn er überlebte.

Ein besonderer Duft vermischte sich mit dem üblichen Schiffsgestank: Es war der Geruch brennenden Pinienholzes und von etwas anderem, das gekocht wurde. Aus der Bankreihe, in der sich die Kombüse befand, erhob sich eine Rauchwolke. Joan stellte überrascht fest, dass er trotz der ekelerregenden Umgebung Hunger hatte. Zuerst wurden Offiziere, Soldaten und Seeleute bedient, und schließlich kamen ein paar Sträflinge, die von den Aufsehern überwacht wurden, mit großen Kesseln. Joan sah, dass die Gefangenen eilig Näpfe und Löffel hervorholten, die sie in ihrem Beutel unter der Bank verwahrt hatten. Er tat das Gleiche. Man füllte ihm den Napf mit einer Bohnensuppe und gab ihm ein paar Zwiebackstücke. Alle stürzten sich gierig auf das Essen, und Joan strengte sich an, ein Gespräch mit Amed anzuknüpfen. Doch dieser wusste kaum ein paar Worte, und diejenigen, die der Junge bei Abdalá auf Nasridisch gelernt hatte, nützten nichts, denn Amed sprach eine andere Sprache. Obwohl Joan seine Worte mit Gesten unterstrich, erlahmte das Gespräch bald.

Das Segel beschattete seine Schiffsseite, und viele Ruderknechte nahmen sich die Mütze ab. Joan stellte überrascht fest, dass Amed eine lange Haarsträhne auf seinem kahlgeschorenen Kopf zur Schau stellte.

»Die Muslime glauben, bei ihrem Tod ziehe Gott sie am Haar, um sie ins Paradies zu schaffen«, sagte Carles. »Darum lässt man das stehen. Ich nehme nicht an, dass es um religiöse Toleranz geht, vielmehr sollen sie sich in ihr Schicksal ergeben, wenn sie sterben.«

Joan schüttelte verwundert den Kopf. Hier geriet er immer wieder ins Staunen. Er biss auf den Zwieback und stellte fest, dass er sehr hart war.

»Das heißt Zwieback, weil sie ihn zweimal backen, damit er sich länger hält«, unterrichtete ihn Carles wieder. »Und es gibt nur Bohnen- oder Kichererbsensuppe. Das ist alles, was wir zweimal am Tag essen. Aber wenn wir mehr leisten sollen, zum Beispiel vor einer Schlacht, geben sie uns eine größere Gemüseration und mehr Wasser. Sogar Wein und Speck.«

Er sah, dass man Jerònim, dem hinter Carles sitzenden Ruderknecht, Essen aus einem anderen Topf gab und ihm einen Napf Wein einschenkte. Joan warf seinem Nachbarn einen fragenden Blick zu, und dieser klärte ihn sofort auf.

»Er ist ein freiwilliger Ruderer.«

Joan machte eine überraschte Geste. Er konnte sich nicht vorstellen, dass jemand aus freien Stücken an diesem Ort war.

»Er ist ein Verbrecher, der seine Galeerenstrafe verbüßt hat. Aber weil ihm niemand auf dem Festland eine Arbeit geben will, bietet er sich für einen Lohn freiwillig an«, erklärte er. »Sie geben ihm eine erbärmliche Summe, alle drei Monate einen Dukaten. Aber in seiner Suppe ist Speck. Er isst das Gleiche wie die Mannschaft, und sie erlauben ihm einen Nachschlag. Gib acht. Er trägt keine Ketten, und wenn er sich die Mütze abnimmt, siehst du, dass er Haare hat. Er fühlt sich uns überlegen, und er ist ein Vertrauter der Aufseher, die zu demselben Gesindel gehören wie er. Gern würde er selbst als Aufseher arbeiten, aber nicht einmal dafür wollen sie ihn haben. Er ist mit diesem Garau befreundet, und der ist der Schlimmste von ihnen allen. Es sind üble Kerle.«

Joan erinnerte sich an Garaus Gesichtsausdruck. Dieser Mann hatte ihm ja gesagt, der Einäugige sei sein Freund gewesen. Auf einmal ahnte er, dass er ihn früher, vor langer Zeit, gesehen hatte. Beim Überfall auf sein Dorf! Nun erkannte er, dass Garau zu der Bande gehörte, die seinen Vater ermordet hatte. Inzwischen redete Carles weiter, ohne dass ihm Joan zuhören konnte.

»Aber du darfst nicht glauben, dass die Freiwilligen wirklich frei sind. Wenn sie gehen wollen und es nicht genug Ruderknechte gibt, lässt der Kapitän sie anketten, genauso wie uns. Sie gehen erst von Bord, wenn man mehr Ruderer hat.«

Joan schwieg nachdenklich. Er grübelte, wie er herausbekommen konnte, wohin seine Familie in Italien geraten war. Dieser Garau erinnerte sich bestimmt, was sie mit ihnen gemacht hatten. Aber niemals würde er mit einem Galeerensträfling wie ihm darüber reden. Die einzige Möglichkeit würde darin bestehen, dass er ihn als seinesgleichen ansehen und sich mit ihm anfreunden würde. Allerdings könnte so etwas nicht geschehen, solange Joan in Ketten lag. Vielleicht müsste er warten, bis er seine Strafe verbüßt hatte und eine Stelle als freiwilliger Ruderer oder, wenn er Glück hatte, als Seemann bekam. Doch er konnte nicht so lange warten. Er dachte darüber nach, wie er sich von den Ketten befreien konnte, um als Mitglied der Mannschaft anerkannt zu werden.

64

In der ersten Nacht war beinahe Vollmond. Die Scheibe stand glänzend am Firmament und schickte silberne Strahlen zu einem ruhigen Meer hinab. Es wehten günstige Winde, und der Kapitän entschied, mit aufgespanntem Segel zu fahren. Er beauftragte den Steuermann und die Ausguckposten mit der Aufsicht des Schiffes und ließ die Ruderer ausruhen. Vor Sonnenuntergang hatte man die Laterne im hinteren Teil des Kampanjedecks angezündet. Nur die Galeere des Admirals besaß dieses Licht, es diente den folgenden Schiffen als Orientierung.

Nach dem Abendessen sagte Carles, bevor er sich auf die Planken legte, zu Joan: »Wir haben Glück, weil wir nahe am Bug sind.«

»Warum?«

»Weil es den Unglücklichen, die am Heck, beim Kampanjedeck, schlafen, in der Nacht schlecht ergeht. Das Schlafen fällt schwer, weil die Flöhe und Wanzen beißen und die Planken so hart sind. Sobald sie sich jedoch umdrehen, klirren die Ketten. Dieses Geräusch weckt die Offiziere, und sie lassen die Schuldigen auspeitschen. Stell dir vor, dass du das alles aushalten musst, ohne dass du dich überhaupt bewegen darfst.«

Joan stellte es sich vor. Es war entsetzlich.

Kurz vor dem Abendessen hatte man das Deck gewaschen. Es war frei von Exkrementen und Urin, doch es stank immer noch und war feucht. Es wehte eine kalte Brise. Joan holte alle Wäsche aus seinem Beutel, um sich einen Platz einzurichten und zu schlafen. Da hörte er Jerònim, den freiwilligen Ruderer, der zusammen mit seinem Kumpan Sanç abermals Carles bedrängte.

»Du hast deinem Liebsten viele kleine Geheimnisse erzählt, nicht wahr?«, verhöhnten sie ihn, wobei sie ihn angrapschten.

Der Junge schützte sich, indem er um sich schlug, und sein Kettenklirren schien die Angreifer zu belustigen. Joan schätzte, wie kräftig die Halunken waren. Beide waren größer als Carles, doch Joan übertraf sie. Ihre Muskeln waren gut, aber nicht übermäßig ausgebildet. Wenn er den Ersten mit einem Faustschlag richtig und überraschend erwischte, würde er ihn zu Boden werfen. Dann hätte er gute Chancen bei einem Zweikampf mit dem anderen. Dennoch hielt er sich zurück. Ganz sicher würde der Aufseher Garau zu Jerònim und seinem Spießgesellen halten. Außerdem hatten sie ihn schon als »Liebsten« des Jungen bezeichnet, und wenn er ihn verteidigte, würden sie auch ihn als Homosexuellen beschuldigen. Schließlich sagte er sich, dass es Wahnsinn wäre, sich an einem Kampf zu beteiligen, nachdem er gerade erst angekommen war.

Joan biss die Zähne zusammen und wartete ab, ob sie es sattbekommen würden, den Jungen zu belästigen. Dieser wehrte sich, so gut er konnte, ohne ein Wort zu sagen. Die Tränen liefen ihm über die Wangen. Sie waren zwei und viel stärker, doch Carles gab nicht auf.

Joan schämte sich, weil er so etwas duldete. Das war feige. Aber er wollte nicht zulassen, dass ihn seine impulsiven Regungen noch weiter von Anna und seiner Familie entfernten.

Als die Männer hinter ihnen des Spiels müde wurden, machten sie es sich bequem, um zu schlafen. Amed stützte sich auf den Mittelgang, und Carles hockte sich an den Schiffsrand. Joan versuchte zunächst, sich auf die Bank zu legen, doch das Stampfen des Schiffs setzte ihn der Gefahr aus, ihn herunterzuschleudern. Schließlich streckte er sich auf den Planken aus. Sie waren feucht, es gab nicht genug Platz, und er stieß gegen Ameds Beine und gegen Carles. Es war schwierig, eine bequeme Haltung zu finden, und zum Knarren der Schiffsplanken kam das Kettenklirren der Ruderknechte hinzu, wenn sie sich bewegten. Endlich versank er in einen unruhigen Schlaf, aus dem er oft erwachte. Einmal stellte er fest, dass Carles fast auf ihm lag. Er schlief. Sein erster Impuls war, ihn heftig wegzustoßen. Doch sosehr es ihm auch widerstrebte, der Junge weckte in ihm zärtliche Gefühle, und er schob ihn sanft beiseite.

»Unter Männern bin ich eine halbe Frau und unter Frauen ein halber Mann«, gestand ihm Carles am dritten Tag in einer Ruderpause.

Joan betrachtete seine hellblauen Augen und seinen schwermütigen Gesichtsausdruck, während er über den Satz nachdachte.

»Ich erleide eine doppelte Strafe«, sprach der Junge weiter. »Die Galeerenstrafe und die Strafe, dass ich von Männern, die ich nicht begehre und die mich anekeln, wie eine Hure behandelt werde.«

Joan sagte nichts und wartete, dass Carles weitersprach.

»Du bist stark, du wirst überleben«, erklärte der Junge. »Aber ich halte nicht lange durch. Ich werde hier sterben.«

»Warum hat man dich verurteilt?« Joan wollte das Thema wechseln.

»Als Sodomit.«

»Dann bist du …?«

»Sie haben mich vergewaltigt.«

Carles erzählte ihm seine Geschichte. Sein Vater war ein angesehener Kaufmann in Perpignan, und schon seit seiner Kindheit zeigte Carles ein weibliches Wesen, das sich noch verstärkte, als er heranwuchs. Seine Glieder, die rundlicher als die der gleichaltrigen Jungen waren, bekundeten eine ungewöhnliche Zartheit. Sein Vater herrschte ihn oft an, er solle sich wie ein Mann benehmen, und obwohl er eine Zeitlang versuchte, so aufzutreten, wie man es von Männern erwartete, merkte er bald, dass dies gegen seine Natur verstieß. Von da an verstellte er sich nicht mehr. Sein Vater ging von Geringschätzung zu Ablehnung über, um ihn schließlich ganz zu ignorieren. Zum Glück hatte er einen älteren Sohn, der Geschäft und Namen erben würde. Er verhielt sich so, als gäbe es Carles überhaupt nicht. Der ältere Bruder tat das Gleiche. Der Junge litt unter ihrer Ablehnung. Er wusste, dass sie sich seiner schämten.

Seine Mutter und seine Schwester schätzten hingegen seine Empfindsamkeit und verwöhnten ihn. Die Frau litt für ihren Sohn und bemühte sich mit allen Mitteln, den Vater umzustimmen, doch ihre Bitten blieben erfolglos. Der Kaufmann wollte Carles in ein Kloster schicken, traf indes auf die entschiedene Ablehnung der Mutter, die eine beträchtliche Mitgift in die Ehe eingebracht hatte. Schließlich erklärte sich der Junge damit einverstanden, Latein und Theologie zu studieren und sich einer geistlichen Laufbahn zu widmen. Der Vater hoffte, seinem Sohn ein kirchliches Amt kaufen zu können, das ihm ein Auskommen sichern würde, so dass er ihn für immer vergessen könnte.

Carles hatte Freude an der geistigen Arbeit. Er genoss das Bücherlesen und den Unterricht seines Lehrers. Ihn erbitterte die Zurückweisung seines Vaters, und er beschloss, sich der Welt so zu zeigen, wie er war. Es gefiel ihm, dass ihn attraktive Männer anblickten, und er merkte, dass er einige von ihnen für sich einnahm. Bald darauf begann er ein heimliches Verhältnis mit einem mächtigen Geistlichen des Bistums Elna, den er durch sein Theologiestudium kennengelernt hatte. Carles vergötterte diesen charmanten und hochgestellten Weltmann, der beinahe dreimal so alt wie er war.

In jener Zeit waren das Roussillon und die Cerdaña von Frankreich besetzt. Durch den Vertrag von Barcelona gab Karl VIII. dem spanischen König Ferdinand beide Territorien zurück, und der Besitzwechsel führte zu Unruhen. Die von der alten Ordnung Begünstigten wollten ihre Pfründen bewahren, während ihre Gegner nach Rache strebten, die Übeltäter das Machtvakuum nutzten und die sich zurückziehenden französischen Truppen plünderten.

Carles wurde in einen derartigen Tumult verwickelt, als er unter dem Vorwand des Theologiestudiums zum Haus seines Geliebten lief. Auf seinem täglichen Weg gab es einen Wachposten, und die Soldaten sprachen ihn oft an, ohne dass er sich um sie kümmerte. Einmal nutzten zwei von ihnen die allgemeine Unruhe, um ihn mitten auf der Straße und vor mehreren Zeugen zu vergewaltigen. Es gab keine Behörde, bei der sich Carles hätte beschweren können, und er konnte sein Unglück nur seinem Geliebten unter Tränen gestehen. Dieser geriet in Zorn, doch auch er konnte nichts tun. Die französischen Soldaten verließen am nächsten Tag die Stadt.

Für Carles war das erst der Anfang des Unglücks.

In dem Augenblick, als er beschloss, seine sexuelle Neigung offen zu zeigen, unterschrieb er sein Urteil. Er wollte seinen Vater herausfordern, obwohl er wusste, dass die allermeisten wie er dachten. Auch um die Missbilligung der anderen Leute kümmerte sich Carles nicht. Er war, wie er war, und das wollte er nicht verheimlichen.

Homosexualität war kein Verbrechen, wohl aber Sodomie. Dessen beschuldigte man ihn, als die neue Ordnung in Perpignan eingerichtet wurde. Mehrere Zeugen, die von geschäftlichen Konkurrenten seines Vaters angespornt wurden, behaupteten, sie hätten gesehen, wie er mitten auf der Straße mit französischen Soldaten herumhurte. Seine Erklärung, man habe ihn vergewaltigt, nützte ihm wenig. Die Vorurteile gegen ihn wogen schwerer als die Wahrheit. Niemand außer seiner Mutter rührte einen Finger für ihn. Sein Vater, sein Bruder und sein mächtiger Liebhaber taten nichts.

Carles schickte verzweifelte Botschaften an den Geistlichen, die dieser nicht beantwortete. Dass ihn der Geliebte im Stich ließ, zerriss ihm mehr als alles andere das Herz. Schließlich schickte er ihm eine Nachricht, in der er ihn warnte, ihr Verhältnis zu gestehen, wenn er ihm nicht helfe. Diesmal antwortete der Geistliche. Er teilte mit, Carles sei ein lasterhafter und verlogener Junge. Er habe erfolglos versucht, ihn zu verführen, und er bedauere, dass all seine Bemühungen gescheitert seien, ihn auf den richtigen Weg zu bringen. Damit würde Carles' Wort gegen das seine stehen, das eines geachteten und mächtigen Mannes. Dieser Verrat erledigte Carles für immer. Gerade der Geistliche hatte ihn ja in die Freuden des Leibes eingeführt! Der Anwalt, den die Mutter bezahlte, konnte nichts für ihn ausrichten.

Carles wurde für schuldig erklärt. Da er minderjährig war, entging er dem Todesurteil. Stattdessen wurde er öffentlich ausgepeitscht und auf einen Rost gesetzt, bis der Richter roch, dass sein Fleisch angebrannt war. Meistens waren die bei dieser Marter erlittenen Brandwunden tödlich, aber Carles überlebte, zu seinem Unglück, wie er sagte. Die Pflege seiner Mutter und die großzügige Bestechung der Gefängniswärter, damit sie Ärzte zuließen, konnten ihm das Leben bewahren, obwohl er es mit entsetzlichen Leiden bezahlen musste.

Doch diese Strafe genügte nicht. Er sollte den Rest seines Lebens als Galeerensträfling verbringen.

Im September kam die Flotte des Admirals Vilamarí zusammen mit König Ferdinand nach Collioure. Der Monarch nahm das Roussillon offiziell in Besitz und ließ sich in Perpignan nieder. Die Honoratioren schworen ihm Treue, und das Territorium wurde befriedet. Als der König seine Aufgabe ausgeführt hatte, kehrte er am 8. Oktober auf der *Santa Eulalia* nach Barcelona zurück. Carles, der sich von seinen Verletzungen beinahe vollständig erholt hatte, saß am Ruder, um seine Strafe zu verbüßen. Er verbrachte die Winterzeit in Barcelona. Außer den paar Tagen, an denen man das Schiff instand setzte, wie es der Jahreszeit entsprach, blieb der Junge zusammen mit den übrigen Galeerensträflingen an seine

Bank gekettet. Er hatte nur ein paar Segeltücher, um sich vor der Kälte der Nacht zu schützen.

»Das ist meine doppelte Strafe«, schloss er. »Das Elend, das dieses Sträflingsleben mit sich bringt, und die Nachstellungen, die ich erdulden muss.«

»Warum zeigst du die Kerle nicht bei den Offizieren an?«

Carles lachte über die absurde Frage.

»Du hast noch nicht begriffen, wo du bist, Joan«, erwiderte er. »Ein Galeerensträfling ist nichts. Wenig mehr als eine Ratte. Die Offiziere reden nicht mit uns. Wenn du bloß das Wort an einen Vorgesetzten richtest, der höher als ein Aufseher ist, bedeutet das eine Beleidigung für ihn.«

»Aber es muss eine Möglichkeit geben, so etwas anzuzeigen.«

»Es kümmert sie nicht das Geringste, was man mit mir macht. Glaubst du etwa, dass sie es nicht wissen? An einem Tag in diesem Winter, in Barcelona, haben sie es ausgenutzt, dass die Offiziere an Land waren, um mich zu vergewaltigen.«

»Was?!«

»Ja, sie haben mich vergewaltigt, und meine Schreie hat man auf der ganzen Galeere gehört, bis man mir den Mund mit Tuchfetzen zugestopft hat.« Carles blickte ihn mit tränenfeuchten Augen an. »Danach haben sie mich ausgepeitscht, weil ich geschrien habe.«

»Wer waren sie?« Joan war entsetzt. Es empörte ihn, dass man Carles gequält hatte, doch eine Vergewaltigung war das Schlimmste.

»Die zwei hinter uns und Garau«, sagte der Junge wütend. »Das haben sie ein paarmal getan.«

»Aber wie können sie es wagen? Sie sind erwachsen, und man würde sie zum Tod verurteilen.«

»Und wer zeigt sie an?«, entgegnete Carles. »Unser Wort gilt nichts.«

Joan schüttelte angewidert und bestürzt den Kopf.

»Aber ich will dir etwas sagen«, erklärte Carles wütend. »Sie wollen, dass ich mich ihnen unterwerfe, dass ich ihre Hure werde. Doch eher friert die Hölle zu, als dass ich dem zustimme. Sie haben mir alles genommen, nur die Würde können sie mir nicht nehmen.«

Diese Geschichte betrübte Joan tief. Er erinnerte sich an Abdalás Worte, dass die wahre Freiheit im Innern jedes Einzelnen, in seinem Geist, seinem Kopf sei. Solange sich Carles nicht unterwarf, würde er weiter frei sein.

Welche Sünde beging er, wenn er einen Mann liebte, war dies doch seine natürliche Neigung? Joan war auf der Galeere, weil er getötet hatte, doch Carles hatte keinerlei Verbrechen begangen. Er verdiente die Strafe nicht, die er verbüßte.

Zum ersten Mal, seitdem man ihn auf der Galeere angekettet hatte, holte Joan sein Buch heraus. Er nahm den Korken seines Tintenfasses ab, schüttete ein paar Wassertropfen hinein, und rührte die Flüssigkeit mit der Feder um. Er notierte: »Eine halbe Frau unter Männern und ein halber Mann unter Frauen.« Und dann: »Solange du deine Würde bewahrst, wirst du frei sein.«

Mehr schrieb er nicht. Darüber musste er gründlich nachdenken.

65

Am Morgen des sechsten Tages ihrer Fahrt erblickte die Flotte die Küsten Sardiniens. Sie hatten die Hälfte des Weges zurückgelegt. Doch das Admiralsschiff wandte sich nicht nach Norden. Es durchquerte nicht die Korsika von Sardinien trennende Meerenge von Bonifacio, um nach Neapel weiterzusegeln, sondern fuhr nach Süden. Es war ein klarer Tag, und die Küste trat deutlich aus dem blauen Meer hervor.

In der ersten Nachmittagsstunde entdeckten sie das Kap Caccia mit seinen riesigen Höhlen wie der Neptuns- und der Dragonera-Grotte, wo die Piraten ihre Beute versteckten. Dahinter lag Porto Conte, der größte Naturhafen des Mittelmeeres. Dorthin flüchteten die Schiffe bei Stürmen. In der Nähe befanden sich mehrere kleine Inseln, hinter denen die Piraten gewöhnlich auf Beute lauerten.

Trotz seiner schlimmen Lage war Joan tief gerührt, als er selbst diese Orte sah, die ihm durch die Geschichten der Seeleute in den Schänken vertraut waren. Wenn er konnte, richtete er sich von seiner Bank auf, um die Küstenlinie besser zu sehen.

Dann tauchte die Bucht von Alghero auf. Sie war vor den Nord- und Westwinden geschützt und schloss im Süden mit einem Vorgebirge ab, auf dem die gleichnamige befestigte Stadt emporstieg. Die Seeleute schätzten ihren Hafen und sahen Alghero beinahe als katalanische Stadt an, denn nach einem Aufruhr der Sarden war es mit Bauern aus der Gegend von Tarragona und danach mit Einwanderern aus Barcelona, die vor dem Bürgerkrieg geflohen waren, wieder bevölkert worden. Es war die Hauptstadt der Insel, und wie es hieß, sollte es sehr schön sein.

»Das ist Alghero!«, sagte er erregt zu Carles. Er stand auf, um besser zu sehen. Das brachte ihm einen Peitschenhieb von Garau ein, der nicht weh tat, weil er die Bank traf. »Das ist Alghero«, wiederholte er leiser, damit man ihn vom Mittelgang aus nicht hörte. »Es ist sehr schön.«

Carles blickte ihn mit einem freundlichen, etwas spöttischen Lächeln an.

»Und was haben wir davon? Wir bleiben hier angekettet. Es kommt auf das Gleiche heraus, ob wir vor einer schönen Stadt oder einer hässlichen liegen.«

»Wie gern würde ich sie mir ansehen!«, beharrte Joan weiter.

Carles schüttelte ungläubig den Kopf.

»Du hast immer noch nicht begriffen, wo du bist«, sagte er.

Die Stadt begrüßte die Flotte mit Artilleriesalven, und diese antwortete mit den gleichen Ehrenbezeigungen. Eine Abordnung Honoratioren traf in einer Schaluppe beim Admiralsschiff ein. Sie teilten ihnen mit, dass vor kurzem einige Schiffe und Küstenstädte von Berbern überfallen wurden. Der Admiral hatte es nicht eilig, nach Neapel zu kommen, und in den Reihen der Ruderknechte verbreitete sich bald die Nachricht, dass die Flotte nach Süden fahren werde, wo sie die Piraten finden wolle, um das Meer von ihnen zu säubern. Vilamarí war nicht nur Herr von Palau am Golf von Rosas, sondern auch Baron von Bosa, einer Ortschaft südlich von Alghero. Er hatte gute Gründe, mit den Berbern abzurechnen.

Sie verbrachten die Nacht in den ruhigen Gewässern der Bucht von Alghero. Am nächsten Tag versorgten sie sich mit Wasser und Proviant. Bevor der Admiral mit seinem Auftrag begann, befahl er, Manöver zu erproben, bei denen man rasche Wendungen, plötzliches Anhalten und Rückwärtsbewegungen ausführen musste.

Joan sah ein, dass er bisher nur geruhsame Rudermanöver erlebt hatte. Bald erlernte er neue Befehle, die mit Hornsignalen übermittelt wurden, und machte sich mit den unterschiedlichen Ruderrhythmen vertraut. Das Schiff war eine riesige Kriegsmaschine, die sich dank des erstaunlichen Zusammenwirkens ihrer beinahe zweihundert Ruderer präzise bewegen konnte. Es war nicht leicht, diese Schiffe zu koordinieren, denn jeder Sträfling hatte ein eigenes Ruder.

Jede Nachlässigkeit wurde teuer bezahlt. Der Rudermeister war für das Rudern verantwortlich. Er lief im Mittelgang hin und her, erteilte Anweisungen und vergewisserte sich, dass sowohl die Aufseher als auch die Ruderer ihre Aufgabe gewissenhaft erfüllten. Und die Aufgabe des Aufsehers oder stellvertretenden Rudermeisters war es, die Ruderer zu bestrafen, die einen Befehl verspätet ausführten oder nicht die nötige Kraft einsetzten.

Die Kapitäne wetteiferten miteinander, indem sie Schiffsrennen veranstalteten, und die Sträflinge mussten mit voller Kraft rudern. Das zwang sie, die Rudergeschwindigkeit zu verdoppeln und vier Ruderschläge pro Minute auszuführen. Das war eine erschöpfende Anstrengung, und wenn die Kapitäne und Offiziere nachher ihren Sieg feierten oder ihre Niederlage verfluchten, brachen Joan, Carles und ihre Gefährten entkräftet und schweißbedeckt auf ihren Bänken zusammen.

»Die Kapitäne könnten doch miteinander wetteifern, indem sie ein Rennen am Strand veranstalten, anstatt uns damit zu schinden«, beklagte sich Carles.

Joan konnte sich ein Lächeln nicht verkneifen, als er sich die Szene ausmalte. Doch der Junge machte ihm Sorgen. Immer schien er am Rand seiner Kräfte zu sein. Es überraschte Joan, dass er dieses Tempo überhaupt durchhielt. Allerdings ließ er manchmal nach, und dreimal bekam er die Peitsche Garaus zu spüren.

Joan hatte am ersten Manövertag zwei Peitschenhiebe auf den Rücken bekommen, und seine Füße waren schrundig und eiskalt. Die Ruderknechte befanden sich auf dem niedrigsten Teil des Decks. Die Wendungen des Schiffs und die etwas aufgewühlte See setzten sie den Wellen aus, die sie oft durchnässten. Ihre Belohnung für das harte Tagewerk waren ein zusätzlicher Napf Kichererbsen-Eintopf am Mittag und eine doppelte Wasserration.

Beim Abendessen verbreitete sich die Nachricht flüsternd von Bank zu Bank: Ein Ruderknecht war an der Anstrengung gestorben. Joan erschauderte, aber er aß weiter. Er wollte überleben.

Es dämmerte. Als Vilamarí mit der Manövrierfähigkeit seiner Schiffe zufrieden war, wurde für die Offiziere und die Stadtbehörden an Land eine Messe gelesen. Man verabschiedete sie mit Pauken, Trompeten und Geschützsalven.

An der Mündung des Flusses Temo hielten sie an und verbrachten dort zwei Tage, da der Admiral seine Angelegenheiten als Baron von Bosa erledigen musste, einer Ortschaft, die eine kurze Strecke flussaufwärts lag.

Dann fuhr die Flotte weiter nach Süden und sichtete mehrere Handelsschiffe. Diese wurden überprüft, und man erkundigte sich nach Neuigkeiten. Am zweiten Tag der Fahrt erblickten sie beinahe an der Südspitze Sardiniens die Inseln San Pietro und Sant' Antioco, die von kleineren Eilanden umgeben waren, die sich als ideale Piratenverstecke eigneten. Sie gelangten zur kleinen Isola Piana im Norden von San Pietro, und der Admiral befahl, dass die zwei kleineren Galeeren an ihr in östlicher Richtung entlangfahren sollten, während es die *Santa Eulalia* in westlicher Richtung tat.

Auf einmal hörte man die Rufe des Ausguckpostens. Eine sarazenische Fuste, die sich hinter den Felsen versteckt hatte, floh eilig rudernd hinaus, während sie den Mast ihres einzigen Segels aufrichtete, den sie umgelegt hatte, um sich nicht zu verraten. Die Offiziere riefen ihre Befehle, und beim Hornsignal standen die Galeerensträflinge von ihren Bänken auf, um die Ruder mit voller Kraft voraus zu schwingen.

»Wir holen sie nicht ein«, murmelte hinter ihm Jerònim zwischen den Zähnen. »Sie sind schneller.«

Immer, wenn Joan aufstand, um das Ruder ins Wasser zu tauchen, und sich umsah, konnte er tatsächlich sehen, dass die Muslime zunächst den Abstand beibehielten und ihn dann langsam vergrößerten. Der Junge fragte sich erstaunt, warum die Galeere nicht ihre Artillerie einsetzte.

Als er erkannte, dass sie die Fuste nicht einholen würden, beobachtete er den Mittelgang, und als er zwei Offiziere entdeckte, die zum Bug liefen, rief er: »Ich kann diese Fuste mit einer Feldschlange treffen!«

Er sah, wie die Offiziere stehen blieben und ihn überrascht anstarrten. Doch sie liefen weiter, als ihm Garau einen Peitschenhieb verabreichte, der ihm quer auf den Rücken knallte. Zugleich befahl er, er solle rudern und den Mund halten.

Trotzdem schwieg Joan nicht. Nach einer Weile rief er abermals, als der Kapitän Pau de Perelló selbst Richtung Bug an ihm vorbeilief.

»Joan Serra: fünf Peitschenhiebe!«, brüllte Garau.

Kurz darauf befahl der Kapitän, die Verfolgung einzustellen. Die Ruderer ließen sich keuchend und schweißbedeckt auf ihre Sitze fallen und griffen begierig nach ihrem Wasserschlauch. Ein Gefühl der Niederlage schien sich der Mannschaft und sogar der christlichen Galeerensträflinge bemächtigt zu haben.

Als die Schiffe für die Nacht vor Anker gegangen waren und das Feuer in der Kombüse brannte, damit das Essen der Offiziere kochen konnte, kam die Zeit der Strafen. Garau und ein anderer

Aufseher lösten Joans Ketten, zogen ihm das Hemd aus und ließen ihn auf den Mittelgang hochsteigen. Zwei Männer waren zu drei Peitschenhieben verurteilt, weil sie zu langsam gerudert hatten, und Joan sollte fünf wegen Ungehorsams erhalten. Alle an Bord – Offiziere, Matrosen, Soldaten und Ruderknechte – mussten der Bestrafung zusehen. Als der Kommandopfiff ertönte, musste das Rudervolk aufstehen. Sie hätten sonst nichts sehen können, weil sie beim Rudern auf den Bänken unterhalb des Mittelgangs saßen. Man band die Verurteilten der Reihe nach an den Mast. Der Rudermeister verlas das Urteil, und ein Aufseher vollzog die Strafe.

Diese Peitschenhiebe waren ganz anders als die in Barcelona. Joan glaubte, dass sie ihm das Fleisch herunterreißen würden. Der Schmerz ließ ihn aufschreien und einmal sogar den Halt verlieren, so dass er in seinen Fesseln am Mast hing.

»Aber bist du verrückt?«, tadelte ihn Carles, als Joan wieder auf der Bank saß und er ihm die Wunden mit einer Salbe bestrich. »Wenn dir der Aufseher etwas befiehlt, tust du es. Wie kannst du es außerdem wagen, den Kapitän persönlich anzusprechen?«

Joan sagte nichts, doch er stöhnte, als ihm der Junge die nächste blutige Strieme, die seinen Rücken bedeckte, mit Salbe bestrich. Das würde eine sehr lange Nacht werden.

66

Am Abend aß Joan seine Bohnensuppe, als Garau und ein zweiter Aufseher auftauchten und ihm die Ketten abnahmen. Sie befahlen ihm, dass er sich trotz der von der Peitsche hinterlassenen Wunden das Hemd anzog und ihnen auf dem Mittelgang zum Kampanjedeck folgte. Dieses war nicht sehr groß, doch es nahm das Heckende der Galeere ein und war der bequemste Platz des Schiffs, wie ihm Carles schon erzählt hatte. Es lag höher als der übrige Schiffsbau, war überdacht und an den zum Meer gehenden

Seiten geschlossen, allerdings zum Mittelgang und Bug hin offen. Von dort aus wurde das Steuerruder bedient, und dort lebten die Offiziere. Der Admiral hatte eine eigene Kajüte unter Deck, aber sie war klein, und in milden Nächten schlief er ebenfalls auf dem Deck.

Man hatte einen Tisch hergerichtet und das Geschirr des Abendessens bereits abgeräumt. Der Kapitän, der Steuermann, der Rudermeister und der die Truppe des Fußvolks befehligende Offizier saßen um den Tisch und plauderten. Admiral Vilamarí hörte auf einer etwas entfernter stehenden Bank dem Gespräch zu. Ein Musiker spielte auf einer Viola, und man hatte starken Rosenduft versprüht, um den Gestank der Galeerensträflinge zu vertreiben.

»Die Artillerie kann man nur aus kurzem Abstand, vor dem Entern, einsetzen, wenn uns schon das Blut des Feindes bespritzt«, sagte Pere Torrent, der die Truppe kommandierende Offizier. »Sie soll das gegnerische Deck säubern, um den ersten Widerstand zu brechen.«

Joan stand zwischen den beiden Aufsehern, die die Offiziere grüßten. Diese taten so, als sähen sie sie nicht, und setzten ihr Gespräch fort.

»Das gilt auch für unbewegliche Ziele, wie etwa Festungen«, fügte der Steuermann hinzu. »Und für den Fall, dass eine Galeere genau vor uns auftaucht.«

»Nicht einmal dann«, erklärte der Truppenoffizier. »Wenn das Ziel weit weg ist, schießt man immer daneben. Und wenn die Entfernung gering ist, reicht die Zeit zum Abkühlen der Geschütze nicht aus. Wir riskieren, dass wir nicht nachladen können, bevor die anderen über uns herfallen. Die Gefahr ist zu groß. Ich schieße lieber als Letzter und bin meiner Sache sicher.«

»Und was sagt Ihr über ein fliehendes Schiff wie das heute?«, wollte Kapitän Perelló wissen.

»Damit hätte man bloß Schießpulver vergeudet«, antwortete der Rudermeister. »Die Entfernung war zu groß, und die See war unruhig. Man konnte es unmöglich treffen.«

»Was meinst du dazu, Ruderknecht?«, fragte Pau de Perelló und wandte sich dabei an Joan. Zugleich befahl er den Aufsehern mit einer Geste, sich zurückzuziehen.

Joan bemerkte, wie sich alle Blicke auf ihn richteten. Selbst der Admiral beobachtete ihn. Er räusperte sich, bevor er antwortete, dann aber klang seine Stimme nachdrücklich und selbstsicher. Das hier konnte die einzige Chance sein, seine Lage zu verbessern.

»Mit den Feldschlangen hätte ich getroffen.«

Der Truppenoffizier und der Rudermeister lachten schallend.

»Was für eine Dummheit!«, sagte der Offizier. »Das würde nicht einmal der beste Artillerist schaffen. Auf diese Entfernung kann man den Schuss nicht genau ausrichten.«

»Und warum hat die Galeere dann zwei Feldschlangen und eine Kanone an Bord?«, erwiderte Joan lebhaft. »Wenn Ihr keinen Fernschüssen vertraut, so schafft die Feldschlangen weg und stellt Kanonen auf. Die sind auf kurze Entfernung wirkungsvoller.«

Der Offizier starrte Joan fassungslos an. Dieser hatte nicht ihn angesprochen, sondern den Kapitän. Er hatte nicht erwartet, dass der Sträfling antwortete, und noch weniger in einem solch entschiedenen Ton. Ein unbehagliches Schweigen trat ein.

»Wir haben die Feldschlangen, um Häfen zu blockieren und von See aus Städte und Festungen zu belagern«, widersprach schließlich der Steuermann.

»Ist das ein albernes Großmaul!«, fuhr ihn Offizier Torrent an. »Für wen hältst du dich?«

»Diese Galeere wurde auf den Werften Barcelonas gebaut«, antwortete der Junge. »Habe ich unrecht, Herr Kapitän?«

»Nein«, bestätigte Pau de Perelló. »Sie kommt aus Barcelona.«

»Nun, dann habe ich diese Feldschlangen hergestellt und auf den Hängen von Montjuic erprobt.«

Die Offiziere sahen sich verblüfft an. Joan beobachtete den Admiral, der weiter kein Wort sagte – er schien nicht erstaunt zu sein.

»Stimmt das, Junge?«, fragte der immer noch ungläubige Kapitän nach.

»Ja, Herr Kapitän.«

»Und du versprichst, dass du eine Fuste treffen kannst, wenn die Umstände so sind wie heute?«

»Nicht beim ersten Schuss, Herr Kapitän«, erklärte Joan zurückhaltend. »Aber wir haben zwei Feldschlangen, und als wir die Fuste verfolgten, gab es mehrere Gelegenheiten, auf sie zu schießen. Ich hätte sie wenigstens einmal getroffen.«

»Das wirst du probieren müssen«, sagte Pau de Perelló.

»Sehr gern, Herr Kapitän.«

»Aber wenn du uns belügst, reißen wir dir mit Peitschenhieben die Haut ab«, drohte ihm Offizier Torrent.

»Ich muss das Pulver, die Kugeln und den Zustand der Geschütze überprüfen und mich mit den Artilleristen des Schiffs absprechen«, erklärte Joan, ohne aus der Fassung zu geraten. »Außerdem muss ich vorher üben.«

»Einverstanden«, sagte der Kapitän. »Aber zu deinem eigenen Wohl hoffe ich, dass du dich nicht irrst.«

Am nächsten Tag verlangte Joan, Carles als Gehilfen zu bekommen, jedoch ohne Erfolg. Er handelte sich lediglich Spottreden des Rudermeisters ein. Alle wussten von Carles' Neigungen.

Joan musste sich mit den Seeleuten herumschlagen, die die Geschütze bedienten. Sie sahen es als Beleidigung an, Anweisungen von einem Galeerensträfling zu erhalten, und auf seine Fragen antworteten sie nur widerwillig. Doch er kannte diese Feldschlangen gründlich. Sie waren die modernsten Waffen der Artillerie. Man hatte sie aus guter Bronze und einem einzigen Guss hergestellt. Sie wurden an der Rohrmündung geladen, anders als die aus mehreren Eisenstücken bestehenden alten Modelle, die Hinterlader waren und oft platzten. Er überprüfte, ob sich die Zapfen richtig drehten, die das Metallstück auf seine Holzunterlage – die Lafette – stützten und die Höhenrichtung gewährleisteten. Danach verlangte er vom Zimmermann mehrere Veränderungen, damit er die Geschütze einige Grade parallel zum Deck drehen und die horizontale Richtung sichern konnte.

Bald erkannten die Artilleristen, dass Joan ganz genau wusste, was er tat. Von da an arbeiteten sie mit ihm zusammen. Genís, der Steuermann, der Joan offenbar sympathisch fand, unterstützte ihn, und seine Rufe und Drohungen bewirkten, dass die Seeleute am Ende einigermaßen schnell gehorchten.

Joan überzeugte sich, dass die Kugeln einheitlich und vom richtigen Kaliber waren. Er kontrollierte die Qualität des Pulvers in den Fässern und verlangte, dass man gute Stoffbeutel herstellte, die alle genau die erforderliche Pulvermenge enthalten sollten. Er wollte nur das Pulver aus den Fässern benutzen, die mit den Zeichen zweier ihm bekannter Hersteller aus Barcelona versehen waren.

Man warf ein paar leere und gut abgedichtete Fässer ins Meer, die unten ein Gewicht und oben einen Wimpel trugen. Man ließ sie in einer Entfernung schwimmen, wie sie die berberische Fuste hatte, als sie entkam. Das Schiff in Schussposition zu bringen, um das Ziel immer von vorn vor sich zu haben, war eine große Herausforderung für den Rudermeister, der die letzte Verantwortung für die Fahrtrichtung der Galeere trug. Die Manöver erschöpften die Sträflinge.

Joan konnte eine annehmbare Feuergeschwindigkeit erreichen, indem er die beiden Feldschlangen abwechselnd abschoss. Während eine von ihnen zielte, kühlte die andere Mannschaft die zweite mit Wasser aus Eimern und trocknete sie mit Tüchern ab. Dann stieß man durch die Rohrmündung den Pulverbeutel und als Nächstes Werg hinein, um beim Schießen das Austreten von Gasen durch den Raum zwischen Geschoss und Rohr zu verhindern. Nun kam die Kugel, die mit einer weiteren Wergschicht bedeckt wurde. Alles wurde mit dem Kanonenstopfer, einem großen, mit einer Stoffkugel endenden Stock, bis ans Ende gestoßen. Wenn alles fest zusammengepresst war, durchlöcherte man unten den Pulverbeutel von der Luntenöffnung aus und füllte ihn mit noch mehr Pulver. Dann musste man zielen. Joan wusste: In diesem

Augenblick setzte er alles aufs Spiel. Wenn ihm das misslang, hätte er seine große Chance, sich vom Rudern zu befreien, verpasst. Erfolgreiches Zielen war an Land nicht leicht, doch auf dem Meer war es außerordentlich schwierig, denn sowohl das Geschütz als auch das Ziel waren in ständiger Bewegung, was die Zweifel der Offiziere erklärte.

Aber Joan kannte sich nicht nur mit Kanonen aus, sondern seit seinen Kindertagen auch mit Booten, und obwohl eine Galeere viel größer war und deshalb anders hin und her schaukelte, sah er ihren Bewegungsrhythmus zutreffend voraus und ahnte, wann sie sich das nächste Mal zur Seite neigte. Er wusste, wie lange es genau dauerte, wenn man in der Öffnung oben am Kanonenrohr die brennende Lunte ans Pulver hielt, bis es detonierte. Ebenso, wann das Schiff in seinem Auf und Ab den höchsten und den niedrigsten Punkt erreichte. Vorher hatte er das Geschütz dem Abstand und der Parabel entsprechend ausgerichtet, die die Schwerkraft bei der Kugelbahn bewirkte, wie er es in dem italienischen Buch studiert und auf dem Montjuic geübt hatte.

Kein einziger Schuss traf die Fässer, doch nach Joans Ansicht waren sie nahe genug herangekommen, dass sie ein größeres Ziel wie zum Beispiel ein Schiff erreicht hätten. Als er mit der Übung fertig war, kamen trotzdem die Aufseher, brachten ihn zu seiner Galeerenbank und ketteten ihn an.

»Du hast überhaupt nichts getroffen!«, spottete Garau, als er ihn an die Bank kettete. Er klopfte ihm allzu kräftig auf den Rücken. Joan sprang vor Schmerz hoch. Garau hatte ihm auf die von der Peitsche gerissenen Wunden gehauen.

Jerònim, der freiwillige Ruderer, lachte laut, und mehrere Sträflinge taten es ihm nach. Joans kurzzeitiger Aufstieg hatte offenbar weder den Aufsehern noch seinen Rudergefährten gefallen.

»Haben sie nichts gesagt?«, fragte Carles. »Beinahe hättest du doch die Fässer getroffen.«

»Nein, nichts«, antwortete Joan entmutigt.

In dieser Nacht fand er kaum Schlaf. Er war schon an die unbequemen Bänke, den Gestank, die Bisse der Blutsauger und die unmittelbare Nähe von Carles und Amed gewöhnt. Doch zum Schmerz der Peitschenwunden kam das Gefühl eines unwiederbringlichen Versagens hinzu. Was hatte er falsch gemacht? Er hatte kein einziges Ziel getroffen, die Fässer waren einfach zu klein gewesen.

Aber die Offiziere konnten sich nicht die Gelegenheit entgehen lassen, mit ihren Schüssen die fliehenden sarazenischen Galeeren zu erreichen. So blind konnten sie nicht sein. Dann dachte er, dass sie vielleicht doch so blind waren.

67

Die Flottille lichtete am nächsten Tag die Anker, um ihre Fahrt weiter südlich fortzusetzen. Kurz danach sichteten sie zwischen den Inseln San Pietro und Sant'Antioco zwei sizilianische Karavellen, die Weizen nach Valencia transportierten. Ihre Kapitäne erklärten, sie seien von zwei sarazenischen Fusten angegriffen worden, als sie die Südspitze Sardiniens umfahren und die Isola della Vacca erblickt hätten. Die Karavellen hatten das Glück, dass der Südwind ihre Segel blähte, und weil sie sich schnell bewegten und ihre Bordseiten viel höher waren, konnten die kleinen Galeeren sie nicht entern, obwohl sie mehrere Haken zu ihnen hinüberwarfen. Stundenlang hatten die Piraten Jagd auf sie gemacht und mit Kanonen beschossen, aber das Spantenwerk der schweren Karavellen war widerstandsfähiger als das der Fusten. Diese waren sehr wendig, hatten jedoch nur zwei Kanonen, und da die Karavellen über kleine Falkonette, mehrere Arkebusen und ein paar Armbrustschützen verfügten, trafen sie die sarazenischen Schiffe immer, wenn diese gerade entern wollten. Schließlich gaben sie auf.

Auf eine solche Nachricht hatte Admiral Vilamarí gewartet. Er kannte diese Gewässer und die Taktik der Piraten genau. Er nahm an, dass sie die schroffe und unbewohnte Isola della Vacca als Ausguck benutzten und ihre Fusten hinter ihr versteckten. Er ließ seine Galeeren zur Meerenge zwischen Sant'Antioco und der Isola della Vacca fahren. Bevor Vilamarí die Isola della Vacca sichtete und die Piraten sie entdecken konnten, schickte er seine zwei kleineren Galeeren aus. Sie sollten durch die Meerenge fahren, während er mit der *Santa Eulalia* die Vulkaninsel Isola del Toro ansteuerte. Ihre Größe entsprach der Isola della Vacca, doch sie war noch steiler und lag weiter südlich. Ihr hoher Berggipfel bot einen vollkommenen Ausblick auf den südlichen Teil der Inseln Sant'Antioco und Vacca und auf eine weite Meeresfläche. Wenn die berberischen Piraten bei der Isola della Vacca waren, wie der Admiral vermutete, würden sie nach Süden zur Isola del Toro fliehen, sobald sie von den zur Meerenge geschickten Galeeren gejagt wurden.

Als sie zur Isola del Toro kamen, nahm man an diesem sonnigen Tag, dessen Himmel mit weißen Wolken getüpfelt war, die Küste Sardiniens nur als eine blaugraue Linie am Horizont wahr. Die Galeere ankerte an der Südseite der kleinen Insel und schickte die mit ein paar Männern besetzte Schaluppe los. Sie kletterten den spärlich bewachsenen Berg hinauf, aus dem die Insel bestand, und als sie den Gipfel erreicht hatten, warfen sie sich auf die Erde, damit man sie vom Norden aus nicht sehen konnte. Dann legten die Aufseher den muslimischen Galeerensklaven ein zusätzliches Fußeisen an. Nun waren sie an beiden Fußknöcheln und einem Arm mit dem Schiff verbunden.

Hierauf wurden an die Ruderknechte ein weiterer Wasserschlauch und Zwieback verteilt, und anstelle der Kichererbsen- oder Bohnensuppe füllte man ihnen den Napf mit Wein, denn man wollte den Herd in der Kombüse nicht anzünden.

»Da werden sie uns eine üble Plackerei beim Rudern zumuten!«, murmelte Jerònim von hinten, und mehrere Sträflinge bestätigten dies unzufrieden murrend.

Bald würden sie in den Kampf eintreten, dachte Joan, während er gierig den Zwieback aß und seinen Wein trank. Der Kapitän kümmerte sich nicht um ihn. Ihn befiel tiefe Mutlosigkeit. Er hatte seine Chance verpasst. Carles blickte ihn wortlos an, und Joan erriet seine Gedanken – sie waren die gleichen wie seine.

»Sie holen mich nicht«, sagte er so leise, dass ihn nur sein Gefährte hören konnte.

»Mach dir keine Sorgen. Das tun sie schon noch«, tröstete ihn Carles. »Sie dürfen die Piraten nicht entkommen lassen, und du hast bewiesen, dass du sie mit einer Feldschlange treffen kannst. Allerdings sind sie ungeheuer überheblich und ertragen es nicht, dass ihnen ein Galeerensträfling beibringt, wie man die Dinge tun muss.«

Er packte ihn an der Schulter und drückte sie in einer ermutigenden Geste. Von hinten pfiff jemand höhnisch, und man hörte Gelächter und Witze.

Carles drehte sich um, warf den anderen einen kurzen herausfordernden Blick zu und fuhr sie an, sie sollten zum Teufel gehen. Die anderen lachten abermals. Doch die Zeit verging, und das Warten dehnte sich endlos. Verzweifelt legte Joan seine Arme auf die Knie und die Stirn auf die Arme.

Kurz darauf erklang ein Pfiff, und man benachrichtigte sie vom Berggipfel aus, dass sich Schiffe näherten. Noch waren sie weit entfernt. Dann meldete man genauer: Zwei kleinere Schiffe, denen zwei größere folgten, ruderten heran. Keines hatte ein Segel aufgespannt. Vom Kampanjedeck waren freudige Ausrufe zu hören. Die Kriegslist hatte gewirkt: Alles deutete darauf hin, dass die Piraten direkt auf sie zukamen. Aber nichts rührte sich. Die Männer warteten gespannt und schienen die Luft anzuhalten.

Als die Ausguckposten meldeten, dass die Schiffe noch ungefähr zwanzig Minuten entfernt waren, erteilte der Kapitän erste Befehle. Es begann eine fieberhafte Tätigkeit. Man lichtete die Anker, hielt aber das Schiff, das von den Rudern bewegt wurde, weiter versteckt. So veränderten die sich nähernden Schiffe zwar ihre Position gegenüber der Insel, doch die Galeere, die den Anweisungen der Ausguckposten folgte, hielt sich hinter dem Berg in Deckung. Dies machte behutsame und genaue Bewegungen erforderlich.

»Der Kanonier soll kommen!«, hörte Joan jemanden vom Kampanjedeck aus rufen.

Sein Herz machte einen Satz. Meinten sie ihn? Carles klopfte ihm auf die Schulter und zeigte lächelnd mit dem Finger auf ihn.

Garau kam und nahm ihm die Ketten ab. Ein freiwilliger Ruderer nahm seinen Platz ein. Sobald Joan frei war, sprang er mit einem Satz auf den Mittelgang und lief zum Kampanjedeck. Er spürte, wie ihm die Beine zitterten.

»Zu Ihren Diensten, Kapitän.«

»Beweise, was du kannst.«

Joan verlor keine Zeit. Er lief zum Bug, um die Feldschlangen vorzubereiten. Einen Teil der letzten Anweisungen musste er mit Gesten erteilen, denn der Kapitän hatte Schweigen befohlen. Aber das war kein Problem, weil alle ihre Aufgabe kannten.

Auf einmal ertönte das Horn und befahl: »Volle Kraft voraus!« Die Galeere richtete sich nach dem Rhythmus der großen Trommel und schoss in vollem Tempo los. Einen Augenblick später, als sie die Deckung der Insel verließen, konnte Joan die Fusten sehen: Sie waren ziemlich nahe, direkt vor dem Bug. Und er erblickte auch die Galeeren der Flotte, die sie verfolgten. Er konnte sogar hören, dass man auf den Fusten eine Kursänderung befahl, und er sah, wie beide nach Westen wendeten, um der *Santa Eulalia* auszuweichen, die von Steuerbord auf sie zukam. Sie führten das Manöver sehr schnell aus, aber sie konnten es nicht vermeiden, dabei Zeit zu verlieren. Nun sah Joan ihr Heck. Allerdings vermochte die Mannschaft, die seit wenigstens einer Stunde mit voller Kraft voraus ruderte, auf bewundernswerte Weise den Abstand beizubehalten. Die Sarazenen bestätigten ihren Ruf, gute Ruderer zu sein. Innerhalb kurzer Zeit würden sie allmählich selbst der *Santa Eulalia* gegenüber größeren Abstand gewinnen. Trotzdem befanden sie sich noch in Schussweite der Feldschlangen.

Joan merkte, dass ihm die Hände zitterten und er einen Kloß im Hals hatte, als er das erste Geschütz ausrichtete. Nachdem er die Bewegung der Galeere abgeschätzt hatte, hielt er die brennende

Lunte an die obere Öffnung der Feldschlange. Kurz darauf war das Krachen zu hören, und der vertraute Pulverdampf stieg ihm in die Nase. Er liebte diesen Geruch und auch das Brüllen der Kanone. Diese gewohnten Empfindungen gaben ihm seine Selbstsicherheit zurück. Er war ein großartiger Artillerist, und das musste er nur noch beweisen.

Das Geschoss stürzte auf der Steuerbordseite ins Wasser, ziemlich weit vom Schiff entfernt. Aber wenigstens die Höhe hatte gestimmt. Joan versuchte es noch einmal mit der zweiten Feldschlange, und dieser Schuss landete nach Backbord im Wasser. Die Seeleute, die ihm halfen, begannen zu murren. Joan musste warten, dass man das erste Geschütz mit Wasser aus Eimern abkühlte. Als er die Hand auf das Metall legen konnte, ließ er es abtrocknen, und man lud nach. Der Schuss ging wieder daneben, und das Ziel entfernte sich allmählich. Joan schluckte seinen Ärger herunter – ihm blieben nur noch wenige Möglichkeiten. Die zweite Feldschlange war inzwischen bereit. Joan stellte seine Berechnungen an. Der Schuss krachte, und eine Splitterwolke stieg an der Steuerbordseite der Fuste auf. Der Triumphschrei, der sich auf der Galeere erhob, machte es unmöglich, die Rufe der Sarazenen zu vernehmen. Die Kugel war zwischen den Ruderern eingeschlagen, und obwohl sie ungefähr zwanzig Pfund wog, hatte sie keinen großen Schaden angerichtet. Allerdings hatte sie ein paar Männer verletzt. Die Fuste neigte sich nach Steuerbord und verringerte kurzzeitig die Fahrt, doch unverzüglich ersetzte man die Verwundeten und floh beinahe mit der gleichen Geschwindigkeit weiter. Trotzdem hatte sich etwas Entscheidendes verändert. Alle wussten jetzt, dass die Galeere die Fuste treffen konnte.

Von den nächsten Schüssen trafen der dritte und der fünfte. Der eine erreichte das Kampanjedeck und der andere die Ruderbänke. Als der sechste Schuss im berberischen Schiff einschlug, verkürzte die Galeere allmählich den Abstand zu der getroffenen Fuste.

»Schieß auf die andere«, hörte Joan.

Er drehte sich um. Der Kapitän selbst hatte zu ihm gesprochen.

Nun verstand er, dass sie mit der *Santa Eulalia* die andere Fuste erreichen und die erste den anderen beiden Galeeren als Beute überlassen wollten.

»Sie ist sehr weit entfernt, Herr Kapitän«, gab Joan zu bedenken.

»Gehorche, und sieh zu, dass du triffst«, forderte Kapitän Perelló.

Erst beim vierten Schuss traf Joan sein neues Ziel. Auf der Fuste kam es vorübergehend zu Unruhe, doch sie floh weiter und gewann Abstand. Joan brauchte noch fünf Schüsse, bis er wieder traf, die Verfolgung dauerte schon über zwei Stunden. Der Rudermeister bemühte sich, das Rudertempo beizubehalten. Man hörte Schreie, Flüche und Peitschenhiebe, doch das Tempo der Fuste nahm ab. Die meisten berberischen Ruderer waren Freiwillige, die bei Kämpfen zu den Waffen griffen. Für sie standen Leben und Freiheit auf dem Spiel, und darum strengten sie sich aufs Äußerste an, während sich auf der Galeere die Erschöpfung deutlicher bemerkbar machte.

Als die Fuste schon beinahe über die Reichweite der Feldschlange hinausgelangt war, krachte endlich eine Explosion an Bord. Sie war nicht sehr stark, doch sie hatte gewiss einige Männer verletzt, weil das Schiff endlich seine Geschwindigkeit verringerte.

»Jetzt gehört sie uns!«, schrie der Kapitän, und er trieb mit seinen Rufen den Rudermeister an und dieser die Aufseher. Peitschenhiebe klatschten auf die Rücken der Galeerensträflinge.

Als sie schon an ihre Beute herangekommen waren, hörte man Schüsse: zwei Arkebusen, die die Sarazenen am Heck postiert hatten. Doch der vordere Seitengang der Galeere diente als kleines Vorderkastell, das die Mannschaft schützte. Als sich der Abstand verkürzte, stellte man auf der Galeere ein halbes Dutzend Arkebusen am Bug auf und beschoss damit das feindliche Schiff, während die Pfeile der Sarazenen keinen Schaden anrichteten. Als das Entern unmittelbar bevorstand, lud Joan die Kanone, doch anstelle von Kugeln stopfte er Säckchen voller Nägel und Ketten hinein. Man wollte der Besatzung und nicht dem Schiff schaden.

Einige Sekunden, bevor sie das Heck der Fuste stürmten, feuerten die drei Geschütze der Galeere gleichzeitig los und säuberten das Deck von Feinden. Die vom Offizier Torrent befehligten Fußsoldaten rannten über den Rammsporn und enterten die Fuste unter lautem Geschrei. Von ihren Schilden geschützt und mit eingelegten Piken nahmen sie unverzüglich das kleine Kampanjedeck ein. Dann kämpften sie Mann gegen Mann weiter. Der Kapitän stellte bewaffnete Seeleute hinter den Fußsoldaten auf, doch sie waren nicht notwendig. Der Kampf dauerte lediglich ein paar Minuten. Die Fuste war nicht einmal halb so groß wie die Galeere und hatte nur zwölf Ruderbänke. Die Sarazenen wehrten sich zwar tapfer, hatten aber viele Verwundete, und sie waren von den langen Stunden erschöpft, in denen sie mit letzter Kraft gerudert hatten.

Von den einhundertvierzig Männern der Fuste starben sechsundvierzig im Kampf, und die fünfundzwanzig Schwerverletzten wurden über Bord geworfen. Unter den Überlebenden waren zweiundzwanzig christliche Sklaven, die ihre Freiheit erhielten, die unverletzten oder leicht verwundeten Muslime wurden in Ketten gelegt. Sie ruderten auf ihrer eigenen Fuste unter dem Kommando des Steuermanns Genís und wurden von einem großen Teil der Truppe bewacht. Alle außer den muslimischen Galeerensklaven feierten den Sieg, und die Sträflinge bewirtete man mit einem zusätzlichen Bohnengericht, Wasser und einem Napf Wein.

Niemand bedankte sich bei Joan. Zwei Aufseher brachten ihn wieder zu seiner Bank, wo man ihm die Ketten anlegte. Jerònim und sein Gefährte Sanç klopften ihm auf die Schulter, diesmal wohlwollend: »Gute Arbeit, Kanonier!«

68

Sie nahmen Kurs auf Toro, weil sie sich mit den anderen Schiffen vereinen wollten. Nach einer mehrstündigen ruhigen Fahrt trafen sie mit ihnen zusammen. Man hatte die andere Fuste überwältigt, ohne dass ein Christ ums Leben gekommen war, und alle waren höchst zufrieden.

Der Wind war günstig, und sie fuhren nur mit dem aufgespannten Segel, damit sich die Sträflinge erholen konnten. Nachdem sie die Ausguckposten in Toro abgeholt hatten, segelten sie nach Cagliari, der Hauptstadt Südsardiniens. Die Stadt empfing sie mit Salutschüssen, Hörnern und Trompeten. Als die Einwohner erfuhren, dass man die Piraten gefangen genommen hatte, bekundeten sie laut ihre Freude, denn die Piratenangriffe hatten die Stadt zermürbt. Sie blieben nur zwei Tage, um Wasser, Proviant und Pulver aufzufüllen. Außerdem verkauften sie eine Fuste und mehrere Sklaven. Dann fuhr die Flotte weiter nach Alghero.

Dort erwartete Joan ein Brief. Sein Herz klopfte schneller, als der Aufseher seinen Namen rief und den Brief zu der Bank brachte, wo er angekettet war. Er machte sich Sorgen, dass es sich um schlechte Nachrichten handeln könnte. Die Arbeit eines Gießers war gefährlich, und er betete, dass es Gabriel gutging.

Es kam sehr selten vor, dass ein Galeerensträfling einen Brief erhielt. Beinahe keiner von ihnen konnte lesen, und alle waren sehr interessiert an diesem Ereignis.

»Wir wollen wissen, was darin steht!«, sagte einer.

»Lies ihn laut vor!«, verlangte Jerònim.

»Ich will auch einen Brief!«, brüllte ein Dritter.

»Lasst ihn in Ruhe!«, verteidigte ihn Carles. »Womöglich sind es schlechte Neuigkeiten.«

Joan wollte den Brief allein lesen. Er steckte ihn in seinen Beutel, weil er abwarten wollte, dass sich die Aufmerksamkeit der Ruderknechte etwas anderem zuwandte.

Endlich konnte er das Siegel auf dem roten Lack prüfen. Es war das Bartomeus. Er öffnete den Brief und sah, dass drinnen ein weiterer, nicht versiegelter, aber sorgfältig zugeklebter Brief verwahrt war. Das Herz schlug ihm zum Zerspringen, als er Annas Schrift erkannte.

Zuerst las er den Brief Bartomeus. Der Kaufmann kündigte Annas Brief an und teilte ihm danach mit, dass seine Frau an der Pest gestorben war. Doch Joans Bruder Gabriel, Abdalá und die übrigen Bekannten waren bei guter Gesundheit und ließen ihm ihre besten Wünsche ausrichten. Sie sprachen ihm Mut zu, damit er seine Strafe gut überstand. Er setzte hinzu, er hoffe, dass der Aufseher Garau sein Versprechen halte, mit dem Geld, das man ihm vor der Abfahrt aus Barcelona bezahlt habe, Joan wenigstens viermal in der Woche eine zusätzliche Ration Fleisch zu geben.

Joan hatte nichts bekommen, und das überraschte ihn nicht. Er wusste, dass Garau ein niederträchtiger Kerl war. Doch die Sache mit dem Essen machte ihm in diesem Augenblick die geringsten Sorgen. Seine Aufmerksamkeit und Hoffnung richteten sich vollständig auf den kleinen Brief, den er in der Hand hielt, ohne es zu wagen, ihn zu öffnen. In dem letzten Schreiben, das Joan vor seiner Abfahrt aus Barcelona an Anna geschickt hatte, hatte er seine Verurteilung zur öffentlichen Schmach und zu den Galeeren nicht erwähnt. Er rechnete nach, wie viel Zeit seitdem vergangen war, und stellte fest, dass die Antwort unmöglich schon eingetroffen sein konnte. Nein, Anna hatte diesen Brief abgeschickt, bevor sie seinen letzten erhalten hatte. Vielleicht hatte sie von seiner Verurteilung erfahren.

Er spürte, wie sich ihm die Brust vor Angst zusammenschnürte. Er riss den Umschlag auf.

Lieber Joan! Ihr wisst, dass mein Herz und all meine Gedanken Euch und der Liebe gelten, die Ihr in mir geweckt habt und die ich erwidere.

Joan seufzte erleichtert auf.

Aber das Unglück überwältigt mich, weil mein Vater die Hochzeit mit einem vermögenden Witwer vereinbart hat. Ich habe alles Mögliche getan, um andere Bewerber und auch diesen abzuweisen. Doch meine Eltern erklären, dass sie meine Launen nicht länger ertragen. Ich müsste seit Jahren verheiratet sein, und sie würden mir keine weiteren Ausflüchte und Verzögerungen erlauben. Ihr seid so weit weg, mein Liebster! Glaubt mir, dass ich diese Heirat nicht will, aber ich kann mich nicht länger weigern. Es ist meine Pflicht als Tochter zu gehorchen.

Ich weiß nicht, wie ich Euch sagen soll, dass es mir unendlich leidtut und dass ich von ganzem Herzen wünschte, die Freuden der Liebe in Euren Armen kennenzulernen. Doch Ihr sollt wissen, dass mein Herz stets Euch gehören wird.

Ich werde für Euch beten, und ich bitte Euch flehentlich, dass auch Ihr für diese Unglückliche betet, die ihre Seele und all ihre Tränen diesem Schreiben anvertraut.

Anna

Joan erstarrte mit dem Brief in der Hand. Seine Augen füllten sich mit Tränen, während er ihn noch einmal las. Seine schlimmsten Befürchtungen waren eingetreten. Er hatte so lange in Barcelona ausgeharrt, anstatt Anna sofort nach Neapel nachzureisen. Er hatte sich damit entschuldigt, dass es ihm an Mitteln fehlte und dass er auf die Flotte Vilamarís warten musste, um zu erfahren, wo sich seine Familie aufhielt. Wie dumm er gewesen war!

Joan hatte nichts herausgefunden, sondern war zudem auch noch in Ketten gelegt worden. Er wollte den Brief abermals lesen, doch die Tränen gestatteten es ihm nicht. Voller Wut zerriss er ihn und warf die Fetzen über Carles' Kopf hinweg ins Meer. Sofort bereute er es. Es war Annas letzter Brief gewesen! Man zwang sie zu heiraten, und er war angekettet und konnte nichts tun! Er verspürte maßlosen Zorn auf sich selbst.

Er sprang auf und zerrte so lange schreiend an seinen Ketten, um sie herunterzureißen, bis seine Hände und sein Fußknöchel bluteten.

Carles wollte ihn festhalten, damit er sich nicht mehr verletzte, doch er stieß ihn heftig an die Bank. Voller Zorn schlug er nun mit dem Kopf ans Ruder.

»Helft mir!«, flehte Carles. »Er bringt sich noch um!«

Amed packte ihn am linken Arm. Joan wehrte sich verzweifelt, um von ihm loszukommen, während ihn Carles wieder packte. Jerònim und Sanç hielten ihn von hinten fest, und die Männer auf der vorderen Bank halfen ihnen.

»Beruhige dich, Junge!«, sagte Jerònim.

Joan war von Armen umschlungen, die ihn festhielten, er konnte nur noch zum Himmel blicken. Das tat er mit einem wütenden, bekümmerten und verzweifelten Schrei.

Der Galeerensträfling ein paar Bänke weiter, der nie einen Brief erhalten hatte und kurz zuvor noch einen haben wollte, sagte zu seinem Gefährten, er habe es sich anders überlegt. Er wolle keinen Brief wie diesen haben, auf gar keinen Fall.

69

Joan beantwortete den Brief nicht. Er konnte es nicht. Was sollte er Anna auch sagen? Die einzige angemessene Antwort wäre es gewesen, sofort nach Neapel zu fahren und Anna zu bitten, mit ihm zu fliehen. Das wäre Wahnsinn, doch das einzig Würdige, was sein Herz ersehnte und was Anna, so schien es, ihm mit ihren Zeilen sagen wollte. Stattdessen war er mit Eisenfesseln an dieses verdammte Holz gebunden. Er konnte nichts tun und wurde von Mutlosigkeit überwältigt. Wozu sollte er noch leben, ohne die Hoffnung, sie zu bekommen? Er dachte nach und sagte sich, dass ihm ja noch seine Familie blieb, dass er seine Mutter und seine Schwester befreien musste und dass dies ein ausreichender Grund war, weiterzukämpfen.

Als er sich beruhigt hatte, gelobte er, dass er Anna dennoch suchen würde, sei sie nun verheiratet oder nicht. In seinem Buch notierte er, was er dem Mädchen noch nicht schreiben konnte.

»Ich liebe Euch, Anna. Ich werde Euch immer lieben, und nichts wird mich zurückhalten, bis ich Euch in den Armen halte.«

Die Flotte patrouillierte an den Inseln der Meerenge von Bonifacio und des Maddalena-Archipels nach Norden. Es war eine Meeresgegend mit klarem, durchsichtigem Wasser, die Joan an die Küste vor seinem Dorf erinnerte. Sie entdeckten keine weiteren Piraten und Korsaren, die diese Gewässer oft durchkreuzten. Es schien, als wären sie verschwunden, weil die Anwesenheit der Flotte sie alarmiert hätte. Da es keinen Kampf gab, blieb Joan in Ketten. Doch darauf kam es ihm nicht mehr an. Tatsächlich freute ihn das Rudern. Die körperliche Anstrengung milderte seinen Schmerz und seine Trauer.

Unter den Galeerensträflingen verbreitete sich ein Gerücht, das Joan in noch tiefere Verzweiflung stürzte. König Ferdinand hatte wohl dem Admiral befohlen, sich bei seiner Fahrt nach Neapel nicht allzu sehr zu beeilen. Wenn er unter den Piraten vor Sardinien aufgeräumt habe, solle er das Gleiche auf Sizilien tun. Für Joan war dies fast eine Erleichterung. Er wollte sich nicht vorstellen, wie qualvoll es wäre, wenn er im Hafen von Neapel angekettet in einer Galeere sitzen würde und wüsste, dass seine Liebste ganz nahe war.

Bevor die Flotte nach Sizilien fuhr, ankerte sie wieder vor Alghero. Dort nahm sie Proviant auf, und die Offiziere wurden mit Bällen und abendlichen Empfängen geehrt. In dieser Nacht blieben auf dem Schiff nur die Sträflinge unter der Aufsicht Garaus und einiger Wachsoldaten zurück. Diese nutzten die Abwesenheit der Offiziere und würfelten auf dem Kampanjedeck.

Da tauchte Garau zusammen mit Jerònim im Mittelgang auf. Dieser war ein freiwilliger Ruderer und darum nicht angekettet. Wenn man danach urteilte, wie sie redeten und lachten, hatten sie ziemlich viel getrunken.

Sie blieben bei Joan stehen, flüsterten und lachten, und dann gingen sie zur Bank dahinter, zu der Jerònims. Joan blickte Carles an und sah, dass dieser sehr angespannt war. Er hatte Angst. Der Junge schüttete seinen Segeltuchbeutel schnell vor seinen Füßen aus. Für etwas anderes blieb ihm keine Zeit. Jerònim packte ihn an der Schulter und zog ihn zu sich.

»Lass mich los!«, schrie Carles.

Mehr konnte er nicht rufen. Sanç, Jerònims Kumpan, warf trotz seiner Ketten den Jungen auf seine Knie. Sie mussten es vorher geplant haben. Garau lachte und stopfte ihm inzwischen gewaltsam ein paar Lappen in den Mund, um ihn zum Schweigen zu bringen.

»Du überlässt uns ein Weilchen deine Liebste, nicht wahr?«, wandte sich Jerònims Säuferstimme an Joan.

Jerònim und Sanç rangen mit Carles, während ihm der Aufseher die Ketten abnahm.

»Was macht ihr mit ihm?«, fragte Joan entsetzt.

»Du halt den Mund, wenn du weiterleben willst!«, bedrohte ihn Garau.

Joan wehrte sich verzweifelt, doch sie waren drei kräftige Männer, und im Nu zogen sie ihm Hose und Hemd aus. Sein milchweißer Körper hob sich im Halbdunkel ab.

Die Männer lachten, und Jerònim sagte: »Wehr dich nicht. Wir wissen ja, dass es dir gefällt, du Sodomit.«

Joan zögerte einen Augenblick. Er hatte Angst. Er wusste, dass es für ihn keine Gerechtigkeit gäbe, wenn er Carles verteidigen würde. Man würde ihn bestrafen, und all seine Hoffnungen, dass sich seine Lage bessern würde, dass man seinen geschickten Umgang mit den Feldschlangen anerkannte und ihm erlaubte, seine Liebste in Neapel zu besuchen, würden dahinschwinden. Doch er fühlte, dass er seinen Freund nicht im Stich lassen durfte. Wenn er ihm nicht half, würde ihn die Erinnerung an seine Feigheit sein ganzes Leben lang verfolgen.

Sobald er sich entschlossen hatte, verwandelte sich seine Angst in Wut. In eine gewaltige Wut.

Er hatte eine Kette am rechten Fuß und eine am linken Arm, doch er konnte sich mit ihnen einigermaßen frei bewegen. Er war stämmiger als alle seine Gegner, und sie ahnten nicht, was er vorhatte. Er machte mit dem linken Bein einen Schritt zur Bank hinter sich, holte aus und konzentrierte seine ganze Kraft in einen einzigen wütenden Faustschlag, mit dem er Garau ins Gesicht traf. Dieser fiel rücklings in die Arme der Ruderknechte auf der nächsten Bank. Ohne ihm Zeit zu einem Gegenangriff zu lassen, legte Joan die Kette seines linken Arms um Jerònims Hals, zerrte ihn zu seiner Bank und würgte ihn. Sanç ließ Carles los, um seinem Kumpan zu helfen, und der Junge stürzte sich auf die Gegenstände aus seinem Beutel, die am Boden verstreut lagen.

Joan hatte gesehen, dass Carles in den Ruhepausen darin herumhantiert hatte, obwohl er sich bemühte, seine Bewegungen zu verbergen. Joan hatte so getan, als blicke er nicht hin, doch er wusste, dass Carles seine Eisenketten als Werkzeug benutzte. Als er sah, wie der andere einen langen, spitzen Holzspan packte, den er aus der Bank gerissen hatte, begriff er, womit sich Carles abgemüht hatte.

Mit verzweifelter Wut stürzte sich der Junge auf Garau und verletzte ihn mit mehreren Stichen. Als Erstes traf er ihn am Hals. Carles war so schnell und Joan ließ Jerònim so langsam los, dass der Junge, als Joan reagierte, auch dem freiwilligen Ruderer schon mehrmals seinen Span in die Eingeweide gestoßen hatte.

»Verzeih mir, verzeih!«, flehte Jerònim.

Sanç versuchte inzwischen, so weit wegzurücken, wie es ihm seine Ketten erlaubten, damit ihn der Junge nicht auch noch verletzen würde. Aber Carles beachtete ihn gar nicht und drehte sich um, um Garau vollends zu töten. Der Aufseher lag auf dem Deck und rührte sich nicht, als ihn weitere Hiebe trafen. Die Schnitte hatten ihm die Halsschlagader durchgetrennt, und er blutete wie ein abgestochenes Tier.

Carles lief zu Jerònim zurück, der sich auf dem Boden zusammengekauert hatte, und wollte ihm seine Waffe abermals ins Fleisch stoßen. Der freiwillige Ruderer schrie laut auf. Doch die Spitze des Holzmessers war schon abgestumpft, und Carles warf den Span auf den Boden. Er, der immer noch nackt war, blickte seinen Freund mit einem tragischen Lächeln an.

»Dafür werden sie uns hinrichten«, murmelte Joan.

70

Als die Offiziere aufs Schiff zurückkamen, entdeckten sie, dass der Aufseher tot war und der freiwillige Ruderer eine klaffende Bauchwunde hatte. Der Bordarzt schüttelte besorgt den Kopf. Das war keine saubere Wunde wie die von einer Stoßwaffe. Er entdeckte Splitter in den Eingeweiden des Mannes und erklärte, die Wunde werde sich gewiss verunreinigen. Er irrte sich nicht, als er den Tod Jerònims ankündigte.

»Du bist in diese Geschichte hineingeraten, weil du mir geholfen hast«, sagte Carles, als sie ihn wieder an die Bank anketteten. »Seit langem habe ich auf den Moment gewartet. Ich wusste, dass sie es auf mich abgesehen hatten. Aber ich habe nicht mit deiner Hilfe gerechnet. Dafür danke ich dir. Ich allein bin für den Tod des Aufsehers und für Jerònims Verletzungen verantwortlich. Ich werde aussagen, dass du es verhindern wolltest, aber nicht konntest. Du musst es genauso darstellen. Wenn du gestehst, dass du Garau geschlagen hast, verurteilen sie dich zum Tode.«

Am nächsten Morgen, nach dem Frühstück, trat Kapitän Perelló als Richter auf. Das Kampanjedeck wurde zum Gerichtssaal, wo nur die Offiziere anwesend waren. Nacheinander und einzeln vernahm er mehrere Ruderknechte als Zeugen. Dann verhörte er die beiden Angeklagten. Joan erklärte, wie es ihm Carles angeraten hatte, er habe dessen Angriff auf den Aufseher verhindern wollen, und das sei ihm nicht gelungen. Doch er betonte auch nachdrücklich, dass sich der Junge lediglich gegen die Sodomiten verteidigt hätte, die ihn vergewaltigen wollten.

»Auf meinem Schiff gibt es keine Sodomiten«, widersprach der Kapitän.

Der Junge begriff nun, was er schon geahnt hatte. Dem Kapitän kam es nicht auf Gerechtigkeit an, vielmehr wollte er die Ordnung auf der Galeere aufrechterhalten und der Autorität größeren Respekt verschaffen. Dieser Offizier wusste sehr wohl, dass man sich auf dem Schiff wie auf so vielen anderen höchstwahrscheinlich der Sodomie ergab. Doch davor verschloss er die Augen, solange man sich an die Regeln hielt. Und Admiral Vilamarí, der auf seiner Bank etwas abseits saß und dem Gerichtsverfahren zuschaute, ohne einzugreifen, war ganz gewiss derjenige, der diese Regeln festlegte.

Die Aufseher brachten kurz danach Carles, Joan und Sanç zum Großmast auf dem Mittelgang. Als die Mannschaft die Trommelwirbel hörte, kam sie an Deck. Die Galeerensträflinge richteten sich auf, um die exemplarische Strafe mit anzusehen, die man ausüben würde.

Der Rudermeister verlas das Urteil: »Dreihundert Peitschenhiebe für den Sträfling Carles, der danach am Hals bis zu seinem Tode aufgehängt wird, weil er einen Aufseher angegriffen und getötet hat. Zehn Peitschenhiebe für die Sträflinge Sanç und Joan, weil sie ihn nicht zurückhalten konnten, obwohl sie es versucht haben.«

Carles sah Joan an.

»Danke, dass du mir geholfen hast«, sagte er. »Es sind nur zehn Peitschenhiebe. Die wirst du überleben.«

»Es tut mir sehr leid«, antwortete Joan bekümmert. »Das ist eine große Ungerechtigkeit.«

»Ich habe dir schon gesagt, dass ich nicht lebend von hier wegkomme.« Er umarmte ihn.

Joan hielt ihn umschlungen, bis man sie trennte und ihn an den Großmast band. Er stellte überrascht fest, dass es keine Pfiffe, Spottreden und Lachsalven gab. Alle fanden sich wortlos mit der Umarmung ab. Sowohl das Rudervolk als auch die übrige Mannschaft wusste, was tatsächlich vorgefallen war, und Carles hatte ihre Achtung gewonnen.

»Du warst mein bester Freund«, sagte der Junge.

Joan und Sanç wurden als Erste ausgepeitscht, während Carles beim Pfarrer beichtete und die Absolution erhielt. Bei alldem blieb er bewundernswert ruhig. Dann zog man ihn nackt aus und band ihn so an den Mast, dass er dem Henker den Rücken zudrehte. Die Strafe begann.

Carles hatte eine strahlend weiße Haut und rundliche Formen, und wäre sein Haar nicht kurzgeschoren gewesen, so hätte man ihn von hinten für ein Mädchen halten können. Die ersten Peitschenhiebe zerfetzten seine zarte Haut. Doch im Gegensatz zu dem Gebrüll, das Sanç ausgestoßen hatte, als er die Hiebe abbekam, oder zu den Klagelauten, die Joan herausgerutscht waren, gab Carles außer einem tiefen Seufzer nichts von sich.

Es war das letzte Mal, dass er seine Würde bekundete.

Die Peitsche riss tiefe Wunden. Das Fleisch platzte auf, als würde es von Messern aufgeschlitzt, und das Blut rann vom Rücken hinunter und bildete Pfützen zu seinen Füßen. Es herrschte absolute Stille. Nur die Hiebe waren zu hören. Joan stand auf dem Mittelgang, nicht weit von dem Jungen entfernt. Er hatte feuchte Augen und bohrte sich voller Wut und Schmerz die Fingernägel in die Handflächen.

Kurz darauf hing Carles in seinen Fesseln. Er bewegte sich wieder, und Joan nahm an, dass er bewusstlos war und bald verbluten würde. Er hatte nicht einmal fünfzig Hiebe erhalten, aber die Aufseher, die sich bei der Bestrafung ablösten, schlugen weiterhin auf den regungslosen Körper ein, bis sie den dreihundertsten Hieb ausgeführt hatten. Das aufgerissene Fleisch gab die Rückenknochen frei.

Als man Carles losband, sank er in seine eigene Blutpfütze. Die Aufseher legten ihm einen Strick um den Hals. Sie zwangen Joan, Sanç und zwei weitere Sträflinge, an dem Seil zu ziehen, bis die Leiche weit oben am Mast hing. Dort würde man sie hängen lassen, um zu demonstrieren, welche Strafe einen meuternden Galeerensklaven erwartete. Der Tod war nicht genug. Die Überreste sollten verwesen und den Seevögeln zum Fraß dienen.

Der Körper schwang hin und her, wie es den Bewegungen des Schiffes entsprach, und während er schaukelte, rann weiterhin

Blut aufs Deck. Mehrere Tropfen dieses purpurroten Regens trafen Joan, der für die Seele seines Freundes betete, während er an dem Strick zog, der ihn hochsteigen ließ.

71

Nach der Hinrichtung setzte man zwei freiwillige Ruderer auf die Plätze von Carles und Jerònim. Die Flotte nahm Kurs nach Süden, zu den Inseln San Pietro und Sant'Antioco, um von dort aus nach Sizilien weiterzufahren.

Am zweiten Tag kam der Rudermeister persönlich zu Joan, zusammen mit einem Aufseher, der seine Ketten losmachte.

»Der Kapitän will dich sehen«, sagte er.

Kapitän Perelló saß mit dem Admiral und dem Steuermann am Tisch. Die Männer hatten mehrere Seekarten vor sich. Der Offizier verabschiedete den Rudermeister und den Aufseher mit einer Handbewegung und unterhielt sich weiter über Winde und Seewege, ohne sich um den Jungen zu kümmern. Joan blieb schweigend stehen und wartete, dass man ihn ansprach. Als die Unterhaltung zu Ende war, sagte der Kapitän zu ihm: »Von heute an dienst du nicht mehr beim Rudern, sondern hier auf dem Kampanjedeck.«

Joan konnte ein halb überraschtes, halb glückliches Lächeln nicht unterdrücken.

»Glaube nicht, dass wir deine Strafe erleichtern wollen«, erklärte der Offizier. »Die Aufseher denken nämlich, dass wir dich wegen Garaus Tod eigentlich hinrichten müssten. Sie glauben, dass du bei dem Verbrechen mitgewirkt hast, dass du vorher in Barcelona schon einen anderen Aufseher ermordet hast und dass jetzt du sterben musst.«

Das Lächeln verschwand aus Joans Gesicht. Es stimmte, dass sich Carles ohne seine Hilfe nicht von seinen Vergewaltigern hätte befreien können und dass er alleine niemals Garau getötet hätte.

»Vielleicht haben sie recht«, sagte der Kapitän weiter. »Aber es hat uns gefallen, wie du mit den Feldschlangen umgegangen bist. Du kannst uns nützlich sein. Außerdem ist unser bester Artillerist vor ein paar Monaten gestorben. Dich wollen wir lebendig haben.«

»Diese Männer wollten Carles vergewaltigen.« Joan konnte sich nicht zurückhalten. »Er war schon nackt, als er sich von ihnen befreien konnte, und dann hat er Garau getötet. Das tat er, um sich selbst zu verteidigen.«

Kapitän Perelló blickte ihn kurze Zeit an, bevor er sprach. »Ich habe dir gesagt, dass es auf meinem Schiff keine Sodomiten gibt.« Er ließ seine Worte nachklingen. »Wenn ich das noch einmal von dir höre, lasse ich dir die Rückenhaut mit Peitschenhieben herunterreißen.«

»Dass Carles sterben musste, war sehr ungerecht«, betonte Joan hartnäckig und mit einer Wut, die er mühevoll zurückhielt und die seine Angst verstummen ließ. »Auch meine Verurteilung zur Galeerenstrafe war ungerecht: Ich habe diesen Aufseher getötet, um mich selbst zu verteidigen, so wie es die Zeugen ausgesagt haben.«

Der Kapitän wechselte einen Blick mit dem Admiral, und dieser wandte sich zum ersten Mal an Joan: »Gerecht ist auf einer Galeere, was der Kapitän für gerecht erklärt«, sagte Vilamarí bedächtig. »Also war es gerecht, dass dieser Junge sterben musste, und es war auch gerecht, dass man dich nicht hingerichtet hat und dass du nur zehn Peitschenhiebe abbekommen hast. Der Einzige, der dieses Gerichtsurteil anzweifeln könnte, bin ich. Und das tue ich nicht, weil ich es so haben möchte.«

Joan wagte es nicht zu widersprechen, und der Admiral blickte ihm fest in die Augen.

»Ein Kapitän muss seine Macht benutzen, um sein Schiff zu beschützen und eine vollkommene Kriegsmaschine daraus zu machen«, sprach Vilamarí weiter. »Die Mannschaft ist dabei am wichtigsten. Entscheidend ist, Disziplin, Autorität und Achtung der Rangordnung aufrechtzuerhalten. Darum musste dein Freund auf abschreckende Weise sterben, weil er einen Aufseher getötet hat. Ein Galeerensklave, der sich erhebt, stirbt. Ebenso dienst du als abschreckendes Beispiel dafür, dass es niemand wagt, einen unserer Seeleute an Land anzugreifen, ob man dabei recht hat oder nicht. Wenn man die Mannschaft beschützt, heißt das, das Schiff zu beschützen.« Vilamarí schwieg einige Zeit und blickte zum Kapitän hinüber, der zustimmend nickte. »Die Aufseher haben recht. Ohne deine Hilfe hätte dieser Junge nicht ihren Kameraden töten können. Und wenn du lebst, so nur wegen deines Geschicks an den Geschützen. Du verbesserst die Wirkungskraft der Galeere. Darum entscheidet der Kapitän mit Recht, dass du nur zehn Peitschenhiebe verdienst, weil du nicht genug getan hast, um den Aufseher zu retten.«

Er machte wieder eine Pause. Es war ein sonniger Tag, und der Admiral sah zu den Segeln hinüber, die ein günstiger, die Galeere nach Süden treibender Wind blähte. Dann sprach er weiter.

»Und ich will dir sagen, warum es auf unseren Schiffen keine Sodomiten gibt.« Er hielt abermals inne und betrachtete Joan, um seinen Gesichtsausdruck zu prüfen. »Auf meinen Galeeren gibt es keine Inquisition, und ich will auch keine hier haben. Jeder kann so leben, wie er es am besten versteht, solange er nicht Ordnung und Disziplin stört. Aber wenn sich Sodomiten zeigen, werden sie hingerichtet, und sie zeigen sich, wenn jemand vergewaltigt und die Ordnung gestört wird.«

»Wenn es also Schändungen gibt und die Ordnung nicht gestört wird, gibt es keine Sodomiten?«, wollte Joan überrascht wissen.

»Wir wollen nicht über etwas urteilen, was wir nicht kennen«, griff der Kapitän ein.

»Gib acht, Junge«, erklärte der Admiral weiter. »Man hat mir erzählt, dass du ein kluger Kopf bist. Du verstehst nicht nur etwas von Artillerie, sondern bist auch ein guter Schreiber und sprichst mehrere Sprachen. Du kannst für uns nützlich sein, deine Strafe ohne übermäßige Mühsal abbüßen und lebend davonkommen. Mach aber ab jetzt keine Dummheit mehr.«

Der Junge nickte zustimmend und sagte: »Wie Ihr befehlt.«

Joan schrieb in sein Buch: »Es wird besser sein, dem Admiral zu gehorchen.« Und er setzte hinzu: »Aber es ist immer noch ungerecht.«

72

Das Wetter war gut, der Wind günstig und das Meer ruhig. Joan war nicht mehr am Ruder angekettet, doch es gelang ihm nicht, seine eingeschränkte Freiheit, die besseren Bedingungen und die schöne Landschaft der korsischen Küste zu genießen. Sein Blick wandte sich immer wieder nach oben, zum Ende des Großmastes – zu Carles' Leiche, die dort wie ein unheilvolles Feldzeichen hing, und zu den Möwen, die sich von ihr nährten. Immer, wenn er ein Krächzen hörte, zuckte er zusammen.

Er brauchte Zeit, um die richtigen Schlussfolgerungen aus Vilamarís Vortrag über Gerechtigkeit zu ziehen.

Am Ende schrieb er in sein Buch: »Er lässt den Vorteil des Mächtigen zu Gerechtigkeit werden. Aber Gott hat unserem Herzen etwas eingegeben, was es uns ermöglicht, das Gute vom Bösen zu unterscheiden. Das ist Gerechtigkeit.«

Der Kapitän fand schon bald eine Beschäftigung für ihn. Joan konnte beinahe makellos schönschreiben, und das, obwohl das Schiff auf dem Meer schlingerte. Seine Kunst war der des Galeerenschreibers bei weitem überlegen. Also ging man dazu über, ihm die wichtigsten Briefe zu diktieren. Von den Bordoffizieren konnten nur der Admiral, der Kapitän und der Steuermann lesen und schreiben, die Übrigen konnten nur mühsam lesen. Darum mussten ihnen Joan und der Schreiber bei Berichten und Protokollen helfen.

Der Junge entdeckte, dass es einige Bücher an Bord gab, und es rührte ihn, als er darunter den ersten Band des *Verliebten Roland* von Matteo Maria Boiardo auf Italienisch entdeckte – den gleichen, den Abdalá für Anna übertragen und den er selbst abgeschrieben und eingebunden hatte.

Dieses Buch war sein Liebesbote gewesen. Es vereinte ihn mit Anna, und er nahm es gerührt in die Hände. Es war keine Prachtausgabe, sondern ein einfaches Druckwerk, allerdings mit einem guten Ledereinband. Es war nicht mit jenem Buch zu vergleichen, das er mit all seiner Zuneigung für seine Liebste hergestellt hatte, und trotzdem drückte er es an die Brust. Sie hatte es in seiner eigenen Schrift gelesen, und als er das Buch berührte, stellte er sich vor, dass er sie berührte. Es kam nicht darauf an, dass es nicht derselbe Gegenstand war. Es enthielt dieselben Worte, dieselben Sehnsüchte, Wünsche, Gefühle und Ideen, von denen sie gelesen und die sie darum gedacht, gefühlt und ersehnt hatte. Das war die Zauberkraft der Bücher.

Er schlug es auf und trug leise vor:

Betörter Roland (spricht sein Herz voll Bängnis),
Wohin entreißt dich Wahn der Leidenschaft?
Gewahrst du nicht den Irrtum, dess' Bedrängnis
Zu solcher Sünde gegen Gott dich rafft?
Wohin, wohin noch führt mich mein Verhängnis?
Gefangen bin ich, ohne Hilf und Kraft!
Mich, der die ganze Welt für nichts gefunden,
Mich hat ein wehrlos Mägdlein überwunden.

Er war so gefangen, dass er nicht den Admiral sah, der sich ihm von hinten näherte. Als er seine Anwesenheit bemerkte, fühlte er sich ertappt wie ein Messwein trinkender Ministrant und klappte das Buch zu.

»Verstehst du das?«, fragte ihn der andere rundheraus.

»Ja, Herr Admiral.«

»Könntest du das übersetzen?«

»Selbstverständlich.«

»Ich spreche Süditalienisch, aber das ist auf Toskanisch geschrieben, und ich kann mir manche Abschnitte nicht erklären«, bekannte der Admiral.

Er machte einen gutgelaunten Eindruck, und das beruhigte Joan etwas. Er nickte zustimmend. »Es wird mir eine Ehre sein, wenn ich Euch helfen kann.«

Der andere blickte ihn nachdenklich an. Dann sagte er: »Mir fällt etwas Besseres ein. Beim Abendessen auf dem Kampanjedeck liest du es laut vor. Zuerst auf Italienisch, damit wir den Wohlklang der Verse genießen, und danach übersetzt du es. So erfreuen wir uns an der Dichtung und an der Geschichte, und nebenbei werden meine Offiziere mehr Italienisch lernen, was sie dringend nötig haben.«

Joan stimmte zu. Es werde ihm eine große Freude sein, diesen Auftrag zu erfüllen. Er kannte die Übersetzung Abdalás beinahe auswendig. Er war in der Lage, manche Abschnitte vorzutragen, ohne sie überhaupt zu lesen, und das tat er mit so großer Inbrunst, dass es ihm schließlich vorkam, als spräche er zu seiner Liebsten. Mehrmals konnte er nur mühsam einen Seufzer unterdrücken. Wenn er sonst schon viel an Anna dachte, bewirkte diese Lektüre, dass er sich mit ihr vereint fühlte. Doch der Traum verflog allzu schnell. Sie war ja in Neapel, vielleicht schon mit jenem reichen Witwer verheiratet, unerreichbar für Joan.

Nach einem solchen Vortrag wischte sich sogar Kapitän Perelló eine Träne aus dem Auge und sagte: »Sehr gut, Junge. Uns überrascht, dass ein scheinbar harter Bursche und guter Artillerist wie du ein empfindsames Herz hat und Fremdsprachen und Poesie kennt. Ich freue mich, dass ich dich nicht wie deinen Freund am Mast aufgehängt habe.«

Endlich fühlte sich Joan in der Lage, Anna zu schreiben. Er bekannte, dass er seine Liebe für sie vollkommen bewahrt habe, dass er sie immer lieben werde und nach Neapel komme, sobald es ihm möglich sei.

Er müsste warten, bis sie in Palermo eintrafen, um den Brief abzuschicken, und weil er die Adresse Annas oder die des Buchhändlers nicht kannte, würde ihm nichts anderes übrigbleiben, als den Brief an seinen Freund Bartomeu nach Barcelona zu schicken, und dieser könnte ihn dann nach Neapel weiterbefördern. Dort würde ihn Anna beim Freund Bartomeus in der Buchhandlung abholen, sobald sie dies konnte. Das war ein überaus langer Weg, und Gott allein wusste, wann sie seinen Brief erhalten würde.

Am zweiten Tag nach ihrer Abfahrt von der sardinischen Küste verdunkelte sich der Himmel, der Wind wurde zunehmend stärker, und die Wellen schlugen immer höher. Ein Unwetter näherte sich, und es gab keine Bucht, in der man Zuflucht suchen konnte. Darum gab der Kapitän das Kommando zum Sturmfestmachen. Die Segel wurden eingezogen, die Ruder ins Schiff geholt, und alle beweglichen Teile wurden festgezurrt. Regen und Wellen fegten übers Deck, und die Galeere sprang wie ein sich aufbäumendes Pferd hoch und nieder. Joan kümmerte sich um die Bücher und das Schreibmaterial, die er mit wasserdichtem Segeltuch schützte. Er verwahrte sie unter den Planken des Schiffes, damit das Wasser sie nicht wegspülen konnte.

Der Admiral stieg in seine Kajüte hinunter, und der Kapitän blieb zusammen mit dem Steuermann und dem Rudergänger auf dem Kampanjedeck, um sich zu vergewissern, dass das Schiff auf die Wellen zusteuerte. Wer konnte, floh unter Deck, doch es gab wenig Platz, und Joan blieb lieber auf dem Kampanjedeck, wo er sich mit einem Strick festband. Es war ein erschütternder Anblick zu sehen, wie die Wellen gegen das Heck schlugen und mehrere Meter hochstiegen, wie sie dann über den Seitengang sprangen und senkrecht auf das Rudervolk hinabstürzten und es mit dunklem und schäumendem Wasser überzogen. Die Sträflinge hielten so gut durch, wie sie konnten. Sie kauerten sich zwischen die Bänke. Die Ketten verhinderten, dass sie von einem Brecher weggespült wurden, doch sie litten unter den ständigen Erschütterungen und Stößen, und die Eisenketten quetschten ihre Glieder. Wenn das Schiff unterging, würden ihre Ketten sie in die Tiefe ziehen. Auch auf dem Kampanjedeck entkam man nicht dem Wüten des Unwetters, denn manche Wellen liefen quer über das ganze Schiff und überschwemmten alles.

Joan hatte noch nie einen derart wütenden Sturm auf hoher See erlebt. Sein Vater und dessen Gefährten hatten die Winde und Stimmungen des Mittelmeers genau gekannt, sie hatten sich nicht allzu weit vom Ufer entfernt, und wenn sie schlechtes Wetter vorausgesehen hatten, hatten sie Zuflucht in einer Bucht gesucht. Trotzdem veränderte sich das Meer schnell, und der Junge erinnerte sich an einen Sturm, der sie auf dem offenen Meer überrascht hatte, obwohl dieser nichts gewesen war im Vergleich zu dem, was er jetzt erlebte. Die Planken krachten, und das Schiff schien bei jeder Sturzsee entzweizubrechen. Die Galeere wurde übermächtig hin und her gestoßen, und man konnte kaum etwas tun, außer zu beten und sich sorgfältig festzubinden, um nicht ins Meer zu stürzen. Als der Sturm nach ein paar Stunden abflaute, war die Flotte so weit verstreut, dass man vom Deck aus kein anderes Schiff sah.

Da geschah es. Der Meer war immer noch heftig aufgewühlt, doch die Mannschaft lief schon vorsichtig auf dem Deck herum. Der Rudermeister kam zusammen mit einem Aufseher zu einer der Bänke am Bug, um die Schäden zu prüfen. Als sie sich auf dem Mittelgang befanden, schlug eine große Welle gegen das Schiff und schüttelte es wieder einmal gründlich durch. Sie banden sich rechtzeitig fest, doch plötzlich stürzte etwas auf sie herab. Es war Carles' kopflose Leiche.

Beim Sturmfestmachen war es keinem Offizier eingefallen, den Körper herunterholen zu lassen. Die Angriffe der Vögel und die natürliche Verwesung hatten ihn schon stark entstellt. Gerade bei einem der letzten Stöße riss der Kopf vom Körper ab, und dieser stürzte aufs Deck, was unheilvolle Folgen für den Rudermeister und den Aufseher hatte.

Keiner der beiden erlitt schwere Verletzungen, aber sie bekamen einen tödlichen Schrecken. Die Nachricht verbreitete sich unter den Ruderknechten und der übrigen Mannschaft wie ein Lauffeuer. Es war ein allzu großer Zufall, dass der Körper des Jungen gerade dann hinabfiel, als der Sturm nachließ, und dass er jemanden traf, nämlich gerade den Rudermeister und den Aufseher. Sie waren nicht nur die Henker, sondern gaben sich auch größte Mühe, die Sträflinge zu plagen und ihnen das Leben unerträglich zu machen.

Man lachte, gab seine Kommentare ab und deutete eine letzte Absicht des Jungen an, der es auf diejenigen abgesehen habe, die ihn ungerecht gepeinigt und ihm schließlich das Leben mit Peitschenhieben entrissen hatten.

Nach der mutigen und stolzen Haltung, mit der Carles dem Tod entgegengetreten war, hatte nur noch dieser ungewöhnliche Akt der Herausforderung aus dem Jenseits gefehlt.

Man fand den Kopf nicht, und der Kapitän befahl, den Körper zusammen mit einem Stein in einen Sack zu stecken und sofort über Bord zu werfen.

Joan konnte es sich nicht ersparen, verstohlen zu beobachten, wie der Kapitän und der Admiral bestürzt den Zwischenfall kommentierten. Damit er nicht zur Zielscheibe ihres Zorns wurde, verbarg er das Lachen, das ihre betroffene Miene bei ihm hervorrief. Wie würden sie sich angesichts einer solchen Respektlosigkeit verhalten? Schließlich war so etwas nicht gut für die Ordnung, es war nicht gut für die Moral, und es war nicht gut für das Schiff. Aber Carles war für immer ihrer ungerechten Gerechtigkeit entkommen.

73

Der Kapitän überprüfte die beim Sturm erlittenen Verluste. Man stellte fest, dass am Bug zwei Ruderknechte umgekommen waren und ein weiterer schwer verletzt wurde, weil ein Balken herabgestürzt war. Außerdem hatten viele kleinere Verletzungen erlitten, doch sie trösteten sich: In manchen Augenblicken hatten sie schon gedacht, dass sie den Fischen zum Fraß dienen würden. Sie waren am Leben, und das bedeutete viel. Die Fahrtüchtigkeit der Galeere war durch die Schäden nicht beeinträchtigt, allerdings waren zahlreiche Ausbesserungen vorzunehmen. Auch beim Schießpulver gab es Verluste. Ein paar Fässer hatten sich losgerissen und waren zerborsten, und das Wasser machte noch ein paar mehr unbrauchbar. Der Kapitän bestrafte die verantwortlichen Seeleute für ihre Nachlässigkeit und übertrug Joan die Aufsicht über die Schiffsartillerie. Tatsächlich war er nun für alle mit Pulver geladenen Waffen zuständig. Dazu gehörten auch die Arkebusen, sowohl diejenigen, die die Seeleute vom Schiff aus abfeuerten, als auch diejenigen, die die Fußsoldaten beim Entern und an Land benutzten. Er war nun Aufseher der Feuerwaffen, und selbst wenn es der Kapitän nicht anerkannte, kam dies einer Offiziersstellung gleich. Pau de Perelló machte ihm jedoch unmissverständlich klar, dass er immer noch ein Sträfling war, der seine Strafe verbüßte, und dass man jeden Fehler, den er machte, aufs Strengste bestrafen würde.

Vilamarí wollte zudem, dass er weiterhin seine Arbeit als Schreiber leisten und den *Verliebten Roland* vorlesen sollte. Das war viel Mühe, doch wenigstens würde man ihm die Ketten abnehmen, die er noch an den Füßen trug.

Allerdings gewährte man ihm diese Freiheit nicht ohne Bedingungen: »Du musst bei Gott und deiner Ehre schwören, dass du nicht fliehen wirst, bevor du deine zweijährige Strafe verbüßt hast«, sagte Vilamarí.

Joan zögerte. Er hatte so sehnsüchtig davon geträumt, dass er fliehen und mit Anna zusammenkommen würde, wenn sie in Neapel eintrafen! Falls er schwor, müsste er gehorchen, obgleich die Versuchung zu fliehen übermächtig wirkte, wenn Anna so nahe war. Doch was für ein Leben könnte er seiner Liebsten bieten, wenn er floh? Nein, eine Flucht war unvernünftig, sie würde ihn noch weiter von ihr entfernen.

»Gestattet mir, dass ich schwöre, diese zwei Jahre Euren Befehlen zu gehorchen, wie Ihr es anordnet.«

Joan wusste, dass der Admiral die Macht hatte, seine Strafe umzuwandeln oder zu mildern, und er hoffte, dass Vilamarí sie verkürzte, wenn er ihm gut diente. Der Admiral stimmte zu. Als Joan sah, wie entgegenkommend er sich verhielt, bat er, ihn von der Pflicht der Sträflinge zu befreien, sich alle zwei Wochen das Haar kurz scheren zu lassen. Das lehnte der Admiral ab, doch der Junge sagte sich, dass er es später wieder versuchen würde. Stattdessen erhielt er die Erlaubnis, sich wie ein Seemann anzuziehen, und da er etwas Geld in seinem Sack übrig hatte, beschloss er, Kleidung zu kaufen, sobald sie das Festland betreten würden.

Als sie Sizilien erreichten, fanden sie eine zweite Galeere der Flottille vor. Sie hatte während des Sturms größere Schäden erlitten und ihren Mast eingebüßt. Das dritte Schiff war spurlos verschwunden. Als sie in die Bucht von Palermo einliefen, war das Meer ruhig, und von der Burg aus wurden sie mit Artilleriesalven begrüßt. Joan gab auf Verlangen des Admirals die übliche Antwort.

Der junge Mann hatte viel von Palermo gehört und wollte es sehr gern kennenlernen. Es war eine schöne Stadt, die sich rund um La Cala ausdehnte, einen ausgezeichneten Naturhafen, den nur die Nordostwinde heimsuchen konnten. Sie erstreckte sich bis zu einigen Bergen, die ein Amphitheater bildeten und von den Einheimischen *Conca d'Oro* – »Goldene Muschel« – genannt wurden, denn sie erinnerten tatsächlich an eine Riesenmuschel. Palermo war die Hauptstadt Siziliens, und es hatte eine prächtige Kathedrale, schöne Kirchen und ein mächtiges Königsschloss aus der Zeit der Normannen. Einem Sträfling wie ihm würde man es nie erlauben, an Land zu gehen und selbstständig durch die Stadt zu spazieren, doch er vertraute darauf, einen Vorwand zu finden, um genau das zu tun.

Sie ankerten in La Cala, ohne dass man ihnen einen solch triumphalen Empfang wie in Alghero und Cagliari bereitete. Auch das Meer war ein Feind, und diese zwei ramponierten Schiffe, die in den Hafen einliefen, waren das Ebenbild ihrer Niederlage.

Sobald das Schiff vor Anker gegangen war, verließ es der Admiral. Er lief durch die Via Argenteria – die »Straße der Silberwaren« – und dann weiter zur Kathedrale. Als er die Residenz des Erzbischofs hinter sich gelassen hatte, kam er zum normannischen Königspalast, wo er den Statthalter Fernando de Acuña aufsuchen wollte. Ihn begleitete eine Eskorte von zwanzig Armbrustschützen, die unter dem Befehl des Truppenoffiziers Torrent standen. Die Handwerker, die mit ihren Hämmern geräuschvoll Holz oder Metall bearbeiteten, und die plaudernden Kaufleute und ihre Kunden verstummten einen Augenblick, als sie vorbeikamen. Vilamarí war beunruhigt. Nur zwei niedrige Beamte kamen, um sie zu begrüßen. Das war ein schlechtes Zeichen.

Statthalter Fernando de Acuña empfing ihn in einem Saal des zweiten Stocks im Königspalast, dessen große gotische Fenster zum Platz hinauszeigten. Der Statthalter entschuldigte sich, dass er wegen seiner Gesundheit nicht persönlich zum Hafen gekommen sei, und bat den Admiral, ihm zu erzählen, was mit seiner Flotte geschehen war. Bernat de Vilamarí berichtete zunächst von der Rückgewinnung des Roussillon und der Cerdaña, seiner Reise mit König Ferdinand und der Hilfe seiner Flotte bei der Befriedung der genannten Grafschaften. Dann erzählte er von der Erbeutung der Fusten in den sardinischen Gewässern und schilderte schließlich den Sturm, der seine Schiffe beschädigt hatte.

»Meine dritte Galeere ist nicht zu finden«, sagte er. »Je mehr Zeit vergeht, desto größer wird meine Sorge, dass sie untergegangen ist. Ich benötige Eure Hilfe, indem Ihr mir die Zahlungen des Königs vorstreckt, um die zwei mir verbleibenden Schiffe auszubessern. Ich schätze, dass sich die Kosten der Arbeiten und Werkstoffe für beide Schiffe auf viertausend Dukaten belaufen werden.«

Der Statthalter schüttelte unwillig den Kopf.

»Das entspricht vier Monaten Sold und Proviant für zwei Galeeren. Es tut mir leid, doch der König hat Euch lediglich viertausendfünfhundert Dukaten für die drei Galeeren genehmigt. Bei zweien kann ich Euch nur dreitausend geben. Das entspricht Sold und Proviant für drei Monate.«

»Aber ich muss meine Schiffe ausbessern, meine Leute verpflegen und ihnen den Sold bezahlen!«, rief der Admiral. »Was nützen dem König zwei Galeeren, die nicht kämpfen können?«

»Es tut mir leid«, entgegnete der Statthalter. »Die Lage ist schwierig. Karl VIII. bereitet ein Heer vor, wie man es nie zuvor gesehen hat. Damit wird er versuchen, in Norditalien einzumarschieren, nach Neapel vorzustoßen und das Königreich zu erobern. Offenbar hat er erwartet, dass ihn unser König Ferdinand gewähren lässt, ohne einzugreifen, doch so war es nicht. Unser König ist beunruhigt. Wenn Karl VIII. Neapel erobert, ist er von Sizilien nur noch durch die Straße von Messina getrennt. Dasselbe Argument, das er für die Eroberung Neapels anführt, dass er nämlich das Erbe der Anjous antrete, könnte er auch bei Sizilien benutzen.«

»In diesem Fall wird der König meine kampfbereiten Galeeren dringender als je zuvor benötigen.«

»Es tut mir leid, aber Ihr habt kein Vorzugsrecht.«

Vilamarí schwieg einen Augenblick überrascht und wartete darauf, dass der Statthalter weitersprach. Dieser zog eine überdrüssige Miene: »Ich habe Anweisungen, alle Mittel des Königreichs Sizilien für die Befestigung der wichtigsten Burgen und Städte zu verwenden, damit wir uns auf einen Angriff der französischen Flotte vorbereiten können. Außerdem hat der König Galcerán de Requesens, den Grafen von Palamós, zum Admiral von Sizilien ernannt. Er soll sechs Galeeren befehligen, um die Insel zu verteidigen. Seine Schiffe haben Vorrang, und für sie muss ich die geeigneten Mittel bereitstellen.«

Das war eine schlechte Nachricht für Vilamarí. Diese Ernennung zeigte, dass sein Rivale die Seeoperationen in Italien leiten und ihm nur eine untergeordnete Rolle zukommen würde. Ihm blieb keine andere Möglichkeit als die, seine Galeeren notdürftig auszubessern.

»Welchen Auftrag erteilt mir der König?«, wollte er wissen.

»Hier habt Ihr Eure Anweisungen«, sagte der Statthalter und streckte ihm einen Brief hin. »Ihr sollt den König von Neapel und den Papst gegen die Franzosen unterstützen. Wenn es dazu kommt, müssen der Sold für Eure Männer und die Proviantkosten aus den Geldschränken von Neapel und Rom kommen, und darum werdet Ihr unter ihren Flaggen fahren. Aber immer, wenn es möglich ist, sollt Ihr einen direkten Zusammenstoß mit der französischen Flotte vermeiden. Und schließlich werdet Ihr Euch zur Verteidigung Siziliens dem Befehl des Admirals Requesens unterstellen.«

Vilamarí wusste, dass er nichts tun konnte, um die Entscheidung König Ferdinands zu beeinflussen, sosehr diese ihm auch missfiel. Deshalb bemühte er sich mit aller Kraft, wenigstens die Mittel für seine Schiffe zu erhalten. Er kannte den alten Statthalter seit vielen Jahren, beide hatten ein gutes Verhältnis. Er wollte diese Freundschaft möglichst weitgehend nutzen.

Fernando de Acuña lud ihn zum Essen ein. Sie tranken guten Wein, und nachdem Bernat de Vilamarí seine ganze Überzeugungskunst aufgewandt hatte, konnte er die Bezahlung von drei Monaten für drei Galeeren durchsetzen. Der Anteil der vermissten Galeere war ein besonderes Zugeständnis, das ihm der Statthalter machte. Damit übertrat er nicht die Anweisungen des Königs, denn er berief sich auf die ganz unwahrscheinliche Hoffnung, dass die dritte Galeere doch noch auftauchen würde. So könnte Vilamarí wenigstens die zwei Schiffe ausbessern, die ihm zur Verfügung standen. Ohne Schiffe gab es keine Flotte, und ohne Flotte gab es keinen Admiral. Vilamarí war nahe daran, nicht länger einer zu sein.

74

Als Vilamarí auf die *Santa Eulalia* kam, diktierte er Joan in aller Eile einen Brief an König Ferdinand, in dem er ihn um Hilfe bat. In dem Schreiben erinnerte er den Herrscher an die von ihm geleisteten Dienste, wozu die Seeblockade Barcelonas gehörte, an seine Siege gegen die Türken und an die Schlachten, die er gegen genuesische und provenzalische Korsaren gewonnen hatte. Er erklärte, die Krone werde seine Galeeren benötigen und es sei notwendig, sie für den Kampf herzurichten. Der Admiral wollte zwar sicher und ruhig erscheinen, doch Joan merkte, wie besorgt er war.

Vilamarí begann unverzüglich, seine Schiffe auszubessern, ohne auf die Antwort des Monarchen zu warten. Während sich die Arbeiten an der *Santa Eulalia* im Hafen ankernd durchführen ließen, musste das zweite Schiff auf den Strand gesetzt werden.

Als sie bereits acht Tage in Palermo waren, tauchte zur allgemeinen Überraschung die dritte Galeere auf. Der Sturm hatte sie auf die Küsten Afrikas zugetrieben und übel zugerichtet. Obwohl sie so schnell, wie sie konnte, Kurs nach Sizilien genommen hatte, war die Fahrt wegen der Havarie lang und mühevoll gewesen. Das Unwetter hatte einen Teil des Proviants verdorben, und mehrere Seeleute und Ruderknechte, die schwächsten, waren unterwegs an Hunger und Durst gestorben. Die Ankunft des dritten Schiffs war eine Nachricht, über die sich alle und ganz besonders der Admiral freuten. Aber jetzt brauchte man noch mehr Geld.

Vilamarí erhielt keine zusätzlichen Mittel vom Statthalter, und weil er nicht auf eine positive Antwort des Königs vertraute, verwandte er nun einen Teil seines eigenen Vermögens. Er hatte zwar den Titel eines Admirals, doch er war tatsächlich auch Reeder einiger Schiffe, und er unterschied gewöhnlich nicht allzu sorgfältig zwischen seinem Eigentum und dem des Königs. Mehrere Geldverleiher der Stadt besuchten die *Santa Eulalia*, und man munkelte, der Admiral habe seine Besitzungen in Palau und Bosa verpfändet, um das fehlende Geld zu erhalten.

Die Ruderknechte halfen bei den Arbeiten, wie es ihren Fähigkeiten entsprach, wobei sie aber stets von ihren Ketten behindert wurden. Wenn sie an Land gingen, um an den Schiffen zu arbeiten, die man auf den Strand gesetzt hatte, waren sie zu zweit zusammengekettet. Joan hielt sich für sehr glücklich, denn seine Pflichten befreiten ihn von der körperlichen Arbeit und den Fußeisen. Als er an Land ging, kaufte er sich zuerst ein gutes Wams, Beinkleider, Schuhe und eine große Mütze nach italienischer Mode, die seinen kahlgeschorenen Kopf beinahe ganz zudeckte.

Seine Hauptaufgabe an Land bestand darin, die Schiffe mit gutem Schießpulver zu versorgen. Das Pulver, das aus dem Unwetter gerettet wurde, stammte von verschiedenen Herstellern und war unterschiedlich zusammengesetzt, so dass es auch einen unterschiedlichen Wirkungsgrad hatte. Dies bedeutete kein großes Problem, wenn die Schüsse auf kurze Entfernung abgegeben wurden, wie etwa unmittelbar vor dem Entern, wohl aber, wenn ein genauer Schuss nötig war. Joan, der sich hervorragend auf Sizilianisch verständigen konnte, ging in die Straße der Gewürzhändler und suchte einen aus, der die erforderlichen technischen Kenntnisse besaß, um Schießpulver herzustellen. Dieses setzte sich aus sechs Teilen Salpeter, einem Teil Kohle und einem weiteren Teil Schwefel zusammen. Da Joan das Verfahren überwachte, bei dem das Pulver hergestellt und in Fässer gefüllt wurde, lieferte ihm dies einen guten Vorwand, um die Stadt Palermo jeden Tag zu besuchen. Diese hatte zwar mehr Einwohner und war lauter, erinnerte ihn aber in mancher Hinsicht an Barcelona. Er konnte es sich nicht ersparen, durch die »Straße der Silberwaren« zu gehen. Dort schloss er die Augen und hörte, wie die Hämmer auf Metall schlugen und sich die Leute unterhielten. Er stellte sich vor, dass er sich – wie ein paar Jahre zuvor – in der Gräflichen Stadt und in der gleichnamigen Straße befand und seine Liebste am Laden ihres Vaters stehen sah. Als er die Augen aufschlug, wurde ihm schmerzhaft bewusst, dass er in der falschen Straße, in der falschen Stadt war. Er brannte vor Verlangen, Neapel zu erreichen. Joan war sich sicher, dass er eine Möglichkeit finden könnte, Anna zu sehen, weil er sich wieder frei bewegen konnte. Er schrieb einen Brief an Bartomeu und bat ihn, einen großen Teil des Geldes, das er für ihn aufbewahrte, nach Neapel zu schicken, damit er es bei dem neapolitanischen Buchhändler abholen konnte, der ihm als Kurier für den Briefwechsel mit Anna diente. Außerdem fragte er nach dessen Namen und Adresse. Dort wollte er mit seiner Suche beginnen. Er schickte eine Abschrift desselben Briefes mit einem zweiten Schiff. Er durfte nicht riskieren, dass ein Schiff und damit seine Nachricht verlorenging. Sie war viel zu wichtig. Er spürte, dass sein Leben davon abhing.

Als die Ausbesserung der Schiffe gerade abgeschlossen war, kamen die sechs Galeeren des Admirals Requesens in Palermo an. Sie wurden mit Ehrenbezeigungen empfangen. Statthalter Don Fernando de Acuña stellte bei dieser Gelegenheit seine Gesundheit wieder her und erschien im Hafen.

Galcerán de Requesens, der Graf von Palamós, war mehrere Jahre älter als Vilamarí und nicht nur Sohn und Bruder früherer Statthalter Kataloniens, sondern hatte auch eine lange Kampfgeschichte im Krieg von Granada und in den Operationen bei Sardinien und Neapel vorzuweisen. Er war ein autoritärer Mann, und sein Titel des Admirals der sizilianischen Flotte zwang Vilamarí, ihm zu gehorchen, solange er sich in den Inselgewässern aufhielt. Bernat de Vilamarí gefiel diese Gehorsamspflicht durchaus nicht. Auch beeindruckte ihn die größere Zahl der Schiffe seines Rivalen wenig. Schließlich hatte er selbst früher den Titel des Generalkapitäns der Galeeren Aragoniens und Siziliens getragen und die aus zwanzig Galeeren und sechzehn Galeonen bestehende Flotte befehligt, die den Hafen Barcelonas blockiert und die Stadt gezwungen hatte, sich am Ende des Bürgerkriegs zu ergeben. So bald wie möglich wollte er nach dem Königreich Neapel fahren. Er vereinbarte mit Requesens, dieser sollte seine Galeeren an der Küste Nordsiziliens entlangfahren lassen, um sich auf mögliche französische Angriffe vorzubereiten, während Vilamarís Galeeren auf dem Weg nach Neapel berberische Piraten suchen sollten.

Das Kampanjedeck war ein kleiner Raum, und obwohl die Offiziere manche Gespräche lieber am Bug, fern von den Ohren des Admirals, führten, zog Joan seine Schlüsse aus dem, was er hier und da hörte. Ihm wurde klar, dass sie sich Sorgen machten. Vilamarí hatte nahezu alles, was er vom Statthalter und von den Geldverleihern erhalten hatte, für die Ausbesserung der Schiffe ausgegeben. Ihm blieb kein Geld mehr übrig für zusätzlichen Proviant, um bis Neapel zu kommen. Man musste die Verpflegung rationieren, und wenn irgendetwas dazwischenkam, drohte ihnen Hunger.

Joans Stellung auf dem Schiff hatte sich deutlich verbessert. Allerdings war sie zwiespältig, denn er war zwar ein Sträfling, der seine Strafe verbüßte, aber die Aufseher und der Rudermeister hatten keine Macht mehr über ihn. Stattdessen gehorchten ihm die Seeleute, die die Geschütze bedienten. Er war auch nicht wie ein Ruderknecht, ja nicht einmal wie ein Seemann gekleidet, denn er trug verhältnismäßig teure Sachen, wollte er doch neben den Offizieren auf dem Kampanjedeck nicht unangenehm auffallen. Einer reagierte unwillig, als er ihn so ausstaffiert sah.

»Für wen hältst du dich?«, herrschte ihn Pere Torrent, der Offizier des Fußvolks, an, als er ihn erblickte. »Du bleibst immer noch ein verdammter Sträfling. Was bildest du dir ein?«

Da der Admiral jedoch keinen Kommentar abgab, hielten es schließlich alle für ausgemacht, dass er es Joan erlaubt hatte.

Eines Tages fragte ihn Vilamarí: »Junge, ich weiß schon, dass du gut mit Feuerwaffen umgehen kannst, aber wie kommst du mit anderen Waffen zurecht?«

»Ich kann die Azcona werfen und mit einer Armbrust schießen.«

»Beim Entern bleibt keine Zeit, Feuerwaffen nachzuladen, nicht einmal Armbrüste«, entgegnete der Admiral. »Wir benutzen kurze Piken, Lanzen und Azconas für die ersten Zusammenstöße, aber Degen und Schild sind die entscheidenden Waffen im Kampf Mann gegen Mann.«

»Ich habe Degen und Schild noch nie benutzt.«

»In deiner Stellung musst du diese Fertigkeit aber beherrschen«, widersprach der Seemann. »Ich werde dem Offizier Torrent befehlen, dich zu unterrichten.«

Joan war sprachlos. Was hatte das zu bedeuten? Er war ein Ruderknecht, doch der Admiral schien ihn beinahe wie einen Offizier zu behandeln. Er wagte es nicht, eine Frage zu stellen. Stattdessen sagte er sich, dass er die Lehrstunden mit dem Degen möglichst gut nutzen wollte.

In sein Buch schrieb er: »Warum hat der Admiral solches Interesse an mir? Was plant er für mich?«

75

Die Flottille lief zum westlichen Ende Siziliens aus. Dort hielt sie sich damit auf, die Ägadischen Inseln zu überprüfen, die nur anderthalb Fahrttage von Afrika entfernt waren. Das war einer der Lieblingsplätze der Sarazenen, um den Schiffen aufzulauern, die von Südsizilien nach Palermo, Sardinien oder Spanien fuhren. Bei der Insel Marettimo sichteten sie zwei sarazenische Galeeren, die flohen und bei der Verfolgungsjagd wieder ihre größere Schnelligkeit bewiesen. Joan konnte sie mit den Feldschlangen nicht erreichen.

Ihre geringen Vorräte erlaubten ihnen nicht, auf die Rückkehr der Sarazenen zu warten und ihnen einen Hinterhalt zu legen. Der Admiral hatte es eilig, nach Neapel zu kommen. Bevor sie ihre Fahrt fortsetzten, befahl Vilamarí, in einer Bucht zu ankern. Er ließ alle Kapitäne auf seiner Galeere zusammenrufen. Joan und die übrigen Offiziere mussten zum Bug gehen, während sich die anderen über Karten besprachen, die sie auf dem Tisch ausgebreitet hatten. Nach einiger Zeit riefen sie mehrere Mitglieder der Mannschaft, die aus Sizilien stammten, und den Offizier Torrent zu sich.

Zwei Tage später, während sie parallel zur Küste der großen Insel segelten, gab es ein erneutes Treffen der Kapitäne. Genís Solsona erklärte Joan, dass sie eine militärische Operation vorbereiteten, und Joan fragte, ob sie erwarteten, auf sarazenische Schiffe zu stoßen. Der Steuermann zuckte die Achseln. Vielleicht wusste er es und wollte es ihm nicht sagen.

Seitdem sie von der Insel Marettimo abgefahren waren, hatten sie nur Fischerboote gesehen. Es gab keine Anzeichen für Schiffsverkehr, gewiss wegen der Piraten. Aber Joan ahnte, dass der Admiral kein Seegefecht vorbereitete. Am Nachmittag des nächsten Tages durchschaute Joan, was Vilamarí plante.

Der Kapitän ließ mehrere Seeleute, zwei Aufseher und etwa zwanzig Soldaten zusammen mit dem Offizier Torrent, der Joan schon seit einigen Tagen im Kampf mit dem Degen unterrichtete, zu sich kommen.

»Diese Gruppe wurde für eine besondere Operation ausgewählt«, sagte ihnen Kapitän Perelló unter den aufmerksamen Blicken des Admirals. »Heute übernachtet ihr an Land, und am Morgen wird es einen Kampf geben. Offizier Torrent kommandiert die Gruppe. Außer den Armbrüsten und Degen nehmt ihr eine Arkebuse, mit der Joan schießen wird.«

Joan packte eine schreckliche Angst. Er ahnte, dass etwas Entsetzliches bevorstand, und es verschlug ihm die Luft zum Atmen.

»Anstelle eurer eigenen Sachen zieht ihr euch die hier an. Und ein paar von euch sollen einen Turban tragen«, erklärte der Kapitän weiter und zeigte auf einen Haufen Kleidungsstücke, die den auf den Fusten gefangen genommenen Sarazenen gehört hatten.

Joan musste sich an die Wand des Kampanjedecks lehnen, um nicht umzufallen. Er erstickte. Der Kapitän ließ einen muslimischen Sträfling kommen, der sie mehrere Worte auf Sarazenisch wiederholen ließ und ihnen beibringen musste, wie sie sich den Turban aufzusetzen hatten. Die Einzelheiten der Operation sollten ihnen an Land ausführlicher erklärt werden, doch sobald der Kampf beginnen würde, dürften sie nur diese Worte benutzen. Dabei handelte es sich um die gebräuchlichsten Befehle. Immer wieder ließ er alle diese Kommandos wiederholen. Manche schienen sie schon länger zu kennen. Der Junge erschauderte, als er begriff, dass auch er sie zuvor schon gehört hatte. Vilamarí würde bald das gleiche Verbrechen wie damals in seinem Dorf begehen. Als er ans Ende des Kampanjedecks hinüberblickte, sah er, dass der Admiral dort saß und sie in aller Ruhe beobachtete. Joan empfand diesem Mann gegenüber eine Mischung aus Furcht, Wut und grenzenlosem Hass.

»Herr Kapitän«, sagte er zu Perelló, nachdem die Zusammenkunft beendet war und sich die Gruppe aufgelöst hatte, »ich kann nicht mitkommen. Ich bin sehr krank, ich kann mich überhaupt nicht auf den Beinen halten.«

Joan musste nichts vortäuschen. Er fühlte sich tatsächlich krank. Ihm drehte sich der Magen um, und seine Beine gaben nach. Der Kapitän blickte ihn mit einem Lächeln an, in dem sich Mitgefühl und Geringschätzung vermischten.

»Angst, Junge?«, sagte er. »Die haben wir alle einmal gehabt. Aber das ist jetzt nicht der richtige Moment. Der Admiral hat mir befohlen, dass ich dich sofort aufhängen soll, wenn du dich weigerst, mitzukommen.«

Joan blickte zum anderen Ende des Kampanjedecks, wo Vilamarí immer noch saß. Er beobachtete sie, und ganz gewiss wusste er, worüber sie sprachen. Doch seine Miene verriet nichts.

»Der Admiral hat dir Sonderrechte eingeräumt, Junge«, sagte der Kapitän weiter. »Alle wissen das, und es würde einen schlechten Eindruck machen, wenn sich erwiese, dass du sie nicht verdienst.«

»Das würde der guten Ordnung des Schiffs schaden, nicht wahr?«, stieß Joan wütend hervor.

»Ja«, antwortete der Kapitän und lachte laut. »Aber es würde dir noch mehr schaden, wenn du von da oben herabbaumeltest.«

Der Junge erinnerte sich an das makabre Bild, wie Carles' Leiche hin und her schaukelte. Ihm wurde klar, dass ihn der Kapitän ohne mit der Wimper zu zucken aufhängen würde, um die vom Admiral geforderte Ordnung aufrechtzuerhalten.

Als es dunkel wurde, näherten sich die Galeeren der Küste, und das Admiralsschiff ließ die Schaluppe zu Wasser. Sie hatten abnehmenden Mond, der hell genug leuchtete, um einen kleinen Strand zu erkennen, an dem das Boot in mehreren Fahrten die Truppe auslud.

Joan trug die Arkebuse, die Lunte und das Pulver, das er sorgfältig auf kleine Säckchen verteilt hatte. Er hatte alles in einem Beutel aus geteertem Segeltuch verwahrt und konnte es vollständig trocken an Land bringen. Eine Armbrust schoss manchmal treffsicherer als eine Arkebuse, diese aber hatte eine größere Zerstörungskraft. Unglücklicherweise erinnerte sich Joan noch genau daran, wie sie den Körper seines Vaters zugerichtet hatte.

Ein sizilianischer Seemann führte sie zu einem Pinienwald, wo sie die Nacht verbringen sollten. Joan wusste, dass er kein Auge zutun würde und bot sich an, anstelle seiner Kameraden, die einen gesunden Schlaf hatten, zwei Wachen zu übernehmen. Er entfernte sich von der Truppe und hörte das Schnarchen der Schlafenden und das Zirpen der Grillen, während ihn der Piniengeruch an sein Dorf erinnerte. Zwischen den Nadeln der Bäume sah er den Himmel. Er war von unzähligen Sternen bedeckt. Der Mond schien mit seiner halben Sichel auf die Pinien herab. Der äußere Frieden milderte jedoch nicht die Hölle, die Joan in seinem Innern erlitt und die ihn daran hinderte, die Augen zu schließen.

Bis zu diesem Augenblick waren er und seine Familie die Opfer gewesen – doch nun sollte er selbst zum Henker werden, ohne dass er etwas tun konnte, um es zu verhindern. Er dachte daran, heimlich zu fliehen und nicht am Überfall teilzunehmen. Das hätte er auch getan, wenn die Strafe nur aus ein paar Peitschenhieben bestanden hätte. Aber man hatte ihm mit dem Aufhängen gedroht. Und ein Galeerenkapitän drohte nicht ohne Grund. Verzweifelt dachte er sich einen Plan nach dem anderen aus, doch keiner davon war zu etwas nütze.

Der Tag dämmerte noch nicht, als sie schon das aus Brot, Käse und Wein bestehende Frühstück beendet hatten und ihren Marsch begannen. Dabei durchquerten sie im Innern der Insel einige Wälder, bis sie zu einem Weg gelangten. Der Seemann sagte ihnen, dies sei der richtige Ort. Joan lief ein paar Schritte auf dem Fußweg, und von der Höhe aus, auf der sie sich befanden, konnte er weiter unten das Meer, mehrere Hütten am Ufer und ein paar Fischerboote sehen, die auf einem weiten Sandstrand lagen. Der Schauplatz war ihm auf tragische Weise vertraut. Sie versteckten sich hinter Felsen und Büschen, während das erste Licht des Tages vom Osten herüberschien. Kurz darauf ertönten Hörner, die Alarm schlugen, und mit Feuerstein und Schlagstahl ließ Joan die Funken sprühen, die eine seiner langsam brennenden Lunten entzündeten. Danach klemmte er die Lunte in den Luntenhahn ein, ein Eisenstück, das einem Z ähnelte und an einem Ende die Lunte hielt und am anderen als Abzug diente. Er blickte wieder hinaus und sah, wie die *Santa Eulalia*, die an ihren Masten die grünen Fähnchen des Islams trug, behutsam auf den Strand aufsetzte. Die Männer schrien, erhoben ihre Waffen und sprangen über den Bug und die Bordseiten.

Der Offizier Torrent zog ihn zurück in ihr Versteck und stellte sich hinter ihn.

»Wenn ich den Befehl gebe, laufen wir denen entgegen, die auf diesem Weg hochkommen, weil sie sich auf dem Hügel dort hinten in Sicherheit bringen wollen«, sagte er. »Joan wird vorangehen und die Arkebuse gegen den Ersten abfeuern. Sie werden einen Schreck bekommen und fliehen. Wenn sich die Männer zum Kampf stellen, müssen wir die töten, die Widerstand leisten. Wir müssen so viele wie möglich gefangen nehmen, vor allem junge Frauen. Wir wollen keine kleinen Kinder. Weiß jemand nicht, was er tun soll?«

Keiner antwortete.

»Von jetzt an sprechen wir Sarazenisch.«

Das Warten dehnte sich endlos. Joan merkte, dass sich Torrent hinter ihm befand. Er selbst schwitzte vor Angst. Auf einmal hörten sie Geschrei und Keuchen, und als sie die ersten Flüchtenden erblickten, befahl der Offizier den Angriff. Joan rührte sich nicht, doch ein schmerzhafter Stich ins Kreuz ließ ihn hochfahren.

»Komm hier heraus und schieß, wenn ich dich nicht von hinten aufspießen soll«, sagte Torrent und stieß ihn nach vorn.

Joan folgte seinen Gefährten und lief denen, die hochkamen, ein paar Schritte entgegen. Sie trafen auf eine Gruppe von Dörflern. Die Männer, die mit Schwertern, Lanzen und Armbrüsten bewaffnet waren, stellten sich an die Spitze. In ihren Gesichtern spiegelte sich Überraschung und Angst. Sie blieben stehen, um die zu decken, die hinter ihnen kamen.

Joan hörte, wie sie ihren Frauen zuriefen, mit den Kindern zu fliehen. Als ihr Anführer den Männern befahl, anzugreifen, um die Flucht der Frauen zu decken, spürte Joan, dass ein Armbrustpfeil an ihm vorbeipfiff und ihn streifte. Er sah, dass der Anführer der Gruppe schrie und mit dem Schwert in der Hand gegen ihn losstürmte. Die Übrigen folgten ihm.

»Schieß!«, befahl ihm Torrent.

Aber der Junge rührte sich nicht. Er zielte auf den Fischer, der herbeirannte. Er suchte den Blick seines Vaters in den Augen des Mannes.

»Schieß, verdammt nochmal!«, brüllte der Offizier.

Joan war sicher, dass er sterben müsste, wenn er in diesem Augenblick nicht auf den Abzug drückte, und so tat er es. Der Mann war schon im Begriff, sich auf ihn zu stürzen. Er hielt das Schwert hoch, weil er ihm einen Hieb versetzen wollte. Joan konnte seine Augen nicht von denen des Fischers abwenden und hörte, wie die Lunte zischte, die das Pulver entzündete. Ein brutales Krachen ließ die Schreie der Kämpfenden verstummen, und der Mann wurde mitten im Lauf schlagartig aufgehalten. Er streckte die Arme zum Himmel aus, während er das Schwert losließ und sich Joans Blick von dessen Augen abwendete. Er betrachtete das schreckliche Loch, das sich in der Brust des anderen öffnete und aus dem bald Blut hervorsprudelte. Der Mann stürzte auf den Rücken.

Nun hatte der Zusammenstoß eine andere Wendung genommen. Die Fischer rannten in wilder Flucht davon, und die Seeleute verfolgten sie. Sie ließen mehrere leblose Körper zurück, die von Pfeilen durchbohrt waren und auf der Erde lagen. Joan lief ihnen nicht nach. Er ließ die Arkebuse fallen, blieb stehen und betrachtete den Körper des Mannes, der noch einen Funken Leben bewahrte. Da kam ein kleiner Junge aus den Büschen hervor, in denen er sich versteckt hatte.

Er kümmerte sich nicht um Joan und lief zu dem Mann, der noch die Kraft aufbrachte, seinem Sohn in die Augen zu blicken. Der Junge kniete nieder und ergriff die Hand des Mannes. Joan wusste ganz genau, was sich die beiden sagen würden. Ein paar Schritte weiter hockte sich Joan nieder, bedeckte das Gesicht mit den Händen und brach in Tränen aus. Kurz darauf übergab er sich und lehnte sich an eine Pinie. Er war das Kind. Und auch der Henker.

76

Als die Flut kam, fuhr die Galeere ab und ließ ein menschenleeres und geplündertes Dorf hinter sich zurück. Man hatte zwanzig Frauen und vier Halbwüchsige gefangen. Als Joan fortging, blickte er zu den Bergen, Olivenbäumen, Pinienwäldern und Rohrfeldern hinüber. Er versuchte, die Überlebenden zu entdecken, denn er wusste, dass sie ihn von dort aus beobachteten. Darunter war ein Kind, dessen Gesicht er niemals vergessen würde.

»Wir können dreißig Pfund pro Kopf herausholen. Das sind fünfundzwanzig Dukaten«, berechnete der Schreiber. »An diesem Posten verdienen wir genug, um die Kosten der Flotte für mehr als zehn Tage zu decken.«

Kapitän Perelló nickte zufrieden. Er saß mit Torrent zusammen am Tisch des Kampanjedecks und nahm dessen Bericht über die Operation entgegen. Auf der Bank im Hintergrund des Raums, in der Nähe des Rudergängers, saß gedankenversunken der Admiral.

Joan stand hinter Torrent. Er wusste, dass sein Verhalten bei dem Zusammenstoß den Offizier enttäuscht hatte und dieser den Vorfall mit dem Kapitän besprechen würde. Doch im Moment kümmerte Joan sich nicht um die Strafe. Seine Aufmerksamkeit galt ganz Admiral Vilamarí. Er hatte geschworen, seinen Vater zu rächen, und er hatte dessen Mörder in der Schänke getötet. Nun begriff er, dass der Einäugige zwar das Verbrechen ausgeführt hatte, Vilamarí aber der wahre Verantwortliche war. Obwohl er es nicht hatte tun wollen, hatte Joan jemanden umbringen müssen, der sein eigener Vater hätte sein können. Der Admiral war schuld an dessen Tod und an dem Schicksal seiner Familie. Er blickte zu diesem Mann hinüber, der nahe an die Fünfzig, energisch und hochmütig war, jedoch oft in seine Gedanken vertieft. Wegen dem, was er seiner Familie und so vielen anderen angetan hatte, verdiente er den

Tod. Je länger ihn Joan ansah, desto stärker wuchs die Wut in seinem Innern. Es war ein kalter und deshalb noch tieferer Hass. Er flehte zu Gott, dieser möge ihm eine Gelegenheit bieten, den Admiral zu töten und entkommen zu können. Joan durfte sein Leben nicht vergeuden, ohne dass er zuvor seine Familie gefunden und befreit hatte.

Plötzlich sah Vilamarí zu dem Tisch hinüber, und sein Blick traf sich mit dem Joans. Sie starrten einander an, und der Junge wusste, dass er in diesem unsagbar langen Moment dem Admiral seine Wut und seinen Hass offenbarte. Der Admiral hielt Joans Blick stand. Sein im Allgemeinen ausdrucksloses Gesicht bekundete zuerst leichte Überraschung, dann glaubte Joan zu sehen, wie seine Lippen ein zynisches Lächeln umspielte. Schließlich hielt Joan es nicht länger aus und wandte seine Augen von dem Mann ab, der ebenfalls wegblickte.

»Nur ein Fußsoldat wurde von einem Armbrustpfeil an einer Schulter verletzt«, berichtete Torrent. »Wenn Gott will, wird er sich schnell davon erholen. Sobald wir die Arkebuse abgeschossen hatten und der Anführer gefallen war, sind die Übrigen davongerannt. Ich glaube nicht, dass diese Fischer vorher schon einmal einen Arkebusenschuss gehört haben, und das hat sie in Panik versetzt.«

Als der Offizier den Bericht über den Hinterhalt, die Plünderung des Dorfes und die Gefangennahme der Bewohner abgeschlossen hatte, kam er auf die Angelegenheit mit Joan zu sprechen.

»Er hat sich wie ein Feigling benommen«, teilte er mit. »Er hat ein schlechtes Beispiel gegeben, und das bedauere ich, weil er mir wie ein tapferer Junge vorkam, als er mit dem Degen übte.«

»Nun, als Strafe wird er dann öffentlich zehn Peitschenhiebe erhalten«, sagte der Kapitän und blickte Joan anklagend an. Dieser stand aufrecht und erwiderte dessen Blick.

»Der Junge braucht keine Peitschenhiebe.« Alle blickten zum Admiral hinüber, der sich bisher, so schien es, überhaupt nicht um das Gespräch gekümmert hatte. »Was er nötig hat, ist ein wenig

Übung. Beim nächsten Angriff wird er wieder für die Arkebuse verantwortlich sein.«

Joan wären die Peitschenhiebe hundertmal lieber gewesen. Man würde ihn abermals zwingen, Unschuldige zu töten! Er wollte schon protestieren, obwohl er wusste, dass es zwecklos war, als ihn der Admiral eindringlich musterte: »Du musst noch viel lernen, Joan Serra von Llafranc.«

Joan war wie betäubt. Keiner auf der Galeere hatte ihn zuvor so genannt und sein Heimatdorf erwähnt. Ein Dorf, das Vilamarí geplündert und dessen Einwohner er ermordet oder versklavt hatte.

Er verstand, dass dieser Mann ganz genau wusste, was er tat, als er ihn mit dem Auftrag losgeschickt hatte, mit der Arkebuse auf Unschuldige zu schießen. Bartomeu hatte ihm wohl vom Tod des Vaters und dem Unglück der Familie erzählt, um dessen Herz zu erweichen.

Vilamarí wusste alles! Ihm war alles vom ersten Augenblick an bekannt gewesen. Und nun spielte er grausam mit ihm, wie eine Katze mit einer verwundeten Maus spielt, bevor sie sie tötet.

77

In den nächsten Nächten fand Joan keinen richtigen Schlaf. Auf ihrem Weg zum Kap Passero im Südosten Siziliens überfiel die *Santa Eulalia* zwei weitere Dörfer. Joan vermutete, dass die anderen beiden Galeeren das Gleiche taten. Stets gingen sie nach demselben Muster vor: Eine Abteilung landete heimlich in der Nacht vor dem Überfall in einer entfernten Bucht. Dabei wurde sie von Seeleuten geführt, die aus der Gegend stammten, wobei Joan nicht wusste, ob sie es freiwillig oder unfreiwillig taten. Dann versperrte die Abteilung jenen Dörflern den Weg, die vor dem Angriff der an ihrer Küste landenden Truppen flohen. Die Flotte kam schneller voran als die Nachrichten, und man konnte die Einheimischen stets überrumpeln.

Für Joan war es eine Qual, diese Szenen immer wieder zu erleben. In den schlaflosen Nächten betete er für seine Familie und für die Unglücklichen, über die sie am frühen Morgen des nächsten Tages herfallen würden, und auch für sich selbst. Und wenn er nicht betete, fluchte er. Er verfluchte Admiral Bernat de Vilamarí, der für all diese Übeltaten verantwortlich war und den er mit seinen eigenen Händen umbringen wollte.

Er versuchte mit allen Mitteln, die Dörfler nicht zu verletzen. Wenn er die Arkebuse abfeuerte, sobald er sie erblickte, ohne ihnen Zeit zum Angreifen zu lassen, müsste er keinen von ihnen erschießen. Das Krachen des Schusses war das Signal für die Seeleute, die Fischer anzugreifen. Diese wurden von dem Lärm überrascht und flohen schließlich. Die Operation verlief so schnell, dass ihm keine Zeit blieb, die Waffe nachzuladen. Seine übergroße Eile, den Schuss abzugeben, und seine mangelhafte Treffsicherheit missfielen dem Offizier Torrent, weil es den Kampf Mann gegen Mann erschwerte, doch wenigstens könnte er ihn nicht beschuldigen, ungehorsam und feige zu sein.

In diesen Tagen war Joan nicht in der Lage, etwas in sein Buch zu schreiben. Ihn quälten heftige Schuldgefühle.

Die gefangenen Frauen sperrte man in dem engen Raum unter dem Bugdeck ein, und in der ersten Zeit schrien sie Tag und Nacht.

»Du darfst sie nur besuchen und eine auswählen, wenn der Kapitän beschließt, dich für etwas Besonderes zu belohnen, oder wenn du vier Sueldos hast, um es zu bezahlen«, sagte der Steuermann, der seine verzerrte Miene falsch deutete, als er die Schreie hörte. »Torrent lässt sie sehr sorgfältig bewachen, um zu verhindern, dass sie Schlägereien unter den Männern herausfordern oder dass eine über Bord springt. Er und seine Soldaten nehmen das Geld für den Admiral ein.«

»Jetzt ist er auch noch Zuhälter«, stieß Joan zwischen den Zähnen hervor.

Er verzweifelte, wenn er die Frauen schreien hörte. Er dachte an seine Mutter, seine Schwester und Elisenda. Er betete für sie und flehte darum, dass sie nicht im Meer ertrunken waren, weil sie versucht hatten, sich dieser Marter zu entziehen.

Nach zwei Tagen schrien die gefangenen Frauen nicht mehr, vielleicht, weil sie sich mit dem Unvermeidlichen abgefunden hatten. Dies und die Nachricht, dass es keine weiteren Angriffe auf Fischerdörfer geben würde, erlaubte Joan, sich so weitgehend zu beruhigen, dass er schlafen konnte, wenn auch nicht gut. Seine Gedanken nahmen allmählich eine zusammenhängende Form an. Er hatte vieles in seinem Buch einzutragen. »Der Admiral hat alles über mich gewusst«, kritzelte er eines Tages hinein. »Er hat mich meinen eigenen Vater umbringen lassen«, notierte er am folgenden Tag. »Ich war das Waisenkind und zugleich der Henker«, schrieb er ein paar Stunden später. »Was soll ich von dem Admiral lernen? Dass ich Unschuldige töte wie er?« Und: »Er spielt mit mir wie die Katze mit der verletzten Maus, bevor sie sie tötet, aber ich muss ihn vorher töten«, schrieb er endlich.

Als die Flottille am Kap Passero vorbeisegelte, fuhr sie zu Joans Enttäuschung nicht nach Neapel, sondern nach Otranto weiter, das fünf Tage vom Kap entfernt war.

»Das ist ein Freihafen«, erklärte ihm Genís. »Dort machen wir die Sklaven zu Geld.«

In den Tagen, in denen die Flottille auf dem offenen Meer fuhr, wurde die übliche Ordnung wiederhergestellt, und Joan nahm seine Lesungen aus dem *Verliebten Roland* für die Offiziere wieder auf. Eines Abends sagte der Kapitän zu ihm: »Heute gibt es keine Lesestunde. Der Admiral wird in seiner Kajüte essen, und du wirst ihn beim Essen bedienen.«

Der Auftrag gefiel Joan nicht. Die Galeere hatte ihre Köche, und diese bedienten die Offiziere bei Tisch. Außerdem hatten der Kapitän und der Admiral gemeinsam einen Diener, der saubermachte und ihre Kleidung und Waffen pflegte, ihnen den Bart rasierte und für alle anderen Bedürfnisse sorgte. Joan verstand nicht, warum er den Dienstboten spielen sollte.

Die Kajüte des Admirals befand sich unter dem Kampanjedeck. Man gelangte über den Mittelgang zu ihr, musste eine kurze Treppe hinabsteigen und durch einen schmalen Korridor weitergehen, der auch zur Krankenstube führte. Dies waren die beiden einzigen Räume auf dem Schiff, die für Einzelpersonen bestimmt waren. Joan war es nicht gewöhnt, ein Tablett zu tragen. Er legte den Weg äußerst vorsichtig zurück und drückte die Schultern an die Wände des Gangs, damit ihm das Geschirr nicht bei dem Schaukeln der Galeere zu Boden stürzte.

»Herein«, rief der Admiral, als er klopfte.

Joan wartete auf einen ruhigen Moment, in dem er die Tür mit einer Hand aufmachen konnte, während er das Tablett in der anderen hielt. Er erblickte ein kleines Zimmer, in dem man den Platz möglichst gründlich genutzt hatte. Auf einigen Kisten befand sich das Bett, und hinten stand ein Tisch, an dem Vilamarí saß und schrieb. Über dem Tisch öffnete sich eine kleine Luke, die zum Heck hinausging und für natürliches Licht sorgte, was den Admiral zwang, sich mit dem Rücken zur Tür zu setzen.

»Stell das Tablett auf den Sims über dem Bettsack«, sagte der Admiral.

»Wie Ihr befehlt«, antwortete Joan.

Doch als er die Anweisung ausführen wollte, sah er einen prächtigen, halb aus der Scheide gezogenen osmanischen Dolch auf dem Bett. Sein Herz krampfte sich zusammen. Er brauchte die Waffe nur an sich heranzuziehen und den Seemann zu erstechen, der ihm in diesem Moment den Rücken zudrehte. Die ganze angestaute Wut, all seine Rachegedanken strömten in seiner Magengrube zusammen. Endlich konnte er seinen Vater rächen! Das war eine einmalige Gelegenheit.

Seine Hände zitterten, und er stellte das Tablett behutsam auf den Sims, während er berechnete, dass er mit einer schnellen Bewegung den Dolch ganz herausziehen und dem Schurken einen tödlichen Hieb versetzen könnte, bevor dieser reagierte. Eine innere Stimme warnte ihn, wenn er ihn unter diesen Umständen töte, bleibe ihm keine Fluchtmöglichkeit, und er werde auf grausamste Art hingerichtet. Doch in seinem Innern steigerte sich die Wut, zusammen mit einer wilden Freude. Er musste es tun. Jetzt oder nie!

Er streckte die Hand aus, und sein Blick wandte sich zum Körper des Admirals, während er die Entfernungen abschätzte. Da merkte er, dass dieser nur so tat, als läse er, und dass ein Spiegel an der Heckwand hing, mit dem ihn der Admiral heimlich beobachtete. Die rechte Hand des Seemanns war in seinem Schoß verborgen, und Joan nahm an, dass er in ihr einen Dolch hielt.

Das war eine Falle! Ganz gewiss fehlte dem osmanischen Dolch die Klinge. Eine falsche Bewegung, und er würde selbst einen Dolchstoß abbekommen. Er spürte, wie sich seine Muskeln verkrampften, dabei trafen sich Vilamarís harter Blick und der seine im Spiegel.

»Wünscht Ihr noch etwas, Herr Admiral?«, fragte Joan nach einer langen Pause, in der er nicht sprechen konnte. Seine Kehle war dermaßen trocken, dass ihm die Worte beinahe weh taten.

Die Lippen des Mannes deuteten ein leises Triumphlächeln an, was Joan im Spiegel sehen konnte, und dieser spürte, dass er den anderen noch mehr hasste.

»Nein. Du kannst gehen.«

Als Joan auf den Gang hinaustrat, zitterte er von Kopf bis Fuß, und kalter Schweiß ließ ihn mitten im Sommer erschaudern. Der Admiral wusste ganz genau, was er dachte, dass er ihn hasste und sich nach Rache sehnte. Das konnte und wollte Joan nicht länger verheimlichen, und Vilamarí las es jeden Tag in seinen Augen, doch aus irgendeinem unbekannten Grund schien er Freude daran zu finden, ihn in seiner Nähe zu haben, obwohl er diesen Groll und diese lauernde Gefahr spürte.

Der Admiral spielte mit ihm. Aber Joan lebte in der Hoffnung, dass er eines Tages einen Fehler machen würde. Dafür betete er. Dann würden sie die Rollen tauschen, und das gejagte Wild würde sich in den Jäger verwandeln. Dies würde der letzte Tag des Admirals sein.

78

Joan bat Genís: »Erzählt mir von Otranto und seinem Sklavenmarkt.«

Die *Santa Eulalia* fuhr mit aufgespanntem Segel, die Sträflinge wechselten sich beim Rudern ab. Es war ein etwas unfreundlicher Tag mit aufgewühltem Meer und frischem Wind. Sie saßen an einem Ende des Kampanjedecks und stützten die Füße auf den Mittelgang. Niemand konnte sie hören, während die Trommel das Rudertempo angab, der Wind blies, die Offiziere in der Mitte des Kampanjedecks redeten und draußen die Aufseher schrien.

Joan wollte weitere Auskünfte sammeln, um den Aufenthaltsort seiner Familie herauszufinden. Obwohl das Thema der Überfälle auf christliche Ortschaften sehr problematisch war und man es nur im Rahmen des unbedingt Notwendigen erwähnte, ließ es sich in diesem Moment nicht vermeiden.

Der Steuermann war ungefähr dreißig Jahre alt, und Joan fragte sich, ob er auf der Galeere Vilamarís gedient hatte, als sie sein Dorf überfielen. Trotzdem fürchtete er sich, ihn direkt zu fragen, weil dieser darin ein ungewöhnliches Interesse erkennen und misstrauisch werden könnte. Dann wäre das Gespräch zu Ende, wie es mit dem Einäugigen in der Schänke geschehen war.

Der Offizier machte eine Pause, bevor er antwortete. Er blickte aufs Meer hinaus, und endlich sprach er.

»Otranto gehört zum Königreich Neapel, aber es befindet sich am Eingang des Adriatischen Meeres. Von Otranto bis zur Stadt Neapel muss man mehr als acht Tage mit dem Schiff fahren, doch es liegt am Handelsweg von Venedig ins übrige Mittelmeer und ist nur einen Tag von der albanischen Küste entfernt, die schon teilweise von den Türken beherrscht wird.

Wegen ihrer Niederlage bei Rhodos begannen die Türken als Vergeltungsmaßnahme einen Überraschungsangriff auf Otranto. Sie setzten ebenfalls überlegene Kräfte ein und eroberten die Stadt. Auf Befehl des Königs von Aragonien stellte sich Vilamarí in den Dienst König Ferdinands I. von Neapel. Er befehligte seine eigenen Schiffe und die neapolitanische Flotte und belagerte die Stadt von der Seeseite aus. Alfons von Kalabrien, der Erbe des neapolitanischen Throns, dessen Streitkräfte mit Truppen aus anderen italienischen Staaten und aus Ungarn verstärkt wurden, belagerte inzwischen die Stadt von der Landseite her. Beide gemeinsam zwangen die Türken, sich zu ergeben.

Jetzt ist Otranto ein Freihafen. Es liegt zu nahe am Osmanischen Reich, vor dem es nur ein unsicherer Frieden schützt, und zu weit von der Hauptstadt des Königreichs entfernt. Es hat einen gutbesuchten Sklavenmarkt, und die Sklaven stammen aus den Überfällen von Korsaren und Piraten.«

»Aber die Sklaven, die wir mitbringen, sind Christen!«, rief Joan. »Wird der Statthalter nichts unternehmen?«

Der Steuermann lächelte und schüttelte den Kopf.

»Der Statthalter ist mit Vilamarí seit der Zeit befreundet, als die Stadt zurückerobert wurde. Er erhält saftige Gewinne aus dem Handel mit den Gefangenen. Jeder, der Steuern bezahlt, ist hier willkommen, ganz gleich, ob er Venezianer, Türke oder Berber ist. Er stellt denen, die gute Geschäfte einbringen, keine Fragen. Die muslimischen Sklaven werden von Händlern erworben, die sie in christlichen Ländern verkaufen, und die Christen sind für das Türkenreich und sogar für ein paar weiter entfernte christliche Gebiete bestimmt, wie zum Beispiel die Insel Kreta.«

Im Stillen sagte sich Joan, dass Otranto zu weit von Llafranc entfernt war und nicht der Bestimmungsort seiner Familie gewesen sein konnte.

Man gab Joan die Erlaubnis, an Land zu gehen. Zusammen mit dem Steuermann besuchte er die Sklavenversteigerung. Sie fand in einem weißgekalkten Raum statt, der ebenfalls für den Rinder- und Pferdemarkt benutzt wurde. Dort wurden sowohl die Frauen als auch die Männer zu ihrer Demütigung und zum Vergnügen der Schaulustigen nackt ausgestellt. Manche weinten schweigend, wobei sie ihre Blöße mit den Händen zudeckten. Ihre Blicke waren unstet und ängstlich, denn jeder Ungehorsam wurde unverzüglich mit Peitschenhieben bestraft. Man behandelte sie wie eine Ware. Nur mit den schönsten Frauen ging man einigermaßen schonend um; die Interessenten betasteten sie allerdings und untersuchten sie, als wollten sie Maultiere kaufen. Die Schreiber registrierten stets aufmerksam, wie dort die Angebote entgegengenommen wurden. Dann legte man die Preise fest, auf die der Statthalter seine Steuern und die Kaufleute ihre Gewinne aufschlugen.

Joan sah den Admiral und den Kapitän nicht auf dem Markt. Diese menschlichen Waren, die nur ein paar Tage zuvor freie Personen gewesen waren, wurden vom Offizier Torrent übergeben. Ihn begleitete eine Gruppe, die aus Soldaten, Schreibern und Aufsehern der Galeeren bestand. Manche Mädchen waren schön, doch Joan hielt sich nicht damit auf, sie zu betrachten, sondern verabschiedete sich vom Steuermann. Er musste ständig an seine Mutter, seine Schwester und Elisenda denken, und es drehte ihm den Magen um, Zeuge dieser entwürdigenden Behandlung zu werden. Er fürchtete, dass er schließlich einen von diesen Gaffern verprügeln würde, die sich mit lüsternen Blicken an die Sklavinnen wandten und versuchten, sie zu berühren, wenn man sie herein- oder hinausbrachte.

Als er auf die Galeere kam, holte er das Buch heraus, das er unter einem kleinen, verschiebbaren Brett versteckt hatte.

»Welchen Preis hat ein Leben?«, schrieb er. »Welchen Preis hat die Freiheit? Vilamarí raubt den Menschen das Leben und die Freiheit. Eines Tages wird er für seine Verbrechen bezahlen.«

79

In dieser ruhigen und warmen Nacht segelte die Flotte am Golf von Tarent vorbei. Die Galeerensträflinge erholten sich, und außer dem Rudergänger und den Ausguckposten schliefen alle auf der *Santa Eulalia*. Nur Joan konnte keinen Schlaf finden, weil ihn seine Ungeduld quälte.

Endlich würden sie nach Neapel gelangen. Die Stadt war dreimal größer als Barcelona. Es würde nicht leicht sein, Anna zu finden. Sie war nun schon eine verheiratete Frau, und Joan fragte sich halb ängstlich, halb hoffnungsvoll, ob sie ihn immer noch liebte.

Die Hängematten der Offiziere schaukelten sanft auf dem Kampanjedeck. Joan genoss nicht dieses Privileg, doch er war mit dem Bettsack zufrieden, den er nachts auf den Boden legte. Noch erinnerte er sich an das harte Deck, auf dem sich die Ruderknechte um Schlaf bemühten. Im Vergleich dazu kam ihm seine Bettstatt wie ein Luxus vor.

Es war eine Nacht mit zunehmendem, beinahe schon vollem Mond. Joan stand ruhelos auf und lief vorsichtig auf dem Mittelgang zum Bug. Es war schwer, Geräusche auf den Planken zu vermeiden. Er wollte nicht den Schlaf der Ruderknechte stören, die an beiden Seiten des Mittelgangs lagen. Viele schnarchten, einer hustete, ein anderer redete im Schlaf, und bei jeder Bewegung klirrten die Ketten, die sie mit dem Schiff verbanden. Er kam zum Seitengang am Bug. Dort standen seine Geschütze, und er streichelte die kalte Bronze einer Feldschlange. Dann ging er zum Rammsporn, der sich am Ende der Galeere erhob und den man zum Entern feindlicher Schiffe benutzte. Dort setzte er sich hin und sah zu, wie der Bug das dunkle Wasser durchschnitt, das manchmal silbern aufschimmerte. Er blickte zum Himmel hoch, dorthin, wo der Mond schien, und erkannte, dass es sein Licht war, das einen silbernen Weg im Meer zog, der über die Wellen auf das Schiff zulief.

»Guten Abend, Joan Serra von Llafranc.«

Der Junge fuhr erschrocken zusammen. Er hatte die Stimme erkannt. Als er sich umdrehte, sah er den Mann, der wenig entfernt von ihm stand und ihn betrachtete.

»Guten Abend, Herr Admiral.«

Der Mann setzte sich auf eine kleine Bank im Seitengang und blickte zum Rammsporn hinüber. Nachdem er tief durchgeatmet und das Meer und den Mond betrachtet hatte, sagte er: »Das ist schön.«

»Ja.«

Vilamarí schwieg, während sein Blick über das Wasser, den Himmel und den Horizont glitt. Joan tat das Gleiche.

»Weißt du was, Junge?«, sagte der Mann nach einer Weile. »Du darfst den Löwen nicht beschuldigen, grausam zu sein, wenn er ein Schaf oder eine Gazelle tötet.«

Joan starrte ihn überrascht an, doch er sagte nichts und wartete, dass der Admiral deutlicher wurde.

»Der Löwe muss dafür sorgen, dass seine Jungen überleben. Gott hat ihm Klauen, Zähne und einen Magen gegeben, der nur Fleisch verträgt. Wenn er tötet, tut er es nicht aus Hass. Das Leiden der Gazelle bereitet ihm keine Lust. Seine Freude besteht darin, Nahrung zu finden, die ihn stark sein und weiterleben lässt. Der Löwe ist nicht roh oder grausam, er erfüllt nur Gottes Willen. Die Gazelle hat keine Klauen, um sich zu verteidigen. Wenn sie stirbt, um den Löwen zu ernähren, erfüllt auch sie Gottes Willen.«

Der Admiral verstummte und betrachtete weiter das Meer. Auch Joan sagte nichts und bemühte sich, sich von der Überraschung zu erholen, die ihm Vilamarí bereitet hatte. Was für eine Geschichte war das? Dem Jungen entging nicht der Doppelsinn dieser Erklärung. Der andere meinte Joans eigenen Vater und seine Familie, den Überfall auf sein Dorf. Wollte der Admiral ihn wirklich überzeugen?

Da dämmerte ihm, dass ihn dieser hochmütig und abweisend wirkende Mann um Verständnis, beinahe um Entschuldigung bat. Der Admiral musste Gewissensbisse haben, und um sie zu beschwichtigen, wollte er gerade ihn, sein Opfer, überzeugen.

»Wir Menschen sind keine Tiere, Herr Admiral«, entgegnete er nachdrücklich. Er blickte ihm ins Gesicht, wobei die Dunkelheit allerdings die Miene des anderen verbarg. »Gott hat uns gesagt, wir sollen einander lieben und keinem anderen etwas antun, wovon wir selbst nicht wollen, dass man es uns antut.«

Er schwieg in der Befürchtung, dass der Admiral seine letzten Worte als Drohung auffassen könnte. Er wollte ihn nicht alarmieren, vielmehr sollte ihm der andere weit genug vertrauen, damit er eine Gelegenheit hätte, sich zu rächen.

»Nein, Junge. Du irrst dich«, widersprach der Admiral, nachdem er sich seine Worte gründlich überlegt hatte. »Unter den Menschen gibt es viele Arten: Löwen, Gazellen und Lämmer. Und dasselbe göttliche Gesetz des Überlebens lässt sich auf Menschen anwenden. Wir, die auf dem Kampanjedeck fahren, und die Ruderknechte sind nicht gleich. Der Adlige wird nicht mit dem *Leibeigenen* gleich geboren. Der Leibeigene ist das Lamm, und der Adlige ist der Löwe. Er beschützt ihn als Gegenleistung für die Nahrung vor anderen Löwen.«

»Nun, Ihr müsst wissen, dass sich die *remensas* erhoben haben und dass einer von ihnen beinahe den König getötet hätte. War der etwa ein Lamm?«

»Ich kenne diese Geschichte genau. Joan von Canyamars war kein Lamm. Und du bist auch keines, Joan Serra von Llafranc. Darum schläfst du auf dem Kampanjedeck bei den Löwen und nicht bei den Lämmern, die auf der Galeere rudern.«

»Wie kann das sein, Herr Admiral?«, entgegnete Joan erregt. »Wie können wir Löwen sein, ohne dass wir als Adlige geboren wurden? Ist es nicht Gottes Wille, dass wir Lämmer sind, wenn wir von niedriger Herkunft sind?«

»Genau das unterscheidet uns Menschen von den Tieren«, antwortete der Admiral. »Die Tiere werden mit oder ohne Klauen geboren, und das können sie nie ändern. Sie werden Jäger oder Gejagte. Aber ich gebe zu, dass es zwei Arten des Adels gibt: den der Geburt und den des Herzens. Wer unter Lämmern geboren wurde, aber ein Löwenherz hat, verschafft sich Klauen. Es gibt sogar Fälle, dass durch diese Klauen, die beim Menschen die Waffen sind, arme Bürger zu Adligen aufgestiegen sind. Auch das ist Gottes Wille.«

Joan schwieg verwirrt. Der Admiral hatte seine Erklärung gut durchdacht. Trotzdem sah er seinen Vater vor sich, wie er mit einer Brustwunde nach hinten stürzte, und die Frauen auf dem Markt von Otranto, wie sie versuchten, sich ihre Blöße mit den Händen zu bedecken, und dabei vor Angst und Scham zitterten. Gott konnte so etwas nicht gutheißen.

»Auch du hast deine Klauen benutzt, um zu töten, Junge«, sprach Vilamarí weiter, weil Joan nichts sagte. »Du hast den Aufseher getötet, der deinen Vater erschossen hatte, und du warst beim Mord an Garau beteiligt, der ebenfalls bei der Expedition nach Llafranc dabei war. Du hast sogar einen sizilianischen Fischer getötet, der seine Familie beschützte. Dem hast du es zu verdanken, dass du jeden Tag essen kannst und bequem auf dem Kampanjedeck fährst, während andere an deiner Stelle rudern. Darum schläfst du bei den Löwen, weil du nämlich einer von ihnen bist. Und du isst mit dem gleichen Appetit wie sie, ohne dass es dir darauf ankommt, dass das Essen aus dem Sklavenverkauf stammt. Halte dich nicht mehr für ein Opfer und auch nicht für ein reineres Wesen, Joan Serra von Llafranc. Denn das bist du nicht.«

Vilamarí stand auf, ohne sich zu verabschieden. Kurze Zeit konnte Joan seine festen Schritte hören, die die Planken des Mittelgangs zum Knarren brachten. Gedankenversunken ließ er seinen Blick über das Meer schweifen. Eine Wolke schien die bedrohliche Gestalt eines geduckten und sprungbereiten Löwen anzunehmen. Angst überwältigte ihn. Das Licht des Mondes konnte nichts dagegen ausrichten, dass sich sein Inneres mit Finsternis füllte. Ob der Admiral am Ende recht hatte?

80

Ein paar Tage später kam die Flottille in Reggio an. Diese Stadt liegt fast an der Spitze des Stiefels, den die italienische Halbinsel bildet. Dort hielt sie mehrere Stunden, um Wasser und Proviant aufzunehmen. Danach fuhren sie durch die Straße von Messina, die Sizilien vom Festland trennt, und segelten parallel zur kalabrischen Küste weiter nach Norden. Am Morgen des vierten Tages kamen sie über die Landspitze Punta Campanella hinaus und ließen die Insel Capri links liegen. Vor ihnen breitete sich die große Bucht von Neapel aus. Trotz der feuchten Augusthitze war die Sicht gut, und Joans Freund, der Steuermann Genís, deutete auf die Stadt am Horizont.

»Genau nördlich der Bucht liegt Neapel, die Hauptstadt des Königreichs«, erklärte er.

Joans Herz klopfte schneller, als er diesen Namen hörte. Er verging vor dem ungeduldigen Verlangen, Anna zu treffen, ihr Gesicht, ihr Lächeln wiederzusehen.

»Links davon liegen die Inseln Ischia und Procida«, erklärte der Steuermann weiter und zeigte mit dem Finger nach vorn. »Und wenn wir etwas weiter in die Bucht hineingefahren sind … Dort!«, sagte er und wies nach rechts. »Das dort ist der Vesuv.«

Das Meer war tiefblau, der Tag klar und die Landschaft schön, doch es fiel Joan schwer, den Hinweisen des Steuermanns zu folgen. Er dachte sich einen Plan nach dem anderen aus, wie er Anna finden könnte. Die Buchhandlung war der entscheidende Ort. Gewiss war der Buchhändler ein guter Freund von Bartomeu, und Anna musste diesen Mann kennen, denn er war ihr heimlicher Kurier.

Bartomeu hatte noch nicht auf seinen Brief geantwortet. Joan kannte den Namen des Buchhändlers nicht, und in Neapel gab es ziemlich viele Buchläden.

Bald zeigte sich Neapel in all seiner Schönheit. Die Stadt lag im Süden der Bucht. Im Norden wurde sie von einigen sanften Bergen mit grünen Baumgruppen begrenzt, und eine zuverlässig aussehende Mauer umgab sie. Im Osten, zwischen Mauern und Meer, lag ein Strand, wo man Schiffe mit geringem Tiefgang an Land ziehen konnte, doch im Westen reichten die Mauern unmittelbar bis zum Wasser hin. In diesem Bereich erhob sich das eindrucksvolle Castel Nuovo, die Residenz der in Neapel herrschenden aragonesischen Dynastie. Von der Festung ging ein breiter Hafendamm in L-Form aus, der ins Meer hineinragte und den Schiffen geschützte Ankerplätze bot. Weiter östlich, auf einer kleinen Insel, befand sich das mächtige Castel dell'Ovo, und mitten in der Bucht, zwischen den beiden Kastellen, erhob sich ein Festungsturm, der als Leuchtturm diente. Der Steuermann zeigte auf die Kirchtürme und die großen Gebäude, die er beim Namen nannte. Joan wunderte sich, dass die Stadt im Westen, zum Landesinnern hin, noch eine weitere Festung hatte, das Castel Capuano, einen ehemaligen Königspalast. Gewiss war dies eine reiche und blühende Stadt.

Das Geschwader gab seine Salutschüsse ab, die vom Castel Nuovo aus erwidert wurden. Sobald die *Santa Eulalia* angelegt hatte, ging der Admiral an Land, wo ihn ein Empfangskomitee erwartete. Vilamarí wusste, dass König Ferdinand von Neapel schon länger als sechs Monate tot war und dass sein Sohn Alfons, sein Waffenkamerad bei der Rückeroberung Otrantos, als neuer König herrschte.

Alfons empfing seinen alten Kameraden mit Bekundungen großer Zuneigung und unterrichtete ihn über die allgemeine Lage. Der französische König Karl VIII. wollte in Italien eindringen und es mit einem riesigen Heer von Norden nach Süden durchziehen. Er behauptete, er wolle seine Truppen in der Nähe der Türken aufstellen, um gegen sie zu kämpfen, doch offenkundig strebte er auch danach, sich des Königreichs Neapel zu bemächtigen, denn er berief sich auf Erbansprüche, die von der Dynastie Anjou herrührten.

Alfons kam dem Angriff zuvor und schickte ein Geschwader von sechsunddreißig Galeeren, achtzehn großen und zahlreichen kleineren Segelschiffen in den Hafen von Livorno, um die französische Flotte aufzuhalten. Er dankte für Vilamarís Angebot, doch die Feindseligkeiten waren noch nicht eröffnet, und vorläufig benötigte er seine Hilfe nicht.

Joan spazierte inzwischen durch die fröhliche Stadt, die nichts von dem bevorstehenden Krieg wissen wollte und ihre überschäumende Lebenskraft auf den Straßen und Märkten darbot.

Sie mussten lediglich kleine Mengen Schießpulver nachfüllen, denn seitdem sie Palermo verlassen hatten, verbrauchten die Schiffe nur etwas bei Salutschüssen und ein paar Schießübungen. Trotzdem suchte er mehrere Lieferanten auf und überprüfte ihr Herstellungsverfahren, um die geeignete Qualität zu gewährleisten.

Als er am Abend auf die *Santa Eulalia* zurückkehrte, erfuhr er die schlimme Nachricht. Das Königreich Neapel benötigte die Flottille nicht, aber der Papst ersuchte um ihre Dienste. Sie würden auslaufen, sobald die Schiffe ihren Proviant aufgefüllt hatten. Eigentlich brauchten sie auch keine großen Vorräte, denn die Überfahrt nach Ostia, dem Hafen Roms, dauerte nur zwei Tage.

Joan spürte, dass etwas in seinem Innern zerriss. Ihm blieben höchstens zwei Tage. Wie sollte er die Buchhandlung finden? Er konnte nicht einfach so nach Anna fragen. Sie war nun schon sicher verheiratet und unter dem ihm unbekannten Namen ihres Mannes bekannt. Außerdem war es unangemessen, dass ein Fremder nach einer verheirateten Frau fragte. Es würde ihrem Ruf schaden und den Gatten warnen. Was sollte er tun?

In dieser Nacht konnte Joan kaum schlafen, weil er daran dachte, wie nahe er sich bei Anna befand und wie unerreichbar sie dennoch für ihn war. Bei Tagesanbruch glaubte er, die Lösung gefunden zu haben. Er hatte ein Verzeichnis der Bücher angelegt, die sich auf jedem Schiff befanden. Außer dem ersten Band des *Ver-*

liebten Roland, den er den Offizieren der *Santa Eulalia* schon zweimal vorgelesen hatte, besaßen sie nur vier weltliche Bücher. Besonders hervorzuheben war dabei Ovids *Liebeskunst* im lateinischen Original. Die übrigen Bände enthielten Gebete, die den Offizieren nicht besonders verlockend vorkamen. Am Morgen sprach er mit Vilamarí. Es war nicht schwer, ihn zu überzeugen, dass er den Bestand seiner Bibliothek mit unterhaltsamerer Lektüre aufbessern müsse, und Joan erhielt die Genehmigung, eine Bestellung aufzugeben.

Nun hatte er schon eine gute Ausrede, um sich in den Buchläden umzusehen und nach dem mysteriösen Buchhändler zu suchen. Schließlich hatte er einen großartigen Einfall: Er wollte nach der Übersetzung des *Verliebten Roland* ins Katalanische fragen. Nur ein Buchhändler in Neapel wusste, dass es sie gab, denn er hatte sie ja allein für Anna bestellt.

Die Glocken Neapels läuteten zur Terz, als Joan an Land ging. Die Sonne beleuchtete schon die Türme. Die Stadt schien ihm noch schöner geworden zu sein, und er erlaubte es sich, ein paar Minuten den Triumphbogen zu betrachten, der sich am Eingang des Castel Nuovo befand, genau am Ende des Hafendamms, an dem die *Santa Eulalia* angelegt hatte. Joan bewunderte seine Schönheit und Harmonie, denn obwohl man ihn schon vor fünfzig Jahren erbaut hatte, zeigte er diesen neuen Stil, der sich vollständig von dem unterschied, was Joan früher gesehen hatte.

81

Joan lief zur Straße der Buchhändler, die nahe bei der Kathedrale lag. Im dritten Geschäft blickte ihn der Buchhändler erstaunt an und sagte in einigermaßen feindseligem Ton: »Glaubt Ihr etwa, nur weil unsere Könige Aragonier sind, haben wir ins Katalanische übersetzte italienische Bücher? Hier verstehen wir den *Verliebten Roland* gut genug, obwohl er auf Florentinisch geschrieben ist. Was für ein lächerliches Verlangen! Wenn wir den nicht ins Neapolitanische übersetzt haben, wieso sollen wir ihn dann auf Katalanisch haben?«

Joan bedankte sich und wollte schon hinausgehen, als der Mann hinzusetzte: »Außerdem können sich die aragonischen Könige nicht halten. Bald werden wir französische haben. Kommt in einem Jahr wieder, und dann habe ich das Buch auf Französisch.«

Und er lachte schallend.

Joan setzte seinen Gang durch die Buchläden fort. Wie in Barcelona verkauften sie offenbar mehr leere Bücher als solche mit beschriebenen oder bedruckten Seiten. Alle hatten eine Buchbinderwerkstatt, und Joan atmete genussvoll den Geruch nach Papier, Leder und Druckfarbe ein. Er erinnerte sich an die Jahre, die er zusammen mit seinem Meister Abdalá bei den Corrós verbracht hatte.

Immer wieder schüttelte man auf seine Fragen hin den Kopf, und als er zum Mittagessen auf die *Santa Eulalia* zurückkehrte, war er völlig entmutigt. Am Nachmittag setzte er seine Suche fort. Als er in einer Buchhandlung fragte, die größer als üblich war und in der Via del Duomo lag, bediente ihn eine ungefähr vierzigjährige, rundliche Frau mit hellen Augen und blonden Locken, die unter ihrer Haube hervorglitten. Sie lächelte schelmisch, als sie Joans sonderbare Bitte hörte und rief einen Mann, der wohl der Eigentümer war.

Der Mann hatte braune Augen, aber das gleiche rundliche und gemütliche Aussehen wie seine Frau. Als er in den Laden kam, beeilte er sich, seine Glatze mit einer großen Mütze zu bedecken.

Aufmerksam hörte er sich Joans ungewöhnliche Bitte an, lächelte ironisch, machte eine theatralische Geste und begann zu deklamieren: »Der Magier spricht: ›Erfahren will ich, wer diese Dame ist, und was sie denkt.‹ – ›Angelica heißt sie mit wahrem Namen, und‹, sagt der Teufel, ›sie will Euren Tod.‹«

Sofort erkannte Joan die Verse aus dem *Verliebten Roland*.

»Ihr seid es!«, rief er gerührt. »Ihr seid der Buchhändler!«

Der Mann führte ihn in eine Geschäftsstube hinter dem Laden. Sie lag vor dem Eingang zu einigen großen Räumen, die offenbar Werkstätten waren. Dort gab es einen Tisch und zwei Stühle, und außer am Fenster, das mit einer das Licht dämpfenden Gardine bedeckt war, standen an allen Wänden mit Büchern vollgestellte Regale.

»Antonello de Errico, zu Euren Diensten«, stellte sich der Mann mit einer leichten Verbeugung vor.

»Joan Serra von Llafranc«, sagte der Junge und erwiderte die höfliche Geste.

»Sobald ich Euren Akzent und Eure Frage hörte, wusste ich, wen ich vor mir hatte«, sagte er lächelnd. »Mosén Bartomeu Sastre hat mir einen Brief und Geld geschickt und Eure Ankunft angekündigt. Er schreibt, er habe einen zweiten Brief zu der Galeere geschickt, doch er zweifle daran, dass er die *Santa Eulalia* erreiche, bevor Ihr mich findet.«

»Gott sei Dank!«, rief Joan erleichtert. »Wo ist sie?«

Antonello lachte fröhlich: »Ach, der ungeduldige Verliebte!«, antwortete er ruhig. »Ich fürchte, verliebter Roland, dass Ihr Euch beherrschen müsst. Eure Angelica ist eine verheiratete Frau.«

»Das weiß ich!«

»Ihr Ehemann ist ein guter Kunde. Es wäre nicht passend, wenn ich ihn verriete.«

Joan fuhr erschrocken zusammen. Er merkte, wie ihn kalter Schweiß mitten im August überströmte. Er hatte einen so langen Weg zurückgelegt! Und wenn sich dieser Mann weigerte, ihm zu sagen, wo er Anna finden konnte? Er dachte einen Moment daran, sich auf ihn zu stürzen und ihn mit vorgehaltenem Dolch zum Reden zu zwingen. Doch erinnerte er sich an den Auftrag des Admirals.

»Ich kann ein besserer Kunde sein!«, rief er. »Ich kaufe viele Bücher bei Euch!«

Antonello lachte abermals.

»Gut, reden wir also von Geschäften.«

Der Mann verfügte über eine große Auswahl von Bänden, sowohl Handschriften als auch Druckwerke. Einige hatte er selbst verlegt, denn außer der Buchbinderwerkstatt besaß er auch eine Druckerei. Zu den eingelagerten Büchern gehörte, wie Joan überrascht feststellte, ein Exemplar der Druckausgabe des *Weißen Ritters Tirant lo Blanc* von 1492, jedoch nicht der zweite Band des *Verliebten Roland*. Allerdings sagte der Mann, in ein paar Stunden werde er den Band im Laden haben, denn er kenne einen Kollegen, der einige Exemplare verwahre. Joan bestellte weitere vier Bücher. Der Mann rechnete zusammen und sagte: »Das macht fünfundzwanzig Dukaten.«

Joan hatte die Bücher sorgfältig geprüft. Es waren Druckwerke, was sie viel günstiger machte, doch sie hatten einen ausgezeichneten Ledereinband, der für ein langes Leben sorgen würde. Er rechnete aus, dass fünfundzwanzig neapolitanische Dukaten den Gegenwert von sechsundzwanzig barcelonesischen Pfund und fünf Sueldos darstellten. Noch erinnerte er sich an die Preise aus der Zeit, als er selbst Bücher hergestellt hatte. Ihm schien, dass der Buchhändler zu viel verlangte, aber er wollte auch nicht allzu sehr feilschen.

»Es sollen dreiundzwanzig sein.«

»Es ist nicht gut für Euch, den Preis herunterzuhandeln«, entgegnete der Neapolitaner, ohne dass er aufhörte zu lächeln. »Der Admiral wird auch noch den Preis senken wollen, und am Ende kann das Geschäft scheitern. Vierundzwanzig, und dabei bleibe ich.«

»Einverstanden. Aber sagt mir, wo Anna lebt.«

»Jetzt ist sie die *Signora* Anna di Lucca«, antwortete der Mann.

»Anna di Lucca!«

»Sie lebt in einem Palast, zwei Straßenecken weiter oben.« Der Buchhändler machte eine betrübte Miene. »Aber die *Signora* Lucca verlässt immer im Sommer die Stadt, um die wärmste Zeit auf der Insel Ischia zu verbringen. Es tut mir leid: Sie kommt erst im September wieder zurück nach Neapel.«

Die ganze Freude, die Joan empfunden hatte, als er den Buchhändler entdeckte, war plötzlich verschwunden und damit auch die Hoffnung, Anna zu sehen. Sie kam erst im September zurück! Gott allein wusste, wo sich die Flotte dann befinden würde. Joan suchte Halt an einem Bücherbrett. Er war so betäubt, als hätte er einen Schlag abbekommen. Das war eine schreckliche Enttäuschung.

»Übermorgen legen wir nach Rom ab«, sagte er halblaut. »Und ich weiß nicht, wann wir zurückkommen werden.«

»Ich kann ihr eine Mitteilung von Euch hinterlassen«, erbot sich Antonello.

Als Joan auf die Galeere kam, suchte er die Insel Ischia mit den Augen. Er erinnerte sich, dass der Steuermann sie gezeigt hatte, als sie in die Bucht einfuhren, doch aus dem Hafen von Neapel ließ sie sich nicht erkennen. Dann unterrichtete er den Admiral über die Bücher, die er kaufen wollte, und dieser erklärte sich mit der Auswahl, aber nicht mit dem Preis einverstanden.

»Gib ihm zweiundzwanzig Dukaten«, sagte er mit einem boshaften Lächeln. »Wenn er nicht zustimmt, werden die Bücher nicht gekauft.«

Als Joan in die Buchhandlung zurückkam, nannte er Antonello den Preis, zu dem der Admiral kaufen wollte. Der Buchhändler lachte.

»Das wusste ich. Ich hatte es Euch schon gesagt. So sind die Adligen«, erklärte er. »Sie erniedrigen sich nicht, indem sie feilschen, aber sie setzen den Preis herab, und du kannst es annehmen oder aufgeben. Aber weil ich dabei gewinne, nehme ich an.«

Joan zuckte die Achseln. Die Buchhandlung, die Bücher und Antonello interessierten ihn nicht mehr. Seine Gedanken waren bei Anna.

Der Buchhändler stellte ihm eine Quittung aus, auf der er die Bücher einzeln angab, die er ihm verkaufte, und nahm die zweiundzwanzig Dukaten entgegen. Dann sagte er: »Zehn Prozent davon gehören dir.« Joan stellte fest, dass ihn der Neapolitaner auf einmal duzte. Er schob zwei Dukaten und mehrere Münzen auf seine Tischseite.

»Dieses Geld gehört dem Admiral. Das kann ich nicht annehmen«, sagte Joan überrascht.

Der Mann lächelte.

»Du musst noch viel lernen. Eine solche Provision gebe ich gewöhnlich denen, die mir Bücher verkaufen. Und diese Bücher hast du verkauft. So ist es üblich, und du wirst Geld brauchen. Vor allem, wenn du *Signora* Lucca den Hof machen willst.«

Joan blickte die Münzen lange an. Der Buchhändler hatte recht. Er brauchte Geld. Alle Männer der Schiffsbesatzung bekamen ihren Sold, außer den Galeerensträflingen. In gesetzlicher Hinsicht war er noch ein Sträfling. Er bekam nichts, und das Geld, das Bartomeu schickte, reichte nur für das Notwendigste.

»Das darf ich nicht annehmen«, weigerte sich Joan weiter.

»Nimm es, bitte. Du schläfst eine Nacht darüber, und wenn du es nicht behalten willst, gibst du es morgen dem Admiral«, widersprach Antonello. »Ich darf es nicht behalten, weil es dir gehört und weil ich hoffe, dass du noch weitere Bücher für mich verkaufst. Dieses Geschäft hat seine Regeln, und ich richte mich danach.«

Joan sagte nichts.

»Außerdem, woher hat der Admiral das Geld genommen, mit dem er die Bücher kauft?«, fragte der Buchhändler nachdrücklich. »Gehört es wirklich ihm?«

Das wusste Joan nur zu gut. Dieses Geld stammte aus dem Verkauf der Sklaven. Er nahm die Münzen und steckte sie in seinen Beutel. Der Neapolitaner lächelte.

»Der Admiral weiß ganz genau, dass du eine Provision behältst. Da bin ich mir sicher«, sagte Antonello, als er sich verabschiedete. »Und er lässt es zu. Auf diese Weise belohnen sie die Treue.«

Joan gab dem Admiral die Bücher und die Quittung. Über Vilamarís Gesicht huschte ein kurzes Lächeln, ähnlich dem, das er gezeigt hatte, als sie über die Preise der Bücher sprachen.

In der Nacht war er erschöpft, doch er konnte nicht schlafen. Er drehte sich auf dem elenden Lager hin und her, dachte an Anna und daran, dass er sie nicht sehen konnte, obwohl sie so nahe war.

Er erinnerte sich auch an die Worte des Buchhändlers: »Du wirst Geld brauchen, wenn du *Signora* Lucca den Hof machen willst.« Daran hatte er bisher nicht gedacht. Er wollte mit Anna zusammen sein, wollte sie zu seiner Frau machen, wenn sie einverstanden war. Aber er hatte nicht an die praktische Seite der Angelegenheit gedacht. Sie war bereits mit einem reichen Mann verheiratet, der ihr alles gab. Was konnte er ihr bieten? Nichts. Er hatte gerade genug Geld, um sich ein neues Wams zu kaufen und vor ihr elegant zu erscheinen. Wenn Anna sich zu einer Wahnsinnstat hinreißen ließ und mit ihm floh, hätten sie nicht einmal etwas zu essen.

Am nächsten Morgen entschloss er sich, die Münzen zu behalten. Als er Vilamarí sah, spürte er noch größeren Hass als zuvor. Dem Admiral war es gelungen, ihn zu seinem Komplizen zu machen. Er glaubte sicher, dass Vilamarí all das genau wusste und dass das zynische Lächeln, das über die Lippen des Seemanns huschte, seinen Triumph bekundete. Sobald er könnte, würde er ihn töten.

82

In der zehnten Vormittagsstunde des nächsten Tages lief die Flotte in Richtung Ostia aus. Die Schiffe fuhren zwischen den Inseln Procida und Ischia hindurch, um Kurs nach Norden zu nehmen. Joan beobachtete, wie sich die Steilküste Ischias näherte und danach wieder entfernte. Dort war Anna, so nahe! An der Nordküste konnte er ein paar Kinder erkennen, die den vorbeifahrenden Galeeren nachwinkten. Wenn er über Bord sprang, würde er ohne größere Probleme zur Küste schwimmen können. Er schloss die Augen und stellte sich vor, dass er dort ankam, dass Anna dort am Strand war und ihn mit einer Umarmung und einem Kuss empfing. Doch als er Ischia verschwinden sah, löste sich dieser Traum in Luft auf.

In der Buchhandlung hatte er für sie einen Brief hinterlassen. Darin schrieb er, er habe sie in Neapel gesucht, ohne sie zu finden, und sie solle bitte auf ihn warten, weil er zurückkommen werde.

Sobald Joan seine Aufgaben erledigt hatte, musste er über vieles nachdenken. Die Ereignisse der letzten Tage und auch das Gespräch mit dem Admiral beunruhigten ihn sehr.

»Gibt es bei den Menschen wirklich Löwen und Gazellen?«, schrieb er in sein Buch. »Verrate ich meine Eltern, wenn ich dieses schmutzige Geld annehme? Der Admiral hat gesagt, dass ich noch viel lernen muss. Auch der Buchhändler. Aber vielleicht gibt es Dinge, die ich besser nie lernen sollte.« – »Ich liebe Euch, Anna. Wartet auf mich.« – »Ich brauche viel Geld.« – Und über den Admiral: »Ich werde Euch töten.« Aus Vorsicht schrieb er nicht den Namen dazu.

Als die Flotte in Ostia ankam, befand sich Papst Alexander VI. gerade in einer schwierigen Lage. Er hatte sein Bündnis mit Neapel gefestigt, indem er seinen Sohn Jofré mit Sancha, der Tochter des neuen Königs Alfons II., verheiratet hatte. Dieses Bündnis missfiel dem Kardinal Della Rovere, der insgeheim wünschte, selbst Papst zu werden, und der seine Hoffnungen auf die französische Invasion setzte. Nach einem Wortwechsel mit dem Papst war der Kardinal geflohen. Mit Hilfe der mächtigen römischen Familie der Colonnas hatte er sich der Stadt Ostia und ihrer Burg bemächtigt. Von dort aus kontrollierte er die Schiffe, die den Fluss Tiber hinauffuhren, und blockierte die Versorgung der großen Stadt.

Gerade um die Durchfahrt auf dem Fluss zu sichern, wollte der

Papst die Dienste Vilamarís und seiner Flotte in Anspruch nehmen. Der Admiral hatte ein gutes Verhältnis zum Papst, der ihm seinen Sohn Juan Borgia anvertraut hatte, damit er ihn auf seinen Galeeren nach Barcelona brachte, wo er María Enríquez, die Cousine des Königs Ferdinand von Aragonien, ehelichen sollte.

Der Tiber führte in dieser Jahreszeit wenig Wasser, und der Admiral beschloss, nur mit der *Santa Eulalia* nach Rom hinaufzufahren. Deshalb ließ er die beiden anderen Galeeren an der Flussmündung ankern. Die Fahrt war für ein Schiff von dieser Größe nicht ungefährlich, doch er unternahm sie nicht zum ersten Mal mit Genís Solsona als Steuermann und mit der Hilfe eines einheimischen Lotsen, der den Fluss genau kannte.

Nach einem Tag kamen sie glücklich ans Ziel, ohne dass sie von der Garnison Ostias angegriffen wurden. Diese hatte sich entschieden, die Farben ihrer Fahnen und die Artillerie des Schiffes zu respektieren. Sobald die Galeere in dem Hafen beim Ponte Vecchio angelegt hatte, beeilte sich der Admiral, sich zusammen mit dem Offizier Torrent und zwanzig Soldaten zum Vatikan zu begeben. Joan bat darum, sie zu begleiten, und der Admiral erlaubte es, was viele überraschte.

Rom war damals beträchtlich kleiner als Neapel, vielleicht so groß wie Barcelona, doch es war von berühmten Ruinen aus der Zeit des Römischen Reichs umgeben, als die Stadt dreißigmal größer war.

Admiral Vilamarí erbat eine Audienz beim Papst, und sobald er sich ausgewiesen hatte, ließ man ihn in die vatikanischen Gemächer eintreten. Seine Begleiter blieben am Tor zurück, wo sie mit den Wächtern zusammenstanden. Da diese aus Valencia stammten, kam es bald zu einer kameradschaftlichen Plauderei zwischen Torrent, dem päpstlichen Offizier und den Soldaten beider Gruppen. Doch auf einmal verstummten die Wächter und nahmen Haltung an. Zwei Männer waren zu der Gruppe hinzugetreten. Der eine war ein gutaussehender, schwarzgekleideter junger Mann, der andere trat wie ein Militär auf. Er war nicht allzu groß, machte jedoch einen energischen Eindruck und hatte eine etwas plattgedrückte Nase. Er und Joan blickten einander an, und die Augen des Mannes leuchteten auf.

»Ich kenne Euch«, sagte er.

»Ich Euch auch«, antwortete Joan, und plötzlich erinnerte er sich. »Aus Barcelona. Ihr seid Don Miquel Corella.«

Der Mann lachte und klopfte ihm auf die Schulter.

»Richtig«, bestätigte er. Er erklärte dem schwarzgekleideten Jungen, der ihn begleitete: »Vor nicht einmal einem Jahr hat dieser junge Mann uns, Eurem Bruder Juan und mir, geholfen, einige gefährliche Abenteuer zu überstehen.«

Dann bat er den Jungen, ihn an seinen vollständigen Namen zu erinnern.

»Joan Serra von Llafranc.«

»Nun, Joan Serra, ich stelle dir den Erzbischof von Valencia vor: César Borja. Allerdings nennt man ihn hier Cesare Borgia.«

Respektvoll küsste Joan seinen Ring, worauf der Erzbischof antwortete, indem er mit der rechten Hand segnend ein Kreuz in die Luft zeichnete.

Der Geistliche war nicht älter als neunzehn. Er hatte allerdings einen athletischen Körperbau und einen zugleich feierlichen und entschlossenen Gesichtsausdruck. Man merkte, dass er kein Gespräch wünschte, und mit einer seinem Alter unangemessenen Autorität machte er eine Geste, um Corella anzuweisen, das Gebäude zu betreten. Die Wache blieb weiter in grüßender Haltung erstarrt.

»Ich bin bald fertig«, sagte Corella zu Joan. »Warte hier auf mich. Ich lade dich ein, zu Hause bei mir zu essen.«

Als der Admiral herauskam, bat ihn Joan um die Erlaubnis, Corellas Einladung anzunehmen.

»Na, so etwas!«, antwortete Vilamarí. »Ich kenne ihn. Das ist keine schlechte Freundschaft. Er gehört zu den Vertrauten des

Papstes. Es ist gut, dass du Beziehungen zu ihm aufnimmst. Du kannst bis nach dem Abendessen an Land bleiben. Wir halten uns hier ein paar Tage auf.«

Über die Begegnung mit Joan hatte sich Corella offenbar wirklich gefreut. Er zeigte sich herzlicher und redseliger, als ihn Joan in Erinnerung hatte, und als er aus den päpstlichen Gemächern kam, führte er ihn zu den Pferdeställen. Dort bat er einen Stallknecht, Joan ein Pferd zu geben. Dieser sah das Tier zweifelnd an.

»Ich kann nicht reiten«, bekannte er. »Ich habe es noch nie versucht.«

Sobald Corella auf sein Tier gestiegen war, erklärte er ihm, wie er erreichte, dass das Pferd lief, anhielt und sich nach rechts oder links wandte.

Sie ritten los. Zwei Bewaffnete, die ebenfalls auf Pferden saßen, begleiteten sie.

»Nicht wahr, die Welt sieht von hier oben anders aus?«, fragte ihn der Mann.

Joan konnte nur mühsam erreichen, dass sein Tier mit dem Corellas auf gleicher Höhe blieb. Als er etwas mehr Sicherheit gewonnen hatte, stellte er fest, dass Reiten nicht das Gleiche wie Laufen war und dass es ihm tatsächlich ein gewisses Überlegenheitsgefühl gab.

Corella fragte, was er in den päpstlichen Gemächern zu tun habe, und Joan antwortete, er habe sich dort aufgehalten, weil der Admiral dem Papst seine Aufwartung machen wollte. Daraufhin lachte Corella sarkastisch.

»Seine Aufwartung?«, sagte er. »Ja, das auch. Aber tatsächlich handelt er seinen Sold aus. Er fordert von ihm zweitausendzweihundertfünfzig Dukaten für einen einmonatigen Dienst der drei Galeeren, was übermäßig viel ist, und er verlangt, dass Seine Heiligkeit drei Monate im Voraus bezahlt. Außerdem will er das Recht erhalten, keine Schlacht liefern zu müssen, wenn die feindlichen Streitkräfte offenkundig überlegen sind.« Zum Schluss schnaubte er.

»Glaubt Ihr, dass sie zu einer Vereinbarung kommen?«

»Ja«, antwortete Corella. »Natürlich. Sie werden drei Tage verhandeln, und dein Admiral wird nicht mehr als ungefähr sechshundert für jede Galeere und eine Vorauszahlung von zwei Monaten herausholen.«

Joan rechnete nach. Eintausendachthundert Dukaten. Eine einmonatige Miete der drei Galeeren kostete beinahe so viel wie fünfzig Sklaven. Ein ganzes Fischerdorf.

Miquel Corella war Hauptmann der päpstlichen Truppen, und Joan stellte fest, dass die Leute beiseitetraten, wenn sie vorüberkamen. Manche grüßten ihn sogar ehrerbietig. Trotz der Schwierigkeiten mit seinem Tier genoss Joan die lebendige Atmosphäre der Stadt, die ebenso wie Neapel nichts von der Invasion wissen wollte, die im Norden vorbereitet wurde.

Miquel Corella erwies sich als großartiger Gastgeber. Seine Gattin, eine junge, heitere und schöne Römerin, trat gewandt als Hausherrin gegenüber den Dienstboten auf, die die Wachteln, die übrigen Speisen und den Wein auftrugen. Nie zuvor hatte er sich an einen so gutgedeckten und exquisiten Tisch gesetzt.

Corella bat ihn, zu erzählen, was ihn nach Rom geführt habe, und Joan berichtete seine Erlebnisse, wobei er nur ganz persönliche Einzelheiten ausließ.

Offenbar beeindruckten den Valencianer nicht die Darstellungen der Ungerechtigkeiten, Grausamkeiten und Morde, dafür aber interessierte er sich sehr für Joans Kenntnisse als Artillerist.

»Wer weiß, vielleicht willst du eines Tages für uns, die Borgias, arbeiten«, sagte er, als wäre er ein Mitglied der Familie. »Hier müssen wir unseren Landsleuten vertrauen. Es gibt sehr mächtige römische Familien, die noch mehr Macht haben wollen, und sie betrachten uns als Eindringlinge. Du weißt nie, wann sie auf die andere Seite überwechseln. Die aragonische Dynastie in Neapel leidet an demselben Übel, obwohl sie seit noch mehr Jahren dort herrscht. Du wirst schon sehen, wenn die Franzosen kommen, kriechen die Anhänger der Anjous selbst unter den Steinen hervor.«

Das Gespräch wandte sich einem anderen Thema zu. Joan stellte fest, dass sich bei Corella unter dem Äußeren eines rohen Militärs ein großer Leser verbarg.

»Hier in Italien kann man kein Edelmann sein, ohne dass man etwas von Kunst und Literatur versteht«, sagte er, als wollte er sich entschuldigen.

Miquel Corella war begeistert, als Joan *Tirant lo Blanc* erwähnte.

»Den habe ich als junger Mann in einer Handschrift gelesen«, erklärte er. »Aber ich wusste nicht, dass es eine gedruckte Ausgabe gibt.«

»Sie wurde vor vier Jahren in Valencia gedruckt«, teilte ihm Joan mit. »Auf der Galeere habe ich ein neues Exemplar.«

»Du hast einen *Tirant lo Blanc*«, rief der Valencianer. Seine Wangen waren vom Wein gerötet. »Den kaufe ich dir für jeden Preis ab, den du verlangst! Hier gibt es viele Landsleute, die es begeistern würde, ihn zu lesen.«

Joan sah ein, dass es zu spät war, um zu erklären, dass das Buch eigentlich nicht ihm, sondern dem Admiral gehörte.

»Ich habe es noch nicht gelesen«, entschuldigte er sich.

»Nenne einen Preis und verkaufe es mir, wenn du einen Freund behalten willst«, herrschte ihn Corella ungestüm an. »Vilamarís Galeeren fahren nach Spanien und zurück, und dort kannst du so viele Bücher kaufen, wie du willst.«

Der junge Mann begriff, dass der Valencianer nicht mit einer Ablehnung einverstanden sein würde. Deshalb kam er auf den Einfall, einen derart hohen Preis zu nennen, dass der andere von alleine verzichtete.

»Zwanzig Dukaten.«

»Ich gebe dir fünfundzwanzig«, trumpfte der Hauptmann der päpstlichen Truppen auf und streckte ihm die Hand hin, um das Geschäft abzuschließen.

Joan staunte mit offenem Mund. Er hatte Antonello sechs Bücher für zweiundzwanzig Dukaten abgekauft, und Corella freute sich, wenn er ihm fünfundzwanzig für eines bezahlte. Während er ihm die Hand drückte, dachte er an einen anderen Druck. An den des Stricks um den Hals. Vilamarí würde ihn hängen, wenn er dahinterkam, dass er ihn bestahl. Aber es war der einzige Ausweg, den Joan für diese sonderbare Bedrängnis sah, in die er hineingeraten war.

83

In dieser Nacht kehrte Joan mit umnebeltem Kopf auf die *Santa Eulalia* zurück, und das lag nicht nur an dem guten Wein, den ihm Corella eingeschenkt hatte. Fünfundzwanzig Dukaten! Noch nie im Leben hatte er so viel Geld auf einem Haufen gesehen. Er konnte Antonello ein Exemplar von *Tirant lo Blanc* für weniger als dreieinhalb Dukaten abkaufen, und dieser würde ihm dazu noch eine Provision geben. Mit solchen Gewinnen könnte er womöglich den Betrag zusammenbringen, um seine Mutter freizukaufen, wenn er sie fand. Keinesfalls wollte er auf dieses Geld verzichten, selbst wenn er dabei sein Leben aufs Spiel setzte.

Er beschloss, das Buch des Admirals auszuleihen und es zurückzuerstatten, sobald sie wieder nach Neapel kamen. Wenn man ihn inzwischen danach fragte, würde er behaupten, dass er es irgendwo auf der Galeere vergessen hätte und dass er danach suchte.

Corella schnupperte begierig an dem Buch, während er die Seiten mit dem Daumen durchblätterte. Als könnte er die Qualität nach dem Geruch prüfen, wie er es bei den valencianischen Weinen getan hatte, die sie am Vortag getrunken hatten.

Joan sagte sich, wenn es jemand verdiente, dieses Exemplar von *Tirant lo Blanc* zu besitzen, so war es dieser Mann, der trotz seines rauen und manchmal schneidenden Tons ein guter Bücherkenner war. Der Valencianer gab ihm die fünfundzwanzig Dukaten und umarmte ihn.

»Ein Freund von mir muss ein Edelmann sein oder wenigstens so aussehen«, sagte er danach. »Nimm es mir nicht übel, aber du wirkst wie ein Bettler. Hier in Rom wird keiner Achtung vor dir haben, wenn du so daherkommst. Dafür müssen wir eine Lösung finden.«

Nach wenigen Stunden verfügte Joan über ein Wams, neue Beinkleider und einen modischen Hut. Corella bestand sogar darauf, dass er sich warme Unterwäsche kaufte, weil der September nahe bevorstand. Der Valencianer neigte zum Übermaß, und Joan musste sich wehren, damit die Kleidung diskreter ausfiel. Er konnte sich nicht vorstellen, mit diesen Sachen, die er nach Corellas Meinung kaufen sollte, auf die Galeere hochzusteigen. Schließlich einigten sie sich, und der Schneider und seine Gehilfen begannen sogleich mit dem Nähen, während die beiden Männer einen Spaziergang machten. Als Joan seine neuen Sachen anzog, lächelte er glücklich in den Spiegel. Nun könnte er sich Anna wie ein Edelmann vorstellen. Er würde Eindruck auf sie machen.

Als sie sich verabschiedeten, sagte der Valencianer: »Ich würde mich nicht wundern, wenn ihr schon morgen abfahrt.« Er machte ein ernstes Gesicht. »Es gibt Probleme. Der Papst hat keine Zeit für Verhandlungen. Er braucht die Lieferungen, die übers Meer kommen, und ich fürchte, dass dein Admiral ein gutes Geschäft gemacht hat.«

»Vielen Dank für alles, Don Miquel«, antwortete Joan gerührt, als er begriff, dass sie sich für lange Zeit verabschiedeten.

»Geh mit Gott, Sohn. Ich hoffe, dass wir uns wiedersehen werden.«

Als er mit seinen neuen Sachen auf die Galeere kam, begrüßten ihn einige Aufseher und Seeleute mit spöttischen Pfiffen. Der Admiral musterte ihn neugierig und sagte nichts, doch kurz darauf schickte ihn der Kapitän los: Er sollte die Geschütze reinigen, und er wies ihn an, das selber zu tun, ohne dass einer der ihm unterstehenden Seeleute helfen durfte. Joan verstand sofort. Er legte seine teure Kleidung ab und zog sich die alten Sachen an, die er in einem Bündel bei sich trug. Er würde seine neuen Sachen erst wieder benutzen, wenn er in die Stadt kam.

Sie verbrachten die nächsten Wochen damit, an der Tibermündung zu wachen, um zu verhindern, dass die leichten Schiffe, die die Colonnas unter dem Schutz der mächtigen Burg von Ostia im Hafen hatten, den Warentransport nach Rom blockierten. Da Vilamarís Flottille überlegen war, begnügten sich die Colonnas damit, geduldig zu warten, und auch der Admiral machte keinerlei Anstalten, die Festung anzugreifen.

Inzwischen trafen Nachrichten ein, dass die in Livorno stationierten neapolitanischen Schiffe bei kleinen Scharmützeln besiegt worden waren. Das allmähliche Vordringen der Franzosen beunruhigte Vilamarí nicht, denn Alfons II. von Neapel hatte im Hafen von Civitavecchia, eine Tagesreise nördlich, eine Flotte von zwanzig Galeeren, die bereit waren, den Feind zurückzuschlagen.

Als die erste Galeere an der Tibermündung erschien, gingen alle auf der *Santa Eulalia* selbstverständlich davon aus, dass es eine aus Neapel war. Trotzdem befahl der Admiral sofortiges Klarmachen zum Gefecht, und die unter Torrents Befehl stehende Marineinfanterie versteckte sich unter Deck. Mit Signalen wurden die übrigen Schiffe verständigt, das Gleiche zu tun.

Sobald sich Joan mit Koller und Helm ausgerüstet und Degen und Schild genommen hatte, lief er zum Bug, um sich zu vergewissern, dass die Seeleute ihre Arkebusen bereitgemacht hatten und dass die Geschütze mit scharfer Munition geladen waren.

Die gerade angekommenen Galeeren – insgesamt fünf – hielten sich nicht mit einer Inspektion der Flussmündung auf, sondern fuhren nacheinander den Tiber hinauf, als wäre ihnen dieser Fluss gut bekannt. Ohne zu zögern, wandten sie sich mit voller Kraft voraus dem Hafen von Ostia zu. Plötzlich hörte man donnernde Beifallsrufe aus der Burg.

»Es sind französische Galeeren«, meldete der Ausguckposten.

»Französische Galeeren?«, wunderte sich Kapitän Perelló und blickte den Admiral verwirrt an. »Was ist mit der neapolitanischen Flotte geschehen?«

Vilamarí zuckte die Achseln, während er die Manöver der gerade eingetroffenen Schiffe aufmerksam beobachtete. Am Bug der ersten Galeere stiegen ein paar Wölkchen auf, und sie hörten die Kanonensalven, ein Gruß, der von der Burg aus erwidert wurde. Da befahl Vilamarí, dass sich seine Galeeren stromaufwärts, nahe beim entgegengesetzten Ufer, in sicherem Abstand postierten.

»Das französische Heer ist noch weit im Norden«, erklärte er nach einer Weile. »Diese Flotte bringt Proviant und Truppenverstärkungen für Ostia. Sie wollen nicht, dass der Papst die Festung zurückerobert. Das wird einen guten Brückenkopf abgeben, wenn sie Rom belagern. Seht nur, wie niedrig ihre Bordwände sind. Sie sind schwer beladen, vielleicht bringen sie sogar Kanonen für die Burg.«

»Unser Auftrag hier ist beendet«, sagte der Steuermann zu Joan. »Der Papst hat uns nicht in Dienst genommen, damit wir Ostia zurückerobern, sondern um den Flussverkehr bis Rom zu sichern. Es wurde eindeutig vereinbart, dass wir es nicht mit überlegenen Kräften aufnehmen. Die Franzosen haben fünf und wir nur drei Schiffe. Wir fahren zurück nach Neapel.«

Die französischen Galeeren schienen keinen Angriff zu beabsichtigen, und niemand glaubte, dass es zu einem Kampf kommen würde. Aber Vilamarí wollte wissen, wie viele Soldaten an Land gingen, und schickte eine Schaluppe mit acht Seeleuten, die mit einer Arkebuse und Armbrüsten bewaffnet waren, an das entgegengesetzte Ufer, damit sie von einem Rohrdickicht aus die Operationen im Hafen beobachten konnten. Bald machten sie ihnen Zeichen mit ihren Fähnchen.

»Zweihundert Soldaten auf jeder Galeere!«, rief der Kapitän. »Die Franzosen verstärken die Festung mit insgesamt tausend Mann.«

Die Galeeren wurden nacheinander entladen und verließen danach den Hafen, der zu klein war, um zwei Schiffe zugleich aufzunehmen. Sie fuhren stromabwärts.

Da wurde die Schaluppe von der ersten französischen Galeere entdeckt. Mit einem raschen Manöver schnitt sie ihr den Rückweg ab und kaperte sie, ohne dass Vilamarí etwas tun konnte.

Der Admiral befahl, die *Santa Eulalia* und nach ihr die beiden anderen Schiffe in die Mitte des Stroms zu lenken, um die Flussmündung zu überwachen und die feindliche Galeere im Auge zu behalten. Die französischen Armbrustschützen zwangen inzwischen die Seeleute der Schaluppe, sich zu ergeben und auf einer Strickleiter zum Schiff hochzusteigen.

Der Steuermann raunte Joan ins Ohr: »Wenn sie ihnen nicht die Freiheit geben, wird es zu einer Schlacht kommen.«

»Aber sie haben fünf Schiffe und wir nur drei!«

»Es kommt nicht darauf an, wie viele es sind«, entgegnete der Steuermann. »Der Admiral lässt seine Leute nie im Stich.«

»Das ist Selbstmord«, klagte Joan.

»So ist Vilamarí.« In Genís' Stimme klang Furcht und Bewunderung mit. »Er hat seine eigenen Regeln, und daran hält er sich.«

Da hörte er, wie ihm der Admiral – der wusste, dass er Französisch sprach – zurief: »Joan Serra, geh zum Bug und übersetze.«

Er lief mit seinen Waffen auf dem Mittelgang nach vorn, kletterte auf den Rammsporn und schrie, bis man ihm von der feindlichen Galeere antwortete.

»Sag ihnen, dass sie uns die Schaluppe und die Männer zurückgeben sollen«, befahl Vilamarí. »Dass wir im Dienst des Papstes stehen und Spanier sind.«

Joan rief die Nachricht zur anderen Galeere hinüber. Man antwortete, die Männer der Schaluppe hätten spioniert, und jetzt seien sie Gefangene des Königs von Frankreich.

»Sag ihnen, sie sollen sie im Namen des Papstes und der Könige von Spanien zurückgeben.«

Sie antworteten, der Papst werde schon über ihre Freilassung verhandeln, wenn das französische Heer in Rom einmarschiere.

An der Mole lud noch eine Galeere ihre Fracht aus, doch die drei übrigen näherten sich, um die zu unterstützen, die die Schaluppe gekapert hatte.

»Sag ihnen, dass sie mir entweder meine Männer auf der Stelle zurückgeben, oder wir entern sie.«

Die Antwort auf der feindlichen Galeere war eine Lachsalve.

Der Steuermann lief zum Rudergänger, und der Hornist machte sich bereit. Alle spannten die Muskeln an und warteten auf den Befehl.

»Volle Kraft voraus!«, rief der Admiral. »Klar zum Entern!«

84

Das Horn ertönte. Die Galeerensträflinge standen gleichzeitig auf und tauchten dann die Ruder ins Wasser. Die große Trommel gab das schnellere Rudertempo an, und das Schiff, das die Strömung des Flusses nutzen konnte, stürmte kraftvoll voran. Der Admiral rief zum Steuermann Genís hinüber: »Ich will, dass unser Rammsporn sie an Backbord trifft, über der Bank zwanzig, kurz vor ihrem Kampanjedeck.«

Joan überprüfte noch einmal die Geschütze und überzeugte sich, dass sich alle Arkebusiere am Bug aufgestellt hatten und einen freien Raum ließen, damit die Fußsoldaten an den Rammsporn gelangen konnten. Der Rudermeister stellte inzwischen die mit Armbrüsten bewaffneten Matrosen als zweite Linie auf, und der Offizier Torrent rief seinen Männern Befehle zu. Sie kamen unter Deck hervor und ergriffen kurze Lanzen und Azconas, deren Spitzen mit Teer beschmiert waren, damit der Feind sie nicht packen konnte. Joan sah ein, dass die Franzosen beim Entern gar nicht so sehr im Vorteil waren. Sie hatten die Fußsoldaten an Land gelassen und machten sich bereit, zu ihrem Ausgangshafen zurückzukehren, um mehr Soldaten aufzunehmen, während Torrent achtzig Marineinfanteristen kommandierte, die sich beim Entern auskannten, und noch einmal so viele, die sich in den anderen beiden Galeeren versteckten. Vilamarí wollte sie versteckt halten, um die Franzosen nicht zu alarmieren, und diese gingen in die Falle.

Genís Solsona übernahm das Steuerruder und manövrierte geschickt, um die gewaltige Kriegsmaschine gegen die Backbordseite der feindlichen Galeere zu lenken. Joan konnte durch die Geschützluken beobachten, dass es an Bord des feindlichen Schiffes ein stürmisches Hin und Her gab, denn da ihre Flotte zahlenmäßig überlegen war, hatten die Franzosen nicht erwartet, von der *Santa Eulalia* geentert zu werden. Die feindliche Galeere wollte so manövrieren, dass sie mit dem Bug voraus wendete und ihre Geschütze gegen den Angreifer richten konnte. Doch die gekaperte Schaluppe schränkte deren Bewegungen ein, und als sie schließlich das Boot losmachten, war es schon zu spät. Die *Santa Eulalia* beschrieb einen Kreis und kam so der Wendung der gegnerischen Galeere zuvor. Bald war allen klar, dass der Aufprall unausweichlich dort erfolgen würde, wo es der Admiral haben wollte. Der Priester betete laut am Mast der *Santa Eulalia*. Die Soldaten und Matrosen stimmten in seine Bitten ein, und die Sträflinge schrien bei jedem Ruderschlag wegen der Anstrengung, zu der die Aufseher sie mit Peitschenhieben zwangen. Die auf der gegnerischen Galeere belegten sie nun mit Dauerfeuer, wofür sie ein kleines Falkonett und Arkebusen verwendeten.

Joan rief seinen Leuten zu, am vorderen Seitengang in Deckung zu bleiben und nicht zu schießen, während er durch die Geschützluke spähte und die Entfernung zum Feind berechnete. Erst kurz vor dem Zusammenstoß gab er den Feuerbefehl. Die Lunten zündeten das Pulver an, und die drei Schüsse ertönten beinahe gleichzeitig. Die Kanone und die zwei Falkonette spuckten Feuer und Metallteile, wozu Kettenstücke gehörten, die rotierten und alles zersäbelten, was sie unterwegs fanden. Die Wirkung war verheerend.

Joan sah durch den Pulverdampf, wie Stücke des feindlichen Schiffs in einer todbringenden Splitterwolke hochflogen. Die Ruderknechte der französischen Galeere versteckten sich unter den

Bänken, und einige Zeit sah man keine Bewegung auf Deck. Als Joan das Krachen zerbrochener Ruder und den Aufprall des Bugs der *Santa Eulalia* auf die Bordseite der französischen Galeere hörte, gab er erneut Feuerbefehl. Die Arkebusen- und Armbrustschüsse sollten verhindern, dass die Überlebenden hervorkamen, während die Matrosen der *Santa Eulalia* Enterhaken hinüberwarfen und die Männer Torrents, die von seinen Rufen angetrieben wurden, mit Piken und Azconas über den Rammsporn liefen, um über das feindliche Schiff herzufallen. Auf der französischen Galeere kam es bald zum Kampf Mann gegen Mann.

Joan sah Torrent auf dem Mittelgang der feindlichen Galeere: Mit Säbelhieben bahnte er sich zusammen mit seinen Männern einen Weg zum Kampanjedeck des Feindes. Dort befanden sich der Kapitän und die Offiziere des Gegners. Wenn diese getötet oder gefangen waren, würde das Schiff eingenommen sein. Joans Arbeit war beendet, doch vorsorglich befahl er seinen Arkebusieren nachzuladen. Der junge Mann hielt eine Azcona, deren Gewicht und Aussehen weitgehend mit der seines Vaters übereinstimmte. Mit ihr in der rechten Hand, den Schild in der linken und dem umgegürteten Degen lief er auf dem Mittelgang an dem Pfarrer vorbei, der immer noch betete, und entfernte sich von der feindlichen Galeere, um das Kampanjedeck des eigenen Schiffs zu erreichen.

Er betete zu Gott, dass er ihm die so sehr herbeigesehnte Gelegenheit vergönnen würde, Vilamarí zu töten. Doch als er den Admiral und den Kapitän erblickte, beobachteten diese nicht das von Torrent befehligte Entern, sondern eine zweite französische Galeere, die parallel zu ihrer Gefährtin fuhr und auf Kollisionskurs zur Steuerbordseite der *Santa Eulalia* kam.

»Hierher, Männer!«, rief der Kapitän. »Sie entern uns an Steuerbord!«

Die Ruderknechte versteckten sich unter den Bänken, und Joan rief seine Arkebusiere herbei. Alle sprangen von der entgegengesetzten Seite des Mittelgangs zu der, die sich gegenüber der feindlichen Galeere befand, um sich vor dem Artilleriefeuer zu schützen.

Dies geschah in wenigen Augenblicken. Unmittelbar darauf hörte man mehrere Donnerschläge und danach einen Chor von Klagerufen. Erstickender Pulvergeruch breitete sich aus. Joan legte gerade seine Hand an die Wange, um sich einen Holzsplitter herauszuziehen, als er den Aufprall des feindlichen Schiffes spürte, der ihn beinahe zu Boden gerissen hätte. Er hörte das Spantenwerk krachen.

»Die sechs Ersten, macht euch bereit!«, rief er, während er merkte, wie ihm das Blut übers Gesicht lief.

Er wartete, bis die Arkebusen der Angreifer feuerten und die Enterhaken laut an das Holz schlugen. Dann befahl er: »Feuer!«

Seine Männer standen auf, um auf die französischen Seeleute zu schießen, die schon über ihren Rammsporn zum Entern liefen. Joan sah, dass drei von ihnen ins Wasser stürzten, und er befahl: »Die nächsten sechs.« Er wartete einen Augenblick und rief: »Feuer!«

Die Männer standen auf und trafen weitere vier. Als der Rudermeister den Armbrustschützen zu schießen befahl, hatten sie ihre Feinde schon am Hals. Es blieb keine Zeit, die Waffen nachzuladen. Der Kampf tobte inzwischen auf der *Santa Eulalia* Mann gegen Mann.

Joan hielt noch die Azcona in der Hand und suchte mit den Augen nach dem Admiral. Er sah, dass er ein paar Bänke weiter auf dem Kampanjedeck stand. Er wurde von zwei Matrosen beschützt und hatte den Degen gezogen. Er wusste, dass er und der Kapitän das Ziel der Angreifer waren.

Joan wich dem Kampf aus. Er sprang von Bank zu Bank und näherte sich Vilamarí. Davon hatte er so oft geträumt! Wie die Azcona seines Vaters in ein Auge des Admirals eindrang, seinen Schädel durchbohrte und sich gerade in jenen Mast rammte, an dem er Carles hatte aufhängen lassen.

Joan kam zu ihm, als dieser gerade mit dem Rücken zu der Wand stand, die die letzten Bänke vom Kampanjedeck trennte, und sich gegen zwei Feinde verteidigte. Er war eingekreist. Joan würde ihn ungestraft töten können. Alle würden denken, dass es die Franzosen getan hatten. ›Jetzt oder nie!‹, sagte er sich und hob den Arm gegen Vilamarí. Der Admiral, der schwitzte und verzerrte Gesichtszüge hatte, teilte Hiebe aus und wehrte andere ab. Kurze Zeit wanderte sein Blick weiter und bohrte sich in Joans Augen. Es war nur ein kurzer Moment. Dann wandte sich Vilamarí wieder seinen Gegnern zu, die ihn zwischen den einzelnen Hieben aufforderten, sich zu ergeben.

»Ich ergebe mich nicht!«, antwortete der Admiral.

Der Junge spürte einen Kloß im Hals. Er blieb kurz mit der hocherhobenen Waffe stehen und stellte sich vor, wie sie in seinem Opfer stecken würde. Da begriff er, dass er nicht den Mut hatte, den Admiral mit seiner Azcona zu durchbohren. Er wusste nicht, ob es ihr einander begegnender Blick war, der ihn daran hinderte, oder ob ihn der Admiral allmählich für sich eingenommen hatte und ihn zwang, ein Räuber seines Schlages zu werden – ein Löwe, wie der Admiral es nannte. Auch wusste er nicht, ob Vilamarí das Todesurteil in seinen Augen erkannt hatte oder nicht.

Joan wusste nur eines: Er durfte nicht zulassen, dass der Admiral getötet würde. Vilamarís Blick ging über Joans Schulter. Dieser drehte sich rasch um, und mit seiner ganzen Wut schleuderte er seine Azcona in die Brust des Angreifers. Dann zog er den Degen, und er und Vilamarí griffen gemeinsam die restlichen Feinde an, die, als sie sich auf beiden Seiten bedrängt sahen, in den Fluss sprangen. Joan hielt sich neben dem Admiral und deckte ihn.

Der Kampf dauerte nicht lange. Die Franzosen erkannten, dass die spanischen Galeeren mit Fußsoldaten beladen waren, während sie nur über ihre Matrosen verfügten. Der Kapitän des angreifenden Schiffes, das von der zweiten Galeere aus Vilamarís Flottille bedroht wurde, ließ die Stricke der Enterhaken kappen, die ihn mit der *Santa Eulalia* verbanden, und floh. So konnte er wenigstens sein Schiff retten, obwohl er diejenigen zurücklassen musste, die sich an dem erfolglosen Versuch beteiligt hatten, die Offiziere Vilamarís gefangen zu nehmen.

Als die französischen Seeleute sahen, dass ihr Schiff davonfuhr, sprangen einige in den Fluss, andere ergaben sich sofort. Der Admiral stieg zusammen mit Joan auf den Mittelgang, um die Lage einzuschätzen. Sie hatten die erste der französischen Galeeren gekapert, den Angriff der zweiten abgewiesen und die Schaluppe und ihre Besatzung befreit, ohne dass die *Santa Eulalia* große Schäden erlitten hätte. Es gab zwar ziemlich viele Verwundete, aber nur sechzehn Tote.

Allerdings gaben sich die übrigen französischen Galeeren nicht geschlagen und fuhren in den Hafen Ostia zurück, um die Infanterie aufzunehmen, die sie an Land gebracht hatten, als niemand eine Schlacht erwartete.

Dies war der richtige Zeitpunkt, um Kurs auf Neapel zu nehmen, bevor man sie einholte. Doch seine Beute wollte der Admiral nicht aufgeben.

»Kapitän Perelló«, erkundigte er sich, »glaubt Ihr, Ihr könnt diese Galeere flottmachen?«

»Sie muss instand gesetzt werden, am dringendsten die zerbrochenen Ruder, die sich aber sofort ersetzen lassen«, antwortete er unerschütterlich, obwohl seine Rüstung eine große Beule an der Schulter aufwies. »Wenn wir Gefangene und Mannschaft aufteilen, kann ich sie Euch in den Hafen von Neapel bringen, bevor uns die Franzosen einholen.«

»Übernehmt das Kommando. Wir fahren nach Neapel.«

Die Umverteilung von Gefangenen und Matrosen ging schnell vonstatten, während sie von den zwei übrigen Galeeren geschützt wurden und die französischen Schiffe in Ostia Fußsoldaten aufnahmen. Als sie zur Tibermündung und dann aufs offene Meer hinausfuhren, verfolgte sie nur eine Galeere, der sich eine zweite in größerer Entfernung und später eine dritte anschloss, und als es auch die vierte tat, war sie kaum noch zu erkennen. Die Galeerensträflinge, die volle Kraft voraus rudern mussten, schnauften und schrien bei jedem Ruderschlag, weil sie von den Aufsehern mit Peitschenhieben angetrieben wurden.

»Sie werden es nicht wagen, uns lange in den Süden zu folgen«, erklärte Vilamarí. »Ihre Schiffe sind so weit voneinander entfernt, dass ich am liebsten unsere zwei, die nicht am Kampf beteiligt waren, wenden und ihre erste Galeere kapern lassen würde, bevor uns die anderen erreichen.«

Joan und der Steuermann wechselten einen Blick. Der Admiral meinte es ernst. Doch die Verfolger schienen ihn gehört zu haben. Kurz darauf verringerte die erste französische Galeere ihre Geschwindigkeit und ließ sich von der zweiten einholen. Nach einer mehrstündigen Verfolgung gaben sie auf und drehten ab. Es war zu gefährlich, in neapolitanische Gewässer einzudringen.

Joan vertraute seinem Buch an: »Es tut mir leid, Papa. Ich konnte es nicht tun.« Eine Träne glitt ihm über die Wange.

85

Ungeduldig wartete Joan darauf, die blaue Bucht von Neapel zu erblicken, mit dem Vesuv im Hintergrund, der Stadt mit ihren grünen Hügeln und den cremefarbenen, weißen und rosa Häusern. Als er sie entdeckte, überkam ihn ein Schwindelgefühl. Anna war gewiss schon zurückgekehrt. Ob sie ihn wohl noch liebte?

Bevor sie in den Hafen kamen, ließ er sich vom Bordbarbier rasieren, und er zog die neue Kleidung an, die er in Rom gekauft hatte. Er wollte so vorteilhaft wie möglich aussehen. Weil er es so eilig hatte, das Festland zu betreten, wäre er beinahe mit dem Admiral zusammengestoßen, der gerade mit einer Eskorte fortging, um sich mit dem König zu besprechen.

»Geht uns das Pulver aus, weil du es so eilig hast, Joan von Llafranc?«, sagte Vilamarí und verbarg ein Lächeln. »Oder enthältst du zu viel Sprengstoff?«

»Sicher will er zu einem Mädchen, um mit seiner Kanone auf sie zu schießen«, kommentierte Torrent lachend. Dann fragte er boshaft: »Woher nimmst du eigentlich das Geld, wo du doch keinen Sold bekommst?«

»Ich gehe nicht zu den Huren.«

»Ach! Das hatte ich ganz vergessen«, erwiderte Torrent. »Du warst ja ein Freund von diesem zarten kleinen Blondschopf mit dem Mädchenhintern, den wir bei Sardinien aufgehängt haben, nicht wahr?« Und er lachte wieder schallend.

Joan hatte Lust, ihm das freche Maul mit einem Fausthieb zu stopfen. Der Admiral beobachtete ihn wortlos. Er ging nicht auf die Witze des Raufbolds ein, hielt ihn jedoch auch nicht zurück. Schließlich sagte er zu Torrent: »Vorwärts. Der König erwartet mich.«

Torrent war ein tüchtiger Fechter, und er hatte sich größte Mühe gegeben, ihn im Fechten zu unterrichten. Ihm hatte er es zu verdanken, dass er mit dem Degen im Gürtel sicher umgehen konnte. Aber er verabscheute dessen grobe und flegelhafte Manieren. Sie erinnerten ihn allzu sehr an die von Felip.

Der König empfing Vilamarí mit Bekundungen großen Wohlwollens und feierte dessen Sieg in der Tibermündung wie seinen eigenen. Die Nachrichten, die er von der in den Norden geschickten Flotte erhielt, waren düster. Außer dem Kampf von Portovenere im September war zwar keine einzige Seeschlacht verlorengegangen, doch es kam zu einer ganzen Reihe von kleinen Niederlagen und Desertionen. Dass fünf französische Galeeren nach Ostia gelangen konnten, ohne dass die zwanzig neapolitanischen in Civitavecchia sie gestört hatten, war eine Ankündigung kommenden Unheils. In seinem Königreich gab es viele Anhänger der früheren Dynastie Anjou, die wünschten, dass der König von Frankreich die Macht in Neapel ergriff. Selbst die Parteigänger der Dynastie Aragoniens sahen ihre Niederlage gegen das mächtige französische Heer zunehmend als unvermeidlich an. Man befürchtete, dass nicht einmal der Papst, der nun mit Florenz und Neapel verbündet war, die Invasion aufhalten könnte.

Alfons II. und Vilamarí waren nahe an die fünfzig, doch der König, der sich um die Zukunft seines Reiches ängstigte, wirkte viel älter. Er sah wie ein Greis aus.

Die Lage hatte sich dramatisch verändert. Früher verfügte der König über eine Flotte, und nun wusste er nicht mehr, worauf er sich verlassen konnte. Darum dauerten die Verhandlungen nicht lange, und Vilamarí erhielt siebenhundert Dukaten monatlich für jede Galeere und einen Vorschuss von drei Monaten. Der König atmete erleichtert auf. Er wusste, dass ihn Vilamarí nicht im Stich lassen würde. Manchmal wurde die zuverlässigste Treue mit Geld erkauft.

Ungeduldig lief Joan mit großen Schritten der Via del Duomo entgegen, ohne auf die feierliche Würde zu achten, die seine elegante Kleidung verlangte. Draußen sah er seinen Freund, den Buchhändler, nicht. Kurz begrüßte er dessen Frau, die die Kunden auf der Straße bediente, und rannte eilig in die Buchhandlung.

»Don Antonello!«

Im Laden war niemand, doch er hörte eine Stimme aus dem Arbeitszimmer. Ohne zu warten trat er ein.

»Ach!«, rief der Buchhändler lachend. »Der verliebte Roland besucht mich. Welch große Ehre!«

»Was wisst Ihr von Anna?«, fragte Joan erwartungsvoll.

»Die *Signora* Lucca …«, antwortete der Buchhändler ruhig. »Nun, dass sie wunderschön ist.«

»Das weiß ich auch schon!«, fuhr Joan ihn an. »Habt Ihr meinen Brief abgegeben? Hat sie Euch etwas gesagt?«

»Ja, ich habe ihn abgegeben.« Antonello lächelte. Die Ungeduld des jungen Mannes schien ihn zu belustigen.

»Was hat sie Euch gesagt?«

»Sie hat mir nichts gesagt. Sie hat den Brief diskret an sich genommen, und das war alles. Sie wird ständig von einer Haushälterin begleitet, die sie angeblich beschützt, aber in Wirklichkeit bewacht. Sogar hier im Laden schnüffelt sie in den Büchern, die die *Signora* durchblättert.«

»Lässt man sie nicht reden?«

»Nun ja, das darf sie, aber nur das unbedingt Notwendige. Plaudereien mit Männern sind ihr verboten. Ich habe mich erkundigt. Der Ehemann ist ein geadelter Kaufmann, der ungefähr zwanzig Jahre älter ist als sie und sie über alle Maßen liebt. Und er ist eifersüchtig. Als verheiratete Frau muss sich *Signora* Anna außerhalb des Hauses das Haupt bedecken, und er verlangt von ihr sogar, dass sie sich den Mund mit einem Ende ihrer Haube zudeckt, wenn sie auf die Straße geht.«

Joan seufzte entmutigt. »Was kann ich tun, um sie zu sehen?«

Antonello ließ den Blick über die mit Büchern vollgestellten Regale schweifen, während er nachdachte.

»Ab und zu kommt sie her«, antwortete er nach einer Weile. »Sie war dreimal hier, seitdem Ihr abgefahren seid. Sie gehört auch nicht zu denen, die täglich die Kirche besuchen. Doch sonntags geht sie zur Elfuhrmesse in die Kathedrale.«

Joans Gesicht leuchtete auf. Am Sonntag! Er könnte sie am Sonntag sehen!

»Endlich kann ich sie sehen!«, rief er mit einem strahlenden Lächeln.

»Ja, aber zusammen mit ihrem Mann«, erinnerte ihn Antonello und trübte seine Freude.

Das Lächeln aus Joans Gesicht verschwand. Wenn er sie sah, würde er auch den Mann kennenlernen, der sie besaß. Düstere Gedanken kamen ihm in den Sinn. Vielleicht hatte sie in dieser Zeit aufgehört, ihn zu lieben, oder sie war schwanger, oder sie hatte sich in ihren Gatten verliebt … Antonello prüfte den nunmehr ernsten Gesichtsausdruck seines Besuchers. Aus Joans anfänglicher Begeisterung waren Furcht und Mutlosigkeit geworden.

86

Der Admiral behielt die Galeere, ihre ganze Fracht und die Ruderknechte. Für Offiziere und Mannschaft hätte er üblicherweise ein Lösegeld verlangt, doch er beschloss, sie auf dem Landweg Richtung Vatikan zu schicken. König Ferdinand von Spanien hatte ihm befohlen, die Franzosen nicht zu provozieren. Darum beschloss er, die Gefangenen zum Papst zu schicken, denn offiziell kämpfte er ja in dessen Namen. Außerdem hatten sie den dreimonatigen Vorschuss Alexanders VI. noch nicht vollständig abgeleistet, und theoretisch stand er weiter in dessen Diensten. Joan schrieb den Brief, in dem Vilamarí nach mehreren höflichen und ehrerbietigen Formulierungen dem Heiligen Vater mitteilte, er habe sich, wie es ihr Vertrag erlaubte, gezwungen gesehen, seinen Auftrag aufzugeben, weil die Kräfte des Feindes offenkundig überlegen waren. Mit der Übergabe der Gefangenen werde die Rechnung ausgeglichen, denn er verzichte auf sein Lösegeld.

Als Joan dem Steuermann davon erzählte, lachte er.

»Er ist ein alter Fuchs«, sagte Genís. »Er überträgt dem Papst das Problem und stellt die neue Galeere in den Dienst König Ferdinands, falls er sie braucht. Doch er wird sie von seinem Eigentum unterhalten.«

Joan erfuhr, dass Beuteverteilungen strengen Vorschriften folgten, wenn der Fang offiziell gekapert wurde. Die eine Hälfte war für den Monarchen, und die andere wurde unter der Mannschaft verteilt. Natürlich verschwieg man Überfälle auf Fischerdörfer, von solchen Verteilungen blieb der König ausgeschlossen. Vom Mannschaftsanteil erhielt Vilamarí die Hälfte, und Torrent als Offizier der Schiffstruppen, die sich beim Entern der größten Gefahr aussetzten, hatte das Recht, als Erster Güter im Wert von vier Prozent von der anderen Hälfte auszusuchen. Danach kamen die Kapitäne mit drei Prozent, und so ging es weiter bis zum letzten Mitglied der Mannschaft. Auf die Galeerensträflinge entfiel nichts. Joan ruderte zwar nicht mehr, doch bei Verteilungen gehörte er immer noch zu dieser Kategorie. Was die französische Galeere betraf, so konnte man nur den Besitz der Mannschaft verteilen, und Vilamarí schuldete seinen Männern den Anteil, der ihnen vom Wert des Schiffs und der Galeerensklaven zustand. König Ferdinand von Spanien nahm nichts ein, weil man das Schiff im Namen des Papstes gekapert hatte, und auch dieser erhielt nichts, bekam aber dafür die Gefangenen, die für ihn vielleicht eine noch größere Last als für Vilamarí waren.

Der Admiral begann unverzüglich, die *Santa Eulalia* und das gekaperte französische Schiff auszubessern. Er bezahlte es mit dem, was vom Geld des Papstes übrig war, und mit der Summe, die er mit dem König von Neapel ausgehandelt hatte. Er brauchte eine neue Mannschaft und außerdem achtzig Marineinfanteristen, die er rekrutierte, indem er nach Spaniern, Sizilianern und Neapolitanern suchen ließ, die das Haus Aragonien unterstützten.

Da erfuhr Joan die große Neuigkeit. Der Admiral ernannte Pau de Perelló zum Kapitän des gekaperten Schiffes, das er nach der Ausbesserung übernehmen sollte. Und sein Freund, Steuermann Genís de Solsona, wurde zum Kapitän der *Santa Eulalia* befördert, wie es der Logik des Admirals entsprach. Auf dem Flaggschiff war der Admiral der höchste Offizier, und er unterrichtete den neuen Kapitän.

Joan konnte ein neues Exemplar von *Tirant lo Blanc* in Antonellos Buchhandlung kaufen und danach dem Admiral, der schon während der Fahrt nach diesem Buch gefragt hatte, endlich mitteilen, dass er es gefunden habe. Vilamarí wollte es sehen, und als er es vor sich hatte, widmete er ihm einen misstrauischen Blick. Joan spürte, wie ihm die Beine schwach wurden. Er wusste ja, dass zwei Ledereinbände nie gleich waren, so gut man sie auch angefertigt hatte. Er bemerkte den Unterschied, und der Admiral vielleicht auch. Nachdem Vilamarí das Buch gründlich geprüft hatte, gab er es ihm mit einem zynischen Lächeln zurück.

»Von heute an verzichten wir auf den zweiten Band des *Roland*, und du liest uns *Tirant lo Blanc* bei den Mahlzeiten vor«, sagte er.

»Wie Ihr befehlt, Herr Admiral.«

Joan schrieb Miquel Corella und schilderte ihm seine Abenteuer. Am Ende seines Briefes erwähnte er, dass er in Neapel zwei weitere gedruckte Exemplare von *Tirant lo Blanc* entdeckt habe, und für jeweils zwölf Dukaten könne er sie ihm schicken. Da in Rom so viele Valencianer, Katalanen und Mallorquiner lebten, war er überzeugt, dass es dort viele Abnehmer für dieses Werk gab. Begierig wartete er auf die Antwort, denn er hatte mit Antonello vereinbart, dass er ihm die zwei Exemplare für nur sieben Dukaten abkaufen wollte.

Miquel Corella antwortete schnell, dass er alle Exemplare brauche, die er besorgen könne, dass ihm zwölf Dukaten sehr wenig für ein so gutes Buch erschienen und dass es ihm unter keinen Umständen einfallen dürfe, den Preis zu senken, weil dies eine Beleidigung Valencias wäre.

Joan schickte ihm unverzüglich die Bücher zu. Gleichzeitig bestellte er zehn weitere Exemplare bei Antonello, der sich wiederum bei seinem Freund Bartomeu in Barcelona versorgte. Joan nutzte die Bestellung, um sowohl dem Kaufmann als auch Gabriel, Abdalá und seinen übrigen Freunden einen zweiten Brief zu schicken. Er hatte ihnen während seines ersten Aufenthalts in Neapel geschrieben, und sie hatten ihm geantwortet und äußerten ihre Freude, dass sich seine Lage verbessert hatte.

Ungeduldig sah Joan dem Sonntag entgegen. Er zog seine besten Sachen an, und mit umgegürtetem Degen wie ein Edelmann lief er zur Kathedrale Neapels. Dort wartete er an der Haupttür, weil er hoffte, Anna zu erblicken, doch viele Paare konnten der Beschreibung des *Signore* und der *Signora* Lucca entsprechen. Alle verheirateten Damen trugen Mantillen, die ihre Haare verhüllten, und manche benutzten eines der Enden, um sich damit den Mund zu bedecken. Darum versuchte Joan, Anna an ihren Augen zu erkennen. Je mehr Leute hineingingen, desto größer wurde seine Angst. Und wenn er sie nicht entdeckte?

Schließlich, kurz vor dem Beginn der Zeremonie, nahm er wahr, wie eine Hand bebte, die das Ende einer Mantille hielt, und er glaubte, die Farbe dieser schönen Augen und ihren Lidschlag wiederzuerkennen. Ob es sich wirklich um Anna handelte? Ihr Blick, der nun eindringlicher war, störte den Ehemann, der Joan herausfordernd anstarrte. Dieser wandte sofort seinen Blick ab. Er wollte nicht, dass der *Signore* Lucca auf ihn aufmerksam würde. Er ließ noch ein paar Gläubige vorbei und trat dann in die Kathedrale. Aus der Ferne sah er, wie sich das Paar auf Plätze in einer der ersten Bänke setzte, die sie gewiss reserviert hatten.

Sie trug ein bordeauxrotes Samtkleid, eine Mantille, die mit weißen Sternen bestickt war, und eine Perlenkette. Die Damen bedeckten sich das Gesicht nur auf der Straße, und darum suchte sich Joan einen Platz, von dem aus er sie sehen konnte, ohne dass ihn der Ehemann entdeckte: Er stellte sich neben eine Säule und wartete, dass sie ihr Profil zeigte. Zuerst erspähte er nur die sternenbesetzte Mantille, denn sie sprach mit ihrem Gatten. Doch kurz vor Beginn des Gottesdienstes, als sie nach vorn blickte, konnte er sie endlich sehen. Es war Anna! Antonello hatte recht, sie war wunderschön.

Während der Messe schlug Joan das Herz bis zum Hals. Er grübelte, wie er sich mit Anna in Verbindung setzen konnte, ohne dass es der andere merkte. Sicher hatte ihn Anna gesehen und fragte sich, ob er sie wiedererkannt hatte. Vielleicht war sie ebenso aufgeregt wie er. Nach der Zeremonie suchte er sich einen Platz nahe bei der Tür, wo sich die Leute ganz sicher drängen würden. Beim Warten verhielt er sich unauffällig, um zu vermeiden, dass der *Signore* Lucca auf ihn aufmerksam wurde. Der Mann war groß und schlank, über die vierzig hinaus, trug einen Degen im Gürtel und wirkte energisch und anmaßend. Er war nicht der Alte, den sich Joan gern vorgestellt hätte. Anna nahm ihn am Arm. Sie lief hoch aufgerichtet und würdevoll, doch Joan nahm an ihr eine leicht unterwürfige Haltung wahr, die er nie zuvor bemerkt hatte. Beide begrüßten die Umstehenden, und wenn sie lächelte, war sie noch schöner, wobei sie allerdings einen angespannten Eindruck machte. Blitzschnell begegneten sich ihre Blicke, und das Lächeln verschwand aus Annas Gesicht. Vor Angst spürte Joan einen stechenden Schmerz. Bei der Tür zwängten sich die Leute zusammen, um durch die schmale Öffnung zu kommen, und Joan stellte sich genau hinter Anna. In diesem Moment begrüßte jemand den Ehemann, und Joan näherte seine Lippen dem Ohr seiner Liebsten, berührte ihre Schulter und flüsterte: »Ich liebe Euch. Antwortet auf den Brief, den ich in der Buchhandlung hinterlassen habe. Ich flehe Euch an.«

Er spürte, wie sie zusammenzuckte. Er trat beiseite und gab acht, dass der Ehemann und die Leute ringsum nichts bemerkten. Er ließ einen Abstand, damit sich andere zwischen sie schoben, und folgte dem Paar. Anna hatte wieder ihren Mund mit dem Mantillenende bedeckt. Einmal nutzte sie die Gelegenheit, als ihr Ehemann einen Bekannten begrüßte, und drehte sich um. Ihre Blicke begegneten sich wieder. Joan glaubte zu sterben. So verzweifelt, so ungestüm liebte er diese Frau – sie wiederzusehen war eine grenzenlose Freude und eine Qual zugleich. Er blieb reglos mitten auf der Straße stehen, und als die Luccas weitergingen, folgte er ihnen in vorsichtigem Abstand bis zu ihrem Haus.

87

Wenn Joan nicht an Bord blieb, besuchte er regelmäßig die Buchhandlung Antonellos, der bereits wie ein Freund für ihn war. Hinter dem heiteren Auftreten des Buchhändlers verbarg sich ein Gelehrter, der Bücher mit ungewöhnlicher Inbrunst verehrte und seine Freude an der Philosophie und der Theologie fand.

Auch Joan teilte diese Leidenschaft. Beide plauderten lange und ausführlich über Bücher, und wenn Antonello beschäftigt war, setzte sich Joan hin und las. Dieser Ort war ein Paradies für ihn, und die umfangreiche Buchauswahl des Neapolitaners bei Handschriften wie bei Druckwerken war unerschöpflich. Joan bekam die Hoffnung, dass sich sein alter Traum, Buchhändler zu werden, möglicherweise verwirklichen ließ.

Das Lesen vermochte es als Einziges, ihn seine Betrübnis über Annas Fernsein vergessen zu lassen. Doch wenn er mit der feinfühligen Zärtlichkeit eines Verliebten ein Buch schloss, um es wegzustellen, meldete sich seine Sorge erneut. Er fragte sich immer wieder erregt, warum sie nicht auf den Brief antwortete, den er im August bei Antonello hinterlassen hatte. Der Gedanke, dass sie ihn nicht mehr liebte, erschreckte ihn.

Stundenlang wartete er nahe beim Palast Riccardo Luccas in der Hoffnung, Anna zu sehen. Es war ein geräumiges Haus, das aus dem Erdgeschoss und zwei Stockwerken bestand. Es verfügte über ein großes Eingangsportal und einen Innenhof für Fuhrwerke. Alle Fenster hatten Gitter, außer einigen im ersten und zweiten Stock, die mit Jalousien bedeckt waren, damit die Damen auf die Straße sehen konnten, ohne gesehen zu werden.

Anna ging selten aus, und dies immer in Begleitung ihrer Haushälterin. Wenn sie sich begegneten, ließ sie sich nichts anmerken und schenkte ihm höchstens einen kurzen Blick.

Nachdem er von einem längeren Auftrag der *Santa Eulalia* zurückgekehrt war, der ihn vier Tage auf dem Schiff festgehalten hatte, stellte Joan fest, dass Antonello fröhlicher war als sonst.

»Ich habe etwas für dich«, sagte er augenzwinkernd.

»Was?«, fragte Joan hoffnungsvoll.

»*Signora* Anna hat die Buchhandlung besucht.«

»Was?«, rief Joan. »Hat sie Euch etwas gegeben?«

Lächelnd zeigte ihm Antonello einen kleinen zusammengefalteten Brief, der mit rotem Lack versiegelt war.

Mit einer jähen Bewegung entriss er ihm das Papier. Voller Ungeduld trat er ans helle Fenster und verbarg den Brief mit seinem Körper vor dem Buchhändler, der neugierig versuchte, ihm über die Schulter zu blicken. Nachdem er das Siegel aufgebrochen hatte, begann er zu lesen:

Mein lieber Joan! Die süße Erinnerung an Euch begleitet mich Tag für Tag. Ich liebe Euch weiterhin und werde es immer tun. Aber ich bin eine verheiratete Frau, und meine Ehe darf nicht gebrochen werden. Darum bitte ich Euch, dass Ihr mich vergesst. Ich bete zum Herrgott, dass er Euch beschützen und helfen möge, eine Frau zu finden, die Euch liebt und die Ihr liebt. Wolle Gott, dass wenigstens Ihr das Glück findet.

Eure traurige Liebste.
Anna

Der junge Mann fühlte, wie es ihm das Herz zerriss. Das war ein Abschiedsbrief.

Als Antonello seine Miene sah, erkundigte er sich besorgt: »Was gibt es?«

Joan hielt ihm den Brief hin.

»Sie sagt Euch, dass sie Euch liebt und Euch immer lieben wird«, erklärte der Buchhändler. »Das sind sehr gute Neuigkeiten. Schlechte wären es, wenn sie sagte, dass sie ihren Mann liebt.«

»Ja, aber sie verabschiedet mich, schickt mich fort und will, dass ich mir eine andere Frau suche«, klagte Joan.

Antonello las den Brief noch einmal und dachte eine Weile nach.

»Hier gibt es etwas Sonderbares, das ich nicht ganz verstehe«, meinte er schließlich.

»Was versteht Ihr nicht?«

»Es gibt viele verheiratete Frauen in Neapel und anderen Orten, die ihre Ehemänner nicht lieben. Und diese würden nicht ihren Geliebten verabschieden, wenn ihre Liebe erwidert wird.« Antonello kratzte sich am Kopf. »Du musst mit ihr reden.«

»Das möchte ich. Aber wie?«

»Indem du sie herbestellst.«

»Aber …«

»Tu, was ich dir sage.«

Als Anna am nächsten Tag zusammen mit ihrer Haushälterin herauskam, entdeckte sie Joan, der wie so oft auf sie wartete, nur dass er diesmal ein zugeklapptes Buch in der Hand hielt. Da kam ein junger Bursche vorbei, zog heftig am Rock der Anstandsdame und rannte davon. Die Frau schrie auf, weil sie glaubte, dass man sie bestohlen hatte. Sie lief dem Jungen nach, blieb jedoch unverzüglich stehen, als sie begriff, dass sie ihn niemals einholen würde. Sie betastete den Gürtel und suchte nach ihrem Beutel. Er war noch da. Sie seufzte erleichtert auf und wandte sich zu Anna um.

Während die Frau abgelenkt war, hatte Anna eine leichte Berührung an der Schulter gespürt, und als sie hinsah, erblickte sie Joan mit einem Buch, das so geöffnet war, dass nur sie darin lesen konnte.

»Kommt morgen in die Buchhandlung. Ich flehe Euch an.«

Als Anna und ihre Haushälterin in Antonellos Laden kamen, geleitete dieser sie ins Innere, um ihnen mit der ganzen ehrerbietigen Höflichkeit, die einer guten Kundin wie *Signora* Lucca zukam, ein paar neueingetroffene Bücher zu zeigen.

Er legte die Bücher auf einen Tisch und bat die Frauen, sie sich anzusehen, während er einen Auftrag erledigen wollte. Die beiden Frauen blätterten die Bände durch, während er mit mehreren Tintenfässern hantierte, die in einem hohen Regal standen. Mit einem lauten Schrei fiel ihm dabei eines aus der Hand, und die rote Tinte, die es enthielt, ergoss sich über die Haushälterin. Mit dem Geschick eines vollendeten Schauspielers betete er einen ganzen Schwall Entschuldigungen herunter. Er versicherte, wenn sie schnell handelten, werde kein Fleck zurückbleiben, und zerrte die Haushälterin eifrig in die Werkstatt. Dort wurde sie bereits von der Ehefrau Antonellos erwartet. Diese rief nach einer Dienerin, die helfen sollte, die beschmutzte Kleidung auszuziehen und sofort in eine Flüssigkeit zu tauchen, die den Schaden beseitigen sollte. Sie führte sie in ein Zimmer im oberen Stock, wo die Familie lebte. In diesem Zimmer blieb die nur mit Unterwäsche bekleidete Haushälterin gefangen. Die Buchhändlerin tröstete sie mit ihren Entschuldigungen, die sogar noch einfallsreicher und farbiger waren als die ihres Mannes.

Anna empfand keine allzu große Zuneigung zu dieser Frau, die sie als Gefängniswärterin betrachtete und mit der sie wenig gemeinsam hatte. Als sie sich von der ersten Überraschung erholt hatte und das Theaterspiel durchschaute, hielt sie mühsam das Lachen zurück. Nachdem Antonello hinausgegangen war, blieb sie allein im Laden, jedoch nur für einen Augenblick. Plötzlich tauchte Joan auf, nahm sie an der Hand und führte sie in das Arbeitszimmer, das der Buchhändler hinter dem Laden hatte. Er schloss die Tür.

Sie hielten sich weiter an den Händen und blickten sich lange Zeit an. Joan merkte, dass ihre Hände wohltuend warm und seine eigenen kalt waren. Er war gleichzeitig ungeheuer angespannt und unermesslich glücklich. Anna hatte ihm geschrieben, dass sie ihn liebte, doch vielleicht hatte sie es nur getan, um seinen Schmerz zu lindern. Liebte sie ihn nach so langer Zeit wirklich? Schweigend betrachtete er ihre Augen und dachte, dass sie die schönste Frau der Welt war. Auf einmal, ohne dass sie ein Wort sagten, vereinigten sie sich in einer innigen Umarmung. Joan merkte, wie er mit ihr zu einem einzigen Körper verschmolz, während sie von einer wonnevollen Energie eingeschlossen wurden. Es war ein seliger Augenblick, den Joan gern in alle Ewigkeit ausgedehnt hätte und den gerade das Bewusstsein, dass er kurz war und sich vielleicht nie wiederholen würde, so schmerzlich und so eindringlich machte.

Ohne dass sich ihre Körper trennten, fanden sich dann ihre Münder, und Joan erfuhr eine neue Form derselben unbeschreiblichen Wonne. Nach und nach wurden sie sich bewusst, dass ihre Zeit zu Ende ging, und sie schob ihn sanft von sich, um ihm in die Augen zu blicken. Über ihre Wange glitt eine Träne.

»Ich liebe Euch«, sagte er und kam dem zuvor, was sie sagen wollte. »Ich liebe Euch so, wie ich nie geliebt habe oder lieben werde. Niemand kann mehr lieben, als ich Euch liebe.«

»Ich liebe Euch auch«, bekannte sie. Sie wandte den Blick ab und umarmte ihn abermals.

Da hörte Joan, wie sie ihm ins Ohr flüsterte: »Aber es kann nicht sein. Wir müssen einander vergessen.«

›Nein‹, sagte er zu sich selbst, ohne laut zu antworten. Für nichts auf der Welt würde er auf sie verzichten. Aber dann wurde ihm wieder klar, dass er ihr außer seiner Liebe nichts bieten konnte. Trotz des Anscheins seiner guten Kleidung und seines Degens im Gürtel war er nichts weiter als ein Galeerensklave, dem das Glück und ein großzügiger Valencianer ein paar Münzen in die Tasche gesteckt hatten. Sie hingegen war eine geachtete Dame, die in einem Palast wohnte und alles hatte, was sie wollte. Dies wäre die Gelegenheit, sie anzuflehen, alles aufzugeben und mit ihm zu entfliehen. Sie würden an einen Ort fahren, wo sie ihre Liebe frei und ganz uneingeschränkt leben konnten. Aber er verfügte ja nicht einmal über seine eigene Freiheit. Die einzige Zukunft, die er ihr geben konnte, war das Leben eines geflohenen und verfolgten Sklaven.

»Warum?«, wollte er schließlich wissen und hielt sie gerade so weit von sich entfernt, um ihr in die Augen blicken zu können. »Warum dürfen wir uns nicht lieben?«

»Ich bin verheiratet.«

»Aber Ihr liebt mich«, entgegnete er erregt. »Heute kann ich Euch nichts bieten, doch ich verspreche Euch, dass ich ein großes Vermögen erwerben werde, um Euch wie eine Königin zu behandeln …«

Sie unterbrach ihn und verschloss in einer zärtlichen Geste seine Lippen mit ihrer Hand.

»Es geht nicht um Geld oder Vermögen, sondern um Treue.«

»Treue? Zu Eurem Ehemann?«

»Zu meiner Familie.«

»Was hat Eure Familie damit zu tun?«

»Alles. Mein Vater hat diese Ehe vereinbart, und ich habe gehorcht und geheiratet. Als wir als Flüchtlinge nach Neapel kamen, war es nicht einfach für uns. Es gab viele aus Spanien geflohene Konvertiten, alle hatten gute Berufe, und kunstverständige Juweliere wie mein Vater waren reichlich vorhanden. Was wir aus Barcelona mitnehmen konnten, genügte nicht einmal, um einen Laden zu öffnen. Riccardo Lucca hat uns geholfen, und ich war ein Teil der Vereinbarung. Und nicht nur das. Meinem Ehemann ist es zu verdanken, dass mein älterer Bruder hier in Neapel ein Edelmann werden konnte.«

Ihr entschlüpfte ein Seufzer.

»Versteht Ihr jetzt?« Ihre Augen füllten sich mit Tränen.

»Aber Ihr liebt mich!«

Sie nickte. »Trotzdem schulde ich ihm Achtung. Darum müssen wir einander vergessen.«

»Nein!«, rief Joan. »Ich werde Euch nie vergessen! Niemals!«

Anna schloss die Augen und schüttelte den Kopf.

»Hört zu«, drängte er. »Euer Gatte mag Euren Körper besitzen, aber er hat kein Recht auf Eure Seele und Euren Geist. Er kann Euch nicht zwingen, dass Ihr aufhört, mich zu lieben. Die wahre Freiheit ist in unserem Innern, und keiner kann uns zwingen, unsere Gedanken, unsere Gefühle zu ändern. Keiner hat diese Macht und dieses Recht.«

Anna hielt die Augen weiter geschlossen. Sie hatte offenbar eine Entscheidung getroffen.

»Ihr habt schon erfüllt, wofür er Euch bezahlt!«, rief Joan wütend. »Mehr darf er nicht von Euch verlangen!«

Anna öffnete die Augen und starrte ihn erschrocken an. Sie spürte, wie wütend er war.

»Verzeiht«, sprach er weiter, als er ihre Unruhe bemerkte. »Ich bitte Euch doch nur darum, dass wir auf irgendeine Weise weiter zusammenbleiben. Indem wir uns auf der Straße sehen. Indem wir Briefe in der Buchhandlung hinterlegen. Indem wir das Glück genießen, das uns Gott gewährt.«

»Wir werden viel leiden«, sagte sie mit sanfter Stimme.

»Wir werden auf jeden Fall leiden!«, rief Joan ungestüm. »Glaubt Ihr etwa, dass ich Euch vergessen kann? Ich soll eine andere Frau finden, habt Ihr mir in dem Brief geschrieben! Aber glaubt Ihr, dass so etwas möglich ist? Niemals! Hört Ihr? Niemals!« Er schwieg einen Augenblick und setzte in ruhigem, jedoch ganz und gar entschiedenem Ton hinzu: »Außerdem bin ich mir sicher, dass der Tag kommen wird, an dem ich Euer Ehemann sein kann. Das verspreche ich Euch.«

Sie schob ihn sanft und wortlos von sich. Mit Tränen in den Augen schüttelte sie abermals den Kopf.

»Ich muss gehen«, sagte sie. »Die Haushälterin kommt jeden Augenblick zurück, und sie darf uns nicht überraschen. Mein Mann würde Euch umbringen lassen.«

Laute Geräusche aus dem Obergeschoss bestätigten gewissermaßen ihre Worte. Antonellos Frau kam die Treppe herunter und schrie dabei unüberhörbar. Anna wollte hastig aus dem Zimmer laufen und in die Buchhandlung zurückkommen. Joan hielt sie nur noch kurz zurück.

»Ich flehe Euch an, verweigert mir nicht Euren Anblick«, stieß er hervor. »Und bitte, schreibt mir.«

88

In den nächsten Tagen patrouillierten die vier Galeeren Vilamarís an der Nordküste, von den Inseln Procida und Ischia bis über die Ponza-Inseln hinaus, ohne dass sie französische Schiffe entdeckten. Sie führten die Fahnen von Neapel und Aragonien.

Da traf die Nachricht von der Niederlage in Florenz und vom Vormarsch der französischen Armee nach Süden ein. Der König von Neapel wollte sie aufhalten, und darum schickte er ein Landheer nach Rom, um dem Papst beizustehen. Die spanischen Könige riefen Gonzalo Fernández de Córdoba, einen Militär, der beim Krieg von Granada großes Talent gezeigt hatte. Er sollte mit einem kleinen Heer an Bord der Flotte des Admirals Galcerán de Requesens nach Sizilien fahren, um diese Insel vor den französischen Ansprüchen zu schützen.

Doch all diese Vorzeichen eines Krieges kümmerten Joan wenig. Er dachte nur daran, nach Neapel zurückzukehren, um Anna zu sehen. Sie hatte ihm nichts versprochen und immer noch keinen Antwortbrief in der Buchhandlung hinterlassen. Joan war niedergeschlagen, und seine Unruhe steigerte sich zu Wutausbrüchen beim geringsten Zwischenfall. In seiner Angst schlief er kaum noch. Sonntags, wenn die Galeere im Hafen lag, sah er Anna bei Spaziergängen mit ihrem Gatten, und sein Hass gegen diesen Mann wurde bei jeder Begegnung größer. Wenn sie mit der Haushälterin ausging, erschien sie ihm entspannter, bedeckte sich nicht den Mund, und immer, wenn Joan ihr Lächeln von weitem sah, fühlte er, wie ihm vor Glück die Sinne schwanden.

Einmal, als er an den beiden Frauen vorbeilief, warf ihm Anna einen Blick zu, den er nicht deuten konnte. Als er sah, dass hinter den Frauen ein Taschentuch auf den Boden gefallen war, verstand er. Joan suchte einen Winkel, wo er den milden Lavendelduft riechen und den sanften Stoff des Taschentuchs streicheln konnte. Es war zart, von Spitzen umsäumt, und als er es auseinanderfaltete, sah er, dass in der Mitte etwas hineingestickt war. Es waren zwei Buchstaben: JA.

Joan dankte dem Himmel. Dieses Taschentuch gab ihm das Leben zurück. Wenigstens durfte er sie von weitem lieben. Sie würde sein Gefühl erwidern.

Die Tage vergingen, während man auf das Unvermeidliche wartete: auf die Ankunft des französischen Heeres in Neapel. Dies schien die Neapolitaner jedoch nicht im Geringsten zu beeindrucken. Sie bevölkerten die Straßen, kauften und verkauften, plauderten, lachten und sangen sogar. Kurz und gut, sie genossen das Leben in vollen Zügen.

Dass die Umrisse des Vesuvs zu ihrer Landschaft gehörten, der manchmal beunruhigende Rauchwolken ausspie und, vielleicht als Vorspiel einer Katastrophe, ein Beben in der Stadt hervorrief, hatte die Neapolitaner gelehrt, die Angst für jene Zeit aufzusparen, wenn die Katastrophen wirklich eintrafen.

Joans Leben spielte sich an Bord der *Santa Eulalia* oder in der Buchhandlung und vor Annas Haus ab. Als die Jahreszeit der Stürme begann, verringerten sich die Ausfahrten der Flottille auf ein Mindestmaß, und abgesehen von einer oder zwei Stunden, in denen Joan seine Arbeiten an Bord erledigte, durfte er unbeschränkten Landurlaub nehmen.

Als er einmal die Buchhandlung besuchte, lud ihn Antonello zum Essen ein und stellte ihm einen etwa sechzigjährigen, weißbärtigen Mann vor, der Innico d'Avalos hieß. Das Gespräch im Speisesaal des ersten Stocks verlief sehr lebhaft. Innico erwies sich als guter Buchkenner. Sie redeten Neapolitanisch, doch die gebildeten Formulierungen, die Innico und Antonello benutzten, brachten sie dem Toskanischen, dem sogenannten Altflorentinischen, näher, der Schriftsprache Dantes, Boccaccios und Petrarcas. Joan, der diese Autoren gründlich gelesen hatte, konnte ihnen mühelos folgen, als sie deren Werke kommentierten. Zu einem bestimmten Zeitpunkt fühlte sich Joan plötzlich unbehaglich. Innico beobachtete ihn mit besonderer Aufmerksamkeit, als wollte er seine Kenntnisse, Meinungen und Kommentare bewerten.

Innico brachte das Gespräch auf die neue Zeit, die sie erlebten. Nun entdeckte der Mensch das Licht des antiken Wissens nach der Nacht des barbarischen gotischen Zeitalters, das nach dem Zusammenbruch des Römischen Reiches zu Dunkel und Unwissenheit der Menschheit geführt hatte. Gott war weiterhin wichtig, doch fortan war es auch der Mensch, seine größte Schöpfung. Der

Mensch war der Mittelpunkt der vom Höchsten Wesen geschaffenen Welt. Das Wissen war das Licht, das sie erhellte, und das Dunkel war die Unwissenheit.

Als Innico von diesem Licht sprach, geriet er ins Schwärmen und streichelte ein goldenes Medaillon, das an seinem Hals hing und das er aus dem Hemd hervorgezogen hatte. Darauf war ein gleichschenkeliges Dreieck in einem Kreis zu sehen.

Joan konnte es sich nicht verkneifen, von seiner tragischen Erfahrung mit der Inquisition und dem Tod der Corrós auf dem Scheiterhaufen zu erzählen, weil sie verbotene Bücher verkauft hatten und in den Verdacht geraten waren, jüdische Riten zu praktizieren.

»Wie abscheulich!«, rief Innico. »Gott hat dem Menschen die Fähigkeit des Denkens gegeben, und andere Menschen haben nicht das Recht, ihm zu sagen, was er glauben oder lesen soll. Die Inquisition ist die Finsternis.«

»Ich denke wie Ihr!«, stieß Joan hervor. »Gott hat uns den freien Willen gegeben. Deshalb müssen wir die Freiheit genießen, das Denken anderer Menschen kennenzulernen, entweder durch das Wort oder die Schrift, und selbst darüber entscheiden.«

»Zum Glück haben wir jetzt die Buchdruckerkunst, die es ermöglicht, Wissen, Meinungen und Glaubenslehren schneller zu verbreiten«, sagte Innico.

»Religionen sind vorgezeichnete Wege zu Gott«, sprach Antonello weiter. »Es gibt viele Religionen, aber einen einzigen Gott. Die Religionen müssen im Dienst des Menschen stehen, um ihn dem Höchsten Wesen näherzubringen. Der Mensch soll Gott dienen und nicht der Religion, die nur der Weg ist, um zu Ihm zu gelangen.«

Innico nickte zustimmend.

»Wenn Spanien die Einheit seiner Königreiche festigt, wird es sich zur künftigen Großmacht entwickeln«, erklärte er. »Aber es muss vorsichtig sein, wenn es die Religion als politisches Instrument benutzt. Das kann der Ausgangspunkt seines Niedergangs werden. Königin Isabella ist eine inbrünstige Katholikin und unterstützt die Inquisition von ganzem Herzen, weil sie von ihren Beichtvätern beeinflusst wird. König Ferdinand benutzt sie hingegen als Instrument, um seine Reiche zu vereinigen, um sie zu unterwerfen und als Einnahmequelle. Er bedient sich des Dunkels, während wir in der Zeit des Lichts leben.«

Dieses Gespräch gab Joan viel Stoff zum Nachdenken. Innico d'Avalos war eine charismatische Persönlichkeit und ein glänzender Denker. Doch sein Medaillon schien heidnisch zu sein.

Er erkundigte sich bei Antonello. Dieser erzählte ihm, d'Avalos sei ein neapolitanischer Adliger, der die Sache Aragoniens unterstütze. Sein Vater, der auch Innico oder Íñigo hieß, sei mit Alfons V. von Aragonien aus Spanien gekommen und habe ihm geholfen, das Königreich zu erobern. Als Belohnung habe man ihm eine Grafschaft und die Ehe mit einer neapolitanischen Marquise bewilligt. König Alfons V. war ein großer Kunstmäzen, der seine Verehrung der Klassiker bekundete und zu einem außerordentlichen Förderer der Kunst wurde. Unter seinen Ratgebern gefielen ihm die Bücher am meisten, weil weder Furcht noch Hoffnung sie daran hinderten, ihm zu sagen, was er tun sollte. Diese Leidenschaft prägte seinen ganzen Hof, und Innico hatte sich dieses Erbe zu eigen gemacht. Er war nicht nur Militär, sondern auch ein großer Kunstliebhaber.

»Und wie kommt es, dass eine so wichtige Persönlichkeit mit mir essen wollte?«, fragte Joan.

Antonello lachte.

»Vielleicht, weil auch du wichtig bist«, sagte er.

Die Antwort beruhigte Joan nicht.

89

Als die bei Bartomeu bestellten Bücher aus Barcelona eintrafen, schickte Joan sie nach Rom und erhielt das Geld. Es gab weitere Aufträge für *Tirant lo Blanc*, doch der junge Mann begann nun, auch andere spanische Werke anzubieten. Wenn die französische Invasion es nicht verhinderte, würde er sein Geschäft ausweiten. Sogar den Offizieren auf seiner Galeere verkaufte er schon Bücher. Der Admiral mischte sich nicht in seine Transaktionen ein und schien sie sogar gutzuheißen.

»Ein Edelmann muss in der Lage sein, über Kunst und Philosophie zu sprechen«, verkündete Vilamarí oft.

»Du wirst ja zu einem richtigen Buchhändler«, sagte Antonello. »Wenn du so weitermachst, muss ich den Prozentsatz deiner Provision erhöhen.«

»Ich bin einverstanden, den Satz zu behalten, den ich habe, wenn Ihr mir erlaubt, Euch in der Druckerei zu helfen.«

»Willst du etwa mit mir konkurrieren?«, fragte der Neapolitaner lachend.

»Ich wollte immer Buchhändler werden«, bekannte Joan.

»Das habe ich befürchtet«, antwortete Antonello mit seinem spöttischen Lächeln. »Geh in die Werkstatt. Aber ich hoffe, dass du hilfst und nicht störst.«

Joan atmete wieder den Duft neuen Papiers und frischer Druckfarbe ein. Er liebte diesen Geruch. Doch Drucken war ein viel schmutzigerer Beruf als der des Schreibers. Als Lehrling musste er die Pressen von der Farbe säubern. Schließlich hatte er schmutzige Fingernägel, etwas für einen Edelmann höchst Unpassendes. Trotzdem bedeutete dies für Joan eine kleinere Unannehmlichkeit. Er war glücklich, weil er sich an der Entstehung neuer Bücher beteiligte. Was die Hände betraf, so hatte man glücklicherweise Winter, und ein Edelmann, als der er erscheinen wollte, musste ohnehin Handschuhe tragen.

Weihnachten 1494 standen die Franzosen kurz vor dem Einmarsch in Rom, während Papst Alexander VI. verhandelte, um zu verhindern, dass man ihn mit Waffengewalt absetzte. Noch residierte er im Vatikan, doch die Engelsburg, deren Wache beinahe ausschließlich aus Spaniern, in ihrer Mehrheit Valencianern, bestand, war auf eine lange Belagerung vorbereitet. Inzwischen gab es auf den Straßen Neapels weiterhin keinerlei Aufregung wegen der bevorstehenden Ereignisse. Es war etwas länger als fünfzig Jahre her, dass das Königreich von der französischen Dynastie der Anjous regiert wurde, und man glaubte nicht, dass deren Rückkehr ihr Leben entscheidend verändern würde.

Joan und Anna trafen sich nun beinahe regelmäßig in der Buchhandlung, seitdem sie ein paar Tage vor Weihnachten unter dem Vorwand zurückgekommen war, ein Geschenk zu kaufen. Sie war zweiundzwanzig Jahre alt, und er würde bald dreiundzwanzig. Antonellos Ehefrau freundete sich mit der Haushälterin an, die sich hochgeehrt fühlte, weil eine so hervorragende Bürgerin wie die Buchhändlerin sie derart liebenswürdig behandelte. Die Haushälterin ließ sich vom schwungvollen Geplauder der anderen blenden und erlahmte in ihrer Überwachung, weil sie glaubte, die *Signora* bleibe mit den Büchern allein. Doch die *Signora* vergaß unverzüglich die Bücher und warf sich in Joans Arme, sobald sie zum oberen Stockwerk des Hauses hinaufgestiegen war.

Die Umarmungen und Küsse waren so wundervoll wie am ersten Tag. Aber für die Liebenden verging die Zeit im Fluge, und Joan wollte mehr. Beim vierten Zusammensein in Antonellos Arbeitszimmer wagte er es, sie um das zu bitten, was er ersehnte.

»Lasst mich in der Nacht in Euer Haus ein. Ich muss länger bei Euch sein.«

»Seid Ihr verrückt, Joan?«, entrüstete sie sich und blickte ihm bestürzt in die Augen. »Und mein Mann?«

»Euer Mann ist in letzter Zeit viel unterwegs. Man munkelt, dass er ein Anhänger der Anjous ist und die Ankunft Karls VIII. in Neapel vorbereitet.«

Anna errötete.

»Das würde ich Euch nicht sagen, selbst wenn ich es wüsste«, antwortete sie verlegen. »Ich bin ihm Treue schuldig, ganz gleich, wie seine politische Haltung ist.«

»Mich kümmert es nicht, zu welcher Partei er gehört«, sagte er, um sie zu beruhigen. »Mir kommt es als Einziges darauf an, dass er Euch viele Nächte lang allein lässt.«

»Mein Haus ist beinahe eine Burg, und die Diener sind bewaffnet«, sprach sie aufgeregt weiter. »Joan, Ihr könnt unmöglich durch die Tür kommen und zu mir vordringen.«

»Ich will nicht durch die Tür hinein.«

Sie blickte ihn fragend an.

»Ich bin Seemann, Anna. Ich kann an Seilen und Tauen hochklettern. Ich habe Euer Haus lange beobachtet. Die Fenster im Erdgeschoss sind vollständig vergittert, und genauso ist es im ersten Stock, abgesehen von ein paar Jalousien, die offenbar fest angebracht sind. Aber im zweiten Stock lassen sich die Jalousien von innen öffnen. An der linken Seite des Gebäudes läuft eine Gasse entlang, die nachts völlig finster ist. Ihr braucht mir nur von den Jalousien des zweiten Stocks auf dieser Seite ein Seil zuzuwerfen, und ich bin die ganze Nacht bei Euch, bis kurz vor dem Morgen.«

Anna starrte ihn an, ohne aus dem Staunen herauszukommen. Dann wanderten ihre Augen über die Rücken der Bücher, die in den Regalen des Arbeitszimmers standen. Schließlich musterte sie ihn eindringlich und legte die Stirn in Falten.

»Ihr seid verrückt, Joan!«, rief sie endlich heftig. Sie klang empört. »Vollständig verrückt.«

»Aber …!«

»Ich lasse kein Aber gelten«, unterbrach ihn Anna. Joan sah, dass sich ihre Wangen gerötet hatten. »Ihr wollt Euer Leben, mein Leben und das Wohlergehen meiner Familie in Gefahr bringen. Ich nehme jetzt schon ein zu großes Wagnis auf mich, weil ich hergekommen bin!«

»Mein Leben bedeutet mir wenig«, klagte er. »Ohne Euch ist es erbärmlich. Ich leide, wenn ich Euch von weitem sehe. Ich muss Euch bei mir haben und Euch umarmen. Außerdem würde ich eher mein Leben hingeben, als dass ich Euch im Geringsten schadete.«

»Nun, dann umarmt mich und verlangt nicht von mir, was ich Euch nicht geben kann«, flehte sie ihn an.

Das tat Joan. Diese Augenblicke waren zu kostbar, um sie mit Wortwechseln zu vergeuden. Doch beim Abschied sagte sie:

»Ihr müsst das verstehen, Joan. Ich liebe Euch, weil ich nicht anders kann. Wenn ich es könnte, würde ich damit aufhören, und ich wäre glücklich mit meinem Mann. Doch obwohl ich ihn nicht liebe, habe ich ihm gegenüber Verpflichtungen. Niemals werde ich ihn verraten. Selbst wenn wir uns jede Nacht sähen, würde ich Euch nie meinen Körper hingeben.«

»Eure Liebe genügt mir«, antwortete er. »Aber ich muss Euch länger sehen.«

Er wusste, dass dies nicht ganz der Wahrheit entsprach. Er genoss Annas Liebe, doch er verlangte jeden Tag mehr nach ihr. Sie gingen nicht über Küsse und Umarmungen hinaus, aber er stellte sich alles Übrige vor. Er sagte sich immer wieder, es sei schon ein großes Glück, dass sie ihn liebe, dass sie ihn heimlich treffe, er dürfe das Schicksal nicht herausfordern.

Als er Antonello darauf ansprach, lächelte dieser und sagte: »Lieber Freund, du musst noch viel über die Liebe lernen. Wenn eine Dame nein sagt, meint sie vielleicht. Wenn sie vielleicht sagt, meint sie ja. Und wenn sie von vornherein ja sagt, ist sie keine Dame.«

»Anna ist nicht wie die anderen!«, unterbrach ihn Joan ärgerlich.

Der Buchhändler lachte.

Joan schrieb den Satz Antonellos in sein Buch und setzte dann hinzu: »Ob das stimmt? Meine Dame bricht mir das Herz, und dieser zynische Teufel peinigt mich. Ich weiß nicht, wie lange ich ihn noch ertragen kann. Doch die Ängste meiner Liebsten und die Spottreden dieses eingebildeten Kerls, der sich als Kenner der Liebe aufspielt, werden mich nicht zurückhalten. Ich gebe nicht nach, Anna, um unserer Liebe willen, zum Wohl von uns beiden.«

90

Wolken bedeckten den Himmel Neapels und verbargen die Sterne. In dieser kalten Nacht des 20. Februar 1495 war die Dunkelheit allumfassend. Das tiefe Schweigen der Stadt wurde nur gestört, wenn brünstige Kater einander herausforderten, wobei sie sich wie arme Seelen durchdringend anknurrten. Die Straßen waren menschenleer, und wenn sich jemand auf ihnen herumtrieb, verbarg ihn die Finsternis wie ein schwarzes Leichentuch. Joan wartete stundenlang in der Gasse. Trotz seines dicken Mantels zitterte er vor Kälte, und er fragte sich ängstlich, ob Anna es sich anders überlegt hatte. Endlich, kurz vor Mitternacht, erblickte er ein schwaches Licht in den Jalousien des zweiten Stocks, das sofort verschwand. Sein Herz krampfte sich zusammen, und er erstarrte. Dies war das von ihm erhoffte Signal. Er stellte sich unter die Jalousien, und kurz danach merkte er, dass ihn etwas berührte. Es war ein Seil. Er zog daran, um sich zu vergewissern, dass es gut festgebunden war. Dann kletterte er hinauf und beglückwünschte sich, dass er Handschuhe anhatte. Er sagte sich, dass sie sich später nicht mehr benutzen ließen, aber das war ihm gleich. Bei dieser Kälte hätte er mit bloßen Händen nicht hochklettern können.

Einen Monat zuvor hatte Papst Alexander VI. eine Vereinbarung mit dem französischen König abgeschlossen, als dessen Heer schon vor den Toren Roms stand. So vermied er, abgesetzt zu werden, wie es Kardinal Della Rovere erreichen wollte. Der Pontifex maximus ersuchte die in Rom stationierten neapolitanischen Truppen, nach Hause zurückzukehren, ohne den Franzosen entgegenzutreten. Er aber, der ein vorsichtiger Mann war, schloss sich in der Engelsburg ein, begleitet von seiner valencianischen Wache.

Am 28. Dezember marschierten die Franzosen in Rom ein, und

am 31. des Monats kam König Karl VIII. Die Römer, die das großartige militärische Aufgebot bewunderten, jubelten ihm zu.

König Alfons II. war bei seinen Untertanen nicht beliebt, und um das Königreich zu retten, dankte er zugunsten seines Sohnes Ferdinand II. ab, der erst fünfundzwanzig Jahre alt war und den Kosenamen Ferrandino erhalten hatte. Doch diese Geste verhinderte nicht die Niederlage der neapolitanischen Truppen an mehreren Fronten und den Verlust der Städte Capua und Gaeta. Mitte Februar ließ sich die Belagerung der Stadt Neapel nicht mehr abwenden. Die Bevölkerung fürchtete sich allerdings mehr vor einer Hungersnot als vor den Franzosen und hortete alle haltbaren Nahrungsmittel, vor allem Kichererbsen, Bohnen, Reis, Weizen und Linsen. Die Märkte wurden kaum beliefert, und alle machten sich auf den Anbruch harter Zeiten gefasst.

»Ferrandino kann nicht viel länger standhalten«, hörte Joan von seinem Freund Genís, dem früheren Steuermann und jetzigen Kapitän der *Santa Eulalia*. »Seine Garnisonen im Landesinnern ergeben sich kampflos. Wir haben Vorräte für zwei Wochen auf den Galeeren, und wir werden die Anker gerade dann lichten, wenn die Franzosen in Neapel einziehen. Also gibt es keinen Urlaub mehr.«

»Genís, bitte«, bat Joan. »Lass mich einen Tag und eine Nacht an Land.«

»Eine Nacht?« Der Kapitän lächelte. »Hat deine Dame endlich ja gesagt?«

»Nein, noch nicht. Aber das ist meine letzte Gelegenheit. Gib mir Urlaub, bitte.«

»Offiziell darf ich das nicht«, entgegnete er mit bekümmerter Miene. »Ich weiß nicht, wann wir auslaufen. Der Befehl kann in jedem Moment kommen. Wenn du bei der Abfahrt hier bist, drücke ich ein Auge zu, aber wenn nicht, bleibst du an Land, und man wird dich als Deserteur ansehen. Wenn dich die Franzosen fangen, geht es dir schlecht, doch unsere Leute werden dich hängen.«

»Ich nehme das Wagnis auf mich.«

Bei ihrem Stelldichein in der Buchhandlung flehte Joan auf

Knien, während Anna in Tränen ausbrach. Vielleicht sei dies ihre letzte Begegnung, vielleicht sterbe er im Krieg, und sie höre nie wieder von ihm. Das sei nur eine Nacht, die letzte Nacht, und er wolle sie mit ihr verbringen.

Riccardo Lucca hatte Neapel vor mehreren Tagen verlassen, um sich den französischen Truppen anzuschließen, und sie war allein mit den Angestellten. Endlich gab Anna nach.

»Ihr müsst mir versprechen, dass Ihr nicht mehr von mir verlangt, als ich Euch hier gebe«, sagte sie. »Nichts wünsche ich so sehr, als die Nacht gemeinsam mit Euch zu verbringen, Joan. Ich liebe Euch. Aber ich habe Treue geschworen, und das möchte ich um jeden Preis einhalten.«

»Ich werde tun, was Ihr von mir verlangt.«

»Und Ihr müsst mir helfen, wenn mein Wille nachgibt. Versprecht es mir!«

Er nickte zustimmend. Er konnte ein Lächeln nicht unterdrücken. Er war überglücklich.

Joan kletterte am Seil hoch. Ringsum war es vollständig dunkel. Er kletterte mit solchem Ungestüm, dass er sich beinahe den Kopf an der Jalousie gestoßen hätte. Dort musste er sich am Gebälk und an einem zweiten Seil festhalten, das Anna ihm hinhielt, damit er durch das große Fenster hineingelangen konnte.

Im schwachen Licht einer Öllampe umarmten sich die beiden stürmisch, bis es ihnen den Atem verschlug. Sie befanden sich in einem Gästezimmer, und nachdem sie das Seil hereingeholt hatten, wollte Joan zum ehelichen Schlafzimmer hinabsteigen. Das aber lehnte Anna entschieden ab. Dort war es nicht nur gefährlicher, sondern es erschien ihr auch eine Respektlosigkeit ihrem Gatten gegenüber zu sein.

Es wurde eine wunderschöne, aber auch leiderfüllte Nacht. Joan genoss die Küsse, die Umarmungen, die sanfte Berührung ihrer Rundungen. Doch er hatte das Gefühl, vor Verlangen zu sterben, und wenn seine Hand unter ihren Rock rutschte, hielt sie ihn in der Höhe des Knies zurück.

»Denkt an Euer Versprechen.«

»Ich begehre Euch«, stöhnte er.

»Ich Euch auch. Aber ich muss eine Verpflichtung einhalten.«

Joan fügte sich mit einem schmerzlichen Seufzer. Allerdings sagte er sich, dass er wenigstens ihre Wärme, ihre Liebe, ihre Gegenwart spürte. Allein dies war schon ein Segen des Himmels, und er musste dankbar sein und es genießen, anstatt sich zu beklagen, weil er sie nicht ganz besitzen durfte. Die Stunden vergingen, aber schließlich kam der gefürchtete Augenblick. Anna sagte zu ihm: »Die Nacht geht zu Ende. Ihr müsst fort.«

Er schaute zum Himmel und stellte fest, dass die Dunkelheit weniger undurchdringlich war. Es stimmte. Er blickte zur Straße hinaus, sah, dass alles schwarz war, und dachte, dass dies seine Zukunft fern von Anna sein würde. Trotzdem wusste er, dass er gehen musste. Auf keinen Fall durfte er zulassen, dass man ihn entdeckte und dass sie etwas Schlimmes erlitte.

Nach einem endlos erscheinenden Kuss trat er zum Fenster und ergriff das Seil. Vorsichtig ließ er sich hinab, bis seine Stiefel auf den Boden stießen. Tastend suchte er nach den Mauern der Gasse. Nun stellte er fest, dass er sie schon sehen konnte. Die Hähne krähten, und von den Glockentürmen läutete man die Prim-Stunde ein. Er musste unverzüglich zur *Santa Eulalia* zurückkehren, doch zuvor wollte er sich von dem Buchhändler verabschieden. Er musste seinem Freund anvertrauen, was in dieser Nacht geschehen war. Es war ein grauer Morgen, und allmählich ließ sein verschwommenes Licht die Straßen, Gebäude, Türen und Fenster hervortreten.

Er brauchte nicht lange zu warten, bis er Bewegungen im Innern der Buchhandlung hörte, und ungeduldig klopfte er an die Tür. Nach einer Weile öffnete Antonello ein Fensterchen im oberen Teil des Haustors. Er blickte beunruhigt hinaus, doch als er ihn erkannte, machte er das Tor ganz auf und ließ ihn hinein. Wenn man morgens an die Tür klopfte, handelte es sich meistens nicht um gute Neuigkeiten, und hinter ihm stand ein halbes Dutzend seiner Gesellen und Lehrlinge, die bewaffnet waren. Er schickte sie zurück und fragte Joan: »Was gibt es?«

»Ich habe die Nacht mit ihr verbracht.«

Ein breites Lächeln zeichnete sich im Gesicht des Buchhändlers ab. Er sagte: »Komm hoch ins Esszimmer. Wir frühstücken, während du es mir erzählst.«

Doch als er alles erzählt hatte, machte der Buchhändler ein finsteres Gesicht, was gar nicht zu ihm passte.

»Du hast also die Nacht mit der Frau verbracht, die du liebst, und ihr habt nichts getan?«, fuhr er ihn an.

»Wir haben uns geküsst und umarmt«, verteidigte sich Joan überrascht.

»Um Himmels willen, Junge, das ist gar nichts!«, explodierte Antonello. »Wie viel musst du noch lernen! Ihr beide habt euer Leben aufs Spiel gesetzt! Glaubst du etwa, wenn euch der Ehemann überrascht hätte, würde er sich weismachen lassen, dass ihr euch nur ein bisschen geküsst und umarmt habt? Wenn du schon dein Leben wagst, musst du auch bis zum Ende gehen! Jetzt überlässt du es dem Schicksal, wie es euch ergehen wird. Vielleicht habt ihr keine weitere Gelegenheit. Du hättest die richtigen Argumente finden und sie mit Gründen überzeugen müssen, die ihr zu Herzen gingen.«

»Aber ich habe ihr versprochen …«

»Solche Versprechen sind nichts wert, Joan!«, widersprach der Neapolitaner. »Sie sind nichts wert! Sie sind gegen den Willen Gottes, denn er spornt euch an, euch zu lieben. Sie sind eine Sünde gegen die Liebe.«

»Das versteht Ihr nicht, Antonello. Sie ist eine anständige Frau.«

»Nein!«, rief der Buchhändler und hieb mit der Faust auf den Tisch. »Sie ist keine anständige Frau.«

Joan war vor Bestürzung wie gelähmt. Dann reagierte er, indem er aufsprang und den Degengriff packte.

»Nehmt zurück, was Ihr gesagt habt.«

»Eine ehrbare Frau ist die, die sich dem Mann hingibt, den sie liebt«, erklärte Antonello weiter, ohne sich im Geringsten um ihn zu kümmern. »Nicht die, die sich aus Zweckmäßigkeit anbietet, selbst wenn es aus Familieninteressen geschieht. Und es ist keine Entschuldigung, dass Königinnen und Prinzessinnen gerade das tun. Anständig und ehrbar ist, dass man sich vollständig dem hingibt, den man liebt …«

Ihn unterbrach der dringende Ruf der Glocken, die Alarm schlugen, und beinahe unverzüglich hörte man Rufe auf der Straße. Doch die Worte des Buchhändlers klangen noch in Joans Ohren nach. Er stand in drohender Haltung und mit halbgezogenem Degen da, weil er dachte, dass sein Freund die Ehre seiner Dame beleidigt hatte.

Ohne sich um die anmaßende Pose des Jungen zu kümmern, öffnete Antonello die Fenster des Stockwerks und sah auf die Straße hinaus.

»Was gibt es?«, rief er zu einem seiner Nachbarn hinüber, der heftig in einer Gruppe diskutierte.

»Die Anhänger der Anjous kontrollieren die Stadttore. Sie plündern das Capuano-Schloss und den Palast des Fürsten von Altamura!«, antwortete er. »Die Franzosen dringen ein! Neapel wird kampflos fallen.«

»Die Flotte!«, rief Joan und steckte den Degen ein. »Ich muss mich beeilen!«

Schon rannte er die Treppe hinunter.

»Geh mit Gott, Sohn!«, rief ihm der Buchhändler vom Fenster aus nach. »Ich wünsche dir Glück. Und denk an das, was ich dir gesagt habe!«

91

Joan rannte zum Hafen und drängte die Gruppen beiseite, die auf den Straßen diskutierten oder mit ihren Habseligkeiten flohen, weil sie eine Möglichkeiten suchten, auf dem Seeweg zu entkommen. Endlich erblickte er die imposante Masse des Castel Nuovo, zu deren Füßen sich die Mole erstreckte. Er lief noch schneller, während er in der kalten Morgenluft Dampfwolken ausstieß. Schwitzend und atemlos kam er zum Hafendamm, und dort blieb er entmutigt stehen. Die Galeeren der Flotte waren nicht mehr da. Sie waren abgefahren.

Er sah mehrere Soldaten, die brennende Fackeln trugen. Sie sprangen auf die an der Mole ankernden Schiffe und zündeten die eingezogenen Segel und alles leicht Brennbare an. Sie stachen jeden nieder, der dies verhindern wollte. Der König hatte befohlen, die Schiffe zu zerstören, damit sie nicht den Franzosen in die Hände fielen. Innerhalb weniger Augenblicke brannten die Schiffe, darunter mehrere schöne neapolitanische Galeeren, wie riesige Fackeln. Joan war völlig niedergeschlagen. Er kam sich verloren und schutzlos vor, und in seinem Kopf wurde es allmählich zur Gewissheit, dass die Flotte abgefahren war und ihn zurückgelassen hatte. Er lief langsam und entmutigt über die Landungsbrücke aufs Meer hinaus und betrachtete die Flammen, die die vertäuten Schiffe verzehrten. Er begriff, dass diese Galeere, die er so sehr hasste, als er an eines ihrer Ruder angekettet war, sich zu seinem Zuhause verwandelt hatte und dass er es soeben verloren hatte. Was würde nun aus ihm werden? Die Soldaten riefen ihm zu, an Land zurückzukehren. Inzwischen breiteten sich die Brände aus. Sie erhellten den grauen Morgen und schleuderten unheilvolle Funken ins Meer, das den Widerschein der Flammen zurückwarf. Wenn er nicht sofort weglief, würde er von ihnen verschlungen werden. Als er sich umdrehte, um zu entkommen, richtete sich sein Blick auf die andere Seite der Bucht, die den Hafen von Neapel bildete. Dort, auf einer kleinen

Insel, die das westliche Ende der Stadt bezeichnete, erhob sich das mächtige Castel dell'Ovo.

Zusammen mit vielen Segelschiffen hatte sich die Flottille rund um die Insel gesammelt. Noch war sie nicht ausgelaufen. Vielleicht konnte er sie erreichen … Joan rannte zu dem Platz am Castel Nuovo. Dann lief er durch die Straßen der Innenstadt, weil er versuchen wollte, den Steg zu erreichen, der diese Inselfestung mit der Küste verband. Er rannte verzweifelt und stieß die Leute beiseite, stolperte und wich den französischen Soldaten aus, die in Gruppen eindrangen, ohne auf Widerstand zu stoßen. Er durfte die Galeere nicht verpassen! Er war schon ein Deserteur, und wenn er nicht an Bord der *Santa Eulalia* gelangen konnte, würde er gehängt werden.

Das Castel dell'Ovo schien bereit, der Belagerung standzuhalten, und Joan stürzte auf den langen Steg, der über das Meer führte und die Insel mit dem Festland verband. Doch als er am Tor ankam, befahlen ihm die Wachposten, auf der Stelle stehen zu bleiben.

»Ich muss an Bord der *Santa Eulalia*, ich bin ihr Artillerieoffizier!«, rief er ihnen zu.

»Wir haben Befehl, niemanden hineinzulassen.« Sie zielten mit Armbrüsten auf ihn.

»Ich muss an Bord meiner Galeere!«, wiederholte er nachdrücklich. »Sonst erklären sie mich zum Deserteur!«

»Du darfst nicht hinein. Geh weg!«

Joan blieb reglos stehen. Die *Santa Eulalia* ankerte an der kleinen Landungsbrücke des Kastells, und er konnte nicht zu ihr kommen.

»Geh weg, wenn du nicht willst, dass wir auf dich schießen!«, drohten sie ihm.

»Ich muss auf diese Galeere.«

Die Armbrustschützen spannten ihre Waffen und richteten sie auf Joan.

»Zum letzten Mal. Weg mit dir!«

Er sah ein, dass sie ihn in wenigen Augenblicken mit ihren Pfeilen durchlöchern würden. Sie hatten strenge Befehle. Er blickte zum Wasser hinunter. Ob er hinschwimmen könnte? Er dachte, dass seine Chancen eins zu zehn stehen würden. Die Entfernung war ziemlich groß, das Wasser war eiskalt. Sicher würde er erfrieren, bevor er das Schiff erreichte.

»Lasst den Jungen herein!«

Joan blickte zum Tor, und sofort erkannte er den Mann, der den Befehl erteilt hatte. Es war Innico d'Avalos, der neapolitanische Edelmann mit dem sonderbaren Medaillon.

Der junge Mann war maßlos erleichtert, als er sah, wie ihm die Posten den Weg freigaben. Innico trug eine Rüstung, und sein weißer Bart betonte sein ernstes Gesicht.

»Du musst warten, bis die Monarchen an Bord gegangen sind«, sagte er.

»Danke«, antwortete Joan.

Zusammen mit Innico lief er zum Hafen. Er sah, wie der junge König Ferrandino – mit seinem Onkel Federico, der Königinwitwe Johanna, der Schwester des spanischen Königs, und den übrigen Mitgliedern der Königsfamilie – an Bord der *Santa Eulalia* ging und von Vilamarí und Genís Solsona empfangen wurde. Joan schlüpfte zum Bug, nachdem er einen Gruß mit Genís gewechselt hatte. Das Kampanjedeck wimmelte von Angehörigen der Königsfamilie. Dies war nicht der richtige Augenblick, Erklärungen abzugeben. Er begrüßte die Seeleute, die die Geschütze bedienten, und ließ sich erschöpft auf ein paar Taue an der Kanone fallen.

Der Flotte Vilamarís hatten sich zehn neapolitanische Galeeren angeschlossen, die Ferrandino treu geblieben waren. Dazu kam eine große Zahl von Segelschiffen. Als sie nach Ischia ausliefen, stiegen mehrere Rauchsäulen aus der Stadt Neapel auf: die einen von den Bränden in den Palästen derjenigen, die der Dynastie Aragonien treu geblieben waren, und andere von den gewaltigen Flammen, die die Schiffe im Hafen verschlangen. Es war ein erschütternder Anblick, der in Joan widersprüchliche Gefühle hervorrief. Diese Flammen und dieser Rauch bezeichneten das Ende einer Epoche. Es zerriss ihm das Herz, wenn er daran dachte, wie viel Zeit vergehen würde, bis er Anna wiedersehen könnte. Die kalte und vertraute Berührung der Geschütze vermittelte ihm andererseits Frieden und Sicherheit. Das hier war sein seltsames Zuhause.

Noch spürte er die Wärme von Annas Körper an seiner Brust, und um sie zu bewahren, kauerte er sich zusammen. Trotz des Rüttelns des Schiffes und der harten Planken ließ er sich bald erschöpft vom Schlaf überwältigen. Nach kurzer Zeit wurde seine Miene sanfter, weil er im Traum lächelte.

92

Das Krachen eines Kanonenschusses, dem ein zweiter folgte, ließ Joan erschrocken hochfahren.

»Macht die Geschütze bereit!«, hörte er den Kapitän rufen. »Feuert auf das Kastell!«

Sie waren nach Ischia gekommen, doch man empfing sie nicht so, wie sie es erwartet hatten. Aus der Festung eröffnete man das Feuer auf die Schiffe. Sie befand sich auf einem Felseneiland, das durch eine Brücke mit der Hauptinsel verbunden war. Von ihren Zinnen prangten noch die neapolitanischen Fahnen, die denen der Flotte glichen. Der junge König Ferrandino fluchte über diesen neuen Verrat.

Obwohl Joan noch schlaftrunken war, konnte er die Fontänen sehen, die die Kugeln im Meer hochwirbelten. Instinktiv berechnete er die Feuerkraft, den Schusswinkel, das Kaliber und die Entfernung der feindlichen Artillerie.

»Ladet nur die Feldschlangen!«, rief er seinen Seeleuten zu. »Mit massiven Eisenkugeln!«

Er lief zu seinem Freund, dem Kapitän, der auf dem Mittelgang stand.

»Wenn wir diese Entfernung beibehalten, schlagen die Kugeln unserer Feldschlangen in ihre Mauern ein, aber ihre Kanonen erreichen uns nicht«, sagte er.

Genís unterrichtete den Admiral. Dieser sprach mit König Ferrandino, dessen Onkel Fadrique und Innico d'Avalos, die vom Kampanjedeck der Galeere zum Kastell hinüberblickten. Danach erteilte Admiral Vilamarí den übrigen Schiffen Anweisungen mit dem üblichen Wimpelsystem. Die spanischen Galeeren mit ihren Artilleristen, die nach Joans Vorschriften ausgebildet waren, sollten das Kastell vom Meer aus beschießen, während die neapolitanischen Schiffe Truppen an Land setzen sollten, um den Belagerungsring vom Land aus zu schließen. Die Schaluppe der *Santa Eulalia* brachte Innico d'Avalos zur Küste, außerhalb der Schussweite der Festungskanonen, damit er die Landstreitkräfte befehligen konnte.

Joan irrte sich nicht. Die Feldschlangen der Galeeren trafen mit voller Wucht die Mauern und Türme des Kastells. Die Kanonen der Festung dagegen trafen nur ins Meer, vor die Buge der Flottillenschiffe. Joan war stolz auf seine Arbeit. Nur sehr wenige Schüsse gingen daneben, und die Befeuerung wurde schließlich unerbittlich.

Am Mittag wehte eine weiße Fahne von den Festungszinnen. Die neapolitanischen Soldaten hatten gegen ihren Kommandanten Giusto di Candida gemeutert. Sie übergaben Innico die Festung und brachten Hochrufe auf den König aus.

Auf dem Paradeplatz des Kastells versammelten sich die Mitglieder der Königsfamilie, die auf dem Schiff mitgefahren waren, die Kapitäne und die Ferrandino treuen Edelleute. Auch Admiral Vilamarí und einige Offiziere seiner Flotte waren dabei, unter ihnen Joan. Er hatte sich heimlich dazugesellt, um das Ereignis nicht zu verpassen.

Giusto di Candida kniete vor dem König und bat ihn um Verzeihung. Die Übrigen bildeten einen Kreis um sie.

»Ihr habt also vereinbart, die Insel den Franzosen zu übergeben, nicht wahr?«, fragte Ferrandino.

»Ja, gnädiger Herr, und ich habe mich geirrt«, murmelte der Burgvogt. »Ich bitte Euch um Gnade.«

»Aber unsere Flotte ist früher gekommen«, sagte der König nachdenklich, als spräche er mit sich selbst.

Ferrandino, ein stattlicher junger Mann mit melancholischen Augen, war nur zwei Jahre älter als Joan. Das neapolitanische Volk liebte ihn, und als sein Vater abdankte, bejubelten ihn die Leute, wenn er auf seinem Fuchs durch die Straßen ritt. Der alte König hatte recht, als er dachte, dass sein Sohn den Widerstand zusammenschließen könnte. Doch er war sehr jung, und obwohl er Sympathien weckte, hielten ihn nur sehr wenige für fähig, das französische Heer aufzuhalten.

Ferrandino legte langsam die linke Hand auf den Kopf des Burgvogts, der weiter leise um Erbarmen flehte. Es sah so aus, als wollte er ihn segnen, doch plötzlich riss er ihn am Haar nach oben, während er seinen Dolch zog und mit einem kräftigen Stoß tief in den Hals stach. Der Mann begann zu bluten und fuhr sich mit den Händen an die Wunde, während er unter Krämpfen zu Boden stürzte, in die Pfütze, die sein eigenes Blut bildete. Nach wenigen Augenblicken blieb er reglos liegen.

Joan sah Vilamarí an und bemerkte, wie dieser und Innico d'Avalos eine zustimmende Geste austauschten. Der Dolchstoß hatte die Halsader sauber durchgeschnitten, und den beiden alten Kriegern gefiel die grausame Machtgeste Ferrandinos.

Der König befahl, die Leiche ins Meer zu werfen, und auf einmal schien sein Gefolge erleichtert zu sein, dem jungen Monarchen mehr zu vertrauen. Joan dachte bei sich, dass alle etwas Derartiges vom König erwartet hatten, so erbarmungslos es scheinen mochte.

Ferrandino ernannte Innico d'Avalos zum Statthalter der Insel Ischia, die wegen ihrer Nähe zu Neapel eine strategisch wertvolle Enklave war. Am nächsten Tag zog Karl VIII. von Frankreich in die Stadt Neapel ein, und die Bevölkerung empfing ihn mit Hochrufen.

Trotzdem verlor der junge Monarch nicht den Mut. An Bord der *Santa Eulalia* und an der Spitze einer Flotte von vierzehn Galeeren, die Vilamarí befehligte, näherte er sich Neapel, um vom Meer aus die Verteidiger des Castel Nuovo und des Castel dell'Ovo zu unterstützen, die von der französischen Artillerie ständig beschossen wurden. Die Franzosen hatten noch keine Flotte, die groß genug gewesen wäre, um sich der Vilamarís entgegenzustellen. Die Flottille kreuzte nun vor der ganzen Küste südlich von Neapel. Der König besprach sich mit den Kommandanten der Inselfestungen, die ihm noch treu geblieben waren, und forderte sie auf, weiter Widerstand zu leisten.

Als sich das Leben auf der Galeere etwas normalisiert hatte, fand Joan die Zeit, um sich zurückzuziehen und in seinem Buch zu schreiben. Antonellos Worte hallten in seinen Ohren nach, und ständig musste er an sie denken.

»Eine ehrbare Frau ist die, die sich dem Mann hingibt, den sie liebt«, schrieb er. Und dann: »Ist es etwa nicht ehrbar, seine Familie zu beschützen? Sich für die Eltern, den Bruder zu opfern?«

Der Satz des Buchhändlers gefiel ihm zwar, aber dass sich Anna gegenüber Riccardo Lucca willfährig verhielt, ohne ihn zu lieben, machte sie auch nicht zu einer unanständigen Frau. Er fand, dass Antonello ungerecht war. Seine Überlegung führte ihn zu einer absurden Schlussfolgerung, doch er schrieb sie trotzdem auf: »Müsste sich Anna dann uns beiden hingeben, um ehrbar zu sein? Sie würde zugleich unserer Liebe und der Liebe zu ihren Eltern treu bleiben.« Joan schüttelte wütend den Kopf. Er konnte den Gedanken nicht ertragen, dass sich Anna ihrem Ehemann hingab. Seine sorgfältige Kalligraphie zeigte einige dunklere, breitere Striche, als er schrieb: »Einer von beiden ist zu viel, und das ist er!« Er schloss die Augen und hatte die anmaßende Miene Riccardo Luccas vor sich. Danach sah er die Szene, wie der Verräter Giusto di Candida auf Ischia abgestochen wurde. Nur dass er selbst in seinen Gedanken Ferrandino und Lucca der Abgestochene war.

93

Nach wenigen Tagen fielen das Castel Nuovo und das Castel dell'Ovo in die Hand der Franzosen. Alfonso d'Avalos, Innicos Bruder, der dem Haus Aragonien die Treue hielt, hatte sie verteidigt. Hierauf wurden die übrigen Festungen des Königreichs nacheinander eingenommen.

Joan empfand Mitleid mit Ferrandino, der sich an Bord der *Santa Eulalia* befand. Die Niederlage spiegelte sich stets in dessen Gesicht, wenn sie zu einer Bastion kamen, die er für treu gehalten hatte, und sie entdeckten, dass die feindliche Fahne von ihren Zinnen wehte. Obwohl Ferrandino bei vielen Sympathie erregte, glaubten nicht einmal seine treuesten Gefolgsleute daran, dass er gegenüber dem mächtigen französischen Heer eine Chance hätte. Diese Überzeugung führte dazu, dass sich seine Anhänger immer häufiger unterwarfen.

Joan hatte Mühe, in diesem Jüngling mit dem melancholischen Blick und den sanften Gesichtszügen, der die Dichtkunst liebte, den Mann zu sehen, der kaltblütig einen anderen abstechen konnte. Er schrieb in sein Buch: »Kann man König sein, ohne grausam zu sein?« Dann dachte er an Carles, an seinen ungerechten und brutalen Tod, und an Vilamarís Geschichte über Löwen und Lämmer. »Kann man die Macht ausüben, ohne Schaden anzurichten? Vielleicht ist Macht nichts anderes als die Fähigkeit zu schaden.«

Treu geblieben waren dem König Anfang Mai nur die unter dem Befehl von Innico d'Avalos stehende Insel Ischia, Reggio und einige andere verstreute Punkte Kalabriens, die das Invasionsheer für unwichtig hielt.

Je weiter die Landheere nach Süden vorrückten, desto mehr neue Häfen konnte die französische Flotte erobern, und ihre Macht nahm zu. Ischia wurde immer leichter angreifbar und musste mehrere Landungsversuche abwehren. Aber die französische Stärke beunruhigte die anderen europäischen Mächte, und ihre Diplomaten arbeiteten unermüdlich. Am 31. März 1495 wurde die Heilige Liga gebildet, die aus Kaiser Maximilian, Venedig, Mailand, dem Papst und der spanischen Monarchie bestand.

Die Nachricht überraschte Karl VIII., als er sich gerade auf einem Jagdfest nahe der Hauptstadt Neapel vergnügte, und ihm wurde klar, wie verwundbar er war.

Da der französische Souverän fürchtete, in eine Falle zu geraten, ließ er sich zum König von Neapel krönen, stationierte ein gewaltiges Heer in seinem neuen Königreich und brach mit seinen übrigen Truppen nach Frankreich auf. Doch in Norditalien versperrten ihm die verbündeten Streitkräfte Mailands und Venedigs den Weg, und in der Schlacht von Fornovo musste er sich ihnen stellen. Dort entging er nur knapp einer Niederlage.

Der Krieg, so schien es, nahm eine neue Wendung. Am 24. Mai kam die von Requesens befehligte Flotte mit den spanischen Truppen nach Messina, und unverzüglich besprach sich Ferrandino mit Gonzalo Fernández de Córdoba. Der junge Monarch wollte die Stadt Neapel sofort einnehmen, doch Gonzalo und die Admiräle Vilamarí und Requesens überzeugten ihn, mit Kalabrien zu beginnen. Diese Region lag Sizilien am nächsten, und man konnte von dort Hilfe erhalten oder sich dorthin zurückziehen, wenn der Feldzug schwierig wurde.

Der Andalusier, ein erfahrener General, der in den Kriegen von Granada und in Nordafrika gekämpft hatte, wusste, dass die französischen Truppen ihnen zahlenmäßig überlegen und sie besser vorbereitet waren. Die Überfahrt von Spanien hatte einen Monat gedauert. Sie hatten Unwetter und Gegenwinde ertragen. Einige Männer waren gestorben, andere waren erkrankt und fühlten sich sehr schwach. Außer einigen Einheiten, die sich im Krieg von Granada geübt hatten, waren die meisten Truppen neu angeworben, und viele Soldaten sprachen nur Galizisch oder Baskisch und verstanden kein Kastilisch. Er brauchte Zeit.

Aber die gab es nicht. Der junge König sehnte sich ungeduldig nach dem Kampf, und am 26. Mai, nur zwei Tage nach der Ankunft von Gonzalo Fernández de Córdoba in Messina, brachte die Flotte Requesens' zusammen mit der Vilamarís die Truppen über die Meerenge von Messina und lud sie in Reggio aus. Die Wiedereroberung des Königreichs begann.

Am 6. Juli befand sich Ferrandino wieder an Bord der *Santa Eulalia*, während die von Requesens und Vilamarí befehligte Flotte zur Hauptstadt des Königreichs fuhr. Der junge Monarch wusste, dass viele Neapolitaner die französische Herrschaft verabscheuten, und er beschloss zu handeln.

Die Flotte war mit neapolitanischen und aragonischen Wimpeln geschmückt. Sie kreuzte in der Bucht, sehr nahe vor der Küste, damit man an Land ihre Stärke erkannte. Inzwischen flohen die zahlenmäßig unterlegenen französischen Schiffe in den Hafen, wo sie von den Kanonen des Castel Nuovo beschützt wurden. Da die Franzosen wussten, dass sie an Land überlegen waren, verließen sie die Stadt, um die Landung zu verhindern und die Neuankömmlinge anzugreifen. Doch sie wurden von Vilamarí überlistet und marschierten zur falschen Stelle, während der junge Monarch problemlos an Land ging und unter dem Jubel seiner Anhänger in die Stadt einzog. Die Aufständischen schlossen die Garnison ein, und sie musste sich verschanzen, während die Häuser der vornehmsten franzosenfreundlichen Adligen erstürmt wurden.

Als der französische General in die Stadt zurückkehrte, wurde er von den bewaffneten Bürgern, vom Heer des Königs und dem spanischen Geschwader bedrängt, so dass ihm keine andere Wahl blieb, als seine Truppen im Schutz des Castel dell'Ovo und des Castel Nuovo unterzubringen.

Dieselben Leute, die zuvor die Franzosen unterstützt hatten, leisteten nun Ferrandino den Treueschwur. Der junge König war glücklich. Er hatte seine geliebte Stadt Neapel zurückgewonnen, und denen gegenüber, die sich wieder seiner Partei anschlossen, verhielt er sich großmütig. Doch außer den von Gonzalo in Südkalabrien eroberten Gebieten und der Hauptstadt war der größte Teil des Königreichs weiterhin von einem mächtigen Heer besetzt, das von einflussreichen, den Anjous treu gebliebenen Adligen und ihren Truppen unterstützt wurde. Der Krieg war noch lange nicht zu Ende.

94

Joan wartete ungeduldig auf die Erlaubnis, in Neapel an Land zu gehen. An verschiedenen Punkten der Stadt stiegen Rauchsäulen empor, und von der *Santa Eulalia* aus hörte man Schüsse. Er hatte Angst um Anna. Riccardo Lucca gehörte zur Partei der Anjou-Anhänger, und der Pöbel konnte jederzeit sein Haus stürmen. Mit den beiden Kastellen kontrollierten die Franzosen immer noch den Hafen, und die Galeeren Vilamarís fuhren zu einer nahen Küste, die sich außerhalb der Schussweite der französischen Artillerie befand.

Sobald Joan an Land gesprungen war, lief er zur Via del Duomo und wich dabei der Menge aus, die die Rückkehr Ferrandinos feierte. Als er zum Haus der Luccas kam, seufzte er erleichtert auf; es war geschlossen und zeigte keine Spuren von Gewalt. Ob sie die Stadt verlassen hatten? Er wollte rufen, damit Anna erfuhr, dass er hier war, doch er hielt sich zurück. Er wollte nicht Riccardo Lucca Auge in Auge gegenüberstehen. Noch nicht. Er würde es nicht wagen, seiner Liebsten zu schaden. Er überwand seine Ungeduld und Angst und ging zu Antonellos Buchhandlung.

Sein Freund stand mitten auf der Straße, wo er einen Tisch und ein kleines Weinfass aufgestellt hatte. Ihn umringten seine Angestellten und Nachbarn. Glücklich feierten sie die Ankunft des Königs, stießen mit den Gläsern an, scherzten und lachten.

»Aber da ist ja der verliebte Roland!«, rief Antonello, als er ihn sah. »Warum diese verkrampfte Miene? Trink ein Glas Wein mit uns. Entspanne dich.«

Joan kam heran, um mit dem Buchhändler anzustoßen. Dieser ließ sich zufrieden den Wein schmecken: »Nicht wahr, der ist gut? Den habe ich für eine große Gelegenheit aufgehoben.«

Joan wusste nicht, wie er Antonello unterbrechen sollte, damit er ihn nach Anna fragen konnte. Doch der Neapolitaner erriet seine innere Qual und schien nicht die Absicht zu haben, ihm gefällig zu sein.

»Antonello, was wisst Ihr …?« Aber sein Freund unterbrach ihn.

»Francesca!«, rief er und machte einem Mädchen Zeichen, dass es herankommen sollte. Sie lächelte und ließ sich einige Zeit bitten, dann setzte sie ein strahlendes Lächeln auf und kam zu ihnen, wobei sie sich voller Anmut bewegte. Joan bemerkte unverzüglich, dass die Natur dieses Mädchen großzügig ausgestattet hatte.

»Francesca«, sagte der Buchhändler und packte sie am Arm. »Ich möchte dir einen spanischen Freund vorstellen, der außerdem der beste Artillerieoffizier der Flotte ist. Eine gute Partie und ein stattlicher Junge. Was hältst du von ihm?«

Sie zog kurz die Augenbrauen hoch und musterte Joan kritisch, doch dann lächelte sie und blickte ihm tief in die Augen. Joan erwiderte ihr Lächeln, aber er fühlte sich unbehaglich. Was hatte Antonello vor? Wollte er ihn mit dieser Schönheit blenden, damit er Anna vergaß? Das würde ihm keinen einzigen Augenblick gelingen. Nicht einmal, wenn er ihm die leibhaftige Göttin Venus vorstellte, würde er seine Gedanken von Anna abbringen können.

Ein Lehrling holte eine Gitarre hervor, und Antonello sang selbst als Erster. Dann stimmten andere ein, und man begann zu tanzen. Es war ein großer Festtag. Joan wechselte ein paar Sätze mit der schönen Neapolitanerin, doch seine Gedanken waren anderswo. Nach einer Weile widmete ihm Francesca einen lächelnden Abschiedsblick, als ein Kavallerieoffizier erschien und sie aufforderte.

»Was wisst Ihr von Anna?«, drängte er, als er endlich Antonello zur Seite nehmen konnte.

»Die *Signora* Lucca ist gesund, wohlbehalten und befindet sich in ihrem Haus«, antwortete er. »Und ihr Ehemann hat Neapel zusammen mit den französischen Truppen verlassen, die im Süden kämpfen.«

»Aber weil Riccardo Lucca ein Anhänger der Anjous ist, ist sie gewiss in Gefahr.« Joan machte sich weiter Sorgen. »Wird man nicht ihr Haus überfallen, wie man es mit anderen getan hat?«

»Vielleicht wird es angegriffen«, antwortete der Buchhändler ruhig. »Allerdings gibt es reichere Häuser auf der Liste, und diese Leute haben zu viel Arbeit. Aber wenn König Ferrandino die Ordnung auf den Straßen nicht durchsetzen will oder kann, wird auch das Haus Lucca früher oder später geplündert werden.«

Joan musste zwei endlose Tage warten, bevor er Anna zu sehen bekam. Antonello schickte ihr eine Nachricht, er habe ein Buch, das sie interessiere, und schließlich erschien sie mit ihrer Haushälterin in der Buchhandlung. Joan versteckte sich eilig, und das Herz schlug ihm bis zum Hals. Sobald sich Antonellos Frau um die Haushälterin kümmerte, fielen sich die jungen Leute glücklich lächelnd in die Arme und begaben sich ins abgesonderte Arbeitszimmer des Buchhändlers.

»Wie sehr habe ich mich nach Euch gesehnt, Anna!«

»Ich mich auch«, antwortete sie. »Ich habe so sehr für Euch gebetet!«

»Geht nicht wieder nach Hause. Flieht mit mir!«, sagte Joan und blickte ihr in die Augen.

Es war ein plötzlicher Impuls. Er bereute ihn sofort. Was für ein Leben konnte er Anna bieten? Das Leben eines Flüchtlings, das eines Galeerensklaven, der sich davongemacht hatte, nachdem er einem Edelmann die Frau geraubt hatte. Denn es kam nicht darauf an, dass sich Lucca gegen seinen König aufgelehnt hatte. Lucca blieb ein Edelmann, und er selbst war weniger als ein Nichts. Er wusste, dass sie sich weigern würde. Und so geschah es, wenn sie auch dafür andere Argumente anführte. »Es gibt nichts, was ich mehr wünsche«, sagte sie. »Aber Ihr wisst genau, dass das Wohlergehen meiner Familie von meiner Ehe abhängt, und ich werde nicht zulassen, dass sie für die Folgen meines Wahnsinns büßt.«

Er nahm sie wieder in die Arme. Es tröstete ihn, zu wissen, dass sie ihn noch liebte, und zugleich war er traurig über diese unüberwindlichen Barrieren. Nun schob sie ihn zurück, um ihm in die Augen zu blicken: »Joan, dies wird unsere letzte Begegnung sein.«

»Warum?«, fragte er bestürzt.

»Ich darf diese heimliche Beziehung nicht fortsetzen«, entgegnete Anna mit trauriger Miene. »Wenn man sie entdeckt, wäre es verderblich für meine Angehörigen. Außerdem, selbst wenn ich Riccardo nicht liebe, er ist ein guter Mensch, der keinen Betrug verdient hat. Es ist nicht anständig, dass wir uns sehen.«

»Anständig!«, rief Joan und erinnerte sich an die Worte Antonellos. »Nicht anständig ist, dass Ihr mit einem Mann verheiratet seid, den Ihr nicht liebt! Anständig zu sein bedeutet, bei dem zu sein, den man liebt.«

Anna schüttelte den Kopf. »So sieht es die Gesellschaft nicht«, sagte sie.

»Ich flehe Euch an!«, rief Joan mit Tränen in den Augen. »Lasst mich nicht allein!«

»Ich kann nichts anderes tun«, entgegnete sie schluchzend.

»Nun, wenn wir Abschied voneinander nehmen müssen, so erlaubt, dass ich Euch heute Nacht in Eurem Haus besuche!«, bat er inständig. »Euer Gatte ist nicht da.«

Sie lehnte ab. Sie stritten ein paar Minuten miteinander, und schließlich sagte Joan: »Unsere Liebe darf nicht so enden, Anna. Wir dürfen uns nicht im Streit trennen. Ich dränge nicht weiter. Aber die Nacht verbringe ich heute unter dieser Jalousie vor Eurem Haus, und auch die nächste, bis Ihr das Seil hinabwerft.«

»Ich glaube nicht, dass ich es tue, Joan. Es tut mir leid«, antwortete Anna mit trauriger Stimme. Nach einigem Zögern fügte sie hinzu: »Aber wenn es dazu käme, gebt Ihr mir dann Euer Wort und schwört, dass Ihr nichts anderes als eine Umarmung oder einen Kuss von mir verlangt?«

»Ja! Natürlich, ja! Ich schwöre es!«

95

Es war eine warme Nacht. Die Fenster in den Häusern Neapels standen offen, um eine frische Brise hineinzulassen, und die Gespräche der Nachbarn waren überall auf den Straßen zu hören.

Joan wartete ungeduldig im Schatten der Gasse. Annas letzte Worte hatten ihn angespornt. Das Wagnis war groß, denn obwohl die schwachen Lichter der Öllampen nacheinander in den Fenstern erloschen, blieben immer noch die Sterne und ein Halbmond übrig, der in wenigen Minuten über der Gasse aufsteigen würde. Er betete. Es verlangte ihn so sehr danach, dass sie ihn erhörte! Er wusste, dass er die Trennung von ihr nicht ertragen könnte, ohne sie noch einmal zu sehen. Doch später, nach Mitternacht, als sein Herz aufgeregt pochte, erspähte er eine leichte Bewegung an den Jalousien des zweiten Stocks und dann etwas, das langsam herabsank. Es war das Seil! Gewandt kletterte Joan nach oben, wo sich die beiden sofort wortlos in die Arme fielen. Diesmal führte Anna ihn auf Zehenspitzen zu ihrem Schlafzimmer im ersten Stock.

»Joan, denkt an Euer Versprechen, mich zu respektieren«, flüsterte sie ihm zu, bevor sie aufs Bett sanken.

Aber er erinnerte sich an Antonellos Worte. Der Buchhändler hatte ihm ja gesagt, dass solche Versprechen nichts wert waren.

Es war Sommer, sie waren leicht angezogen, und Joan spürte an seinem Körper den erhitzten Körper Annas. Sie setzte Grenzen fest und schob seine Hand beiseite, wenn seine begierigen Finger zu weit vordrangen. Sie raunte: »Erinnert Euch, was Ihr versprochen habt!«

Joan seufzte, bat um Verzeihung und fügte hinzu, dass er es einfach nicht verhindern könne, um nach wenigen Augenblicken zu den verbotenen Regionen zurückzukehren. Als er ihr Kleid aufknöpfte, um an ihre Brüste zu gelangen, gab es ein heftiges Gerangel. Schließlich jedoch gestand Anna ihre Niederlage mit einem Seufzer ein. Joan küsste gierig diese schwellenden Hügel und ihre aufgerichteten Brustwarzen, ganz wie es ihm gefiel. Er war berauscht vor Leidenschaft. Sie seufzte und bebte, während sie versuchte, seine Zärtlichkeiten zu erwidern. Bald genügte das nicht mehr, und er begann, mit den Händen zu ihrem Bauch hinunterzugleiten. Anna wollte ihn zurückweisen und schob ihn beiseite. Es kam zu einem weiteren sanften Ringen des Verlangens. Sie erinnerte ihn flüsternd an sein Versprechen, warf ihm Vertrauensbruch vor, doch er stöhnte, dazu sei er unfähig, das könne er nicht. Er suchte Trost, indem er ihr rundes Gesäß streichelte und drückte, ohne dass sie sich widersetzte. Aber bald kehrte er zum Schamberg zurück, und als er endlich – immer behutsam, aber hartnäckig – ihren Widerstand überwinden konnte, drang er in sie ein, in das sanfte Paradies mit den warmen Säften.

»Nein, bitte nicht, Joan!«, murmelte Anna, die sich ihm jedoch schon hingab, als er in sie eindrang.

Nie hatte er etwas Ähnliches empfunden. Er war in ihr! Sie gehörte ihm! Sie hatte sich ihm hingegeben! Sie war seine Frau! Sie streichelten sich und bewegten sich stürmisch im Rhythmus ihrer Seufzer, bis sie zur Ekstase gelangten und fühlten, dass sie in etwas schrecklich Sanftem erstarben, als ein ungestümer Strom aus ihm hervorbrach, um sie zu erfüllen.

Sie blieben lange Zeit liegen, er auf ihr, während sich sein Keuchen zu einem sanften Atmen beruhigte und dann beinahe nicht mehr zu hören war. Sein Gewicht störte sie offenbar nicht, doch er rutschte neben sie und nahm sie in die Arme.

»Joan«, flüsterte sie. »Wir werden uns nie wiedersehen.«

Er hatte ein Gefühl, als rammte man ihm einen Dolch in die Brust. Ein paar Augenblicke zuvor hätte er sein Leben dafür hingegeben, sie zu besitzen, er ersehnte nichts anderes, und wenn ihm ein böser Geist seinen Wunsch unter der Bedingung gewährt hätte, dass er danach tot umfallen würde, hätte er eingewilligt. Aber jetzt wollte er mehr, er wollte sie für das ganze Leben. Es kam nicht auf den Preis an. Er wollte nicht antworten und küsste sie stattdessen. Die Zeit war tragisch kurz, und er wollte sie nicht mit einem Streit vergeuden. Er würde nicht aufgeben. Anna musste ihm gehören.

Diesmal bot sie sich ihm kampflos dar, und sie liebten sich mit der Verzweiflung des letzten Males. Nachdem ihr Verlangen den Höhepunkt erreicht hatte, versank Joan in einen leichten Schlaf, aus dem er erst erwachte, als er etwas Feuchtes an seiner Brust spürte. Anna weinte lautlos.

Er erschrak und wusste nicht, was er tun sollte. Doch auch seine Augen füllten sich mit Tränen, die ihm bald über die Wangen liefen.

»Sorgt Euch nicht, Liebste«, sagte er schließlich. »Wir werden eine Möglichkeit finden, wie wir zusammen sein können.«

»Nein, Joan«, widersprach sie, trotz der Tränen ruhig und entschlossen. »Ich werde Euch nie wiedersehen. Ich werde Riccardo nicht noch einmal verraten.«

»Aber Ihr liebt mich!«, entgegnete er. »Und heute habe ich Euch besessen. Jetzt seid Ihr meine Frau, es gibt keinen Weg zurück. Ihr seid mein, und ich werde nicht auf Euch verzichten.«

»Nein, Joan. Ihr irrt Euch.« Sie blieb ruhig und sprach gelassen und entschieden. »Ich bin nicht Eure Frau. Ich bin die Ehefrau Riccardo Luccas. Es stimmt, dass ich Euch liebe und dass mir nichts so sehr gefallen hätte, als Euch zu gehören, aber ich bin nicht die Eure. Leider gibt es wichtigere Dinge auf der Welt als unsere Liebe.«

Tiefes Schweigen trat ein. Joan wollte nicht antworten. Ihn erschreckte die Sicherheit und Ruhe, mit der sie sprach, und er fürchtete allmählich, dass dies tatsächlich ihr letztes Mal wäre.

Joan wurde von mehrmaligem Klopfen an Holz geweckt. Er spürte noch die warme Berührung von Annas Körper neben ihm. Das Klopfen wiederholte sich, und sie fuhr aus dem Schlaf hoch.

»Es ist der Herr! *Signore* Lucca!«, rief einer der Diener aus dem Haushof. »Öffnet ihm und zieht Euch an. Er wird uns brauchen!«

»Mein Mann!«, rief Anna und blickte Joan erschrocken in die Augen. »Ihr müsst fort!«

Man hörte die große, auf die Straße gehende Tür quietschen, und Joan zog sich in aller Eile an. Der Morgen graute. Sobald Anna sich angezogen hatte, sah sie zur Zimmertür hinaus.

»Überall sind Diener!«, sagte sie. »Ihr könnt nicht in den zweiten Stock hochsteigen. Man würde Euch auf der Treppe entdecken. Euch würde keine Zeit bleiben, das Seil hinabzuwerfen und nach unten zu klettern.«

Sie spähte eilig durch die Jalousien auf die Straße und setzte hinzu: »Mein Mann holt uns ab. Gewiss hat er die Wachen eines Tores bestochen, und er hat Wagen mitgebracht, um alles aufzuladen, was wir wegbringen können, bevor der Pöbel das Haus überfällt. Wir werden wohl auf einem Schiff fliehen.«

Im ganzen Haus hörte man Rufe und eiliges Hin und Her.

»Was soll ich tun?«, fragte Joan und legte instinktiv die Hand an den Degengriff.

»Er darf Euch nicht in unserem Schlafzimmer finden!«, sagte sie und blickte ihm in die Augen. »Ich gehe hinunter, empfange ihn und helfe beim Einpacken. Das verhindert vorläufig, dass er hochkommt. Wenn alle beschäftigt sind, lauft Ihr in größter Eile die Treppe hinunter und rennt auf die Straße. Wenn sie Euch sehen, bleibt immer noch der Verdacht, dass Ihr eindringen konntet, um zu stehlen oder eine Dienstmagd zu sehen.«

Sie öffnete die Tür einen Spaltbreit und spähte wieder hinaus. Als sie sich umdrehte, war ihr Blick halb besorgt und halb traurig.

»Lebt wohl, Joan«, sagte sie. »Der Herrgott gebe Euch eine gute Frau.« Sie verließ das Zimmer.

96

Dieses Lebewohl war für Joan wie ein Todesurteil. Anna ging fort, vielleicht nach Frankreich und für immer. Nicht nur, dass sie es abgelehnt hatte, ihn wiederzusehen. Er wüsste auch gar nicht, wo er sie finden könnte. Dann stellte er sich vor, wie Anna ihren Ehemann im Hof empfing, die Arme um seinen Hals warf und ihn küsste, und ihn überwältigte wilde Wut. Er fürchtete nicht um sich selbst. Seine einzige Angst war, dass er Anna schadete, und er bemühte sich daher, ihren Anweisungen zu folgen. Durch den Türspalt hörte er laute Rufe, Türenknallen und heftige Geräusche, wie sie bei einem überstürzten Aufbruch entstehen. Er sah, wie Diener vorbeiliefen und Sachen schleppten. Er sagte sich, dass sie in wenigen Augenblicken ins Schlafzimmer kommen und auf ihn stoßen würden. Und das hier war der einzige Ort, wo sie ihn auf keinen Fall finden durften. Er nutzte einen Moment, als niemand im Flur war, und trat hinaus, ohne sich zu beeilen. Er lief zu der Treppe, die den großen Innenhof umgab, und stieg hinab. Ein Diener, der hochkam, ließ ihn vorbei, blieb aber überrascht stehen und starrte ihn reglos an. Joan legte drohend die rechte Hand auf den Degengriff und lief nach unten, wobei er dem Weg der Diener folgte, die mit Lasten auf die Straßen hinaustraten. Auf dem Hof sprach Anna mit ihrem Ehemann. Er drehte der Treppe den Rücken zu, und Joan lief weiter, weil er hinter ihm vorbeischleichen wollte, ohne bemerkt zu werden. Doch Joan konnte es sich nicht ersparen, sie zum letzten Mal anzusehen, und ihre Blicke fanden sich kurz in einer letzten Berührung zusammen.

»Wer ist der Mann da?«, rief jemand, der ein Verwalter zu sein schien.

Lucca, den sowohl der Blick seiner Frau als auch der Warnruf alarmierte, drehte sich um.

»Ihr! Wer seid Ihr?«

Alle wurden auf ihn aufmerksam, und ein Diener wollte ihm den

Weg versperren, aber Joan stieß ihn heftig beiseite und lief schnell auf die Straße.

»Bleibt stehen!« Das war Luccas Stimme, und ihm wurde klar, dass er ihm nachrannte.

Er war schon auf der Straße, und da es ihm die Wagen unmöglich machten, auf die andere Seite zu kommen, lief er schnell ein Stück am Haus entlang. Als er Schritte hinter sich vernahm, zog er den Degen und hielt ihn in Brusthöhe, während er sich umdrehte. Riccardo Lucca blieb ruckartig stehen. Ihre Blicke stießen hart aufeinander.

»Ich habe Euch schon früher gesehen, als Ihr Euch in meiner Nähe herumgetrieben habt«, sagte der Ehemann und zog ebenfalls den Degen. »Was habt Ihr in meinem Haus gemacht?«

»Ich habe Euch gesucht, um Euch zu töten.« Und Joan sehnte sich wirklich danach.

Er sah, dass sein Rivale eine überraschte Miene machte, doch gerade in diesem Moment erschienen bewaffnete Diener hinter ihm. Joan erinnerte sich, dass Soldaten bei den Wagen standen, und er war sicher, dass sie ihn im nächsten Augenblick einkreisen würden. Er hätte es gern mit Lucca aufgenommen und ihm seinen Degen in die Brust gestoßen, aber dies würde ihm das eigene Leben kosten. Er drehte sich um und rannte die Straße hinunter. Zwei ahnungslose Soldaten kamen ihm entgegen, doch seine drohend vorgestreckte Waffe bewirkte, dass sie ihm auswichen. Er entfernte sich mit der Gewissheit, nicht mehr verfolgt zu werden. Sie waren viel zu beschäftigt.

Joan blieb in einiger Entfernung stehen und sah zu, wie sie in aller Eile die Wagen beluden. Er fragte sich, was er tun sollte. Er durfte nicht zulassen, dass Anna für immer fortging. Er allein konnte Lucca jedoch nicht zurückhalten. Mit den Soldaten und Dienern verfügte dieser über mehr als zwanzig Männer. In diesem Moment war Annas Ehemann allerdings auf der Flucht. Er war verwundbar, man konnte ihn besiegen. ›Jetzt oder nie‹, dachte er. Er musste etwas tun. Anna hatte ihm ganz klar gesagt, dass sie, so sehr sie ihn auch liebte, niemals ihren Ehemann verlassen würde: Die Treue zu ihrer Familie stand bei ihr an erster Stelle. Er musste Riccardo Lucca auf irgendeine Weise loswerden.

Es wurde Tag, und obwohl die Hähne krähten, schlief die Stadt noch. Wo sollte er Hilfe finden?

Er rannte zu Antonellos Haus, das näher zur Mole an derselben Straße lag. Er hämmerte an die Tür. Die Fenster im oberen Stock standen wegen der Hitze offen, und bald erschien der Buchhändler an einem von ihnen.

»Sieh da, der verliebte Roland!«, brummte er, als er ihn erkannte. »Mir gefällt deine Gewohnheit nicht, mich stets am frühen Morgen zu wecken.«

»Don Antonello, ich benötige Eure Hilfe. Bitte!«

Der Buchhändler kam hinunter, um ihm schimpfend aufzumachen. Joan unterrichtete ihn über alles.

»Riccardo Lucca flieht«, sagte er am Ende. »Helft mir, ihn zurückzuhalten.«

»Warum sollte ich das tun?«, fragte der Buchhändler erstaunt.

»Weil er ein Anhänger der Anjous ist, der gegen den König gekämpft hat. Er hat Neapel verraten.«

»Gib acht, Sohn«, entgegnete Antonello. »Die Luccas sind gute Kunden, und darum bedauere ich, dass sie gehen. Aus diesem Grund und auch, weil sie gute Leute sind, wünsche ich ihnen, dass sie sich vor ihren Feinden retten. Außerdem sind meine Jungen und ich keine Soldaten, und wir würden den Kürzeren ziehen.«

»Aber Ihr könntet sie lange genug aufhalten, bis die Soldaten des Königs kommen.«

»Oder vielleicht kommen noch davor diese Geier, die rauben und vergewaltigen.« Er schüttelte ablehnend der Kopf. »Nein, ich kann nichts tun.«

»Aber Ihr steht auf der Seite König Ferrandinos, nicht wahr?«

»Nun, natürlich stehe ich auf seiner Seite!«, sagte Antonello.

»Und ich habe seine Rückkehr gefeiert. Andererseits habe ich auch gefeiert, als die Franzosen kamen, und ich hoffe, du verrätst mein Geheimnis nicht. Das Leben ist kurz, und man muss immer, wenn man kann, lachen und feiern.«

»Er nimmt Anna mit!«, rief Joan schluchzend.

»Aber sie geht aus eigenem Willen«, erinnerte ihn der Neapolitaner.

Joan verlor den Mut und antwortete nicht. Er war aus der wunderschönsten Nacht seines Lebens erwacht und fand sich in einem schrecklichen Albtraum wieder. Er würde Anna für immer verlieren.

»Geh zum Castel Capuano«, schlug Antonello vor, der Mitleid mit dem jungen Mann empfand. »Vielleicht hat der König verfügbare Truppen und will sie im Fall Luccas einsetzen.«

»Dafür ist es zu spät«, sagte Joan.

Weiter oben an der Straße hörte man schon rumpelnde Wagen und die Rufe der Fuhrleute, die die Tiere antrieben. Der junge Mann staunte, wie schnell sie mit dem Verladen fertig geworden waren. Lucca hatte offenbar alles sehr gut geplant.

Kurz darauf fuhren sie an der Buchhandlung vorbei, und Joan, der sich in ihrem Innern befand, konnte Riccardo Lucca sehen. Hoch aufgerichtet und stolz wie immer saß er auf seinem Pferd, und neben ihm, gerade, ruhig und wunderschön, ritt Anna auf einer Stute.

Ihm fiel nichts anderes ein, als ihnen nachzulaufen. Der Zug weckte das Interesse der Nachbarn, die aus den Fenstern hinausschauten, oder auch derjenigen, die schon ihre Haustüren geöffnet hatten. Aber niemand versuchte, ihnen den Weg zu versperren. Die Ersatztruppen der Belagerer des Castel Nuovo wurden überrascht, und nicht einmal sie taten etwas, um diese Soldatengruppe und die von ihnen bewachten Wagen aufzuhalten. In aller Eile gelangte der Zug in den Bereich, der vom Feuer der Kanonen und Musketen des Kastells beschützt wurde, und damit war er in Sicherheit. Ohne Zeit zu verlieren, wandte er sich zum Hafendamm, der im Schatten des Kastells lag und sich weiter in der Macht der Franzosen befand.

Unverzüglich begann man, die Lasten der Wagen auf eine dort ankernde Karavelle umzuladen. Sie waren nicht die Einzigen. Anscheinend hatten andere adlige Anjou-Anhänger es zuvor auch schon getan. Joan berechnete, wie schnell sie das Gepäck umluden und wie lange die Flut anhalten würde. Der Wind war günstig für sie, und in weniger als einer Stunde würde die Karavelle auslaufen.

Die Sonne beleuchtete schon die höchsten Kirchtürme Neapels, und Joan sah machtlos und verzweifelt zu, wie sich Anna für immer von ihm entfernte.

97

»Wer war dieser Mann, der aus unserem Haus kam?«, fragte Riccardo Lucca.

Anna erschrak. Den ganzen Morgen hatte sie die Frage erwartet und gewünscht, dass sie nie gestellt würde. Seitdem sich ihr Gatte und Joan am Morgen auf der Straße gegenübergestanden hatten, wurde sie von einem entsetzlichen Angst- und Schuldgefühl gequält, das sie um jeden Preis zu verbergen suchte.

Lucca wartete, bis sie an Bord waren, und als alles verladen war und sie schon jenseits des Castel dell'Ovo segelten, stellte er seiner Gattin diese Frage. Selbst in den kritischsten Augenblicken dieses Morgens, als er noch mit der Flucht beschäftigt war, wurde er ständig von unheilvollen Gedanken heimgesucht. Anna und ein großer Teil seiner Habseligkeiten waren schon außer Gefahr, doch das Gefühl der Erleichterung, das er erhofft hatte, war zu einem schrecklichen Verdacht geworden.

»Das weiß ich nicht«, antwortete sie und blickte ihn mit ihren grünen Augen an, die an diesem Tag graue Pünktchen zeigten. »Ich habe ihn noch nie zuvor gesehen.«

Riccardo Lucca beobachtete sie misstrauisch. Er liebte seine junge Gattin, mit der er seit etwas mehr als einem Jahr verheiratet war, abgöttisch – selbst wenn er ihre Gesellschaft nicht so oft genießen konnte, wie er es ersehnte. Allzu oft hielt ihn der Krieg auf einem entfernten Schlachtfeld fest.

Er hatte sich auf der Stelle in sie verliebt, als er sie im Juwelierladen ihrer Eltern erblickte. Doch es kostete ihn Zeit und Geduld, bis sich Anna den Hof machen ließ. Er war sich bewusst: Dass er ihrem Vater geholfen und ihrem Bruder eine Anstellung als Schildknappe bei einem Verwandten in seinem heimatlichen Apulien verschafft hatte, wirkte sich entscheidend darauf aus, dass sie ihn zuerst als Galan und dann als Gatten akzeptierte. Doch er wusste, dass sein Aussehen den Frauen gewöhnlich gefiel, und war überzeugt, es werde ihm mit seinem Eifer, seiner Fürsorge und seiner Liebe gelingen, dass sie seine Gefühle erwiderte. Nachdem sie geheiratet hatten, gab sich ihm seine Gattin allmählich hin, und jeder Fortschritt machte ihn überglücklich. Er geleitete sie stolz auf der Straße und genoss es, wenn sie sich zärtlich bei ihm einhakte.

Doch wenn er in den letzten Monaten von seinen unumgänglichen Reisen zurückkam, hatte er allmählich etwas Sonderbares an ihr bemerkt. An diesem Morgen, als er den unbekannten jungen Mann in seinem Haus entdeckte, steigerte sich das Gefühl zu einem Alarmsignal.

»Nun, ich erinnere mich tatsächlich, dass ich ihn früher gesehen habe«, entgegnete er. »Er trieb sich in der Umgebung des Hauses und sonntags sogar in der Kathedrale herum. Eigenartig ist, dass Ihr ihn nicht bemerkt habt.«

»Es gehört sich nicht für eine anständige Frau, den Männern auf der Straße nachzusehen, Riccardo.«

Anna spürte, wie sich ihr das Herz zusammenkrampfte. Sie hasste es, ihren Ehemann zu belügen, doch sie durfte die Wahrheit nicht sagen. Sie erinnerte sich an die leidenschaftliche Nacht mit Joan. Wenn sie nur daran dachte, bekam sie eine Gänsehaut. Aber diese Liebe war nun ein ferner Traum, und die Wirklichkeit war voller Gewissensbisse und Angst. Sie hatte eingewilligt, Joan allein wiederzusehen, weil sie wusste, dass alles für die Flucht vorbereitet war und dass sie sich gewiss niemals wiedersehen würden. Sie hatte nicht damit gerechnet, dass Liebe und Leidenschaft sie überwältigen würden. Sie hatte auch nicht gewusst, dass dies der Morgen war, den ihr Ehemann ausgesucht hatte, um aus Neapel zu fliehen.

Nie wollte sie Riccardo verraten, doch sie hatte es getan. Er war ein zärtlicher, stattlicher Gatte, der sie liebte und sich bemühte, ihr in allem gefällig zu sein. Stets hatte er sich um ihre Familie gekümmert. Sie war ihm sehr dankbar, sie respektierte ihn und liebte ihn. Auf andere Art und weniger innig als Joan, doch sie empfand Liebe für ihn. Entsetzt dachte sie an ihren Verrat in dieser Nacht. Wenn sie ihn widerrufen könnte, würde sie ihn aus ihrem Leben tilgen. Trotzdem könnte nun mit Riccardo nichts mehr wie früher sein. Die Lüge würde immer zwischen ihnen beiden stehen.

Sie liebte Joan. Sie hatte ihn vom ersten Tag an geliebt, doch nun wünschte sie, dass es diese Nacht nie gegeben hätte, dass die Karavelle sie für immer forttrug und die Fragen und Verdächtigungen ihres Ehemanns aufhörten.

»Und was, glaubt Ihr, hat dieser junge Mann in unserem Haus gemacht?«, ließ sich Riccardo nicht abweisen.

»Das weiß ich nicht. Vielleicht hat er eine Magd besucht, oder er wollte stehlen.«

»Er sah nicht aus wie jemand, der einer Magd nachstellt. Auch nicht wie ein Dieb. Er wirkte eher wie ein Edelmann.«

»Ich kann es Euch nicht sagen, ich habe ihn kaum gesehen.«

»Er sagte, er sei gekommen, um mich zu töten.«

Beunruhigt riss Anna ihre Augen weit auf. Sie hatte erleichtert aufgeatmet, als Riccardo an diesem Morgen nach Hause zurückkam, ohne dass er mit Joan gekämpft hatte. Aber sie hatte nicht gewusst, dass er ihren Ehemann bedroht hatte.

»Warum wollte er mich umbringen, was glaubt Ihr?«, drängte Riccardo. »Was habe ich ihm wohl getan?«

Anna schluckte und zuckte die Achseln.

»Das weiß ich nicht. Vielleicht ist er einer Eurer politischen Gegner. Oder ein gedungener Mörder.«

»Nein, das war er nicht. Ich kenne meine Feinde. Sogar die Mörder, die sie beauftragen.«

Seine dunklen Augen starrten sie unverwandt an. Sie hatten einen schmerzlichen Ausdruck. Er liebte sie innig, und der Verdacht zerriss ihm das Herz. »Ob er vielleicht Euretwegen gekommen ist, Anna?«

Sie spürte, wie ihre Beine nachgaben, und stützte sich auf die Reling des Schiffes.

»Riccardo! Wie könnt Ihr denken …?«

»Spanische Galeeren!«, rief der Ausguckposten. »Spanische Galeeren verfolgen uns!«

Riccardo Luccas Blick löste sich von seiner Frau und wandte sich dem Mastkorb des Schiffes zu, von wo der Ruf gekommen war.

»Entschuldigt mich, Anna.« Riccardo verbeugte sich kurz und lief zum Kapitän.

»Der Südsüdostwind ist günstig für uns«, sagte dieser gerade zu der Gruppe von Adligen, die sich um ihn versammelte. »Aber er hilft auch den Galeeren, und sie werden uns einholen, bevor wir nach Gaeta kommen.«

»Fünf französische Galeeren kommen uns von Gaeta entgegen, um uns zu eskortieren«, erwiderte Riccardo. »Fahren wir weiter mit vollen Segeln. Die anderen können es nicht mit uns aufnehmen.«

Lucca war einer der militärischen Führer der Anjou-Partei, und er hatte die Flucht gründlich vorbereitet.

»Mich überrascht, dass die Spanier so schnell losgefahren sind«, erklärte der Kapitän weiter. »Ich hatte nicht erwartet, dass sie uns verfolgen. Ihre Galeeren waren nicht bereit.«

»Das stimmt. Ich hatte auch nicht damit gerechnet. Fahrt weiter mit vollen Segeln.«

Der Abstand verringerte sich allmählich. Seeleute und Passagiere sahen nervös zu, wie die Galeeren näher rückten.

»Ihr müsst mit der Möglichkeit rechnen, dass wir uns ergeben«, sagte der Kapitän.

»Wozu?«, widersprach Riccardo. »Wenn wir kämpfen, können wir uns retten. Wenn wir uns ergeben, bekommen sie das Schiff und uns Reisende in ihre Gewalt.«

»Trotzdem würde man ein Blutbad verhindern.«

Riccardo blickte ihn finster an, doch bevor er antworten konnte, hörte man den Ausguckposten.

»Französische Galeeren! Sie kommen mit voller Kraft aus dem Norden!«

Man hörten lauten Jubel, und die Barone der Anjou-Partei umarmten sich. Riccardo Lucca und der Kapitän blickten sich an.

»Hisst das Lilienbanner, wenn sie uns angreifen wollen!«, rief der Offizier. »Wir werden kämpfen!«

98

Joan begriff, dass es sich nur mit Vilamarís Flotte verhindern ließ, Anna für immer zu verlieren. Gern hätte er so etwas vermieden, denn er wusste genau, welches Schicksal die als Feinde angesehenen Schiffe, ihre Besatzungen und Passagiere erlitten, nachdem man sich ihrer bemächtigt hatte. Das schlimmste Los traf junge Frauen wie Anna.

Er lief zum Ankerplatz der Galeeren, weit außerhalb der Schussweite der Kanonen im Castel Nuovo. Inzwischen grübelte er, wie er den Admiral überzeugen könnte, die Karavelle zu verfolgen und anzugreifen.

Lucca wusste sicher, dass die Galeeren nicht bereit zum Auslaufen waren, und das nutzte er listig für seine Flucht. Es würde Joan nicht leichtfallen, die richtigen Argumente zu finden, um Vilamarí zu überzeugen.

Als er keuchend zur *Santa Eulalia* kam, hielt er Ausschau nach seinem Freund, Kapitän Genís Solsona. Er fand ihn auf dem Kampanjedeck des Schiffs, beim Frühstück mit einigen Offizieren.

»Du solltest die Nacht auf der Galeere verbringen, Junge«, sagte Pere Torrent, der Infanterieoffizier, als er ihn sah. »Der Kapitän verwöhnt dich zu sehr. Du bleibst ein einfacher Ruderknecht, selbst wenn du als Artillerist dienst.«

Torrent war der höchstrangige Offizier nach dem Admiral, obwohl er an Bord dem Befehl des Kapitäns unterstand. Joan hatte sich an seine Sticheleien gewöhnt, und er bat Genís um ein Gespräch unter vier Augen.

Er schilderte ihm seine Lage.

»Der Admiral verbringt die Nacht an Land, in einem Palast der Stadt. Er hat eine Affäre mit einer adligen Witwe«, sagte er. »Es wird nicht leicht sein, ihn zu überzeugen, dass er sich zur Ausfahrt entschließt. Wir konnten uns nur mit Wasser versorgen, es fehlt uns an Zwieback, Bohnen, Kichererbsen und Speck.«

»Das Schießpulver und die Artillerielieferungen sind schon fast vollständig geladen«, erklärte Joan. »Es geht schließlich nur um eine Karavelle. Wir müssten sie in wenigen Stunden einholen können.«

»Nicht, wenn sie bei Flut ausläuft und wir die Flut verpassen«, widersprach der Kapitän. »In diesem Fall, und wenn sich der Südwind weiter hält, würde es schwerfallen, sie einzuholen. Vielleicht kann sie sogar früher in Gaeta ankommen und sich in Sicherheit bringen. Ich glaube nicht, dass der Besitz eines neapolitanischen Edelmanns einen ausreichenden Anreiz bietet, damit Vilamarí seine Galeeren aufs Spiel setzt.«

»Wenn wir nur mit der *Santa Eulalia* auslaufen, genügt das.«

»Um die Karavelle einzuholen, gewiss. Aber in nördlicher Richtung könnten wir auf französische Schiffe stoßen, und der Admiral wird nicht das Risiko eingehen, nur ein einziges Schiff zu nehmen. Wenn er losfährt, nimmt er alle vier mit.«

»Nun, du musst ihm sagen, dass diese Karavelle einen großen Schatz wegschafft.«

Genís Solsona ließ ein Lachen hören.

»Das wirst du ihm sagen, wenn du es wagst. Aber du setzt dich einer großen Gefahr aus, wenn die Beute enttäuschend ausfällt.

Sollte es dazu kommen, möchte ich nicht in deiner Haut stecken. Ich weiß nur, dass du mir gesagt hast, ein großer Schatz sei in Richtung Frankreich unterwegs.«

Während Joan zum Palast der Witwe rannte, der sich bei dem Kastell am Tor von Capua befand, bereitete Genís die *Santa Eulalia* zum Auslaufen vor und alarmierte die Kapitäne der übrigen Galeeren.

Joan erreichte ohne Schwierigkeiten, dass ihn die Palastdiener zum Admiral brachten: Dieser hatte befohlen, seine Männer durchzulassen, wenn man bei Tag oder Nacht nach ihm verlangte. Er entdeckte ihn an einem großen Tisch im Speisesaal des ersten Stocks, beim Frühstück mit der Dame.

»Ein großer Schatz?«, fragte Vilamarí skeptisch nach. »Woher weißt du das?«

»Señor, ich habe gesehen, wie sie die Wagen beluden«, antwortete Joan. »Auf diesem Schiff fahren mehrere adlige Anjou-Anhänger.«

In den Augen Bernat de Vilamarís erschien ein besonderer Glanz. Dies war eine große Versuchung für den Seemann.

»Vorwärts!«, sagte er. »Wir dürfen keine Zeit verlieren.«

Auf der Stelle zog er Straßenkleidung an, und dabei befahl er den Dienern, zwei Pferde zu satteln. Dann galoppierten sie zu den Galeeren. Joan fühlte sich im Sattel noch nicht allzu sicher. Hinter ihnen folgte der Diener, der die Tiere übernehmen sollte.

Die Galeeren fuhren los, als die Flut schon ihren höchsten Punkt überschritten hatte. Als sie am Castel Nuovo vorbeikamen, war die Karavelle schon ausgelaufen. Sie entdeckten sie erst, nachdem sie das Castel dell'Ovo bereits ziemlich weit hinter sich gelassen hatten. Joan vergewisserte sich, dass die Geschütze und die Musketen einsatzbereit waren. Als alles geregelt war, ließ er sich am Bug, weit von den Offizieren entfernt, auf ein paar Schießpulversäcke fallen. Die dramatischen Stunden und der fehlende Schlaf verlangten ihren Preis.

Die Karavelle fuhr durch die Meerenge zwischen den Inseln Ischia und Procida, und die Galeeren verfolgten sie wie Windhunde einen Hasen. Noch aber reichte die Entfernung aus, damit das Ergebnis der Verfolgungsjagd ungewiss blieb, denn der Südsüdostwind stand günstig.

Ungefähr auf halbem Weg zwischen Neapel und Gaeta war die verfolgte Karavelle nahe genug, damit die Galeeren sie angreifen konnten. Sie war noch nicht in Schussweite der Feldschlangen, doch Genís befahl, eine Salve als Warnung abzufeuern, um ihre Übergabe zu fordern. Joan folgte dem Befehl, und die Anjou-Anhänger antworteten, indem sie herausfordernd die französische Fahne an ihrem Mast hochzogen. Danach schossen sie mit einem Falkonett vom Heck aus auf die Galeere. Eine kleine Fontäne erhob sich im Meer. Der Schuss hatte nicht die geringste Chance, die Galeeren zu erreichen, doch er war ein Zeichen, dass die Karavelle ihre Flucht fortsetzte und bis zum Ende kämpfen würde, wenn man sie einholen sollte.

Als Vilamarí den Befehl gab, sich auf den Angriff vorzubereiten, wusste er nicht, dass die französischen Galeeren der Karavelle entgegenkamen. Sie eilten ihr mit voller Kraft zu Hilfe. Die Ausguckposten der *Santa Eulalia* meldeten kurz danach die Anwesenheit der feindlichen Schiffe. Der Admiral war beunruhigt, aber nicht bereit, die Jagd aufzugeben. Man würde die Karavelle entern.

99

Vilamarí war sich des großes Wagnisses bewusst, das er auf sich nahm, und bedachte alle Möglichkeiten. Er wusste, dass eine Galeere trotz ihrer Kampfkraft und Schnelligkeit unter bestimmten Umständen von einer Karavelle besiegt werden konnte. Karavellen wurden zwar nur vom Wind vorwärtsgetrieben, doch sie hatten ein viel höheres Deck und einen stärkeren Bau. Die Taktik der Galeere bestand darin, seitlich anzugreifen, wo die Bordwand niedriger war, und über den Rammsporn an Deck zu steigen. Doch es gab Fälle, bei denen die vom Wind begünstigte Karavelle dem Angriff auswich und die Galeere parallel zu ihr liegen blieb, die sie wie eine Spinne fesselte, indem sie Haken hinüberwarf, um eine Flucht zu verhindern. In dieser Position konnte die Galeere ihre am Bug stehenden Geschütze und ihren Rammsporn nicht einsetzen. Die Lage war noch schlimmer, wenn die Karavelle über ein Geschoss verfügte, das erst seit kurzem auf dem Meer eingesetzt wurde: die Granate. Dabei handelte es sich um Holzgefäße, die mit Splittern und Schießpulver gefüllt waren. Sobald man die Lunte angezündet hatte und die Granate kurz vor der Explosion stand, warf man sie auf das feindliche Deck und verursachte schwere Zerstörungen, denn auf einer Galeere gab es kaum einen Platz, an den man sich zurückziehen konnte, wenn das Feuer von oben kam.

Der Admiral schätzte ab, welche Folgen das Erscheinen der feindlichen Schiffe hatte, die ihnen zahlenmäßig überlegen waren. Er überlegte, dass ihnen derselbe Wind entgegenblies, der die Karavelle vorantrieb, und dass ihnen also nur die Ruder nützten. Wenn er volle Kraft voraus befahl, würden sie vor dem Feind zur Karavelle kommen. Doch wenn die Franzosen sie mitten im Angriff erreichten, würden seine Galeeren große Schäden erleiden. Vielleicht würde er sogar ein Schiff verlieren. Sein Jagdinstinkt setzte sich jedoch über die Vorsicht hinweg. Er wollte nicht auf seine Beute verzichten. Er hatte Blut gerochen.

Der Admiral gab den Befehl, volle Kraft voraus zu rudern, während er seine Anweisungen an die übrigen Schiffe weitergab. Beim Hornsignal richteten sich die Galeerensträflinge auf, um die Ruder gleichzeitig ins Meerwasser zu stoßen und den Wettlauf zu beginnen.

Als die *Santa Eulalia* den für die Artillerie geeigneten Abstand erreicht hatte, befahl Vilamarí, zum normalen Rudertempo überzugehen. Die französischen Galeeren waren schon deutlich zu erkennen.

Joan hatte einen konkreten Befehl: Er sollte das Steuerruder der

Karavelle zerstören. Er litt bei jedem Schuss und versuchte, ganz genau zu treffen. Anna befand sich ja auf diesem Schiff, und er betete, dass ihr nichts zustieße. Er musste ein paar Salven abfeuern, bis er traf. Aber schließlich zersplitterte das Steuerruder und ließ das Schiff hilflos im Südsüdostwind treiben, ohne dass es manövrieren konnte, um dem Entern zu entgehen.

Den ersten Angriff übernahm die Galeere, die von Pau de Perelló, dem früheren Kapitän der *Santa Eulalia*, befehligt wurde. Er erstürmte die Karavelle über das Heck, nachdem er seine Geschütze abgefeuert hatte. Er konnte das Schiff mit seinen Haken festhalten, und vom Feuer der Musketen und Pfeile unterstützt, versuchten die Marineinfanteristen zu entern. Doch die Bordwand war an dieser Stelle sehr hoch. Die Anjou-Anhänger warfen Granaten, und die Lage wurde für die Angreifer kritisch. Damit hatte Vilamarí gerechnet. Während der Feind am Achterdeck beschäftigt war, ließ er die *Santa Eulalia* mit voller Kraft voraus einen weiten Halbkreis zur Backbordseite der Karavelle fahren. Das war ihre niedrigste Stelle an der Bordwand. Einige Augenblicke vor dem Zusammenstoß befahl Joan, die Geschütze abzufeuern, und auf dem feindlichen Schiff wirbelte eine Wolke aus Rauch, Splittern und Staub empor. Unverzüglich stieß der Rammsporn an das Spantenwerk der Karavelle, und die Fußsoldaten, die von Arkebusenkugeln und Pfeilen geschützt wurden, schleuderten ihre Enterhaken. Das feindliche Schiff leistete keinen Widerstand, und als die Fußsoldaten das Deck betraten, flohen die Verteidiger auf das Vorder- und das Achterdeck. In einem einzigen Augenblick kletterten die unter Pere Torrents Befehl stehenden achtzig Männer auf die Karavelle. Nun wurde Mann gegen Mann gekämpft.

Joan gehörte zu den Ersten, die hinaufkletterten. Er kommandierte die Artillerie und musste nicht am Sturm teilnehmen. Doch er sagte sich, sobald diese Menschenmasse zum Entern vorrückte und aus vollem Hals schrie, könnte ihn niemand daran hindern, sich den Männern anzuschließen. In der Hand schwenkte er eine Azcona, die er mit aller Kraft einem gegnerischen Seemann in den

Leib rammte. Der Unglückliche stürzte schreiend zu Boden und hielt den Schaft der Waffe fest, die ihm die Brust durchbohrte. Die Frauen waren unter Deck versteckt, doch trotzdem suchte er nicht nach Anna, sondern nach ihrem Ehemann. Er sah, dass dieser zusammen mit mehreren anderen das Vorderkastell verteidigte. Joan lief mit den Fußsoldaten und stürmte auf ihn los. Er wollte ihn treffen, bevor er sich ergab. Er freute sich, dass ihn der Mann mit gezogenem Degen in anmaßender Haltung erwartete.

»Riccardo Lucca!«, rief er ihm zu.

»Schon wieder du?«, stieß dieser hervor und fragte sich, welche Rolle dieser Angreifer bei alldem spielte.

»Anna und ich, wir lieben uns!«, stieß Joan hervor, als er schon in der Reichweite seines Degens war.

Joan konnte sehen, wie Luccas Gesicht die Überraschung und den Schmerz der plötzlichen Entdeckung von etwas wiedergab, was ihn peinigte: Anna war ihm untreu gewesen. Joan setzte etwas Offensichtliches hinzu: »Gestern Nacht war ich bei ihr.«

Joan hatte es kaum ausgesprochen, da empfand er auf einmal Mitleid mit diesem Mann, dem nichts anderes mehr übrigblieb, als zu sterben oder zu töten. Ihm wurde klar, dass er um jeden Preis den Tod des anderen wollte und dass dies der Grund war, warum er ihm voller Grausamkeit die schmerzlichste Beleidigung an den Kopf geworfen hatte. Während sich der Mann mit wütendem Gebrüll auf ihn stürzte, sah er überrascht, wie sich die anmaßend blickenden Augen seines Widersachers mit Tränen füllten.

Riccardo Luccas feuchte Augen nahmen den Eindringling kaum wahr, den er am Morgen in seinem Haus entdeckt hatte. Mühsam wehrte Joan die Hiebe ab, die ihm der Mann mit verzweifelter Kraft pausenlos versetzte, und schließlich fürchtete er, dass dieser ihn trotz seiner Fechtausbildung und seiner Jugend verletzen würde. Er wusste, dass sich keiner von ihnen ergeben durfte. Es war ein Kampf auf Leben und Tod. Dann dachte er an Anna. Er kämpfte für sie. Die ganze Wut, die er so lange auf seinen Rivalen angestaut hatte, brach aus seiner Brust hervor, und er erwiderte die Hiebe mit demselben Ungestüm, mit dem sie ihm sein Feind versetzte. Lucca spürte, dass ihm der Tod schon das Herz erstarren ließ, und kämpfte mit der Trostlosigkeit eines Mannes, der den anderen mit in den Tod reißen wollte.

Entern war kein ritterliches Duell, und als sich die Seeleute ergaben, die mit Lucca zusammen waren, riefen ihm die Fußsoldaten zu, er möge sich auch ergeben. Doch der Neapolitaner hörte nicht auf sie und unterbrach keinen Augenblick sein Duell mit Joan. Da stieß ihm einer der Soldaten eine Lanze in den Rücken, in die Lendengegend, und Lucca ließ einen Seufzer hören. Joan nutzte die Gelegenheit, um ihm einen kräftigen Hieb in den Hals zu versetzen, der den anderen aufs Deck stürzen ließ. Riccardo Lucca lag auf dem Rücken, blickte zum Himmel, und in wenigen Augenblicken verlor er sein Leben zusammen mit dem Blut, das die Planken bespritzte.

Joan hatte den Eindruck, dass ihn der Gatte seiner Liebsten keinen Moment aus den Augen ließ. Selbst im Tod, als er in einer scharlachroten Pfütze lag, starrte er ihn noch an. Nie im Leben würde er diesen Blick vergessen. Er würde nachts aufwachen und sich fragen, was ihm diese Augen im Leben und im Tod sagen wollten. Lucca war nicht gestorben, um seine Gold- und Silberschätze zu verteidigen, sondern in einem verzweifelten Kampf, um zu leugnen, dass er verloren hatte, was er am meisten liebte. Die Liebe seiner Frau.

Joan überwältigte eine Lawine widersprüchlicher Gefühle. An der Art, wie er Lucca getötet hatte, war nichts Edles. Ihn hatte nicht einmal zurückgehalten, dass der andere verwundet und nicht mehr gefährlich war. Er hatte ein Verbrechen begangen, und er begriff, dass er sich schon des Mordes an Lucca schuldig fühlte, bevor er ihn tatsächlich getötet hatte.

Der Neapolitaner war wie ein tapferer Mann gestorben, doch als er das Tor des Todes durchschritt, nahm er den schrecklichen Schmerz mit. Warum hatte er ihm sagen müssen, dass ihn Anna betrogen hatte? Joan glaubte nicht, dass er sich dies eines Tages verzeihen konnte.

100

Die Mannschaft der Karavelle hatte sich ergeben, und als die französische Flotte auf Kampfdistanz herankam, war es zu spät. Vilamarís Galeeren waren einsatzbereit und hatten günstigen Wind. Die einen wie die anderen wollten sich nicht auf eine ungewisse Schlacht einlassen. Nachdem sie eine Zeitlang in Kampfposition geblieben waren, fuhren sie in ihre Häfen zurück.

Das Schiff und alles, was es beförderte, einschließlich der Menschen, wurden nun als Kriegsbeute betrachtet. Vilamarí brauchte nicht allzu viele Rechtfertigungen, um an sich zu reißen, was er mit Waffengewalt gewonnen hatte.

Sie ließen diejenigen herauskommen, die sich in den Lagerraum geflüchtet hatten, und befahlen ihnen, auf Deck anzutreten. Wie es Joan vermutet hatte, befanden sich dort mehrere neapolitanische Kleinadlige mit ihren Familien und einigen Dienern. Anders als Lucca hatten sich diese Männer nicht am Kampf beteiligt. Anna unterschied sich von den Übrigen durch ihre Schönheit. Sie war blass und verweint, aber offenbar unverletzt. Joan seufzte erleichtert auf.

Pere Torrent machte Gebrauch von seinem Recht, sich seine Beute auszusuchen. Er trat nach vorn zu Anna und blickte sie an, während er einmal um sie herumlief: »Ich will diese Frau als Teil meines Gewinns.«

Anna sagte nichts. Sie presste nur die Lippen zusammen, bis sie beinahe verschwanden, und blickte Joan an. Er hielt ihrem Blick stand, ohne dass er wusste, wie er reagieren sollte. Doch wenn er sich einer Sache sicher war, so, dass er sie jetzt nicht an einen uniformierten Raufbold verlieren wollte. Er dachte an den Sklavenmarkt von Otranto und stellte sich Anna vor, wie sie nackt in Torrents Armen lag, wie sich dessen Körper auf den ihren legte, und er konnte nicht an sich halten.

»Diese Frau gehört mir!«, rief Joan. »Rührt sie nicht an!«

Alle starrten ihn überrascht an. Niemand hatte es bisher gewagt, Torrent herauszufordern. Nachdem dieser einige Augenblicke fassungslos dagestanden hatte, ging er mit finsterem Blick auf Joan zu.

»Du wagst es, mir mein Vorrecht bei der Beute zu bestreiten?«, sagte er drohend.

»Ich bestreite Euer Recht nicht«, widersprach Joan. »Ich sage nur, dass mein Recht auf diese Frau größer als Eures ist.«

»Dein Recht?« Torrent lachte laut. »Aber von welchem Recht redest du, Junge? Was für ein Recht hast du?«

»Das Recht der Liebe!«, antwortete Joan erregt. »Ich liebe sie, und sie erwidert meine Liebe.«

Es trat erwartungsvolles Schweigen ein, während sich Torrent überrascht mit Joans Worten beschäftigte.

»Vielleicht glaubst du, ein solches Recht zu haben«, sagte er schließlich. »Aber ich erkenne es nicht an, und diese Frau wird mir gehören, wenn du sie nicht mit dem Degen gewinnst.«

Joan dachte kurz nach. Er hielt sich für einen guten Fechter, aber Torrent war ein überragender Kämpfer. Tatsächlich hatte er ihn ja auf Verlangen Vilamarís im Degenfechten unterrichtet. Gewiss würde ihn der Offizier besiegen und vielleicht im Kampf töten, weil Joan es gewagt hatte, seine maßlose Eitelkeit öffentlich herauszufordern. Doch er wusste, dass er keine andere Möglichkeit hatte. Als Antwort zog er den Degen, der noch mit dem Blut von Annas Ehemann bespritzt war. Herausfordernd blickte er in Torrents harte blaue Augen. Der Offizier legte die Hand an den Griff seiner Waffe und reagierte mit einem wilden Blick, der von einem überlegenen Lächeln begleitet wurde.

»Steck deinen Degen ein, Junge.« Das war Vilamarís Stimme. »Meine Offiziere schlagen sich nicht in der Öffentlichkeit. Und ich will keinen weiteren Streit. Die Beute wird erst verteilt, wenn wir in den Hafen kommen und ich entschieden habe.«

Erleichtert gehorchte Joan.

»Torrent wird dich umbringen«, sagte Genís auf der Rückfahrt zu ihm. »Er lässt nicht zu, dass ihm jemand die Frau wegnimmt, die er haben will. Und noch weniger, dass ihn ein junger Bursche wie du herausfordert.«

Joan zuckte die Achseln. Solange er am Leben war, würde Anna nicht Torrent gehören. Wenn ihn der Offizier tötete, wäre dies wenigstens ein würdiger Tod und könnte ihn etwas von der erbärmlichen Tat entlasten, die er begangen hatte, als er den Ehemann seiner Liebsten ermordete hatte.

»Er wird sich nur ein paar Tage an ihr erfreuen. Danach verlangt er ein Lösegeld von der Familie oder verkauft sie als Sklavin«, setzte der Kapitän hinzu.

Legte ihm Genís etwa nahe, dass er nachgeben und Anna dem Besitz Torrents überlassen sollte? Allein daran zu denken empörte ihn.

»Dann muss er mich umbringen«, entgegnete er scharf.

»Überlege dir deine Haltung noch einmal«, sagte Admiral Vilamarí später zu ihm. »Unter allen Umständen ziehst du den Kürzeren. Selbst in dem unwahrscheinlichen Fall, dass du Torrent besiegst, würdest du lediglich verhindern, dass er dieses Mädchen anfasst. Wenn ihre Familie nicht bezahlen kann, wird sie als Sklavin verkauft, und ihr Herr kann mit ihr tun, was er will. Du hast kein Recht auf Beute oder Besitz. Sie ist eine sehr schöne Frau, und man wird sie teuer verkaufen. Du kannst sie nicht erwerben. Und wenn du Torrent weiter herausforderst und ihr euch schlagt, werde ich das als eine Missachtung der Obrigkeit ansehen, die auf meinen Schiffen unzulässig ist. Nicht nur, dass er ein hochrangiger Offizier ist, sondern du bist auch nicht einmal Matrose oder Soldat. Du bist ein Galeerensträfling, dem ich eine Vorzugsbehandlung gebe. Ich muss dich dann exemplarisch bestrafen.«

»Torrent wird meine Liebste nicht anrühren, solange ich lebe«, widersprach Joan.

Was man auf der Karavelle erbeutet hatte, war kein außergewöhnlicher Schatz, aber durchaus ein Vermögen, das Vilamarí für seine Mühen, die vier Toten und das Dutzend Verletzter entschädigte. Sorgfältig berechnete er die Anteile der Beute, die König Ferrandino zukamen, von dem er weiterhin Geld für den Dienst seiner Galeeren erhielt, wobei er einen kleinen Teil für den spanischen König Ferdinand, seinen natürlichen Herrn, abzog. Mit diesen Zahlungen könnte er erreichen, dass dieser seine Aktionen gutheißen würde.

Joan konnte zwei Tage und Nächte ausruhen. Er war sicher, dass niemand Anna vor dem Duell belästigen würde. Mehrmals versuchte er, sie im Lagerraum der Karavelle zu sehen, wo sie eingesperrt war, doch die Wachleute hinderten ihn daran. Sie hatten Anweisungen, dass niemand, nicht einmal die Offiziere, die Gefangenen sehen durfte. Er besuchte Antonello und beichtete mehrmals beim Priester der Galeere. Luccas Tod peinigte ihn. Er war zwar erleichtert, als er es dem Geistlichen erzählte, aber die Absolution, die ihm dieser gab und die von Bußübungen abhing, war ihm nicht genug. Der Pfarrer sagte, das sei eine Kriegshandlung gewesen, und er vergebe ihm in Gottes Namen. Nur sich selbst konnte er nicht vergeben. Er hatte genug Zeit, um nachzudenken und in sein Buch zu schreiben. In den letzten Stunden hatte er zu viel erlebt, und es kostete ihn Mühe, seine Gefühle in Schriftzeichen umzusetzen: »Herr, nimm Riccardo Luccas Seele in dein Reich auf und vergib ihm seine Sünden.« – »Riccardo, Ihr wart ein tapferer und würdiger Mann. Ich bitte Euch um Vergebung für das, was ich Euch angetan habe, und für die niederträchtige Art, in der ich Euch getötet habe.« Den letzten Satz hätte Joan beinahe gelöscht, indem er ihn in seinem Buch ausradierte. Denn er wusste: Wenn sein Rivale noch am Leben wäre, wenn er sich noch zwischen ihn und Anna stellte, würde er ihn abermals töten. Schließlich schrieb er eine inständige Bitte nieder: »Herr, vergib mir meine Sünden und erbarme dich meiner Seele, wie auch immer das Duell endet.«

Vor dem Treffen mit Torrent ging Joan auf die Karavelle, und trotz der Wachen, die ihn nicht durchließen, machte er Anna mit lauten Rufen auf sich aufmerksam: »Ihr sollt wissen, dass ich, wenn ich Euch nicht wiedersehe, für Euch gestorben bin! Ich liebe Euch, Anna!«

Sie stießen ihn aus dem Lagerraum hinaus, und er konnte nichts mehr hinzufügen.

101

Anna bereitete die Gefangenschaft im Lagerraum der Karavelle unerträgliche Pein. Sie erinnerte sich immer wieder an das Gespräch mit Riccardo über Joan, das unterbrochen wurde, als der Ausguckposten verkündete, dass sie von spanischen Galeeren verfolgt wurden.

Sie wusste, dass sie noch viel zu besprechen hatten, und sie fürchtete diese bevorstehende Unterhaltung. Sie merkte, was ihr Mann dachte, wenn er ihr an Deck strenge, schmerzerfüllte Blicke zuwarf, während er sich mit dem Kapitän und den übrigen Kämpfern darum kümmerte, die Verteidigung vorzubereiten. Sie umarmte Riccardo, als sie sich verabschiedete, weil der Angriff unmittelbar bevorstand und sich die Damen, Kinder und Greise in den Lagerraum zurückzogen. Er reagierte zunächst nicht, doch später lockerte er seine Anspannung und wiegte sie sanft in seinen Armen. Als sie sich trennten, blickte er sie eindringlich mit seinen dunklen Augen an, die feucht wurden, während er ihr sagte, dass er sie liebe.

Anna erlebte den Angriff im Lagerraum. Voller Angst und Gewissensbisse betete sie laut zusammen mit den Übrigen, während das Schiff unter den Kanonenschüssen, dem Ansturm der Galeeren, dem Krachen der Musketen und Granaten, dem Hin und Her und dem Gebrüll des Kampfes auf Deck erbebte. Nach einer Weile beruhigte sich das Getöse, und als lautes Siegesgeschrei ertönte, wurde ihr klar, dass die Anjou-Anhänger verloren hatten.

Mehrere bewaffnete Unbekannte zwangen sie danach, an Deck hochzusteigen, und dort steckte man sie mit den gefangenen Seeleuten und Soldaten zusammen. Riccardo war nicht dabei, und sie ahnte das Schlimmste.

Als alle zusammengetrieben waren, beanspruchte ein dicker blonder Offizier, der unangenehm und protzig wirkte, sie als Sklavin. Vor Ekel drehte sich ihr der Magen um. Doch überrascht erkannte sie nun Joan unter den feindlichen Soldaten. Er blickte sie an. Sie war nicht auf den Gedanken gekommen, dass er zu den Angreifern gehören könnte. Der junge Mann trat aus der Gruppe hervor, um sich dem Offizier entgegenzustellen. Sie forderten sich mit lauten Rufen heraus, und bevor Joan den Degen zog, erklärte er seine Liebe zu ihr. Doch ein Mann, der offenbar der oberste Anführer war, unterbrach die beiden, und da erfuhr sie, dass sich die zwei duellieren würden.

Die spätere Gefangenschaft im Lagerraum, als die Schiffe nach Neapel fuhren und schließlich in der Bucht ankerten, war für sie entsetzlich. Riccardos Tod wurde bestätigt, und ihre Gewissensbisse nahmen zu, während sie gleichzeitig zu spüren bekam, dass ihre Gefährten, die Joans Worte gehört hatten, sie kühl behandelten. Sie redeten nicht mit ihr und wichen ihr aus. Als sich Joan später laut verabschiedete und erklärte, er liebe sie und sei bereit, für sie zu sterben, beschämte sie dies noch mehr. Sie war bedrückt. Unaufhörlich weinte sie vor Kummer, Schuldgefühl und Angst.

Die folgende Nacht verbrachte sie voller Ungewissheit, ohne dass sie schlafen konnte. Die Gefangenen spekulierten über die hohen Lösegeldsummen, die man ihnen abverlangen würde, und über die Sklaverei, die sie erdulden müssten, wenn sie nicht die erforderlichen Mittel zusammenbringen könnten. Anna wusste, dass ihre Familie nicht über Geld verfügte. Sie würde eine Sklavin werden. Doch dies war nicht ihre unmittelbarste Sorge. Sie betete für Riccardos Seele und bat ihn um Verzeihung, und für Joan, dass er seinen Kampf siegreich und unverletzt bestehen werde. Aber ein tragischer Verdacht wurde stärker als jeder andere Gedanke. Hatte Joan ihren Mann getötet? Bis zur Erschöpfung betete sie, dass diese Befürchtung unbegründet wäre.

Wenn Riccardo von Joan getötet worden war, so wäre sie für den Tod ihres Gatten unmittelbar verantwortlich. Er war ein guter Mann und hatte es nicht verdient, von ihr verraten zu werden und durch ihre Schuld zu sterben.

Doch gleichzeitig ängstigte sie sich, weil sie wusste, dass auch Joan in den nächsten Stunden sterben konnte. In diesen Augenblicken hätte es ihr nichts ausgemacht, das tragische Schicksal ihres Ehemanns zu teilen.

102

Vilamarí beschloss, dass das Duell an Land stattfinden sollte. Dort könnten ihm außer den Offizieren keine Angehörigen der Mannschaft zusehen. Es sollte am Abend auf einem bewaldeten Hügel nördlich von Neapel beginnen. Der Admiral entschied, dass das Duell bei der ersten Verletzung aufhören sollte – allerdings hatte Joan nicht die Absicht, sich daran zu halten. Er war nicht mit Vilamarís Entscheidung einverstanden, und er würde auch nie damit einverstanden sein, dass Torrent sich Annas bemächtigte. Niemals. Wenn ihn das Großmaul besiegte, würde er sich in einem verzweifelten Angriff auf ihn stürzen, selbst wenn er verwundet wäre, und versuchen, ihm einen tödlichen Hieb zu versetzen.

Er erinnerte sich an die Zeit, als er es mit Felip aufnehmen musste, der älter und stärker als er war, und wie er ihn dank der Ratschläge seines Meisters Abdalá besiegen konnte. Noch dachte er an dessen Worte. Siegeswille, gemeinschaftliches Handeln und Überraschung. Die beiden letzten Taktiken konnte er diesmal nicht zu seinen Gunsten nutzen, wohl aber den Willen. Dieser Wille, das hartnäckige Siegesverlangen, würde den Unterschied ausmachen.

Er dachte, dass er den Sieg verzweifelt nötig hatte, während dies für seinen Rivalen nur ein Spiel der Eitelkeit war, eine weitere Frau, die er besitzen konnte. Torrent hatte mehr kämpferische Erfahrung als er, vielleicht auch mehr Kraft, aber kein größeres Verlangen. Joan war bereit, sein Leben zu opfern, der Offizier nicht.

Auf einem Plateau, das von einem Berghang auf Neapel hinabzeigte, zog man einen zwanzig Schritte großen Kreis und stellte ringsum Fackeln auf. Zeugen des Duells waren die Offiziere der *Santa Eulalia*, außerdem der Pfarrer und der Wundarzt. Vilamarí erinnerte an die Regeln: Wer aus dem Kreis heraustrat oder als Erster verwundet wurde, hatte verloren. Die Waffen waren Degen und Schild – der kleine Schild, den man auf den spanischen Galeeren benutzte.

Man entschied, ob sich das Recht der Liebe, das Joan beanspruchte und das ihm den Besitz Anna Luccas verschaffen würde, sofern er danach ihr Lösegeld bezahlen konnte, gegen das Vorrecht durchsetzen ließe, das Pere Torrent als dem Offizier der Entertruppe anerkanntermaßen zustand. Joan wusste nicht, welcher Preis für Anna festgesetzt war, doch er war sicher, dass er nicht genug hatte, um ihn zu bezahlen. Das würde seine nächste Sorge sein, wenn er das unwahrscheinliche Glück hatte, Torrent zu besiegen.

Duelle unter seinen Offizieren missfielen Vilamarí maßlos, und wenn zwei miteinander verfeindet waren, schickte er sie auf unterschiedliche Schiffe. Trotzdem blieb ihm nichts anderes übrig, als das Recht der Offiziere, ihre Ehre zu verteidigen, anzuerkennen. Niemals hätte er gestattet, dass jemand in Joans Position sich mit einem Offizier duellierte, da aber Torrent der Herausforderer war, blieb ihm nichts anderes übrig, als zuzustimmen. Bei Sonnenuntergang befahl er darum schlecht gelaunt, dass man Fackeln anzündete, und er gestattete, dass der Pfarrer ein paar Gebete leitete. Dann sagte er: »Fangt an, und Gott gebe, dass Ihr Euch nicht umbringt oder zu Krüppeln werdet.«

Torrent schwang seinen Degen mehrmals im Kreis. Danach griff er Joan an, der ihm vorsichtig auswich. Der junge Mann dachte, dass gerade dieses Überlegenheitsgefühl seines Ausbilders diesem zum Nachteil gereichen könnte. Nun griff ihn Torrent mit Stößen an, die Joan mit Degen oder Schild abwehrte, wobei er sich stets zu einer Seite drehte, ohne aus der Deckung zu gehen. Er konzentrierte sich darauf, eine Deckungslücke bei seinem Rivalen zu suchen. Der Offizier war schon mit ungefähr zwanzig Hieben und mehreren effektvollen Finten auf ihn losgegangen, und Joan hatte noch nicht einmal angegriffen. Da kombinierte Torrent eine Reihe von Hieben, die den jungen Mann zu einer der Fackeln zurückweichen ließen, und beinahe hätten sie es erreicht, dass er aus dem Kreis herausgetreten wäre. Doch er konnte zur Seite ausweichen und sich aus der bedrängten Lage befreien.

»Deine Verteidigung ist sehr gut, Junge«, sagte Torrent. »Aber mal sehen, wie du angreifst.«

Joan kümmerte sich nicht darum und verteidigte sich weiter. Er merkte, wie der Offizier keuchte, und dachte, dass es ihm die fünfzehn Jahre Altersunterschied ermöglichten, mit seinen Kräften besser hauszuhalten. Die Zeit wirkte sich zu seinen Gunsten aus. Torrent langweilte sich offenbar und begann mit einer ununterbrochenen Reihe von Angriffen, die er entweder direkt oder mit einer Finte vortrug, um ihn zu täuschen. Aber Joan bewegte sich weiter und drehte sich in die eine oder andere Richtung, er wich ihm aus oder hielt ihn mit seiner Verteidigung auf.

»Greif endlich an!«, schrie er ihn zum Schluss wütend an.

Doch Joan ließ sich nicht durcheinanderbringen. Es stand zu viel auf dem Spiel, und er sehnte sich nicht nach Fechterruhm. Mochte sich Torrent profilieren – er wollte nur gewinnen. So kam es, dass der Offizier weiter angriff, und obwohl er Joan manchmal an die Grenzen des Feldes drängte, konnte dieser immer ausweichen. Er sah, wie Ermüdung und Langeweile seinem früheren Ausbilder zusetzten, und wartete auf dessen nächsten Angriff. Doch plötzlich, völlig unvermittelt, stürzte Joan sich auf ihn und versetzte ihm Hieb auf Hieb, wobei er ihm nicht einmal Gelegenheit zu einem seitlichen Schritt gab. Der andere konnte nur zurückweichen. Lichtfunken erglühten in der Nacht, als Torrent mit dem Rücken gegen eine Fackel stieß. Er riss sie zu Boden und trat über den Kreis, von Joan bedrängt, der in seinen Angriffen nicht nachließ.

»Hör auf!«, rief der Admiral. »Du hast gewonnen!«

Aber Joan machte weiter.

»Bleib stehen, du verdammter Verrückter!«, keuchte Torrent. »Die Frau gehört dir.«

Erst jetzt hielt Joan inne. Er warf seine Waffen auf den Boden. Ohne sich um die ihn umringenden Leute, unter ihnen Genís, zu kümmern, die ihn beglückwünschten, kniete er nieder und bekreuzigte sich, um zu beten.

Als sein Blick wieder auf den Torrents traf, stellte er fest, dass dieser ein finsteres und angespanntes Gesicht machte. Der Offizier ging zu ihm und sagte: »Das hast du sehr gut gemacht. Ich bin stolz auf dich.«

Und Torrent schloss Joan in die verschwitzten und übelriechenden Arme.

»Ich gratuliere dir, Junge«, erklärte der Admiral mit ernster Miene. »Du hast den Kampf ehrlich gewonnen. Heute Nacht kommen wir im Rat zusammen, um den Preis der Dame festzusetzen und zu entscheiden, welche Strafe dir auferlegt wird, weil du es gewagt hast, einen höheren Offizier herauszufordern. Morgen wirst du dein Schicksal erfahren.«

103

Joan merkte, dass er zitterte, als ihn der Admiral am nächsten Morgen zu sich bestellte. Er wusste ganz genau, dass sein und Annas Schicksal von den Worten abhingen, die man nun sagen würde. Bernat de Vilamarí setzte sich auf die Bank am Ende des Kampanjedecks, neben ihm Pere Torrent, Genís Solsona und der Rudermeister. Joan blieb vor seinen Richtern stehen und wartete auf sein Urteil.

»Joan Serra von Llafranc«, sagte Vilamarí feierlich. »Meine Galeeren richten sich nach Regeln, und ihr Ziel ist es, daraus die besten Kriegsschiffe des Mittelmeers zu machen. Die erste Regel ist der Grundsatz der Autorität und des Gehorsams. Da du dich gegen einen Offizier gestellt hast, hast du diese Regel verletzt und eine Strafe verdient. Es muss eine strenge Strafe sein, und deine Bestrafung hat öffentlich und exemplarisch zu sein.«

Vilamarís Blick war hart, und Joan spürte einen Kloß im Hals. Er kannte dessen grausames und ungerechtes Autoritätsprinzip genau, und er dachte an Carles und seinen heldenhaften Tod. Gerechtigkeit war für den Admiral die Ordnung, die ihm angemessen erschien. Angstvoll wartete er auf die nächsten Worte.

»Von diesem Moment an nimmst du nicht mehr die Aufgaben eines Geschützführers auf diesem Schiff wahr. Trotz des Geschicks, das du bei Feldschlangen und Kanonen gezeigt hast, denken viele, dass man dir ein unverdientes Vorrecht gewährt hat, wo du doch ein Galeerensträfling bist. Außerdem haben ein paar von deinen Untergebenen schon genug gelernt, um die Führung der Artillerie selbst zu übernehmen.«

Joan fürchtete das Schlimmste. Würde man ihn wieder an die Ruder ketten?

»Du wirst auch nicht mehr Vorleser und Schreiber auf dem Kampanjedeck der Galeere sein.«

Joan erwartete den unausbleiblichen Keulenhieb und richtete sich zu voller Größe auf, um ihn würdevoll hinzunehmen. Wenn er die Vergangenheit ändern könnte, würde er wieder so handeln, wie er es getan hatte. Seine Würde war das Einzige, was ihm geblieben war.

»Allerdings erkennt Offizier Torrent an, dass ihn ein Teil der Schuld trifft, weil er dich herausgefordert hat.«

Joan blickte den Offizier an, und dieser bestätigte die Worte des Admirals mit einem Kopfnicken. Der junge Mann war überrascht. Er hätte nie geglaubt, dass Torrent die Moral besaß, um irgendeine Schuld zuzugeben.

»Wir haben auch gewürdigt, dass du der *Santa Eulalia* als Artillerist mehrere hervorragende Dienste geleistet hast«, sprach der Admiral weiter. »Das veranlasst uns, dein Urteil zu mildern. Es ist das folgende: Von heute an gehörst du nicht mehr zur Mannschaft dieser Galeere.«

Joan starrte ihn verblüfft an.

»Ich gehöre nicht mehr zur Mannschaft?«, wiederholte er und bemühte sich zu verstehen, was das zu bedeuten hatte.

»Nein.«

»Ich muss wieder rudern?«

»Nein!«, rief Vilamarí. »Die Galeerensträflinge gehören zu meiner Mannschaft. Du nicht mehr. Deine Strafe ist, dass du von unseren Schiffen verbannt wirst.«

»Dann bin ich frei?« Joan riss seine Augen ungeheuer weit auf.

»Nein«, widersprach der Admiral. »Dir fehlen noch zehn Monate, bis du die Strafe verbüßt hast. Du musst sie vollständig ableisten, indem du bei der ersten Gelegenheit, die sich dir bietet, in den Heeren Spaniens kämpfst. Ich stelle dir ein Dokument aus, das deine Dienste auf der *Santa Eulalia* als Artillerieoffizier anerkennt. Aber du gibst mir dein Wort, dass du die fehlenden Monate so früh wie möglich im Dienst des Königs ableistest. Wenn du es in fünf Jahren nicht getan hast, wirst du zu einer weiteren zweijährigen Galeerenstrafe verurteilt.«

Joan fiel es schwer zu glauben, was er hörte. Er war frei! Allerdings dämpfte er seine Hochstimmung: Was würde es ihm nützen, frei zu sein, wenn Anna versklavt blieb?

»Und Señora Anna Lucca?«

»Wir haben uns über ihren Preis geeinigt.«

Joan hielt den Atem an.

»Vierhundert Dukaten«, entschied Vilamarí.

»Vierhundert Dukaten!«, wiederholte Joan und blickte den Admiral entmutigt an.

Bei seinen Buchgeschäften hatte er kaum zwanzig ansparen können, und es war unvorstellbar, dass Annas Familie auch nur über die Hälfte der Lösegeldsumme verfügte. Vielleicht konnte ihm Antonello etwas borgen. Doch selbst wenn Joan es mit dem zusammenlegte, was Annas Vater aufbringen konnte, ein derartiges Vermögen könnte man nicht zusammenkratzen. All seine Bemühungen waren vergeblich gewesen.

»Du sollst noch etwas wissen«, erklärte Vilamarí weiter.

Joan wollte nichts hören. Er wollte fortgehen, doch es war ihm unmöglich, dem Admiral den Gehorsam zu versagen.

»Da du dein Urteil als Galeerensträfling abgebüßt hast, hast du kein Recht auf den Beuteanteil, der dem Geschützführer zukommt. Das war deine Arbeit anstelle des Ruderns.«

Joan nickte mit dem Kopf. Das wusste er schon. Galeerensträflinge bekamen keine Beute.

»Doch zu deiner Arbeit gehörte nicht die Aufgabe des Spähers.«

»Des Spähers?«

»Des Mannes, der die zu erbeutenden Schiffe entdeckt«, erklärte Vilamarí. »Ohne deinen Hinweis hätten wir die Karavelle nicht gekapert. Diese Arbeit hast du geleistet. Und ein Späher ist an der Beute beteiligt.«

»Ich bin an der Beute beteiligt?«, wiederholte Joan, ohne dass er ganz glauben konnte, was der Admiral sagte.

»Ja. Dein Anteil sind vierhundert Dukaten.«

Joan blickte ihn fassungslos an. Ob sie sich einen geschmacklosen Scherz mit ihm erlaubten? Er musterte das Gesicht jedes einzelnen Offiziers. Sie lächelten, aber sie schienen sich nicht über ihn lustig zu machen. Er könnte Anna freikaufen! Und auch er war frei!

»Ist das wahr?«, fragte er und blickte den Admiral an.

Dieser nickte zustimmend.

»Das hast du den Freunden zu verdanken, die du auf der *Santa Eulalia* gewonnen hast«, erklärte der Admiral.

Der Rudermeister teilte kurz danach der Mannschaft mit, dass Joan Serra wegen seines Ungehorsams bestraft werde und seine Stellung als Geschützmeister der *Santa Eulalia* verliere. Außerdem verbanne man ihn von der Galeere. Seinen Platz übernehme einer der Artilleristen, die vorher seinem Befehl unterstanden hätten.

Als sich Joan von seinem Freund Genís verabschiedete, dankte er ihm für seine Hilfe. Doch dieser erwiderte: »Am meisten musst du Torrent danken.«

»Torrent?«, fragte er erstaunt nach.

»Ja. Er war dein größter Gönner.«

»Er?«

»Ja. Offenbar hat ihn gerührt, wie du deine Frau verteidigt hast«, erklärte Solsona. »Dass du dein Recht auf Liebe beansprucht hast, ist ihm zu Herzen gegangen.«

»Er und gerührt?« Joan kam nicht aus dem Staunen heraus. Er sah Torrent als einen brutalen, jedes Gefühls unfähigen Seemann an. »Meine Worte sollen ihm also zu Herzen gegangen sein?«

»Ja, und den anderen auch. Sogar dem Admiral, obwohl er es nicht zugibt.«

Joan war verblüfft. Diese skrupellosen Männer, die ohne Zögern raubten, vergewaltigten und töteten, ließen sich von der Liebe rühren. Es fiel ihm schwer, das zu glauben. Sie waren zwar roh, doch Vilamarís Bemühungen, seine Offiziere durch die Lektüre von Büchern zu Leuten zu machen, die man den Honoratioren der von ihnen besuchten Städte vorstellen konnte, hatten einen gewissen Erfolg gebracht. Die Liebe und der verliebte Ritter, der für seine Dame alles hingab, sogar sein Leben, war Thema aller Ritterbücher. Ohne dass sich Joan darum bemüht hätte, fand er am Tag des Angriffs das einzige Argument, das Torrents Wut eindämmen konnte: die Liebe.

Torrent verhielt sich beim Abschied schroff und anmaßend. Nachdem ihm Joan gedankt hatte, konnte er sich die Frage nicht verkneifen: »Habt Ihr mich beim Duell gewinnen lassen?«

»Nein«, widersprach der andere abweisend. »Dir hat das Glück geholfen. Aber du hast gut gekämpft. Du hast deine Frau im ehrlichen Kampf errungen. Erfreue dich an ihr.«

Sobald das Dokument über seine Entlassung unterzeichnet war, von dem er eine Abschrift erhielt, hatte Joan noch eine Frage, die er Vilamarí stellen wollte. Die, die er während all dieser Zeit auf der Galeere leidenschaftlich gern gestellt hätte, ohne es gewagt zu haben: »Wo habt Ihr die Gefangenen aus Llafranc verkauft?«

Der Admiral blickte ihn gelassen an, ohne die geringste Spur von Schuldgefühlen oder Gewissensbissen. Er verbarg die Empfindungen, die der Junge in ihm weckte. Er sah die Opfer seiner Taten in weiter Ferne, als Schafe auf dem Weg zum Schlachthof, und ihre Leiden waren unangenehm, aber notwendig gewesen.

Dennoch beantwortete er diese Frage, die er seit langem erwartet hatte, mit vier knappen Worten: »In Bastia, auf Korsika.«

»Wie kann ich meine Mutter und meine Schwester finden?«

»Korsika gehört zu Genua. Die Republik kontrolliert die Insel mit einer Konzession, die Genua der Banca di San Giorgio gemacht hat. Die Bank mischt sich bei allen Inselangelegenheiten ein, selbst beim Sklavenmarkt von Bastia. Sie hat ihren Sitz in einem großen Gebäude im Hafen von Genua. Vielleicht haben sie noch Dokumente über die Geschäfte, und du kannst erfahren, wohin sie weiterverkauft wurden.«

Das war alles, was Joan brauchte. Er sagte knapp: »Lebt wohl, Herr Admiral.«

»Leb wohl, Joan Serra von Llafranc. Viel Glück.«

VIERTER TEIL

104

Joan sehnte sich danach, Anna in die Arme zu schließen, doch zugleich erfasste ihn eine sanfte Wehmut, die ihn den wunderbaren Augenblick der Begegnung hinausschieben ließ. Zögernd packte er seine Sachen zusammen und versuchte, seine Gedanken zu ordnen, bevor er die *Santa Eulalia* für immer verließ. Es kostete ihn Mühe, mit den Ereignissen der letzten Stunden fertig zu werden und sich zu überzeugen, dass es sich nicht um einen schönen Traum handelte, aus dem er jeden Augenblick erwachen konnte.

Er betrachtete den Himmel über der Bucht von Neapel. Es war ein strahlend schöner Tag. Er hörte das Kreischen der Möwen und sah sie über dem blauen Meer fliegen. Er ging zum Bug. Er strich über die kalte Bronze der Kanonen, und gedankenversunken betrachtete er die Vögel. Sie waren frei. Wie er.

Er schrieb in sein Buch: »Endlich frei. Anna ist auch frei, und sie gehört nur mir. Danke, Herrgott.«

Er ließ sich vom Barbier der Galeere das Haar schneiden und den Bart rasieren. Er zog seine besten Sachen an, und stolz und lächelnd verabschiedete er sich von den übrigen Männern der *Santa Eulalia*.

Joan spürte, wie ihm das Herz freudig klopfte, als er mit der Bescheinigung, die der Schreiber ausgestellt und Vilamarí unterschrieben hatte und die Anna freigab, zur Karavelle hochstieg. Nun konnte er den Augenblick gar nicht erwarten, in dem sie sich umarmen würden. Es war das Ende eines Albtraums. Niemand könnte sich noch ihrer Liebe entgegenstellen. Nie wieder würden sie sich trennen.

Die Seeleute der Wache kannten ihn zwar, doch gewissenhaft überprüften sie die Siegel und das Dokument. Dann rief einer in den Lagerraum des Schiffes hinunter: »Anna Lucca! Kommt an Deck.«

Nach einigen Augenblicken, die ihm endlos vorkamen, stieg sie mit denselben Kleidern nach oben, die sie an dem Tag getragen hatte, als die Karavelle gekapert wurde. Sie blinzelte in der Sonne an Deck. Sie entdeckte den jungen Mann, der sie glücklich anlächelte und die Arme ausbreitete, um sie zu umfangen. Da wurde ihr klar, wie das Duell ausgegangen war. Sie seufzte erleichtert auf und ging lächelnd auf ihn zu. Doch als Joan sie in die Arme schließen wollte, blieb sie stehen und fragte, wobei sie ihn mit ihren grünen Augen forschend ansah: »Habt Ihr Riccardo getötet?«

Joan hatte die Frage nicht erwartet und zuckte zusammen.

»Nein. Das war nicht ich.«

Nun flüchtete sie in seine Arme. Joan umfing sie zärtlich, doch sein Blick verirrte sich irgendwo am blauen Himmel. Als er Annas warmen Körper spürte, seufzte er und schloss endlich die Augen, genoss ihre Berührung, ihren zarten Geruch, und das frühere unbeschreibliche Glück kehrte zurück.

Joan glaubte, obwohl der Krieg im Königreich Neapel weiterwütete, sei für sie die Zeit der Liebe gekommen.

Doch als er seine Umarmung lockerte, sagte der oberste Aufseher zu Anna: »Dieser Mann hat Euch gekauft. Von jetzt an gehört Ihr ihm.«

Sie starrte Joan an. »Was soll das heißen?«, fragte sie tiefernst und blickte ihm in die Augen.

»Nun ja«, stammelte er. »Das Dokument …«

»Wollt Ihr mich zu Eurer Sklavin machen?«, fragte sie hartnäckig nach und musterte ihn angriffslustig.

Joan zögerte. Nie wäre er auf den Gedanken gekommen, dass sie seine Sklavin sein könnte. Sie zu kaufen war die einzige Möglichkeit, ihre Freiheit zu erreichen.

»Nein«, stotterte er. »Das will ich nicht. Ich liebe Euch und möchte Euch zu meiner Frau machen.«

»Gut«, entgegnete sie schroff. »Ihr gebt mir also die Freiheit?«

»Selbstverständlich, ja.«

»Ihr werdet darum die erforderlichen Dokumente unterschreiben?«

»Natürlich.«

»Dann bin ich frei«, erklärte Anna und milderte dabei ihren Ton.

»Ja, das seid Ihr.«

»Nun, dann begleitet mich zu meinen Eltern.«

»Ich habe nicht viel Geld. Aber ich werde einen Ort suchen, an dem wir zusammenleben können …«

»Nein, Joan«, unterbrach sie ihn. »Wenn ich frei bin, werde ich nicht mit Euch zusammenleben. Ich bin die Witwe Riccardo Luccas. Ich schulde ihm Achtung, und das Einzige, was ich jetzt will, ist, dass ich ihn auf christliche Art begraben kann.«

»Aber ich liebe Euch, Anna. Und Ihr habt gesagt, dass auch Ihr mich liebt.«

»Auch ich liebe Euch. Trotzdem war Riccardo ein guter Ehemann, und ich stehe in seiner Schuld. Wenn ich durch Eure Schuld meine Pflicht als Gattin nicht richtig erfüllt habe, so kann ich jetzt meine Pflicht als Witwe erfüllen.«

»Ich verstehe Euch noch nicht ganz.«

»Ihr sollt mir helfen, dass man mir Riccardos Leiche übergibt, und danach sollt Ihr Abstand halten«, sagte sie schneidend.

»Meint Ihr damit, dass Ihr mich nicht mehr sehen wollt?«, fragte Joan nach. Er erinnerte sich an den tragischen Morgen nach ihrer letzten Nacht, als sie ihn verabschiedet hatte.

Anna blickte ihn an, als wäre er einfältig. Joan hielt ihrem Blick stand.

»Nein, Joan. Das meine ich nicht. Nur, dass wir die Trauerzeit einhalten müssen.«

Er seufzte erleichtert auf. Endlich lächelte sie, und ihre anmutigen Grübchen erschienen an den Wangen. Joan dachte, er würde alles Mögliche tun, um zu erreichen, dass wieder ein Lächeln ihr Gesicht erhellte.

»Könntet Ihr mir helfen, Riccardos Leichnam zu finden?«, fragte sie sanft.

Joan wusste, wo er war. Man verwahrte ihn in einer Holzkiste am Bug, so weit wie möglich von allem Übrigen auf dem Schiff entfernt. Riccardo war vor zwei Tagen gestorben, es war Sommer, und die Leiche roch schon nach Verwesung. Hätte es sich um einen anderen gehandelt, hätte man ihn in einen Sack gesteckt, mit einem Stein beschwert und tief im Meer versenkt. Doch er war ein Adliger, und irgendjemand würde für die Leiche bezahlen. Joan musste auf die *Santa Eulalia* zurückkehren und den Preis mit dem Schreiber aushandeln.

Dieser wollte fünfzig Dukaten haben, und Joan sagte, er solle an der Leiche riechen, damit er feststellen könne, dass sie sie spätestens in einem Tag loswerden müssten. Schließlich bezahlte er nur drei Dukaten und noch einen halben, damit der Sarg zu Annas Eltern gebracht wurde. Der Palast der Luccas war unbewohnbar. Man war dort eingebrochen, und da man wenig Beute fand, steckte ihn die Menge in Brand.

Anna bestand darauf, den Leichnam ihres Gatten zu sehen. Ein unerträglicher Gestank drang aus dem Sarg, als man ihn öffnete. Riccardo Lucca war noch zu erkennen, auch die große Hiebwunde im Hals, die ihm das Leben entrissen hatte. Anna drückte einen Kuss auf seine Wange und verrichtete ein stilles Gebet. Als sie sich zu Joan umdrehte, blickte sie ihn fragend und mit tränenüberströmten Augen an.

»Ich war es nicht«, murmelte er unhörbar, wobei er nicht in der Lage war, auch nur ihren Blick auszuhalten.

Die Beisetzung fand unverzüglich statt, und Joan nahm am Trauergottesdienst in der Kathedrale teil, wobei er sich von Anna und ihren Familienangehörigen entfernt hielt. Ihn erfasste ein seltsames Gefühl, als er sich denen anschloss, die für den Mann beteten, den er getötet hatte. Die Absolution des Galeerenpfarrers genügte ihm nicht. Es stimmte, dass er ihn im Kampf, im Eifer des Gefechts getötet und selbst auch Todesangst empfunden hatte. Doch er dachte, wenn er gewollt hätte, hätte er den Tod des anderen verhindern können. Er hatte ihn um Annas willen getötet, und niemals könnte er die Augen Riccardo Luccas und seinen letzten Blick vergessen.

Antonello bot ihm ein Zimmer im ersten Stock seines Hauses an, doch Joan lehnte es ab. Er wollte zusammen mit den Lehrlingen und Gesellen in der Werkstatt des Buchhändlers schlafen. Im Leben wie in der Liebe fühlte er sich weiterhin als Lehrling. Er verstand nicht, was Anna durch den Kopf ging. Er hatte sich ausgemalt, dass der Tag ihres Wiedersehens der glücklichste seines Lebens sein würde, aber alles war ganz anders gekommen.

In dieser Nacht herrschte eine feuchte, klebrige Hitze. Joan wälzte sich auf seinem Feldbett hin und her, ohne dass er schlafen konnte, obwohl ihn die vertrauten Gerüche nach neuem Papier, Druckfarbe und Leder trösteten. Je mehr er darüber nachdachte, desto weniger konnte er Anna verstehen. Er sagte sich, dass sie Riccardo Lucca viel mehr geliebt hatte, als sie ihn ahnen ließ. Vielleicht liebte sie ihn sogar mehr als ihn.

Im ersten Morgenlicht suchte er sein Buch heraus und notierte: »Ich habe nicht den Mut, ihr die Wahrheit zu sagen.« Und dann: »Ich will sie nicht verlieren.«

105

Am nächsten Morgen ging Joan zu den Roigs. Die Goldschmiedewerkstatt, die Annas Vater in Neapel eingerichtet hatte, war nicht so groß und lag auch nicht so günstig wie die in Barcelona, sicherte indes der Familie das Überleben. Er sah, dass die junge Frau dort mithalf. Sie trug strenge Trauer. Obwohl ihr Gesicht noch die Strapazen der letzten Tage verriet, kam sie Joan wunderschön vor. Gern hätte er sie umarmt und geküsst, doch ihre Eltern waren ja anwesend, und das verhinderte jede Annäherung. Anna hielt sich abseits, während die Roigs Joan herzlich dankten, weil er ihre Tochter gerettet hatte. Schließlich, damit die jungen Leute allein reden konnten, gingen die Eltern zu dem Ladentisch, den sie auf der Straße hatten.

»Ihr bleibt dabei, dass Ihr mir die Freiheit gebt?«, fragte sie mit großem Ernst, wobei sie Joans Annäherungsversuche zurückwies.

»Natürlich.« Joan knöpfte sich das Hemd auf und holte das Dokument heraus, das die Bezahlung des Lösegelds für Anna bestätigte. Er hielt es ihr hin. »Es gehört Euch«, sagte er. »Ihr seid frei.«

Sie las gründlich.

»Hier steht Euer Name zusammen mit meinem. Ich will, dass Ihr meine Freiheit außerdem vor einem Notar bestätigt.«

»Behaltet dieses Dokument, und wenn ich von hier fortgehe, suche ich einen Notar auf, um Eure Freiheit zu beglaubigen.«

Nun lächelte sie.

»Danke«, sagte sie.

Joan war glücklich, weil sie glücklich war. Er streckte die Arme aus, um sie zu umarmen, doch sie wies ihn zurück.

»Ich werde drei Monate strenger Trauer für Riccardo einhalten«, betonte sie. »In dieser Zeit dürfen wir uns nicht sehen.«

»Darf ich Euch wenigstens von weitem sehen?«, flehte Joan. »Wie in der Zeit, als Ihr verheiratet wart oder als wir uns vor Euren Eltern in Barcelona versteckt haben.«

Sie lachte.

»Ja, natürlich«, antwortete sie und lächelte weiter. »Aber Ihr müsst verstehen, dass ich meine Pflicht erfülle.«

»Liebt Ihr mich?«

»Ja, und nach diesen Monaten dürft Ihr mir den Hof machen.«

»Den Hof machen?«, seufzte er. »Ich will, dass Ihr meine Frau werdet.«

»Ihr müsst mich überzeugen«, erwiderte sie und blickte ihn schelmisch an.

An seinem ersten Tag in Freiheit beeilte sich Joan, Briefe an Gabriel, Bartomeu, Abdalá und die übrigen Freunde zu schreiben. Er teilte ihnen die Neuigkeit mit und vergewisserte sich, dass die Briefe auf zwei unterschiedlichen Galeeren befördert wurden. Da Sommer war, berechnete er, dass er in einem Monat eine Antwort bekommen würde, wenn er Glück hätte. Ihm standen noch die zehn Monate Dienst in den Heeren des Königs bevor. Aber das war nicht so dringend. Er hatte ja eine Frist von fünf Jahren, und zuerst musste er seine Familie suchen. Er bat Antonello um Rat. Der Buchhändler sagte, er werde Fabrizio Colombo, einem genuesischen Kollegen, schreiben und ihn bitten, Nachforschungen in der Banca di San Giorgio anzustellen.

Joan dankte ihm überschwänglich. Während er auf Nachrichten aus Genua wartete, wollte er Mittel für die Reise und das mögliche Lösegeld zusammenbringen.

Dass sich Anna von Joan fernhielt, bedrückte ihn wie eine zentnerschwere Last. Sie verließ selten das Haus, und an manchen Tagen konnte er sie nicht einmal von weitem entdecken. Tausend Grübeleien quälten ihn. Seine Liebste war die Witwe eines Edelmanns und er ein einfacher Lehrling. Ängstlich wachte er mitten in der Nacht auf und erinnerte sich an ihre Worte, dass er ihr den Hof machen solle. Vielleicht müsste er mit einem anderen Mann wetteifern.

Antonello bot Joan Unterkunft und Verpflegung, und dieser bezahlte ihn, indem er in der Druckerei mitarbeitete. Der junge Mann spürte, dass er einen neuen Anfang machte, und um Annas Fehlen zu vergessen, verwandte er seine ganze Kraft darauf, diesen Beruf zu erlernen.

Er kannte sich schon mit Druckfarben, Papier- und Pergamentsorten aus. Was die Druckerei zu etwas Besonderem machte, waren die Lettern genannten Metallteile, die Buchstaben und Zeichen darstellten. Es ging darum, die Lettern in Reihen auf einer Setzschiff genannten Holzplatte zu setzen. Sie wurde von einem rechtwinkligen Rahmen gehalten, den man fest schloss, damit die Buchstaben nicht verrutschten.

Die Kunst des Setzers bestand darin, zu erreichen, dass die im Schiff zusammengestellten Lettern ein harmonisches Ganzes bildeten, bei dem man, ebenso wie bei Handschriften, Ränder und Anfangszeilen beachten musste. Das war die Matrize, um eine oder zwei Seiten zu drucken. Sie wurde Form genannt. Nachdem man sie fertiggestellt hatte, setzte man sie in die Presse ein und befeuchtete sie mit zwei Lederkugeln, die zuvor mit Druckfarbe getränkt wurden.

Am Ende wurde Papier oder, in einigen Fällen, Pergament eingelegt, und durch den Druck der Presse aus Eichenholz geschah das Wunder, dass die Druckfarbe in Gruppen von Buchstaben, Wörtern und Sätzen verwandelt wurde, die sich zu einzelnen Seiten ordneten. Und nachdem diese eingebunden waren, ließen sie ein Buch, dieses staunenerregende Werk, entstehen.

»Das ist ein mühsames Verfahren, doch sobald man es erlernt hat, bietet es keine großen Schwierigkeiten«, sagte Joan zu Antonello.

Dieser schüttelte den Kopf: »Jeder Beruf verliert sein Geheimnis, sobald man ihn erlernt hat«, entgegnete der Buchhändler. »Aber ein schönes Buch herzustellen bedeutet, ein Kunstwerk zu schaffen. Und der Buchdruck gibt dir die wunderbare Möglichkeit, dieses Kunstwerk oft zu vervielfältigen. Darum nennt man diesen Beruf auch Buchdruckerkunst.«

Joan war einverstanden. Noch erinnerte er sich an seine Ankunft in Barcelona und an das wunderschöne Buch, das im Laden der Corrós ausgestellt wurde. Natürlich war das ein handgeschriebenes Buch, und es war auf einer Seite aufgeschlagen, die eine Miniatur mit prächtiger Zeichnung und Farbe zeigte. Doch nun wurden schon Bücher gedruckt, in denen Zeichnungen als Holzschnitte wiedergegeben wurden, zuweilen sogar mehrfarbig, insbesondere rot, schwarz und blau. Er dachte, dass es nur eine Frage der Zeit sein würde, bis dem Buchdruck den handgemalten ähnliche Bilder gelingen könnten.

»Aber es gibt schwierigere Künste, die nur wenige Drucker beherrschen«, erklärte Antonello weiter.

»Welche sind das?«, wollte Joan wissen.

»Die Herstellung der Lettern. Bleilettern sind für einen Drucker die Hauptsache. Du weißt ja, es gibt umherziehende Drucker, die zum größten Teil aus Deutschland stammen und eine bestimmte Zeit in den einzelnen Städten verbringen, was von der verfügbaren Arbeit abhängt. Sie haben ihre Lettern immer bei sich. Das ist ihr wertvollster Besitz. Das übrige Material lässt sich leicht an Ort und Stelle ergänzen. Schöne Lettern herzustellen ist die schwierigste Kunst, und wenige Drucker sind imstande, das selbst zu erreichen.«

Trotzdem hielt Joan die Herstellung der Lettern nicht für schwierig. Er hatte ja ein Naturtalent für Holzschnitzereien, und in Elois Werkstatt hatte er die Techniken des Bronzeschmelzens erlernt, bei dem man höhere Temperaturen als beim Blei brauchte.

Die modische Schrift in Italien war die rundbogige römische Antiqua, die man schon als die des Buchdrucks der Renaissance bezeichnete. Ihre Großbuchstaben waren so, wie die Schriftzeichen aussahen, die an den Ruinen aus der Kaiserzeit eingemeißelt waren, die *Capitalis Quadrata Romana*, und die Kleinbuchstaben leiteten sich von den abgerundeten karolingischen Zeichen, den *Rotundae*, ab. Man konnte sie viel leichter als die verschiedenen Stile der gotischen Schrift lesen, und die Leser klassischer Werke bevorzugten sie. Antonello verfügte über drei unterschiedliche Sätze gotischer Druckbuchstaben, aber nicht über die neue Renaissanceschrift. Joan schlug ihm vor, eine herzustellen. Das wäre eine Möglichkeit, dem Buchhändler etwas für seine unschätzbare Hilfe zu danken. Er selbst zeichnete die Buchstaben, und zusammen mit mehreren Handwerkern stellte er eine Blei-, Antimon- und Wismutlegierung her, die sie in Formen aus geschnitztem Holz gossen.

Obwohl die Buchstaben in denselben Formen entstanden, wiesen sie wegen des Feilens leichte Unterschiede auf. Joan suchte in ihnen die verborgenen Zeichen, Grimassen und Gebärden, die er in den Buchstaben gesehen hatte, als er kopierte, ohne lesen zu können. Damals sprachen die Buchstaben mit Gesten zu ihm. Jetzt aber nicht mehr.

Er schrieb: »Die Zeit oder das Wissen hat mir die Phantasie geraubt. Ich hoffe, dass ich noch fähig bin, die Himmelswesen zu sehen.«

»Du bist ein erfahrener Drucker geworden«, sagte Antonello und klopfte ihm auf die Schulter. »Nie habe ich jemanden erlebt, der so schnelle Fortschritte machte.«

»Ich weiß, wie ich Bücher kopieren, drucken und einbinden kann«, antwortete er und lächelte glücklich. »Ich kenne das ganze Herstellungsverfahren. Trotzdem, was mir gefällt, ist Eure Arbeit.«

»Meine Arbeit?«

»Ja, die Arbeit, die Ihr leistet. Ihr habt eine Druckerei und eine Buchbinderei, aber um die Buchherstellung kümmern sich die Handwerker. Ihr verkauft Bücher an die Leute, die sie lesen wollen, ob es nun Bücher aus Eurer Werkstatt oder solche sind, die Ihr anderen Buchhändlern abgekauft habt. So, wie es Bartomeu in Barcelona macht.«

»Ich verstehe schon«, antwortete Antonello. »Du bist klug, und du hast gesehen, dass Buchdrucken viel Mühe bereitet und wenig Geld einbringt, wenn man nicht große Mengen druckt.«

»Nein, Antonello. Gott weiß, wie sehr ich Geld nötig habe. Ich werde viel brauchen, wenn ich meine Mutter und meine Schwester suche, und ich muss auch welches haben, um mit Anna eine Familie zu gründen und ihr ein würdiges Leben zu bieten, wenn sie mich endlich erhört. Aber jetzt habe ich nicht an das Geld gedacht, sondern an die Freude, als Mittler zwischen Leser und Buch zu wirken. Es muss wunderbar sein, wenn ich jemandem helfe, genau das Buch zu finden, das zu ihm spricht und das für ihn eine besondere Bedeutung hat.«

»Also willst du mit mir konkurrieren.«

»Ja, ich will Buchhändler werden«, bestätigte Joan. »Das wollte ich immer.«

Antonello blickte ihn lächelnd an und nickte zustimmend. Das wusste er schon lange.

106

Joan folgte Anna wieder von weitem, wie er es zehn Jahre zuvor in Barcelona getan hatte. Dabei bemühte er sich, nicht gesehen zu werden. Nur waren sie inzwischen keine Kinder mehr, er war dreiundzwanzig Jahre alt, und sie würde es bald sein. Anna trug Trauer und hielt alle Vorschriften ein, die die Gesellschaft einer gerade verwitweten Frau auferlegte. Doch wenn sie ihn an einem Straßenende erblickte, während sie gerade den Ladentisch ihres Vaters aufräumte, lächelte sie ihm zu und wandte dann die Augen ab. Dieses Lächeln genügte Joan, um glücklich zu sein. Der große Unterschied zu seinen verstohlenen Blicken in Barcelona oder bei seiner Ankunft in Neapel bestand darin, dass er nun die begründete Hoffnung hatte, sie zu seiner Frau zu machen.

Voller Elan kümmerte er sich dann um die Zukunft, die er für beide plante. Er wollte Buchhändler werden, und unter dem freundlichen Schutz Antonellos suchte er nach neuen Möglichkeiten außerhalb der Werkstätten, in denen Bücher gedruckt und eingebunden wurden.

Aus Barcelona trafen Neuigkeiten ein, zusammen mit einer Ladung Bücher, die Bartomeu geschickt hatte. Dafür hatte Joan das ihm verbleibende Kapital angelegt und außerdem Darlehen von Antonello und dem Kaufmann selbst bekommen. Dabei waren weitere Exemplare von *Tirant lo Blanc* und eine Auswahl von Büchern, die nicht nur aus Druckereien in Valencia und Katalonien, sondern auch aus Zaragoza, Sevilla und Salamanca kamen. Es handelte sich um eine erste Lieferung, denn die Liste war lang, und der Kaufmann musste selbst einen Teil des Auftrags bei anderen bestellen.

Alle bekundeten ihre Freude über seine Freilassung und beglückwünschten ihn. Bartomeu, der seit einigen Monaten verwitwet war, gehörte weiterhin der Stadtregierung an. Er gab ihm geschäftliche Ratschläge und empfahl ihm Bücher für Italien. Abdalás Schrift sah weniger kraftvoll aus als früher, doch sie war immer noch harmonisch und kultiviert. Er teilte ihm mit, dass er ihn stets in seine Gebete einschließe. Er lobe jeden Tag den Herrgott für die Gnade, dass er trotz seines Alters noch gut lesen könne. Sogar die Mönche hatten ihm geschrieben. Die Streitigkeiten mit dem Prior gingen an diesem angeblich friedlichen Ort, der das Santa-Anna-Kloster war, weiter.

Sein Bruder Gabriel teilte ihm mit, dass er Ágata, der jüngeren Tochter Elois, mit dem Einverständnis ihres Vaters den Hof mache. Joan hatte ihm geschrieben, was Vilamarí gesagt und welche Schritte er bei dem genuesischen Buchhändler unternommen hatte. Gabriel bat ihn, sobald er etwas über ihre Mutter und Schwester erfahre, solle er ihn unverzüglich informieren, damit er bei seiner Suche helfen könne. Er schickte ihm etwas, das Joan tief rührte: die Azcona ihres Vaters und die übrig gebliebenen Korallen.

Joan drückte Ramóns Waffe fest an sich, während ihm Tränen in die Augen traten. Joan wusste, dass ein Mann nicht frei war, wenn seine Familie es nicht war. Er trug die Verantwortung.

Er fragte Antonello nach seinem genuesischen Kollegen. Es gab nichts Neues. Joan entschied, dass er nicht warten durfte und nach Genua fahren musste. Vielleicht reichten die Korallen, um seine Reise zu bezahlen. Davon brachte ihn der Buchhändler ab. Er sagte, sein Freund sei äußerst gewissenhaft, und er vertraue ihm. Er könne nicht ohne Geld fahren und solle nichts überstürzen. Wenn er nach beinahe elf Jahren noch ein paar Monate warte, werde das die Lage nicht ändern.

»Warten«, schrieb er bekümmert in sein Buch. »Wieder warten. Aber jetzt ist es anders. Ich habe Kraft. Mir fehlt nur das Geld.«

Joan nutzte seine Erfahrung als Schreiber auf der *Santa Eulalia* und bot den spanischen Schiffen in Neapel die leeren Bücher an, die sie für ihre Bordtagebücher brauchten. Außerdem Tinte, Federn, Pergament und Briefpapier sowie alles mögliche andere Büromaterial. Er behandelte die Schreiber wie Kollegen, belohnte sie mit kleinen Geschenken und sicherte sich bald die Belieferung der Flotten. Die spanischen Schiffe in Neapel kamen nicht mehr allein aus den Königreichen der Krone von Aragonien, sondern auch aus dem übrigen Spanien, vor allem aus dem Baskenland und Andalusien. Joan sprach gut Kastilisch. Er hatte es bei Abdalá gelernt und mit den Seeleuten in den Schänken praktiziert. Das brachte ihm einen Vorteil, als es darum ging, sich das Geschäft mit den Schiffen aus Kastilien zu sichern.

Beim Schreibmaterial arbeitete er im Auftrag Antonellos, doch die geschriebenen oder gedruckten Bücher waren sein eigenes Geschäft, und das Risiko wie der Gewinn waren nur seine Sache.

Antonio de Nebrija war einer der Autoren, die sich bei den Schiffsschreibern am meisten verkauften. Für die lateinischen Texte erwies sich seine Grammatik *Introductiones latinae* als sehr nützlich. Und für die, die auf Kastilisch schrieben, wurde die 1492 veröffentlichte Grammatik Nebrijas – die erste, die in Europa in einer »Volkssprache« verfasst wurde – unentbehrlich, denn Königin Isabella förderte sie persönlich. Was die Ritterbücher anging, so erhielt er von Bartomeu mehrere Exemplare der beiden ersten Bücher des *Amadis von Gallien*, die Garci Rodríguez zusammengestellt hatte und die ein Jahr zuvor in Zaragoza gedruckt worden waren. Er verkaufte sie auf der Stelle.

Mit seinem Freund Miquel Corella schrieb er sich regelmäßig. Der Papst war mit seinem Hofstaat nach Rom zurückgekehrt, und der Valencianer bestätigte, dass es große Möglichkeiten für den Verkauf spanischer Bücher gebe. Darum schickte Joan eine weitere Bestellung an Bartomeu, und mit den Büchern, die er schon hatte, bereitete er seine Romreise vor.

Obwohl Anna auf Distanz achtete, konnte sie es nicht vermeiden, die Buchhandlung zu besuchen. Sie war eine große Leserin. Eines Tages, als Joan in der Druckerei mit einem von ihm selbst angefertigten Holzschnitt experimentierte, schaute Antonello in die Werkstatt.

»Verliebter Roland«, sagte er, ironisch wie immer. »Vielleicht interessiert es dich, dass deine Angelica im Laden steht und in meinen Büchern stöbert.«

»Hat sie nach mir gefragt?«, erkundigte sich Joan begierig.

»Nein, das hat sie nicht«, antwortete der Buchhändler belustigt. »Wohl aber nach den letzten Neuheiten.«

Joans Hände waren mit Druckfarbe beschmiert, und er lief los, um sie so gut wie möglich zu waschen. Er konnte die Farbe unmöglich von den Fingernägeln entfernen. Darum zog er seine beste Straßenkleidung an und streifte Handschuhe über, obwohl es ungewöhnlich war, sie während des Sommers in den Häusern zu tragen. In diesem sonderbaren Aufzug stürzte er ungeduldig zum Laden, um seine Liebste zu finden.

Er sah, dass sie in einem Buch blätterte. Sie trug strenge Trauer, war aber so schön wie immer. Sie war allein, denn als Witwe musste sie sich nicht mit einer lästigen Anstandsdame abfinden. Als sie ihn erblickte, begrüßte sie ihn herzlich, wie sie es mit einem alten Freund getan hätte, doch sie wies jeden Versuch einer körperlichen Annäherung ab. Joan drängte, sie sollten wie früher in Antonellos Arbeitszimmer gehen. Aber sie unterbrach ihn schroff.

»Ich habe Euch gesagt, dass ich meine Trauerzeit einhalten werde«, tadelte sie ihn. »Wartet, bis die drei Monate vorbei sind.«

»Aber …«

»Es tut mir leid«, sagte sie und milderte ihre Worte mit einem Lächeln, das ihr über die Grübchen des Gesichts huschte. »Das haben wir vereinbart.«

»Haben wir es vereinbart?«, fragte sich Joan.

Sie hielt seinem Lächeln stand und bejahte mit einem Kopfnicken. Schließlich wählte Anna ihr Buch aus, bezahlte es und verabschiedete sich, wobei sie wie zuvor bei der Begrüßung auf Abstand achtete. Dann bedeckte sie sich den Mund mit der schwarzen Mantille, und mit anmutigen Schritten verließ sie den Laden.

Antonello beobachtete lächelnd Joan, der Anna von der Türschwelle aus nachsah.

»Du hast dich vielleicht von der Galeere befreit«, sagte er lachend. »Aber nicht von einem Kapitän, der dir befiehlt.«

Joan sagte sich, dass es stimmte. Anna war eine charakterstarke Frau. Ihm gefiel das.

Da an der Grenze zum Kirchenstaat Ruhe herrschte, konnte Joan seine ersehnte Reise nach Rom antreten. Er entschied sich für den Landweg, denn Gaeta, das auf halbem Wege am Meer lag, blieb weiter in französischer Hand. Er mietete einen Fuhrmann und einen Wagen, belud diesen mit seinen Büchern und schloss sich einer Reisegesellschaft an, die in die vom neapolitanischen Heer beschützte Ewige Stadt wollte. Nachdem er sich im Gasthaus eingerichtet hatte, ging er zu Miquel Corella, der sich über seinen Besuch freute.

»Deine Artilleriekenntnisse könnten Seiner Heiligkeit von Nutzen sein«, sagte er, als er erfuhr, dass er nicht mehr unter Vilamarí arbeitete. »Ich kann dir einen Dienst vermitteln, der besser als deine Buchgeschäfte bezahlt wird.«

»Vielen Dank, Don Miquel«, antwortete Joan. »Aber ich glaube, dass ich Seiner Heiligkeit und den Spaniern in Rom besser mit Literatur als mit Waffen dienen werde.«

Miquel zuckte die Achseln und drängte nicht weiter. Joan hatte Angst, dass er sich gekränkt fühlte, doch der Valencianer stellte ihm weitere Kunden vor, die zu seinen zahlreichen Freunden gehörten. Alle kauften Bücher, und Joan kam zu dem Schluss, dass viele die Bücher nicht aus Leselust, sondern aus Furcht vor Miquel erwarben. Sie wollten sich bei dem Valencianer beliebt machen. Miquel Corella war mächtig.

Joan machte ein gutes Geschäft. Er legte sich unter den Spaniern Roms einen bedeutenden Kundenstamm zu, und er entdeckte noch etwas. Papst Alexander VI. nahm vertriebene Juden und aus Spanien geflohene Konvertiten auf, die in Trastevere eine große Kolonie bildeten. Sie waren Finanzfachleute, Geldwechsler, Steuereinnehmer oder hatten Berufe, die ein Studium verlangten, und im Allgemeinen waren sie gute Leser.

Da ihre Familien viele Jahrhunderte in Spanien gelebt hatten, benutzten diese Juden das Hebräische nur für ihre religiösen Zeremonien. Deshalb bewahrten Konvertiten und auch Juden die spanische Kultur, und sie würden gute Kunden für seine Bücher sein.

Joan schrieb: »Wie kommt es, dass katholische Könige die Juden aus religiösen Gründen vertreiben dürfen, während der Papst, die höchste katholische Autorität, sie aufnimmt?«

107

Als Joan zurückkam, teilte er Antonello mit, dass er eine Buchhandlung in Rom aufmachen wolle.

»Woher willst du das Geld nehmen?«, erkundigte sich der Buchhändler.

»Ich möchte um ein Darlehen bitten«, antwortete Joan. »Auf dieser Reise habe ich gut verdient. In Rom gibt es viele Spanier: im Gefolge des Papstes, im Heer, außerdem Kaufleute, Konvertiten und Juden. Ich bin sicher, dass ich in einem Jahr das Geld zurückzahlen kann. Zuerst werde ich nur Bücher mit leeren Seiten, Schreibmaterial und gedruckte spanische Bücher verkaufen. Auch solche auf Lateinisch selbstverständlich. Danach werde ich das Angebot um italienische und sogar französische Titel erweitern. Der folgende Schritt ist, dass ich meine eigene Buchbinderei und, wer weiß, vielleicht auch eine Druckerei habe.«

»Du machst mir ja richtig Angst!«, rief Antonello mit seinem eigentümlichen Lächeln. »Ein Glück, dass du nach Rom gehst und nicht mit mir konkurrierst. Was machst du mit den Lieferungen an die spanischen Flotten? Das ist ein gutes Geschäft, das du nicht verlieren solltest.«

»Daran habe ich auch schon gedacht. Ich werde mich persönlich um sie kümmern, solange ich kann, und danach werde ich Vertreter in den wichtigsten Häfen haben. Ich möchte, dass Ihr es hier in Neapel seid.«

»Du hast es vielleicht eilig, Junge«, antwortete der Neapolitaner lachend. »Nach wenigen Tagen bist du nicht mehr mein Vertreter, sondern ich deiner.«

Joan zuckte die Achseln. Er war glücklich. Er könnte Anna eine Zukunft bieten und das Geld beschaffen, das er für die Suche nach seiner Familie aufbringen musste.

»Ich glaube, der Augenblick ist gekommen, dass du wieder mit Innico d'Avalos redest«, sagte der Buchhändler nach einer Weile. Sein Lächeln war verschwunden, und er zeigte eine nachdenkliche Miene.

»Innico d'Avalos?«, fragte Joan überrascht nach.

»Ja. Jetzt ist er Statthalter von Ischia. Die Franzosen haben versucht, die Insel zu erobern, doch er hat sie erfolgreich verteidigt. Sein Hof wurde zu einer Wallfahrtsstätte von Künstlern, wo sie vor dem Krieg sicher sind und in vollständiger Freiheit ihre Werke schaffen können. Er beschützt nicht nur die Künstler, sondern auch uns, die die Kunst verbreiten. Du hast ihm gefallen, als er dich kennenlernte. Ich bin mir sicher, dass dir seine Bürgschaft zusammen mit einem Kreditbrief helfen werden, das Geld zu bekommen, das du brauchst.«

Joan wartete ungeduldig darauf, Anna die Neuigkeit mitzuteilen. Die Zukunft, die er ihr bieten konnte, war weitaus mehr als die Aussicht, Ehefrau eines Buchbinders zu werden. Sie würde die Gattin eines Buchhändlers sein, die Umgang mit Kaufleuten, Beamten und Adligen hatte.

Es war eine glänzende Verheißung. Von ganzem Herzen wünschte er, ihr davon zu erzählen, doch er beschloss, sich nicht über die von ihr auferlegte Trauerzeit hinwegzusetzen. Dennoch konnte er sich nicht zurückhalten und kaufte ihr einen Goldring. Während er wartete, stellte er sich immer wieder vor, welches Gesicht sie machen würde, wenn sie die guten Neuigkeiten erfuhr. Er träumte von dem Augenblick, in dem sie sich seinen Ring überstreifen würde. Allerdings verlief die Begegnung ganz anders, als Joan erhofft hatte.

»Ich bin schwanger«, sagte Anna.

Diese Neuigkeit überraschte Joan so sehr, dass er sprachlos dastand. Er hatte keine Veränderung an ihr bemerkt. Sie waren in Antonellos Arbeitszimmer allein. Als er den Raum betreten hatte, sah er beunruhigt, dass Anna eine ernste Miene machte. Sie hielt ihn wie gewöhnlich auf Abstand.

»Seit wann?«, fragte er, als er reagieren konnte.

»Die Regel ist zweimal ausgeblieben.«

»Dann ist es mein Kind!«, rief Joan freudig.

»Das glaube ich nicht«, widersprach sie und blickte ihm in die Augen. »Wenn es zwei Perioden sind, ist es von Riccardo.«

»Riccardo?«

»Ja, Riccardo«, bestätigte sie streng. »Erinnert Ihr Euch? Er war mein Mann.«

»Natürlich erinnere ich mich«, erklärte er ärgerlich. »Aber Ihr habt mir gesagt, dass Ihr mich liebt.«

Sie schüttelte ungläubig den Kopf.

»Was hat das damit zu tun?«, sagte sie. »Er war mein Ehemann, und ich habe ihm nie meinen Körper verweigert. Das war sein Recht.«

Joan schwieg. Warum hatte er sich nur dieser albernen Illusion hingegeben? Vielleicht hatte er geglaubt, sie hätte ihren Ehemann seit der ersten gemeinsamen Nacht der Zärtlichkeiten zurückgewiesen. So war es anscheinend nicht gewesen. Er war tief enttäuscht. Er stellte sich Anna vor, wie sie Riccardo liebte, und ihn überwältigte eine rasende Wut. Er betrachtete Annas Bauch. Es war noch nichts zu bemerken, aber dort wuchs der Samen, den sein Nebenbuhler in ihr hinterlassen hatte. Er würde sich zu einem lebendigen Wesen entwickeln, das ihn immer an sein Verbrechen und an Riccardos letzten Sieg erinnern würde.

»Das verstehe ich«, meinte Anna, als sie Joans verstörte Miene sah. »Damit habt Ihr nicht gerechnet, als Ihr gebeten habt, mir den Hof zu machen. Macht Euch keine Sorgen. Ihr seid frei. Ich werde meinen Eltern sagen, dass Ihr es Euch anders überlegt habt.«

Joan hörte ihr nicht zu. Vor seinen Augen tauchte Riccardos Blick auf, als er ihm den Degen in den Hals stieß. Ein Wirbel unterschiedlicher Gefühle überwältigte ihn. Sie bestanden aus Hass und Wut, aus Eifersucht auf einen Toten und zugleich Gewissensbissen wegen seines Verbrechens und seiner Lüge. Wegen einer Lüge, die ihn peinigte. Er konnte es nicht länger aushalten.

»Ich habe ihn getötet«, sagte er schließlich und zog die Worte in die Länge.

»Was?«

»Beim Angriff auf die Karavelle sind wir aufeinandergestoßen. Wir haben gekämpft, und ich habe ihn getötet«, bestätigte Joan.

»Aber Ihr habt mir gesagt, dass Ihr es nicht gewesen seid!«

»Ich habe gelogen. Aus Angst, Euch zu verlieren.«

Sie blickten sich schweigend an. Annas Gesicht zeigte einen schmerzlichen Ausdruck, und ihre Augen füllten sich mit Tränen. Ein Abgrund riss vor ihren Füßen auf. Damit bestätigte sich ein Verdacht, der sie gequält und ihr bis zur Erschöpfung den Schlaf geraubt hatte, während sie zu Gott betete, dass es nicht stimmte. Joan hatte Riccardo getötet, und das hatte er ihretwegen, durch ihre Schuld getan. Wenn sie sich trotz der Liebe, die sie für Joan empfand, von ihm entfernt gehalten und als ehrbare Gattin ihre Pflicht geleistet hätte, so hätte Joan nicht geglaubt, Rechte auf sie zu haben, und Riccardo wäre noch am Leben. Zum Verrat an ihrem Ehemann musste sie nun die Schuld an seinem Tod hinzurechnen. Es war beinahe sicher, dass das Kind, das sie erwartete, von Riccardo stammte. Darüber freute sie sich. Sie hätte es nicht ertragen, die Folge eines Verrats unter dem Herzen zu tragen.

»Mein Gott!«, schluchzte sie endlich. Sie drehte sich um und lief zur Tür.

»Wartet bitte.« Joan wollte sie zurückhalten, doch sie machte sich wütend von ihm frei.

»Lasst mich! Ich habe es geahnt! Ich habe so viel gebetet, dass es nicht stimmt!«

»Aber Ihr liebt mich!«, rief er. Er versuchte, sie zurückzuhalten.

»Jetzt nicht mehr!« Sie riss sich abermals von Joan los, und bevor sie hastig hinausrannte, blickte sie ihm fest in die Augen und setzte hinzu: »Versteht Ihr nicht, dass wir verdammt sind? Ich will Euch nicht wiedersehen!«

Joan blieb allein in dem Arbeitszimmer, das Zeuge ihrer heimlichen Liebesstunden gewesen war. Er konnte gar nicht glauben, was soeben geschehen war. Wie konnte alles so schlimm enden? Einige Minuten zuvor hatte er sich auf ein glückliches Treffen mit seiner Liebsten gefreut, bei dem sie von ihrer Zukunft als Buchhändler reden würden. Nun waren all seine Träume gescheitert, und ihm blieb nur, als Beweis für seinen Misserfolg, ein Ring in der Hand zurück.

Die nächsten Tage waren schlimm. Joan versuchte, mit Anna zu sprechen, doch immer wieder stieß er auf die unüberwindliche Barriere ihrer Eltern. Anna ließ sich nicht einmal im Laden blicken.

Er schrieb ihr und bekannte erneut eindringlich seine verzweifelte Liebe. Er bedauerte den Tod Riccardos und erklärte, er sei in einem ehrlichen Kampf gestorben. Doch er bekam keine Antwort.

Nach einigen Tagen kam er zu dem entmutigenden Schluss, dass Anna gewiss Riccardo mehr geliebt habe als ihn und dass ihn nichts mehr in Neapel zurückhalte. Er wollte seinen Kummer hinter sich lassen, um so früh wie möglich ein neues Leben in Rom zu beginnen. Er schrieb in sein Buch: »Ich werde Euch immer lieben, Anna. Euer Lächeln war mein Morgenlicht, und jetzt lebe ich in der Finsternis.«

108

Ende September reiste Joan mit allen seinen Sachen und einem stattlichen Büchervorrat nach Rom ab. Er versuchte, Anna zu vergessen, dachte an sein neues Leben, während er ungeduldig auf Nachrichten aus Genua wartete. Er bat Antonello, dem befreundeten Buchhändler noch einmal zu schreiben, und dieser erklärte ihm erneut, dass Fabrizio Colombo sehr gewissenhaft sei, und wenn er mit der Antwort auf sich warten lasse, so geschehe es nicht aus Vergesslichkeit, sondern weil er noch nachforsche.

Er schloss sich einer Gesellschaft von Kaufleuten an. Sie folgte einem Weg, auf dem man hoffte, nicht in Kämpfe verwickelt zu werden. Die Gruppe war schwer bewaffnet. Sie gelangten nach Rom, ohne von Räubern belästigt zu werden.

Wie bei seiner vorherigen Reise kehrte Joan im Gasthaus »Zum Stier« ein, das ihm Miquel Corella empfohlen hatte. Es lag am Campo de' Fiori, einer Gegend, wo die mächtige Familie der Orsinis soeben ihre Residenz umgebaut hatte und wo Raffaele Riario, ein Neffe von Papst Sixtus IV., mit dem Bau eines riesigen Palastes begonnen hatte. Der Marmor des Prachtbaus kam aus dem nahen Theater des Pompejus, denn trotz der Bewunderung, die die Römer für das Altertum hegten, bot seine Hinterlassenschaft eine hervorragende Fundgrube für Baumaterialien. Das antike Rom war ein gewaltiger Steinbruch für das der neuen Zeit, das unaufhörlich weiterwuchs.

Was fünfzig Jahre zuvor als eine Wiese in einer Krümmung des Tiber dagelegen hatte, wo Ruinen aus mehr als tausend Jahren von

Gras und Blumen bedeckt wurden, verwandelte sich, seitdem die Päpste aus Avignon nach Rom zurückgekehrt waren, in eines der betriebsamsten Zentren der Stadt. An diesem Ort herrschte lärmende Betriebsamkeit. Hier fanden mehrere Märkte statt, von denen der Pferdemarkt besondere Bedeutung hatte, doch es war auch der Schauplatz von Hinrichtungen oder von Duellen.

Die Stoffplanen der Marktzelte erfüllten den Platz mit Farben. Das gebratene Fleisch und die Exkremente des Viehs gaben ihm einen besonderen Geruch, und die Rufe der ihre Waren anpreisenden Verkäufer vermischten sich mit den Plaudereien, dem Gelächter und den Liedern der ambulanten Musiker. Es gab viele Gasthäuser, und manche, wie das »Zum Stier«, gehörten Vannozza dei Cattanei.

Als Joan zum ersten Mal mit der Frau zusammentraf, widmete sie ihm ein bezauberndes Lächeln.

»Da Ihr von Miquelet Corella kommt, werden wir Euch wie einen Fürsten behandeln«, sagte sie. »Er hat mir erzählt, wie Ihr meinem Sohn Juan in Barcelona geholfen habt, als ihn mehrere Banditen überfallen wollten. Dafür bin ich Euch sehr dankbar.«

»Der Herzog von Gandía ist Euer Sohn?«

Die Frau bestätigte es mit einem lächelnden Kopfnicken. Sie war stolz auf ihren Sprössling. Joan ersparte sich aus Vorsicht die Erklärung, dass die Angreifer keine Banditen gewesen waren und dass Juan Borgia ständig solche Streitigkeiten herausforderte.

Vannozza zeigte ein gesundes, ja sinnliches Aussehen, obwohl sie etwas üppige Formen hatte. Früher war sie gewiss eine Schönheit gewesen, und sie bewahrte ihren Liebreiz mit einem koketten Lächeln und unbedecktem Haar, das sie in einem komplizierten Knoten hochgesteckt hatte. Ihre Kleidung war die einer Dame, und ihre Manieren glichen denen einer Adligen. Sie erkundigte sich, welches Geschäft ihn nach Rom geführt habe.

»Ein Buchhändler! Lesen begeistert mich. Ich werde Euer bester Kunde sein.« Dann setzte sie hinzu: »Ich habe ein paar Häuser im Viertel Borgo, im Trastevere und hier im Campo de' Fiori, die Ihr sehen müsst. Eines könnt Ihr benutzen, um Eure Buchhandlung unterzubringen.«

Sie bestätigte ihre Worte, indem sie ihm ein fürstliches Abendessen auftischte, und das trotz des Mangels, unter dem Rom wegen der Blockade des Hafens Ostia durch die Franzosen litt. Die Mägde servierten ihm eine Brühe mit Gemüse und Kichererbsen, einen geschmorten Stierbraten – die Spezialität des Hauses – und Süßspeisen aus Honig und Mandeln. Zu allem wurde frisch gebackenes Brot aus Weizen und Gerste, dazu ein guter Wein aus Latium gereicht.

Das Essen verbesserte die Stimmung Joans, der von der langen Reise erschöpft war. Die Zurückweisung Annas schmerzte ihn zutiefst, und alles erinnerte ihn an sie. Doch er sagte sich immer wieder, dass er als Erstes seine Mutter und seine Schwester finden musste.

»Es heißt, Vannozza habe zu Ehren unseres Papstes Alexander VI. ihr Gasthaus ›Zum Stier‹ genannt«, vertraute ihm Miquel Corella an, während sie auf dem Ponte Sisto ritten, einer Brücke, die über den wasserreichen Tiber nach Trastevere führte. Sie suchten nach einem Ort, der für die Buchhandlung geeignet wäre. »Das Wappen der Borgias ist ja ein Stier, den Flammen am Rand umgeben, und wahrhaftig, das beschreibt unseren Papst treffend. Er hat einen kräftigen Körper, ist leidenschaftlich und ungestüm, und er hat eine besondere Anziehungskraft.«

Joan erinnerte sich, dass das Gasthausschild tatsächlich einen prächtigen rötlich braunen Stier, allerdings ohne Flammen, zeigte.

»Vannozza ist eine schöne und sehr liebenswürdige Frau«, bekannte Joan. »In ihrer Jugend war sie gewiss atemberaubend. Ich wusste nicht, dass sie die Mutter Juan Borgias ist.«

Miquel Corella lachte laut.

»Du bist gewiss der Einzige in Rom, der das nicht wusste«, sagte er. »Rodrigo de Borgia und sie blieben beinahe zwanzig Jahre lang ein Liebespaar, als er noch Kardinal war. Ihr Verhältnis endete kurz vor seiner Wahl zum Papst. Sie haben zusammen vier Kinder. Du kennst schon Juan und César, die älteren. Die beiden anderen sind Lucrezia und Jofré.«

Joan dachte an Juan Borgia, diesen angeberischen Burschen, der sich betrank, die Leute beschimpfte und Katzen und Hunde auf Barcelonas Straßen mit seinem Degen aufspießte. Das unterschied sich von der ernsten und maßvollen Haltung, die sein jüngerer Bruder César, der Kardinal von Valencia, zeigte, als er ihm von Miquel vorgestellt wurde.

»Vannozza ist die Tochter eines Grafen, und sie lebt schon in ihrer vierten Ehe«, erzählte Miquel lächelnd weiter. »Trotz ihres Verhältnisses mit dem Papst war sie verheiratet.«

»Aber heißt es nicht, dass Geistliche im Zölibat leben müssen?«, unterbrach ihn Joan boshaft.

»Als Junggesellen, meinst du«, schnitt ihm Miquel kurz das Wort ab. Das Lächeln verschwand aus seinem Gesicht. »Denn hier in Rom gibt es wenige, die Macht haben und das Zölibat einhalten. Nur die Armen bekommen keine Frau ab.«

Joan erinnerte sich an den Eremiten in der Sankt-Sebastians-Einsiedelei und an Bruder Antoni, den Subprior. Sie hatten Macht ausgeübt und sie aufgegeben, um Gott besser zu dienen, und sie respektierten das Zölibat. Doch er wollte sich auf keinen Streit mit dem Valencianer einlassen. Er brauchte ihn, und er erkannte, dass der andere jede Kritik am Papst als einen Verrat auffassen würde.

Sie setzten ihren Spaziergang durch die labyrinthischen Gassen Trasteveres fort. Dort gab es viele Werkstätten und Läden, und überall herrschte große Geschäftigkeit. Die aus den Häusern aufsteigenden Speisengerüche, das Aussehen und die Sprache der Leute kamen Joan ganz vertraut vor, und kurze Zeit fühlte er sich wie in Barcelona.

»Es sind Konvertiten und Juden, Flüchtlinge aus Spanien«, erklärte Miquel. »Du weißt ja, der Papst beschützt sie.«

»Nun, hier werde ich meine Buchhandlung einrichten«, sagte Joan. »Die meisten meiner Bücher werden zuerst spanische sein.«

Miquel schüttelte den Kopf.

»Nein«, sagte er. »In ganz Rom gibt es Spanier. Und es ist für dich ratsam, nicht bei den Flüchtlingen, sondern bei den Mächtigen zu sein. Hör auf mich, das Gebiet am Campo de' Fiori erlebt einen Aufschwung. Dort muss sich jemand niederlassen, der zu unseren Leuten gehört.«

Joan fragte sich, was es bedeutete, dass Miquel ihn als einen seiner Leute ansah.

»Wie kommt es, dass es außer den Flüchtlingen so viele Spanier in Rom gibt?«, wollte er wissen, als sie schon zum Campo de' Fiori zurückgingen.

»Diese Stadt wurde immer von mächtigen Familien beherrscht. Eine besondere Rolle spielen darunter die Colonnas und die Orsinis. Sie besitzen befestigte Häuser in Rom und große Ländereien und Burgen vor der Stadt. Vor vierzig Jahren ermordeten sich diese Familien gegenseitig auf den Straßen, und jede versuchte, ihren Kandidaten zum Papst zu machen. Die verängstigten Kardinäle wählten einen neutralen Kardinal, um den Konflikt zu überwinden. Der Kardinal stieg als Kalixt III. auf den Thron. Er war Ausländer, siebenundsiebzig Jahre alt und schwer krank. Man erwartete, dass er nach wenigen Tagen sterben würde. Man wollte Zeit gewinnen. Doch sobald dieser Alonso de Borja ernannt war, gewann er wunderbarerweise seine Gesundheit zurück und umgab sich mit seinen Landsleuten – Valencianern, Aragoniern, Katalanen, Mallorquinern, Sizilianern, Sarden und Neapolitanern. Damals herrschte der König von Aragonien auch in Neapel.

Die Römer nannten sie alle ohne Unterschied *Catalani*, und diese ›Katalanen‹ ermöglichten es dem Papst, sich vom ständigen Druck der Colonnas, Orsinis und einer endlosen Liste von Familien und Sippen zu befreien, die das Papsttum kontrollieren wollten. Ein ausländischer Papst hat es in Rom sehr schwer. Es genügt nicht, gut zu sein. Man muss mächtig sein.

Doch drei Jahre später, als dieser Papst mit dem Tode rang, stürmte der Pöbel auf die Straße und machte Jagd auf uns. Die Colonnas und Orsinis hetzten ihn mit dem Schlachtruf ›Tod den Katalanen‹ auf. Sie brachten so viele um, wie sie konnten, und überfielen unsere Häuser. Viele flohen. Aber andere, wie Rodrigo de Borja, unser jetziger Papst, blieben und trotzten dem Tod.«

»Haben die *Catalani* so viel Böses getan, dass man sie dermaßen hasste?«

Miquel Corella ließ wieder ein gezwungenes Lachen hören und warf Joan einen finsteren Blick zu, der ihn auf den Gedanken brachte, dass er ihn nicht gern als Feind haben wollte.

»Unser Verbrechen bestand darin, dass wir die mächtigen römischen Familien störten, die daran gewöhnt waren, den Papst wie eine Marionette zu lenken. Wie kann ein Papst seinen göttlichen Auftrag erfüllen, wenn ihm ständig ein Degen an der Gurgel sitzt und ihm sagt, was er tun soll? Unser Papst hat eine unabhängige vatikanische Macht eingeführt, die auf militärischer Stärke beruht, das einzige Argument, das diese Leute verstehen.« Der Valencianer ließ ein unheimliches Lachen hören.

»Es ist doch sonderbar, dass sie uns mit solcher Wut angegriffen haben«, meinte Joan.

Miquel hielt an, um den jungen Mann mit einem finsteren und eindringlichen Blick zu durchbohren, der ihn zusammen mit seiner platt gedrückten Nase gefährlich aussehen ließ. Dieser Blick zeigte Entschlossenheit und Wut. Joan sagte sich noch einmal, dass dieser Mann als Gegner gewiss fürchterlich war.

»Nein«, widersprach er. »Das ist nicht nur gegen uns gerichtet. Es geht um eine römische Tradition. Als Pius II. starb, der aus Siena stammte, stürzte der Pöbel auf die Straße und rief: ›Tod den Sienesen!‹ Sie brachten alle um, die sie erwischten. Als Paul II. starb, wurden die Venezianer ausgeplündert und ermordet, und als Sixtus IV. starb, kamen die Genuesen an die Reihe. Ein weiterer römischer Brauch ist es, den Palast des Kardinals, der zum neuen Papst gewählt wurde, zu überfallen und zu plündern. Auf diese Weise bekommen die armen Römer einen Anteil an den Schätzen des Papsttums.«

»Also ist es gefährlich, als Ausländer in Rom zu leben«, folgerte Joan.

»Das ist es, wenn der Papst zu deinem Volk gehört und im Sterben liegt«, bestätigte Miquel. »Aber mach dir keine Sorgen. Unser Papst Borgia erfreut sich ausgezeichneter Gesundheit. Er ist wie ein Stier. Außerdem nennen sie jetzt alle *Catalani*, die von der Iberischen Halbinsel kommen, auch die Kastilier, Basken, Portugiesen und die Italiener aus dem Süden, die dem Papst dienen. Wir sind viel mächtiger als noch unter dem vorherigen Borgia-Papst. Diesmal werden sie es viel schwerer haben.«

Sie setzten ihren Weg fort. Joan dachte schweigend nach.

»Dich erwarten ein paar Jahre des Wohlergehens in Rom«, fuhr Miquel nach einer Weile fort. »Genieße es. Es ist eine schöne Stadt. Sie zieht die besten Künstler der Welt an, und sie versteht es, sich des Lebens zu erfreuen.«

»Aber es kommt der Tag, an dem es hier gefährlich wird«, entgegnete Joan.

Miquel schnaufte.

»Die Stadt ist jeden Tag gefährlich«, sagte er. »An jedem Morgen treiben mehrere Leichen im Tiber, in den man hier den Unrat wirft. Aber wenn unser Papst stirbt, wird das hier zu einer tödlichen Falle für dich und deine Familie. Dann musst du kämpfen. Wenn du nicht wie eine Ratte fliehen willst.«

Diese Sätze beunruhigten Joan, und am Abend schrieb er in sein Buch: »Man wird kämpfen oder fliehen müssen. Miquel Corella wird kämpfen, und ich glaube nicht, dass er eine Fahnenflucht zulässt. Worauf lasse ich mich da ein?«

109

Joan beschloss, seine Buchhandlung in der Nähe des Campo de' Fiori einzurichten, wie es ihm Miquel Corella geraten hatte. In Rom gab es noch keine offiziell gegründete Zunft der Buchhändler, doch diese vereinigten sich in einer religiösen Bruderschaft, die ihren Sitz in der Kirche Santa Barbara alla Regola hatte. Darüber wunderte sich Joan nicht. Im Prinzip war es genauso wie in Barcelona. Als er erfuhr, dass eines der freien Häuser Vannozza dei Cattaneis an einer Ecke des Largo dei Librai lag, der zu dieser Kirche führte, während die Hauptstraße zum nur wenige Schritte entfernten Campo de' Fiori weiterging, wusste er, dass dies der ideale Ort war. Der Largo dei Librai war ein langgestreckter kleiner Platz, der sich verengte und an der Santa-Barbara-Kirche endete. Diese schloss ihn in einer Sackgasse ab. Die Kirche war über dem antiken Theater des Pompejus erbaut. Der Name des Platzes kam daher, dass er der einzige Zugang zur Kirche der Buchhändler war und dass zwei weitere Buchhandlungen dort untergebracht waren. Die von Joan würde die dritte sein. Das machte ihm keine Sorgen, denn es war Tradition, dass sich die Kaufleute ihren Tätigkeitsbereichen entsprechend in bestimmten Straßen zusammenfanden. So wusste der Kunde, der ein Erzeugnis benötigte, in welche Gegend er gehen musste, um in den Genuss eines vielfältigen Angebots zu kommen.

Als er das Grundstück besichtigte, stellte er fest, dass er die Buchhandlung, eine Buchbinderei und nach einigen Umbauten auch eine Druckerei bequem unterbringen konnte. Mühelos konnte er den Vertrag mit Vannozza schließen. Diese nahm erfreut den Kreditbrief an, den ihm Innico d'Avalos ausgestellt hatte.

Joan wollte sich seinen nächsten Konkurrenten vorstellen, bevor er die Buchhandlung eröffnete. Er würde die Kirche der Buchhändler besuchen, und er vertraute darauf, dass sie ihn früher oder später in der Bruderschaft zuließen.

Im Allgemeinen wurde er mit kühler Höflichkeit empfangen,

und er bemerkte, dass in einigen Fällen das Misstrauen über den bloßen Ärger hinausging, einen neuen Konkurrenten zu haben, mit dem man das Geschäft teilen musste. Ein Buchhändler fragte ihn direkt: »Seid Ihr *Catalano*?«

»Ja, das bin ich«, gab er zu. »Und ich werde mich auf spanische Bücher spezialisieren.«

Dies schien den Mann etwas zu beruhigen, und er erklärte: »Ihr werdet ein gutes Geschäft machen. In Rom gibt es viele Landsleute von Euch.«

Joan verstand, dass der Mann »zu viele« meinte, als er »viele« sagte. So gut er Italienisch sprach und so sehr er sich bemühte, der Bruderschaft der Buchhändler beizutreten, war es doch offenkundig, dass er für sie immer einer der *Catalani* sein würde und dass es im Rom der Borgias eine heimliche Bedrohung bedeutete, wenn man als solcher angesehen wurde. Doch er dachte an Miquel Corella und sagte sich, dass die Bedrohung auch in der entgegengesetzten Richtung wirkte.

Als guter Zeichner arbeitete er nach dem Frühstück angestrengt am Haupttisch des Speisesaals im Gasthaus »Zum Stier«. Dieser wurde von der Morgensonne erleuchtet, während Joan die Pläne der Buchhandlung entwarf. Der Laden würde sich zusammen mit der Buchbinderei im Erdgeschoss befinden, und den Hof, der gedeckt werden sollte, hatte er der zukünftigen Druckerei vorbehalten. Der Keller war für das Lager da, der erste Stock für das Esszimmer, die Küche und die Wohnräume, und im letzten Stock, wo es das meiste Licht gab, wollte er ein *Scriptorium* wie jenes einrichten, das die Corrós in Barcelona hatten. Joan weihte Miquel und Vannozza in seinen Plan ein, und sie äußerten sich ebenso begeistert wie der zukünftige Buchhändler.

»Wenn Ihr die Buchhandlung fertig eingerichtet habt, geben wir eine Eröffnungsfeier, und ich lade ein paar Freunde ein, denen Bücher gefallen«, versprach Vannozza.

Joan verzichtete nicht auf sein Vorhaben, Annas Herz wiederzugewinnen. Er verlor nicht die Hoffnung, dass sie und das Baby, das zur Welt kommen würde, den ersten Stock des Hauses bewohnen würden. In seinen Briefen beschrieb er ihr Rom als eine strahlend schöne und prächtige Stadt, und er erklärte ihr, welche Fortschritte er bei der Buchhandlung machte. Er sagte ihr auch, dass er sie mehr denn je liebe und ihr Kind so behandeln wolle, als sei es sein eigenes. Anna antwortete nicht, doch Joan, der zwischen Schmerz und Hoffnung schwankte, schickte ihr beinahe täglich einen Brief. Anfang Oktober endete die strenge Trauerzeit, die sich Anna auferlegt hatte, und er vertraute darauf, dann von ihr Nachricht zu erhalten.

Stattdessen kamen in einem Brief, den Antonello weitergeleitet hatte, die so sehnsüchtig erwarteten Nachrichten von Fabrizio Colombo, dem genuesischen Buchhändler. Der Mann hatte seine Beziehungen in der Banca di San Giorgio spielen lassen und die Bestätigung erhalten, dass alle Unterlagen über die in Bastia getätigten Handelsgeschäfte, einschließlich des Sklavenhandels, sich im Sitz der Bank, einem Gebäude im Hafen von Genua, befanden. Fabrizio tat noch mehr und erreichte, dass man die Bücher der Jahre 1484 und 1485 prüfte. In den Sklavenregistern tauchten keine Katalanen auf. Der Genuese erkundigte sich sogar, ob es möglich sei, dass sich ein Teil der Unterlagen in Bastia befinde, doch das verneinte man ihm gegenüber entschieden. Die Banca di San Giorgio war stolz auf ihre gute Verwaltung, und alle ihre Register befanden sich in Genua. Damit gab sich der hartnäckige Buchhändler nicht zufrieden, sondern ließ Freunde in Bastia nachforschen, um jemanden zu finden, der damals auf dem Sklavenmarkt gearbeitet hatte. Aus jener Zeit war jedoch niemand übrig, manche waren gestorben und andere nach Genua zurückgekehrt.

Das entmutigte Joan. Er war sicher, dass ihm Vilamarí die Wahrheit gesagt hatte, aber von seinen Angehörigen gab es keine Spur. Er hatte nicht nur Anna verloren, sondern nun entschwand auch die Hoffnung, seine Familie jemals wiederzufinden.

»Ich muss alles versuchen, selbst wenn ich keine Hoffnung mehr habe. Ich muss alles Mögliche unternehmen«, notierte er. »Aber Geld ist nur für die Buchhandlung da.« Ängstlich setzte er hinzu: »Ich muss zwischen der Buchhandlung und meiner Familie wählen.«

Doch er wusste ohnehin nicht, wo und wie er sie suchen sollte. Die einzige Möglichkeit war, nach Genua zu fahren und herauszufinden, ob der gewissenhafte Buchhändler irgendetwas übersehen hatte. Das war kaum anzunehmen. Er beschloss, sich auf die Buchhandlung zu konzentrieren und seine Reise so lange aufzuschieben, bis er das nötige Geld dazu hätte.

Einige Tage später stellte ihm Miquel Corella zwei Florentiner vor: die Vettern Giorgio di Stefano und Niccolò dei Machiavelli. Giorgio war fünfundvierzig und Niccolò sechsundzwanzig Jahre alt, drei Jahre älter als Joan. Giorgio war Buchhändler und Drucker. Niccolò hatte in der Verwaltung von Florenz gearbeitet.

»Sie sind Emigranten, die vor dem Regime Savonarolas geflohen sind«, erklärte Miquel.

»Ich habe gehört, dass er ein religiöser Fanatiker ist, der die Republik in Schrecken versetzt«, sagte Joan.

»Richtig«, antwortete Niccolò. »Girolamo Savonarola ist ein Dominikanermönch, ein großer Redner, der das Volk mit der Drohung von Katastrophen und Höllenstrafen einschüchtert.«

»Eine seiner Prophezeiungen lautete, dass die Franzosen Florenz besiegen würden und dass der französische König ein Abgesandter des Himmels sei, um die verkommenen Geistlichen zur Ordnung zu rufen«, erklärte Giorgio weiter. »Er verkündet laut, unser Papst Alexander VI. sei ›der schändlichste der ganzen Geschichte, der die meisten Sünden begangen hat, die Wiedergeburt des leibhaftigen Teufels‹.«

»Über die vorherigen Päpste hat er das Gleiche gesagt«, griff Miquel ein, um seinen Herrn zu verteidigen. »Das ist einer der Gründe, warum wir diese Herren und andere aufnehmen, die sich ihm widersetzen.«

»Als Florenz gefallen war, hat ein von Savonarola geführter Aufruhr die Medicis vertrieben«, sagte Niccolò. »Dann hat er zusammen mit seinen fanatischen Büßern, den ›Weinenden‹, die Herrschaft in Florenz übernommen.«

»Weinende?«, fragte Joan nach.

»Wir nennen sie so, weil sie sich mit Bußgürteln peinigen, sich auspeitschen, durch die Straßen laufen und über die Sünden der Menschheit klagen, und beim Essen und Trinken sind sie völlig genügsam.«

»Sie haben das schöne Florenz in eine wahre Hölle auf Erden verwandelt«, setzte Giorgio hinzu. »Die Polizei der Weinenden verbietet die Feste des Karnevals und verfolgt erbittert alle Arten von Spielen, sowohl die mit Karten als auch mit Würfeln, sogar Schach. Ungesetzlich sind außerdem alkoholische Getränke, Schönheitsmittel, Spiegel, Parfüms, Einsteckkämme und jede gefällige Frauen- oder Männerkleidung. Man durchsucht die Häuser, und all diese Gegenstände werden beschlagnahmt. Savonarola ordnet an, sie unter Gebeten und Gesängen auf der Piazza della Signoria zu verbrennen, mitten in der Stadt, auf dem ›Scheiterhaufen der Eitelkeiten‹, wie er es nennt.«

»Wenn sie nur Gegenstände verbrennen …«, sagte Joan und dachte dabei an die Inquisition in Spanien.

»Nein. Sie verbrennen nicht nur Gegenstände«, unterbrach ihn Niccolò. »Homosexuelle werden brutal verfolgt und gejagt. Savonarola ist ständig hinter ihnen her, überall sieht er welche. Sie werden verurteilt und gehängt, und man wirft ihre Leichen auf den Scheiterhaufen. Dies ist auch das Schicksal derjenigen, die es wagen, sich dem Mönch entgegenzustellen.«

Joan schüttelte fassungslos den Kopf.

»Aber glaubt nicht, dass sich die Verfolgung auf die Homosexuellen beschränkt«, erzählte Giorgio weiter. »Jedes Buch über sexuelle Themen, sogar Kunstwerke, Gemälde oder Skulpturen, die

Akte oder wenig verhüllte Gestalten zeigen, werden als sündhaft verdammt und wandern auf den Scheiterhaufen. Savonarolas Regime fördert das Spitzelunwesen und Denunziationen unter den Bürgern. Du kannst deinem Nachbarn nicht trauen.«

»Das ist ja noch schlimmer als die Inquisition!«, rief Joan entsetzt. »Und was ist mit den Buchhändlern?«

»Nichts, wenn sie sich darauf beschränken, Bücher mit leeren Seiten oder religiöse, von Savonarola genehmigte Schriften zu verkaufen«, sagte Niccolò.

»Und andernfalls?«

»Wird man verfolgt, eingesperrt und sogar hingerichtet«, antwortete Giorgio. »Die Bücher der griechischen und römischen Klassiker werden als heidnisch angesehen und wandern auf den Scheiterhaufen. Das gleiche Schicksal erleiden die Werke hervorragender Schriftsteller wie zum Beispiel Petrarca, Boccaccio und Dante.«

»Was?«, rief Joan halb empört und halb ungläubig. »Ich kann verstehen, dass ein solcher Fanatiker Boccaccio verbietet. Aber Dante?«

»Ja, auch Dante Alighieri«, bestätigte der Florentiner. »Die Buchhändler sind verpflichtet, diese Bücher abzuliefern, und man fordert die Bürger auf, freiwillig mit denen, die sie zu Hause haben, auf der Piazza della Signoria zu erscheinen. Dort sollen sie diese auf den ›Scheiterhaufen der Eitelkeiten‹ werfen. Die Leute gehorchen aus Angst, dass ihre Nachbarn sie anzeigen.«

»Und keiner tut etwas?«

»Die Franziskaner wollten ihm entgegentreten, indem sie Liebe und Toleranz predigten, aber sie wurden zum Schweigen gebracht«, erklärte Niccolò. »Wir schlossen uns einer Gruppe an, die ›die Empörten‹ genannt wurde und die sich energisch gegen die Ausschreitungen dieser Wahnsinnigen wehrte. Könnt Ihr Euch Florenz unter einem derartigen Joch vorstellen?« Joan schüttelte den Kopf.

»Unser Aufruhr führte zu blutigen Straßenkämpfen«, berichtete Giorgio weiter. »Aber wir wurden von den Weinenden besiegt, und viele unserer Leute starben oder wurden hingerichtet. Wir Übrigen mussten emigrieren, und recht viele von uns sind nach Rom gekommen.«

Die Schilderung der Florentiner beeindruckte Joan tief. Sie erinnerte ihn an den heimlichen Kampf der Corrós für die freie Wahl des Lesestoffes und an ihr tragisches Ende. Als er nachts im Bett lag und die Augen schloss, erblickte er ihre Gesichter und die Flammen des Scheiterhaufens, und er roch das verbrannte Fleisch. Er verstand, dass auch er ein »Empörter« war.

Er unterhielt sich mit Miquel, und der Valencianer sagte ihm, beide Emigranten hätten in Rom nichts, um ihren Lebensunterhalt zu verdienen. Eine würdige Arbeit wie die in der Buchhandlung würde ihre Lage erleichtern. Ein paar Tage später kamen die vier wieder zusammen.

»Giorgio, ich fühle mich als einer der Euren«, sagte Joan zu dem Älteren. »Es wäre mir eine Ehre, wenn Ihr zustimmt, in meiner Buchhandlung mitzuarbeiten. Eure Erfahrung kann uns wertvolle Hilfe leisten.«

»Ich nehme herzlich gern an«, antwortete der Florentiner nach einer kurzen Pause.

»Ich lade auch Euch ein, Niccolò. Don Miquel hat mir von Eurer Bildung und Eurem Geschick erzählt, und ich bin sicher, dass Ihr mir eine große Hilfe sein werdet, selbst wenn Ihr keine Erfahrung als Buchhändler habt.«

»Dafür danke ich Euch sehr«, sagte der junge Mann und verbeugte sich.

Miquel Corella lächelte zufrieden, als er sah, wie gut sich Joan mit den Florentinern verstand. Sie waren wichtige Vertreter des Widerstands gegen Savonarola, und es gehörte zur Politik Alexanders VI., sie zu unterstützen.

»Stellt mir weitere ›Empörte‹ vor, die Ihr hier in Rom kennt und die in Buchhandlungen, Buchbindereien oder Druckereien in Florenz gearbeitet haben«, betonte Joan weiter. »Ich werde so vielen, wie ich kann, Arbeit geben.« Er setzte hinzu, wobei er Miquel Corella anblickte: »Sobald wir es erreicht haben, dass die Buchhandlung und ihre Buchbinderei funktionieren, will ich die Druckerei einrichten.«

»Gehst du nicht zu schnell vor?«, fragte Miquel, denn er wusste, dass so etwas ein langfristiger Plan war.

»Wir dürfen keine Zeit verlieren«, antwortete Joan, während er die drei anblickte. »Für jedes Buch, das Savonarola verbrennt, will ich zehn drucken. Kann ich auf Eure Hilfe rechnen, meine Herren?«

Er erhielt ein begeistertes Nicken.

110

Giorgio und Niccolò schlossen sich Joans Unternehmen begeistert an. Dieser bereute es nicht, dass er die Florentiner eingestellt hatte. Für Joan war die Buchhandlung nicht nur die Verwirklichung seines Jugendtraums. Sie war seine Rache gegen all jene, die das Wissen und die Bücher verfolgten, ganz gleich, ob es sich um die Inquisition in Spanien oder um Savonarolas »Weinende« in Florenz handelte.

Er schrieb: »Im Namen der Freiheit und der Fackel des Wissens und gegen alle Inquisitionen werden wir erreichen, dass die Bücher überleben.«

Joans Traum sollte sich schon bald erfüllen. Doch er hatte Anna verloren. Und seine Mutter und seine Schwester lebten weiter als Sklavinnen an einem unbekannten Ort. Immer, wenn er die Azcona ansah, erinnerte er sich an das Versprechen, das er seinem Vater gegeben hatte. Er hatte das nötige Geld, um seine Suche zu beginnen, doch es gehörte nicht ihm, es war ein Darlehen für die Buchhandlung. Er konnte kaum schlafen. Dieses Dilemma peinigte ihn.

»Entweder meine Familie oder die Buchhandlung«, schrieb er in sein Buch. Vielleicht würde er in einem Jahr Gewinne eingenommen haben, mit denen er seine Suche beginnen könnte, ohne das Vertrauen seiner Freunde zu missbrauchen.

Schließlich beschloss er, Miquel Corella einzuweihen.

»Fahr sofort nach Genua«, sagte Miquel. »Im November sind Schiffsreisen gefährlich. Außerdem ist jetzt die politische Lage günstig. Wer weiß, was in ein paar Monaten geschieht und ob auf diesen Krieg noch einer folgt. Wenn du die Gelegenheit verpasst, musst du vielleicht Jahre warten, bevor du losfahren kannst. Mach dich auf den Weg, selbst wenn du die Frauen nicht findest. Sonst gibt dir dein Gewissen keine Ruhe. Die Familie kommt an erster Stelle.«

»Das wünsche ich mir von ganzem Herzen, aber mein Geld reicht nur für die Buchhandlung«, antwortete Joan. »Ich komme in Versuchung, es zu nehmen und unser Projekt zu ruinieren, selbst wenn es sehr unwahrscheinlich ist, dass ich sie entdecke.«

»Mach dir keine Sorgen wegen des Geldes«, antwortete der Valencianer. »Ich leihe es dir.«

Joan traten Tränen in die Augen. Er wusste nicht, wie er Miquel danken sollte. Er umarmte ihn.

Dann schickte er Gabriel einen Brief und teilte ihm mit, dass er zwar wenig Hoffnung habe, ihre Mutter und Schwester zu finden, aber in Genua versuchen werde, ihren Aufenthaltsort zu ermitteln. Er würde es sich nie verzeihen, wenn er es nicht versuchte. Er werde in wenigen Tagen abfahren.

Niccolò erbot sich, ihn zu begleiten, und das nahm Joan sehr gern an. Mit der Zeit waren sie gute Freunde geworden. Der Florentiner war ein hellsichtiger Beobachter und ein guter Geschäftsmann, und mit seinen geistreichen Kommentaren brachte er ihn stets zum Lachen. Er hatte kurzes Haar und rasierte sich immer sorgfältig. Seine feinen Gesichtszüge zeigten ein ironisches Lächeln und einen scharfsinnigen Blick. Er hatte nicht nur eine Ausbildung als Diplomat, sondern auch als Militär. Er führte geschickt den Degen, und Joan dachte, dass er ihm auf dieser unsicheren

Reise, bei der er eine große Geldsumme bei sich haben würde, sehr nützlich sein konnte.

Er überließ Giorgio die Umbauten in dem Haus an der Ecke des Largo dei Librai, und dieser sollte Miquel Corella über alles berichten. Seine Reise würde die Eröffnung der Buchhandlung sicherlich etwas verzögern. Aber darauf kam es ihm nicht an.

Vom Bug ihres Schiffes aus sahen Joan und Niccolò, wie Genua vor ihnen auftauchte, von dessen Hafen es hieß, er sei der beste Italiens. Er lag in einer Bucht und bildete einen großen Halbkreis, den eine kleine Halbinsel im Süden beinahe vollständig abschloss. Auf der Halbinsel ragte ein mächtiger Turm empor, der die Einfahrt beschützte, und am anderen Ende erhob sich ein weiterer, noch höherer und stärkerer Turm, der als Wehr- und Leuchtturm diente.

Der Hafen hatte vier große Molen, hinter denen sich eine wohlhabende Stadt zusammendrängte. Sie war von dicken Mauern umgeben und stieg die Berge hinauf. Joan hatte nie einen so großen und so gutgeschützten Hafen gesehen.

Ein Matrose deutete auf ein großes Gebäude, das am Ende der Mole lag. Das war der Sitz der Banca di San Giorgio. Der junge Mann bekreuzigte sich und betete, dass ein Wunder geschehen sollte und er dort, wo der Buchhändler gescheitert war, eine Spur fand.

Sobald das Schiff angelegt hatte, sprangen Joan und Niccolò an Land und schlossen sich der Menge an, die aus Kaufleuten, Sklaven und Waren befördernden Trägern bestand. Die Stadt roch nach Meer und Bratfisch. Sie folgten den Hinweisen eines Seemanns, ließen den Palazzo San Giorgio rechts liegen und liefen auf der belebten Via di San Lorenzo weiter, an der es viele unterschiedliche Handwerkerläden gab. Nachdem sie an der schönen, aus weißen Steinen errichteten Kathedrale vorbeigekommen waren, gelangten sie in die Gegend der Porta Soprana, eines monumentalen Stadttors, das sich zwischen zwei hohen und formvollendeten, in die

Mauern Genuas eingebauten Türmen öffnete. Dort konnte er mühelos die Buchhandlung Fabrizio Colombos finden, dem Joan einen Brief Antonellos mitbrachte, in dem dieser ihn vorstellte.

Der Buchhändler war ungefähr sechzig Jahre alt, hatte graues Haar und eine Brille. Seine Buchhandlung wirkte viel älter als die Antonellos. Sehr wahrscheinlich hatte er sie geerbt. Joan dankte ihm von ganzem Herzen für das Interesse, das er bei der Suche gezeigt hatte, und er erklärte ihm, er könne sein Gewissen nicht beruhigen, wenn er nicht persönlich Nachforschungen anstelle.

Der Buchhändler war herzlich und verständnisvoll. Am nächsten Tag begleitete er sie zur Banca di San Giorgio. Dort fragte er nach dem Beamten, der das Archiv der in Bastia eingenommenen Steuern beaufsichtigte. Nach einer längeren Wartezeit musste Joan einige Dukaten einsetzen, um den Mann zu überzeugen, dass er die inzwischen elf Jahre alten Aktenbündel noch einmal öffnete. Als der Beamte mit der Summe zufrieden war, legte er die Rechnungsbücher und mehrere Pergamentumschläge auf einen großen Tisch.

In den Registern des Sklavenhandels entdeckten sie, dass in der ersten Jahrhunderthälfte außer den Muslimen die orientalischen Sklaven überwogen, wozu auch orthodoxe Griechen gehörten, in den letzten Jahren überwogen jedoch farbige Sklaven aus Nordafrika und Türken. Es gab auch Sarden und Korsen, die man bei den Aufständen auf beiden Inseln gefangen genommen hatte. In den Registern wurde die Religion der Sarden und Korsen nicht erwähnt, doch sie waren Katholiken, und die Zivil- und Kirchenbehörden übergingen diese Tatsache.

Außerdem gab es Sklaven, die aus den Ländern der Krone Aragoniens stammten – Kriegsgefangene, die ihr Lösegeld nicht bezahlen konnten. So etwas war allerdings in den letzten Jahren nicht mehr vorgekommen. Doch von Joans Familie gab es keine Spur.

»Es gibt keine Katalanen in den Registern der Jahre 1484 und 1485«, bestätigte Fabrizio am Tagesende. »Weitermachen ist zwecklos.«

Joan war niedergeschlagen. So viele Jahre hatte er auf den Moment gewartet, in dem er die Suche nach seiner Familie beginnen konnte, und nun stieß er auf eine unüberwindliche Mauer.

In der ganzen Nacht konnte Joan kaum ein Auge zutun und dachte über seinen Misserfolg nach. Er konnte nicht glauben, dass ihn Admiral Vilamarí belogen hatte, als er sagte, wo er die Gefangenen aus Llafranc verkauft hatte. Er konnte sich unmöglich geirrt haben. Gab es Geschäfte in Bastia, die die Buchführung der Bank nicht berücksichtigte? Vielleicht musste er nach Korsika fahren und jemanden suchen, der sich an einen elf Jahre zurückliegenden Sklavenverkauf erinnerte. Doch der gewissenhafte Fabrizio hatte sich schon erfolglos darum bemüht.

Immer wieder grübelte er über diese Fragen nach, und manchmal betete er auch. In anderen Momenten übermannte ihn ein leichter Schlaf, aus dem er erschrocken hochfuhr. Wo mochten sie sein? Wie konnte er jemanden entdecken, der imstande war, ihn über ihren Aufenthaltsort aufzuklären? Am Morgen war er erschöpft, doch er hatte einen Entschluss gefasst. Er hatte nicht elf Jahre gewartet, um so schnell aufzugeben.

111

Joan und Niccolò standen schon am Eingang der Banca di San Giorgio, als diese am nächsten Morgen ihre Türen öffnete. Sie wandten sich direkt an den Beamten des vergangenen Tages, und für einen weiteren Dukaten erhielten sie die Genehmigung, ihre Suche fortzusetzen.

»Gestern habt Ihr alles überprüft«, sagte er und steckte die Münze ein. »Es gibt keine weiteren Bücher und Aktenbündel.«

»Es muss etwas geben, was uns entgangen ist«, widersprach Joan. »Sagt mir: Wurden manche Geschäfte nicht in den Registern eingetragen?«

Der Mann starrte ihn an, als hätte Joan ihn soeben zutiefst beleidigt.

»Keinesfalls!«, entgegnete er empört. »Was glaubt Ihr, mit wem Ihr es hier zu tun habt? Das hier ist die Banca di San Giorgio!«

Wieder suchten sie in Büchern und Aktenbündeln. Doch als Joan nach mehreren Stunden alles noch einmal überdachte, sah er ein, dass sie die gleichen Routinearbeiten wiederholten, ohne etwas Neues herauszubekommen. Für das Jahr des Überfalls und im nächsten gab es keine Register mit katalanischen Sklaven, ebenso wenig für die unmittelbar vorhergehenden und nachfolgenden Jahre. Er stützte die Ellbogen auf den Tisch und verbarg verzweifelt das Gesicht in den Händen. Er war erschöpft und versank in einen sonderbaren Traum. »Sarden!«, sagte ihm eine Stimme. Er fuhr aus dem Dämmerzustand hoch.

»Sarden!«, rief er. »Sklaven aus Sardinien!«

Niccolò blickte ihn überrascht an.

»Warum ist mir das nicht eingefallen!«, rief Joan und schlug sich an die Stirn. »So zynisch Admiral Vilamarí sein mag, niemals würde er Register zulassen, in denen stünde, dass er seine eigenen Landsleute versklavt hatte! Sie werden gewiss als sardische oder sogar vielleicht korsische Rebellen aufgeführt.«

Tatsächlich entdeckten sie für die betreffenden Jahre eine lange Liste sardischer Sklaven. Joan sagte sich, wenn alle bei Vilamarís Überfällen gefangen wurden, hatte er sicher zahlreiche Ortschaften überwältigt. Es wurden keine Familiennamen verzeichnet, doch sie fanden unter den Ende 1484 registrierten Frauen mehrere Marías und Eulas, was sicherlich für Eulalia stand, indes auch zwei Elisas, was durchaus Elisenda sein könnte, und eine Marta. Vielleicht waren sie es! Die Register gaben an, dass drei Marías, zwei Eulas sowie eine Elisa, Clara und Marta, die sardische Sklavinnen waren und deren Alter mit dem der von ihnen gesuchten Frauen übereinstimmte, Ende 1484 einem gewissen Simone, einem Händler der Stadt Genua, verkauft wurden. Joan spürte vor Erregung einen Kloß im Hals.

»Niccolò, ich glaube, die Frauen gehörten zu dieser Gruppe!«, rief er mit schwacher Stimme.

Er erfuhr, dass dieser Simone sein Geschäft nahe bei der Porta dei Vacca hatte. Es hieß, er nutze die als Stadtgefängnis eingerichteten Türme neben dem Stadttor, um die Sklaven einzusperren, bei denen größere Fluchtgefahr bestand, wofür er den Wärtern ein paar Münzen gab. Bevor Joan dorthin ging, besuchte er seinen Freund Fabrizio und unterrichtete ihn.

»Das freut mich sehr. Eine solche Möglichkeit war mir gar nicht eingefallen«, sagte der Genuese. »Das einzige Schlechte ist Simone.«

»Was ist mit ihm?«

»Ich bin gegen die Sklaverei. Trotzdem kann ich Unterschiede zwischen den Sklavenhändlern machen. Es gibt schlimmere und bessere.«

»Das heißt?«

»Simone ist der Sklavenhalter mit dem schlechtesten Ruf in ganz Ligurien«, erklärte er. »Zu meinem Bedauern muss ich sagen, dass er die Menschen schlimmer als Tiere behandelt. Er ist widerwärtig und aggressiv. Benehmt Euch vorsichtig. Es würde mich nicht wundern, wenn er sich weigert, Euch zu unterrichten.«

»Noch habe ich Geld übrig«, murmelte Joan. Aber seine Hand wanderte instinktiv zum Degengriff, nicht zur Börse.

Die Porta dei Vacca befand sich am anderen Ende der Stadt, im Nordwesten. Sie war ebenso eindrucksvoll wie die Porta Soprana. Zwei sehr hohe Zinnentürme aus Stein erhoben sich an den Enden eines gewaltigen gotischen Bogens, der in den Mauern den Stadteingang bildete. Joan musste nicht nach Simone fragen, denn in der Via del Campo, die zur Porta dei Vacca führte, befand sich ein Schild, das auf sein Geschäft hinwies. An dessen Eingang standen an jeder Seite vier Dunkelhäutige, die Metallringe an den Fußknöcheln hatten und damit an die Wand gekettet waren. Ein ungefähr fünfzigjähriger kräftiger, dicker und glatzköpfiger Mann saß auf einer kleinen Bank neben der Tür und verprügelte, ohne aufzustehen, einen der Sklaven, der sich niedergekauert hatte.

»Steh auf, du Kohlebrocken!«, fuhr er ihn an. »Die Herrschaften hier sollen sehen, dass Simones Sklaven stark sind.«

Als er merkte, dass Joan und Niccolò in den Laden hineinsahen, sagte er: »Ich habe die besten Sklaven in ganz Ligurien. Sucht Ihr ein Männchen oder ein Weibchen?«

»Ich suche eine Frau«, antwortete Joan. »Und ich will eine Weiße.«

»Und Ihr wollt auch, dass sie jung und schön ist, nicht wahr?«, fragte der Mann lachend und machte eine unzüchtige Geste. Dann zwinkerte er ihm zu.

»Tatsächlich«, stimmte Joan zu. »Seid Ihr Simone?«

»Ja, das bin ich«, bestätigte der Mann. »Und ich sage Euch, dass Ihr Euch mit etwas anderem begnügen müsst, weil ich jetzt keine weißen Frauen habe.«

»Nun, dann eine, die Ihr verkauft habt und deren Herr bereit ist, auf sie zu verzichten«, drängte Joan.

»Das ist nicht mein Geschäft«, unterbrach ihn Simone in unangenehmem Ton. »Verschwendet nicht meine Zeit, wenn Ihr nicht kaufen wollt. Erkundigt Euch hier in der Gegend, und wenn Ihr es eilig habt: Im Hafen gibt es billige Huren.« Er spuckte vor Joans Füße.

Simone erinnerte Joan an Felip, und er verspürte das Verlangen, ihm eine grobe Antwort zu geben. Doch er beherrschte sich mühsam. Er durfte sich diesen Mann nicht zum Feind machen. Er holte einen Golddukaten aus der Tasche und ließ ihn vor den Augen des anderen glänzen.

»Wenn ich die Sklavin finde, die ich suche, wird das Euch gehören. Ich will eine weiße Sklavin, und sie soll keine Türkin oder Maurin sein.«

»Jetzt redet Ihr wirklich meine Sprache«, sagte der Mann lächelnd und starrte die Münze begierig an. »Ich verstehe Euch vollkommen. Ihr wollt eine weiße Christin, die gutaussieht.«

Joan nickte zustimmend.

»In letzter Zeit sind keine weißen Sklavinnen eingetroffen«, teilte Simone mit. »Die Leute, die uns gewöhnlich mit diesem Vieh beliefern, haben zu viel im Krieg zu tun. Das muss Material von vor einigen Jahren sein. Außerdem, warum wollt Ihr eine Christin? Es geht doch wohl nicht darum, zusammen zur Jungfrau Maria zu beten, nicht wahr?« Und er lachte laut.

Joan durchschaute, dass der Mann zwar eine raue Jovialität zeigte, aber ihn misstrauisch musterte und Berechnungen anstellte. Wenn er die richtige Antwort bekommen wollte, so erkannte er, blieb ihm nichts anderes übrig, als seine Karten aufzudecken. Dieser Kerl witterte, dass er etwas ganz Konkretes suchte, und er hatte das Gold glänzen sehen. Die Auskunft würde ihn viel kosten. Doch darauf kam es ihm nicht an, wenn sie stimmte.

»Ich suche eine Gruppe von Gefangenen, die Ihr vor elf Jahren in Bastia gekauft habt«, sagte er schließlich. »Die meisten waren Frauen. Man hat sie Euch als Sardinnen verkauft, aber sie waren Katalaninnen.«

»Ach! Katalaninnen!«, rief der Kerl und blickte finster. Er schien nachzudenken.

Joans Herz klopfte. Dieser Mann war ihm sehr unangenehm, doch er war seine letzte Hoffnung. Joan hielt den Atem an und betete, dass er sich erinnerte. Nach einer Weile rief Simone ins Innere des Ladens: »Andrea! Komm her!« Sein Gesicht bekam ein verschlagenes Lächeln.

Nach seinem zweiten Rufen hörten sie, wie jemand von drinnen antwortete. Kurz darauf erschien ein Bursche, der noch keine dreißig war und ebenfalls einen gewaltigen und plumpen Körper hatte. Er trug Dolch und Degen am Gürtel. Joan fragte sich, ob er Simones Sohn war.

»Erinnerst du dich an eine Gruppe Katalaninnen, die wir vor elf Jahren in Bastia gekauft haben?«, fragte er lächelnd. »Waren es nicht die, mit denen du es das erste Mal getrieben hast?«

Der andere nickte selbstzufrieden, und Joans Herz krampfte sich zusammen. Endlich eine zuverlässige Spur! Doch als er begriff, worüber sie sprachen, musste er seinen Zorn beherrschen.

»Ich war nicht der Einzige. Ihr Übrigen hattet auch Euren Spaß«, sagte der Jüngere.

Simone seufzte und lächelte glücklich.

»Was für Zeiten das waren!«, sagte er. »Damals gab es wirklich schöne Frauen.«

»Wohin habt Ihr sie verkauft?«, wollte Joan wissen, während er versuchte, seinen Zorn zu verbergen.

Der Sklavenhändler blickte ihn an, als hätte er seine Anwesenheit ganz vergessen.

»Ihr seid Katalane, nicht wahr?«, fragte er ihn geradeheraus.

»Ja.«

»Und Ihr sucht nicht irgendeine katalanische Sklavin, stimmt's?«

Joan nickte.

»Nun ja, wenn Ihr also wissen wollt, was wir mit ihnen getan haben, gebt Ihr mir zehn Golddukaten«, sagte Simone in entschiedenem Ton. »Und wenn Ihr sie nicht findet, behalte ich das Geld, selbst wenn sie tot sind.«

Dieser Preis war für eine bloße Information maßlos hoch. Der Kerl blickte ihn herausfordernd an. Joan wusste, dass er ihm ausgeliefert war, obwohl er ihn anwiderte. Er begriff, dass er feilschen musste, denn sonst würde dieser Mann noch mehr Geld verlangen.

»Entweder zehn Dukaten, oder es gibt nichts«, unterbrach Simone seine Gedanken. »Wenn es Euch nicht gefällt, könnt Ihr gleich dorthin zurück, wo Ihr hergekommen seid.« Wieder spuckte er mit geringschätziger Geste vor Joans Füße.

Joan versuchte noch einmal, den Preis herunterzuhandeln, bevor er einlenkte.

»Ich gebe Euch das Geld, sobald Ihr mir die Auskunft gegeben habt«, sagte er schließlich und zeigte es ihm.

»Ich will es vorher haben.«

Sie verhandelten, bis sie vereinbarten, dass ihm Joan fünf Dukaten geben würde, bevor er redete, und fünf danach.

»Wir haben sie nacheinander an der Ostküste Liguriens verkauft«, erklärte er. »Weit weg, in der Gegend von Cinque Terre und

La Spezia. Der Bischof von Genua sieht nicht gern altchristliche Sklaven in der Stadt, und wir haben sie von Bastia direkt dorthin gebracht. Die Gegend hatte kurz zuvor unter einer Pestepidemie gelitten. Sie brauchten Leute, und wir haben ihnen einen guten Preis gemacht.«

»In welchen Ortschaften?«

»In vielen«, antwortete er angriffslustig. »Wie soll ich mich daran erinnern? Ich habe keine Tintenkleckser wie die Banca di San Giorgio, und ich hebe keine Register auf.«

Joan drückte ihm die restlichen fünf Dukaten in die Hand: »Besser für Euch, wenn Ihr die Wahrheit gesagt habt.«

»Und was ist, wenn ich sie nicht gesagt habe?«, wehrte ihn Simone ab. »Hier habe ich vier bewaffnete Männer, und die Wächter der Torre dei Vacca sind meine Freunde. Was würdet Ihr tun, Scheiß-*Catalano*?«

»Beherrscht Euch.« Niccolò sprang nach vorn und legte die Hand an den Degengriff. »Wagt es nicht, meinen Herrn zu beleidigen.«

Simone hatte ihn während des Gesprächs neugierig beobachtet, und als er redete, erkannte er dessen toskanischen Akzent.

»Haltet den Mund, Ihr florentinischer Arschlecker der *Catalani*«, schrie er ihn an. »Und verschwindet alle beide auf der Stelle.«

Weitere drei Bewaffnete kamen aus dem Laden und warfen ihnen herausfordernde Blicke zu. ›Fünf Raufbolde der schlimmsten Sorte‹, dachte Joan. Er nahm Niccolò am Arm und zog ihn fort.

»Gehen wir«, sagte er. »Ich habe schon, was ich gesucht habe.«

Als sie gingen, klimperte der Sklavenhändler mit den Goldmünzen und lachte.

112

Joan mietete ein Fischerboot, das an der Küste entlangfahren und sie nach La Spezia bringen sollte. Es müsste bei jedem bewohnten Ort halten, angefangen mit Levanto, der vor den Cinque Terre liegenden Ortschaft. Er hatte sich den Kennerblick für Boote bewahrt und suchte eines mit leichtem Rumpf, vier Ruderplätzen und einem guten Segel aus. Zur Mannschaft gehörten ein altgedienter Bootsführer und sein Sohn, ein ungefähr zehnjähriger Junge mit sonnenverbrannter Haut, der Joan an seine eigene Kindheit erinnerte.

Fröhlich und hoffnungsvoll ließen sie sich das Abendessen schmecken. Joan, den die schlaflosen Nächte und der anstrengende Tag erschöpft hatten, sank ins Bett und schlief fest durch, bis ihn Niccolò kurz vor dem Morgengrauen weckte.

Beim ersten Tageslicht gingen sie an Bord. Sie segelten schon nach Südwesten, als die rötlich goldene Sonne über dem Meer aufstieg. Joan freundete sich sofort mit dem Bootsführer Bernardo und auch mit seinem Sohn Gianni an. Wehmütig betrachtete er Bernardo und erinnerte sich an seinen Vater.

»Das Ligurische Meer schließt in einem Bogen ab, an dessen Nordende sich die Stadt Genua befindet«, erklärte Bernardo. »Das Gebiet von Cinque Terre liegt östlich des Golfes von Genua. Es hat diesen Namen erhalten, weil es sich um fünf unabhängige Orte am Ufer des Mittelmeers handelt, zu denen man eigentlich nur vom Meer her einen direkten Zugang hat. Das Landesinnere ist sehr gebirgig und steil, und die Pfade, die einen Ort mit dem nächsten verbinden, verlaufen zwischen Bergkämmen und Felswänden, die so steil sind, dass man eine Ziege sein muss, um auf ihnen zu laufen.«

Die ligurische Küste war sehr zerklüftet, und außer einigen langgestreckten Strandabschnitten sah das Übrige so aus, als bestehe es aus ins Meer stürzenden Bergen mit großen Felsklippen und einigen Buchten, an denen kleine Ortschaften auftauchten. Das erinnerte Joan an die Küste seiner Heimat.

Kurz vor der Abenddämmerung kamen sie nach Levanto, einem mit einer Mauer umgebenen und von einem hohen Kirchturm überragten Ort am Ende eines mit Pinien und Ölbäumen bestandenen Tals, das sich zu einem breiten Strand öffnete. Sie zogen das Boot an Land, und von Bernardo geführt, gingen sie in den Ort. Dort erkundigten sie sich nach christlichen Sklavinnen, die María, Eula, Marta, Elisa, Eulalia oder Elisenda genannt wurden. Man sagte ihnen, im Dorf lebten nur zwei sarazenische Sklaven, und man wisse nicht, ob es welche im nächsten Ort gebe. Sie übernachteten am Strand, und am Morgen setzten sie die Fahrt fort. Nach einer Weile erblickten sie ein steiles Vorgebirge, das ins Meer hineinragte.

»Hinter diesem Berg liegt Monterosso, der erste Ort der Cinque Terre«, sagte Bernardo.

Die Landschaft war noch schroffer geworden. Die Wellen schlugen an sehr hoch aufragende Klippen. Sobald sie um das Kap gefahren waren, öffneten sich vor ihnen zwei sandige Buchten. An der zweiten lag Monterosso, das sich auf einem befestigten Hügel erhob. Sie zogen das Boot an Land, weil sie sich umhören wollten.

»Hier haben wir keine Sklaven«, sagte ein alter Seemann, den Bernardo kannte. »Aber es gab tatsächlich eine weiße Frau.«

»Es gab?«, fragte Joan nach. »Was ist mit ihr geschehen?«

»Sie ist gestorben.«

»Wie hieß sie?«

»Daran erinnere ich mich nicht. Das ist Jahre her.«

»Wie viele?«

»Neun oder zehn.«

»Wie alt war sie?«

»Das weiß ich nicht«, antwortete der Mann unwillig, weil ihn Joan so nachdrücklich bedrängte. »Warum fragt Ihr nicht Giuseppe? Er war der Herr.«

»Wo kann ich ihn finden?«

»Auf dem Boot, wenn er vom Fischen zurückkommt, oder in seinem Haus. Es steht neben der Sankt-Johannes-Baptist-Kirche.«

Bernardo kannte den Fischer, wie er sagte. Während sie auf ihn warteten, befragten sie die Nachbarinnen, und sie bestätigten, dass Giuseppe eine Sklavin hatte, die Eula hieß. Als sie herkam, sei sie wenig über dreißig Jahre alt gewesen, eine trübsinnige und kränkliche Frau, die sich niemals richtig auf Ligurisch verständigen konnte und die kaum zwei Jahre nach ihrer Ankunft gestorben sei. Joan verzweifelte. Alle Angaben stimmten mit seiner Mutter überein. Während des übrigen Tages lief er zwischen Festungshügel und Strand hin und her, ohne auch nur zu essen, und wartete auf den Mann.

»Ich habe sie gekauft, weil meine Frau und meine Tochter an der Pest gestorben sind. Ich war allein, und für mich gab es im Ort keine Frau«, erklärte Giuseppe.

Er hatte die Männer in seinem Haus zu einem Glas Wein eingeladen. Seine Haut war sonnenverbrannt, er war mager und hatte eingesunkene Wangen. »Was sie früher erlitten hatte, hatte sie sehr mitgenommen, und man hat sie mir günstig verkauft. Sie war eine schöne Frau, aber ich habe ein schlechtes Geschäft gemacht. Ich dachte, weil sie Fischerin war und Netze flicken konnte, würde sie mir eine Hilfe sein und mir Gesellschaft leisten. Und weil sie Christin war, könnten wir vielleicht zu etwas mehr kommen. Aber sie wurde nicht damit fertig, dass sie ihre Familie verloren hatte. Zwei Jungen und zwei Mädchen, eines noch ein Säugling. Und dazu ihren Mann. Und dazu kam, was ihr die Sklavenhändler angetan hatten. Bei mir weinte sie die ganze Zeit, und ich konnte sie nicht trösten.« Der Mann seufzte gerührt. »Sie schloss sich in sich selbst ein, redete fast gar nicht und wollte nicht einmal unsere Sprache lernen.«

Joan hörte ihm angstvoll zu. Es war seine Mutter!

»Ja, wir nannten sie Eula, vielleicht bedeutete das Eulalia. Sie war Katalanin, ich weiß nicht, aus welchem Ort. Sie hatte schönes braunes Haar und dunkle Augen. Ich habe sie Ende 1484 gekauft«, beantwortete der Mann Joans Fragen.

»Das war meine Mutter!«, rief er und konnte ein Schluchzen nicht unterdrücken.

Beide hatten feuchte Augen, und der Mann erwiderte seinen Blick. Der Junge wusste nicht, ob er ihn hassen und sich an ihm für das rächen sollte, was seiner Mutter geschehen war, oder ob er ihm danken sollte, weil er sich um sie gekümmert hatte.

»Es tut mir leid«, sagte Giuseppe. »Ich bedauere, was mit deiner Mutter geschehen ist. Sie war in tiefster Seele verbittert und wurde ständig krank. Ich wusste nicht, was ich tun sollte. Ich glaube, sie wollte sterben. Nie wieder werde ich eine Sklavin kaufen.«

Joan glaubte dem Mann. Er wirkte aufrichtig. Er konnte ihn nicht hassen. Der Mann sagte ihm, wo seine Mutter begraben war, und Joan kniete den Rest des Tages vor einem Steinhaufen auf einem Friedhof, der an einem steilen Berghang lag. Es war eine mit Felsen und Pinien bedeckte Aussichtshöhe über dem blauen Meer, ähnlich der in seinem Dorf. Oben flogen die Möwen.

Mit Gebeten und Tränen erinnerte er sich an sie. Seinem inneren Auge hatten sich die Bilder von ihrem letzten gemeinsamen Abendessen fest eingeprägt. Ramón sprach das Tischgebet, und während sie aßen, erzählte er eine seiner Geschichten, die die Kleinen staunen ließen. Joan hatte sie schon einmal gehört, und er beobachtete, wie liebevoll seine Mutter dafür sorgte, dass alle aßen. Der Vater verkörperte die Außenwelt, das Abenteuer, das Neue und Erregende, und sie Schutz, Sicherheit und Liebe zu ihrer Familie. Sie verdiente Bewunderung, und in der Nacht damals fragte er sich, ob Elisenda, das Mädchen, das er eines Tages heiraten wollte, sich zu einer ebenso außerordentlichen Frau entwickeln würde.

Doch erst als er sie verlor, begriff er, wie überaus wertvoll das war, was sie ihnen allen schenkte. Sie war ihr Zuhause. Er dachte an ihr Lächeln und die Hingabe, mit der sie Isabel stillte, und wie sie ihn spüren ließ, dass sie ihn genauso liebte, obwohl sie sich um den Säugling kümmern musste. Dann sah er die brutalen Bilder ihrer Gefangennahme und wie der Einäugige sie schlug. Dann, wie er später seinen Dolch in das Herz des Elenden stieß. Was hatte man ihr auf dieser verdammten Galeere angetan? Die Geschichte, die Giuseppe erzählt hatte, versenkte ihn in unbeschreiblichen Trübsinn. Das hatte sie nicht verdient.

Er schichtete die Steine ordentlich auf, lief über die Felder und sammelte einen Blumenstrauß.

Sie verbrachten die Nacht auf dem Boot, und am nächsten Tag richtete Joan eine Totenmesse in der Sankt-Johannes-Baptist-Kirche aus und bezahlte zehn weitere für die nächsten Todestage Eulalias. Er war zutiefst niedergeschlagen. Bedrückt dachte er daran, wie er es Gabriel mitteilen sollte.

113

Joan blieb noch zwei Tage in Monterosso. Er stieg steile Wege hinauf und hinunter, betrachtete das Meer und betete auf dem kleinen Friedhof, während Bernardo und sein Sohn Gianni fischten und Niccolò mit den Nachbarn plauderte und sich die Zeit so gut vertrieb, wie er konnte. Schließlich sagte sich Joan, dass sein Kummer die Vergangenheit nicht ändern würde, und er klammerte sich an die Hoffnung, dass seine Schwester noch lebte und er sie finden könnte. Er musste die Suche fortsetzen.

Sie fuhren im Morgengrauen des fünften Tages los. Zunächst bewegten sie sich an der äußerst steilen Küste entlang, bis sie schließlich eine höchst eindrucksvolle Bastion entdeckten, die sich über einem Küstenfelsen erhob und von einem hohen zylindrischen Turm gekrönt wurde. Das war Vernazza. In Monterosso hatte man ihnen gesagt, dass es in Vernazza keine Sklaven gebe, doch Joan wollte unbedingt alle erreichbaren Informationen sammeln. Vielleicht hatte es dort früher einmal Sklaven gegeben. Er würde selbst unter den Steinen nachgraben, wenn es notwendig sein würde.

Vor ihnen öffnete sich eine kleine Bucht mit einem Sandstrand, und direkt am Wasser stand die Kirche auf einigen Felsen. Dies war ein ausgezeichneter natürlicher Ankerplatz. Außerdem mündete hier ein kleiner Bach. Die Häuser drängten sich zwischen Kirche und Festung, und die meisten stiegen an der Festungshöhe hinauf. Die Berge ragten jäh empor, und zwischen ihnen gab es zahlreiche Terrassen, die mit Wänden aus trockenem Felsen errichtet waren und auf denen Weinstöcke, Ölbäume und ein paar Mandelbäume wuchsen. Der Bach floss eingezwängt zwischen Bergen, so dass er die Gärten bewässerte. Der Ort war beeindruckend schön, was Joan jedoch kaum bemerkte. Sobald das Boot den Strand erreichte, sprang er ins Wasser. Die Leute am Ufer schauten erwartungsvoll zu, weil sie über die große Eile erstaunt waren.

»Gibt es hier eine weiße Sklavin?«, fragte er schwer atmend zwei Alte.

Die Alten sahen sich gegenseitig an, bevor sie antworteten, und danach verging eine endlos lange Zeit, bis einer von ihnen den Kopf schüttelte. »Eine Sklavin?«, fragte der andere nach. »Nein. Wir haben hier keine Sklaven.«

Das war die Antwort, die Joan erwartet hatte, doch er wollte mehr wissen: »Und vor ein paar Jahren? War damals eine Sklavin hier? Ich suche ein junges Mädchen, das María heißt. Jetzt ist sie ungefähr fünfundzwanzig Jahre alt. Aber als man sie versklavte, war sie vierzehn. Und ich suche noch ein Mädchen. Sie heißt Elisenda und ist dreiundzwanzig.«

Die Männer mit ihren sonnengegerbten und runzligen Gesichtern sahen ihn ausdruckslos an. Nach einer Weile schüttelte der eine den Kopf. »Nein.«

Da blickte der, der nicht gesprochen hatte, seinen Gefährten an und sagte zu ihm: »Hör mal – und die Frau, die mit der Witwe Elisabetta zusammenlebt?«

»Was?«

»Sie ist eine Ausländerin.«

»Ja, aber sie ist keine Sklavin und wird bestimmt bald fünfundvierzig.«

»Aber sie war es, als sie herkam.«

»Wie heißt sie?«, wollte Joan wissen.

»Ich erinnere mich nicht. Ein sonderbarer Name«, murmelte achselzuckend der, der zuerst gesprochen hatte.

»Eulalia«, sagte ein Mädchen, das etwas entfernt Netze nähte und dem Gespräch zuhörte.

»Eulalia!?«, rief Joan überrascht. Er spürte, dass sein Herz hoffnungsvoll klopfte. Vielleicht war seine Mutter doch noch am Leben.

Das Mädchen bejahte mit einem Kopfnicken.

»Ich suche eine Eulalia!«, bestätigte Joan aufgeregt. »Wo wohnt sie?«

Das Mädchen zeigte ihm, wie er zu dem Haus kommen konnte. Er beherrschte seine Gefühle und lief dorthin. Ihm folgten Niccolò, Bernardo, sein Sohn, die Alten, das Mädchen und die Leute, die aus ihren Häusern traten, weil der Lärm sie aufgescheucht hatte. Bevor sie ankamen, erschien eine Frau, die ein paar vorauseilende Kinder benachrichtigt hatten, an der Tür und trocknete sich die Hände an der Schürze ab. Sie sah sie mit großen Augen an, und Joan dachte, dass sie gewiss dasselbe Alter wie seine Mutter hatte. Aber sie war es nicht.

»Was wollt Ihr?«, fragte sie ihn.

»Ich möchte Eulalia sehen.«

»Warum?«

»Ich bin ihr Sohn.« Er war überhaupt nicht sicher, doch er beschloss, so zu tun.

Die Frau starrte ihn mit offenem Mund an. Dann hob sie die Hände zum Himmel, ließ sie wieder sinken und schlug sie zusammen.

»Der Sohn Eulalias!«, rief sie. »Danke, lieber Gott!«

Als hätte sie ein Zeichen gegeben, entstand ein allgemeines Gemurmel in der Gruppe der Neugierigen, und alle plapperten nun auf einmal los. Die Frau umarmte Joan, den so viel Überschwang erstaunte.

»Wo ist sie?«, fragte er.

»Oben auf dem Berg. Sie ist bei der Weinlese. Holt sie her, verliert keine Zeit! Die Kinder zeigen Euch den Weg.«

Mit einem Lächeln begann sie zu weinen.

Nicht nur die Kinder begleiteten sie, sondern auch Elisabetta folgte ihnen, zusammen mit den Nachbarn, die in immer größerer Zahl aus den Häusern strömten, je weiter sich die Nachricht verbreitete. Alle begannen den Aufstieg an diesen unglaublich steilen Berghängen. Sie waren mit Steintreppen überzogen, die die Weinbergterrassen untereinander verbanden. Auf dem größten Teil des Weges musste man sich in einer Reihe bewegen, weil der Pfad so schmal war. Aber keiner gab auf, und Joan hatte Angst, dass jemand abstürzte.

Sein Herz krampfte sich ängstlich zusammen, und er atmete mühsam, was mehr an seiner Aufregung als am steilen Aufstieg lag. Das war sie, sagte er sich. Das musste sie sein.

Sie kletterten inmitten von Weinstöcken empor, deren grüne Blätter allmählich die braunen und gelben Farbtöne des Herbstes annahmen und deren goldene Trauben schon geerntet waren. Ganz hinten sah man das äußerst schmale, vom Bach durchflossene Tal und die Häuser, die sich zum Kastell hinauf zusammendrängten. Dieses erhob sich auf einem Felsvorsprung, der ins tiefblaue Meer hineinragte.

Kurz bevor Eulalia ihren Namen hörte, unterbrach sie die Arbeit bei den Weinstöcken und blickte wieder einmal auf dieses unermessliche Meer hinaus, das sie von ihren lieben Angehörigen trennte. Sie ahnte, dass ihr Mann tot war. In den ersten Jahren der Sklaverei hatte sie davon geträumt, dass Ramón – stark, tapfer und liebenswert, wie sie sich an ihn erinnerte – kam und sie befreite.

Sie wusste, wie sehr er sie liebte und dass ihn nur der Tod daran hindern würde, sie zu finden. Sie schloss die Augen und sah ihn vor sich, wie er lächelte, mit seinen großen honigfarbenen Augen und dem braunen Bart und Haupthaar. Aber die Tage und die Jahre vergingen, und das blaue Meer brachte kein Segel herbei, das ihre Hoffnungen erfüllt hätte. Sie betete für ihn, für seine Gesundheit, wenn er am Leben war, und für seine Seele. Und auch für ihre Kinder. Wie sehr sehnte sie sich danach, sie zu sehen!

Vernazza war ein sehr schöner Ort und Elisabetta eine herzliche Freundin und Beschützerin. Trotzdem wollte sie nicht dort sterben, ohne dass sie die Ihren noch einmal in den Armen gehalten hatte. Ihre Freundin hatte gesagt, sie wolle ihr das wenige Geld borgen, das sie besitze, doch sie hatte zu große Angst. Nie war sie über die wenigen Meilen hinausgelangt, die Llafranc von Palafrugell trennten, und nach der grausamen Fahrt, die sie nach Vernazza brachte, war sie von dort nie weggekommen. An jedem Morgen sagte sie sich, dass sie vielleicht am nächsten Tag den Mut aufbringen könnte, um ihre Freundin um das Geld zu bitten und an Bord eines Schiffes nach Genua und dann nach Spanien zu fahren. Sie seufzte tief.

»Eulalia!«, schrien die kleinen Kinder, die die Gruppe anführten.

Joan schnaufte, weil der Aufstieg so steil war. Zwei Terrassen weiter oben erblickte er eine Frau. Sie stellte einen Korb mit schwarzen Trauben auf den Boden, damit sie an den Rand der Mauer treten konnte, zusammen mit zwei Burschen, die ihr offenbar halfen. Der junge Mann erkannte sofort ihre Gesichtszüge mit den dunklen Augen und den zarten Lippen wieder, obwohl sie nun Falten und graue Haare hatte. Sie war es! Reglos, ohne ein Wort, blieb Joan stehen. Er hatte einen dicken Kloß im Hals und fragte sich, ob ihn seine Sinne täuschten.

»Eulalia!«, rief keuchend die Frau, die hinter Joan herlief.

»Was gibt es, Elisabetta?«, fragte sie. Der Zug, der den Berghang hinaufkam, überraschte sie.

Danach blickte sie Joan fest an, der sich einige Stufen weiter unten befand.

»Das ist dein Sohn!«, schrie die halberstickte Elisabetta von hinten.

Eulalia blickte ihn lange an, wobei sich ihre Miene veränderte.

»Joan!«, rief sie endlich und breitete die Arme aus. »Bist du es?«

»Ja, Mutter«, sagte er. Er stieg die fehlenden Stufen hinauf und rannte zu ihr, um sie zu umarmen.

Diese Umarmung wog eine elfjährige Trennung und Verwaisung auf. Joan spürte die Wärme und Zärtlichkeit seiner Mutter. Sie erschien ihm klein, wenn er sie mit seinen Erinnerungen verglich. Der Panzer, mit dem er sein kindliches Herz während so vieler Jahre gegen die Angriffe abgeschirmt hatte, zerschmolz und platzte unter Tränen in den Armen seiner Mutter. Auch Eulalia weinte, während sie zugleich versuchte, ihn zu trösten.

»Alles ist gut«, sagte sie schließlich und streichelte ihm die Wange. »Endlich sind wir zusammen.«

»Sie umarmen sich! Es ist ihr Sohn!«, schrien die Kleinen zu denen hinüber, die weiter unten auf den Steintreppen standen.

Während der kräftige, wie ein vornehmer Herr gekleidete junge Mann in ihren Armen wie ein Kind schluchzte, blickte Eulalia mit tränenüberströmten Augen zum blauen Himmel und dankte Gott.

Danach kamen ihre überstürzten Fragen und die schreckliche Trauer, als sich ihre Ahnung bestätigte, dass ihr Mann tot war. Die Nachricht, dass Gabriel in Barcelona ein gutes Handwerk erlernt hatte und dass er bald eine Familie gründen würde, bereitete ihr große Freude. Sie weinte, als sie vom Tod Isabels, ihres Säuglings, erfuhr. Eulalia stellte ihrem Sohn ständig weitere Fragen. Sie wollte alles wissen, was in diesen Jahren geschehen war, und ein Strudel unterschiedlicher Gefühle erfasste ihr Inneres. Die Hoffnung kehrte zurück.

»Durch ihren Charakter und ihre gute Arbeit hat Eulalia die Freiheit gewonnen«, erklärte Elisabetta bei dem Abendessen, mit dem sie ihre Wiederbegegnung feierten. »Wir waren schon Freundinnen, bevor ich verwitwete bin, und jetzt sind wir wie Schwestern. Wir haben sie gekauft, weil die Pest hier viele getötet hat. Sie konnte Netze flicken und ähnelte uns in ihrem Wesen. Doch seit einiger Zeit ist sie frei und eine von uns im Dorf.«

»Ich wusste nicht, was aus euch geworden ist, Sohn«, entschuldigte sich Eulalia. »Und als man mir die Freiheit gab, hatte ich kein Geld und auch keine Möglichkeit zurückzukehren. Hier hat man mich gut aufgenommen, und ich schreckte davor zurück, diesen Ort zu verlassen.«

Als Eulalia wenige Jahre zuvor ihre Freiheit zurückgewann, begann sie, von ihrem kärglichen Lohn zu sparen, Münze um Münze, damit sie eines Tages übers Meer fahren konnte, um nach ihnen zu suchen. Doch eine Krankheit und dann noch eine, ihre Unwissenheit, die Angst vor der Außenwelt und ihre Unsicherheit hielten sie an diesem Ort gefangen. Ihr fehlten Geld und Mut, und die ständigen Kriege Genuas mit Aragonien machten eine Verbindung praktisch unmöglich. Der Dorfschreiber setzte dreimal Briefe für sie auf, die an den Administrator von Palafrugell gerichtet waren, doch sie wartete vergebens. Nie erhielt sie eine Antwort. Sie hörte auch nichts von María, obwohl sie sich immer bei den wenigen Fremden erkundigte, die zu ihnen kamen. Keiner konnte ihr etwas mitteilen. Vielleicht befand sie sich in einem sehr weit entfernten Ort. Oder sie war tot.

»Sie hat die gleiche Tragödie wie ihr erlitten, aber doppelt so schlimm, weil sie Mutter ist«, sprach Elisabetta weiter. »Die Verbrecher, die sie an uns verkauften, hatten sie außerdem sehr übel behandelt. Sie dachte viel an euch und euren Vater. Sie betete und weinte. Sie hat euch keinen Augenblick vergessen, aber sie wusste nicht, was sie tun sollte, um euch zu finden.«

»Mutter, Ihr kommt mit, nicht wahr?«, fragte Joan.

»Ja, natürlich«, antwortete sie. »Ich möchte dich bei der Suche nach María begleiten.«

Dann sah sie ihre Freundin an und sagte zu ihr: »Es tut mir leid, Elisabetta, aber ich muss meine Kinder sehen.«

Elisabetta nickte zustimmend. Sie lächelte und weinte gleichzeitig.

Als sie am nächsten Tag ins Boot stiegen, kam das ganze Dorf zusammen, um sich von Eulalia zu verabschieden. Joan umarmte Elisabetta.

»Danke, dass Ihr meine Mutter als Freundin angenommen und Euch um sie gekümmert habt«, sagte er. Er zog den Ring ab, den er für Anna gekauft hatte, und gab ihn ihr, nachdem er ihre Hand geküsst hatte. »Er ist für Euch, damit Ihr ihn zur Erinnerung an Eulalia tragt.«

In sein Buch schrieb er: »Elisabetta verdient den Ring wirklich.«

114

Ich habe eine Eula auf der Galeere kennengelernt«, erklärte Eulalia ihrem Sohn. »Sie war in meinem Alter, aber man hat sie im Gebiet von Tarragona gefangen. Das war wohl die arme Frau, mit der du mich verwechselt hast.«

»Mutter, ich danke dem Himmel«, sagte Joan und umarmte sie. »Ich glaubte fest, dass Ihr es wart.«

Sie segelten weiter in südwestlicher Richtung an der Steilküste entlang und gelangten nach Corniglia, dessen Häuser nicht am Meeresufer, sondern nicht weit entfernt auf einem hohen Felsen lagen. Danach kam Manarola, eine Gruppe von Gebäuden, die sich ebenfalls auf Felsen erhoben. Diese senkten sich zum Meer und zu einer winzigen Bucht hinab. Es folgte Riomaggiore, eine weitere Häusergruppe, die sich in wunderbarem Gleichgewicht auf Küstenfelsen erhob. Darunter brandeten die Wellen, und dazwischen öffnete sich ein kleiner Strand. Er fiel steil zum Meer hin ab, und dort wurden die Fischerboote an Land gezogen. In all diesen Ortschaften blieben sie lange genug, um Erkundigungen einzuziehen, doch sie erfuhren nur, dass dort zwanzig Jahre zuvor ein Sklave gestorben war.

»Lieber Gott, gib uns, dass wir María finden!«, betete Eulalia entmutigt.

Sie setzten ihre Fahrt an einer Küste fort, die ebenso steil wie die vorherige war, bis sie zu einer Meerenge kamen, die das Festland von einer Insel trennte. Dort lag Portovenere, ein Ort, der den anderen ähnelte, nur dass er zu Ruinen zerfallen war, denn im letzten Jahr hatten ihn die neapolitanischen Galeeren beschossen, als sie versuchten, das Vordringen der Franzosen aufzuhalten. Sie erfuhren, dass eine der Sklavinnen aus Llafranc während dieser Schlacht umgekommen war. Es war die Schwester Daniels, des Fischers von der *Möwe*. Obwohl es nicht María war, betrübte sie die Nachricht tief, und Joan wollte die Nacht dort verbringen und für die Frau beten.

Früh am nächsten Morgen setzten sie ihre Fahrt fort, und nach einiger Zeit breitete sich vor ihnen eine weite Bucht aus.

»Das ist der Golf von La Spezia«, teilte Bernardo mit. »Und vor uns liegt die Stadt. Das ist hier die am dichtesten besiedelte Gegend.«

Eulalia begann zu beten. Wenn María nicht dort war, wüssten sie nicht, wo sie nach ihr suchen konnten.

Während der Fahrt hatten sich Joan und seine Mutter unaufhörlich unterhalten. Sie konnte ihre Augen nicht von ihm wenden. Er kleidete sich wie ein vornehmer Herr, und dem entsprachen seine Umgangsformen und seine Autorität. Es fiel ihr schwer, zu glauben, dass dies ihr Sohn war. Als sie ihn zuletzt gesehen hatte, war er ein barfüßiges Kind gewesen, das den einzigen Wunsch hatte, Fischer wie sein Vater zu werden.

»Habt keine Angst, Mutter«, sprach ihr Joan Mut zu. »Wir finden sie.«

Die Stadt La Spezia war von Mauern und vom Castello San Giorgio geschützt, das auf einer Anhöhe zwischen zwei breiten, landwirtschaftlich genutzten Tälern lag. Sie zogen das Boot in den Sand und überließen es der Mannschaft. Sie erkundigten sich bei einer Gruppe von Frauen, die am Strand ausgebreitete Netze flickten, die jedoch nichts von einer María wussten. Joan blickte seine Mutter an und bemerkte die Trauer, die sich in ihrem Gesicht spiegelte. Plötzlich verriet sich große Erschöpfung in ihren Zügen.

»Sie ist nicht hier«, murmelte sie.

»Wir finden sie schon«, erklärte Joan nachdrücklich. Doch auch er war entmutigt.

Er fasste sie am Arm, damit sie sich auf ihn stützte, und zusammen mit Niccolò liefen sie zum Stadttor. Sie fragten die Wächter am Eingang des Mauerbezirks und danach mehrere Handwerker, die einen Laden an der Straße hatten. Keiner konnte ihnen eine Auskunft geben.

Dass man nichts Neues erfahren konnte, ließ das Schlimmste vorausahnen. La Spezia war die Grenze des Gebiets, das Simone angegeben hatte, und die Leute, die sie fragten, hätten etwas von María wissen müssen, wenn sie in diesem Ort wohnte. Vielleicht hatte ihr erster Käufer sie weitergereicht, und sie befand sich nun an einem entfernten Ort. Oder der Sklavenhändler hatte sie belogen, damit er das Geld behalten konnte. Sie waren am Ende ihrer Suche. Die düstere Miene seiner Mutter sagte ihm, dass sie das Gleiche befürchtete.

»In den nahen Tälern gibt es Bauernhöfe«, erklärte Joan, um ihr Mut zu machen. »Wir nehmen eine Unterkunft in der Stadt und fahren erst wieder ab, wenn wir uns im ganzen Gebiet umgesehen haben.«

»In einem Dorf kennt man die Leute, die in der Umgebung leben«, entgegnete Eulalia mit kraftloser Stimme. »Wenn sie in der Gegend wäre, wüssten wir es schon.«

»Gasthäuser eignen sich gut, um sich nach Neuigkeiten zu erkundigen«, sagte Niccolò.

»Das stimmt«, bestätigte Joan. »Gehen wir ins Gasthaus und ruhen uns eine Weile aus.«

Das Gasthaus war offenbar sehr alt. Drinnen standen vier Tische. Sie setzten sich an einen und warteten auf eine Bedienung.

»Was wünscht Ihr?«, fragte eine magere, ungefähr fünfundzwanzigjährige Frau, die auftauchte, als sie sie hörte. »Fürs Essen ist es noch zu früh.«

»Wir wollen wissen: Kennt Ihr …«, begann Joan.

»María!«, unterbrach ihn Eulalia.

Die Frau blickte sie erstaunt an und zögerte.

»Kennt Ihr mich?«

»Erkennst du uns nicht wieder?«, fragte Eulalia.

Die Miene des Dienstmädchens wechselte von Verwunderung zu Ungläubigkeit. Ihre Arme sanken am Körper hinab, und sie flüsterte: »Mutter!«

Eulalia sprang auf und umarmte sie. Damit verhinderte sie, dass ihre Tochter zu Boden sank.

»Und du bist Joan, nicht wahr?«, wollte María mit noch schwächerer Stimme wissen. Sie starrte ihn mit weit aufgerissenen Augen an.

Joan konnte mit dieser plötzlichen Schicksalswendung nicht fertig werden. Er beobachtete seine Schwester, um sich zu überzeugen, dass sie es tatsächlich war. Allmählich erkannte Joan ihre Züge wieder, obwohl diese trübselige Frau wenig mit dem frischen und lächelnden Mädchen zu tun hatte, an das er sich erinnerte. Am Ende sagte er sich: Ja, das war María. Er wunderte sich. Er verstand nicht, warum ihnen niemand etwas von ihr erzählt hatte, obwohl sie so nahe war.

»Ja, das bin ich«, sagte sie schließlich, bevor sie die Umarmung erwiderte.

Danach blickte sie Niccolò fragend an und runzelte die Stirn.

»Nein, das ist nicht Gabriel«, kam ihr Joan zuvor. »Unser Bruder lebt in Barcelona, und es geht ihm sehr gut.« Er holte noch einen Schemel zum Tisch, und weil er sah, wie schwach sie war, sagte er: »Setz dich.«

»Ich darf nicht«, entgegnete sie.

»Warum nicht?«

»Weil ich Sklavin bin und mich vor den Kunden nicht hinsetzen darf.«

»Sklavin nach elf Jahren!«, rief Joan empört und nötigte sie, sich zu setzen. »Wie ungerecht!«

In diesem Augenblick erschien an einer Tür, die wahrscheinlich zur Küche führte, ein dicker Mann und rief: »Julia! Was tust du da und sitzt herum?« Drohend kam er näher und hob die Hand. »Faulenzerin, dumme Gans!«

María krümmte sich auf dem Schemel zusammen und wartete darauf, einen Schlag abzubekommen. Joan sah, wie sich das Gesicht seiner Mutter verzerrte, als sie den Mann und ihre Tochter anblickte. Der Gastwirt schlug nicht zu. Er ließ die Hand in der Luft innehalten, während er seine Augen erstaunt aufriss, als er eine Dolchklinge an seinem Adamsapfel spürte.

»Was tut Ihr da, verehrter Herr?«, sagte er respektvoll zu Joan. »Das ist meine Sklavin, und sie macht ihre Arbeit nicht.«

»Deine Sklavin, du Gauner!?«, donnerte Joan, wobei er ihn weiterhin mit seiner Waffe bedrohte und zurückweichen ließ. »Elf Jahre lang hast du eine altchristliche Sklavin, ohne dass du ihr die Freiheit gibst? Und du nennst dich Christ? Es ist mir gleich, dass du sie bei den Behörden hier gekauft hast – ich zeige dich beim Bischof von Genua an und lasse dich aufhängen!«

Joan hatte einen Schutzbrief des Vatikans bei sich, den ihm Miquel Corella besorgt hatte, und er hatte gute Gründe für seine Erklärung. Es war verboten, christliche Sklaven zu besitzen, die Kirche gestattete so etwas nur für eine beschränkte Zeit im Fall von Lösegeldforderungen im Krieg, als Schuldentilgung bei einem Bankrott, oder wenn ein ungläubiger Sklave erst vor kurzem getauft worden war. Es ging darum, dem Besitzer, der die Pflicht hatte, seinen Sklaven zu bekehren, keinen wirtschaftlichen Schaden zuzufügen. Danach musste der Herr die Bedingungen festlegen, unter denen der Sklave seine Freiheit gewinnen konnte.

»Aber …«, murmelte der Mann.

»Diese Frau ist meine Schwester, und ich reiße dir die Eier ab, bevor ich sie mitnehme!«, unterbrach ihn Joan wütend.

Der Gastwirt, der sich an die Wand lehnte, die Arme ausbreitete und die Handflächen an die Mauer presste, nässte sich in diesem Moment vor Angst die Hose, ohne dass er weiter zurückweichen konnte. Er spürte, wie ihn der Dolch in den Hals drückte.

Das machte Joan noch wütender. Er steckte die Waffe fort und fiel mit den Fäusten über den Mann her, der vor Angst und Scham schluchzte.

»Lass ihn endlich in Ruhe!« Das rief María, die die beiden Männer trennen wollte.

»Aber begreifst du nicht, was er dir angetan hat?«

»Ganz gleich, lass ihn. Er muss eine Familie ernähren.«

Joan machte eine Geste, als wollte er abermals über den Mann herfallen. Dieser bedeckte sich das Gesicht mit den Händen, doch Niccolò hielt nun Joan zurück.

»Lasst ihn, Joan«, sagte er. »Wenn Ihr ihn umbringt, schadet Ihr Euch selbst. Besser, dass ihn die Justiz aufhängt.« Dann wandte er sich dem Wirt zu und fragte: »Oder wollt Ihr vorher vielleicht zu einer Einigung unter Freunden kommen?«

»Um Gottes willen, ja!«, rief der Mann. »Julia ist jetzt schon frei. Frei!«

An diesem Nachmittag lernte Eulalia ihre Enkel und Joan seine Neffen kennen. Der eine war acht und der andere zehn Jahre alt. Der Gastwirt hatte sie versklavt, wobei er argumentierte, dass ihre Väter unbekannt waren und darum Heiden sein konnten. Er konnte nicht verhindern, dass sie getauft wurden, doch er hatte weiter darauf bestanden, dass sie ihm gehörten.

Joan bat Niccolò, dass er sie drei allein ließ, und so erfuhr er die Ereignisse, die seit der Ermordung des Vaters und ihrer Gefangennahme durch Vilamarís Männer geschehen waren.

»Marta und ich haben uns den Soldaten und Seeleuten der Galeere ergeben«, erzählte die Mutter. Sie meinte ihre Freundin Marta, Elisendas Mutter und Tomás' Frau. »Wir haben all ihre Wünsche erfüllt, als Gegenleistung dafür, dass sie sich nicht an den Mädchen vergingen. Doch so große Mühe ich mir auch gab, ich konnte die Sklavenhändler, die uns in Bastia kauften, nicht davon überzeugen«, erzählte sie mit tränenfeuchten Augen weiter. »Es tut mir leid, María, das habe ich nicht geschafft.«

Joan erinnerte sich an die Miene, die die Sklavenhändler Simone und Andrea gemacht hatten, und wütend ballte er die Fäuste. Er wusste, wo diese elenden Kerle zu finden waren.

»Auch Elisenda hat man Gewalt angetan. Da sie aber wenig entwickelt war, hat man sie bald in Frieden gelassen«, sagte María. »Das hat sie gerettet. Als man sie hier in La Spezia verkaufte, sah sie noch gut aus, und jetzt ist sie eine schöne Frau. Der Mann, der sie gekauft hatte, hat sie geheiratet, als er Witwer wurde. Er ist viel älter als sie. Sie haben einen Bauernhof im Tal von Chiappa, hier in der Nähe. Sie ist frei und lebt mit ihren Kindern dort. Ihre Mutter hatte auch die Freiheit zurückbekommen, doch sie ist vor ein paar Jahren gestorben.«

»Oh!«, rief Eulalia. »Die arme Marta.«

»Und du?«, wollte Joan wissen.

»Mir ist es ganz anders ergangen«, antwortete María und senkte den Kopf. »An mir haben sie ihre Wut ausgelassen. Ich war schon schwanger, als sie mich von Mama trennten und mich an dieses Gasthaus verkauften. Als es so weit war, habe ich meinen ältesten Sohn geboren. Meine Herrschaften haben sich gut benommen und sich um mich gekümmert.«

»Natürlich!«, rief Joan. »Sie wollten mit dir kein Geld verlieren und stattdessen mehr verdienen, indem sie auch noch deinen Sohn versklavten.«

»Als ich meinen Herrn bat, einen Preis für meinen Freikauf festzusetzen, verlangte er sechzig Dukaten«, erzählte María weiter, ohne auf den Einwand ihres Bruders einzugehen.

»Sechzig Dukaten!«, rief Joan empört. »Unglaublich! Das ist ein erbärmlicher Kerl. Er wollte dich nicht freilassen.«

»Das war nicht er, sondern sein Vater. Aber als er starb, bestand sein Sohn auf diesem Preis. Oft habe ich versucht zu sparen, doch wenn ich ein bisschen Geld zusammen hatte, wurde immer eines der Kinder krank, und ich habe alles für die Ärzte ausgegeben. Der Herr bezahlte den Arzt für mich, aber nicht für sie.«

Eulalia umschlang ihre Tochter und wiegte sie in den Armen, um sie zu trösten. Joan schwieg, denn er wusste, dass die Prostitution die einzige Möglichkeit war, wie eine Sklavin etwas für ihren Freikauf sparen konnte. Die männlichen Sklaven fanden verhältnismäßig einfach Sonderarbeiten, die körperliche Anstrengung verlangten, indem sie Lasten auf Molen oder Feldern abluden. Aber solche Arbeiten waren nichts für Frauen. Die meisten von ihnen gingen häuslichen Verrichtungen nach. Darum blieb ihnen nur die Wahl, sich zu prostituieren, und wenn sie in einer Gastwirtschaft arbeiteten, trat der Wirt selbst als Zuhälter auf und steckte einen großen Teil des Geldes ein. Joan war sicher, dass dies auf seine Schwester zutraf. Er musste sie nicht einmal fragen, warum man sie Julia nannte. Er wusste, dass die Zuhälter ihren Prostituierten »Decknamen« gaben, die sie für aufreizender hielten. Nun verstand er, warum ihre Mutter nie eine Nachricht von den Fischern bekommen hatte, obwohl sie diese nach ihr fragte. Vernazza war nicht nur weit entfernt und isoliert, vielmehr kannte man seine Schwester auch nicht als María, sondern als Julia.

»Das ist jetzt vorbei«, sagte Joan. »Komm mit, und deine Kinder werden meine Kinder sein.«

María blickte ihn dankbar an.

115

Bevor sie abreisten, wollte Joan Elisenda sehen. Am nächsten Tag machte er sich zusammen mit seiner Mutter, seiner Schwester und Niccolò auf den Weg zu dem Bauernhof, in dem sie mit ihrem Mann lebte. Nachdem er sich einen großen Teil der Nacht mit María und Eulalia unterhalten hatte, lief er an diesem Morgen schweigsam und gedankenversunken auf dem leicht ansteigenden, von Ölbäumen gesäumten Weg durch das Tal.

Er hatte seinem Paten Tomás versprochen, dessen Tochter zu befreien. Natürlich hatte der gute Mann wohl nicht an das Wort einer zwölfjährigen Rotznase geglaubt, obwohl ihn das selbst nicht von seinem Versprechen befreite. Er musste sich vergewissern, dass es Elisenda gutging, und ihr die Möglichkeit geben, nach Llafranc zurückzukehren, wenn sie es wollte.

Seitdem er Anna kennengelernt hatte, fühlte er sich schuldig. Es kam ihm so vor, als hätte er Elisenda gegenüber ein Gelübde gebrochen, und nie konnte er sich ganz von diesem Gefühl befreien, dass er Verrat begangen hätte. Als er erfuhr, dass sie verheiratet war und Kinder hatte, empfand er eine große Erleichterung. Er wollte sie gern wiedersehen, um sich zu vergewissern, dass es ihr gutging.

Elisendas Haus hatte zwei Stockwerke. Es sah gepflegt aus, und an den Seiten standen Feigenbäume, deren letzte Früchte zwischen den grünen Blättern hervorschauten, und eine schon gelbe Farbtöne annehmende Weinlaube, an der sich noch einige goldene Trauben befanden. Die Hunde bellten, und aus dem Haus kamen zwei blonde Kinder. Das eine war ungefähr fünf und das andere drei Jahre alt. Nachdem sie die Neuankömmlinge erblickt hatten, liefen sie wieder hinein und schrien laut. Dann erschien eine Magd, die nach ihrer Herrin rief, während sie die Hunde zurückhielt. Es roch nach Eintopf. Als sie den zum Haus führenden Pfad betraten, erschien sie an der Tür.

Joan hielt den Atem an. Unverzüglich erkannte er an dieser Frau mit dem roten Kleid die Gesichtszüge jener Elisenda wieder, an die er sich erinnerte, ihr blondes Haar und ihre blauen Augen. Doch während das Mädchen größer und schlanker als er gewesen war, war die heutige Elisenda kleiner und hatte rundliche Formen.

Sie blickte sie halb überrascht und halb fragend an, und in dem Moment erkannte sie María. Die beiden Frauen fielen sich unter Tränen in die Arme.

»María!«, schluchzte sie. »Du lebst! Wie geht es dir?«

Nach der stürmischen Begrüßung kehrte ihr Blick zu den Begleitern zurück. Sie suchte einen Namen für diese Gesichtszüge, die ihr vertraut vorkamen, ohne dass sie sie vollständig wiedererkennen konnte.

»Kennst du sie nicht?«, fragte María.

»Eulalia, Joan und Gabriel!«, rief endlich Elisenda.

Wieder mussten sie erklären, dass Niccolò nicht Gabriel war. Elisenda ließ sie ins Haus eintreten und lud sie zu Wein, Mandeln, Feigen und Kuchenbrot ein. Innerhalb weniger Minuten erzählten sie sich die Ereignisse der letzten Jahre, und Elisenda freute sich, als sie erfuhr, dass ihre Freundin und deren Kinder frei waren und dass alle zusammen mit Joan nach Rom reisten. Hin und wieder blieb Elisendas Blick an dem seinen hängen. Als Joan ihr den Tod ihres Vaters mitteilte, ohne zu erwähnen, dass dieser sich selbst getötet hatte, brach Elisenda in Tränen aus. Joan wühlte in seinem Beutel und holte zwei schöne rote Korallenstücke hervor. Es waren die besten unter denen, die er entdeckt hatte, als er in Tomás' Haus grub. Er gab sie Elisenda. Sie starrte ihn erstaunt an.

»Sie haben deinem Vater gehört«, sagte er. »Und jetzt gehören sie dir. Du weißt nicht, wie sehr er dich geliebt hat.«

Sie nahm die Korallen und weinte wieder, während sie sie küsste. Dann stand sie auf und umarmte Joan. Sie drückte ihn eine ganze Weile an ihre Brust.

»Bist du glücklich hier?«, wollte er wissen, als sie sich beruhigt hatte. »Willst du mit deinen Kindern nach Llafranc zurückkehren?«

Sie musterte ihn erstaunt, bevor sie antwortete.

»Was sollten wir dort? Ich bin auf diesem Hof zu Hause, zusammen mit meinem Mann. Wir sind glücklich hier.«

»Wo ist er jetzt?«, fragte Joan.

Elisenda sagte, er arbeite gerade auf dem Feld. Sie bot an, sie zu begleiten, damit sie ihn kennenlernten. Schließlich kamen sie zu ein paar Weinbergen, wo mehrere Leute die schwarzen Trauben ernteten, die letzten der Saison. Elisenda rief ihren Ehemann.

Als sich dieser näherte, sah Joan, dass er beinahe ein Greis war, der etwas gekrümmt lief, hellblaue Augen hatte, die aus seinem sonnengegerbten und runzligen Gesicht hervorleuchteten. Der Mann war liebenswürdig, begrüßte sie herzlich und lud sie ein, sich auf ein paar kleine Steinmauern zu setzen, die als Begrenzung dienten. Er bot ihnen Trauben an. Als sich Joan schließlich von ihm verabschiedete, umarmte er ihn innig.

»Alles Gute«, flüsterte ihm Joan leise zu. »Elisenda ist eine gute Frau. Ich wünsche Euch alles Glück im Leben.«

Als sie zurückkamen, liefen Joan und Elisenda den anderen hinterher. Er fühlte sich versucht, sie an sich zu drücken, wie damals in ihrer Kinderzeit. Doch er hielt sich zurück.

»Wie ich sehe, hat dir mein Mann sehr gut gefallen«, sagte sie.

»Er scheint ein guter Mensch zu sein«, antwortete er. »Ich gratuliere dir zu deiner Wahl.«

Als sie ins Haus kamen, bestand Elisenda darauf, dass sie zum Essen blieben. Sie nutzte einen Moment, als die Frauen mit den Kindern spielten und die Mägde das Essen in der Küche kochten, fasste Joan an der Hand und zog ihn zu einer Scheune, die in der Nähe des Hauses lag.

»Ich habe ein halbes Leben auf dich gewartet«, sagte sie. »Aber du bist zu spät gekommen.«

»Das tut mir leid. Es war Schicksal.«

»Ich habe so viele Küsse für mich behalten, die für dich bestimmt waren!«, sagte Elisenda weiter. Sie hatte Tränen in den

Augen. »Noch hebe ich sie auf. Deine Küsse habe ich keinem anderen gegeben.«

Er umarmte sie. Sie suchte nach seinen Lippen, und sie verschmolzen in einem innigen Kuss. Dann kamen die Zärtlichkeiten, und Joan sagte sich, dass er sie nicht erwidern durfte, dass Anna seine ganze Liebe galt. Doch die Leidenschaft entflammte ihn. Bei Elisenda wollte er den Schmerz vergessen, den ihm seine Liebste angetan hatte. Als sie ihr Kleid auszog, bewunderte er den schönen, runden Körper einer dreiundzwanzigjährigen Frau, ohne dass er eine Ähnlichkeit mit dem Körper des Mädchens, an das er sich erinnerte, erkennen konnte. Da sie sich so unbefangen zeigte, nahm er an, dass sie sich nicht zum ersten Mal einem Mann anbot, der nicht ihr Gatte war. Doch er dachte, dass ihn so etwas nichts anging.

Sie liebten sich mit stürmischem Verlangen, und danach blieben sie einige Augenblicke vereint. Noch von der Leidenschaft betäubt, sagte er: »Ich muss fort. Sie warten auf mich.«

»Ich habe länger auf dich gewartet«, entgegnete Elisenda.

Sie hielt ihn noch eine ganze Weile in ihren Armen, und Joan genoss ihre Nähe und Wärme.

116

In Genua erwartete sie eine Überraschung. Joan ging zu Fabrizio und unterrichtete ihn über den glücklichen Ausgang seiner Reise. Dieser wollte gern Joans Familie kennenlernen, und darum luden er und seine Frau alle, auch Niccolò, zum Mittagessen ein. Er habe gute Neuigkeiten und wolle sie ihnen dann mitteilen. Joan nahm die Einladung erfreut an und fragte sich, was für Neuigkeiten das wohl sein mochten.

Eulalia, María und die Kinder kamen als Erste in die Buchhandlung, und Joan war noch nicht über die Schwelle getreten, als er die Jubelschreie der Frauen hörte. Dort stand Gabriel! Fabrizio hatte das Treffen so vorbereitet, dass auch Gabriel nichts von der Begegnung mit seiner Mutter und Schwester ahnte.

Er war erst vor zwei Tagen in die Stadt gekommen. Sobald er den Brief seines Bruders in Barcelona erhalten hatte, war er zum Hafen gegangen und hatte zu seinem Glück eine Galeere gefunden, die nach Genua auslief. Er nahm all seine Ersparnisse mit, und mit Elois Erlaubnis fuhr er ab, weil er seinem Bruder bei der Suche nach der Familie helfen wollte. Gabriel kannte nur den Namen des Buchhändlers. Er musste feststellen, dass Joan zehn Tage früher eingetroffen und schon nach La Spezia unterwegs war. Fabrizio riet ihm, in Genua zu warten.

Die Geschwister umarmten sich unter Freudentränen. Es war noch nicht einmal anderthalb Jahre her, seitdem sie sich in Barcelona verabschiedet hatten, und Joan sah, dass Gabriel mit seinen einundzwanzig Jahren etwas größer und kräftiger geworden war.

»Wie konnte es dir nur einfallen, herzukommen?«, tadelte ihn Joan liebevoll. Zugleich wurde ihm klar, dass er sich immer noch als Beschützer seines kleinen Bruders fühlte und dass er ihn immer als ein Kind angesehen hatte, obwohl er nur zwei Jahre älter war. »Das war eine lange und gefährliche Reise. Außerdem kostet sie dich viel Geld, und du stehst kurz vor der Heirat.«

»Die Familie geht vor. Nicht wahr?«, widersprach Gabriel mit einem sanften Lächeln. »Erinnerst du dich nicht, dass wir beschlossen hatten, sie gemeinsam zu befreien? Warum hast du nicht auf mich gewartet?«

»Entschuldige«, bat Joan um Verzeihung. »Es gab plötzlich diese Möglichkeit, und ich wollte sie nicht verpassen. Ich dachte, dass ich die Frauen sonst nicht finden würde. Nie hätte ich geglaubt, dass alles so gut gelingen würde. Und auch nicht, dass du kommen könntest.«

Gabriel nahm seine Entschuldigungen an, indem er ihn in die Arme nahm.

Eulalia, ihre Tochter und die beiden Enkel freuten sich und staunten über die Stadt. Gabriel leistete ihnen Gesellschaft. Niemals hatten sie einen so großen Ort gesehen. Inzwischen unterhielten sich Joan und Niccolò mit dem Buchhändler über Literatur. Sie überprüften Titel, Mengen und Preise der Bücher aus der Druckerei des Genuesen. Sie wollten mit einer ganzen Ladung für ihre Buchhandlung zurückkehren. Joans Ankaufmöglichkeiten vergrößerten sich. Er hatte Genua, Neapel und Rom in Italien, und durch Bartomeus Vermittlung Barcelona, Valencia, Zaragoza, Sevilla und Salamanca in Spanien.

Bei einem Spaziergang mit der ganzen Familie führte Joan sie zur Porta dei Vacca, und seine Schwester bat er, in der Via del Campo den Mann auf der kleinen Bank zu beobachten. Von ihrem Standort aus konnte sie Simone sehen, der an der Tür seines Ladens saß, während seine Sklaven links und rechts davon standen. Als María zurückkam, war ihr Gesicht völlig weiß geworden.

»Ist er es?«, fragte Joan.

»Ja«, antwortete sie zitternd.

Der Augenblick des Abschieds war gekommen. Die Galeere, mit der Gabriel hergekommen war, lief nach Barcelona aus, einen Tag früher als die nach Rom. Sie war die letzte in dieser Jahreszeit, und der junge Mann würde sie nehmen. Er wollte länger bleiben, doch Eulalia nötigte ihn, abzufahren, denn die Rückkehr auf kleinen Küstenschiffen dauerte im Herbst viel zu lange und war zu unsicher. Er bot seiner Mutter und seiner Schwester an, mit ihm zu fahren, aber sie beschlossen, Joan zu begleiten. Er war der älteste Sohn, und Eulalia dachte, dass es ihr Mann so gewollt hätte. Trotzdem versprachen sie sich, eines Tages alle in Barcelona zusammenzukommen. Es war ein trauriger Abschied. Dennoch würden die glücklichen Tage, die sie gemeinsam in Genua verbracht hatten, unvergesslich sein.

»Wir müssen noch diesen sarazenischen Schatz entdecken«, sagte Gabriel zu Joan, nachdem sie sich umarmt hatten, und dabei zwinkerte er ihm zu.

»Das ist wahr«, antwortete Joan lächelnd, als er sich erinnerte, was sie sich in ihren kindlichen Träumereien wiederholt hatten. »Das müssen wir noch tun.«

Kurz bevor die Galeere nach Rom abfuhr, sagte Joan dem Kapitän, er hätte etwas Dringendes an Land zu erledigen. Er solle auf ihn warten, wenn er sich verspätete.

»Die Flut wartet nicht«, entgegnete der Mann. »Wir müssen sie nutzen, um auszulaufen.«

»Die Flut wartet nicht, aber Ihr habt Ruder und könnt ohne die Flut auslaufen«, sagte er und zeigte ihm ein paar Golddukaten. »Ich bezahle Euch gut, wenn ich mich verspäte.«

Joan betrat den Laden Simones, ohne ihn zu begrüßen. Er stellte fest, dass außer Simone niemand da war. Die Männer befanden sich wahrscheinlich im Hof oder in den Zellen bei den Gefangenen.

»He, *Catalano*!«, sagte der Mann und stand von seiner Bank auf. Er kam herein und baute sich vor Joan auf. »Was wollt Ihr jetzt? Ich habe Euch gesagt, dass ich Euch das Geld nicht zurückgebe!«

Hinter ihm erschien Niccolò. Er stieß ihn zu Joan, und dieser versetzte ihm mit ganzer Kraft einen Faustschlag ins Gesicht. Der Mann stolperte und stürzte nach hinten, und als ihn Niccolò wieder fortstieß, hielt ihn Joan fest, während der Florentiner mit einem Knüppel zuschlug, der ihn zwischen Schädel und Nacken traf. Der Sklavenhändler stöhnte auf. Ihm knickten die Knie ein, und kurz danach lag er auf dem Boden. Die beiden Angreifer stopften ihm ein paar Lappen in den Mund, damit er nicht schreien konnte. Joan legte ihm schnell Ketten an. Er wusste genau, wie er es zu tun hatte. Auf der Galeere hatte er selbst zu oft unter ihnen gelitten.

In diesem Moment kam Andrea aus dem Hof herein. Als er begriff, was geschah, stieß er einen Schrei aus, während er nach seinem Degen griff. Er reagierte zu spät, weil ihm Niccolò seinen Degen in die Schulter rammte. Nach wenigen Augenblicken lag auch er auf dem Boden, war mit Metallringen an den Händen gefesselt, und ein paar Lappen verstopften ihm den Mund.

»Willst du am Leben bleiben?«, fragte ihn Joan. Sein Dolch drückte gegen Simones Kehle, der allmählich zu sich kam.

Mit weit aufgerissenen Augen antwortete der Sklavenhändler mit einem nachdrücklichen Kopfnicken.

»Dann nehme ich dir jetzt die Lappen aus dem Mund, damit du reden kannst.« Zugleich stach er ihm mit dem Dolch in den Hals. »Wenn du schreist, schneide ich dir die Kehle durch.«

»Bei Gott und der Heiligen Jungfrau!«, flehte der Mann leise. »Mein Sohn ist verletzt und am Verbluten. Ich tue, was Ihr sagt, aber man muss einen Arzt holen. Ich gebe Euch die zehn Dukaten zurück!«

»Das Geld will ich nicht haben«, entgegnete Joan. »Du hast die Wahrheit gesagt und dir das Geld verdient. Du hast auch die Wahrheit über die Vergewaltigungen gesagt, und *dafür* wirst du bezahlen, wenn dein Sohn am Leben bleiben soll.«

Wenig später waren die anderen drei Schläger des Geschäfts in den Sklavenkäfigen des Kellers eingesperrt, und Joan stopfte Simone wieder den Mund zu. Mit Fäusten und Füßen ließ er dann seine ganze Wut an ihm aus, bis er außer Atem war. Als er Simone schlug, sah er in ihm den verhassten Felip vor sich, der sich vor einer Bestrafung seiner Verbrechen rettete, indem er Zuflucht bei der Inquisition suchte.

Als Joan fertig war, befand sich Simone noch bei Bewusstsein.

»Jetzt bin ich an der Reihe«, sagte Niccolò und krempelte sich zu Joans Überraschung die Ärmel hoch.

Der Mann begann zu wimmern.

»Ach!«, rief Niccolò lächelnd. »Du willst mir etwas sagen? Ich nehme dir kurz die Lappen aus dem Mund, damit du reden kannst, aber wenn es dir einfällt zu schreien, schneide ich dir den Hals durch.«

»Habt Mitleid«, flehte er mit stockender Stimme, als er reden konnte. »Es reicht jetzt. Ich kann nicht mehr.«

»Dann musst du die zehn Golddukaten zurückgeben«, erklärte Niccolò.

»Ich will sie nicht haben«, lehnte Joan nachdrücklich ab. »Ich habe gesagt, dass er sie behalten kann.«

»Gebt acht, Joan«, entgegnete Niccolò. »Ihr seid ein stolzer Spanier, und ich bin ein praktischer Florentiner, der einen Sinn für Gerechtigkeit hat. Ich werde nicht zulassen, dass er das Geld behält.«

»Es gehört ihm.«

»Nun, wenn es ihm gehört, so nehme ich es ihm weg. Dieser erbärmliche Kerl lebt davon, fremde Leute zu bestehlen.«

Mit Fußtritten zwang er den Mann, aufzustehen, und ließ sich von ihm zeigen, wo er seinen Geldbeutel verwahrte.

»Also, das sind ja viel mehr als zehn Dukaten«, erklärte Niccolò lächelnd. »Und weil ich mich so anstrengen musste, behalte ich den Rest.«

Joan ließ alle Sklaven im Hof zusammenkommen. Es waren mehr als drei Dutzend, und die meisten waren Farbige, zu denen mehrere Frauen gehörten. Ihre Mienen verrieten Überraschung und Angst.

»Wer entkommen will, soll schnell losrennen, wenn ich es sage«, erklärte Joan und wiederholte es in den wichtigsten Sprachen, die er kannte.

Für den Fall, dass sie ihn nicht verstanden, unterstrich er seine Mitteilung mit Händen und Füßen. Gern hätte er sie auf die Galeere mitgenommen, aber diese Menschen waren rechtmäßige Sklaven, und man hätte ihn beschuldigt, fremdes Eigentum zu stehlen.

Er bezweifelte, dass die meisten wirklich fliehen und ihre Freiheit erlangen könnten, doch wenigstens sollten sie es versuchen. Bevor sie fortgingen, nahmen sie ihnen im Hof die Ketten ab.

Diejenigen, die offenbar Europäer, vielleicht sogar Genuesen waren und die man wegen Schulden oder leichter Delikte versklavt hatte, rannten als Erste hinaus. Die Übrigen folgten ihnen und füllten auf einmal die Via del Campo. Die Leute wichen erschrocken zur Seite, und als die Wächter an der Porta dei Vacca die Sklaven erkannten, nahmen sie die Verfolgung auf. Weiter hinten kamen Joan und Niccolò. Sie liefen seelenruhig zum Hafen.

»Ach!«, sagte Joan zu Niccolò, während er sich die blutbefleckten Handschuhe auszog. »Wie sehr freut man sich über eine gut gemachte Arbeit!«

117

Die Rückfahrt verlief nicht ohne Zwischenfälle. Die Galeere musste Zuflucht vor der Insel Elba suchen, als sie in einen heftigen Sturm geriet. Niccolò war nicht an die See gewöhnt, und wegen der Schaukelbewegungen des Schiffes litt er an Seekrankheit und ständigem Erbrechen. Nicht so erging es den kleinen Martí und Andreu, den Kindern Marías, die wie alte Seebären wirkten, nachdem sie das erste Unwohlsein überstanden hatten. Joan erzählte ihnen, dass er in ihrem Alter schon zum Fischen auf dem Boot ihres Großvaters hinausfuhr. Begeistert lauschten die Jungen seinen Geschichten und staunten, als sie von den Walen, den Medas-Inseln und den roten Korallen hörten.

Vor ein paar Tagen waren sie nur die Kinder einer Sklavin gewesen, einer Schänkenhure, ohne Vater, Familie, Wurzeln, den Launen ihrer Herrschaften und der Misshandlung durch andere Kinder ausgeliefert. Jetzt hatten sie nicht nur ihre Mutter, sondern plötzlich auch eine Großmutter, die sie verwöhnte, und einen Onkel, der wie ein Edelmann aussah, der sie beschützte und ihnen von ihrer Familie und seiner Heimat erzählte. Die Kleinen waren glücklich, und nicht einmal die vereinten Anstrengungen von Großmutter und Mutter reichten aus, um ihre Erkundungszüge durch die Galeere aufzuhalten. Joan sagte sich manchmal, dass der Ältere das Kind eines Mädchenschänders, sicherlich des Sklavenhändlers Simone oder seines Sohns war. Was den Kleineren betraf, so würde er seine Schwester nie fragen, von wem er stammte. Vielleicht wusste nicht einmal sie es, und es kam ihm auch nicht darauf an, weil die Kinder nun zu seiner Familie gehörten.

Nachdem er so viele Jahre lang für die Frauen gebetet hatte, ohne dass er wusste, ob sie noch am Leben oder tot waren, freute er sich jetzt über alle Maßen, sie zu sehen, und kümmerte sich mit Begeisterung um die Kinder.

»Ich habe Papa versprochen, dass ich für euch sorge«, sagte er.

»Du warst noch so klein!«, antwortete die Mutter.

Joan schrieb in sein Buch: »Ich habe deinen Auftrag erfüllt, Papa.« Als er diesen Satz aufs Papier brachte, hoffte er, dass seine Worte durch die Zauberkraft der Buchstaben ins Jenseits vordringen könnten. Ramón würde endlich erfahren, dass seine Familie gerettet war, und er könnte in Frieden ruhen.

Nur eine alte Rechnung blieb übrig, die Joan niemals einfordern könnte: die Bestrafung Vilamarís wegen des Mordes an seinem Vater und wegen des Leids, das er seiner Familie zugefügt hatte. Der Tod des Einäugigen hob diese Blutschuld nicht auf. Denn er hatte eingesehen, dass der Unglückliche, den er so lange gehasst hatte, nichts weiter als ein armer Teufel war, wie auch er es gewesen war, als er auf Sizilien das gleiche Verbrechen begangen hatte.

Vilamarí war an allem schuld und für alles verantwortlich. Doch Joan war nicht in der Lage, sich zu rächen. Er konnte ihn nicht umbringen, als er die Gelegenheit dazu hatte, es straflos zu tun. Ganz im Gegenteil, er hatte ihm geholfen und ihm das Leben gerettet. Er dachte sogar, er würde das Gleiche wieder tun, wenn sich die Situation wiederholen würde.

Lange glaubte er, er habe seinem Vater gegenüber versagt, als er Vilamarí nicht tötete. Doch dann schrieb er in sein Buch: »Die Liebe hat über die Rache gesiegt.« Denn nun verstand er, dass er unbewusst einen Pakt mit dem Admiral geschlossen hatte, als er dessen Leben schonte und ihn im Kampf beschützte. »Weil ich Vilamarí das Leben gerettet habe, hat er mir die Freiheit geschenkt, und ich konnte meine Familie befreien«, setzte er hinzu.

Trotz der stürmischen See saß Joan am Bug des Schiffs und schrieb, vor den anbrandenden, schäumenden Wellen des herbstlichen Mittelmeers geschützt. Der Abend kam, und auf einmal, an einem Tag mit bleiernen und bedrohlichen Wolken, öffnete sich ein heller Fleck am Horizont, und die Sonnenstrahlen beleuchteten kurze Zeit das Schiff. Joan genoss den Meeresgeruch und sagte sich, dies sei ein Zeichen. Sein Vater hatte seine Worte erhalten und sein Verhalten gutgeheißen.

Selbst wenn Joan mit seinen Neffen spielte oder sich mit seiner Mutter, seiner Schwester und Niccolò unterhielt, konnte er Vilamarí nicht aus seinen Gedanken verbannen. Der Admiral war nicht viel besser als der Sklavenhändler Simone. Aber Joan wusste, dass er für den einen niemals das Gleiche wie für den anderen empfinden könnte.

Joan war es egal, ob Simone oder sein Sohn an ihren Verletzungen sterben würden. Sie waren Ungeziefer. Was unterschied sie von Vilamarí? Vielleicht, dass sie Mädchen geschändet hatten, dass sie es genossen, wenn sie ihre Opfer leiden ließen, dass sie sich die Hände mit Blut besudelt hatten?

Der Admiral tat selbst nichts Derartiges, doch er schickte seine Männer los, um zu rauben, notfalls zu töten und Unschuldige zu versklaven. Er erlaubte Vergewaltigungen, sofern seine Regeln und seine Ordnung eingehalten wurden. Seine ungerechte Gerechtigkeit. War das nicht sogar schlimmer als das, was Simone tat?

Vilamarí blieb auf dem Kampanjedeck seiner Galeere, wo ihn Musiker unterhielten, ihm ein Schreiber Gedichte vortrug und ihn ein Parfümeur vor dem Gestank bewahrte, den das mit Ketten an seine Bänke gefesselte Rudervolk verströmte. Währenddessen wurden Unschuldige von seinen Männern getötet, verschleppt und misshandelt. Er war viel eleganter als Simone, aber schlimmer, weil er andere zwang, seine Verbrechen auszuführen.

Joan dachte, dass er den Admiral mit anderen Augen sah, liege vielleicht daran, dass er adlig war, teure Kleidung trug, gebildete Gespräche über Bücher führte und eine große Macht ausübte.

Vilamarí war ein Löwe, und er genoss nicht das Töten, er tat es, damit er selbst und seine Leute überlebten. Er war ein Pirat, aber er hielt seinen Männern und seinem König die Treue. Joan erinnerte sich an die Bewunderung, mit der Genís, als er noch Steuermann der *Santa Eulalia* war, über ihn sprach. Von seinen Ruhmestaten gegen die Türken und dass er seine Leute nie im Stich ließ. Der Admiral überlebte so, wie er das Überleben verstand. An der Spitze einer Flotte und im Dienst des Königs.

Und welche Rolle spielte der König? Wenn Vilamarí vom Monarchen bezahlt wurde oder seinen Sold verdiente, indem er für Neapel oder den Vatikan kämpfte, überfiel er keine Dörfer. Auch nicht, wenn er sich auf das Kriegsgesetz berief und feindliche Schiffe kaperte. In diesem Fall teilte er die Beute gewissenhaft mit seinem Herrscher.

König Ferdinand II. von Aragonien kannte Vilamarí sehr genau. Er wusste, dass er ein Löwe war, und wenn wenig Geld vorhanden war, entzog er es ihm und gab es anderen. Genauso, wie die römischen Kaiser handelten, was Abdalá ihm erzählt hatte. Sie ließen die Löwen im Zirkus hungern, damit sie die Christen verschlangen, denn sie töteten ja nicht, wenn sie satt waren. Der König wusste, dass Vilamarí überleben würde und auf die nächste Schlacht vorbereitet wäre. Das war seine Natur. Und der Herrscher kümmerte sich nicht darum, was der Admiral tat, vorausgesetzt, niemand erhob Einspruch.

Ob der Monarch wirklich der Gesandte Gottes war, der Granada und Jerusalem für die Christenheit erobern sollte? Viele glaubten das. Vielleicht glaubte es der König selbst und dachte, dass seine hohen Ziele die Mittel rechtfertigten, da er Sendbote des Herrgotts sei. Seine Beichtväter würden ihm schon in Gottes Namen verzeihen.

Joan verzeichnete in seinem Buch einen Satz, den er, wie er sich erinnerte, schon früher einmal geschrieben hatte: »Die Macht ist die Fähigkeit, den Übrigen zu schaden.« Und dann: »Rechtfertigt ein erhabener Zweck den Gebrauch erbärmlicher Mittel? Gott kann nicht auf der Seite jener sein, die die Unschuldigen leiden lassen.«

118

Anfangs hatten die Frauen Schwierigkeiten, sich an Rom zu gewöhnen. Die Großstadt, der Lärm und das Geschrei der Leute auf den Straßen und dem Markt schüchterten sie ein. Besonders María fiel es schwer, sich mit dem Gedanken vertraut zu machen, dass sie frei war. Mitten in der Nacht weckten sie oft Albträume, in denen sie immer noch einen Herrn hatte, der sie missbrauchte. Doch Eulalia war da, um sie zu trösten.

Sie hatten Mühe, sich in ihrem ligurischen Italienisch zu verständigen, und zogen sich ins Haus zurück, wo sie sich um die häuslichen Angelegenheiten kümmerten. Joan machte sich Sorgen um die Frauen, und nachdem er sie zweimal zum Markt begleitet hatte, fand er die Lösung. Im Gasthaus »Zum Stier« gab es eine sympathische und aufgeweckte römische Magd. Er bat Vannozza darum, sie ihm ein paar Monate abzutreten, damit sie bei der Eingewöhnung seiner Familie mithalf. Das brachte Erfolg. Das Mädchen zwang Eulalia und María, sich beim Reden ständig des römischen Italienisch zu bedienen. Wenig später konnten sie sich schon auf dem Markt und mit den Nachbarinnen in einer immer römischeren und weniger ligurischen Sprache verständigen.

Niccolò bestand darauf, dass Joan die zehn Dukaten von den beinahe dreißig zurückbekam, die er Simone abgenommen hatte, und dass María und ihre Mutter den Rest behielten.

»Ich will dieses Geld nicht«, sagte Joan.

»Ich auch nicht«, erklärte der Florentiner. »Ich bekomme schon für meine Arbeit, was Ihr mir bezahlt. Zehn Dukaten gehören Euch, und das Übrige wurde aus den Leiden solcher Menschen wie Eurer Mutter und Schwester herausgepresst. Es ist gerecht, dass sie es bekommen.«

María und Eulalia nahmen das ganze Geld. Nie hatten sie so viel auf einem Haufen gesehen. Sie meinten zwar, die Kleidungsstücke, die sie in Genua erworben hatten, seien mehr als ausreichend, doch Joan wollte ihnen bessere Sachen kaufen. Er erinnerte sich an den Rat, den ihm Miquel Corella gegeben hatte, als er zum ersten Mal nach Rom gekommen war.

Nach dem Erfolg, den Joan mit Vannozzas Magd hatte, stellte er einen Lehrer an, damit die Frauen und auch die Kinder ihre Sprache verbesserten, lesen, schreiben und rechnen lernten. Dies und der Besitz eigenen Geldes machte die ehemaligen Sklavinnen selbstbewusster. In ihrem neuen Leben liefen sie nun schon mit hocherhobenem Kopf und einem Lächeln umher, das immer häufiger über ihre Lippen huschte.

Zufrieden verfolgte Joan die Fortschritte, die seine Familie in ihrem neuen Leben machte. Er sah, dass sich der Zeitpunkt näherte, zu dem er die Buchhandlung eröffnen könnte. Aber er war nicht glücklich. Anna fehlte ihm. Anfang Oktober war die strenge Trauer zu Ende, die sich die Witwe auferlegt hatte. Joan schrieb ihr unzählige Briefe, er berichtete ihr von seiner Genuareise und den Fortschritten, die die Buchhandlung machte. Er erzählte ihr auch von seinen Streifzügen durch Rom und beschrieb die Leute, die er kennenlernte. Seit Oktober – dem Ende der Trauerzeit – wartete er auf ihre Antwort, doch es kam keine. Joan verzweifelte, als er sich an Annas Abschiedsworte erinnerte: »Ich will Euch nicht mehr sehen.«

Am Anfang schrieb er ihr beinahe täglich, dann zweimal in der Woche und schließlich einmal. Ihn überwältigten Mutlosigkeit und Verzweiflung.

Die, die seinen Kummer sahen, wollten ihm Ratschläge geben. Seine Mutter und seine Schwester sagten ihm, er solle sich eine schöne Römerin suchen, und Miquel Corella schlug ihm mehrere Frauen vor, die außerdem wegen ihres Einflusses oder Geldes vorteilhafte Verbindungen sein würden. Niccolò hatte eine Liste von emigrierten Florentiner Damen, die begeistert sein würden, ihr Schicksal mit dem eines stattlichen jungen Mannes zu vereinen, auf den eine vielversprechende Zukunft wartete und der sich selbst zum Vorkämpfer der Bücher proklamiert hatte.

Man sagte ihm, er solle diese aus Katalonien stammende Neapolitanerin vergessen, die sich für adlig halte, weil sie Witwe eines vornehmen Herrn sei und unerträglichen Dünkel zeige. Doch der Gedanke, auf Anna zu verzichten, stürzte Joan in Verzweiflung. Als seine Mutter sah, wie trübsinnig er war, schüttelte sie traurig den Kopf: »Hartnäckigkeit ist eine Tugend unserer Familie, aber deine Haltung gegenüber dieser Frau ist Starrsinn und Trotz. Geh auf die Straße und sieh dich um. Dort wimmelt es von schönen Frauen.«

»Wenn man seine Jugend auf diese Weise vergeudet, ist das eine Sünde, die nicht einmal der Papst vergeben kann«, erklärte Miquel Corella.

Der Valencianer schleppte ihn buchstäblich aus der Buchhandlung hinaus, und zusammen mit Niccolò besuchten sie Lokale, deren schöne Wirtinnen sich nicht nur beim Wein großzügig zeigten. Joan gab sich Mühe, am ausgelassenen Treiben teilzunehmen, doch sein trauriger Blick, der den Boden seines Glases anstarrte, sagte alles.

Erinnere Dich daran, Joan: Siegeswille, gemeinschaftliches Handeln und Überraschung, empfahl ihm Abdalá in einem Brief. *Diese Taktik lässt sich für viel mehr gebrauchen, als einen Raufbold zu verprügeln. Seitdem ich Dich kenne, hast Du Anna geliebt. Nichts hat Dich von Deiner Leidenschaft abgebracht. Gib Dich nicht geschlagen. Das wird Dein Siegeswille sein. Plane Dein gemeinschaftliches Handeln. Du musst so viel wie möglich über ihre Gefühle erfahren. Nutze Deine Freunde, jeden, der etwas über sie erfahren kann. Sorge dafür, dass sie*

Dich nicht nur unterrichten, sondern auch Deine Botschafter sind. Und wenn Du sicher bist, dass Du weißt, was sie im tiefsten Herzen empfindet, dann schreib mir. Wir werden uns um eine Überraschung bemühen. Bete inzwischen zum Herrgott und tue Buße, um Deinen Glauben und Deinen Willen zu stärken.

Joan empfand tiefe Achtung für Abdalá, doch er sagte sich, dass dies vielleicht ein erstes Zeichen der Senilität war. Was konnte er wohl über Frauen wissen, wenn er kaum ein Wort mit den Dienstmädchen wechselte und keine Liebschaften hatte, seit er schon vor über zwanzig Jahren die Freiheit verloren hatte? Und wie sollte Joan erfahren, was Anna im tiefsten Herzen verbarg?

Obwohl er noch voller Zweifel war, bemühte er sich, die Ratschläge des Meisters in die Tat umzusetzen. Zusammen mit der Antwort schickte er einen weiteren Brief, in dem er Bartomeu bat, Pere Roig, dem Vater Annas und alten Waffenkameraden aus der Zeit des Bürgerkriegs, zu schreiben, damit dieser ihn über die Gefühle seiner Tochter unterrichtete. In einem anderen Schreiben bat er Antonello um das Gleiche. Er war der einzige Mensch, der nicht zu ihrer Familie gehörte und mit dem Anna während der Trauerzeit sprach.

Die Antwort des Buchhändlers aus Neapel traf in nur zwei Wochen ein.

Angelica ist sehr traurig, mein lieber Roland. Sie fühlt sich ganz und gar schuldig am Tod ihres Gatten. Sie sagt, wenn Riccardo Dich nicht in seinem Haus gesehen und es ihm nicht das Herz zerrissen hätte, so hätte er niemals bis zum Tod gekämpft. Sie denkt, dass Du ihren Mann getötet hast, weil Du glaubtest, ein Recht auf sie zu haben.

Sie ist zwar die Witwe eines kleinen Adligen, doch ihr Palast besteht nur aus Ruinen. Als Du eure Liebe auf der Karavelle verkündet und sie dann vor den Augen der Anjou-Anhänger gekauft hast, hat das ihren Ruf als ehrbare Frau zerstört. Die Familie

Riccardo Luccas redet nicht mehr mit ihr, und das Erbe, das ihrem Gatten zustehen würde, wird niemals dem Kind zukommen, das sie erwartet. Da der Vater als Juwelier arbeitet, kann die Familie überleben, aber in bescheidenen Verhältnissen. Er ist nicht in der Lage, eine Mitgift für seine Tochter aufzubringen, und ihre Zukunft wird es sein, ihr Kind zu bekommen und es in Einsamkeit und Armut aufzuziehen, wofür sie nur die Hilfe ihrer Eltern hat. Immer wieder liest sie Deine Briefe, wobei sie sich euer Leben in Rom vorstellt und sich danach sehnt. Doch sie hat entschieden, dass sie es nicht verdient. Eure letzte Begegnung hat sie sehr mitgenommen, und sie hat ihre strenge Trauer um weitere drei Monate verlängert. Ich denke, dass sie Dich immer noch liebt, obwohl sie glaubt, dass diese Liebe schuldig und sündhaft, von Gott verdammt ist. Sie beschuldigt sich wegen ihrer Untreue und verbringt die Tage mit Beten. Dabei fleht sie um Vergebung, während sie spürt, wie ihr Kind in ihrem Innern wächst. Die schöne Frau, die Du gekannt hast, hat vom Weinen gerötete Augen, und die Grübchen, die das Lächeln in ihr Gesicht zeichnete, sind verschwunden.

Joan seufzte. Der Trübsinn seiner Liebsten ängstigte ihn, und er wusste nicht, wie er ihr Leid lindern konnte, wenn sie ihn nicht einmal sehen wollte. Plötzlich wurde er wütend. Anna war bereit, ein elendes Leben zu erdulden und ihn mit ins Elend zu stoßen, während sie gemeinsam glücklich sein konnten. Es stimmte, dass sie beide schuldig waren, und er mehr als sie. Doch ihr Eigensinn riss sie beide in den Untergang.

Roland, wenn Du Angelica wirklich liebst, lass alles liegen und hol sie in Neapel ab, schrieb Antonello weiter in seinem Brief. *Es wird nicht leicht sein, aber vielleicht hast Du Glück und findest das Mittel, das diesen Zauber brechen kann, diesen Fluch, der sie verdammt. Dann glänzen vielleicht wieder ihre Augen, und das Lächeln erhellt von neuem ihr Gesicht.*

Eilig bereitete Joan seine Abreise vor. Er wusste, dass es ihm sehr schwerfallen würde, Anna zu überzeugen, dass er sich einer weiteren Enttäuschung aussetzte und dass dies die Eröffnung seines Buchladens ein zweites Mal erheblich hinauszögern würde. In sein Buch schrieb er: »Darauf kommt es nicht an. Ich muss es versuchen.«

119

Mitte Dezember hatte Joan alles für seine Neapelreise vorbereitet. Er wollte so lange wie notwendig in der Hauptstadt des Königreichs bleiben. Doch er schob die Abfahrt hinaus, damit er Weihnachten mit der Familie feiern konnte.

Als ihn Miquel Corella fragte, was seine Strategie sei, um eine so schwer einzunehmende Festung wie Anna zu erobern, antwortete Joan, dass er sich von seinem Willen und seinem Glauben leiten lasse.

»Du wirst etwas mehr als das brauchen«, entgegnete der Valencianer.

»Es kommt nicht darauf an, wie verängstigt sie ist«, warnte ihn Niccolò. »Vielleicht strebt sie nach Leid und glaubt, dass sie damit ihre Sünden abbüßen kann. Wenn es so ist, wird sie dich wieder abweisen.«

Joan war sich bewusst, dass er keinen richtigen Plan hatte. Aber er durfte sich nicht dem Ruf Antonellos widersetzen, und er ertrug auch die räumliche Trennung nicht länger. Ihm würde schon etwas einfallen. Er vertraute auf eine Schicksalswendung, sobald er in Neapel und in ihrer Nähe sein würde. Doch einige Tage vor Weihnachten erhielt Joan ein unerwartetes Geschenk aus Barcelona. Es war ein Paket, das Bartomeu geschickt hatte. Zusammen mit einem kleinen, sorgfältig zugeschnürten Lederbeutel enthielt es einen Brief des Kaufmanns und einen Abdalás. Joan wunderte sich. Vor kaum einem Monat hatte er nach Barcelona und Neapel geschrieben. Doch während Antonello mehr als genug Zeit hatte, ihm zu antworten, würde sein Brief an Bartomeu wohl noch unterwegs nach Spanien sein. Das Paket, das er in der Hand hielt, hatte Barcelona sogar schon verlassen, bevor er seinen letzten Brief abgeschickt hatte, um sich nach Abdalás Ratschlägen zu richten.

Bartomeu unterrichtete ihn über die letzten in Spanien erschienenen Druckausgaben und andere persönliche und geschäftliche Themen. Doch zu Joans Überraschung teilte er ihm danach mit, dass er seinem alten Waffengefährten und Freund Pere Roig geschrieben habe. Genau das, worum ihn Joan in dem Brief bat, den Bartomeu gewiss noch nicht erhalten hatte! Er teilte ihm außerdem mit, um das lange Hin und Her der Briefe nach und von Spanien zu vermeiden, habe er den Juwelier gebeten, Antonello direkt zu unterrichten.

Joan staunte. Hatte Bartomeu seine Gedanken erraten?

Das Schreiben seines Meisters klärte ihn über das Geheimnis auf. Kurz nachdem Abdalá den ersten Brief erhalten hatte, in dem Joan mitteilte, dass ihn Anna abgewiesen hatte, bat der Muslim seinen Herrn und Freund Bartomeu, dem Vater des jungen Mädchens zu schreiben. Der alte Meister nutzte die Dienste Bartomeus, Pere Roigs und Antonellos für seine Sache.

Anna liebt Bücher, und Bücher sind das, was du am besten schaffen kannst, schrieb ihm Abdalá. *Erinnere dich, als ich für sie den »Verliebten Roland« übersetzte und du mit eigener Hand die Blätter mit harmonischen Buchstaben gefüllt, sie dann gebunden und mit einem schönen Deckel versehen hast. Eine dieser Seiten war dein Liebesbrief. Und dieser Brief hat ihr Herz erreicht. Das ist der Weg.*

Stelle für sie ein wunderschönes Buch her, das von Eurer Liebe erzählt, von Sünde, Reue und Vergebung. Ein Buch, das eine Buße enthält, um ihre Schuld zu überwinden, und das so ihr Herz von den Ketten befreit, die es daran hindern, dich zu lieben.

Erinnere Dich, was ich Dir über die Bücher erzählt habe, über ihren heiligen Ursprung, ihre Zauberkraft, ihre Macht. Die

Bücher haben Leib und Seele wie wir. Mach deiner Liebsten ein Buch mit einem schönen Leib, der den ihren liebkost und der sich liebkosen lässt. Gib ihm eine Seele, die zu ihrer Seele vordringt und mit ihr verschmilzt, die sie beruhigt und ihr Frieden gibt. Ein Buch, das sie von ihren Ängsten, Kümmernissen und Schuldgefühlen entlastet, damit sie sich wieder wie das Mädchen fühlt, das du kennengelernt hast.

Zusammen mit meinem Brief findest du einen kleinen Lederbeutel. Mach ihn nicht auf. Heb ihn auf, er wird dir helfen. Ihn schickt deine Freundin aus El Raval. Die Frau, die sie »die Hexe« nennen.

120

Anfang Januar 1496, wenige Tage vor seinem vierundzwanzigsten Geburtstag, traf Joan in Neapel ein.

»Deine Dame ist kurz vor dem Ende ihrer zweiten Trauerzeit«, unterrichtete ihn Antonello. »Aber ich habe schlechte Neuigkeiten. Bartomeus Brief hat es mir ermöglicht, gute Beziehungen zu ihrem Vater, Mosén Roig, aufzunehmen. Er sagt, sie werde weiter Trauer tragen, sie habe nicht die Absicht, auf deine Briefe zu antworten, und sie wolle dich unter keinen Umständen sehen.«

Joan schüttelte missmutig den Kopf.

»Erzählt mir alles, was Ihr von ihr wisst.«

Der Buchhändler erklärte, die Lage habe sich nicht verändert. Bei ihren Besuchen in der Buchhandlung bestehe Anna nachdrücklich darauf, keinen Kontakt zu ihm zu wünschen. Auch der Vater habe keinen größeren Erfolg. Der Juwelier, der einige Jahre zuvor Joan durch Bartomeus Vermittlung verboten hatte, seine Tochter zu sehen, würde mittlerweile den jungen Mann als Ehemann für sie akzeptieren. Nur dass es jetzt die Tochter ablehnte.

Diesmal erklärte er sich mit dem Zimmer einverstanden, das ihm Antonello im ersten Stock seines Hauses anbot. Er brauchte eine vertraute und ruhige Atmosphäre, damit er den Anweisungen seines Meisters folgen konnte.

Seine ersten Notizen hielt er auf Papierfetzen fest, die man in der Buchhandlung weggeworfen hatte. In seinem fieberhaften Schaffensdrang verzichtete er auf Schlaf und Essen. Er schrieb, betete, schlief zuweilen am Tisch ein und schrieb abermals. Er schuf die Seele seines Buches. Tage und Nächte verschmolzen, und nur das durchs Fenster hereinfallende Licht und die Kirchenglocken unterteilten seine Zeit.

Nachdem eine Woche seit dem Beginn seiner Klausur vergangen war, ordnete Joan seine Papiere. Er machte sich frisch und aß gemeinsam mit Antonello und seiner Familie. Danach unterhielt er sich mit dem Neapolitaner, der Joans Opfergang halb skeptisch, halb erwartungsvoll beobachtete.

»Glaubst du wirklich, dass du Anna nur mit einem Buch wiedergewinnen kannst?«

»Ja.«

»Ganz einfach so?«

»Nein, so einfach ist es nicht«, widersprach Joan. »Das Buch wird, wenn ich es schaffen kann, ein lebendiges Wesen mit Leib und Seele sein.«

In den nächsten Tagen betete Joan häufig in der Kathedrale. Außerdem wählte er das Material für sein Buch aus. Es sollte eine gute, aber nicht übertriebene Qualität haben.

Dann begann er, seinen Text zu korrigieren. Gern hätte er alles gereimt, doch dazu fühlte er sich nicht in der Lage. Nach einer weiteren Woche war er mit dem Ergebnis zufrieden.

Er ging in die Werkstatt hinunter, und dort stellte er die Buchdeckel her. Sie waren aus gutem Leder, und darauf prägte er mit kurzen, harten Schlägen den Titel: *Das Buch der Liebe* – und weiter unten in kleinerer Schrift: *Von Roland für Angelica*, so dass man den zweiten Text als Teil des Titels, doch auch als Widmung lesen konnte. Dann schnitt er das Papier auf die geeignete Größe zu und linierte es behutsam, damit man die Hilfslinien der Buchstaben ausradieren konnte, ohne Spuren zu hinterlassen.

Antonello hatte zwei Schreibtische wie die der Corrós, und Joan arbeitete in der nächsten Woche an einem von ihnen. Langsam schrieb er seinen korrigierten Text ab, legte in jede Zeile seine ganze Liebe. Oft machte er eine Pause, und manchmal warf er eine Seite fort und schrieb sie noch einmal, weil die Schriftzüge nicht die erforderliche Schönheit erreichten oder weil er einen besseren Ausdruck gefunden hatte.

Diese Buchstaben wirkten äußerst lebendig, und unabhängig von ihrer Bedeutung sprachen sie auch durch ihre Erscheinung, wie die über dem Meer schwebenden Wolken, die ihm sein Vater am glänzenden Himmel Llafrancs gezeigt hatte.

Vorsichtig nähte er die Blätter zusammen und band sie ein, wobei er sie in den Deckeln und am Rücken befestigte, um dann alles zu verleimen. Als es trocken war, nahm Joan es in die Hand. Sein Körper hatte ein angenehmes Gewicht, der Deckel war fest und warm, die Blätter waren glatt, etwas samtartig und weich anzufassen.

Dann bat er Antonello, Anna zu benachrichtigen.

121

Es war Anfang Februar. Anna schützte sich mit einem dicken Mantel vor dem eisigen Wind, während sie zu Antonellos Buchhandlung lief. Die mehr als siebenmonatige Schwangerschaft hatte ihren Leib anschwellen lassen und nötigte sie zu einem behäbigen Gang. Instinktiv beschützte sie das Wesen, das in ihrem Innern wuchs, mit einer Hand, während sie mit der anderen ihre Kleidung sorgfältig festhielt, damit ihr der Wind nicht den Mantel entriss.

Sie bedauerte die ungewisse Zukunft ihres Kindes. Es musste von Riccardo sein. Es durfte nicht die Folge jenes niederträchtigen Verrats sein, der auf schreckliche Weise zur Ermordung ihres Ehemanns geführt hatte. Die Frucht ihres Leibes war legitim, sie musste es sein. Um das Andenken ihres Gatten zu ehren, würde sie mit allen Kräften darum kämpfen, dass ihr Kind im Leben vorwärtskam, selbst wenn es das väterliche Erbe nicht beanspruchen konnte. Der Lucca-Palast in Neapel war nur noch eine Ruine. Vilamarí hatte sich den ganzen Besitz angeeignet, und Riccardos Erbgüter lagen in Apulien und würden schließlich in die Hände anderer Familienmitglieder geraten. Die adligen Anhänger der Anjous, die sich auf der Karavelle befunden und die Freiheit gewonnen hatten, nachdem sie ein Lösegeld bezahlt und die Vergebung König Ferrandinos erhalten hatten, lebten in der Stadt. Doch sie redeten nicht mehr mit ihr. Die Zukunft ihres Kindes würde sein, den Juweliersberuf zu erlernen, wenn es ein Junge war, oder die Gattin eines anderen Juweliers zu werden, wenn es ein Mädchen war.

Die leidenschaftliche Liebe, die sie für Joan empfunden hatte, war zu einer schmerzlichen Erinnerung verblasst. Ihr widerstrebte die Vorstellung, in seine Arme zu sinken und mit ihm glücklich zu sein. Sie hatten das Glück nicht verdient.

Anna seufzte erleichtert auf, als sie die Buchhandlung betrat und den kalten, heftigen Wind hinter sich ließ. Dieser Ort war stets eine friedliche Oase, eine warme Zuflucht, wo man ruhige und freundliche Gespräche führte. Er war eine andere Welt, ihre Sorgen konnten nicht in dieses Heiligtum eindringen und warteten draußen vor der Tür auf sie. Vor einem Tag hatte sie eine Nachricht von Antonello erhalten, dass ein ganz besonderes Buch eingetroffen sei und dass sie es sehen müsse. Anna hatte nur häusliche Aufgaben zu verrichten oder das Silber ihres Vaters blankzuputzen, so dass diese Neuigkeit ein richtiges Ereignis war und ihre ganze Neugier erregte. Sie sehnte sich danach, das Buch in der Hand zu halten.

»Willkommen, *Signora* Anna«, sagte Antonello und vermied, den Namen Lucca auszusprechen.

»Danke, Don Antonello«, antwortete sie und neigte grüßend den Kopf. »Ihr habt meine ganze Neugierde geweckt. Was für ein Buch ist das?«

»Etwas überaus Besonderes, und ich dachte an Euch, als ich es nur gesehen habe«, erklärte der Buchhändler und half ihr aus dem Mantel.

»Ich hoffe, dass es nicht teuer ist. Meine Mittel sind sehr beschränkt.«

»Wenn es Euch gefällt, kommen wir gewiss zu einer Einigung«, beruhigte sie der Buchhändler und zeigte ihr den Weg zum Arbeitszimmer.

Anna blieb ruckartig stehen. Dieser kleine Raum war ihr heimlicher Treffpunkt mit Joan gewesen, und er beschwor in ihr süße und bittere Erinnerungen herauf. Doch Antonello öffnete die Tür und stieß sie sanft hinein. Immer noch bedeckten die mit Büchern vollgestellten Regale alle Wände. Zarte Gardinen filterten das Tageslicht. In der Mitte des Zimmers stand ein Tisch, auf dem Anna ein einziges Buch liegen sah.

»Das hier ist es«, sagte Antonello und zeigte zum Tisch. »Setzt Euch. Lasst Euch alle Zeit, die Ihr braucht. Lest es sorgfältig. Niemand wird Euch stören.«

Er schloss die Tür und ließ Anna allein. Einige Zeit betrachtete sie die Rücken der Bücher in den Regalen, und danach konzentrierte sie sich auf das Buch, das auf dem Tisch lag. *Das Buch der Liebe*, las sie. Und hierauf in kleinerer Schrift, *Von Roland für Angelica*.

Die Buchstaben waren als römische Lettern mit roter Farbe gedruckt, auf einem Deckel aus hellbraunem Leder. Oben und unten hatte er schöne vergoldete Schmuckstreifen aus Weinlaub mit Früchten. Sie wiederholten sich auf dem hinteren Deckel. Das Buch war nicht sehr groß, und bald schon erkannte sie seine Ähnlichkeit mit der Übersetzung des *Verliebten Roland*. Und sie hatte Joans Liebesbrief enthalten. Das Buch hier war schmaler, gewiss umfasste es weniger Seiten, doch sein Äußeres sah sehr ähnlich aus.

Sie nahm es in die Hand, streichelte die Textur seiner Deckel und genoss den Geruch des Leders, der Farbe, des Papiers und eines sanften weiteren Duftes, den es verströmte.

Sie wusste, dass Matteo Boiardo zwei weitere Bücher des *Verliebten Roland* geschrieben hatte. Aber das Buch hier gehörte anscheinend nicht dazu. Schon als sie es aufschlug, sah sie, dass es eine Handschrift war und dass die Buchstaben ganz so wie in der Übersetzung aussahen, die sie aus Barcelona erhalten hatte.

Auf der ersten Seite stand noch einmal der Buchtitel, ohne dass der Autor erwähnt wurde. Auf der nächsten Seite folgte eine mit schönen Buchstaben geschriebene Einführung.

Dies ist das Buch der Liebe von Roland für Angelica.

In der traurigen, unseligen Nacht, in der Roland glaubte, Angelicas Liebe verloren zu haben, schrieb er dieses Buch für sie, dessen Tinte sein Herzblut war und dessen Worte aus seiner gepeinigten Seele kamen. Darin bekundete er seiner Dame seine Zuneigung, Zärtlichkeit und Leidenschaft, und er erzählte ihr seine Geschichte, die seiner Liebesabenteuer und die seiner Qual. Das Buch erklärte Angelica, dass der Ritter ohne sie sterben werde, denn er lebe nur um ihretwillen. Dass sie Rolands Herrin und Meisterin sei, dass er ihr bedingungslos seine Liebe schenke und sie bitte, dieses Buch anzunehmen. Dass der Ritter ihm und der Güte der Dame sein Schicksal anvertraue.

Anna erschauderte. Sie suchte hinter dem Stuhl nach ihrem Mantel, nur um sich dann zu erinnern, dass sie ihn am Eingang zurückgelassen hatte. Sie wollte ihn nicht holen. Sie musste die Lektüre fortsetzen.

Angelica las das Buch, und die Liebe, die es verströmte, heilte ihre Wunden, und zusammen mit der Liebe kamen Rolands Vergebung und Erlösung.

Anna rutschte unbehaglich auf ihrem Stuhl hin und her. Nachdem sie die Einführung fertiggelesen hatte, schlug sie die nächste Seite auf.

Roland war noch ein Kind, als er an einem tragischen Morgen sah, wie böse Leute seinen Vater grausam ermordeten und seine Mutter und seine Schwester brutal in weite Ferne verschleppten. Als Waisenkind wurde er aus seinem Dorf vertrieben und in die Großstadt gestoßen, einen dunklen, unbekannten, feindseligen und unheilvollen Ort, der in ihm nur Furcht und Sorge erweckte. Doch in dieser Finsternis entdeckte Roland ein Mädchen, das so schön war, dass er es nicht für wirklich hielt.

Sie hatte strahlend grüne Augen, helle Haut und pechschwarzes Haar, und sie kleidete sich elegant. Sie hieß Angelica und erschien ihm wie eine Prinzessin. Roland hingegen hatte sonnengebräunte Haut und derbe Kleidung, und er sah aus wie ein Bettler.

Doch sie missachtete ihn nicht, sondern erwiderte seinen Blick und lächelte ihm zu. Dabei zeigte sie schöne weiße Zähne und anmutige Grübchen an ihren Wangen. Dieses Lächeln erhellte die dunkle Stadt, verscheuchte alle Ängste und schlechten Vorzeichen. Roland erschauderte, und noch in diesem Augenblick traf ihn die Liebe wie ein Blitzschlag, ohne dass er es verhindern konnte. Diese große Liebe sollte sich für immer in dem Jungen erhalten und ihn über Leben und Tod hinaus begleiten.

Anna bemühte sich, die Augen von dieser Seite abzuwenden. Die Buchstaben zogen sie wie ein Magnet an. Sie erkannte die Schrift. Es war dieselbe wie die im ersten Buch, und ihr wurde bewusst, dass es Joans Worte waren. Sie spürte, dass sie zitterte, während ihr Tränen in die Augen traten. Die Geschichte war schön, nahm jedoch ein tragisches Ende. Was wollte er erreichen, indem er sie daran erinnerte? Sie nahm an, dass Joan in der Nähe sein musste, wollte ihm jedoch nicht begegnen, wollte ihm nicht in die Augen sehen. Schwankend stand sie auf und lief zur Tür. Sie verließ die Buchhandlung, ohne sich zu verabschieden, wobei sie sogar ihren Mantel vergaß. Sie lief durch die leere Straße, die der Wind und ein mit Hagelkörnern vermischter Regen peitschten. Dabei hielt sie sich den Bauch mit beiden Händen. Ein jähes Schluchzen schüttelte sie. Fliehen, sie wollte fliehen.

Joan hatte Anna die ganze Zeit beobachtet. Antonello hatte ihm das Geheimnis seines Lesezimmers verraten. Zwischen den Buchreihen waren Spalten in der Wand versteckt, durch die man aus dem Nebenzimmer hineinschauen konnte. Da wurde ihm klar, dass seine Liebesgeschichte, die er mit Anna in diesem Zimmer erlebt hatte, nicht so geheim war, wie er geglaubt hatte. Aber dies war nicht der richtige Moment, es dem Buchhändler vorzuwerfen.

Offenkundig gefiel Anna die Gestalt des Buches. Sie atmete seinen Duft ein und streichelte es. Aber als er die betrübte Miene bemerkte, die sie machte, nachdem sie die ersten Zeilen gelesen hatte, steigerte sich seine Unruhe zum Schrecken. Schließlich stand sie auf und floh.

Er rannte hinterher, um sie zurückzuhalten, doch Antonello vertrat ihm den Weg.

»Lass sie«, sagte Antonello. »Mach es nicht noch schlimmer.«

Joan wehrte sich heftig, während er sah, wie sich Anna im Regen und Hagel entfernte.

»Wie kann es denn noch schlimmer sein?«, fragte er trostlos.

Begriff Anna denn nicht, welch elendes Leben sie und ihr Kind erwartete? Er konnte ihr so viel geben! Zusammen wären sie so glücklich geworden! Wie konnte sie nur so verblendet, so eigensinnig sein?

Niedergeschlagen stellte er fest, dass seine ganze Buße, seine ganze Arbeit, all seine Gebete umsonst gewesen waren.

122

Anna rannte weiter, ohne sich darum zu kümmern, dass sie nass wurde, bis die Buchhandlung weit genug hinter ihr lag. Sie keuchte. Ihre Haube war schon durchgeweicht, und das Wasser rann ihr übers Gesicht. Diese Geschichte, dieses Buch setzten ihr heftig zu. Ihre Tränen vermischten sich mit dem Regen. Es hatte sie große Mühe gekostet, zu einem Pakt mit ihrem Gewissen zu gelangen, durch Buße ihre Schuld auszugleichen. Der größte Teil dieser Buße bestand darin, sich von Joan und dem Leben, das er ihr nun bieten konnte, entfernt zu halten. Jetzt wollte sie fliehen, obwohl etwas an ihr zog. Eine mächtige Kraft drängte sie, die Lektüre fortzusetzen.

Sie irrte im eiskalten Regen umher. Sie zitterte vor Kälte. Doch je weiter sie lief, desto näher führten sie ihre Schritte wieder zur Buchhandlung.

Antonello stand an der Tür. Als er sie zurückkommen sah, rief er María, seine Frau, und sagte zu Joan, er solle sich verstecken.

»Kommt herein, um Gottes willen! Ihr holt Euch eine Lungenentzündung«, rief er, als er sah, dass sie durchnässt war und vor Kälte zitterte.

»Ich will dieses Buch lesen.«

»Zuerst kommt Ihr mit und zieht Euch um«, sagte María in mütterlichem Ton. »Sonst werdet Ihr noch krank.«

»Ganz gleich, ich will dieses Buch lesen«, drängte sie.

»Auf keinen Fall. Wasser schadet den Büchern«, widersprach Antonello nachdrücklich. »Wenn Ihr es lesen wollt, müsst Ihr mit María in den ersten Stock hochgehen und Euch umziehen.«

Fügsam ließ sie sich von der Buchhändlerin in den ersten Stock mitnehmen. Sobald sie sich abgetrocknet hatte, setzte María sie ans Feuer und gab ihr eine heiße Brühe. Allmählich erwärmte sich ihr Körper wieder, und ihr Geist beruhigte sich.

In trockenen Sachen und mit einer weiteren Tasse Brühe kehrte

Anna in die trügerische Intimität des kleinen Leseraums zurück. Bevor Antonello sie alleine ließ, bot er ihr eine Öllampe an, denn das Unwetter trübte das durchs Fenster einfallende Licht. Anna nahm all ihren Mut zusammen, um weiterzulesen.

Sie begann bei der ersten Zeile und hielt an der Stelle inne, an der sie in Tränen ausgebrochen war. Sie sammelte Kraft, um weiterzulesen.

Nun schilderte der Text ihre Begegnungen am Brunnen, ihre Briefchen, ihre heimlichen Liebkosungen, dieses unschuldige Glück, dass sie sich jeden Tag sahen, selbst wenn es nur ein paar Augenblicke dauerte.

Anna spürte, wie ihr wieder Tränen in die Augen traten, nun aber waren sie zärtlich und wehmütig. »Was für eine schöne Zeit das war!«, sagte sie sich.

Die Geschichte überwältigte sie, ohne dass sie sich widersetzen konnte. Sie ging mit dem Angriff Agricans weiter, »des bösen Freiers Angelicas«, der danach von Roland besiegt wurde. Ihr war sofort klar, dass er Felip darstellte. Nun folgten der Kampf Rolands, um sie zu beschützen, und die tragische Flucht der Familie Angelicas, die von mächtigen und ungerechten Feinden bedrängt wurde.

> *… es zerriss Rolands Herz, als seine Liebste fortging. Er wusste nicht, wo er sie suchen sollte, und glaubte, dass er sie nie wiedersehen würde …*

Danach schilderte sie die erfolglosen Versuche Rolands, den Aufenthaltsort seiner Dame herauszufinden, und schließlich berichtete sie von der Freude, dass er sie durch das Buch der Liebe und Rittertaten des *Verliebten Roland* entdeckte.

Hierauf beschrieb sie ausführlich die Qual Rolands, der immer noch ein mittelloser Junge war. Er sehnte sich danach, zu seiner Liebsten zu eilen, doch er konnte die Reise nicht unternehmen, ohne vorher herauszufinden, wo sich seine Familie aufhielt, denn er hatte geschworen, sie zu befreien. Das Unglück verfolgte ihn und beraubte ihn seiner Freiheit, und er hatte Angst, dass er zu spät zu ihr kam und sie schon verheiratet war.

Doch die Macht der Liebe war stärker als sie beide. Sie ließ sich nicht aufhalten, wie die Gewalt der Sturzbäche, die zu Flüssen anschwellen, oder die des wütenden Meeres. Sie konnten nichts tun. Sie liebten sich.

Als Anna zu diesem Punkt gelangt war, schloss sie die Augen, stützte sich mit den Ellbogen auf den Tisch und verbarg das Gesicht in den Händen.

Joan, der sie beobachtete und dabei den Atem anhielt, schreckte bei jeder ihrer Bewegungen zusammen. Er sah, dass sie anders, jedoch schön wie immer war. Er liebte sie. Er liebte sie verzweifelt.

Danach erzählte das Buch vom Ritter Reinald, dem Gatten und Beschützer Angelicas, »der tapfer, stolz und wild war und den das grausame Schicksal gegen Roland stellte«.

Die Geschichte erzählte auf tragische Weise, dass Reinald ein tapferer Ritter war, der sich nicht versteckte, wie es die meisten Adligen auf der Karavelle getan hatten, sondern kämpfte. Und dass er noch leben würde, wenn er, anstatt zu kämpfen, seine Waffe übergeben hätte wie die anderen, als alles verloren war. Seine eigene Tapferkeit hatte ihn verurteilt.

Anna runzelte die Stirn, und Tränen rannen ihr über die Wangen. Sie dachte an Riccardo, der tatsächlich mannhaft und tapfer gewesen war, doch sie sagte sich, wenn er nicht Joan in seinem Haus gesehen hätte, wäre er noch am Leben.

Reinald war ein ganzer Mann, und bis zum Ende kämpfte er aus einem jener unbegreiflichen Gründe, derentwegen manche Männer und Frauen sterben, obwohl sie es verhindern könnten. Aus Ehrgefühl, aus Liebe, um des Vaterlandes oder der Würde willen.

Anna schüttelte den Kopf. Vielleicht war alles ein bitteres Missgeschick, aber es sprach sie und Joan nicht von Schuld frei. Wieder brachte das Buch eine Antwort auf ihre Gedanken.

Roland und Angelica liebten sich, und das war ihre große Sünde. Trotzdem verlangte ihre Sünde nach Buße, damit diese übermächtige und wunderbare Liebe, die beide fühlten, nicht auf ungerechte Weise verlorenginge.

Nachdem Reinald gestorben war, konnte man nur noch für seine Seele beten und ihm ein würdiges Begräbnis ausrichten. Seine Witwe sollte ihn mit ihrem Leid und ihrer Trauer ehren. Und das tat sie mehr als genug.

Nachdenklich blickte sie zu den Deckenbalken hoch. Das war eine bekannte, vertraute Geschichte, die jedoch ganz anders erzählt wurde, als sie es erlebt hatte. Sie sagte sich, vielleicht stimmte es, vielleicht hatte das Buch ja doch recht. Als sie umblätterte und weiterlas, erschrak sie.

»Das Buch der Liebe« unterwirft Euch, Angelica, und Roland einer Buße, die Euch von Eurer Sünde erlösen wird.

Anna spürte, dass das Buch sie jetzt unmittelbar ansprach. Beinahe konnte sie die Worte hören.

Für Reinald könnt Ihr nichts mehr tun, wohl aber für sein Kind. Angelica, erlaubt, dass Roland seine Schuld und das von ihm begangene Böse sühnt, indem er Gutes tut. Dass er Reinalds Kind liebt, als wäre es sein eigenes, und dass er seine ganze Mühe darauf verwenden wird, einen tapferen Ritter wie sein Vater oder eine ehrbare Dame wie seine Mutter aus ihm zu machen.

Anna seufzte. Ihr blieben nur wenige Zeilen, und sie las begierig weiter:

Angelica, Ihr müsst das Leid überwinden, denn die Liebe wird die Buße für Eure Schuld sein. Euch erwartet eine wunderbare Zukunft – jene Zukunft, von der Ihr in der Zeit geträumt habt, als Ihr am Brunnen standet.

Diese Zukunft zu versäumen würde die größte Sünde sein. Eine Sünde, für die Ihr niemals Vergebung und Buße finden würdet.

Anna schloss das Buch und auch ihre Augen. Sie wusste, dass sich Joan hinter diesen Seiten versteckte. Es waren seine Schrift und seine Worte. Vielleicht hatte er das Buch sogar selbst hergestellt. Sie fühlte, dass er ihr ganz nahe war. Sie strich zärtlich über das Buch. Diese Geschichte, diese Argumente, seine Seele schienen das Werk eines klugen Kopfes zu sein. Es war ihr zu Herzen gegangen und hatte ein Fenster der Hoffnung in ihrer dunklen Wohnstätte geöffnet.

Sie legte das Buch auf den Tisch des kleinen Raums, dankte Antonello und María, zog den Mantel an und trat auf die schlammige Straße hinaus. Der Regen hatte aufgehört.

123

Am nächsten Tag besuchte Joan den Vater Annas und bat ihn um die Erlaubnis, seiner Tochter den Hof machen zu dürfen. Der Mann ließ ihn eintreten und lud ihn zu einem Glas Wein ein. Anna erwiderte seinen Gruß, als handelte es sich um einen Unbekannten, und zog sich in ein benachbartes Zimmer zurück, damit die Männer allein reden konnten. Wie Joan erwartet hatte, gab Mosén Roig seine Zustimmung, erklärte jedoch, er benötige das Einverständnis seiner Tochter, das sicherlich nicht leicht zu erreichen sei. Er werde ihm das Ergebnis mitteilen.

Joan lag in dieser Nacht schlaflos da und betete. Am nächsten Morgen erschien ein junger Bursche mit einem Brief, in dem es hieß, Anna erbitte sich mehr Zeit. Joan ging erneut zu Mosén Roig und brachte ein Geschenk für dessen Tochter mit. Es war *Das Buch der Liebe*.

Doch die Tage vergingen, ohne dass Joan etwas Neues erfuhr. Er hielt sich in der Umgebung des Juwelierladens auf, um Anna zu sehen. Er beobachtete sie von weitem, wie sie am Verkaufstisch bediente. Sie war trotz ihrer Schwangerschaft sehr schön, reagierte aber gleichgültig auf seine Anwesenheit. Er hoffte, dass sich ihre Blicke trafen, dass sie ihm ein Zeichen machte und ihm ein Lächeln widmete wie damals in Barcelona. Doch nichts dergleichen geschah.

Joan versuchte, sich abzulenken, indem er sich mit Antonello unterhielt, Briefe nach Rom und Barcelona schrieb und die *Santa Eulalia* besuchte, die beinahe ständig zusammen mit der übrigen Flotte vor Anker lag, weil es die Jahreszeit der Stürme war. Er grüßte seine früheren Kameraden und plauderte oft und lange mit seinem Freund Genís, der sich herzlich freute, als er von Marías und Eulalias Befreiung erfuhr.

»Sag es dem Admiral«, riet er ihm. »Auch er wird sich freuen.«

»Ich will nicht mit Vilamarí reden«, entgegnete Joan. »Tu du es, wenn du meinst.«

Antonello sprach mit dem Juwelier, doch der Mann hatte bei Anna keinen Erfolg. Sie sagte, dass sie schon einmal als Tochter ihre Pflicht erfüllt und seinen Ehekandidaten angenommen habe, und dass sie dies kein zweites Mal tun werde.

Joan dachte, dass vielleicht der Moment gekommen war, um aufzugeben und sein Leben fern von Anna weiterzuführen. Allerdings würde er ohne sie niemals glücklich werden.

Er schrieb in sein Buch: »Euer Eigensinn wird unsere wunderbare Zukunft vernichten.«

Doch eines Morgens, als er Anna von weitem betrachtete, hielt sie eine Zeitlang seinem Blick stand. Sie war ernst. Auf einmal nahmen ihre grünen Augen einen besonderen Glanz an, und auf ihren

Wangen bildeten sich Grübchen, während ein Lächeln über ihre Lippen huschte. Danach wandte sie den Blick ab.

Joans Herz klopfte schneller, und auf der Stelle gab er den Plan auf, nach Rom zurückzukehren. Eines Nachmittags, als sie am Verkaufstisch stand, trat er heran, stellte sich vor sie hin und wartete, dass sie ihn anblickte. Als sie es tat, sagte Joan nichts, doch Anna las die Frage in seinen Augen. Einige ewig scheinende Augenblicke vergingen, in denen er das Innere ihrer Pupillen ergründen wollte, um die Antwort zu erfahren.

»Ja«, sagte Anna schließlich nach dieser endlosen Zeit.

Joan blieb einige Augenblicke reglos und ungläubig stehen, während er bemerkte, wie auf ihrem Gesicht ein Lächeln erschien. Dann rannte er hinter den Ladentisch, um sie zu umarmen. Ein großer Krug und mehrere Silberbestecke fielen zu Boden. Joan spürte, wie ihre fortgeschrittene Schwangerschaft sie beide trennte, doch er kümmerte sich nicht darum. Er war unermesslich glücklich.

Alle freuten sich über Annas Entschluss. Die beiden verbrachten die nächsten Tage mit Spaziergängen und Gesprächen. Sie hatten sich viel zu erzählen.

»Man erwartet mich in Rom, damit ich die Buchhandlung eröffne, und Ihr erwartet mein Kind«, sagte Joan bei einem ihrer Gespräche. »Wir haben nicht so viel Zeit, wie ich möchte …«

»Es ist nicht Euer Kind!«, widersprach Anna nachdrücklich. »Es ist von Riccardo, und beharrt nicht weiter darauf.«

Doch Joan war sich sicher, dass es sein Kind war. Riccardo Lucca hatte mehr als ein Jahr Zeit gehabt, sie zu schwängern, und es nicht getan. Mit seiner vorherigen Ehefrau hatte er auch keine Kinder gehabt. Nein, Joan war sich sicher, dass er der Vater war.

»Ich wollte sagen, dass es wie mein Kind sein wird«, berichtigte er sich. »Dass ich für das Kind sorgen und es als meines aufziehen werde. Mit ihm werden wir unsere Schuld sühnen und uns mit Zuneigung und Liebe von unseren Sünden reinwaschen.«

Jeden Tag wartete Joan ungeduldig auf die Begegnung mit Anna. Während der langen Spaziergänge, die wegen Annas fortgeschrittener Schwangerschaft bedächtig sein mussten, stellte Joan mit Freuden fest, wie gut sie sich verstanden. Anna hatte eine vorzügliche Bildung erhalten. Sie las nicht nur gern, sondern war auch eine glänzende Gesprächspartnerin. Sie war ein unterhaltsamer Widerpart, und es beunruhigte Joan nur, dass sie stets alle Streitgespräche gewinnen wollte. Nach zehn Tagen schlug Joan ihr nervös und stammelnd vor, dass sie heiraten sollten.

Anna blieb stehen und sah ihn ernst an. Danach setzte sie den Spaziergang fort, ohne zu antworten. Joan erschrak.

»Was meint Ihr dazu?«, fragte er nach einer Weile.

Sie schwieg noch etwas länger.

»Ich habe Euch sehr geliebt, Joan«, sagte sie schließlich.

»Und jetzt tut ihr es nicht mehr?«

»Ich habe Euch auch gehasst. Seit der letzten Nacht, die wir zusammen verbracht hatten, habe ich unsagbar gelitten. Und das war zum großen Teil Eure Schuld.«

»Auch ich habe gelitten.«

»Danke für das Buch. Es ist das schönste Geschenk, das ich je bekommen habe.«

Joan blickte sie lange an. Sie erwiderte seinen Blick. Langsam hob sie ihre rechte Hand und streichelte ihm die Wange. Ihre Augen füllten sich mit Tränen. »Ich weiß, dass Ihr es mit eigener Hand angefertigt habt, dass es Eure Buchstaben sind, dass Ihr die Worte beim Schreiben tief empfunden habt und dass Eure Liebe darin steckt. Das merke ich, wenn ich es berühre.«

Anna machte eine Pause, in der sie sich an ihn drückte. Joan umarmte sie glücklich.

»Schon wegen des Buches möchte ich Eure Frau werden«, bekannte sie weiter. »Aber außerdem liebe ich Euch. Sehr.«

»Ich habe Euch immer geliebt«, sagte er. »Selbst in den schlimmsten Augenblicken. Ich werde Euch über den Tod hinaus lieben«, sagte Joan und nahm ihre Hand, um sie zu küssen.

»Ich werde büßen, wie es Euer Buch der Liebe empfiehlt«, erklärte Anna weiter. »Die Antwort ist ja, Roland. Mein übriges Leben will ich mit Euch und Euren Büchern leben.«

Tränen rannen über Joans Wangen, während er sie an sich drückte.

Innerhalb weniger Tage bereitete er alles für seine Romreise vor. Er wollte wieder zurück in Neapel sein, bevor das Kind geboren wurde. Anna wollte es noch als Riccardos Witwe bekommen. Danach würden sie Hochzeit feiern.

124

Am 25. Februar fuhr Joan nach Rom zurück. Er hatte fast kein Gepäck dabei und begleitete einen der berittenen Kuriere, die König Ferrandino zum Papst schickte. Die Heere warteten auf den Frühling. Dann würden sie den Krieg wiederaufnehmen. Inzwischen musste man sich nur Sorgen wegen der schlechten Wege und der Räuber machen. Die Boten wussten, wie sie sich davor schützen konnten, und es war teuer, aber hilfreich, ihr System von Poststationen zu benutzen. Als Joan in Rom ankam, stellte er fest, dass sich Giorgio und Niccolò bei der Einrichtung und dem Kauf von Materialien so sehr wie möglich beeilt hatten. Joan schloss sich ihnen begeistert an.

Ende März 1496 öffnete die Buchhandlung ihre Türen. Doch Joan wollte bis zum 23. Juni warten, dem Vortag des Festes seines heiligen Schutzpatrons und dem längsten Tag des Jahres, um die Einweihung zu feiern. Vannozza hatte versprochen, die vornehmsten Vertreter Roms dazu einzuladen. Joan wünschte sich vor allem, Anna dabeizuhaben.

Die Buchhandlung war von dem Augenblick an erfolgreich, als sie ihre Türen öffnete. Miquel Corella und Vannozza setzten ihre Beziehungen ein, bis sie das Geschäft zu einem Treffpunkt der Anhänger des Papstes Alexander VI. gemacht hatten. Es kamen nicht nur Landsleute aus den Reichen Isabellas und Ferdinands, sondern auch Portugiesen, Neapolitaner und die umfangreiche Kolonie der florentinischen Emigranten, die Bundesgenossen des Papstes gegen Savonarola waren. Sich in der Buchhandlung sehen zu lassen und Bücher zu kaufen, das war eine freundliche Geste gegenüber der Rom beherrschenden Macht. Auch viele Römer suchten sie nun auf.

Anfang April, als Joan nach Neapel abreiste, um der Geburt seines Kindes beizuwohnen und Anna zu heiraten, konnte er sich in aller Ruhe darauf verlassen, dass sich der Betrieb der Buchhandlung in seiner Abwesenheit fortsetzte. Niccolò war für den Laden verantwortlich, und er ging sehr geschickt mit den Kunden um. Giorgio leitete die Buchbinderei. Joan stellte drei weitere Florentiner ein, von denen zwei die Druckerei einrichten sollten, und dazu mehrere römische Lehrlinge. Er unterzeichnete einen weiteren Mietvertrag für ein Nachbarhaus. Dort im Erdgeschoss wollte er einen Saal einrichten. Er sollte beträchtlich größer als der Antonellos sein und die Buchhandlung ergänzen. Joan würde ihn mit Bücherregalen und hellen Fenstern versehen, damit die Kunden einen Ort hatten, an dem sie sich unterhalten und zugleich Bücher durchsehen konnten. Die Druckerei würde den restlichen Raum einnehmen, und im ersten Stock würden seine Mutter, seine Schwester und seine Neffen leben. Für sich, Anna und das Kind reservierte er den ersten Stock des anderen Gebäudes. »Wer heiratet, braucht eine eigene Wohnung«, hatte seine Mutter ihm gesagt.

Als Joan nach Neapel zurückkam, erfuhr er, dass Anna einen Jungen geboren hatte. Er war beinahe einen Monat vor dem Termin zur Welt gekommen, doch als ihn Anna in seine Arme legte, stellte er fest, dass er ein schöner und pausbäckiger Säugling war, der durchaus nicht wie eine Frühgeburt aussah. Joan hob ihn äußerst behutsam hoch. Ihre Blicke trafen sich, und bei dem Kind entdeckte er den anklagenden Ausdruck, den Riccardos Augen hatten, als er starb. Der Kleine begann, untröstlich zu weinen, und Joan erschauderte und gab ihn der Mutter zurück. Seine Hände zitterten, und er fürchtete, dass ihm das Kind herunterfallen würde.

»Fühlt Ihr Euch nicht wohl?«, fragte Anna besorgt.

»Nein, nein. Ich bin nur von der Reise erschöpft«, antwortete er bedrückt.

Es waren Riccardos Augen! Sein Blick in der Todesminute! Joan zog sich zurück, um einen Spaziergang zu machen. Er glaubte, dass ihm sein Schuldgefühl etwas vorgaukelte, was es gar nicht gab. Als er zurückkam, betrachtete er das Kind wieder aufmerksam. Derselbe Blick bohrte sich wie ein Dolch in sein Herz. Joan erkannte, dass es der Sohn des Mannes war, den er getötet hatte, und dass ihn diese Augen für den Rest seines Lebens an sein niederträchtiges Verbrechen erinnern würden.

»Das ist er«, schrieb er bestürzt in sein Buch. »Das ist er. Er ist in seinem Sohn zurückgekehrt.«

125

Mitte April fand die Hochzeit in San Lorenzo Maggiore statt, einer hübschen kleinen Franziskanerkirche. Unter deren gotischen Bogen erhielt Joan Annas ersehntes Jawort. An Annas Hand glänzte der neue Ring, den ihr Joan gekauft hatte. Nachdem sie sich geküsst hatten, blickten sie sich lächelnd in die Augen. Joan konnte sein Glück gar nicht fassen. Von jetzt an würden sie die ganze Zeit zusammen sein.

Die Hochzeit war eine stille Zeremonie. Vonseiten der Braut nahmen Annas Eltern und zwei Freunde teil. Genís Solsona, der Kapitän der *Santa Eulalia*, war der Trauzeuge des Bräutigams. Joan vermutete, dass er die erfolgreiche Befreiung Annas und seine glückliche Entlassung von der Galeere zum großen Teil ihm zu verdanken hatte.

Er wusste nicht, wann er ihn wiedersehen würde, denn Vilamarís

Flotte fuhr zurück nach Spanien. Um die Franzosen zu schwächen und daran zu hindern, Verstärkung nach Italien zu schicken, hatte König Ferdinand eine neue Front eröffnet, indem er Frankreich von Katalonien aus angriff. Die Franzosen unternahmen mit aller Macht einen Gegenstoß. Die spanischen Heere wichen zurück, und die französischen Korsaren verwüsteten die Küste. Vilamarí hatte den Befehl erhalten, ihre Schiffe zu kapern oder zu versenken. Joan sagte sich, dass der König wieder einmal richtig gehandelt hatte. Es gab nichts Besseres als einen Piraten, um mit einem anderen Piraten fertig zu werden.

Mit ihnen feierten auch Antonello und seine Gattin María. Das Ehepaar lud alle zu einem Hochzeitsmahl in den Speisesaal seines Hauses im ersten Stock der Buchhandlung ein.

Antonello, witzig wie immer, brachte den Trinkspruch aus: »Auf das Glück Rolands und seiner geliebten Angelica!«

Joan bedauerte, dass seine Mutter, seine Schwester, Gabriel, Bartomeu und Abdalá nicht bei seiner Hochzeit dabei waren. Die Entfernungen machten es unmöglich für sie, nach Neapel zu kommen. Doch er erhielt ihre Gratulations- und Glückwunschschreiben. Gabriel kündigte ihm seine Heirat mit Ágata an, der jüngeren Tochter Elois, und teilte begeistert mit, dass er in der Pause zwischen zwei Kanonen eine große Glocke hatte gießen können, obwohl die Legierung, die man für die richtige Resonanz benötige, höchst zerbrechlich sei. Sie habe einen wunderschönen Klang, und alle, inner- und außerhalb der Zunft, staunten darüber. Er schickte dem Ehepaar ein kleines Silberglöckchen, das er gegossen und mit ihren Namen versehen hatte.

Bartomeu gratulierte ihm in einem Brief und bekannte, nur jemand, der so hartnäckig sei wie er, hätte Anna am Ende gewinnen können. Wie er erklärte, habe er seinen Freund Pere Roig in einem weiteren Brief beglückwünscht, weil er keinen besseren Schwiegersohn hätte finden können. Bartomeu kündigte Joan hoffnungsvoll an, dass seine neue Frau ein Kind erwarte. Nun müsse er sich außerdem um einen prosperierenden Tuchhandel kümmern, doch sein Herz hänge weiter an den Büchern. Joan wusste, dass sein Freund wieder mit verbotenen Büchern handelte und dass sein alter muslimischer Meister bei der Verbreitung der verfolgten Kultur als dessen Komplize wirkte. Er betete für sie, dass sie vor der Inquisition bewahrt blieben.

Das rührendste Geschenk war der Segen, den Abdalá ihm in mehreren Sprachen zuschickte und den er in der wunderschönen Kalligraphie seiner besten Zeiten geschrieben hatte.

Auf dem Pergament fanden sich die eleganten und langen Züge der maurisch-andalusischen Schrift, neben den spitzen der Gotik, den hebräischen Zeichen und der zierlichen runden italienischen Schrift. Für jemanden, der etwas von der kalligraphischen Kunst verstand, war dies ein wunderschönes Meisterwerk. Doch Joan wusste, dass die Schriftzüge, die Buchstaben, die Sätze noch mehr als das waren. Als der Granadiner sie zeichnete, hatte er sich in einen Priester verwandelt, und diese Zeichen waren Gebete an den Herrgott in unterschiedlichen Sprachen, Kalligraphien und Religionen. Als Joan sie las, spürte er die Gnade ihrer Segenssprüche.

Joan schrieb gerührt in sein Buch: »Danke, Herr, für die wunderbaren Menschen, die du mit mir zusammengeführt hast. Nicht einmal tausend sarazenische Schätze wären so viel wert wie sie.«

Wenige Tage später ließen sie das Kind taufen. Sie nannten es Ramón, wie Joans Vater. Der Vorschlag kam von Anna, und der junge Mann dankte ihr dafür aus tiefstem Herzen.

Anna zeigte noch größere Begeisterung als Joan für die Buchhandlung und wartete ungeduldig auf die Abfahrt. Sie übernahm die Arbeit, die Bücher, die Joan bei Bartomeu bestellt hatte, zu registrieren und einzupacken. Der Zugang nach Rom auf dem Seeweg war weiterhin blockiert, und Neapel war eine sichere Verbindung für Einfuhren aus Spanien. Joan war überrascht, als er erfuhr, dass seine Frau von zwei einheimischen Druckern und von Antonello selbst Bücher auf eigene Rechnung bestellt hatte.

»Sie wird es im Buchhandel weiter bringen als du«, sagte der Neapolitaner zu Joan und lachte. »Sie kann gewiss keine Bücher binden oder drucken, aber sie versteht etwas von Literatur und hat ein gutes Gespür für die Wünsche der Leser.«

Die nächste Überraschung war, dass Anna mit einem Kredit von Innico d'Avalos und der Hilfe Antonellos zwei Wagen und mehrere Pferde gekauft und sich schon für die starkbewaffnete Kolonne entschieden hatte, der sie sich anschließen würden und die in drei Tagen von Neapel aufbrechen würde. Sie hatte sogar zwei Fuhrleute und ein neapolitanisches Dienstmädchen, das bereit war, in Rom zu leben, eingestellt.

»Ihr hättet auf mich warten können, um all das zu entscheiden«, sagte Joan stirnrunzelnd.

Doch Anna lächelte ihn nur herausfordernd an.

Sie begannen die Reise, als es hieß, dass Gonzalo Fernández de Córdoba mit seinem Heer bereits gegen die französischen Stellungen in Cosenza vorrückte.

Der Frühling hatte die Felder mit Blumen übersät. Joan hatte sich einen vornehmen Hut aufgesetzt und trug einen Degen im Gürtel. Er ritt auf einem Fuchs und hielt sich immer in der Nähe seiner Gattin. In dem Wagen, in dem Anna und das Dienstmädchen fuhren, hatten sie eine kleine Hängematte angebracht, die das Rütteln ein wenig milderte. Darin schaukelte Ramón behaglich hin und her. Die Bewegungen ließen ihn einschlummern, und er schlief auf dem größten Teil des Weges. Joan lernte es, ihn zu wiegen und zu halten. So konnte er ihm leicht auf die Schulter klopfen, damit er nach dem Essen aufstieß und zufrieden und mit einem Lächeln einschlief. Er wollte sein Versprechen halten. Dass er sich um ihn kümmerte, milderte den Schmerz, mit dem ihn sein Gewissen immer noch plagte. Es war ein schönes Kind. Wie sehr hätte er sich gewünscht, dass Ramón sein Sohn wäre! Doch immer, wenn er ihn ansah, betrachteten ihn die Augen Riccardos.

In Annas Wagen wurden die wenigen Hausgeräte befördert, die sie mitnahmen. Allerdings bestand beinahe die ganze Ladung aus Büchern, und auch der zweite Wagen war ausschließlich dafür bestimmt. Anna dachte, in Rom werde es leicht sein, die notwendigen Haushaltsgegenstände zu finden, aber nicht diese Bücher. Darum waren sie am wichtigsten. Joan musste ihr recht geben. Er hatte für die Reise lediglich Kugeln, Schießpulver und zwei gute Arkebusen erworben, die er im Wagen stets schussbereit bei sich hatte.

Auf dem Weg nach Rom war Anna glücklich. Sie sah, dass Joan auf seinem Fuchs immer nahe beim Wagen blieb. Groß und stattlich, wie er war, lächelte er ihr zu, mit seiner kräftigen, etwas plattgedrückten Nase, die ihn nicht hässlich, sondern noch männlicher erscheinen ließ, und mit seinen braunen Augen, die sie liebkosten, wenn er sie anblickte. Sie wusste, dass er sie und ihren Sohn beschützte. Wenn er bei ihnen war, konnte ihnen nichts geschehen.

Sie ließ Neapel und diese schrecklichen Tage der Niedergeschlagenheit, der Schuldgefühle und Gewissensbisse hinter sich und sehnte sich danach, die Wohnung in Besitz zu nehmen, die Joan über seiner Buchhandlung eingerichtet hatte. Ganz nahe bei ihr, unter ihrer Sitzbank, verwahrte sie *Das Buch der Liebe von Roland für Angelica*. Davon wollte sie sich nie trennen.

Ende

GESCHICHTLICHER ANHANG

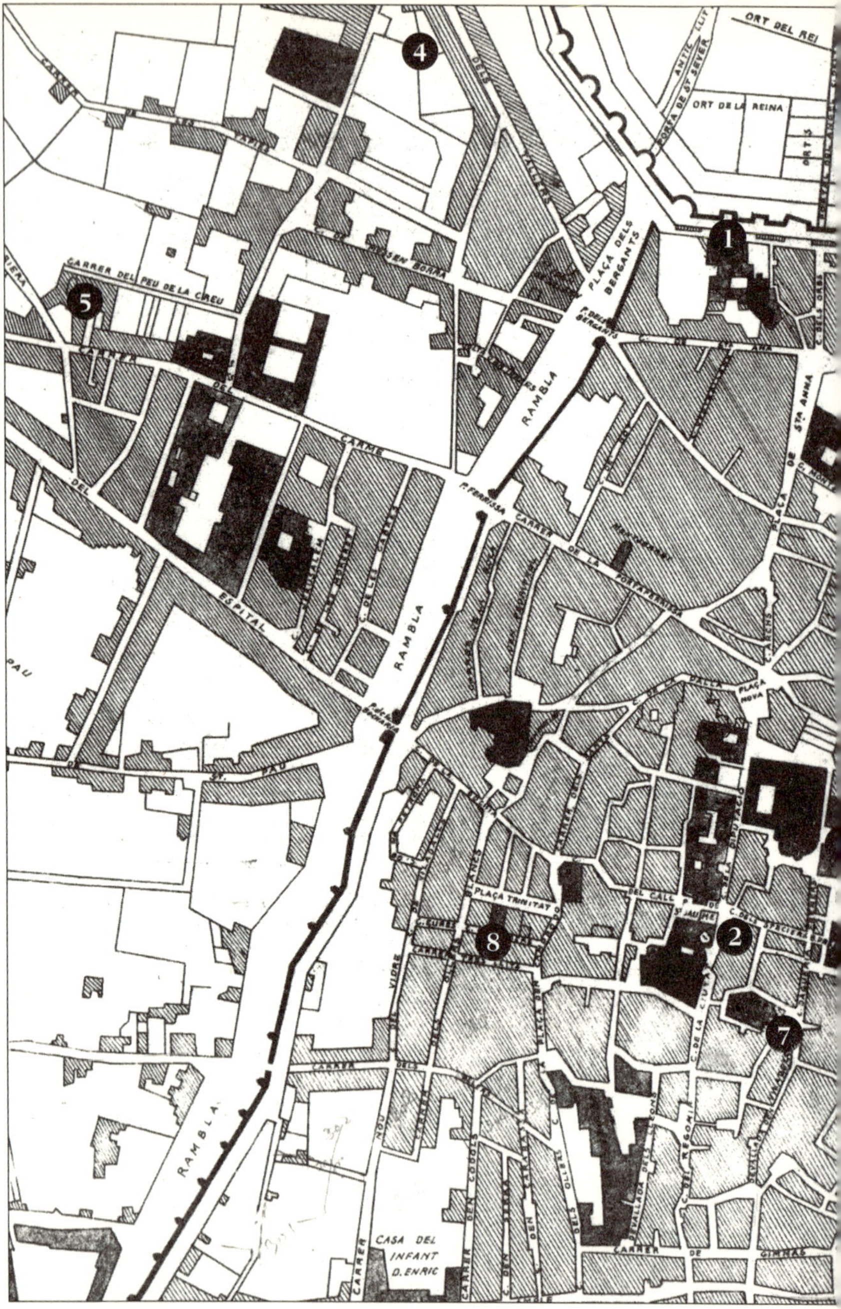

ORT DEL REI
ORT DE LA REINA
PORTA DE ST SEVER
4
1
5
CARRER DEL PEU DE LA CREU
PLAÇA DELS BERGANTS
RAMBLA
CARME
P. FERRISSA
CARRER DE LA PORTAFERRISSA
ESPITAL
PLAÇA NOVA
PLAÇA TRINITAT
DEL CALL
2
8
7
CASA DEL INFANT D. ENRIC

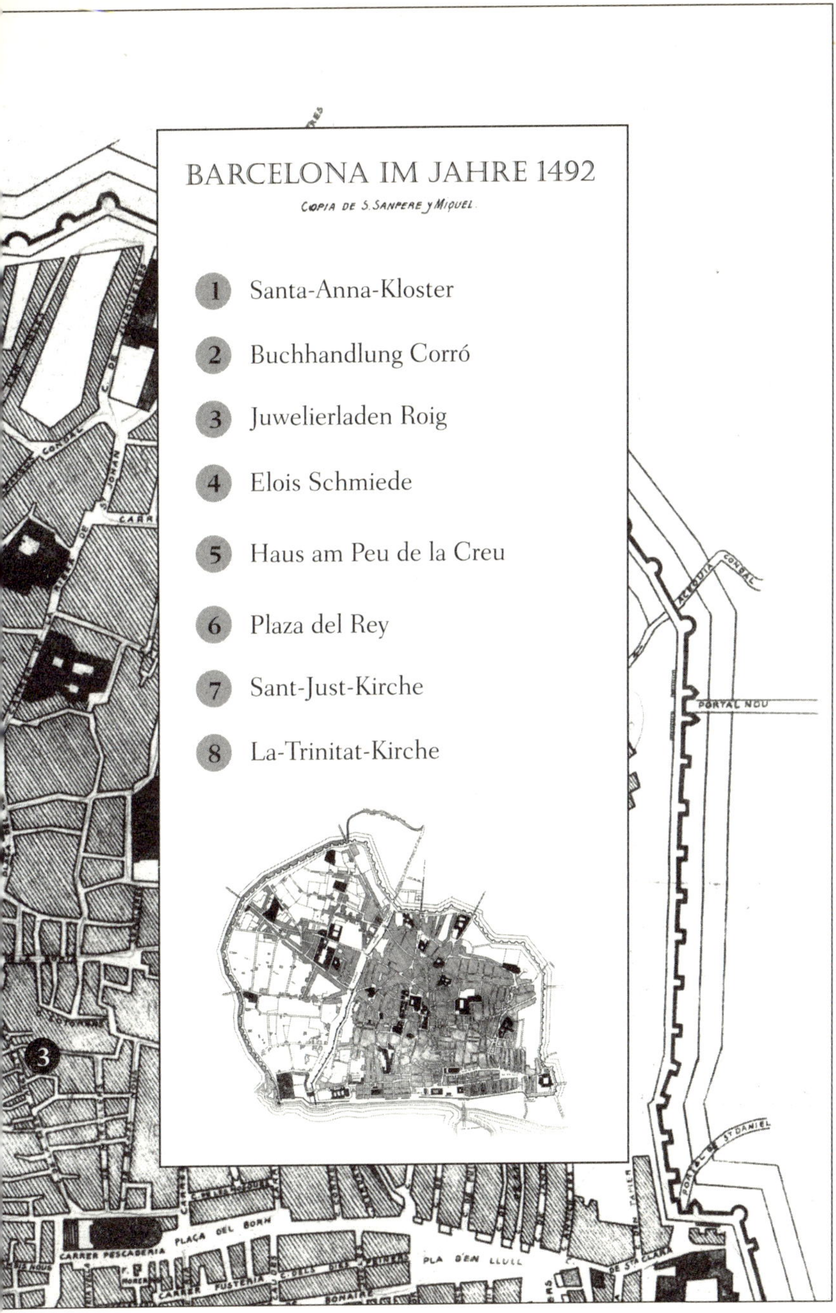
BARCELONA IM JAHRE 1492
COPIA DE S. SANPERE y MIQUEL
1 Santa-Anna-Kloster
2 Buchhandlung Corró
3 Juwelierladen Roig
4 Elois Schmiede
5 Haus am Peu de la Creu
6 Plaza del Rey
7 Sant-Just-Kirche
8 La-Trinitat-Kirche
3
ACEQUIA CONDAL
PORTAL NOU
PORTAL DE St DANIEL
PLAÇA DEL BORN
CARRER PESCADERIA
PLA D'EN LLULL
CARRER FUSTERIA
BONAIRE
DE Sta CLARA

HISTORISCHE PERSÖNLICHKEITEN

Gründliche Forschungen haben es mir ermöglicht, die zeitgenössischen Orte und Sitten sowie die damalige Denkweise nachzuempfinden. Die historischen Ereignisse und auch die Namen und Biographien hochgestellter Persönlichkeiten, wie zum Beispiel Könige, Statthalter, Päpste und Generäle, die in dieser Geschichte auftreten, entsprechen den zeitgenössischen Chroniken.

Im Folgenden findet der interessierte Leser einige zusätzliche Angaben über Personen, die in dieser Geschichte von besonderer Bedeutung sind. Die Reihenfolge, in der sie in dieser Übersicht angeführt werden, stimmt mit der überein, in der sie im Roman erscheinen.

Bartomeu Sastre: Er war ein Kaufmann der damaligen Zeit, über den einige Dokumente erhalten sind. Eines enthält den Verkauf einer lateinischen Handschrift an Mosén Pere Carbonell, einen bekannten und begeisterten Bücherliebhaber, für fünf Pfund und zwei Sueldos.

Schon damals gab es schriftliche Vertreterverträge, die es manchen Bakkalaurei oder Studenten gestatteten, Bücher für eine Provision zu verkaufen. Die Kenntnis des Lateinischen war für einen Buchhändler unentbehrlich.

Cristòfol de Gualbes: Der zu einer adligen Familie gehörende Cristòfol de Gualbes wurde 1462 zum Prior des Santa-Anna-Klosters ernannt und starb 1507. Die Würde des Priors von Santa Anna brachte auch Titel und Feudalrechte mit sich, wie die des Herrn von Miralles und Palafrugell. Er wohnte in einem Haus außerhalb des Klosters.

Häufig waren, wie im Roman beschrieben, die wirtschaftlich begründeten Konflikte zwischen dem Prior und der Gemeinschaft, die aus dem Subprior Antoni Miralles und den Mönchen Jaume Sauró, Llorenç Camnadel, Miquel Gilabert, Francesc Amiguet, Nicolau Valls, Melchor Coma und Jaume Segur bestand.

Der Prior musste Brot, Wein, Speck, Öl, Salz, Brennholz und Knoblauch an die Gemeinschaft liefern. Das bezahlte er aus den Einnahmen, die das Vermögen des Klosters erbrachte und mit denen er nach Gutdünken umging. Um die Versorgung der Mönche zu schmälern, berief er sich auf wirtschaftliche Gründe. Die Mönche vervollständigten ihre Nahrung mit den Erzeugnissen des Gartens und mit den Almosen. Die größten Almosen wurden an den Todestagen von Angehörigen gespendet; dann fasteten die Mönche und beteten für das Seelenheil der Verstorbenen.

Der Streit zwischen dem Prior und der Gemeinschaft nahm solche Ausmaße an, dass der Bischof und sogar die Stadträte vermitteln mussten. Am 12. Oktober 1482 wurde ein Vergleichsvertrag zwischen Prior Gualbes und allen oben erwähnten Mönchen unterzeichnet. Doch der Konflikt flaute nicht ab, und mehrere Jahre später wurde ein weiteres Vergleichsdokument zwischen dem Prior und Subprior Antoni Miralles als Vertreter der Gemeinschaft unterzeichnet.

Die wichtigsten Klostergebäude, die Kirche, der Kapitelsaal und der Kreuzgang, sind heute erhalten, nur nicht das sogenannte Novizenhaus. Dieses enthielt die Küchen, den Krankensaal und das Refektorium, wie es im Roman dargestellt wird. Das Refektorium war ein großer Saal, der sich im ersten Stock befand. Dort begannen am 10. Mai 1493 die Sitzungen der katalanischen Landstände unter dem Vorsitz des Königs Ferdinand II. des Katholischen. Sie dauerten mehrere Monate.

In der damaligen Zeit wurde an der oberen Ebene des Kreuzgangs gebaut. Die Fertigstellung ließ mehrere Jahre auf sich warten, da es an Geldmitteln fehlte.

Antoni Ramón Corró und Joana (Die Buchhändler Corró): Das Buchhändlerehepaar, Antoni Ramón Corró und seine Gattin Joana, lebte und starb so, wie es im Roman beschrieben wird.

Der Buchhändler Corró setzte sich sehr tatkräftig für die Einfuhr von Büchern ein, wie es seine Käufe bei Schiffsführern von Galeeren und der aktenkundige Verkauf eines 1475 in Neapel gedruckten Seneca an den Bibliophilen Carbonell beweisen.

Vor dem Autodafé, bei dem die Corrós verurteilt wurden, gab es in Barcelona mehrere andere, bei denen nur Haftstrafen verhängt wurden. Das Autodafé, zu dem die Corrós gehörten, war das dritte, und dabei erlitten einige den Tod auf dem Scheiterhaufen. Ein dritter Todeskandidat begleitete das Ehepaar an jenem unheilvollen 9. Februar 1489: Miquel Socarrats. Dazu kamen etwa vierzig Verurteilte, die *in effigie* verbrannt wurden, weil sie geflohen waren.

Eulalia, die mit einem anderen Buchhändler verheiratete Tochter der Corrós, konnte sich durch die Flucht retten, und die Inquisition verbrannte 1490 ihr Abbild, eine Hanfpuppe.

Da Joan Ramón Corró, der Sohn der Buchhändler, jünger als dreiundzwanzig Jahre, also strafunmündig war, wurde er im März 1489 nur zu einer einjährigen Haft verurteilt. Als er freigelassen wurde, übte er weiter das Gewerbe eines Buchhändlers aus, und wenige Jahre danach hatte er so bedeutende Kunden wie den Stadtrat Barcelonas – den »Rat der Hundert« – und das Meereskonsulat. Dies beweist, dass die Stadt und ihre repräsentativsten Institutionen die Inquisition weiterhin missbilligten. Er besaß schließlich zwei Häuser an der Calle Especiers, der »Straße der Gewürzhändler«, die heute Calle Llibretería – »Straße der Buchhandlungen« – genannt wird. Seine Nachkommen blieben Buchhändler und Verleger.

Alles, was im Roman über die Inquisition erzählt wird, entspricht ebenfalls genau dem, was die zeitgenössischen Chroniken berichten. Im Jahre 1480 wurden in Medina del Campo die ersten Inquisitoren ernannt, und das erste Autodafé fand im Februar 1481 in

Sevilla statt. Damals wurden sechs Personen zum Scheiterhaufen verurteilt. Im Jahre 1484 richtete König Ferdinand in seinen Reichen (bei den Sitzungen der Landstände in Tarazona) die sogenannte kastilische Inquisition ein. Doch Aragonien und Barcelona, die bereits eine ältere, weitaus nachsichtigere Inquisition hatten, leisteten beträchtlichen Widerstand. Die Stadt Teruel rebellierte und wurde unterworfen, und der Inquisitor Pedro de Arbués wurde 1485 in Zaragoza ermordet. Sein Tod hatte indes eine ganz andere Wirkung als die von den Verschwörern beabsichtigte, und er beschleunigte die Einführung des sogenannten Heiligen Offiziums und die Verfolgung der Konvertiten.

Barcelona widersetzte sich mit allen möglichen Rechtsmitteln, und erst im Juli 1487 konnte der Inquisitor Espina die Stadt betreten. Eine Bulle des Papstes hatte dies angeordnet und ihm die Vollmachten übertragen.

PERE JOAN SALA: Er war einer der Führer der *remensa*-Bauern in ihrem Kampf gegen die Missbräuche der Feudalherren. Im Jahre 1462 brach der erste große Aufstand der *remensas* aus, der zur gleichen Zeit wie der katalanische Bürgerkrieg stattfand. Die Bauern kämpften für Johannes II., den Vater König Ferdinands, gegen die Oligarchie der Großgrundbesitzer. Der oberste Führer der *remensas* war Francesc de Verntallat, und Pere Joan Sala war einer der Stellvertreter. Er verteidigte Prinz Ferdinand und dessen Mutter Juana Enríquez, als Girona im Jahre 1462 belagert wurde, wie es im Roman berichtet wird.

Gleichzeitig mit dem Beginn des Krieges von Granada im Jahre 1481 stellte König Ferdinand trotzdem die Feudalrechte wieder her, wozu auch die sogenannten »schlechten Gebräuche« gehörten, die sein Onkel Alfons V. aufgehoben hatte. Dies führte 1484–1485 zu einem zweiten *remensa*-Krieg, in dem gerade Pere Joan Sala der Führer der radikalsten aufständischen Bauern war. Verntallat befehligte die gemäßigten Bauern und kontrollierte inzwischen die Bergfestungen, ohne sich am Konflikt zu beteiligen. Pere Joan Sala konnte mehrere Siege erringen, bis er schließlich geschlagen, gefangen genommen und hingerichtet wurde, wie dies im Roman dargestellt wird.

Die Aufstände endeten erst 1486 mit dem Urteilsspruch von Guadalupe, als die »schlechten Gebräuche« und andere Maßnahmen zur Unterdrückung der Bauern abgeschafft wurden. Viele von ihnen erhielten die Freiheit.

Joan de Canyamars: Die Darstellung des Attentats gegen König Ferdinand und auch die Worte, die der König sagte, entsprechen ganz den Berichten der Chroniken.

Diese schildern die Einzelheiten der Todesqualen des *remensas*, obwohl dieser offiziell für wahnsinnig erklärt wurde.

Auf der Plaza del Rey, unmittelbar am Ort des Attentats, hackte ihm der Henker die rechte Hand an der Handwurzel ab, die Hand, die den Monarchen verletzt hatte. Der Zug ging durch die Calle Boría und die Calle Montcada weiter, während man ihm mit einer rotglühenden Eisenzange eine Brust und danach ein Auge ausriss. Als man zur Plaza del Born kam, hackte man ihm die andere Hand ab, und dort starb er. Trotzdem sollte man die Marter fortsetzen. Man riss ihm die andere Brust und das übrig gebliebene Auge ab, dann die Nase. Stück für Stück zerlegte man ihn vollständig, während man die Straßen und Plätze der Stadt aufsuchte. Schließlich gelangte man in die Calle Sant Pere, und dort holten sie ihm das Herz von hinten heraus. Sie verließen die Stadt durch das Portal Nou, und in demselben Gelände, in dem sich die Jungen mit Steinwürfen bekämpften, steinigten die Leute, was von dem Körper übrig geblieben war.

Die »höchst grausame Tötung« endete in El Canyet, wo die Reste des Körpers neben dem Karren verbrannt wurden.

Admiral Bernat II. von Vilamarí: Er war Neffe des ersten, 1463 verstorbenen Admirals Bernat I. von Vilamarí und folgte seinem Vetter Joan von Vilamarí als Admiral, nachdem dieser gestorben war. Er erwarb umfangreiche Erfahrungen in Seegefechten, vor allem im Orient gegen die Türken, wo er unter dem Befehl seiner Vorgänger kämpfte, und von diesen erbte er die Titel eines Herrn von Palau Sabardera in El Ampurdán und von Bosa auf Sardinien.

Er zeichnete sich bei zahlreichen militärischen Unternehmen aus und hatte maßgeblichen Anteil am Sieg des Königs im katalanischen Bürgerkrieg, als er den Hafen Barcelonas blockierte. Er schlug sich zu unterschiedlichen Zeiten – und stets mit der Erlaubnis des Königs – im Sold der Florentiner, der Neapolitaner und des Papstes. Er kämpfte gegen Türken, Venezianer, Genuesen und Franzosen und auch gegen Korsaren und Piraten. Doch es gibt eindeutige Beweise, dass er, wie schon seine Vorgänger, selbst Kaperei und Piraterie betrieb, wenn er es für nötig befand.

Im Jahre 1489 befahl König Ferdinand ausdrücklich die Einstellung der Kaperfahrten, bei denen sich Vilamarí besonders hervorgetan hatte. Der Admiral nahm es wohl mit dem Gehorsam nicht allzu genau, denn der König befiehlt 1492 die Abwrackung seiner Flotte, weil er genuesische Schiffe in Friedenszeiten überfallen und Mannschaften und Ruderknechte zwangsausgehoben hatte. Einige Monate später widerrief allerdings König Ferdinand diesen Befehl, als er Vilamarís Flotte benötigte, um das Roussillon zu befrieden.

Er heiratete Elisabet de Cardona, die Schwester des Statthalters von Neapel, und Anfang des 16. Jahrhunderts erhielt er dann den Titel eines Grafen von Capaccio. Am Ende seines Lebens wurde er mit Titeln und Ehren überhäuft. Er wurde außerdem Statthalter von Neapel. Er ist in Montserrat in einem prächtigen Renaissancemausoleum beigesetzt.

Um die Mitte des 15. Jahrhunderts gab es eine Galeere *Santa Eulalia*. Als die Flotte des provenzalischen Korsaren Audinet die katalanische Küste verheerte, konnte sie diese befreien und zwei kleinere Galeeren der Piraten kapern. Ende des 15. Jahrhunderts baute die Stadt Barcelona eine weitere *Santa Eulalia*, um den Seehandel und die Küste zu schützen.

Es gab Galeeren unterschiedlicher Bauart, doch die Vilamarís, deren Namen uns unbekannt ist und die ich *Santa Eulalia* genannt habe, entsprach wahrscheinlich dem allgemeinsten Modell der größten Galeeren der damaligen Zeit. Sie hatte einen einzigen Mast mit Lateinsegel und Ruder *alla sensile* (»nach einfacher Art«) mit 26 Bänken zu drei Ruderern auf jeder Seite, von denen jeder ein eigenes Ruder bediente. Die Ruder waren ungefähr elf Meter lang, und das Schiff erhob sich nur anderthalb Meter über die Wasserfläche. Es war etwa fünfundvierzig Meter lang und etwa fünfeinhalb Meter breit.

Erst um die Mitte des 16. Jahrhunderts führten die Galeeren das System eines einzigen Ruders für jede Bank ein. Das Ruder wurde von drei oder vier Galeerensträflingen gleichzeitig bedient. Diese Technik erhielt den Namen *al scaloccio* (»nach Art einer Stufenleiter«). Man verlor an Ruderfläche, gewann jedoch an Kraft und Koordination.

JUAN BORGIA: Bernat de Vilamarí brachte Juan Borgia im Jahre 1493 auf seiner Galeere von Rom nach Barcelona, wo er María Enríquez de Luna, die Cousine König Ferdinands und Witwe seines älteren Bruders, heiraten sollte. Durch diese Ehe erbte er das Herzogtum Gandía von seinem Bruder. Erhalten sind die Briefe, in denen Papst Alexander VI. seinem Sohn rät, wie er auftreten soll. So etwa sollte er Handschuhe während der Reise benutzen, damit die Sonne nicht die Haut seiner Hände bräunen konnte. Er wies ihn sogar an, wie er sich zu kleiden habe und welchen Schmuck er der jeweiligen Gelegenheit entsprechend tragen solle. Er ersuchte ihn, zurückhaltend bei seinen Ausgaben, ein guter Christ und anständig in seiner Ausdrucksweise zu sein. Er dürfe für niemanden bürgen und nicht würfeln oder Karten spielen. Außerdem müsse er ein vorbildlicher Gatte sein und unverzüglich die Ehe vollziehen.

Doch der junge Mann, der damals neunzehn Jahre alt war, tat genau das Gegenteil, wie aus wütenden Briefen zu schließen ist, die ihm sein Vater und sogar sein Bruder Cesare Borgia später schickten. Darin warfen sie ihm vor, dass er die Ehe nicht vollzog, verschwenderisch lebte, Ärgernis durch seine Trinkgelage erregte, Bordelle besuchte und Streitigkeiten vom Zaune brach. Auch, dass er auf den Straßen Barcelonas Hunde und Katzen umbrachte.

MIQUEL CORELLA: Er war ein illegitimer Sohn des zweiten Grafen von Cocentaina. Sein älterer Bruder Joan Rois de Corella erbte die Grafschaft. Miquel und sein Bruder Rodrigo fuhren nach Rom, um dem Papst Alexander VI. zu dienen.

Rodrigo genoss große Achtung am Hof des Vatikans, vor allem, nachdem er als Einziger nicht geflohen war und den Papst mit dem eigenen Körper und dem Degen in der Hand vor einem Löwen schützte, der aus dem Tiergarten im Belvedere ausgebrochen war. Miquel war zu dieser Zeit nicht anwesend, doch er ließ es ebenso wenig wie sein Bruder an Mut fehlen. Als Joan Rois starb, erhielt Rodrigo, der ein legitimer Sohn war, die Grafschaft und kehrte nach Spanien zurück.

In Italien zeichnete sich Miquel auf militärischem Gebiet aus und wurde zu einem der wichtigsten Befehlshaber des Papstheeres und zum Gefährten Cesare Borgias, dem er unverbrüchliche Treue bewies. Gemeinsam nahmen sie an Stierkämpfen teil, die die Gemeinschaft der »Catalani« für ihre Gäste und das Volk Roms veranstaltete. Er war ein gebildeter Mann, denn zu den Mitgliedern der Familie Corella gehörten hervorragende Dichter. Trotzdem ging er als Mörder in die Geschichte ein, und man schreibt ihm mehrere Verbrechen und Hinrichtungen zu. In Italien nannte man ihn »Don Michelotto«, und er war sehr gefürchtet. Der Papst hingegen zeichnete ihn mit dem liebevollen Kosenamen »Miquelet« aus.

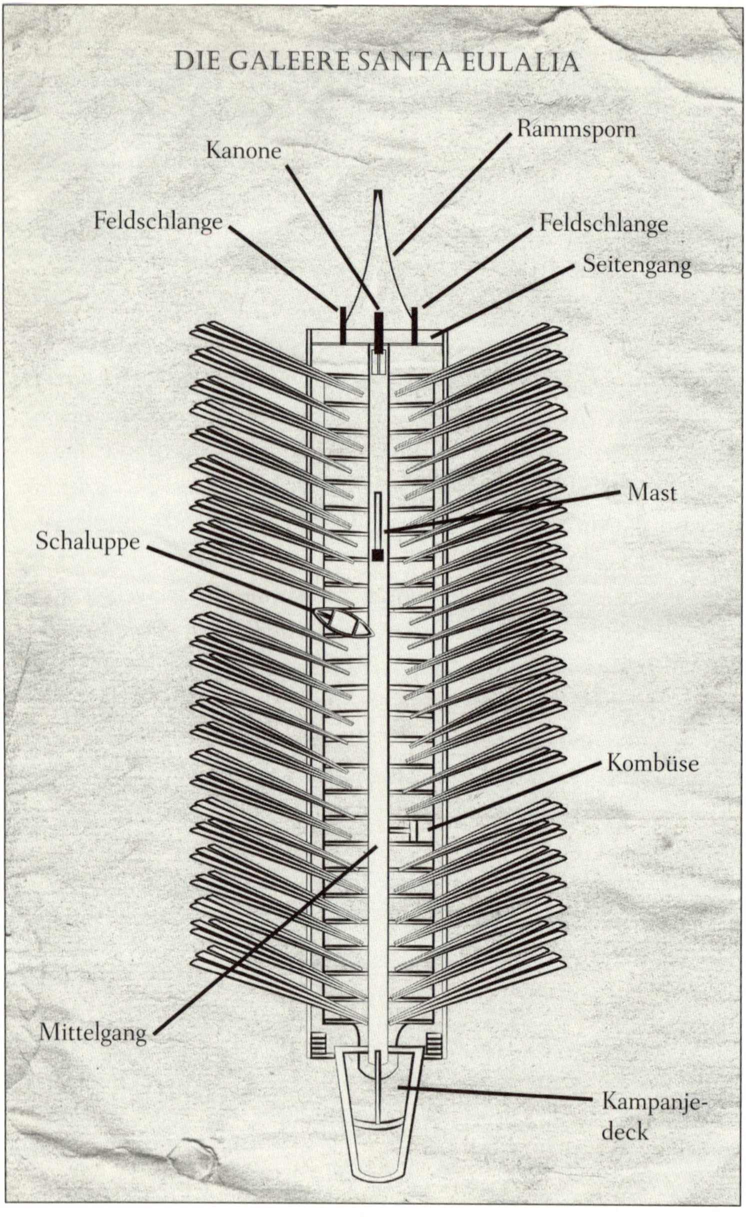

DIE GALEERE SANTA EULALIA

DANKSAGUNG

Danken möchte ich meinen Verlegerinnen Belén López und Raquel Gisbert für ihre hellsichtigen Kommentare zu dem Roman, für ihren Enthusiasmus, ihre vorzügliche Arbeit und ihre Unterstützung. Auch den übrigen Mitarbeitern des Verlags, dem Verkaufs- und Marketingteam.

Meine besondere Anerkennung gilt meinen Freunden und Familienangehörigen, die das Manuskript durchgesehen haben: Paloma Mora, David Molist, José Manuel Moreno, Marisa Morán, Pepe Montserrate, Alejandro de Muns, Yolanda Sallent und Joan Costa. Ihre Ratschläge, Kritiken und Ermutigungen haben diesen Roman wesentlich verbessert.

Ich werde den Leser nicht mit einer ausführlichen Bibliographie ermüden, doch von allen konsultierten dokumentarischen Quellen muss ich das großartige Buch *Santa Anna de Barcelona* von Mosén Joan Aran i Suriol, dem Historiker und jetzigen Pfarrer der genannten Kirche, hervorheben. Die Lektüre dieses Buches hat mich nicht nur zu einem Teil des vorliegenden Romans, sondern auch schon zu meinem vorherigen Werk *Das zweite Testament* angeregt.

GLOSSAR

Almogávares (arabisch: *al-Mugavari*, »Kundschafter«) katalanische Soldaten, die bei der Rückeroberung der Pyrenäenhalbinsel sowie im 13. und 14. Jahrhundert als Söldner in Italien und der Levante kämpften

Azcona kurzer Wurfspieß

Bastaixos (katalan.) Lastträger

Generalitat (katalan.) Die »allgemeine« Ratsversammlung Barcelonas, die die Grafschaft zwischen den Tagungen der Generalstände verwaltete; heute das katalanische Regionalparlament

Mosén (katalan.: *mossèn*) Anrede für Adlige und Geistliche

Notar der Sequester Notar der spanischen Inquisition, der das beschlagnahmte Vermögen der Verurteilten verwaltete

Pia Almoina (katalan.: »Haus des Barmherzigen Almosens«) Diese 1009 gegründete Stiftung hatte sich zum Ziel gesetzt, jeden Tag hundert Arme der Stadt zu speisen.

Porta del Call »Tor des Judenviertels« (in Girona)

Qualifikator Juristisch ausgebildeter Mitarbeiter der Inquisition, der die Anschuldigungen und Urteile so zu formulieren hatte, dass sie der weltlichen Gesetzgebung nicht widersprachen

Remensa (katalan.: *remença*, »Rückkauf«) Leibeigener

Via fora (katalan.) »Hinaus auf die Straße!« Alarmruf, bei dem die Bürger zu den Waffen greifen, auf die Straße laufen und die Stadt verteidigen mussten.

INHALT

Leon Morell
Der sixtinische Himmel
Historischer Roman
Band 18946

Der große historische Roman über den bedeutendsten Künstler der Renaissance: Michelangelo

Italien, 1508. Der junge Aurelio kommt nach Rom, um dort beim größten Bildhauer seiner Zeit in die Lehre zu gehen: Michelangelo Buonarroti. Gerade hat der Papst diesen mit einem Deckenfresko für die Sixtinische Kapelle beauftragt. Widerwillig macht sich der Künstler ans Werk. Nachts jedoch erschafft er aus weißem Marmor das Bildnis der Frau, die keiner jemals sehen darf: die Kurtisane des Papstes.

»Wirklich himmlisch! Ein wunderbarer Roman über Michelangelo, das berühmte Deckenfresko und die Macht der Liebe.« *Petra*

Ildefonso Falcones

Die Kathedrale des Meeres

Aus dem Spanischen von Lisa Grüneisen

Roman

Band 17511

Barcelona im 14. Jahrhundert: Die Landbevölkerung stöhnt unter dem Joch der Feudalherren. Barcelona jedoch ist frei. Und Barcelona ist reich. Hier macht der junge Arnau seinen Weg vom mittellosen Steinträger zu einem der angesehensten Bürger der Stadt. Er ist Teil eines unerhörten Plans: die Errichtung einer Kathedrale, die den Himmel stürmen soll.

»Wie in Ken Folletts SÄULEN DER ERDE wächst auch hier die Hauptfigur in dem Maße heran, wie der Bau der Kathedrale voranschreitet.«

La Vanguardia

Fischer Taschenbuch Verlag

fi 17511 / 2

Pia Rosenberger

Die Himmelsmalerin

Historischer Roman

Band 19321

Welch dunkles Geheimnis verbirgt sich hinter den prächtigen Fenstern der Franziskanerkirche?

Esslingen, 1326: Ohne die Hilfe seiner Tochter kann der Glasmaler Heinrich Luginsland nicht mehr arbeiten. Bereits seit drei Jahren hilft Lena ihm heimlich dabei, die Glasfragmente zu bemalen, denn Frauen ist es in Esslingen nicht gestattet, ein Handwerk auszuüben. Daher soll Lena den ihr verhassten Tübinger Glasmaler Marx Anstetter heiraten. Doch da kommt Lionel Jourdain, ein wandernder Künstler aus Frankreich, zu Gast in Heinrich Luginslands Haus. Lena ist fasziniert von dem geheimnisvollen Fremden …

Fischer Taschenbuch Verlag

fi 19321 / 2